岭外别传

清初岭南诗僧群研究

李舜臣　著

南方日报出版社
NANFANG DAILY PRESS
中国·广州

图书在版编目（CIP）数据

岭外别传 ：清初岭南诗僧群研究 / 李舜臣著. — 广州 ：南方日报出版社，2017.8
ISBN 978-7-5491-1615-7

Ⅰ. ①岭… Ⅱ. ①李… Ⅲ. ①僧侣－诗词研究－广东－清代 Ⅳ. ①I207.2

中国版本图书馆 CIP 数据核字(2017)第 127398 号

LINGWAI BIECHUAN
岭外别传——清初岭南诗僧群研究

著　　者：李舜臣
出版发行：南方日报出版社
地　　址：广州市广州大道中 289 号
出 版 人：周洪威
出版统筹：谭庭浩
责任编辑：阮清钰
封面设计：肖晓文
责任技编：王　兰
责任校对：王　燕
经　　销：全国新华书店
印　　刷：广东信源彩色印务有限公司
开　　本：787mm×1094mm　1/16
印　　张：25.25
字　　数：420 千字
版　　次：2017 年 8 月第 1 版
印　　次：2017 年 8 月第 1 次印刷
定　　价：78.00 元

投稿热线：（020）87373998-8503　读者热线：（020）87373998-8502

网址：http://www.nanfangdaily.com.cn/press　http://www.southcn.com/ebook

剩人函可像

天然函昰像

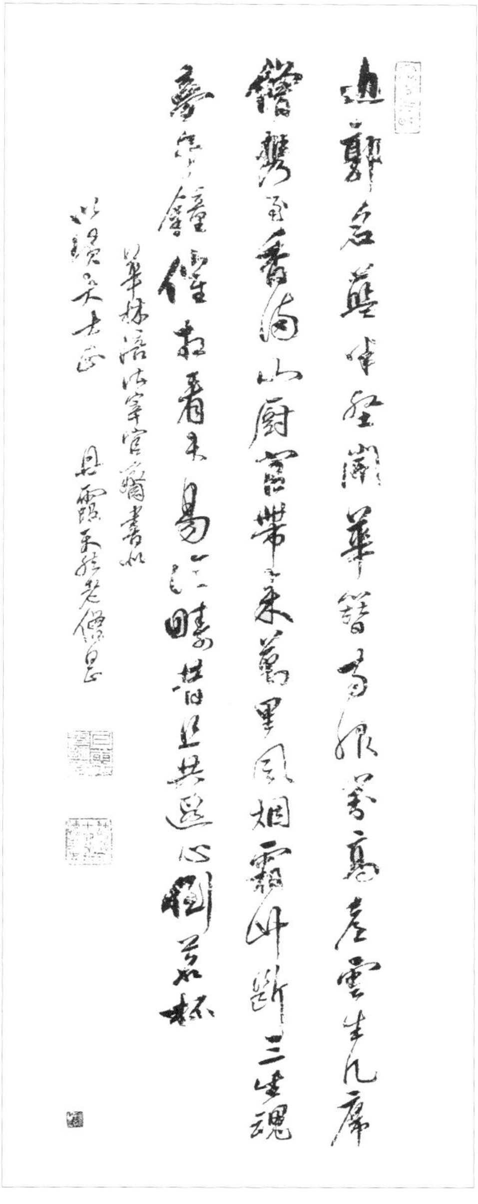

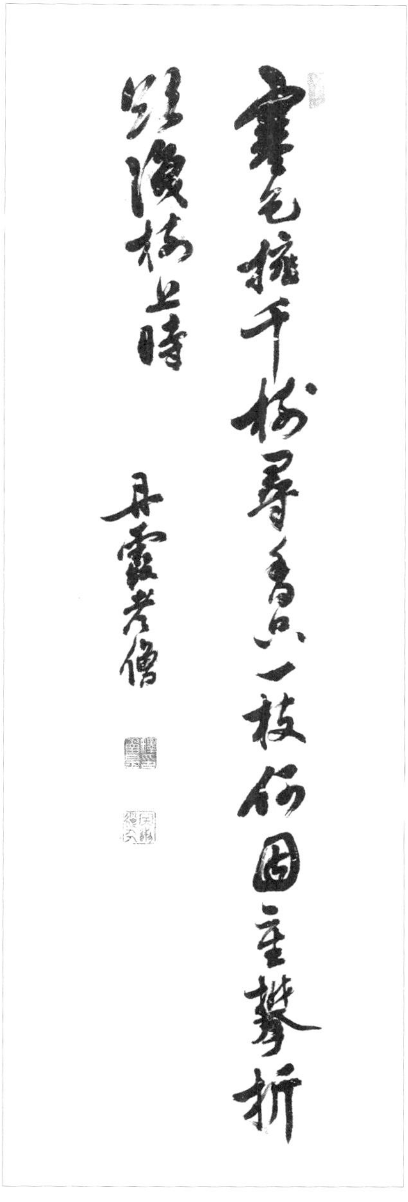

天然函昰书法

迹删成鹫像

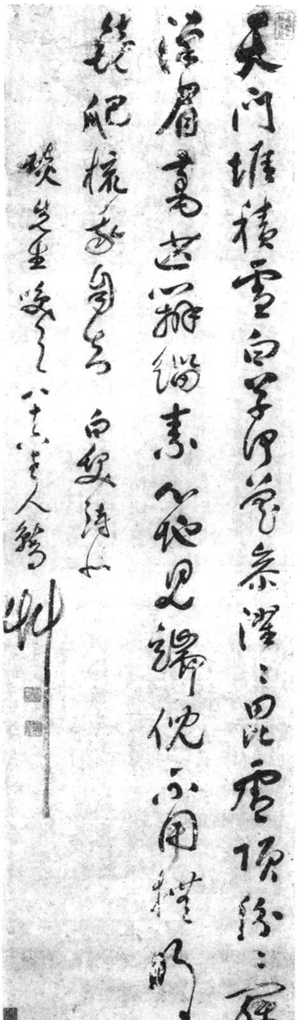

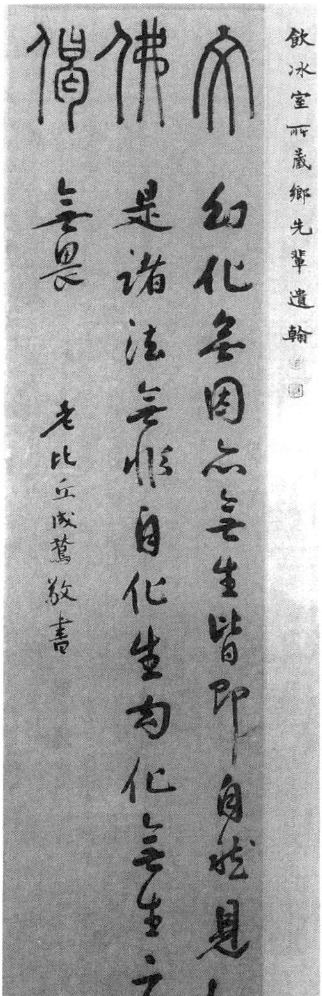

迹删成鹫书法

阿字今无像

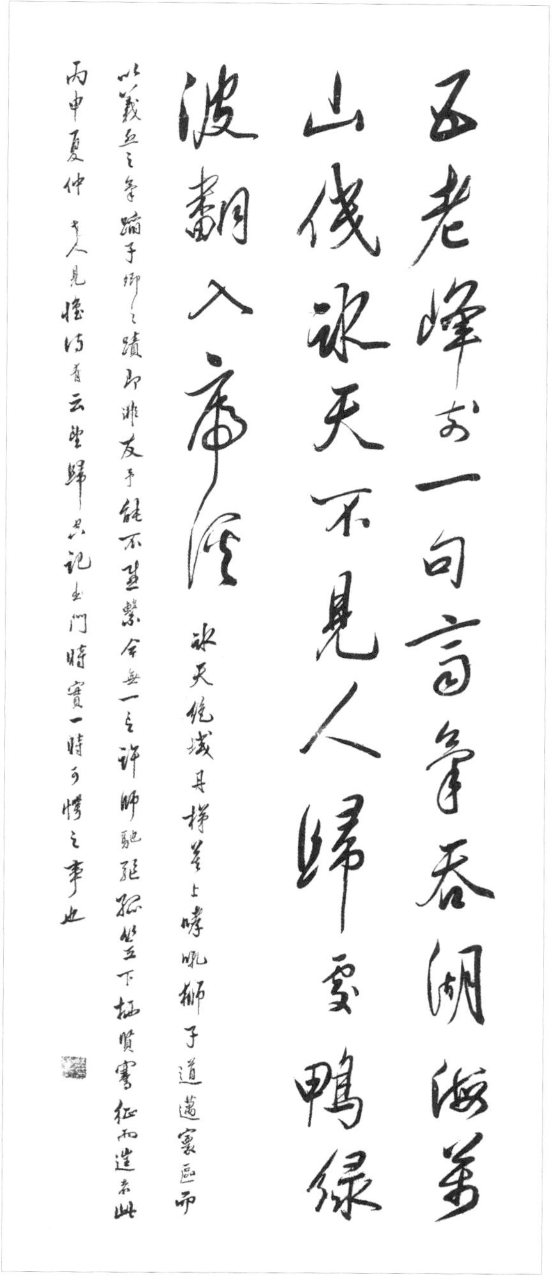

阿字今无书法

石濂大汕和尚遣魔图

石濂大汕和尚领众图

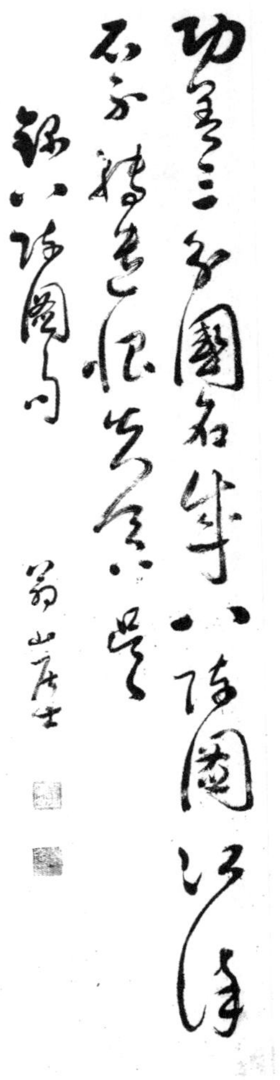

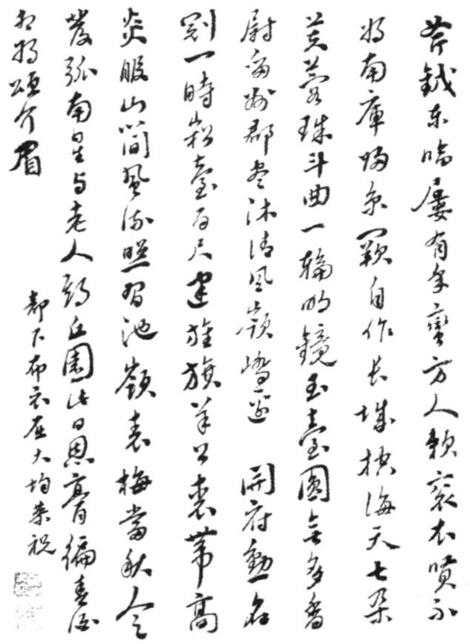

屈大均书法

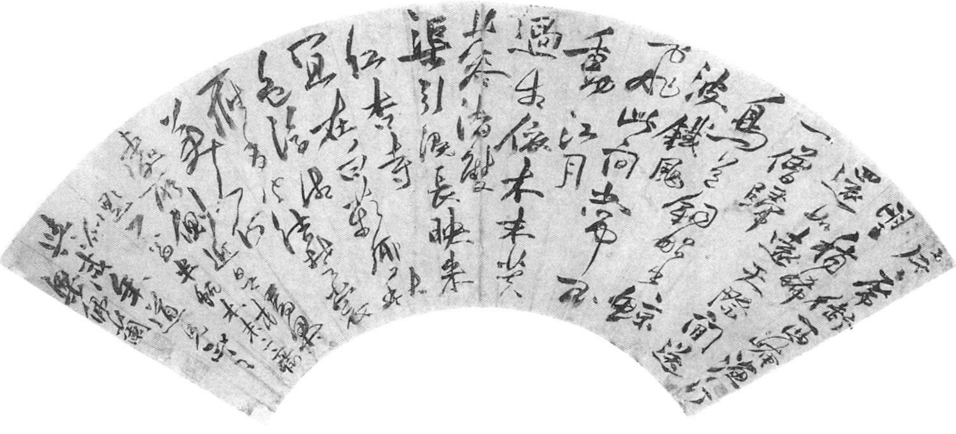

梁佩兰扇面书法

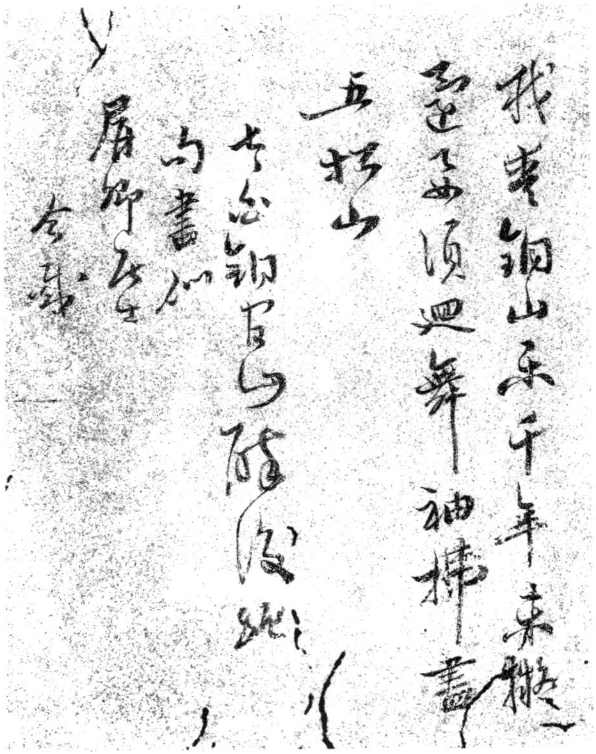

今载书法

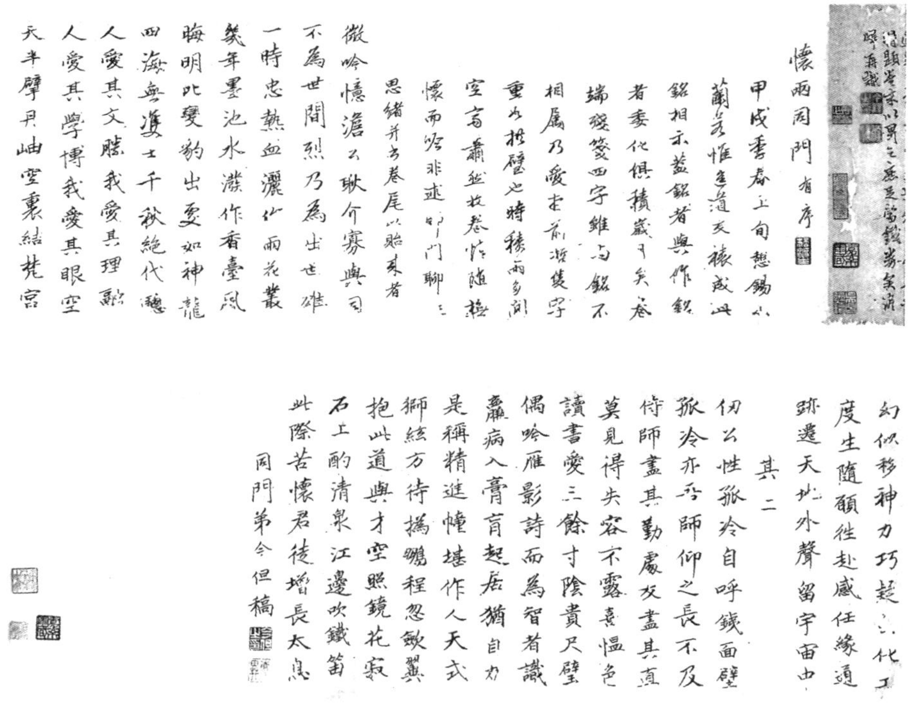

今但书法

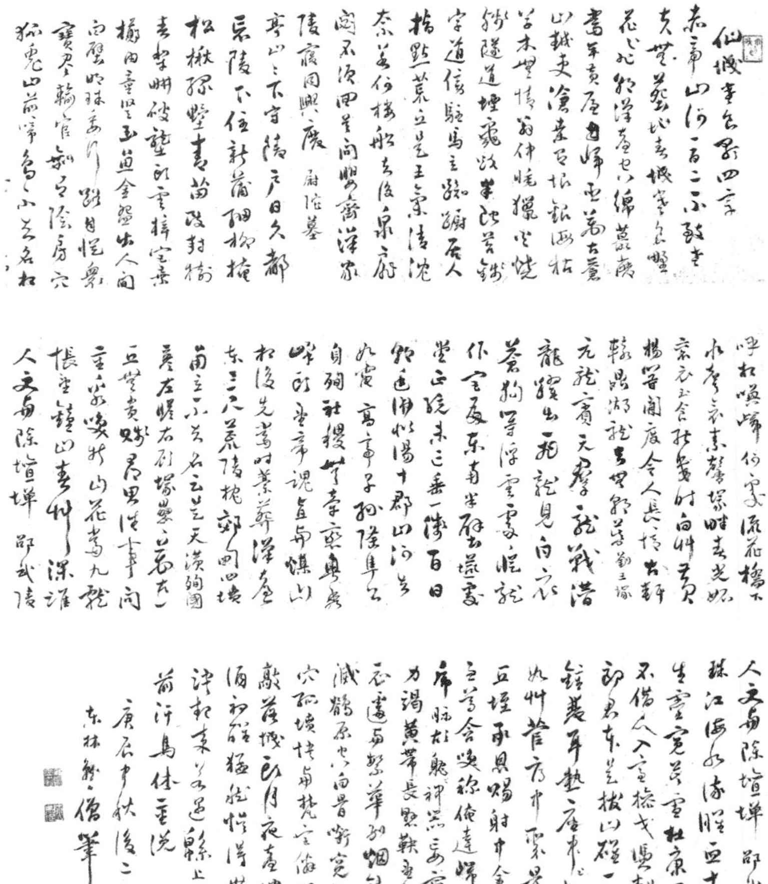

今但书法

序

黄天骥

去年年中，李舜臣教授的著作《岭外别传——清初岭南诗僧群研究》完稿，嘱我作序。今年元旦，舜臣和欧阳江琳伉俪来舍，带来了他们美丽可爱的小女儿含章，又告诉我书稿已经成书。我迫不及待，立刻请出版社给我送来样稿。我素来饶舌，接连看到舜臣的两个“宝贝”，喜不自禁，说话更是滔滔不绝，连老伴也批评我像吃了兴奋剂。

第二天，翻阅舜臣的样书，十多年前他和江琳在中山大学攻读博士学位时的情景，历历在目。当初，我曾想让他跟江琳一起研究古代戏曲，但考虑到他沉实内向的性格，学习戏曲艺术，未必合适。正踌躇间，忽然接到春风文艺出版社来函，约我主编《元散曲三百首》，我让舜臣等几位博士生也参加了。在工作的过程中，我发现舜臣文笔流畅秀丽，对诗歌的分析，也细腻深入，便建议他以研究古代诗词为主攻方向。

不过，让舜臣选取什么样的博士论文题目，当时颇费踌躇。记得舜臣也颇为焦虑苦恼。根据他的业务基础、性格，以及学术领域发展的情况，我和他在一起时，常会讨论选题的问题。其实，让舜臣从哪方面进行研究，我心中还是多少有数的。当时，学术界已经比较注意学科交叉的研究，例如对宗教与文学之间的关系，已逐渐成为人们关注的热点。而我自己，一方面在研究古代戏曲形态问题，一方面在考察戏曲文学与宗教的关系，不久也写出了《〈长生殿〉艺术构思的道教内涵》的论文。正在这时候，岳麓书社给我寄来了八指头陀的诗集；以大汕和尚为太祖师的澳门普济禅院，恰好也邀我前往撰写碑文。种种机缘，有关文学创作和宗教信仰的问题，让我经常萦回于脑际。有一个时候，甚至想动手研究涉佛的诗作。但是，我从工作需要，早已确定了以“戏曲为主，兼学别样”的目标，并且也知道这一论题的深浅，实在不敢旁骛。以我对舜臣性情养素和业务基础的了解，几经斟酌，我便想，未尝不可以引导他以诗歌创作与佛教的关系，作为博士论文的题目。不过，若让他泛泛而谈，毕业论文会写得大而无当，游谈无根。比较合适的做法，是从具体问题入手，观察诗人的宗教信仰与其创作之间的联系。而最能体现二者的关系的，则是历代文坛往往出现的颇为独特的群体——诗僧。

我从来有和青年教师或研究生在晚饭后散步的习惯。黄昏时分，康乐园微月初升，晚风迎袖，二三子分花拂柳，且行且聊，自得其乐。我们时而海阔天空地胡扯，时而交流学习的心得。一天，我约舜臣陪我散步，自然也谈到毕业论文的选题。我清楚地记得，当走到大钟楼附近，晚钟响处，我停住脚步，向舜臣提出建议：研究“诗僧”。我的想法是，既可以研究历代的诗僧，写一部“诗僧史”；也可以在了解我国诗歌创作与宗教关系的基础上，深入研究某一时代的诗僧群体，或者专门研究某一位诗僧的创作特色。当时，舜臣似乎眼前一亮。过了几天，他告诉我，经过认真的考虑，他决心以诗僧研究，作为博士论文的论题。

选题确定后，舜臣倒很少和我接触。我有点奇怪，也生怕他啃不下这块硬骨头。后来从旁了解，原来他一头钻入图书馆，夜以继日地苦读。本来，舜臣身体不算健壮，经过一段时间，发觉他竟瘦了一圈。我深知研究这论题的困难，除了提醒他注意休息外，也只好让他先当上一阵“苦行僧”。等到舜臣把写好的部分章节，送交给我审阅，细读之下，大喜过望。我相信他的论文，一定会写得很成功。果然，几个月后，经过毕业答辩，舜臣的论文，被答辩委员们一致评为“优秀”。

掌握大量的历史文献资料，通过对具体作品形象以及对作者经历、性格的细致分析；在这基础上，概括一定的历史时期以及地域特色，阐述并归纳诗僧这一创作群体的面貌，是舜臣的毕业论文受到专家们赞扬的重要原因。据知，他在来到中大攻读博士学位以前，比较注重文学理论的学习。这本来是好事，但也不免受到当时文坛流行的先定“理论框架”“以论带史”之类风习的影响。在中大求学的几年中，在康乐园学风的熏陶下，舜臣彻底改变了以往空疏的习气，开始注重见微知著求实创新的学习方法，并且得到长足的进步。而本来从理论学习练就的逻辑思维能力，一旦改变了被扭曲的状态，把先定“框框”再举例求证的做法颠倒过来；从具体事例作进一步的宏观归纳，这一来，具备了较好逻辑思维能力的舜臣，也更能条分缕析，有条不紊把复杂的问题，论述得简明扼要，精练流畅。传闻在他毕业后北上求职时，某地学府原本准备接纳他，给他和江琳安排了教职，但条件是，要他改变在康乐园获得的研究方法。据说舜臣当即拒绝，放弃了该校的聘请。对此，我没有向舜臣当面求证，但按我对他倔强沉实性格的理解，以及从他发表的论著中，看到他一直坚持的严谨平实的学风，我相信这是真事。

在中大毕业以后，舜臣围绕着诗僧的问题，锲而不舍地研究，而且越钻越深，取得了很好的成绩。经过多年的努力，他也获得学术界的认同。《岭外别传——清初岭南诗僧群研究》虽说是在十多年前博士论文的基础上写成，但经过整饬，又有明显的提高，这正是由于舜臣在毕业后坚持不懈，在诗僧研究方面不断有所创获的结果。作为师友，我为舜臣取得优异的成就，能成为研究诗僧领域的专门家，感到由衷的高兴；也很佩服这位年轻学者顽强攻坚的学习精神。青出于蓝，更胜于蓝。想当年，我对舜臣研究诗僧的论题，曾经有所建议，而现在，我从舜臣的论著中，也获得了许多教益。从这一点上，我深深地感受到学无前后、达者为师的真谛，体会到教学相长的乐趣。

近百年来，海内外学界对中国文学史、宗教史和文化史上的研究，虽然取得了很大的成绩，但有不少问题，还有待进一步的探讨。对诗僧特别是对诗僧群体的研究，实在还处于起步的阶段。现在，舜臣选取清初岭南诗僧群作深入的研究，详尽地论述特定时代特定地域的独特创作群体，这对掌握中国明清时代的社会和文学发展的状况，很有帮助。记得康保成教授曾建议舜臣通读《大藏经》，我想，即使不能一下子读完，也应是舜臣努力的方向。如果在这基础上观察清初岭南的诗僧，从整个宗教史发展的维度给予判断，特别是注意到大乘佛教对汉民族思维模式的浸润，注意到惠能禅宗一派之所以会产生在岭南，以及它对明清社会和岭南人士的深远影响，这将能更全面推进这一独特论题的发展。

一别多年，我马齿徒增，渐成老朽。而舜臣伉俪，尚容颜如昨。看到这小两口学有所成，家庭幸福美满，我由衷地感到高兴。舜臣勤奋明慧，我相信，他一定能够在诗僧研究方面取得更大的成绩，一定能够坚持把在康乐园获得的良好学风，驰骋于学坛，扎根于江右，在教学科研上取得更大的贡献。

写于2017年春节

（作者系中山大学中文系教授、博导）

目　录

绪论

一、问题的提出

明清之际，时人多称为“天崩地坼之日”[1]。长年的战乱以及“夷夏鼎革”对世人身心造成的创伤堪为史上仅见，很多人不得不遁入山林、寺院，安顿流离颠沛的身心。邵廷采云：“至明之季年，故臣庄士往往避于浮屠，以贞厥志。非是，则有出而仕矣。僧之中多遗民，自明季始也。”[2]邵氏指出了明季劫后余生的士大夫的两难选择：非出仕即逃禅。此种说法容或绝对，但观当时的文化大势，遗民出家逃禅风潮确是最为引人注目的现象之一。在“以殉死为荣，降附为耻”[3]的岭南地区，此风尤盛。大批文士披上袈裟，在山林丘壑间、古佛青灯旁，歌咏吟啸，长歌当哭，由诗人一变为诗僧。由是，一个规模庞大的诗僧群崛起于清初岭南诗坛。关于此诗群的概貌，清中叶的岭南文士何桂林有如下之描述：

吾粤方外士以诗鸣者，俱本正声，所以古今传诵不绝。大率明季甲申、丙戌之遗老而逃于禅者多，如憨山之有《梦游集》，空隐之有《芥庵集》，正甫之有《零丁山人集》，天然之有《瞎堂集》，祖心之有《千山集》，阿字之有《光宣台集》，石鉴之有《直林堂集》，诃衍之有《鹤鸣集》，真源之有《湛堂集》，仞千之有《西台集》，乐说之有《长庆集》，澹归之有《遍行堂集》。自天然之开法岭南，所采阿字辈一百二十余人之集编而为《海云禅藻》，大启宗风。其诗类多感时述事，亦如憨山之一派皆出乎性情之正，所以历久而弥彰。百余年来，尘异、石洞、迹删诸宿著作如林，为《咸陟堂集》；又数十年，则有静公之《香海集》，隐公之有《竺堂集》，澄公之有《水云

[1] 顾炎武《先妣王硕人行状》云：“若不孝者，何以安吾母？而犹然有靦于斯人之中，将于天崩地坼之日，而卜葬桥山之未成，而马鬣之先封也。”顾炎武撰，华忱之校点：《顾亭林诗文集》，北京：中华书局1984年版，第166页。

[2] 邵廷采著，祝鸿杰校点：《思复堂文集》卷三《明遗民所知传》，杭州：浙江古籍出版社1987年版，第212页。

[3] 陈伯陶：《胜朝粤东遗民录·自序》，《清代人物传记丛刊》第70册，台北：台湾明文书局1986年版，第14页。

集》，戒公之有《玄庵集》，涉公之有《片云集》，悉以海云为宗，海幢为派，由源溯流焉。[1]

所谓“海云”“海幢”是指清初岭南曹洞宗第三十四代高僧天然函昰及其门徒阿字今无在广州开创的名刹，在他们的周围聚集着大批能诗的僧人，由于他们有着共同的精神信仰、相近的生活境遇，彼此间甚至还有直接或间接的法缘，在诗歌创作上显示出大体相近的情感倾向与风格特征，故历来有“海云诗派”或“海幢诗派”之称。[2]须指出的是，这里提到的尘异、石洞、迹删等人，非属海云、海幢寺僧。且除以上诸僧外，还有大汕、愿光、达津等一批与海云、海幢关系不甚密切的诗僧。若仅以“海幢诗派”或“海云诗派”来概述整个清初岭南诗僧，并不甚恰当。因此，我们选择了在内涵与外延上较“流派”均更为宽泛的“群体”来名之。

覃召文先生在《岭南禅文化》一书中指出：“清初岭南崛起的诗僧集团是一个庞大的诗群，也许，这还是中国至今以来最大的诗僧集团。”[3]笔者搜集了一些文献，考得此诗群人数约有154名，较《全唐诗》所录诗僧还多出近40人。[4]因此，称其为“中国至今以来最大的诗僧集团”，是没有问题的。

群体人数的多寡并非意味着研究意义之重大，而真正需要参究的是这个群体的创作实绩、影响以及所凸现的文化意义。诚然，若仅从文学鉴赏与文学价值评判角度出发，与其选择这一并非为人们所熟知的诗群作为研究对象，倒不如立足于那些经典作家、经典作品，更具意义。就岭南诗歌而言，著名的“岭南三大家”显然更具有代表性。然而文学研究有时又并非仅局限于文学本身，其意义更多的是与他种文化之综合。作为横跨宗教与文学两个领域的诗僧现象，无疑具有突出的研究意义。

清初岭南诗僧群不仅取得了较为可观的创作实绩，而且还是一个特征十分鲜明的诗群。其中的多数成员，决非传统意义上的僧人，他们甚至以枯禅

[1] 何桂林：《莲西诗存序》，见释宝筏《莲西诗存》卷首，光绪十九年刻本。

[2] 除何氏“海云为宗”“海幢为派”云云，民国屈向邦《粤东诗话》卷三亦有相似提法，陈永正先生主编《岭南文学史》则以“海云诗派”指称天然系诗僧。

[3] 覃召文：《岭南禅文化》，广州：广东人民出版社1996年版，第34页。

[4] 请详参本书第二章。

衲子为非，表现出积极入世的精神。例如，有曾为“永历虎牙”、出家后反为尚可喜歌功颂德的今释澹归；有通海经商、蓄养优伶，但所创作的诗歌却有着强烈悯乱伤时情怀的石濂大汕；有多被学者称为“清初第一文字狱”的主角剩人函可；有清初岭南佛门领袖天然函昰；复有被沈德潜称为“本朝僧人鲜出其右者”[1]的迹删成鹫……他们充满法缘与俗缘纠葛的生活形态和复杂多面的人格，很能折射出明清鼎革对时人造成的影响。显然，对于这批诗僧及其诗作的解读，不光是一般意义上的文学研究，它对清初岭南的社会状况、文化风尚特别是禅文化的研究，都有重要的参考价值。

二、相关概念的界说

在本文开始前，有必要对其中的几个核心概念略作界定，以明晰我们的研究范围。

（一）诗僧

诗僧，是古代文学史上一个特殊的诗人群体，他们以灵心慧笔，创作出大量风格独特的诗作，成为华夏诗坛禅苑中的一朵奇葩。可是，什么样的诗人才能称为诗僧呢？有人说，诗僧，不就是会写诗的和尚吗？其实，问题并非如此简单。历史上游移于僧俗两界者着实不少，有半路出家的；有中途还俗的；还有虽剃了头，骨子里却与俗人无异的。清人魏禧言：“夫僧有始于真、终于伪，有以伪始以真终，又或始终皆伪，愈不失其真者。”[2]因此，人们在界定“诗僧”这一概念时，常出现不同的意见。

据笔者所知，目前学界对“诗僧”的界定，至少有两种不同的说法。

[1] 沈德潜：《国朝诗别裁集》卷三十二，北京：中华书局1975年版，第586页。

[2] 魏禧撰，胡守仁、姚品文、王能宪校点：《魏叔子文集》外编卷十《赠顿修上人序》，北京：中华书局2003年版，第509页。

其一认为，“诗僧可以说是以写诗为‘专业’的僧人，也可以说是披着袈裟的诗人。他们产生在特定的历史时期”；[1]其二认为，“凡是信仰佛教的诗人”都可称作诗僧，既包括出家的僧人，也不排除在家修行的居士诗人。[2]这两种说法，分别从不同角度看待问题，似乎都有道理。但仔细思量，又不甚周全。第一种说法，影响最大，指出了诗僧的特长是写诗，但对僧人身份的界定尚不明确；第二种说法，从大乘佛教的精神出发，似乎更贴近中国佛教发展的实际，但将居士诗人也纳入诗僧这一群体，则又过于宽泛，反而模糊了诗僧的“本来面目”。

其实，对于这个问题，古人亦颇多疑义。《四库全书总目》就多次批评前人在界定诗僧身份时的一些不妥做法。如评明释正勉、性湗所编《古今禅藻集》云：

> 中间如宋之惠休、唐之无本，后皆冠巾仕宦，与宋之道潜老而遘祸、官勒归俗者不同。一概收之，未免泛滥。[3]

“宋之惠休”，据《宋书·徐湛之传》，他本姓汤，早先入沙门，然刘宋孝武帝命其还俗，官扬州从事史。[4]“唐之无本”，即中唐著名诗人贾岛，早年亦出家，法名无本；后来在韩愈的劝说下返俗，官长江主簿。从这两人的经历看，他们皆是因尘俗诱惑，而自愿弃佛归儒的。道潜，即与苏轼关系密切的参寥子，及苏轼谪迁岭南，他亦坐罪，被官府勒令还俗，后勒令解除，复祝发为僧。虽同为半途还俗，然道潜非出于本心，与惠休、贾岛二人实有本质之别。故馆臣认为，惠休、贾岛不应与道潜一样，被收录在僧诗选本中。此外，在评南宋李龏所辑《唐僧宏秀集》与《唐四僧诗》时，馆臣又重申了这个问题。可见，他们是持较为严格的标准来界定诗僧的，将那些虽曾出家但后来又自愿“返初服”“复冠巾”的诗人，排除在诗僧之列。而对于所收诗僧别集的作者，则一般从释家习惯，皆明确冠以“释”或“僧”之姓。

[1] 孙昌武：《佛教与唐代文学》，西安：陕西人民出版社1985年版，第126页。
[2] 仪平策：《中国诗僧现象的文化解读》，《山东大学学报（哲学社会科学版）》1994年第2期。
[3] 永瑢等：《四库全书总目》卷一八九，北京：中华书局1965年版，第1724页。
[4] 沈约：《宋书》卷七十一，北京：中华书局2001年版，第1847页。

从诗僧发展史看，四库馆臣在鉴别诗僧的身份时所持的审慎态度，是有一定道理的。释子作诗，始于六朝。[1]东晋有“援笔染翰，以慰二三之情”[2]的支遁，复有在庐山集僧人、居士吟咏唱和的慧远，稍后又有帛道猷、宝月、宝志等人，皆为僧人作诗的较早代表。《中国历代僧诗全集》共辑录六朝诗僧42人，诗作246首。不过，综观六朝僧诗，大抵偈颂气浓，诗味寡淡，创作数量并不可观。故六朝僧诗虽有一定的影响，但作为一个特殊的诗人阶层尚未形成气候，当时的文献亦未有以“诗僧”来指称这些释家诗人的。

“诗僧”一词的发明权，似应归于中唐诗僧皎然，其《杼山集》有两处出现“诗僧”一词。一处在卷四诗题《酬别襄阳诗僧绍微》中；二处在卷九《答权从事德舆书》中：“灵澈上人足下，素识其文章……自齐梁已（以）来，诗僧未见其偶。”[3]与皎然约略同时的刘禹锡《澈上人文集纪》中亦云：“……乃抵吴兴与长老诗僧皎然游……世之言诗僧多出江左，灵一导其源，护国袭之；清江扬其波，法振沿之。如么弦孤韵，瞥入人耳，非大乐之音。独吴兴昼公能备众体。昼公后，澈公承之，至如《芙蓉园新寺》诗云：‘经来白马寺，僧到赤乌年。’《谪汀州》云：‘青蝇为吊客，黄犬寄家书。’可谓入作者阃域，岂独雄于诗僧间邪？”[4]“诗僧”一词在此文三见，足见梦得已有较明确的“诗僧”观念。这几则材料里所提到的诗僧，像皎然、灵澈、护国、清江、法振，都是当时善于作诗的僧人代表，既无半途还俗之经历，更不同于一般士大夫诗人，而是以诗为名的出家僧人。这与四库馆臣的观念，就颇为接近了。

不过，馆臣在批评别人时，同样也有不少疏略。且不说他们误将晚唐诗僧清塞为周朴，[5]在界定宋代江西诗派诗人饶节的身份时，亦前后抵牾。饶节，本江西诗人，晚而为僧，更名如璧，《四库全书》录其《倚松老人集》二卷。馆臣认定集中之诗大半为僧后所作，但为该集署名时，仍是“宋饶节撰”，而非“释如璧撰”。然而，在《古今禅藻集》提要中却说：“宋倚松老人饶节，后为僧，名如璧，陆游《老学庵笔记》称为‘南渡诗僧之冠’，与

[1] 王夫之《姜斋诗话》云：“衲子诗源自东晋来。”
[2] 支遁：《八关斋诗三首（并序）》，见艾若、林凡、郁贤皓主编：《中国历代僧诗全集》（晋唐五代卷上册），北京：当代中国出版社1997年版，第9页。
[3] 皎然：《杼山集》卷九《答权从事德舆书》，《文渊阁四库全书》第1071册，第860页。
[4] 刘禹锡：《刘宾客文集》卷十九《澈上人文集纪》，《文渊阁四库全书》第1077册，第444页。
[5] 关于此，余嘉锡先生《四库提要辨证》卷二十四已力辨之，此不赘述。

葛天民卒返初服者亦不同，乃漏而不载。”[1]这显然自相矛盾，难以自圆其说。

余嘉锡先生有一个提法，笔者以为很值得重视。他在《四库提要辨证》卷二十四中说：“……（周）贺平生所作诗，多作于为僧之时，其集之行世者，又或直题清塞之名，未及一一追改，故选僧诗者得而录之。若贾岛官至长江簿，以官名集，其诗又皆作贾岛，无追题其无本之名者，故不得而阑入之，是亦《春秋》名从主人之义也。昔梁刘勰出家，改名慧地；宋饶节为僧，改名如璧；而《南史》勰本传及吕居仁《江西宗派图》皆仍用其本名，以其著述成名，在未为僧之前故也。周贺少而出家，老始还俗，为僧之日长而为士人之日短；故《诗人主客图》及《唐诗纪事》《唐才子传》皆直名之曰僧清塞，李龏列入唐僧之中，初非漫然无所据者，不可谓之自乱其例也。”[2]这里，余先生以“《春秋》名从主人之义”及为僧时日之长短，来定夺其是否为“诗僧”，显得更为灵活、通脱。

像贾岛、刘勰、饶节等这样很难称为诗僧的诗人，历史上还有不少，特别是在遗民逃禅成风的明末清初。像被称为“清初岭南三大家”之一的屈大均，顺治七年（1650年）尚可喜广州屠城后，即避难剃发出家，更名为今种，字灵一，“自首至足，遂无一而不僧”。[3]可不久，他即浪迹岭外，四处拜访前朝遗老，凭吊故迹；回到岭南后，复弃佛归儒，甚至以儒者自尊，猛烈“辟佛”。这表明，貌似缁流、实为遗民的屈大均，是绝不愿意人们将他视为诗僧的，至于钱谦益为他所作诗序里，称其为“诗僧”，那是他仍避难佛门之时。在清初岭南，像屈大均那样徘徊于僧俗两界的诗人还有不少，如黎遂球、梁朝钟、王蒲依等人均曾削发出家，然又因种种原因皆还归俗界。对他们来说，佛门只不过是人生暂时的避难所而已，其终极追求不是成佛作祖，而仍是忠君事功的儒家理想，故实难以“诗僧”冠之。

此外，还有一个与诗僧关系密切的问题须加讨论，那就是诗与偈的关系。有的人认为，诗偈等同，像拾得有诗云：“我诗也是诗，有人唤作偈。诗偈

[1] 永瑢：《四库全书总目》卷一八九，第1724页。

[2] 余嘉锡：《四库提要辨证》卷二十四，北京：中华书局1980年版，第1577页。

[3] 屈大均《翁山佚文辑》卷二《髻人说》中谓：“庚寅年二十一，又复髻，则予园顶而为僧，然犹不肯僧其帽，终岁戴一青纱幅巾。壬辰二十三岁，为飘然远游之举。以城市不可以幅巾出入，于是自首至足，遂无一而不僧。”

总一般，读时须仔细。”但也有将诗偈判为泾渭的，像《全唐诗·凡例》则说：“《唐音统籤》有道家章咒、释家偈颂二十八卷，《全唐诗》所无，本非歌诗之流，删。”[1]从形式上看，诗与偈几无分别；但从本质上说，诗与偈又有很大差异，诗以抒情言志为主，而偈颂则以说理见长。当然，这种差异又是相对的。有些僧人的偈颂，就写得很富诗意，像常被人们称引的宋代船子和尚的禅偈：“千尺丝纶直下垂，一波才动万波随。夜静水寒鱼不食，满船空载月明归。”[2]然而，大多数的偈颂则不是那么富有诗味，像澹归《遍行堂集》、今无《光宣台集》中的一些偈颂则显然不能称为诗歌。所以，将诗与偈颂截然分开，或是将二者完全等同起来，恐怕都不太妥当。故而，本文对诗、偈之区分，实际持“中庸之道”，即以诗味之浓淡来衡量偈颂是否为诗。

综上所论，根据古代诗僧发展和僧诗创作的实际，我们以为，“诗僧”应该是一个有特定内涵的诗人群体。从其身份说，他首先必须是信仰佛教的出家僧人，既不是在家修行的居士，亦无自愿还俗之经历；从其性情、趣味看，他又必须雅好作诗，而不是以写宗门语录、偈颂见长。

（二）清初

目前学界对“清初”这一时间上下限的划分，亦有不同意见。有的认为，清初当从乙酉（1645年）弘光朝灭亡始；有的则认为应从辛丑（1661年）永历朝覆亡算起；甚至还有认为应从癸亥（1683年）郑克塽以台湾降清始。究其实，出现如此迥异看法之原因主要在于学者们研究视角的不同。不过通行的说法，尤其在文学研究中，清初，多指从甲申顺治元年（1644年）至壬寅康熙六十一年（1722年），即指顺、康二朝七十九年之历史。本文遵此说。此外，还须说明的是，清初岭南诗僧群中的很多成员的生活其实跨越了明末清初，今不使用“明末清初”这一时间概念，主要考虑到他们作为僧人的活动与诗歌创作活动多在明亡之后。故本书使用“清初”这一时间概念，似乎更切近实际。

[1] 彭定求等编：《全唐诗·凡例》，上海：上海古籍出版社1996年版，第4页。

[2] 普济著，苏渊雷点校：《五灯会元》卷五“船子德诚禅师”条，北京：中华书局1992年版，第275页。

（三）岭南

广义的岭南自古是指五岭以南的广大地区。据《古今图书集成·坤舆部》第八十四卷载，"秦始皇略定扬越，谪戍五方，南守五岭，后遣任嚣攻取陆梁之地，遂平南越，置郡为南海、桂林、象"，然此土幅员辽阔，节制实为疏阔。至汉武帝平定南越时，又将三郡析为南海、苍梧、交趾、九真、儋耳等九郡，在汉献帝时又将宗府设在交州，三国吴时则属建宁，晋时又复交州、广州二州，刘宋时又分为广州、交州、越州。所以说，"梁陈以来，废制混杂"。唐代始设岭南道，为有唐十道之一，包括南海、海丰、高要、高凉、苍梧、交趾、九真、儋耳诸郡，大略相当于现在的广东南部、广西桂林、海南、越南北部一些地区。宋代分天下十八路，此土分辖于广南东路、广南西路，也就是今天广东、广西之原始。虽这片土地行政区划之演变如此复杂，但人们常将广东视为五岭以南的广大地区的代称，或称岭南则专指广东，这在清代后尤为如此。清初任广东按察司的张渠《粤东闻见录》还专门澄清这一问题："广东之地，昔人尝以岭海兼称。即今分岭南、东、西三道，则专乎'岭'以为言。又分海北、海南二道，则专乎'海'以为言。余见世之著书者往往称广东为岭南，就唐时所设之道则太广，就今日分巡所辖则已隘。故必正其称为广东，庶以尊本朝命名之实与今日四封之所至。"[1]蔡鸿生先生《清初岭南佛门事略》中引张渠此段话说："张渠指出的差别是有道理的。不过，'称广东为岭南'既已约定俗成，则现代的'著书者'似乎不妨沿用。"[2]故而，本文亦"不妨沿用""著书者"之成说，称岭南即指广东，而未涵括今广西、海南诸省区。

（四）群体

群体是一个与群落、流派相似但又不尽相同的概念。[3]所谓群落，按欧阳光先生的解释，是"在特定地理区域独特的自然人文背景下，往往域地分宗，形成区域性文人群落，其标志就是在一定的时期内，出现了不是零星的而是成批的文人，他们由各种因缘而发生联系，其活动在总体上呈现出

---

[1] 张渠：《粤东闻见录》，广州：广东高等教育出版社1990年版，第4页。

[2] 蔡鸿生：《清初岭南佛门事略》，广州：广东高等教育出版社1997年版，第3页。

[3] 在本书中，这几个概念都是基于文学研究而言的。

刻着鲜明地域文化的共同风貌”。群落最鲜明的特征是地域性，其成员之间主要以地缘为纽带而联系在一起，是同一地域文人的“一种原生态的自发组合”[1]，组织凝聚力较弱。而流派则不同。一般以为，必须具备标宗立派的纲领、一个或几个核心、相近的创作倾向和统一的行动等特征的文学组织，方能称为流派；与群落相比，其内部组织显然更为严密，成员的团体意识也更为鲜明。所谓“群体”，就组织的严密度而言，则是一种介于群落和流派之间的文人组织。它既可以地缘为联系纽带，亦可因相近的身份、阶层乃至经历而凝结在一起（像南宋遗民诗人群体、清代东北流人诗群等），与群落相比，其“群”的特征要更为丰富，成员的“群体”意识也更为鲜明；但又不明显具备流派的四个特征。当然，此种区分未必十分准确、严格，因为文学史上的群落、群体、流派，很多实在又是后世研究者为整合一些相似的文学现象而采取的角度或方法。

厘清这几个概念对本课题的研究是很有必要的。从清初岭南诗僧之间的往来、联系看，我们选择以群体而非群落、流派的角度加以研究，是有根据的。首先，从现存文献中，我们也未发现他们有任何标宗立派的言论，虽然前人有所谓“海云诗派”“海幢诗派”，但那仅指天然一系的禅僧，不能涵括所有的清初岭南诗僧；其次，由于诗僧们处于相近的阶层，彼此间不仅具有地缘关系，更有密切的法缘关系，故又不宜以“群落”这一概念来指称。

三、前贤研究的回顾与展望

清初岭南诗僧群中的主要成员的诗文集，在乾隆年间编修《四库全书》时，悉被禁毁，以至他们的文学成就以及人格风范长期湮没无闻。然潜德幽光，终将烁破天下，自20世纪上半叶以来，特别是当中华民族命运存亡攸关

[1] 欧阳光：《从文人群落到文人集团——元代婺州文人集团再研究》，载《文史》2001年第一辑。

的时刻，这批诗僧的价值又为有识之士所发现。他们穿越历史时空与诗僧们相接，使诗僧们的精神在近三百年后重焕辉光。

（一）新中国成立前的研究状况

20世纪初，有关此课题的研究主要散见于一些学术笔记、诗歌选本中。例如，徐世昌主编的《晚晴簃诗汇》中收录了清初岭南诗僧5人，并对其中一些僧诗略予评点；[1]苏曼殊《燕子龛随笔》中记载了澹归“鸳湖投诗”一事，是后世研究者经常征引和考辨的材料；[2]缪荃孙于宣统二年（1910年）刊行的《艺风堂文续集》中载《石濂和尚事略》一文，[3]被认为是近世“关于大汕的第一篇完整的传记”；[4]陈伯陶《胜朝粤东遗民录》中记载了函昰、函可的行状，并略考了天然系禅僧的名目；[5]陈融《越秀集》对函可、函昰、二严和尚、澹归等人的生平、诗歌略有评述，[6]后又在《颙园诗话》介绍了澹归诗文集《遍行堂集》的版本源流，并附《海云六今诗翰》收录了今无、今覞、今壁、今辩、今印、今帾六人诗作；张其淦《明代千遗民诗咏》则以诗歌的形式咏赞了数名岭南诗僧。[7]

文献整理方面，有宣统三年王文濡据江南图书馆藏《遍行堂续集》的道光年间刻本，重新整理校点，并委以国学扶轮社铅印刊行；此刊本后还附载了王氏《遍行堂集跋》一文，初步介绍了澹归的生平、著作。[8]容肇祖于1929年发表的《遍行堂集残稿跋》，也着力于澹归诗集的考订，并附有澹归年谱简编。[9]龙榆生主编的《词学季刊》曾选刊了澹归词180余阕；[10]赵尊

[1] 徐世昌：《晚晴簃诗汇》卷一九五，民国十八年得耕堂刻本。

[2] 苏曼殊：《燕子龛随笔》，载柳无忌编《曼殊大师纪念集》，《民国丛书》第5编，第93册，上海：上海书店1997年版，第89—90页。

[3] 缪荃孙：《艺风堂文续集》卷二《石濂和尚事略》，宣统二年刊本。

[4] 姜伯勤：《石濂大汕与澳门禅史》，北京：学林出版社1999年版，第23页。

[5] 陈伯陶：《胜朝粤东遗民录》卷四，第415—450页。

[6] 陈融：《越秀集》，民国二十五年南华社刊。

[7] 张其淦：《明代千遗民诗咏》，《清代传记丛刊》第66—67册，台北：台湾明文书局1986年版。

[8] 澹归：《遍行堂续集》卷首，国学扶轮社宣统三年刊本。

[9] 容肇祖：《遍行堂集残稿跋》，载《语言历史学研究所周刊》第6集，第12期。

[10] 龙榆生主编：《词学季刊》，1936年9月第3卷第3号。

岳《明词汇刊》中辑录明季词僧二人，其一即为澹归；[1]民国另一重要词学刊物《同声月刊》1942年第二卷从第2号至第6号连续刊载澹归的词作。

另外，谢国桢先生于1931年撰成的《明清之际党社运动考》中，对清初岭南佛门僧人的社团活动略有考述；[2]张长弓于1937年完成的《中国僧伽之诗生活》一书，则是第一部宏观描述中国诗僧发展概况的专著，里中亦及成鹫等人。[3]

以上这些研究，虽显零散，然吉光片羽，不容忽视，堪称本课题研究的先导。此期相对集中的研究，则始自陈垣先生于20世纪40年代初刊行的《清初僧诤记》和《明季滇黔佛教考》等著作。[4]这两部力著不但开创了明清之际禅学研究的新局面，且在方法上对后来学者也良多启示。前书对澹归、大汕等人在清初所引起的争议，略有考评；后书虽仅考明清滇黔佛门掌故事略，却启发了学者们对区域佛教研究的重视。在他的直接影响下，一些学者对明清之际岭南禅学产生了浓厚兴趣。汪宗衍先生于1944年发表了《天然和尚年谱》《天然和尚著述考》《天然和尚弟子考》等撰述，对天然和尚的研究极为精细。[5]王在民先生亦撰有《南明诗僧函可年谱》《南明诗僧函可考证》《阿字和尚年谱》等文，虽然间有疏误，然推介之功不可没。[6]王汉章先生于1949年所撰《澹归年谱》，在容肇祖的基础上，对澹归的生平事迹的考订更显详尽。[7]综观40年代此课题的研究，明显具有两个特点：其一，学者们重考据、实证的方法，着力厘清诗僧的生平和著述；其二，此期的研究与时代气运紧密相关。正如陈寅恪先生评《明季滇黔佛教考》时所言："及明社既屋，其地之学人端士，相率遁逃于禅，以全其志节，今日追述当时政

[1] 赵尊岳：《明词汇刊》，《传世藏书》总集第17册，海口：海南国际新闻出版中心1996年版，第1207—1220页。

[2] 谢国桢：《明清之际党社运动考·粤中诗社》，北京：中华书局1982年版。是书初版于上海商务印书馆1934年。

[3] 张长弓：《中国僧伽之诗生活》，北京：著者书店1935年版。

[4] 此二书俱见于河北教育出版社2000年版的《明季滇黔佛教考》（外宗教史论著外八种）中。

[5] 以上三篇俱见于汪宗衍：《明末天然和尚年谱》，《北京图书馆藏珍本年谱丛刊》第69册。

[6] 《南明诗僧函可年谱》，发表于《宇宙风》乙刊民国三十年第36期；《南明诗僧函可考证》《阿字和尚年谱》则见于《千山剩人和尚语录》（香港金坛印务公司1970年印）附录。

[7] 来新夏：《近三百年人物年谱知见录》，上海：上海人民出版社1983年版。王汉章《澹归年谱》今稿藏于天津图书馆，笔者未见。

治之变迁，以考其人之出处本末，虽曰宗教史，未尝不可作政治史读也。”[1]是时，值国难当头，亟须高蹈志节之士重振民族精神，因而鼎革之际的爱国节士极易引得学者们的“同情”，而此种“同情”反过来又会加深研究的力度。王在民《南明诗僧函可考证》中即言：“自九一八后，我国国民的民族意识很是低沉，我深感函可这么的一位爱国诗僧很有介绍给同人认识的价值。”汪宗衍亦说：“辛巳初春，新会陈援庵先生自北平寄示《明季滇黔佛教考》，陈寅恪先生序之谓‘政治与宗教虽不同物，而终不能无所关涉’，又岂独《滇黔》为然哉？”[2]这些言论，皆表明了学术与政治、时代密切的关系，而学者们对清初岭南爱国诗僧的关注恰是此种学术思路的体现。

（二）20世纪50—70年代的研究状况

五六十年代有关此课题研究成就最著者当推陈寅恪与冼玉清二位先生。陈寅恪虽未直接研究此课题，但其《柳如是别传》在考证钱谦益与明遗民关系的《复明运动》一章中，分别关涉澹归与函可两人，尤其是对后者，用了相当的篇幅考证出函可于乙酉年间至金陵，“实为南明政权奔走游说”[3]等重要史实。冼玉清《广东释道著述考》则从文献学的角度，抉幽阐微，对历代广东释道的著作进行了精密考证，稽考了清初岭南诗僧著述二百余种，并且对一些诗僧的生平事迹也略有考究。[4]是书搜罗广泛，考订精细，一直是后学者研究岭南文化的津梁。

此期还有一位学者必须提及，那就是邓之诚先生。他在1956年出版的《清诗纪事初编》中，辑录了大汕、成鹫两位诗僧。对成鹫的评价云：“诗亦快吐胸臆，不作禅语，无雕琢摹仿之习，仍是经生面目。”[5]对大汕，则既指出其“诸轶轨之事”，同时对其诗又评价甚高：“唯集中《河决行》《地震行》《剿‘贼’行》诸篇，悲愤乃同于儒生何也？”[6]另外，还

[1] 陈寅恪：《〈明季滇黔佛教考〉序》，载陈垣：《明季滇黔佛教考》，第235—236页。

[2] 汪宗衍：《天然和尚年谱·引言》，见《明末天然和尚年谱》，台北：台湾商务印书馆1986年版，第123页。

[3] 陈寅恪：《柳如是别传》，上海：上海古籍出版社1980年版，第941—942页。

[4] 冼玉清：《广东释道著述考》，载《冼玉清文集》，广州：中山大学出版社1996年版。

[5] 邓之诚：《清诗纪事初编》，上海：上海古籍出版社1965年版，第295页。

[6] 邓之诚：《清诗纪事初编》，上海：上海古籍出版社1965年版，第342—343页。

有麦默先生1962年所撰《澹归大师事迹》，对澹归供事于永历朝的事略考证颇详。[1]

70年代，由于众所周知的原因，学界景况萧条。就清初岭南诗僧研究而言，成绩较为瞩目的当推岭南著名藏书家何耀光先生。何氏先后重新影印了函昰《瞎堂诗集》以及函可《千山诗集》，且在二集的序言中，对他们的人格与诗格评价甚高，如评函昰诗云："两间元气充溢毫端，义取风骚，句参比兴，视唐宋诸贤固何多让耶？"[2]1973年，何氏又出版《至乐楼书画题跋·明遗民部》一书，影印了《天然和尚行书轴》《今释和尚自书诗文集》《大汕和尚白描罗汉卷》三种，并分别撰有跋语。[3]何耀光一生致力于岭南文献的收集、整理，其表扬忠烈、阐扬文化之功，令人钦佩。此外，汪宗衍在以前研究基础上又撰成《明末剩人和尚年谱》，对函可的生平事迹，发明甚详。[4]季子《大汕和尚与王渔洋》、杼庵《大汕其人其像》、于今《澹归著作补谈》等文也是此课题的研究成果。[5]

50—70年代学术界普遍受到"左"倾路线的影响，以政治分析、阶级分析法为主，但综观本课题这一阶段的研究，学者们基本仍承续了传统的考据方法，致力于一些具体事实的考证，因而确实解决了不少的实际问题。

（三）20世纪80年代后的研究状况

80年代以前，学界对清初岭南诗僧的研究，多从史学、宗教学、文献学的角度入手，真正着眼于他们的文学成就者并不多。这种局面在80年代后有所改观，一些文学研究者开始注意到他们的诗歌成就及影响。覃召文先生的两部著作《岭南禅文化》《禅月诗魂：中国诗僧纵横谈》，首次提出了清初岭南诗僧群这一概念，并且从文化史、社会因素等方面初步探讨了这一诗群的成因和概况。[6]此外还有一些诗歌史著述，如严迪昌先生《清诗史》[7]

[1] 麦默：《澹归大师事迹》，手写本，今藏于广东孙中山文献馆。

[2] 何耀光：《〈瞎堂诗集〉重刊序》，载函昰《瞎堂诗集》卷首，何氏至乐楼重刊本。

[3] 何耀光：《至乐楼书画题跋·明遗民部》，何氏至乐楼刊本。

[4] 汪宗衍：《明末剩人和尚年谱》，台北：台湾商务印书馆股份有限公司1986年版。

[5] 此三篇文章俱载于《艺林丛录》第三编、第九编，香港：商务印书馆香港分馆1963、1973年版。

[6] 覃召文：《禅月诗魂：中国诗僧纵横谈》，北京：三联书店1994年版。

[7] 严迪昌：《清诗史》，南京：江苏古籍出版社2002年版。另，其所撰《清词史》（江苏古籍出版社1994年版）对澹归词亦设有专节论析。

和刘世南先生《清诗流派史》[1]对函可均设有专节研讨，特别是刘世南先生在评述“岭南诗派”时，论列的诗人为屈大均、陈恭尹、函可三人，而非传统公认的“岭南三大家”。这表明，在这位清诗研究专家的心目中，函可诗歌的价值甚至高于“岭南三大家”之一的梁佩兰。黄海章先生《明末广东抗清诗人评传》中评析了函昰、函可二人的诗歌艺术以及思想内容。[2]陈永正先生主编的《岭南文学史》则专设“方外诗人”一节，对函昰、函可、成鹫三位诗僧有相对详备的阐述。

此期的清诗选本，也多选录了一些清初岭南诗僧的诗作。钱仲联先生主编的《清诗纪事·释道卷》中辑录清初岭南诗僧16人，具有丰富的史料价值。[3]张玉兴先生编选的《清代东北流人诗选注》中选函可的诗作56首，数量仅次于吴兆骞，为全书第二，并指出函可实为清初“辽沈文坛活动的中心人物”；[4]丁力先生选注的《清诗选》中则将函可与吴兆骞、沙白张并列为“清初抗清三大诗人”；[5]陈永正先生的《岭南诗选注》也涉及多位诗僧。[6]这些诗歌选集中的僧诗，多是学者们从浩繁卷帙中精选出来的，其中的注释、评论，均有着较为重要的参考价值。

单篇论文方面，关涉此课题者不算太多，据笔者所见主要有白坚《龚贤和剩上人——兼谈清朝最早的文字狱：南京函可之狱》（载《南京艺术学院学报》1981年01期）、杨积庆《剩和尚之狱及其它》（载《中华文史论丛》1981年第4辑）、曹汛《剩和尚〈金塔铃〉诗集考述》（载《中华文史论丛》1986年第1期）、卞地诗《诗僧函可的愤懑情思》（载《社会科学辑刊》1992年第2期）、杨鹤书《明清之际广州佛教管窥》（载《岭南文史》1998年第3期）、覃召文《光鹫的诗文理论》（载《岭南文史》1997年第1期），等等。其中，台湾学者廖肇亨先生《金堡之节义观与历史评价探析》一文，尤显重要，是文考述了澹归逃禅的历程，并对其晚节进行了深入辨析，认为他“绝

[1] 刘世南：《清诗流派史》，台北：台湾文津出版社1995年版。
[2] 黄海章：《明末广东抗清诗人评传》，广州：广东人民出版社1987年版。
[3] 钱仲联：《清诗纪事续编·释道卷》，南京：江苏古籍出版社1987年版。
[4] 张玉兴：《清代东北流人诗选注》，沈阳：辽沈书社1988年版。
[5] 丁力：《清诗选》，长沙：湖南人民出版社1985年版。
[6] 陈永正：《岭南诗选注》，广州：广东高等教育出版社1992年版。

非一般传统定义下的遗民，其甚至颇以遗民枯槁山林为是非”。[1]

年谱方面，香港学者吴天任《澹归禅师年谱》，在容肇祖、王汉章的基础上，对澹归的生平考证更细，并且钩辑了若干《遍行堂集》所缺之佚诗。[2]

这一时期最为值得注意的是蔡鸿生和姜伯勤二先生的研究。蔡鸿生先生的《清初岭南佛门事略》中钩沉了不少清初岭南佛门的史料，对僧人的生活状况和遗民心态均有所发覆，并且特设一节专论诗僧们的诗歌创作。而姜伯勤先生于20世纪末出版的大著《石濂大汕和澳门禅史》，材料翔实，立论公允，对大汕的历史功过做了十分客观的评价，并且列专章论及大汕的诗学，指出大汕诗歌“自然”与“雄浑”兼备的美学风格。这两本专著，可谓为20世纪清初岭南禅学研究画上了一个圆满的句号。

（四）21世纪以来的研究状况

进入21世纪以来，学界对此诗僧群的研究又有所拓展，发表了一些具有较高学术含量的论文。陶乃韩先生《大乘菩萨道精神在明末清初的落实与发展：以天然一系在岭南（广东）的发展为例》指出了天然系禅僧突出的特征在于不同于明初以来的“山林佛教”“死人佛教”，而奉行的“不离世间，展现佛教之人间关怀”的“大乘菩萨道”精神。[3]何宗美先生《明末清初文人结社研究》，在前人研究的基础上，对函可的冰天诗社做出了几点新证：1.考证出李呈祥、郝浴、魏琯、陈心简等人并非冰天诗社的成员。2.考证出冰天诗社中有2位女性诗人。3.对该社从准备阶段至正式成立的过程，有精详考论。4.指出了冰天诗社异于一般文人诗社的特点。可以说，这是迄今为止对冰天诗社研究最为得力的成果。[4]此外，朱万章先生《岭南金石书法论丛》对天然和尚、澹归、石鉴、今无、深度、成鹫等诗僧的书画艺术也有相当的研究。[5]

21世纪以来最重要的研究成果，当属“纪念丹霞山别传寺开山340周年”学术研讨会的召开。此次会议于2002年11月6日至8日在广东韶关丹霞山举

[1] 廖肇亨：《金堡之节义观与历史评价探析》，载《中国文哲研究通讯》第9卷第4期。

[2] 吴天任：《澹归禅师年谱》，香港：香港佛教志莲图书馆1991年版。

[3] 陶乃韩：《大乘菩萨道精神在明末清初的落实与发展：以天然一系在岭南（广东）的发展为例》，载《中华佛学研究》第5期，台北：台北中华佛学研究所2001版。

[4] 何宗美：《明末清初文人结社研究》，天津：南开大学出版社2003年版，第370—399页。

[5] 朱万章：《岭南金石书法论丛》，北京：文化艺术出版社2001年版。

行，共收到论文14篇，分别为：梁守中《函昰与〈瞎堂诗集〉》、陈永正《澹归词略论》、李福标《从〈遍行堂集〉看僧澹归的诗文批评》、钟东《丹霞山别传寺与清初岭南诗僧》、朱万章《澹归今释传世事迹考略》、冯焕珍《天然函昰禅师禅法论要》、张新民《岭南曹洞宗高僧天然和尚禅法初探》、崔正森《天然函昰及其〈般若心经论〉》、袁首仁《别传寺事略》、仇江《海云寺及其开山祖师天然和尚》、杨权《函可私携"逆书"案述析》、何方耀《澹归金堡撰〈元功垂范〉考辨》、林子雄《澹归与廖燕》、李舜臣《释澹归及其诗文》。这14篇论文主要涉及函昰的禅法宗趣，函昰、澹归等诗僧的文学成就，澹归的历史评价等方面的论题。此外，会议还拟定了《清初岭南佛门史料丛刊》的出版规划，预计在五年内分三批整理、出版清初佛门文献，以推动学界对清初岭南僧人的佛学、文学、书法等方面的研究。[1]

（五）今后研究的展望

纵观20世纪以来的清初岭南诗僧的研究，虽算不上很热闹，但研究者还是由少到多，研究的力度也由浅到深，总体显示出两个明显特征：其一，基本路数是长于"考"而略于"论"，像汪宗衍、冼玉清都是以传统考据学为主，偏重于文献整理与僧人生平之考订；其二，史学界成绩最大，佛学界次之，文学界最弱，像成就较为突出的陈垣、陈寅恪、邓之诚、蔡鸿生、姜伯勤诸先生都是长于史笔的。

文学界成就稍显弱化的原因，是与整个古典文学研究界的风气分不开的。一段时期以来，有关明清文学的研究偏重小说、戏曲，传统诗文反而相对被忽视。这种状况在近些年有了很大的改变，专门从事明清诗文研究的学人逐渐增多，很多以前不为人们注意的文学现象被揭示出来，潜藏于深海中的明清诗文已露出了冰山一角。在这种学术背景下，面对清初岭南这样一个特征鲜明却又缺乏系统研究的诗僧群体，研究者该当做何努力呢？笔者愿陈粗疏之见。

其一，前贤的研究多偏重于单个僧人，宏观、整体意识不甚鲜明。个案研究固然有利于澄清史实，揭示研究对象的个性特征，但也易流于"只见树

[1] 关于此次会议的详情，请参看拙文《纪念丹霞山别传寺开山340周年学术研讨会综述》，《五台山研究》2002年第4期。

木不见森林”，不利于揭示出此诗群的共同特色。例如，此诗僧群崛起的原因是什么？他们的诗歌活动、生活形态怎样？与前代诗僧群相比，他们诗学思想、创作倾向和风貌又如何？这些问题，仅通过个案研究，显然很难得到圆满解答，故综合、系统地研究显得尤为必要。

其二，尽管前贤在文献考订方面取得了十分显著的成绩，但由于诸方面的原因，缺憾在所难免。笔者从岭南的方志、寺志、山志以及诗歌选本中，共稽考出生活于明末清初岭南这一时段、这一地域的能诗僧人154名，并将他们的基本履历、诗歌存佚情况制成表格。据初步统计，他们创作的诗歌数量不下万首，诗文集不少于90种，而今存者15种，诗歌选本3种。这些僧诗别集或者选集，至今尚未得到系统整理，其史料价值和文学价值远没被充分利用。此外，还有一批重要文献仍以孤本的形式尘封于图书馆，像冼玉清未能及见的愿光《兰湖诗选》、古奘《虚堂诗集》、古云《月鹭集》，实际仍分别庋藏于国家图书馆、上海图书馆和南京图书馆，可惜至今无人问津。

其三，研究方法应有所更新。作为一个特殊的诗僧群体，清初岭南诗僧群中的多数成员不仅是僧人、诗人，更是遗民、抗清志士，这种复杂多面的人格，决定了我们的研究方法不能停留在单一的层面，而当融通文、史、哲、艺术、宗教等学科的方法进行综合研究。举例来说，针对澹归为尚可喜编次家谱、结交新朝大吏的“失节”行为，很多文士皆站在遗民的立场上予以激烈讥讽，但澹归本人却认为：“然世间法不可以律出世间法，出世间法亦不可以律世间法。兄（巢端明）以世间法见责，弟仅为世间受过；兄亦存此世间大议论，为世间作则，弟自任出世间法者，固无疚于心，无负于理也。”[1]显然，对于澹归的历史评价，是不能仅局限于“遗民”的阐释框架，而是更应从大乘佛教的教义和律令出发，或许方能获得“同情之了解”。

关于诗歌群体、流派的研究，自新时期以来，具有范式意义的是由程千帆先生指导的门人莫砺锋（《江西诗派研究》）、张宏生（《江湖诗派研究》）、蒋寅（《大历诗风》）、曹虹（《阳湖文派研究》）等人的“唐宋诗歌流派研究”系列博士论文，这些论著大多重视揭示群体、流派生成的地域、时代、政治文化背景，描述出成员之间往来、生活状态、审美风尚和创作取向的共

[1] 澹归和尚撰，段晓华校点：《遍行堂续集》第四册卷十二《答巢端明孝廉》，广州：广东旅游出版社2005年版，第279—280页。

通性，同时又注重彰显成员在群体之外的个性特征。应该说，这些都是关于群体、流派研究的应有之义，而后继者也基本未能超出这种模式。本课题的研究也基本沿袭了此种模式，试图将清初岭南诗僧置于明季清初特定的历史时空中加以考察，力图彰显这一诗群的群体特征和时代特征，以区别于一般诗人群的僧之特性，和区别于史上其他僧人群所具有的遗民特色。这是本书既定的研究目标和宗旨。

不过在研究过程中，笔者觉得，群体、流派的研究中最难措手的是，如何处理好单个作家的个性与群体共性之间的关系，以及由此而来的材料分配使用等问题。这恐怕也是大多研究者的困惑。[1]如果过于强调共性，那么作家的个性势必难以得到彰显；而如果仅强调个性，那么群体之所以成为“群”的特征又难以描述出来。例如，蒋寅先生的博士论文《大历诗风》重在描述大历诗人创作的总体风貌，但限于体例，无法论列单个诗人，故后来他又撰有篇幅更长《大历诗人研究》（上、下册），以单个诗人为经纬，诗人的个性则十分突出，弥补了前书的某些缺憾。[2]限于时间和识力，笔者在从事此项课题的研究时，不可能完成如此完备的著作，只能借鉴像莫砺锋、张宏生、曹虹等先生的一些处理方法，在群体研究之外另设释澹归和释大汕作为个案研究。之所以选择这两名诗僧作为个案，是因为他们在当时与后世所受的争议最夥，而他们充满法缘与俗缘纠葛的人生历程，也最能反映清初岭南诗僧群复杂而矛盾的群体特征。

总之，作为一个全新的课题，清初岭南诗僧群有着颇为广阔的研究空间，空白点仍很多，许多问题都有待解决。笔者的学识十分有限，所涉及的论题，所得之结论，亦未敢谓确。若本书能引起更多学界同人关注这一特殊诗群，得到专家学者的批评和指正，于我则幸莫大焉。

[1] 曹虹先生在谈到流派研究的方法也指出：“对于确定流派的同一性，哪些相似点有全局意义，哪些相异点可忽而不计？他（杨万里）认为：‘似与不似，求之可也，遗之亦可也。’在流派研究的实际操作中，所允许的这种两可程度也会令人深感棘手。”见《阳湖文派研究》，北京：中华书局1996年版，第11页。

[2] 蒋寅先生在谈到撰写《大历诗人研究》的目的时即说：“我希望通过比较发现大历诗人们的个性特征，使他们不是作为一个平面的板块，而是作为一个立体的群像树立在我们面前。为此，我的叙述将略于《诗风》概括的共同点而着重分析他们各自的特点。”见《大历诗人研究》，北京：中华书局1995年版，第2页。

第一章

清初岭南诗僧群崛起的政治文化背景

佛教讲“缘起论”，以为世间万物皆是由一定因缘聚合而生的假相，因缘一旦破坏，该事物则若云烟般消散。此种虚无的世界观固然不甚可取，但它所强调的事物间互相关联的规律，却不乏合理之处。就清初岭南地区崛起的诗僧群而言，它恰如“缘起论”所云，亦是由多种复杂因缘（诸如政治的、社会的、文化的、个人的因素）和合作用下的产物。本章的目的，即欲揭示出这些因素的特征，以及它们是如何聚合在一起而产生出这样一个规模庞大、特征鲜明的诗群的。

第一节 “应劫而生”的诗僧群

岭南，僻处南溟，横亘于北部的五岭，阻塞了它与内陆的交通，却又如一道天然屏障，防护着来自北方的威胁。在人们的印象中，这个地区总与毒疠的瘴气、怪异的虫蛇以及远逐孤臣们联系在一起，既非豪杰逐鹿之中原，亦非繁盛令异族“有投鞭之想”的江南。此种印象反使粤人较少受到兵革、锋镝的扰攘。上一次遍野的战火大概要追溯到三百多年前的宋末元初，南宋臣民与剽悍的元蒙骑兵在这里展开了一场殊死搏杀，最后，南宋丞相陆秀夫因“时穷势尽”，负幼主赵昺在厓门（今作崖门）投海殉国，“从之者十余万人”。[1]此段壮烈的史实又为这个地区增添了浓厚的忠义色彩。三百多年后，历史仿佛又来了一次轮回。

（一）明末昏暗的政局与岭南文士逃禅

我们讨论的对象虽是清初岭南诗僧群，但其中的一些成员在明亡前即已遁入空门，故还须回顾明末岭南地区的社会背景。

与北方一些地区相比，鼎革裂变的劫难降临于岭南，要来得晚些，但这并不意味着明末岭南便太平无事。曹溶的诗句“中原一板荡，岭表无安居”[2]，即反映了岭南与内陆休戚相关的事实。是时，明廷为对付内忧外患，几乎耗散了所有国力，加紧了对人民的盘剥、摊派。以广东为例，万历以前盐课解为10266两，万历四十六年（1618年）为11597两，天启四年（1624年）则剧增至66136两。沉重的赋税、徭役，使人民苦不堪言，就连当时的两广总督亦不得不承认：“粤自有事以来，搜刮如洗。”[3]恶劣的生存状况迫使粤人铤而走险，在增城、永安、揭阳等地发生了多次规模不等的农民起义。这些起义虽很快被镇压下去，却预示着更大劫难的迫近。

明末朝中昏聩的政局和一些岭南籍京官的悲苦命运，亦使粤中文士深感

[1] 屈大均：《广东新语》卷二，北京：中华书局1985年版，第35页。

[2] 曹溶：《静惕堂诗集》卷五《厓山怀古》，《四库全书存目丛书》集部第198册，第63页。

[3] 参看李权时主编：《岭南文化》，广州：广东人民出版社1993年版，第195页。

有志难骋，前途黯淡。这其中，尤以袁崇焕之死影响最为深远。袁崇焕（1584—1630），字元素，东莞人。他是明末少数几位在对待满族入侵的问题上全力主张“战守”的将军。天启二年（1622年），崇焕单骑出入山海关一带，考察地形，回来后便自请守辽，率明军先后取得丙寅（1626年）宁远大捷、丁卯（1627年）宁锦大捷、己巳（1629年）京师大捷，努尔哈赤因此郁闷而终。然当战局正朝明军方面有利发展时，皇太极利用明廷内部的矛盾，巧施反间计，崇祯皇帝果信谗言，将崇焕磔死，自毁长城。“自崇焕死，边事益无人，明亡征决也。”[1]

袁崇焕之死在岭南掀起了轩然大波，忠臣端士无不为之扼腕！番禺人黎遂球有诗抒愤云：“罪案相寻连内阁，壮士何妨委沟壑。煅炼严刑死不招，督师磔肉如花落。”[2]而若干年后屈大均在凭吊其墓时写的诗句“一自镯镂赐，无人更致身”[3]，更折射出当时士人普遍失望、惊悸的心态。然而另一端，义师飙起，边警日急，满清铁蹄步步进逼关内，延续近三百年的明祚风雨飘摇，危危乎殆哉！钮琇《觚剩续编》载：

崇祯辛巳（1641年），（十力禅师）从空隐说法于广州光孝寺，与二樵薛起蛟同乡旧识。梵修之暇，辄抵掌谈四方兵将强弱与险要塞厄处，娓娓不倦。密语二樵曰：“汝辈经生，不知兴废大势，尚搦管咿唔何为者？”二樵因叩其兴废之由。曰：“朋党乱于朝，盗贼乱于野，大事去矣！不久将革命。”二樵问：“……代兴者岂即此寇（李自成）耶？”曰：“非也。天降祸乱，以致闯贼披猖，然中国之民不过与中国之君相终始，日月既没，虽有爝火，尚不能以微光自存，矧兹腐草之萤哉？”二樵曰：“然则谁得之？”曰：“有天命者得之，老僧不及见矣。汝等行当自知，毋多言。”癸未（1643年）八月，十公坐化于罗浮。次年甲申，怀宗殉国，弘光偏安江左……其言悉验。[4]

---

[1] 张廷玉：《明史》卷二五九《袁崇焕列传》，北京：中华书局1974年版，第6707—6714页。

[2] 黎遂球：《莲须阁集》卷四《湖上同胡小范夜饮坐中听其家元戎敬仲与房都护占明盛谈往事》，《四库禁毁书丛刊》集部第183册，第75—76页。

[3] 陈永正主编：《屈大均诗词编年笺校》（上）卷二《再吊袁督师》其五，广州：中山大学出版社2000年版，第86页。

[4] 钮琇：《觚剩续编》卷三《事觚》“十力前知”条，《四库全书存目丛书》子部第250册，第138—139页。

呼吸着这样紧张而窒闷的空气，一些有志之士为排遣内心的郁愤，将忠孝节义转托至佛祖，以祈在宗教净土中寻得慰藉。曾任袁崇焕参谋的番禺人李云龙，于崇焕死后，愤然返乡，寄信给另一位岭南文士张穆说："君血性男子，独不知豪杰不能为之事，当一回头，英雄伎俩皆痴也。"[1] 洞穿了这样的社会现实，李云龙决计出家，礼洞宗三十三代高僧宗宝道独为师，削发为僧，人称"二严和尚"。番禺人曾起莘，早年亦"以康济为己任"，与黎遂球、罗宾王、梁朝钟等结社散木堂，纵谈天下事务；崇祯七年（1634年），北上会试不第，归来后遂发佛缘，"胸中惟黄岩、天童两老而已"；后虽复被"诏行保举"，"当得美官"，然曾起莘认为"选官不如选佛，弃犹敝屣"，亦礼道独出家为僧，法名函昰，号天然。[2] 函昰后来有诗回忆说："弱冠不知道，抱志志四方。读书慕先贤，设心追上皇。蒿日切时艰，夙夜矢济匡。寒云起西北，中原临苍茫。千羽投西江，感物情惨伤。天运不可回，猖狂归山阳。……"[3] 写出一个本有匡时济世的文人，因深味"天运不可回"，而走上了出家逃禅的心路历程。又如，博罗人韩宗騋，出于显贵之族，早年亦与梁朝钟等结社议事，颇具建节立功之志。崇祯二年（1629年），其父韩日缵卒于官邸，他北上奔丧，"往返万余里"，归来后遂"闭户绝交，悒悒无生人趣"[4]，未几即习浮图，崇祯九年（1636年）与曾起莘同礼道独为师，法名函可，号剩人和尚，"以世度沧桑"也。[5]

这些"忍看国破先离俗"[6] 的文士颇具先导意义，在他们的身后，当劫难来临时，涌动着的是更大规模的文士出家逃禅之潮。

---

[1] 引自冼玉清：《广东释道著述考》，载《冼玉清文集》，广州：中山大学出版社1995年版，第502页。

[2] 汤来贺：《天然昰和尚塔志铭》，见函昰：《瞎堂诗集》卷首，《四库禁毁书丛刊》集部第116册，第479—480页。

[3] 函昰：《瞎堂诗集》卷五《莫厌贫十二首》其十一，《四库禁毁书丛刊》集部第116册，第530页。

[4] 函昰：《千山剩人可和尚塔铭》，见《千山诗集》卷首，《四库禁毁书丛刊》集部第144册，第447页。

[5] 郝浴：《奉天辽阳千山剩人可禅师塔碑铭》，见《千山诗集》卷首，《四库禁毁书丛刊》集部第144册，第449页。

[6] 函昰：《瞎堂诗集》卷十一《送渐侍者归省》，《四库禁毁书丛刊》集部第144册，第582页。

（二）十年多难[1]

果不出两年，十力禅师的预言得到证实，取明代兴的非李自成，而是更有“天命者”——东北的满族。

1644年三月，崇祯帝自缢身亡，五月清人入主京师，历史进入清朝纪年。随后，在八旗兵铁蹄的进逼下，明遗民抗清中心一再南移，从南京弘光政权至福建隆武政权，终至1646年十月在广东肇庆建立的永历政权，岭南由此而成为明人反清的最后据点。但是，永历政权仍沿袭了前明王朝“文恬武嬉，将骄卒惰”“党争倾轧”等痼疾，贪生懦弱的永历帝朱由榔又无“焦思苦心之志”，[2]因此，纵有五岭之障护与张家玉、陈子壮、陈邦彦等粤人的殊死抵抗，永历政权亦难逃覆亡的厄运。

大清顺治帝曾多次诏谕各路南征清军不得过多滥杀无辜，但是，剽悍的满族八旗兵，稍遇抵抗，便难以遏制杀戮的本性。在江南等地，他们已制造过“扬州十日”“嘉定三日”等惨剧；而在岭南地区，清兵遇到的阻击更大，显示的杀戮面目也愈加狰狞，烧杀掠夺，几遍及粤中大地。顺治三年（1646年），李成栋、佟养甲率清军围新会城数月，“城中粮尽，守将屠居人以食”；[3]顺治四年（1647年）四月，李成栋误听讹言，以为广州百姓以短襟为号结盟作乱，故凡见短襟者，“即弃市”，无辜受戮者数千人。[4]顺治六年（1649年）除夕，尚可喜、耿继茂的军队屠韶州城，城内居民“十存

[1] 这“十年”，是指顺治三年（1646年）李成栋、佟养甲首次占领广州，至顺治十二年（1655年）尚可喜、耿继茂击溃李定国为标志。此后，郑成功、李定国等人在海上、粤西等地虽仍试图恢复，但岭南大势基本已定。

[2] 屈大均：《安龙逸史》卷首 “罗谦序”，《四库禁毁书丛刊》史部第19册，第626页。南明诸政权之昏聩、腐败，集中体现在以下史实中。顺治三年十月十四日，桂王朱由榔称帝于肇庆，闻清兵破赣州，旋走梧州。十一月初一日，苏观生复立朱聿鐭于广州，改元绍武，十三日朱由榔还肇庆。这两个南明小朝廷为争夺正统，在三水一带火并，结果清将李成栋、佟养甲乘城内守备空虚，兵不血刃陷之，屠绍武帝。而朱由榔闻知后，向更为安全的粤西仓皇逃窜。永历政权与绍武政权的纷争，令粤人心寒。陈邦彦曾上书云：“今虏急矣，旦夕不保，何忽自寻干戈？且两粤数百万生齿可惜也，奈何我自为鹬蚌而使虏收渔人之利乎？……治兵相攻，是又以粤人为鹬蚌，而使流寓相视而笑也。”（《陈岩野文集》卷四）在永历朝廷内，群臣亦分为“吴党”“楚党”两大阵营。所谓“吴党”，系指阁臣朱天麟、吏部侍郎吴贞毓、给事中张孝起等人，他们“内倚马吉翔，外结陈邦傅”；所谓“楚党”，则以著名的“永历五虎”为代表，倚督师何腾蛟、留守瞿式耜。吴、楚二党各居一方，彼此攻讦不休，耗散廷臣的才志。

[3] 屈大均：《广东新语》卷八“四孝烈”条，第267页。

[4] 成鹫：《纪梦编年》，《北京图书馆藏珍本年谱丛刊》第84册，北京：北京图书馆1999年版，第106页。

二三”；[1]顺治十年（1653年），清兵破潮州城，屠之，僧海德与义士钟万成收余骸十余万，作普同塔于葫芦山。[2]所有“浩劫”中，最骇人听闻当属顺治七年（1650年）尚可喜、耿继茂在广州制造的屠城事件。是年元月，尚、耿付出惨重代价攻克羊城后，恼羞成怒，下令屠城。钮琇《觚剩》中描述了屠城后的惨状：

顺治庚寅正月，耿继茂、尚可喜兵入广州，屠戮其惨，城内居民几无噍类。其奔出者急不得渡，挤溺以死，复不可胜计。浮屠氏真修曾受紫衣之赐，号紫衣僧者，乃募役购薪聚胔于东门隙地焚之，累骸成阜，行人于二三里外，望如积雪，即于其旁大坎瘗焉，名曰共冢。[3]

此次屠城，前后有数十万人死于非命[4]，堪为岭南历史上的旷古浩劫。“大兵之后，必有凶年”！除战火屠戮外，岭南又连年遭旱灾、水灾侵袭。顺治五年（1648年）夏，“大饥，斗米千钱，人或相食”[5]。在双重劫难之下，昔日繁盛富庶的岭南，一变为田园荒芜，城池倾颓，满目悲凉：“人类日已尽，野无寡妇哭。隆冬不患饥，骷髅亦旨蓄。多谢上帝仁，猛虎享天禄。为兽莫为人，牛哀得所欲。”[6]连年的战争造成了人口顿减，却为猛虎带来“天禄”——遍野的尸骨与羸弱的饥民。这便是顺治三年至顺治十二年（1646—1655年）岭南社会现实的真实写照。

---

[1] 唐宗尧等修：《韶州府志》，康熙二十六年刻本。

[2] 阮元编修：《广东通志》卷三二八《海德传》，上海：上海古籍出版社1988年影印本。

[3] 钮琇：《觚剩》卷八《粤剩·共冢》，第87—88页。时人王鸣雷为此“共冢”作有祭文云：“甲申更姓，七年讨殛。何辜生民，再遭六极。血溅天街，蝼蚁聚食。饥乌啄肠，飞上城北。北风牛溲，堆积髑髅。或如宝塔，或如山丘。……五行共尽，无智无愚。无贵无贱，同为一区。”

[4] 关于庚寅广州屠城的死亡人数，文献记载不一。《清实录·世祖实录》卷五十一载：“乙丑平南王尚可喜等疏报：官兵攻克广东省城，斩贼六千余级，逆水死者无算。”《番禺县志》则记为“七十万人”。黄佛颐《广州城坊志》曰：“城前后左右四十里，尽行屠戮，死者六十余万人。”

[5] 成鹫：《纪梦编年》，《北京图书馆藏珍本年谱丛刊本》，第106页。

[6] 陈永正主编：《屈大均诗词编年笺校》卷一《猛虎行》，第4页。

（三）武夫跋扈下的黑暗[1]

不幸的是，这样的劫难还远未结束。历经十余年战火、灾荒的洗劫后，粤人又深陷武夫尚可喜长达二十余年专政跋扈的黑暗中。“庚寅屠城”，数十万生灵的惨死似乎还不足以解除刽子手心中的“怒火”，满足杀戮的“快意”。顺治九年（1652年），广东布政使胡章上书指摘尚、耿的残酷罪行，而他们却辩道：“前者我兵围广州九月，被贼炮击锋伤不知凡几，城下之日，即食肉寝皮未足泄忿！”[2]屠夫本性，暴露无遗。他们将战马牵入城内，使“城内外三十里所有庐舍坟墓，悉令官军筑厩养马”[3]，“羊城”居然变成了“马城”！康熙二十一年（1681年）擢任两广总督的吴兴祚尝疏言“尚藩”的种种劣行：

> 粤民受逆藩数十年之害，利在锱铢，如盐埠一项，额课一十四万有奇，此盖千百商民凑合资本行运，逆藩以盐为利薮，强占盐田场埠，盐课无出，商民并累，此粤民受困之一端也；广属渡税三百八十余处，逆藩兵卒罗踞津口，重加税钱，又不许增船分载，往往人多载重，渡民被溺，此又粤民受困之一端也；粤货至境，旧有落地税名目，逆藩创立税总店，铜、锡、铁、木之属已纳税者，重加税敛，下至鸡豚、蔬果，一概截收，此又粤民受困之一端也；渔课旧额，通商五千四百余两，藩役委官重敛，苛征税银巨万，此又粤民受困之一端也；至市舶一项，原与民无害，奸徒沈上达乘海禁之日，番舶不至，勾结亡命，私造大船，出洋为市。[4]

逆藩强占盐田场埠，横征暴敛，勾结奸商，几乎垄断了广东的经济命脉，聚集起大量财富，以满足奢靡腐烂的生活。“平南之富，甲于天下”，洵非虚

[1] 顺治十三年（1656年），尚可喜、耿继茂统镇广东。顺治十六年（1659年）广东高要知县杨雍建疏言：“今川贵底定，请移一王镇抚其地，以救粤民疲困。”从顺治十七年（1660年）七月耿继茂移镇福建至康熙十九年（1680年）赐死尚之信，这二十年间，广东实际由尚藩统属。

[2] 《清史列传》卷五《耿继茂传》，北京：中华书局影印民国十七年（1928年）铅印本，第5册，第32页。

[3] 吕永光校点：《六莹堂集》初集卷三梁佩兰《养马行》小序，广州：中山大学出版社1992年版，第26页。

[4] 《清史列传》卷九，北京：中华书局影印民国十七年（1928年）铅印本，第9册，第3页。

言。[1]藩府的奢侈势必引起官吏豪富的竞奢之风，广东道御使朱斐曾疏言道："都下以靡丽相竞，四方以奢侈为尚，一鞍一骑，不惜百金之费，一衣一帽，可破中人之产，婚假葬祭，漫无等级，满汉效尤，莫可底止。"

平藩还视民如草芥，甚至以杀人为乐。这一点，尚可喜的儿子尚之信比其父更为残忍。钮琇《觚剩》载：

> 俺答公之信，尚王可喜之长子也，酗酒嗜杀，壶罇杯斗与弓刀矛戟之属，随其所至，必兼携以行，坐则辄饮，饮醉则必杀人。深宫静室，无以解酲，即引佩刀刺其侍者，虽宠仆、艳姬，瘢痏满体。性喜蓄狗，筑狗房，设狗监监之，下隶以健儿数十人，阅旬必纵之出府，所过屠肆，例应各给豕肉饲之，街中人狗塞途，行者辟易。一夕，闻有哄声，亟呼监往视，监遇瘈狗而奔，不敢复往之，之信大怒，命左右割监肉啖狗，肉尽而止。又取民间子十五以下为把竿之戏，竿长二丈，以篔筜为之，砻节莹皮，其光可鉴，教之攀缘上下，盘舞竿头，之信把盏观笑以为乐，其习技未熟者，多至颠殒，或穿腹遮肢，恬不介意。[2]

在尚藩的暴政下，粤人几"失去生理"。一些具有良知的地方官亦极为不满，屡次上疏朝廷刺其恶行。然因清廷初创，尚须倚重各地藩王镇守边关，无暇亦无力示问他们的罪行。[3]直到年少有为的康熙帝继位后，始决心撤藩。经近十余年的筹划，于康熙十九年（1680年），终赐死尚之信，彻底铲除了尚藩在岭南长达二十余年的暴政。其后，康熙帝在全国实施了一系列的休养生息政策，渐拾民心，粤人亦获得宝贵的喘息机会。例如，康熙二十三年（1684年），全面开海，即"大有裨于民生"，"闽粤两省沿海居民纷纷群集，焚香跪迎。皆云：'我等离去旧土二十余年，毫无归乡之望矣，幸遇皇上神灵威德，削平寇盗，海不扬波，我等众民得还故土，保有室

[1] 参见刘凤云：《清代三藩研究》，北京：中国人民大学出版社1994年版，第144页。

[2] 钮琇：《觚剩》卷八《粤剩》，《四库全书存目丛书》本，第89—90页。

[3] 例如，胡章劾奏二王，清廷反认为其"失实也"。顺治十二年（1655年）三月，和硕郑亲王等议奏："胡章捏款诬害平南王尚可喜、靖南王耿继茂，与诬告凡人不同，情罪重大，应立绞。"后幸赖顺治恩宥，胡章"免死革职，永不叙用"。（《清实录·世祖实录》卷九十一，第712页）又如，顺治十六年（1659年）六月，杨雍建的疏劾更为严厉，杨亦成为尚藩势力的"眼中钉"，但因得洪承畴等人支持，杨氏幸得免罪。

家，各安耕获，乐其生业。’”[1]可见，久罹劫难的粤人是多么渴望清平政治啊！

综观明季清初岭南的政治氛围，尤其是顺治三年（1646年）至康熙十九年（1680年）这三十余年内，堪称岭南历史上最为动荡黑暗的时期。首先是长达十余年的战争使这个曾经农桑富庶、财赋充溢的地区变得满目疮痍，荒芜悲凉；尔后，平南王尚可喜实施的武夫独裁暴政，复使那些饱受战争颠沛的粤人雪上加霜，杀戮、死亡、饥饿、怨愤，是那个时代岭南社会的主题。清初广州诗人方殿元《五羊城》曾悲愤地写道：

> 行行过故里，迷烦无所云。高台尽荆杞，破瓦湮清池。城头画角动，秋至色惨凄。衰风吹枯杨，疑闻旧笙篪。白日欲西沉，鬼火熠已微。骷髅杂长蒿，魂向谁家归。狐狸顾我怒，苍鸱愁我啼。百年就华屋，流窜将何栖。弃置勿复陈，四壁何足私。不见宗周道，长歌悲黍离。[2]

昔日的华屋高台已密布荆棘，歌舞笙篪代之为衰风枯杨，岭南原有的古朴宁静被彻底破坏，整个社会充满着普遍的悲伤。特别是那些代表精英文化的士人们，除亲历无休止的屠戮战火、武夫们跋扈专横外，宗国的亡覆、功名幻梦的破灭、社会地位的沦丧，使他们的心理裂变较一般民众更为深重。在此种酷烈现实下，文士们不得不于传统的“学而优则仕”的道途外，重新定位自己的社会角色，以调适自我心理。

明季粤人敦尚节义，晚清陈伯陶即云：“明季吾粤风俗，以殉死为荣，降附为耻。亡国之后，遂相率而不仕不试，以自全其大节。”[3]清初岭南“相劘以忠义”的抗清烈士如陈邦彦、张家玉、陈子壮等，皆以一己血肉之躯力捍民族尊严，抒写悲壮动人的正气之歌。而那些劫后余生者，或终老布衣，或避隐山林，或佯狂世路，亦多能全其志节，拒不仕清。程可则《重修广州会馆碑记》曾说：“皇朝定鼎之初，郡人鲜宦京者，馆之前两层遂为

[1] 中国第一历史档案馆编：《清代广州“十三行”档案选编》，载《历史档案》2002年第2期，第9页。

[2] 方殿元：《九谷集》卷三，《粤十三家集》本。

[3] 陈伯陶：《胜朝粤东遗民录》，《清代人物传记丛刊》本。

武人溶居。”[1]是时岭南京官极少的原因盖有两方面：一方面与他们崇尚气节相关；另一方面则因当时朝廷中对粤人心存歧视。例如，顺治九年（1652年），顺治帝亲自御选庶吉士，“取汉进士四十名，查照直省大小及近日人才多寡。直隶、江南、浙江各取五名，江西、福建、湖广、山东、河南各取四名，山西、陕西各取二名，广东取一名”[2]。从庶吉士的各省定额看，广东为全国最少。同年，程可则中进士头名，但朝中多认为不能让粤人独占花魁，遂故意横加挑剔，剥夺了他中状元的机会。程父在亲友向他恭贺时说：“岭南初通，南人孤士，裒然升冕天下，惧其不免，何贺也？”[3]此种惶恐的心态，正源自朝中对粤人的歧视。

粤人即便少有出仕新朝者，像程可则、梁佩兰、方殿元等人，内心亦深存故明之思，“比之《贰臣传》中冯铨、王铎等，自当有间”，因此，陈伯陶又不无自豪地说：“故《贰臣传》中，吾粤士大夫乃无一人。……此亦可见吾粤人心之正，其敦尚节义，浸成风俗者，实为他省所未尝有也。”[4]

除以上几种抉择外，出家逃禅亦是清初粤人远祸害、全志节的主要策略之一。邓之诚先生亦谓：“沧桑之际，粤中士人多从彼教游，所谓‘十家王谢九为僧’是也。”[5]据同治版《番禺县志》卷四十九载，清初岭南仅皈依天然和尚门下的番禺籍文士就有近50余人。[6]释大汕亦有诗句云：“由来辟谷逃禅地，大半英雄乱后身。”[7]何以佛门能成为遗民文士的避难所呢？这是因为，处“帝力之外”的佛门对于弥合人们的心灵裂痕，躲避世俗灾难，往往有着特殊的意义。此正如陈垣先生所云：“人当得意之时，不觉宗教之可贵也，惟当艰难困苦颠沛流离之际，则每思超现境界而适乐土，乐土不易

[1] 程可则：《海日堂集》“文之一”，道光五年一经书室刻本。

[2]《清实录·世祖实录》卷六十六“顺治九年七月”条，第518页。

[3] 程可则：《海日堂集·陈恭尹序》，道光五年一经书室刻本。

[4] 陈伯陶：《胜朝粤东遗民录·自序》，《清代人物传记丛刊》本，第13—15页。

[5] 邓之诚：《清诗纪事初编》“释成鹫”条，上海：上海古籍出版社1983年版，第295页。

[6] 这五十余人的名目及身份是：今悟（员外）、今叶（文学）、今象（文学）、今吼（副贡生）、今晴（明经）、今元（文学）、今茎（明经）、今传（举人）、今舒（文学）、今彭（文学）、今延（恩贡）、今楸（隐士）、今趣（副贡）、今扬（文学）、今鹫（举人）、今竖（儒学教授）、今济（隐士）、今载（隐士）、今济（文学）、古根（布衣）、古若（布衣）、古混（文学）、古行（明经）、古总（候选州左）、古记（布衣）、古硕（布衣）、古赀（文学）、古荄（文学）、古声（文学）、古湄（隐士）、古翼（布衣）、古戚（隐士）等等。

[7] 大汕：《离六堂集》卷九《赠张超然》，《四库禁毁书丛刊》集部第186册，第629页。

得，宗教家乃予以心灵上之安慰，此即乐土也。故凡百事业，丧乱则萧条，而宗教则丧乱皈依者愈众，宗教者人生忧患之伴侣也。”[1]这些本就精通诗道的文士，当他们遁入空门，披上袈裟，很快便能完成由诗人到诗僧的身份转变，从而充实了诗僧队伍。同时，大规模文士的涌入，无疑又会促进佛门尚诗风气的盛行，那些本不会吟诗甚至不曾识字的僧人（比如今无等人），在他们的影响下，也逐渐学会了作诗。这样几方面的原因，直接促成了清初岭南诗僧群的形成。

尚须思考的是，同样劫难深重的宋元之际的岭南地区，为何未能出现大规模的文士逃禅风潮呢？我们以为，宋元之际与明清之际的朝代兴迭固然皆属夷夏鼎革，但征服者的开化程度、征服策略，皆有较大差异。相比而言，明清之际的满族更注重文化意义上的征服，他们亟力推行的酷烈之“薙发令”“易服令”“文字狱”等禁令，就尤足说明这一点。而这其中的“薙发令”，便堪称明遗民所要面对的文化“大劫”，亦是造成他们大规模出家逃禅的直接原因。显然，此种“薙发”不是简单的剃发，在清廷与明遗民之间，都是关乎顺从与抵抗、失节与守节的立场问题，所谓“留发不留头”，所指就是这层意思。在这种情况下，对于那些欲存命保身又不至失节的士人们来说，出家落发便不失明智之举。屈大均尝作《髻人说》《秃颂》《长发乞人赞》《藏发赋》《藏发冢铭》等一系列关于头发的文章，皆表达了其心中的“头发情结”：“发兮发兮，吾为子悲。子何不幸，以至于斯？朝为骨肉，暮作尘泥。……”[2]于此，“头发”实际寄予了屈氏对故明之伤悼，而此种深厚的“头发情结”在清初遗民文士中是极富普遍意义的。正是“头发”的问题，许多文士选择了出家逃禅之路，以求在守节与存身中得以两全。关于“薙发”与“逃禅”的关系，赵园先生曾有过一段精彩论述，移至此，以互相发明：

> 逃禅特盛于明清之际，与清初的剃法令自有直接关系。虽同一“剃”，此剃不同于彼剃：非但含义不同，且样式也有不同。在这种意义上，逃禅

[1] 陈垣：《明季滇黔佛教考》卷十七《乱世与宗教信仰》，石家庄：河北人民出版社2000年版，第452页。

[2] 屈大均：《翁山文外》卷十六《藏发赋》，《四库禁毁书丛刊》集部第184册，第190页。

无非“别竖一义”，对“剃”另作解释——可见遗民在“发”之一事上用心之苦。[1]

遗民们在头发上的“用心”之苦，实际也透显出他们在面临“文化之劫”时，似消极实积极的抗争态度。

第二节　明中后期“儒释会同”的学术背景与士人禅悦之风
——以陈献章、憨山德清为中心

清初岭南诗僧群的崛起，其外因固然是劫难迭起的时代气运，然此种现象亦非一时之突现。从思想根源看，清初岭南地区涌动的文士出家逃禅风潮还与明代思想领域普遍出现的“儒释会同”的趋向有着密切的关系。

自东汉佛教传入中土并经过一段时期的汉化后，它便与本土的儒道文化一起，共同塑造着中华民族的文化性格。同时，由于此三家文化具有不同的特质，它们的并存发展，实际又是一个互相竞争、互相消长、相互融通的过程。应该说，在此三大文化系统中，儒家文化始终是王道教化的正统，而释道二家的生存发展，很大程度取决于儒者对它们的认知与态度。但这样说，并不意味释道二家就处于从属附庸地位。事实上，释道不仅有着各自独立的发展空间，而且在特定时期内，还会以强劲的渗透力影响着儒家文化。就儒释二家而言，历史上虽多次出现过儒者排佛、统治者灭佛的现象，但总体上看，基本还能和平共存，协同发展，总体趋向是会同、合流。这种情况在明代特别是明中晚期显得尤为突出。而所谓“会同”，约略言之，又主要表现两端：儒者的援佛释儒与佛者的儒化倾向。

[1] 赵园：《明清之际士大夫研究》，北京：北京大学出版社2000年版，第309页。

先说儒者的援佛释儒。明代的学术，心学堪称主流。而心学的一个突出特点乃在援佛入儒。前期的陈白沙、王阳明已肇其大端，后来“讲姚江之学者，如王畿、周汝登、陶望龄、陶奭龄诸人，大抵高明之过，纯涉禅机”[1]，甚至还出现了李贽、何心隐、管志道等人的“狂禅派”，四库馆臣为此还批评说，“明末士大夫阳儒阴释，空谈性命”。[2]在生活方式上，明末朝纲腐败，士大夫事功之途颇为坎坷，为排遣不平之气亦不得不别有寄托。陈宏绪云：“今之仕宦罢归者，或陶情于声伎，或肆意于山水，或学仙谭禅，或求田问舍，总之为排遣不平。”[3]便指出了晚明士风的一个重要方面：学仙谭禅。很多文士在皈佛的道路上，简直超乎想象。袁宏道即云：“仆自知诗文一字不通，惟禅宗一事，不敢多让。当今勍敌，唯李宏甫先生一人。其它精炼衲子、久参禅伯，败于中郎之手者，往往而是。”[4]袁中郎此种自信是有底气的，其诗文集中关乎佛禅义理的言论，几乎触目皆是，尤其是其所著《西方合论》甚至被认为是晚明佛教义学的代表。[5]他者若汤显祖、陈继儒、董其昌、钟惺、谭元春、江盈科、王季重、陶望龄辈无不皆倾心于禅宗或净土宗，在他们的身边，总会聚集着几位佛禅衲子，终日析禅问道，联章和诗。此种风气发展至后来，几近畸形，流弊丛生。袁宏道云：“近代之禅，所以有此流弊者，始则阳明以儒而滥禅，既则豁渠诸人以禅而滥儒。禅者见诸儒汩没世情之中，以为不碍，而禅遂为拨因果之禅；儒者借禅家一切圆融之见，以为发前贤所未发，而儒遂为无忌惮之儒。不惟禅不成禅，而儒亦不成儒矣。”[6]而钟惺则对当时士僧交游提出了尖锐的批评：“金陵吴越间，衲子多称诗者，今遂以为风。大要谓僧不诗，则其为僧不清；士大夫不与诗僧游，则其为士大夫不雅。士大夫利与僧游，以成其为雅；而僧之为诗

[1] 黄宗羲：《明儒学案》，《文渊阁四库全书》第457册，第749页。

[2] 永瑢：《四库全书总目》卷九十四“周召《双桥随笔》提要”，第798页。

[3] 陈宏绪撰，魏元旷校勘：《寒夜录》卷下，《豫章丛书》本。

[4] 袁宏道著，钱伯城校：《袁宏道集笺校》卷十一《张幼于》，上海：上海古籍出版社1981年版，第503页。

[5] 关于袁宏道的佛学，可参见易晓闻《晚明士夫禅学的典型个案——论袁宏道的禅学思想》（载《社会科学战线》2000年第1期）、《袁宏道：从性情到文学的自适》（载《齐鲁学刊》2000年第1期）等文。

[6] 袁宏道著，钱伯城校：《袁宏道集笺校》卷二十二《答陶石篑》，上海：上海古籍出版社1981年版，第790—791页。

者得操其权，以要取士大夫。”[1]从这些批评的言论中，我们可以反观出，尽管当时的儒释会同并没有带来理想的学术境界，但晚明士人的禅悦之风，作为一种特殊的文化现象，无疑是值得重视的。

关于明中晚期学术发展的大势与士风的基本状况，目前学界已有很多令人瞩目的研究成果，无须过多重复。我们所要关注的是，在此种大的文化背景下，岭南的学术背景与士风状况又是怎样的呢？岭南远离中原、江南等文化中心，在文化风尚和社会习俗诸方面，自有其独特之处。但在强调其独特性的同时，地域之间的互通性亦不容忽视。因为任何地域皆非独立封闭的，其文化品格的塑造必会受到其他地域的影响。就明中后期中原、江南思想领域出现的儒释会合的文化现象而言，在岭南，此种现象也较为突出，甚至还得风气之先。

占据明中晚期学术主流的心学，即源自一位出生于广东新会的大儒——陈献章。陈献章（1428—1500），字公甫，号石斋，晚号石翁，谥号文恭，生于新会，后徙居江门附近的白沙村聚众讲学，故世人又称其为白沙先生，其学说亦被称为“白沙心学”。黄宗羲《明儒学案》云：“有明之学，至白沙始入精微，……至阳明而后大。”[2]今人嵇文甫先生亦说：“这次革新运动，发端于白沙，而大成于阳明。”[3]

心学具有革新学术风气的意义乃在于白沙、阳明辈能突破宋儒矩矱，兼蓄诸家养分，自成新说。《明史·儒林传·陈献章传》云：

> 明初诸儒皆朱子之支流余裔，师承有自，矩矱秩然。曹端、胡居仁笃践履，谨绳墨，守先儒之正统，无敢改错。……学术之风，则自陈献章、王守仁始。[4]

心学开“学术之风”的表现是多方面的，这里所欲关心的是，白沙心学与佛学究竟有着怎样的关联？关于这个问题，明清时期即颇存争议。四库馆

[1] 钟惺：《隐秀轩集》“序二”《善权和尚诗序》，《四库禁毁书丛刊》集部第48册，第286—287页。

[2] 黄宗羲：《明儒学案》卷五“白沙学案”，第107页。

[3] 嵇文甫：《晚明思想史论》，北京：东方出版社1996年版，第4页。

[4] 张廷玉：《明史·儒林传》卷二八三《陈献章传》，第7261页。

臣指出："史称献章之学以静为主，其教学者，但令端坐澄心，于静中养出端倪，颇近于禅，至今毁誉参半。"[1]毁之者有白沙的同门——胡居仁（1437—1484）。胡氏治学，谨守绳墨，对白沙的创新颇为不满，"辨献章之近禅，不啻再三"，指出了白沙学中一个重要命题"物有尽而我无尽"实为"释氏的见性之说"。[2]稍后又有岭南学者黄佐（1490—1566）亦指出"（白沙心学）以意为心，以心为性，皆禅者蔽"。[3]有意思的是，在胡居仁等人的指摘下，白沙本人曾著专文，申辩己说与佛学之别，甚至还讲过一些排佛的话头。他说："承谕有为毁仆者，有曰'自立门户者'，是'流于禅学者'。……仆安敢与之强辩，姑以迹之近似者言之。孔子教人文行忠信，后之学孔氏者则曰'一为要'。一者无欲也，无欲则静虚而动直，然后圣可学而至矣。所谓'自立门户'者，非此类欤？佛氏教人曰'静坐'，吾亦曰'静坐'；曰'惺惺'，吾亦曰'惺惺'，'调息'近乎'数息'，'定力'有似'禅定'，所谓'流于禅学'者，非此类欤？"[4]白沙似乎从不承认自己与禅学的渊源，并说"禅家语，初看亦甚喜，然实是笼统，与吾儒似同而异，毫厘间便分霄壤，此古人所以贵择之精也"。[5]这种申辩今天看来是苍白的，因为其学说中的一些重要范畴，如"物有尽而我无尽""静坐""惺惺""调息"等，显有浓厚的佛禅痕迹，此恰如四库馆臣所说的"阳儒阴释"。而那些批评指摘其学佛的言论，同样也反证出白沙心学与禅学之间的渊源关系。

白沙心学的成败优劣，自可平心静气议之，但若将其"蔽"尽归于"禅"，则显存门户之防。至于后来屈大均在编选《陈文恭集》时，为尊儒辟佛，竟将其中"有借用佛老之言，一皆舍之"[6]，则实在有些"欲盖弥彰"之嫌。在这方面，黄宗羲表现出一个大学者应有的气度，认为白沙心学"似禅非禅，不必论矣"，"不必以此而疑彼也"。[7]

---

[1] 永瑢：《四库全书总目》卷一七〇"《白沙集》提要"，第1487页。

[2] 黄宗羲：《明儒学案》卷五"崇仁学案"，第457页。

[3] 黄佐：《与何燕泉书》，见《明儒学案》卷五十一。

[4] 陈献章：《论学书复赵提学》，见《明儒学案》卷五，第110—111页。

[5] 陈献章：《与何时矩》，见《明儒学案》卷五，第113页。

[6] 屈大均：《翁山文外》卷二《〈陈文恭集〉序》，第79页。

[7] 参见周齐：《明代前期诸儒之儒释观及其政治文化意义》，见《觉群·学术论文集》第一辑，北京：商务印书馆2001年版，第197页。

白沙心学在明代影响甚深，王阳明就曾向其问学，并多次表白仰慕之情；而在岭南，其影响更大。白沙晚年在江门的白沙村聚众讲学，开创了明代心学的重要一支——江门学派，得弟子106人[1]，堪为明代“岭南学坛宗主”。白沙心学不轨矩镬、援佛释儒的学风对其后岭南学术的走向产生了深远的影响。白沙之后，明代岭南影响最大的儒者当属其门人湛若水（1466—1560）。湛氏颇得白沙学之精华，对其亦敬重之极，“生平所至，必建书院以祀献章”，而且他教示学人亦每出以“静坐”之法。屈大均《广东新语》卷十载：“甘泉先生尝开礼舍僧寺。来学者，令习礼三日而后听讲。讲必端坐观心，不遽与言，使深思以求自得。阳明云：‘甘泉之学，务求自得者也，世未之能知。其知者，且疑其为禅。’”[2]湛若水在僧寺讲学，复“端坐观心”，也难怪有人会“疑其为禅”也。甘泉有及门弟子四千余人，进一步阐扬了其说，并创甘泉学派，在岭南影响极深。

当然，无论是白沙抑或甘泉，其本仍在儒，尚不至于像李贽等“狂禅派”那么偏激，他们的援佛以“阴袭”概括似乎更为恰当。但不管怎样，他们的学说皆有佛禅之迹，则是不争的事实。

再说佛者的儒化倾向。与此同时，晚明佛门也表现出极大的兼容性，很多僧人广泛参与俗世事务，甚至直接关涉政治。此种现象的背后同样有着深刻的思想根源。明末“四大高僧”云栖袾宏（1535—1615）、达观真可（1543—1603）、蕅益智旭（1599—1655）、憨山德清（1546—1623）等都有明显的儒化倾向。这里，我们拟以对明末岭南佛教产生重要影响的憨山德清为例来说明问题。

憨山德清，字澄印，安徽全椒人，著有《憨山大师梦游全集》。万历二十三年（1595年），因“私造佛寺”而被遣戍雷阳。万历二十八年（1600年）至曹溪，修复六祖惠能道场，重整曹溪法脉。[3]他的《梦游集》中有很多表明会同儒释的言论。例如，作于万历三十七年（1609年）从广州回曹溪途中的《大学纲目决疑题辞》，即为其中之代表。郭朋先生对此有颇为精详

[1] 屈大均：《广东新语》卷十“白沙弟子”，第312页。

[2] 屈大均：《广东新语》卷十“甘泉之学”，第308页。

[3] 憨山德清的生平参见《憨山老人自序年谱实录》，见《憨山老人梦游集》卷五十三至五十五，福建省莆田广化寺佛经流通处影印本。

的发覆："德清不是在讲儒家的《大学》，而是在讲佛家的禅学；不是在讲儒，而是在讲禅；不但是在佛化儒家思想，而且是在禅化儒家思想。"[1]他还曾以儒释佛，将佛门的"五戒"与儒家的"五常"相对举：

世之士绅有志向上留心学佛者，往往深思高举，远弃世故，效枯木头陀，以为妙行。殊不知佛已痛呵此辈，谓之焦芽败种……且佛制五戒，即儒之五常。不杀，仁也；不盗，义也；不邪淫，礼也；不饮酒，智也；不妄语，信也。但从佛口所说，言别而义同。[2]

应该说，以佛之"五戒"比附儒之"五常"，并非德清首创，北宋契嵩即早有明确表述。[3]但德清再次重申，自有其意义在，这对明季清初佛门僧人普遍的"以忠孝作佛事"的风气有直接的影响。他又有"三教同源"论：

尝言为学有三要：所谓不知《春秋》，不能涉世；不精老庄，不能忘世；不参禅，不能出世。此三者，经世、出世之学备矣，缺一则偏，缺二则隘，三者无一而称者，则肖之而已。[4]

德清将儒释道称为学之"三要"，以为"缺一则偏，缺二则隘"，这在一定程度上反映出晚明大多士人和禅者的知识结构。

德清不仅在思想上寻求儒佛会通，而且还身体力行，广交权贵，奔走于豪宅府第，甚至与皇室成员有着千丝万缕的关系。他曾毫不隐讳地说："予以沙门所作一切佛事，无非为国祝厘，阴翊皇度。"[5]据说，其获罪正由于涉世太深，而成为朝廷内部斗争的牺牲品。所以，嵇文甫先生说他"几乎要

[1] 郭朋：《中国佛教思想史》（下卷），福州：福建人民出版社1995年版，第426—427页。

[2] 德清：《憨山老人梦游全集》卷一《示袁大涂》，《四库未收书辑刊》第3辑第25册，第31页。

[3] 契嵩：《镡津文集·辅教篇下·孝论·戒孝篇》云："夫不杀，仁也；不盗，义也；不邪，礼也；不饮酒，智也；不妄言，信也。"这样的言论，甚至还可追溯到佛教初入中土的年代。当时很多人或将佛教与道教迷信相融合，或与儒家教义相贯通，以获得中土士人的认同，牟子《理惑论》中即说："须大拿睹世之无常，财货非己宝，故恣意布施，以成大道。父国受其祚，怨家不得入，至于成佛，父母兄弟皆得度世。是不为孝，是不为仁，孰为仁孝哉？"

[4] 德清：《憨山老人梦游全集》卷十《学要》，《四库未收书辑刊》第3辑第25册，第408页。

[5] 德清：《憨山老人梦游集》卷五十三《憨山老人自序年谱实录》，福建省莆田广化寺佛经流通处影印本。

从佛转向于儒了”。[1]在德清身上，我们似乎可以预见清初岭南佛门中同样广交权贵的澹归、阿字、大汕等僧人的影子。

以陈献章、憨山德清等人为代表的明代岭南儒释思想家所倡导的融通儒释的思想，对当时的士风、禅风无疑会产生或隐或显的影响。因为，儒释之间的界限一旦弥合，无论是士人还是僧人，当他们出入世间时，也就比以前更为自由和畅通。这从前面所举江南等地士人极盛的禅悦之风，可见一斑。在岭南，这种风气虽不及江南，但士人出入寺院，结交僧人，亦是常有之事。例如，广州名刹光孝寺，就是明末岭南文人集会唱和的重要场所。《广州城坊志》卷三引《番禺续志稿》云：

> 诃林净社，在光孝寺西廊。明中叶，梁有誉、黎民表、欧大任诸人结诗社于此。天启间，顺德梁元柱以疏劾魏阉罢归，复与陈子壮、黎遂球、赵焯夫、欧必元、李云龙、梁梦阳、戴柱、梁公木开诃林净社。邝露有《诃林净社》词、《粤东文献》诗，陈子壮有《诃林新辟禅社》诗。明季诸遗老，多披薙受具，或礼高僧为居士，当权舆于此。[2]

又有浮丘寺，亦为文人结社唱和之所。黄芝《粤小记》载：

> 明季时，前辈结社于浮丘寺，共十二人：陈秋涛、陈子壮、弟中洲子升、黎美周遂球、区启图环瑞、弟永叔环年、高见庵赉明、黄石庸圣年、梁纪石逵、黎洞石邦瑊、谢雪航长文、曾息庵道唯。[3]

关于这些文士出入寺院、结社唱和的目的与心态，欧大任《诃林净社记》有所反映：“吾郡豁子玉、熊楚伯、林乔化、梁丙孺、苏叔大、僧组公、满公于寺内南汉塔之下，开诃林净社，相于修六度、入三摩，庶几雁门之业，不越莲花之界，即谈诗答偈，皆自心也。”由此可见，明末岭南文士结社于寺院的宗旨，似仍未越出传统的文人与僧徒结社的普遍意图，即寻求宗教体

[1] 嵇文甫：《晚明思想史论》，第137页。

[2] 黄佛颐编纂，仇江等点注：《广州城坊志》卷三“光孝寺街”，广州：广东人民出版社1994年版，第390页。

[3] 黄芝：《粤小记》卷二，道光十二年刻本。

验，解脱尘劳，愉情适性。

既然在相对承平之时，文人们能从寺院获得尘世中难以体验到的愉悦，那么当鼎革裂变的劫难降临于他们头上时，剃发出家便成了顺理成章之事。而他们涌入寺院吟咏唱和，同样也会影响到僧人对外学的崇尚，因为诗人与僧人之间的对话，除禅外最主要的便是诗了。这样，诗与禅便获得了最低层次的交流。

第三节　丰厚的禅文化土壤

作为僧人，佛门当然是诗僧们安身立命之所。佛教的升降陆沉，直接影响着诗僧的兴衰变迁。宋人姚勉云："汉僧译，晋僧讲，梁魏至初唐，僧始禅，犹未诗。唐晚禅大盛，诗亦大盛。"[1]姚勉所说未必尽合事实，因为僧人作诗之始实可溯自东晋，但"唐晚禅大盛，诗亦大盛"云云，确为的论。据《全唐诗》所载115名氏家诗人中，可确考生活于中唐之后者90余人。由此可见，诗僧的发展与禅宗的盛衰实有密切关系。因此，我们在探讨清初岭南诗僧群崛起的原因时，还必须考察明清之际岭南佛门的发展状况。

佛教在岭南有着十分深厚的根基，自六朝以来，一直就是中国佛教的重镇。这主要表现在以下几方面：其一，岭南历代高僧辈出。六朝有中土第一批阐释佛理的苍梧人牟子和出家于交趾的高僧康僧会等人，唐代有禅宗的真正创始者六祖惠能，宋代则有云门宗的创始者匡真文偃等高僧，……清初诗人潘耒因此赞曰："岭南素称法窟：六祖唱道于曹溪，匡真开宗于云门，大颠盛化于潮阳。近则大埔出木陈，珠江有天然，博罗产剩人，皆杰出丛林者。"[2]其二，中国佛教发展史上的许多重要节点均与岭南休戚相关。早期

[1] 姚勉：《雪坡舍人集》卷三十七《赠俊上人诗序》，《文渊阁四库全书》第1184册，第255页。

[2] 潘耒：《与梁药亭庶常书》，见《救狂砭语》，谢国桢《瓜蒂庵藏明清掌故丛书》本，上海：上海古籍出版社1983年版，第55页。

印度佛教的东传路线，就有著名的“海上丝路”一支，而其重要的中继站就是广州。六朝梵僧与当地士僧在此合译了许多重要经文。汤用彤先生就曾说：“自（刘）宋世以来，广州常有出经者。可见南朝佛典多来自海上。”[1]至唐代，六祖惠能说法曹溪，广度弟子，并由此衍化出沩仰、曹洞、临济、云门、法眼五宗，形成了“一花开五叶”的盛况。清初岭南高僧成鹫曾精辟地概述了岭南在中国佛教发展史上的意义：“宗风西来，粤疆是即。爰及《楞严》，广州初译。五岭巍巍，斯为佛国。曹溪发源，衍于迁寂。万派千江，皆其涓涓。”[2]其三，岭南寺院林立，佛教渗透社会的方方面面。在粤北有宝林、云门诸寺，粤东有以广州为中心的光孝寺、六榕寺等寺院群落。憨山德清云：“岭表僻处东南，与诸羌接，周秦贡服不称。今也不独为文宪大雅之风洋洋中国，即琳宫梵宇在在称雄。爰自梁朝，达摩航海来于西竺，有唐六祖衣钵著于曹溪，而禅林道化为东土宗，斯岂以天地限其道、山川私其气哉！固在弘之得人，行之以时耳。”[3]《光孝寺志旧序》亦云：“粤稽千百八寺，幻起育王；三四五层，奇开迦叶。盖鸡国鹿苑，无异西方，金刹宝池，素称乐国。痛众生之入险，现出化城；叹非想以缠绵，殊游火宅。由此世界咸尊象教，人心共宝禅宗。”[4]以这些寺宇为中心，佛禅文化辐射至整个岭南地区，以至于覃召文先生说：“从某种意义上说，禅文化是岭南文化区别于中国其他的地域文化，特别是中原文化之特色所在。”[5]

探本溯源对考察特定时代文化风尚的成因是极有必要的，但有时也不宜做刻板理解。事实上，岭南佛教与整个中国佛教一样，同样经历了兴衰轮替的曲折发展历程。大致而言，唐宋是佛教最为昌盛之时，宋末渐趋衰颓，至明中叶则几近“末法”期，各宗派几乎断绝。而此时，岭南佛教之发展同样陷入低谷。汪宗衍先生就说：“吾粤佛教，自六祖后，宋世盛于云门，元明寖衰。”[6]万历二十四年（1596年），憨山德清至韶州，所见六祖惠能的道

[1] 汤用彤：《汉魏两晋南北朝佛教史》，北京：中华书局1983年版，第287页。

[2] 成鹫：《鼎湖山第二代主持在犙禅师塔志铭》，见成鹫等编撰《鼎湖山志》卷三，康熙四十九年刻本。

[3] 德清：《憨山老人梦游全集》卷五《重修英德县尧山天心寺记》，《四库未收书辑刊》第 3辑第25册，第187页。

[4] 《光孝寺志》卷首《光孝寺志旧序》，乾隆三十四年手写本。

[5] 覃召文：《岭南禅文化·序言》，广州：广东人民出版社1996年版，第5页。

[6] 汪宗衍：《天然和尚年谱序》，见《天然和尚年谱》，第123页。

场——曹溪宝林寺的景况，就颇为凄凉：

> 大师（惠能）既灭，而弟子各散去，随方化导。其守寺之徒亦分烟散火，而禅堂遂废。其有檀越所施庄田，岁计所入数百余金，以供山门常住。久而僧佃互通，侵渔干没，而山门倾圮矣！僧徒各务庄农，失其本业，而修行废矣！又久而僧不法，招集四方亡命盘踞山中，开张铺店，屠沽淫赌。初借资于僧，后返为害，山场、田地、房舍多被吞噬，日久庐墓遍山中，积年既深，牢不可破。僧俗倒置，秽污从杂，殿宇之倾颓，山门之破败，无复清净之观，大坏极弊，至有不忍言者。由是而外侮日至，官讼勾牵，动以奸为名，而僧不堪命。千年道场，一旦化为狐兔魑魅之窟矣！”[1]

与当年“一花开五叶”的繁盛局面相比，此时的曹溪非但没有佛门庄严、清净的本色，反成了“狐兔魑魅之窟”。面对如此荒败景象，憨山德清深叹“粤士子向不知佛”也，“遂凄然拂袖而去”。[2]从义学方面看，元代至明中叶的岭南僧人有所建树者亦寥寥无几，冼玉清先生《广东释道著述考》收录此期僧伽撰述唯有宗宝、法宣二种。

然而至明清之际，岭南佛教与整个华夏佛教一样，突而“中兴”。长年的战乱和武夫跋扈的政局，虽造成社会凋敝，民生艰危，但处世外的佛门似乎并未受到过多的冲击，甚至反有壮大之势。屈大均叹道：“慨自庚寅变乱以来，吾广州所有书院皆毁于兵，独释氏之宫日新月盛，使吾儒有异教充塞之悲，斯道寂寥之叹。……嗟夫，今天下之禅者皆思以其禅而易吾儒矣！”[3]这虽是屈氏归儒后的悲慨之言，但从中亦可反观出清初岭南佛教隆盛的景象。

明季清初的岭南佛门高僧辈出，龙象蹴踏，较著名的有憨山德清、道独宗宝、离际栖壑、天然函昰、剩人函可等人，他们以个人的修行、人格、德望，对振兴岭南佛教发挥了十分重要的作用，成为大批信徒顶礼膜拜的对象。清人叶梦珠说：“士风之升降，不知始于何人。大约一二人唱之，众从而

[1] 德清：《憨山老人梦游全集》卷五《中兴曹溪宝林禅堂香灯记》，《四库未收书辑刊》第3辑第25册，第205页。

[2] 德清：《憨山老人梦游集》卷五十四《憨山老人自序年谱实录》，福建省莆田广化寺佛经流通处影印本。

[3] 屈大均：《翁山文外》卷二《过易庵赠庞祖如序》，第99页。

和之，和之者众，遂成风俗，不可猝变。迨其变也，亦始于一二人而成于众和。”[1]这里讲的是士风升降与个人作用之间的关系。对于讲究严格师承法脉的宗教来说，个人因素显得尤为重要。在多数教徒眼中，宗教精神往往体现在一些德高望重的个体身上，他们对于神的内在信仰实际上也就经常外化为对个人的膜拜。因此，在某种宗教的发展流布中，个体的能动性常会起到极为关键的作用。这一点，在明末清初岭南佛门表现得十分明显。例如，万历二十四年（1596年）春，憨山德清被遣至雷阳，遇当地大旱，饿殍相枕，他建济度道场超度死难者；万历二十六年（1598年），至广州名刹光孝寺说法《四十二章经》，一时缁素云集，顶礼膜拜；万历二十八年（1600年），他又至粤北曹溪，见宝林寺窳败不堪，遂决心整饬寺规，构建法堂，重续法脉。关于其功德法量，释今无曾赞曰：

> 憨山大师，道贯天人，学穷相性，现比丘身，阏菩萨位，玉质金相，与曹溪并峙，固非后学所赞仰。至隆、万之间，宗教陆沉，宗非其宗，教非其教，不得其人。漫张两片皮，据曲录床，而令天下益于趋预颟溟涬，无所适从。大师当是时，独奋圆明之智，梳剔经论，使人晓然知了义之书，文义透脱，而于拈花别传一着，离指头间一寸许，有以见其霜烟皓魄。其功号为明教，实所以弘宗也。[2]

德清弘法虽勤，然独木难支，其圆寂后，岭南佛法依旧较为凋零。继起者又有道独宗宝，承洞上法脉，长期主罗浮华首台法席，“悲悯末法”，重规叠矩，谨护法城，“广植菩提之深根，茂忠孝之芽叶，节烈文章之士，赖以成就正骨”。[3]又有栖壑（1586—1686），顺德柯氏子，字离际，创鼎湖法席，“凡二十有三载，前后得度弟子千余人”。[4]又有天然函昰，更被尊称为清初岭南佛门的精神领袖。周齐先生概其功德云：“开法诃林，大振宗风；创立海云、海幢、丹霞别传诸名刹，禅教并重，使法席一派繁荣；整肃

[1] 叶梦珠撰，来新夏点校：《阅世篇》卷四“士风”，上海：上海古籍出版社1981年版，第83页。

[2] 今无：《光宣台集》卷七《募新西林序》，《四库禁毁书丛刊》集部第186册，第159页。

[3] 钱谦益：《牧斋有学集》卷一三六《华首空隐和尚塔铭》，《四库禁毁书丛刊》集部第116册，第224—225页。

[4] 成鹫：《鼎湖山总论》，见《鼎湖山志》卷三。

纲纪，森严规矩，使丛林为道德所属。”[1]

这些高僧大多道法精深，提持祖道又能苦口婆心，悲智双遣。明季清初的很多文士，皆因久慕他们的德容风范而趋皈浮图。例如，三水人李廷辅，幼年出家住雷峰隆兴寺，崇祯十四年（1641年），“闻天然禅师倡道诃林”，遂携其徒将本寺田亩室庐，“供诸十方”，延请天然为本寺开山第一祖。[2]又如，新会人黄尚源，早年曾“传江门之学，学者多宗之”，“闻天然禅师阐法诃林”，遂前往与之辩儒释宗旨，“批剥累日，不觉自屈”，即日皈依落发；[3]从化人邓璁，“弱冠有隽才，不乐仕进，闻天然禅师道倾岭南，日游诃林门下窃听余论，忽起疑情，勃然有出世之志”。[4]以上数例，皆充分说明了高僧们对佛门中兴所起到的特殊作用。

清初岭南佛教的中兴还与统治者的提倡有密切关系。自佛教传入中土，其兴衰隆替往往取决于统治者的好恶。《元史·释老传》云：“释、老之教，行乎中国也千数百年，而其盛衰每系乎时君之好恶。”[5]清初岭南佛教的兴盛亦不例外。

清军入关后的第一个皇帝顺治帝是一名忠实的佛教信徒，其佞佛的程度恐怕在历代皇帝中无有出其右者。他曾两次宣召江南高僧玉琳通琇、潮阳高僧木陈道忞入万善殿，“机务之暇，时相过访，与二师谈论禅机，皆彻通大乘”，[6]民间甚至还流传着他出家五台山、死后行以火葬的故实。[7]其后的康熙帝，在向佛的道路上虽没有走得像顺治那么远，但对佛教亦较为“虔敬”，如他曾六下江南，每次都要参礼佛寺，延见高僧。

如果说顺、康二帝的佞佛、敬佛是清初佛教发展的“大气候”，那么统治岭南达二十余年之久的平南王尚可喜的佞佛，则可谓清初岭南佛教发展之“小气候”。在此种政治背景下，佛教焉有不盛之理？时人即谓：

[1] 周齐：《天然和尚与明季广东佛教》，载《丛林》1998年第2期。

[2] 徐作霖、徐蠡编：《海云禅藻集》卷二“今湛”小传。

[3] 徐作霖、徐蠡编：《海云禅藻集》卷二“今离”小传。

[4] 徐作霖、徐蠡编：《海云禅藻集》卷二“古卷”小传。

[5] 宋濂：《元史》卷二〇二《释老传》，北京：中华书局1997年版，第4517页。

[6] 昭梿：《啸亭杂录》卷一“世祖善禅机”条，中华书局1997年版，第4页。

[7] 关于顺治出家的问题，可参看陈垣《顺治皇帝出家》《语录与顺治宫廷》等文，见黄夏年主编：《陈垣集》，北京：中国社会科学出版社1995年版。

世祖章皇帝手辟中原、立纲陈纪之暇闲，召高僧与谈佛乘。于是天下翕然向风，知佛之为教，亦牖民于善之一道也。我平南王之镇粤也，二十年来所创立修建若曹溪、大佛诸寺，不下数十所。而世子少保公、都统公复推王意而广之，凡名山邃谷、古刹梵宇，游辙所经，悉令丕振鼓钟，绮绣相望。[1]

此处所说的尚可喜修建的“不下数十所”寺院，是可以逐一考实的。例如，康熙三年（1664年）修建大佛寺，康熙四年（1665年）建檀度庵，康熙十一年（1672年）修海幢寺，又请高僧真修实行“修曹溪、飞来诸胜”[2]，……皆反映出尚氏对佛门之“无量功德”。此外，尚可喜还对佛门高僧崇敬有加，常延请他们开法。顺治八年（1651年）请天然说法广州，被婉拒；顺治十二年（1655年）请道独至海幢寺说法；顺治十七年（1660年）延栖壑至府衙问道；[3]康熙十四年（1675年）率文武宰官延请今无海幢禅僧四十余众，奉颂藏经，以祝国庇民。[4]

另一位曾镇守岭南的靖南王耿继茂，对佛教也有浓厚兴趣。他为憨山德清刊行了《梦游集》，并在“序”中称：“神道设教，圣王不废，岂礼乐征伐与生死因缘无二谛乎？余忝厕维藩，十年征伐犹以礼乐俟君子。大师一瓢一笠，闻者倾心。易世更代，不少衰息，良由佛法广大，超出生死，非礼乐征伐所能匹其功德也。”[5]耿继茂深知佛教对王道教化的辅助作用，故亦常藉此维护其在岭南的统治。

残暴无端的平、靖二王在佛祖面前表现得如此悲悯、仁厚，的确颇令人深思。蔡鸿生先生曾指出其中之缘由：其一，佞佛乃为满人旧俗；其二，“有其将武功托庇于佛力的动机”；其三，“表明自己放下屠刀，以此来粉饰太平，收拾民心”[6]。这样的分析是极有道理的。此外，我们以为，平、靖二王佞佛还有一个动机，即需要佛教来解脱他们因荼毒生灵而背负的罪孽。《鼎湖山

[1] 刘秉权：《重修庆云寺山门护殿记》，载《鼎湖山志》卷七。

[2] 黄登：《岭南五朝诗选》（二刻）卷二，《四库全书存目丛书》集部第409册，第308页。

[3] 参见蔡鸿生：《清初岭南佛门事略》，第32—39页。平南王延请天然和尚说法的时间，参考汪宗衍《明末天然和尚年谱》“顺治八年”条。

[4] 今无：《光宣台集》卷四“法语”，第120页。

[5] 耿继茂：《刊行〈憨山老人梦游全集〉序》，见《憨山老人梦游全集》卷首，《四库未收书辑刊》第3辑第25册，第5页。

[6] 蔡鸿生：《清初岭南佛门事略》，第39页。

志》收录的尚可喜写给鼎湖山庆云寺栖壑和尚的亲笔信函，即表明了这一点：

本藩薄德，匪躬仰荷佛光，谬膺天眷，底定粤东，分茅胙土。念慈宠渥，似属前因，爰慕大乘，留心内典，夙钦禅范，亲炙未能。缘向年提师入粤，屠戮稍多，虽云火焰昆冈，难分玉石，然而血流漂杵，恐干天和，内返诸心，夙夜自愧。[1]

这位双手沾满粤人鲜血的刽子手，自知罪孽深重，内咎神明，故希冀通过布施檀越、建造寺院、尊礼高僧等护法行为以自赎。

平南王佞佛的动机尽管算不上很纯粹，但客观来说，他对清初岭南佛门的中兴实在功德昭著。他不仅构建了为数甚多的寺宇等设施，还为岭南佛门的发展创造了一个相对宽松的环境。而大规模的遗民逃禅风潮或与此种氛围亦不无关联。澹归编次的尚可喜年谱——《元功垂范》中，对其佛德有很高评价："王恭敬三宝，正从不嗜杀人一念植众德本。此寺（指大佛寺）为王特请，亦犹行古之敕建之道也；曹溪为海内宗风所自出，王撤其敝而新之，极土木之丽；清远峡有飞来寺，兵燹荡尽，藉王以重建，江山增壮；海幢新刹，峙新城之南，王为营天王殿；其他崇饬，未易枚举。此皆王兜率陀天自居宫殿，散落人间，业力道力，非一非二，正不必以儒者方幅之论，概为不然耳。"[2]显然，澹归是以佛者而非遗民的眼光，较为客观地评价了尚氏对清初岭南佛门中兴所起的作用。

总之，凭借着史上丰厚禅文化之积淀与时代所赐予的诸种"机缘"，加之高僧大德们的劝导善化与统治者的护持，可以说，明清之际的岭南佛教获得了自六祖惠能以来最好的发展契机。澹归在《重建光孝寺大殿碑记》中写道：

仙城地势，南尽大海，帆樯之力，直抵印度。菩提达摩望震旦大乘之气，十周寒暑，泛重溟而至，首践此邦。别子为祖，继别为宗，一花五叶，枝条遍宇内。大鉴开东山法门于菩提树下，虽广化曹溪，而发祥光孝。《楞严》了

[1] 尚可喜：《平南王请书》，见《鼎湖山志》卷七，第558–559页。

[2] 澹归编次，尹源进校定：《元功垂范》"康熙三年"条，《北京图书馆藏珍本年谱丛刊》第68册，第303—304页。

义，五天秘重，般刺密帝创译寺中，房融笔受，冠绝古今。盖王园遗构，自晋及今，垂二千年。道有污隆，时举时废。近代以来，憨山清之唱教，天然昰之谭宗，仅能规复诃林，未及崇严宝殿，岂非弘护乘权，故有待于现身大士耶？平、靖二王应新运而蔚为名世，底定岭表，百废俱兴，以为福国庇民、阴翊王化，无有过于大雄氏者。……[1]

蔡鸿生先生说清初岭南的佛教“与滇南和江南鼎足而三，成为遗民逃禅的著名渊薮”。[2]其实，仅就文士逃禅一端而言，清初的岭南似乎较江南、滇南更盛。博罗僧行森曾上书顺治帝：“近三十年来，则世家公子、举监生员，亦多有出家者。浙直素称佛地，觉似不如广东矣。”[3]即表明了这一点。

第四节　诗文化的蓬勃

诗僧是僧人与诗人双重身份的结合体，既属佛门中人，又浸润于诗文化的土壤中。特定时代、区域的诗文化状况对他们的诗歌创作无疑会产生相当重要的影响，故还有必要对当时岭南诗文化的状况略作考察。

尽管在粤人的一些诗歌选本中，我们常读到关于岭南本土文人诗歌创作极为自信的言论，但当我们深入实际考察时，必须承认一个事实，即与中原、江南等诗文化繁荣的地区相比，岭南本土文人诗歌创作的源头出现甚晚。粤人常将岭南诗歌的鼻祖溯至初唐的张九龄，[4]但此时中原、江南等地的诗文化早已蔚为大观。从初唐至明代，岭南诗坛虽代不乏人，然杰出者实在不多，

[1] 澹归和尚撰，段晓华点校：《遍行堂集》卷十一《重建光孝寺大殿碑记》，第一册，第282页。

[2] 蔡鸿生：《清初岭南佛门事略》，第1页。

[3] 引自姜伯勤：《石濂大汕与澳门禅史》，第8页。

[4] 例如刘彬华《岭南群雅·自序》云：“吾粤诗，自曲江（张九龄）而下，明季三家以上，作者前后蜿蟺相望，炜哉！盛矣！”温汝能《〈粤东诗海〉序》云：“粤自曲江以来，文献已开。”

为人所熟知的似仅有宋之余靖与赵必瑑等人，而且他们的创作实绩及影响也不及同时代的一流诗人。至明代，岭南诗歌始得迅速发展，大有赶超内陆之势。以著名的“南园五先生”（孙蕡、王佐、赵介、李德、黄哲）为代表的一大批诗人，以其旺盛的创作力与独特的创作风格，为当时诗坛所瞩目。[1]其后陈白沙、黄佐、“南园后五子”等诗人扬波继起，至明末清初，岭南诗歌始迎来了其发展的鼎盛期。

明末清初岭南诗文化的蓬勃首先体现在诗人数量上。为说明问题，我们根据清代几种较具代表意义的岭南诗歌选本，制成岭南各朝有名可考的诗人数量一表（见表1–1）。这几种选本是：（1）黄登《岭南五朝诗选》，初刻于康熙三十二年（1693年），复增刻于康熙三十九年（1700年），据《四库全书存目丛书》本；（2）梁善长《广东诗粹》，刊于乾隆十二年（1747年），据乾隆十二年达朝堂本；（3）温汝能《粤东诗海》，编定于嘉庆十五年（1810年），据吕永光先生点校本。

表1–1　岭南各朝诗人数量表

选本	唐	宋	元	明		清	
				明初—隆庆	万历—崇祯	顺康二朝	雍正后
《岭南五朝诗选》	4	9	1	49	107	285	
《广东诗粹》	6	22	4	142	161	119	59
《粤东诗海》	13	30	9	321	131	186	212

说明：

1．《广东诗粹》尚录五代一人，表中未录。

2．此表仅统计文士诗人，不包括方外、闺媛类。

3．此表“明末清初”的时间断限，依学界普遍说法，即从万历元年（1573年）至康熙六十一年（1722年）。

4．划分万历至康熙朝的诗人，是此表的难点。这三种选本基本以诗人生活年代为序编排。为使统计数据更具说服力，我们没有将那些虽生活在万历或康熙朝，但主要创作期限又不在这两期的诗人，列入“明末清初”这一期

[1] 永瑢《四库全书总目》卷一八九“《广州四先生诗》提要”云：“然粤东诗派，数人实开其先，其提唱风雅之功，有未可没者。”第1714页。

内。但这又有一个问题，很多不甚有名的诗人，我们无法确知他们创作的活跃期或衰滞期。故采取折中法，以区大相为始，以周大樽为结。这样处理亦略有根据。区大相实为岭南诗坛“力祛浮靡，还之风雅”的诗人，屈大均即云：“明三百年，岭南诗之美者，海目为最。”[1]

5. 这三种选本，因选家的选诗标准不一，编选或不全面；且明以前诗人数量如此之少的原因，或与文献严重散佚有关。[2]然目前我们所能根据的只能是这些并不完备的选本，更为精确的统计还有待《全粤诗》的出版。

表中数据说明，仅就创作规模看，岭南诗歌经过一千余年的发展后，至明代始大盛，而尤以明末清初这一期为最，其诗人数量超过以往之总和。

明末清初的岭南，不仅诗人数量多，而且还涌现出大批蜚声海内的诗人。比如，有被江淮文士誉为“牡丹状元”的黎遂球（1602—1646）；有“海内八大家”之一的程可则（1627—1676）；有堪与当时第一流的“江左三大家”（钱谦益、吴伟业、龚鼎孳）相比肩的“岭南三大家”——屈大均（1630—1696）、陈恭尹（1631—1700）、梁佩兰（1630—1705）；[3]还有邝露（1604—1650）、陈邦彦（1603—1647）、张家玉（1615—1647）、陈子壮（1596—1647）、梁朝钟（1607—1646）、张穆（1607—1686）、王邦畿（1618—1668）、方殿元（1646—？）、廖燕（1644—1750）等中坚诗人。可以说，明末清初的岭南诗人与当时任何地区的诗人相比，毫不逊色，故屈大均说：“粤东诗人，实甲天下。”[4]

明末清初岭南诗文化蓬勃的另一表征，还体现在粤籍诗人与外籍诗人交流日趋频繁。岭南，素称“贬谪之所”。清代以前的入粤诗人，多因仕途失意而被贬谪至此，加之那骇人的瘴气，故愁苦悲怨笼罩心头。唐代被贬柳州的柳宗元《岭南江行》诗云：“瘴江南去入云烟，望尽黄茅是海边。山腹雨晴添象迹，潭心日暖长蛟涎。射工巧伺游人影，飓母偏惊旅客船。从此忧来

[1] 屈大均：《广东新语》卷十二“区海目诗”，第348页。

[2] 例如黄登《岭南五朝诗选后集·凡例》云：“从上诸贤，遗佚多有失传，难从全集中稽览。”何藻翔《岭南诗存序》云：“广东宋诗存者尤鲜，厓门兵燹，版籍荡然，元、明均尚唐音，无人收拾。”

[3] 闽人郭曾炘有诗云：“王李钟谭变已穷，岭南江左各宗风。六家诗继三家起，盛世元音便不同。”

[4] 屈大均：《翁山佚文辑》卷中《复汪粟亭书》。

非一事，岂容华发待流年。”[1]被贬崖州的李德裕《谪岭南道中作》诗中亦表达了相类似的情绪：“岭南争分路转迷，桄榔椰叶暗蛮溪。愁冲毒雾逢蛇草，畏落沙虫避燕泥。五月畬田收火米，三更津吏报潮鸡。不堪肠断思乡处，红槿花中越鸟啼。”[2]明人姜南评以上二诗说：“宗元以诛宦官不克被罪，德裕以同侪相挤致祸，观其诗句则一时风俗景象，皆畏土也，而流离困苦，何以堪之？”[3]

然而，这种情况至清代发生了很大的改变。关于历代入粤诗人的基本情况，黄登《岭南五朝诗选》又为我们提供了十分宝贵的材料。黄氏此选本共录唐、宋、元、明、清初五朝至岭南做官或者游历的诗人196人。其中“唐名宦”一卷，有宋之问、刘禹锡、韩愈等15人；“宋名宦”一卷，有苏轼、杨万里、胡铨、文天祥等20人；“元名宦”一卷，有范梈、王翰等7人；“明名宦”二卷，有李东阳、王守仁等17人；而“国朝名宦”则有十一卷，多达137人，数量是此前总数的两倍之多。这其中的原因盖有两方面。其一，自永历监国肇庆后的十余年内，岭南一直是反清复明运动的据点，很多遗民或供事于永历政权，或暗中联结海上义军，肩负着特殊使命而步入岭南。其二，清代岭南无论是社会环境还是自然环境，较唐宋两代皆有改观。清初入岭的江西宁都人魏礼曾说：“……今之岭南非昔日岭南矣。愈（韩愈）之贬潮州也，凛然有愁迫死亡之忧，而今之士大夫营为而乐得其地者矣。轼（苏轼）之贬，犹在惠州，今惠州亦为善土也。”[4]雍正年间任广东按察司的张渠也说：“唐宋以岭南为迁谪之地，其时瘴疠甚重。……今则山川疏豁，险阻尽平，两间清淑之气，扶舆磅礴，已与中土并。”[5]由此可见，在士人的心目中，岭南亦由以前的“畏土”而变为“善土”了，故皆乐于往还。

清初入粤诗人中，几乎包括了当时所有著名诗人，如龚鼎孳（顺治十四年入粤）、潘耒（康熙二十八年、康熙三十八年两度入粤）、朱彝尊（顺治十三年、康熙三十九年两度入粤）、曹溶（顺治十一年入粤）、王士禛（康

[1] 彭定求：《全唐诗》卷三五二，第3948页。

[2] 彭定求：《全唐诗》卷四七五，第5433—5434页。

[3] 姜南：《蓉塘诗话》卷十一“岭南诗”，吴文治主编：《明诗话全编》，南京：江苏古籍出版社1997年版，第3446—3447页。

[4] 魏礼：《魏季子文集》卷七《为门人扬京游惠州至广州序》，易堂原刻本。

[5] 张渠：《粤东闻见录》卷上“瘴疠”条，第3页。

熙二十三年入粤）、叶燮（康熙二十年入粤）、赵执信（康熙三十年入粤），等等。这些著名诗人涌入岭南，有力地推动了当地诗文化的蓬勃。首先，入粤诗人对岭南诗人多有提携奖掖。例如，顺治十三年（1656年）入粤的浙江诗人朱彝尊，持屈大均的诗文返乡，使其诗名遍传江南诸地；再如，程可则《海日堂集》前有朱彝尊、王士禛、龚鼎孳等著名入粤诗人所撰之序，对其诗歌均有至评。像朱彝尊序中云："程君周量，好为歌诗，与予定交岭表。中间聚散一十五年，每一相见，辄出其新诗累百。……南海多骚雅之士，其尤杰出者。"[1]这样的推赏对岭南诗文化的蓬勃无疑会起到十分积极的作用。其次，这些著名诗人的到来，往往会形成所谓的"名人效应"，从而推动岭南尚诗之风。康熙二十三年（1684年），王士禛奉使祭告南海，粤人即"闻风而动"，投诗问学者极夥。再次，入粤诗人陶醉于岭南奇异风物，诗兴大发，写下了大量讴歌岭南山水风物的诗作，有的还结集付梓，例如王士禛有《南海集》，龚鼎孳有《过岭集》，潘耒有《楚粤游草》，朱彝尊有《南车草》等，他们对岭南山水美的发现和讴歌，同样也会激发粤人的创作灵感，增强自信力。

与此同时，岭南诗人也纷纷出岭，或寻亲探友，或北上应考，或游历山水，如屈大均、梁佩兰、陈恭尹、程可则、黎遂球等人，均有北游之经历。这南来北往的诗人们，共同促进了清初岭南以及华夏诗文化的蓬勃兴盛。

明末清初岭南诗文化蓬勃的另一标志是乡邦诗社异常繁荣。温汝能《粤东诗海序》云："粤自曲江以来，文献已开。荐绅解组归，往往不事产业，唯赋诗修岁时会。"[2]岭南诗人结社的传统最早可溯至宋李忠简，[3]稍后又有赵必瑑在东莞与诸多遗民诗人的联会唱和，至明初，"南园五先生"在抗风轩的结社活动更为粤人所称道。明末清初，粤人结社赏诗之风更盛，屈大均《广东新语·诗社》曰："慨自申、酉变乱以来，士多哀怨，有郁难宣，既皆以蜚遁为怀，不复从事于举业。于是祖述风骚，流连八代，有所感触，一一见诸诗歌。"[4]在这种情况下，大大小小的诗社、诗会如雨后春笋般涌

[1] 朱彝尊：《海日堂诗序》，见程可则《海日堂集》卷首。

[2] 温汝能：《粤东诗海序》，见《粤东诗海》卷首，广州：中山大学出版社1999年版，第14页。

[3] 黄芝《粤小记》卷二中谓："相传粤诗社始于宋李忠简，当时别有月泉吟社，至明吾粤更盛云。"

[4] 屈大均：《广东新语》（下册）卷十二"诗社"，第357页。

现。何宗美先生《明末清初文人结社研究》中考得此期广东大大小小的诗社、文社共32种，仅次于南直、浙江，列全国第三位，于此可见岭南乡邦诗社之繁荣。这32种诗社分别为：南园诗社、凤台诗社、王渐逵越山诗社、兰亭诗社、小云林诗社、欧大任南园诗社、梁有誉粤山诗社、南海九老会、诗易会、叶春及结诗社、紫霄诗社、松堂诗社、水门诗社、西樵诗社、龟山诗社、浮邱诗社、陈子壮南园诗社、坡山诗社、净社（诃林净社）、芳草精舍结社、岭南四子社、仙湖诗社、云淙诗社、东皋诗社、浩社、秀江文社、四峰诗社、溪南诗社、凤台续社、白莲诗社、长春书院诗社、凤山诗社。[1]这里，我们拟以“粤台故迹八咏诗会”为例来说明清初岭南诗社活动之盛况。

“粤台故迹八咏诗会”始于康熙五十七年（1718年），由江西南昌人沈琦在羊城所发起，以咏羊城八处故迹为题，广征社会名流赋诗，一个月内，竟得诗三千余卷。兹事在嘉庆年间罗元焕《粤台征雅录》“陈石樵先生”条中有较详细的记载：

康熙戊戊（按：当为戊戌之误），羊城沈奇玉琦开“粤台古迹八咏诗会”于白燕堂，以浮邱井、陆贾祠、虞翻苑、望气楼、沉香浦、荔枝湾、素馨田、抗风轩为题，体皆七律，预书版于城乡吟侣，匝月间共收三千余卷。奇玉，本洪都人，侨寓于粤者也。时适全州蒋容江、南昌万宇兆两太史、太康许苍岚明府皆在粤，遂延致主于其家，同为评阅，选拔五百名揭榜于桂香文昌宫，复开雕《峤华集》二卷，全作登集者十名，石樵先生与焉。居前者曰梁无技、江渊、韩海、蔡道法、汪后来、梁文冠；居后者曰黄朝举、麦穗、陈份，既又张宴召梨园侑觞雅会于长寿僧院，《陈古村集》中纪之，亦一时之盛事也。《峤华集》后幅诗，则摘刻至百名外。其馈赠、谢教仪物，首名冠全具，佐以银杯匕及文房玩器数品，余视榜之高下，重轻有差，自二百名后至榜末，概送丝履一两云。

粤中好为校诗之会，亦称开社相传，谓自明季番禺孝廉黎美周遂球礼闱下第南还，集广陵进士郑超宗元勋之影园，即席赋《黄牡丹诗》十首，独占冠

[1] 何宗美：《明末清初文人结社研究》，第24—25页。除这32种诗社外，我们所知的还有梁佩兰、屈大均、黄登所结黄村探梅诗社，成鹫主盟东林社，大汕的白社，函昰的海云社，吴绮主盟的越台诗社、西台社等。

军，名噪吴越，有“牡丹状元”之号，乡人艳之，遂启其风。至预布题并订期收卷，列第揭榜，悉仿浦江吴清翁月泉吟社故事。[1]

遗憾的是，其中所提到的《峤华集》、《峤华集》后幅、《陈古村集》均不见于遗存，今能所见诗会之作，唯梁无技《南樵二集》卷五存有八首。不过，这段材料还是为我们提供了“粤台故迹八咏诗会”的盛况，它是近承“牡丹状元”黎遂球之遗风，远绍南宋月泉吟社的规制，其规模之大，影响之深，堪称岭南诗歌史的盛事。

明末清初岭南诗歌，正是在这大批诗人努力创作和繁荣的乡邦诗社活动中逐渐走向成熟。而其成熟的重要标志就是形成了一个有别于其他地域的独特而稳定的风格流派——岭南诗派。关于这个诗派的形成过程，陈永正先生《岭南文学史》概括说：

岭南诗歌自唐代张九龄开创风气，北宋余靖益其神骨，后世诗人皆奉为正宗。至南宋诸子，以雄直诗风为主调的岭南诗派初步形成。明初南园五先生鸣盛于海内，渐为世人瞩目。南园后五先生、南园十二子嗣响其后，已开岭南诗派规模。清初，岭南三家力扫复古之风，以性情洋溢、气势雄迈、韵致深雅、风格鲜明之作，开创一代诗风。一时诗界无人不知其名，成为公认的诗坛宗匠。而岭南诗派之目，自此崭然崛起于海内。[2]

诗歌流派的形成，一般是诗人们的创作实绩、影响力都达到相当高度的产物。岭南诗歌经过近千年的衍播变迁，终于在明清之际得到了世人的普遍认可，这也适足反映了岭南地区的诗文化全面走向成熟的事实。

清人颜元《四存编》中谓：“凡人做僧道者，有数项：一项是本人贫寒，不能度日，或其父母贫寒，不能度日，艰于衣食，便度为僧道。一项是祸患迫身，逃走在外，或兵乱离家，无地自容，度为僧道。一项是父母生子女不成，信佛道，在寺庙寄名，遂舍入为徒。一项是偶因灾祸，妄信出家为脱离苦海，或目触寺庙倾倒，起心募化，说是建立功果，遂削发为僧或戴发称道

[1] 罗元焕著，劳潼润注：《粤台征雅录》卷一，道光三十年南海伍氏刻本。
[2] 陈永正主编：《岭南文学史》，第350—351页。

人。”[1]就单个僧人的出家因缘看，颜氏所概括的几项无疑具有普遍意义。然若从群体角度来看，这样的分析似乎又不足以说明问题。通过本章的论析，我们认为，清初岭南诗僧群的崛起有着复杂的政治、文化背景：历史上沉积下来的丰厚的禅文化是他们赖以生长的坚实土壤；至明中叶以来，思想领域普遍倡导的儒释会同的学术风气，又为他们的崛起准备了充分的思想条件；而造成民生维艰、民族自信心严重失落的鼎革裂变之“劫难”，对于佛门、诗僧乃至诗文化的发展来说，又未尝不是一个“契机”，这正所谓“儒门不幸佛门幸”“国家不幸诗家幸”。也许这其中的某种因缘在此前或曾具备，但诸多因缘汇集于明季清初岭南这一特定时空内，却又是岭南历史上所未曾有的。正是这诸种因缘之聚合，一个规模庞大、创作力极盛的诗僧群崛起于华夏的禅苑诗坛。

[1] 颜元：《习斋四存编·存人编》卷一《唤迷途》，上海：上海古籍出版社2000年版，第160—161页。

第二章

群体之构成与生活形态

第一节 群体规模的基本估价

覃召文先生在《岭南禅文化》一书中指出："清初岭南崛起的诗僧集团是一个庞大的诗群，也许，这还是中国至今以来最大的诗僧集团。这一集团的精神领袖应该是函昰，其主要骨干有函可、今释、今无、光鹫、大汕等，它的成员近百人。这一集团有案可查的诗集就有数十种，并有诗歌合集《海云禅藻集》《法性禅院唱和集》《丹霞诗》等。"[1]我们同意上述对清初岭南诗僧群体规模的基本评估，但限于篇幅，这种描述实为笼统，无法令人满足。作为一个专题研究，有必要对此诗群的规模、构成做更具体的考察。

诗词一道在佛门向来被视为外学，历代僧诗很少登入经藏殿堂，很多寺院甚至还明文规定不得擅弄辞章、吟诗作赋，一些卓具才华的僧人不得不压抑蓬勃的诗情，将诗歌题于石上、壁间，随得随弃，其诗名、诗作也由此淹埋在历史尘埃中。因此查考、辑佚、辨析僧诗作品，一直是研究者所面临的重要任务。清初岭南诗僧群研究同样也存在这种情况，不少诗僧不仅诗集已亡佚，生平也模糊不清。我们通过广泛翻检文献，共考得生活于清初岭南这一时段、这一地域的能诗僧人154名，并将他们的基本履历、诗歌存佚情况制成表格（见表2-1），以便人们可直观到此诗群的大体规模。所据文献资料主要有以下几种：

[1]成鹫等编《鼎湖山志》，康熙四十九年刻本。

[2]唐宗尧修《韶州府志》，康熙二十六年刻本。

[3]阮元修《广东通志》，上海：上海古籍出版社1988年影印本。

[4]马元修《曹溪通志》，道光十六年怀善堂重刻本。

[5]戴肇辰、史澄等修《广州府志》，光绪五年刻本。

[6]徐作霖、黄蠡编《海云禅藻集》，民国二十三年逸社排印本。

[7]周大樽编《法性禅院唱和集》六卷、《续集》六卷，康熙四十一年刻

[1] 覃召文：《岭南禅文化》，第34页。

本。[1]

[8]黄登《岭南五朝诗选》，康熙三十五年刻本。

[9]温汝能《粤东诗海》，吕永光点校本，广州：中山大学出版社2000年版。

[10]冼玉清《广东释道著述考》，广州：中山大学出版社1996年版。

[11]《番禺县志》，同治刻本。

[12]何藻翔《岭南诗存》，民国十四年商务印书馆铅印本。

[13]梁善长《广东诗粹》，乾隆十二年刻本。

[14]吴炳南《岭表诗传》，道光二十三年紫藤馆刻本。

[15]《潮州府志》，乾隆二十七年重刻本。

[16]陈世英撰《丹霞山志》，雍正十一年别传寺刻本。

[17]《罗浮山志汇编》，清海幢寺刻本。

编录原则如下：

（1）收录活跃于顺、康两朝的诗僧；明亡后不知所终（如二严和尚）或其主要活动不在此阶段者（如栖壑和尚），不予收录。

（2）不限原籍，凡为僧活动主要在岭南者，录，如澹归（原籍浙江仁和）、大汕（原籍江西九江）等人。短暂入粤或事略不详者，不录，如黄登《岭南五朝诗选》辑录的释明悟（字达成，吴江人，著有《太湖集》）和一喆（嗣雄州华林继芳老和尚，但开法于赣州南安）；虽属岭南籍，但传法活动并不在岭南者，亦不收录，如潮阳人木陈道忞，入清后主要在江南、京师传法。

（3）有零星诗歌见存者，收录；文献中提到能诗的僧人，但不见存诗者，不录，如法性禅院院主远布，潘耒说他："工诗而不求诗名……风格高朗，意趣超旷。"[2]但据笔者所目及文献，未见其存诗。

（4）居士文人和出家后复还俗者，不录，如屈大均，虽温汝能《粤东诗海》等选本中将其列入"方外卷"，但因不符合本文所界定的诗僧标准，故不录；另有短暂出家经历的文士如罗宾王、黎遂球、王邦畿、王隼等诗人，亦不录。

（5）另外，还有绝珠、真朴等8名仅有姓名见存者，未录。

[1] 此集笔者仅见《续集》六卷，藏于广州孙中山文献馆，为稿本；《前集》藏于国立中山图书馆，笔者无缘及见。冼玉清《广东释道著述考》中亦云"未见"，但已将参与唱和的文士和诗僧的姓名、法名一一列出。本表所据《前集》所录诗僧名均出自冼先生著作；而《后集》所录诗僧，则据孙中山文献馆的稿本。

[2] 潘耒：《遂初堂别集》卷三，《四库全书存目丛书》集部第250册，第294页。

表 2-1 清初岭南诗僧总目表

僧名	生平简介	诗歌存留状况
函可	韩宗騋（1612—1660），字祖心，号剩人、剩和尚。博罗人，诸生。二十九岁，礼道独为师，为洞宗第三十四代第二法嗣，在广州创建黄花寺。顺治四年（1647年），因事获罪，次年被遣戍沈阳，至死未归。	《千山诗集》（存）、《金塔吟》、《剩人诗》（佚）等
函昰	曾起莘（1608—1685），字宅师，号天然、天老人。番禺人[1]，举人。三十三岁，以“明孝廉”身份礼道独出家。历主海云、海幢、丹霞、归宗诸刹，为清初岭南佛门领袖。	《瞎堂诗集》、《梅花诗》、《雪诗》（存）、《丹霞天老和尚古诗》、《丹霞诗》、《似诗》（佚）
今摄	崔氏子（1618—1686），字广慈。番禺人，诸生。幼即留心宗乘，后充函昰侍者、雷峰监院诸职，为函昰第十法嗣。	《巢云遗稿》（佚） [6]录3首
今辩	麦氏子（？—1697），字乐说。番禺人，诸生。为函昰第五法嗣，历主法别传、海云、海幢等刹，继主福建长庆。	[6]录13首 [16]录8首
今沼	曾自昭（1616—1660），字铁机。番禺人，诸生。少研习儒者之学，庚寅乱后，始无意于人世，勘验精严。工行楷、骈俪之辞。	《铁机集》、《更见集》（佚） [6]录122首，[8]录9首
今覞	杨无见（1619—1678），字石鉴。新会人，诸生。早年入泮宫，鼎革后，礼函昰为师。康熙元年（1622年）被付以大法，列天然第二法嗣。	《直林堂集》、《冈州遗集》、《栖贤诗》、《石监集》（佚） [6]录24首，[8]录15首，[9]录7首，[14]录6首，[17]录3首
今帾	潘楫清（？—1690），字记汝。新会人，诸生。历任雷峰典客、丹霞记室，性耽山水，有孤峰独宿之志。参究之际，习声律，撰韵谱，累数十卷，为词家所重。	《借峰诗稿》（佚） [6]录32首，[8]录2首，[12]录1首，[16]录5首
古轮	字一绛。不识字，作诗冲口而出，直写性灵。	[16]录2首
成鹫	方颛恺（1637—1722），又名光鹫，字迹删，号东樵。番禺人，诸生。少究濂洛关闽之学。三十五岁始别母学佛，后礼石洞禅师出家，居大通古寺。主席端州鼎湖山庆云寺，一时王公巨卿皆与往还，晚复归大通。	《咸陟堂诗文集》（存）、《鹿湖近草》、《诗通》、《不了吟》、《自听编》（佚）
传论	字辨真，丹霞寺僧。	[16]录3首

[1]《广东通志》谓函昰“南雄曾氏子”，误。

续表

僧名	生平简介	诗歌存留状况
一机	李氏子（1630—1708），字圆捷，号逢场。番禺人，先世以儒显。鼎革后，有出世之志，后入鼎湖山礼栖壑和尚为师，为庆云寺第六代住持。	《涂鸦集》（佚）[1]录5首，[9]录2首
传檀	四会人，庆云寺僧。	[1]存组诗《天湖十四景》，[9]录1首
元觉	简氏子，字离幻，号石洞。顺德人。从云门宗符禅师剃度，礼栖壑和尚圆具。后继师主法，大兴云门之道，晚筑室于罗浮石洞，与成鹫游。	《石洞遗书》[1]（佚）[1]录3首，[8]录6首，[9]录3首，[14]录首，[17]录5首
古贤	字愿海，丹霞寺僧。	[16]录4首
元海	字萨云，嗣法云门宗符禅师，后继席华林。	[1]录6首，[8]录5首，[9]录6首
幽冥	（？—1662），浙江仁和人。顺治间，自龙虎山仙岩寺至大埔南安寺。	[15]存诗2首
今释	金堡（1614—1680），字道隐、澹归，自号卫公、舵石翁等。浙江仁和人，进士。历仕崇祯、隆武、永历诸（1652年）朝，官至礼科给事中。顺治七年（1650年）于桂林出家。顺治九年（1652年）礼函昰为师，康熙元年（1662年）始构建霞别传寺。康熙七年（1668年），被付大法，列函昰第三法嗣。	《遍行堂前集》（存）、《梧州诗》、《临清来去集》、《梦蝶庵诗》（佚）
传阳	字正午，丹霞寺僧。	[16]录1首
今无	万氏子（1633—1681），番禺人。年十六礼天然剃度，二十二岁至沈阳访函可。后又至琼南等地说法，历主海幢寺。康熙元年（1662年）被付以大法，列天然第一法嗣。	《光宣台集》（存）
真朴	徐氏子，漳州人。主法曹溪，主修《曹溪通志》。	[8]录6首
本宗	九江人，木陈道忞之法嗣，主法曹溪。	《南华诗集》（佚）[8]录4首
全赋	常州人，江南继起弘储之法嗣，顺治十七年（1660年）至曹溪，随行一百余众。	[8]录1首
今程	字超弼，丹霞寺僧。	[16]录1首
楚云	湘潭人，竺庵禅师法嗣，开法庐山栖霞寺，后住善庆道场。	[8]录2首
元鉴	陈氏子，汉东人。临济天童三十三世嫡孙，康熙三十四年（1695年）入曹溪，后主持永胜寺。	《森密堂集》（佚）[8]录12首
今縻	字慧则，丹霞寺僧。	[16]录6首

[1]《广东通志·元觉传》谓："所著有《石洞遗书》《咸陟堂前后集》并行于世。"误也。

续表

僧名	生平简介	诗歌存留状况
成瑞	虞山人，1694年，随师住锡永胜寺。	《南游草》（佚）[8]录4首
德洪	慈溪人，1671年扫塔曹溪，随后住杲山莲池；1692年入粤结制说法。	《杲山诸草》（佚）[8]录20首
纪长	吴县人，1691年住锡罗浮，后为广州宰官请，主东林寺。	[8]录诗9首
古上	字非权，丹霞寺僧。	[16]录1首
德峰	彭氏子，邵武人。嗣浦城宗南和尚，1684年后住龙安寺。	《历游诸草》（佚）[8]录4首
今回	王鸿暹，字更涉。东莞人，诸生。少闻道，康熙四年（1665年）落发雷峰，执侍函昰左右。一日遇江水暴涨，漂没于巉岩之下。	[6]录14首，[8]诗5首，[16]录5首
古翼	字辅昙，丹霞寺僧。	[16]录5首
今严	罗殿式，字足两，顺德人。诸生。幼即有文名，与梁朝钟等人游。顺治六年（1649年）礼天然落发受具。性孤高好洁，终日潜研内典，因病蜕化。	《西窗遗稿》（佚）[6] 录99首，[8]录4首
今音	曾起霖（？—1661），字梵音。番禺人，诸生。天然从弟，幼聪敏，平生放达任侠，顺治十二年（1655年）登具，研习祖道，几于忘生。	《古镜遗稿》（佚）[6] 录8首，[8]录1首，[12]录1首
古希	字太音，丹霞寺僧。	[16]录1首
行印	西竺人。	《蒲团诸稿》（佚）[8]录4首
今壁	温氏子，字仞千，东莞人。幼通坟典，弱冠出世，学法于鼎湖山，后依天然受具，康熙七年（1668年）与澹归同时付嘱，列天然第五法嗣，分座海云。	[6]录23首，[8]录5首，[16]录8首
古灯	字会五，丹霞寺僧。	[16]录4首
今龙	字枯吟，茂名人。顺治十六年（1659年）参天然于雷峰，后至金陵参天童圆悟，当机大悟。“国师”道忞付其大法，道风倾于东南。	《枯吟诗稿》（佚）[6]录6首，[8]录3首，[16]录6首
智力	住诃林。	[8]录1首
古泯	字一拍，天然和尚法属。	[8]录1首，[16]录6首
古理	天然和尚法属。	[8]录1首
深度	童年出家，诗画兼绝。	[8]录8首
超常	觉浪道盛弟子，住六榕寺。	[8]录3首
大年	住六榕寺。	《弃病诗草》（佚）[8]录4首
明相	—	《翠微杂咏》（佚）[8]录2首
达可	戒院高僧。	[8]录3首

续表

僧名	生平简介	诗歌存留状况
法先	住濂泉寺。	[8]录2首
大韶	郭氏子，少有智慧，参方觉浪道盛，住蒲涧寺。	《蒲涧随记稿》（佚）[8]录6首
可相	韶州人，理曹溪监院。	《南华草》（佚）[8]录2首
元装	伍氏子，番禺人。弱冠出家，为天童山晓和尚法嗣。	《澹园诗草》（佚）[8]录2首
今承	眉庵老宿。	[8]录12首
元印	化成尊宿。	[8]录1首
今树	诃林尊宿。	《可赋亭稿》（佚）[8]录11首
今照	海幢老宿。	[8]录4首
古云	周瑞弼，字云庵。增城人，诸生。早年得甘泉《心性图》，深窥其奥。中年出家，得法海幢。禅定之余，极喜诗文。后继席海幢。	《月鹭集》（存）
达津	杨氏子，番禺人。出家于法性禅院，与梁佩兰等文士雅善。	《簷卜楼稿》（佚）[8]录8首
愿光	字心月，住法性禅院，与梁佩兰等人结社兰湖。	《兰湖诗选》（存）、《兰湖稿》（佚）
古习	字觉熏，丹霞寺僧。	[16]录3首
古昱	曾氏子（1650—1701），字融虚，信宜人。弱冠出世于闽之上杭，后参阿字大师，充典客。晚隐居雷峰，足迹不出户者数年，唯焚香阅藏，兴至时亦吟咏不辍。	《融虚遗诗》（佚）[6] 录38，[8]录5首
古键	海幢高僧。	[8]录5首
古易	崔氏子，番禺人，诸生。族本儒家，性沉毅精敏，弱冠即有脱白之志。惜父母难之，遂自髡其顶，修梵行，携一子一女登具雷峰。初为雷峰殿主，寻迁典客、书记等职，悠游禅寂，足不出殿数十年。	[6] 录29首，[8]录2首
真默	灵峰山高僧。	[8]录11首
洪铸	西樵崇圣寺高僧。	[8]录2首
元文	李氏子，番禺人。嗣法宗符和尚，住诃林双桂洞。	[8]录7首
元旻	字天葬，东莞人。嗣法宗符和尚，初阐化双桂洞，后主席东莞东湖。	《九带堂诗》(佚)、凌杨藻《岭海诗钞》录1首
古止	海幢高僧。	[8]录2首
本我	—	[8]录2首
本传	道忞法子，住西宁云窝庵。	《云窝集》（佚）[8]录3首

续表

僧名	生平简介	诗歌存留状况
古桧	许氏子，字会木。番禺人。性至孝，因大父丧而起生死疑情。年十七礼天然，遍参诸方，任雷峰典客，与名辈多为方外之交，人称“木典客”。	《雪堂诗略》、《梦余草》（佚）[6]录38首，[8]录2首
古义	—	《云水吟》（佚） [8]录4首
宗觉	南华寺僧。	[8]录1首
古理	字乘消，丹霞寺僧。	[16]录5首
兴省	蒲涧寺僧。	《紫茸轩稿》（佚） [8]录6首
元睿	玉林和尚嫡孙，住佛山仁寿禅院。	《禅草》（佚） [8]录9首
成己	江南人。早年入粤，住诃林，建梦觉禅院，后住曹溪，建憨山德清塔。	《云游诸草》（佚） [8]录5首
照广	刘氏子，南海人。八岁礼莲池千澈和尚为师。	《离忙草》（佚） [8]录1首
寂诚	字唯一，丹霞寺僧。	[16]录3首
今鼍	黄氏子，字角子，新会人。幼年随父出家，为天然第七法嗣，曾住匡山归宗寺、韶州丹霞寺，继主海幢。	[8]录6首，[16]录16首
古机	字汝得，丹霞寺僧。	[16]录2首
弘赞	朱氏子（1611—1688），字德旋，又名在犙，新会人。崇祯六年（1633年），入鼎湖，创立精舍，后迎本师栖壑和尚主席，为鼎湖山庆云寺第二代住持，深究义学，著述颇富。	《木人剩稿》（佚） [9]录5首
一萦	字而卓。	[16]录3首
开泂	张氏子（1634—1676），顺德人。十七岁，礼弘赞为师。	[9]录1首
慧度	程乡龙岩僧。	[9]录1首
古奘	汤氏子，字愿来，号拾影，新会人。吴三桂入粤，汤氏一门三十余口遇害。古奘方在襁褓，赖奴婢救护得全。僧惟一拾而养之。四岁能诗，后参角子禅师，与成鹫相游，唱和颇多。	《虚堂诗集》（存）、《橐余集》（佚）
今摩	曾琮（1629—1698），字诃衍。番禺人，诸生。函昰之子，幼颖悟超群。窥内典遂尽夙习，顺治七年（1650年）从乃父落发出家。康熙三年（1644年）付大法，列天然第四法嗣，晚居匡庐，忘情于山水间。	[6]录4首
今湛	李廷辅（1613—1677），字旋庵，三水人。世住雷峰，闻天然大名，延其入山作开山第一代祖，主建海云寺。	[6]录2首

续表

僧名	生平简介	诗歌存留状况
今堕	黎启明，字止言。番禺人，诸生。喜谈论、尚气节，因乡乱无意于世。顺治六年（1649年）落发，受命诃林监院，勇于办道，人称佛窟“爪牙”。	[6]录4首
今离	黄尚源（？—1573），字印觉，新会人。诸生。早年传江门之学，学者多宗之，及与天然和尚论辩儒释，不觉心折，即日出家，随杖入雷峰，历充华首、栖贤、雷峰等寺监院。戒律精严，博通三乘内典，行住坐卧，默颂不已。天然本欲付其大法，惜因病而早逝。	[6]录1首
今应	许氏子，字无方，番禺人。顺治六年（1649年）出家，任雷峰监寺，慈忍谦逊，为僧众所重。其族多善士，出世为僧者尤多。	[6]录4首
今镜	李氏子（？—1716），字台设，三水人。十七岁，随母出世，求天然剃度。行解精严，为同门所重。	[6]录5首
今如	黄氏子，字真佛。新会人，诸生。性慈和，简于言笑，顺治十年（1653年）皈天然，往来于栖贤、华首诸刹二十余年，深契道妙。为角子今蘁之父也。	[6]录1首
今邡	莫微，字姜山。新会人，诸生。少游踪遍及宇内，顺治十七年（1660年）落发，充雷峰监院，后居福建长庆寺。	[6]录9首
今白	谢灵霄，字大牛。番禺人，诸生。性倜傥，善诙谐，诗文皆有奇思。顺治十年（1653年）皈天然，持钵募化十余载，丛林规制，次第具举。	[6]录13首
今球	尹氏子（1642—1701），字雪木。东莞人，名阀。童年即皈雷峰为沙弥，顺治十八年（1661年）受具，后依乐说和尚。自粤西至七闽，笠杖相从数年，乐说示寂后，又依杖山和尚，生平无一日离善知识。	《怀净土诗十六首》 [6]录60首，[16]录6首
今岩	李氏子，番禺人。幼逢世乱，其母度不能全，遂遣其依天然。颖悟出群，不可测度。顺治四年（1647年）剃度，顺治十五年（1658年）度岭，游天台、灵隐诸胜。济宗高僧继起弘储付以大法。	[6]录8首
古卷	邓璁，字尘破。从化人，诸生。弱冠有俊才，然不乐进取，闻天然讲法诃林，忽起疑情，遂求出家，惜因求道过苦，年余坐化。	[6]录3首
今全	许氏子，番禺人。顺治十年（1653年）受具，充雷峰监院。	[6]录4首
今茎	李龙子，字具五。番禺人，孝廉。李烟客之子。因乱携妻儿退隐山林，野服芒鞋，萧然自足，顺治十八年（1661年）落发，超悟绝群，因病未获究竟。	[6]录1首

续表

僧名	生平简介	诗歌存留状况
今二	陈氏子，字一有。新会人，诸生。平生豪举，负远志，顺治十八年（1661年）见天然即求落发，后居丹霞、匡庐诸刹。	[6]录1首
今榍	苏氏子，字闻者。番禺人。顺治十年（1653年）出世，顺治十五年（1658年）登具，侍天然丈室三十余载，性脱略，不受羁绊，脱白后始知书，有强记习静之力。	[6]录1首
古汝	字似石，琼山人。幼出家，顺治十六年（1659年）登具，超悟拔萃。随天然杖履特久。	[6]录1首，[16]录3首
今从	李氏子，字净起。番禺人，明经。李烟客长子，幼有文名，质朴不华饰，性真率，康熙五年（1666年）落发，命典教授。	[6]录2首
今佛	李氏子，字千一。新会人，诸生。性慷慨节烈。世乱其父为豪狡所杀，替父报仇后，礼道独受具，卒于丹霞。	[6]录1首
古行	字克躬，顺德人，诸生。世乱弃简策，慨然有出世之志。受具雷峰，行募吴楚闽越诸地，积有勤劳。	[6]录1首
今端	蒋氏子，字毫现。新会人，诸生。幼为章缝之士，生于富室之族，然弃豪华如敝屣，易儒服于雷峰受具，后随天然至丹霞，推为丹霞下院龙护园园主。	[6]录2首
今竹	字惧非，湖广人，行伍。初不识字，久能梵颂，逾年知书，握管皆有至理，初为海幢典客，复入丹霞。	[6]录6首
古真	茅氏子，湖州人。先落发归宗，后随天然入雷峰，任副寺，时露文采，惜未究祖道而终。	[6]录1首
古诠	黄氏子，字言全。番禺人，诸生。少负夙慧，嗜学好古。闻天然以宗门事接引后学，即束身皈求，执侍左右，后领众华首，咳血而亡。	[6]录10首
古住	字正十，黄梅人。行脚至栖贤，参石监禅师，康熙十年（1671年）奉石监返广州，居雷峰，未几行乞参方，往来各山。	[6]录2首
古邈	罗氏子，字绝大，番禺人。童年即问道，从阿字落发，受具雷峰，入侍丈室，奉命至长庆寺扫除从席，与闽中人士多有唱和。	《闽中吟草》（佚）[6]录18
今锡	黎国宾，字解虎。新会人，诸生。少修梵行，有出世志，礼天然脱白后举为海云典客，后理海幢监院。	[6]录1首
今儆	陈虬起，字智藏。番禺人，诸生。曾与文士梁佑达、黎邦咸等结社于芳草精舍，感伤怀时。后复与曾起莘、罗宾王倡道于散木堂。顺治三年（1646年）罹乱出家，后居丹霞。	[6]录2首

续表

僧名	生平简介	诗歌存留状况
今翦	关天放，江南浦县人。官员。顺治初年，随南海县令入粤，偶寓诃林，见天然和尚，遂求落发，历任雷峰侍寮。	[6]录3首
今印	梁之佩，字海发。诸生。幼精括帖，然家贫，不乐进取。顺治十四年（1657年）秋闱不遇，至匡庐礼天然落发受具，研习祖道，几至忘身。	[6]录2首，[12]录1首
古电	李氏子，字非影，新会人。幼随母出世，礼天然受具，执侍左右三十余年，寒暑靡间，后行募吴越，凡事皆不遗余力。	《石窗草》（佚） [6]录13首
今四	张圣睿，字人依。新会人，诸生。年三十余出世，礼枞堂禅师，顺治十四年（1657年）皈道独受具，充记室，后又为海幢典客。应酬有度，后监院栖贤。	[6]录5首
今縶	麦向高，字慧则，番禺人，诸生。今辩仲兄也。世乱隐居山中，以教授生徒自给。康熙四年（1665年）受具，充丹霞化主，后侍天然于归宗，又奉命入福州长庆寺。	[6]录4首
古通	梁国桢，字循圆。顺德人，诸生。性谦谨坦率，世乱隐居不出，与妻子共修梵行。顺治十年（1653年）闻天然道风高峻，遂拜求受具，充雷峰下院主。	[6]录2首
古毫	解氏子，新会人。童年从栖壑和尚受具，后迁住海幢，侍阿字。敏慧超群，气宇轩豁，人乐与之游，工水墨兰石，惜早蜕，不得参究。	[6]录7首
今普	朱氏子，字愿海，苏州人，刻工。性质实古朴，言辞简约，精篆刻。求天然出世受具，办道人皆逊之。后充丹霞化主，飘笠遍及岭外。	[6]录3首
今渐	茅氏子，字顿修，湖州归安人，诸生。鹿门茅坤嫡孙，年二十求见天然，有出世志。曾于雷峰山麓闭关二载。复与今辩赴长庆寺主法。	[6]录3首
古正	茅氏子，字轮洁，湖州归安人，诸生。弱冠有文名，文词赡美，闻天然道风，遂携妻女皈之。康熙三年（1664年）受具，典记室，历居丹霞雷峰、归宗等寺。	[6]录4首
古键	胡氏子，字铁关。顺德人。年十八出世雷峰，康熙十年（1671年）登具入栖贤依天然，旋至海幢，充今无记室，终呕血而逝。	[6]录3首
古荫	梁氏子，字覆人。香山人。家殷富，田园室庐甲于乡里。然志存淡泊，曾与子侄遍参诸方，机缘多不契，返粤后，礼天然受具，初领点座，寻迁副寺。咯血而终。	[6]录3首

续表

僧名	生平简介	诗歌存留状况
古义	卢氏子，字自破。新会人。出世丹霞，历任诸刹典客。又性嗜茶，著《茶论》一篇，晚隐居新州竹院。	[6]录8首 [16]录11首
今足	陆氏子，字一麟。高要人，诸生。少有声名，出世雷峰，康熙十六年（1677年）受具，次日即持钵遍参诸方，至吴越秦晋诸地，康熙三十六年（1697年）方返粤。	[6]录3首
古证	陈氏子（？—1700），字竟清。梧州人，诸生。闻天然高风而至雷峰，见龙象蹴踏，复还家挈一子一女并求落发。康熙八年（1669年）登具，寻迁雷峰典客。	[6]录2首
今身	刘彦梅（？—1694），字非身。新会人，诸生。嗜学好古，善鼓琴，不受俗羁。康熙七年（1668年）登具丹霞，侍天然于归宗，晚隐居苍梧。多化导众生，凡经其指点者，皆知向上一路。	[6]录3首
传多	字味啰，番禺人。童年剃度，侍阿字受具，后为雷峰殿主。	《小山诗稿》（佚） [6]录3首
大汕	徐氏子（1633—1705），字石濂、石莲，号厂翁、石头陀，江西九江人。幼机敏，早年参觉浪道盛，康熙初年入粤，入住长寿禅院，康熙三十四年（1695年）至越南，得奇珍异宝，构建长寿寺，使之成为广州五大丛林之一，后为潘耒所构陷，被当事逐出岭南。	《离六堂集》、《离六堂二集》、《潮行草》、《燕游草》（存）
赖镜[1]	字孟容，增城人。逃禅万寿寺，工点染山水，笔力遒劲，气格高凝。	《素庵诗钞》（佚） [14]录1首
德薪	字起南，海阳人。得法崆峒，晚归潮州，建华严庵于西郊。	《劫灰诗文集》（佚）
函义	邝日晋，南海人。顺治三年（1646年），广州破后，曾与张家玉弃兵东莞，国亡，不复仕，礼道独为师出家，后又舍其磊园招天然为主社。	《磊园集》、《燕游稿》《楚游稿》（均佚）
元浮	叶挺英（？—1683），字昌裕、石新、归善。诸生。少颖悟，尚义气，重然诺，世际沧桑，绝意仕进，礼雪樵和尚出家。	《梦余集》、《云水残言》（均佚）
今悟	谢长文，崇祯间任惠州训导，广州破后，礼天然和尚为僧。	《乙巳稿》、《雪航稿》、《秋水稿》、《谢伯子游草》（均佚）

[1] 赖镜生平不可确考，冼玉清先生《广东释道著述考》中著录其《素庵诗钞》，然《岭表诗传》未能将其列入方外，此处姑从冼说。另，今无《光宣台集》卷十《赖镜画跋》称："颂君绘事，粤东久推为作者。"

续表

僧名	生平简介	诗歌存留状况
通岸	字觉道、智海。南海人。掌憨山大师书记，晚居诃林，与陈子壮等结诃林净社、南国诗社。	《栖云庵集》（佚）[13]录5首
元默	汤氏子，南海人。居光孝寺。	[14]录1首
圆能	左氏子，顺德人。庆云寺僧。	[1]录三首[14]录1首
石洞僧	住罗浮山石洞。	[17]录4首
行敏	—	[17]录4首
今但	天然法嗣，后为华首台主僧。	[17]录6首
古记	黄氏子，番禺人。	[12]录1首
古丛	—	[7]录2首
本果	—	[7]录5首
今树	—	[7]录1首
元默	—	[7]录9首
显哓	—	[7]录1首
元昊	—	[7]录1首

据上表，我们至少可以得出以下结论：

（1）清初岭南诗僧群是有史以来规模最大的诗僧群体。根据几种较为周全的历代诗歌总集或选本：逯钦立《先秦汉魏晋南北朝诗》（中华书局1983年版），彭定求等编《全唐诗》，北京大学古文献研究所编《全宋诗1—72册作者索引》（北京大学出版社1999年版），薛瑞兆、郭明总编《全金诗》（南开大学出版社1995年版），顾嗣立编《元诗选》（《文渊阁四库全书》本），钱谦益《列朝诗集》（《四库禁毁书丛刊》本），我们将此诗群与历朝诗僧的数量，做一纵向比较（见表2-2）：

表 2-2　历代诗僧人数表

朝代	六朝	唐	两宋	金代	元代	明代	清初岭南
人数	42	115	382	16	60	108	154

根据一般编撰总集的规律，历朝诗僧的实际数量未必就如表中所显示那样，遗漏者肯定不在少数。但目前我们所能做到的，也只能是借这些并不完全的数字以说明问题。此外还须指出的是，历朝诗僧包括的范围很广，而清初岭南诗僧群则只限于清初岭南这一时段、这一地区。尽管如此，我们还是不难看出此诗僧群的规模，的确令人叹为观止。

（2）此诗僧群显示出极大的创作能量。154名成员中，有诗歌结集者达49名，诗集达79种，约存16种。保守估计，现存的诗作不少于1万首。

（3）此诗僧群的儒化趋势比较明显。姜伯勤先生曾以《海云禅藻集》为例，对天然和尚海云寺61名僧人的身份进行统计，其中早年受儒业的诸生占37.7%，明经占3.27%，官员占1.63%，进士占1.63%，文学占6.55%，乡塾占3.27%，约占总数的53.95%，并由此得出结论："天然系名僧，是以明遗民及士大夫为主体的。"[1]根据我们的统计，清初岭南诗僧出家之前的身份，可以确知为儒生的有41人，约占总数的25.6%。若仅依这一数据，我们当然不能说，此诗群成员出家前的身份是以儒生为多。但必须明了，这一统计数据是在很多诗僧的生平不可确考的情况下而得出来的，与实际情况可能相差甚远。而且，此诗群中的几位有代表人物，早年都曾入泮宫，习儒学，像函可、函昰、今覞、成鹫、澹归、今严等人皆是如此。此种先儒后释的文化构成，对他们的心态及创作将产生重要影响。

《清初岭南诗僧总目表》是我们目前所知的此诗群中的所有成员。可以肯定地说，遗漏者仍不在少数。据悉，广州中山大学文献所的一些学者正着手《全粤诗》的编辑、整理工作，待此项泽被后世的宏伟工程完成之时，人们对此诗群的规模还会有更加全面的认识。

第二节　以宗门世系为纽带的群体组织形态

作为诗僧，其首要身份是僧人，然后才是诗人，因此在组织形态上，诗僧群必然会带有鲜明的僧侣阶层的特色。僧侣这一阶层，自六朝独立析出后，虽屡遭浩劫，但整体上仍呈壮大之势，乃至成为古代社会中不可或缺的组成部分。它之所以能长期稳定地独立于社会诸阶层之外而未被同化，除自身内部严格的行为律令、统一的思想根基以及统治者的特殊政策等原因外，以严

[1] 姜伯勤：《石濂大汕与澳门禅史》，第577—588页。

格的宗门世系为纽带的组织形态尤其值得重视。

所谓宗门世系，是指佛教各宗派代代相沿的法嗣承传，其形式与世俗的宗族谱系颇有几分相似。北宋契嵩即说："正宗入正旦，至曹溪历年已久，其人习知此法，其机缘纯熟者众，正宗得以而普传。虽其枝派益分，而累累相承，亦各为其祖，以法而递相标正应验，何尝阙然？亦犹世俗百氏得姓，各为其家，而子孙相承，继为祖祢，则未始无也。"[1]但仔细辨析，宗门谱系与世俗宗族谱系又不尽相同。约略而言，世俗的宗族谱系是以血缘为基础，"记载一个家族和宗族的世系及人物事迹等的谱籍"，[2]起到"扬其先世之德善功烈，……补邦国之志所未备，……别亲疏，族坟墓，序婚姻"[3]等稳定宗族社会的功能。而宗门谱系则是以师承为纽带，记录某一佛教宗派的承传法嗣与僧人的重大事迹，起到了分明师承、维护尊卑、职责分工等功能，在丛林中发挥了极为重要的作用。所以，契嵩又说："能仁氏之垂教，必以禅为其宗，而佛为其祖。祖者，乃其教之大范；宗者，乃其教之大统。大统不明，则天下学佛者不得一其所诣；大范不正，则不得质其所证。"[4]从形式上看，宗门谱系的师传与俗世之师儒传统又有几分相似，但实质仍有差异。宗门的师传较儒家的师承更显严格，一经建立即起到了"血缘"之意义。在一些寺志中，我们饶有兴趣地发现，有的宗门谱系甚至冠以"房"的称号以区别其他支系，[5]这说明宗门世系受到了宗族谱系的影响，同时也表明了它对维护宗门稳定所起到的特殊作用。

正因为宗门世系具有如此之重要性，所以对僧人来说，师承那位禅师，位列第几代，是丝毫不能糊涂的，也是绝不可轻易僭越的。憨山德清说："传灯所载诸祖法系，唯以心印相传，元不假名为实法也。……然（法系）虽假名是，亦因名立教，尚亦赖此以存僧徒上下之分，无敢僭越，而不致与蔑伦犯义者。"[6]但在佛教发展史上，有些名利之徒为了提升个人或所属

[1] 契嵩：《传法正宗论》卷下，《大正新修大正藏》第五十一卷，第782页。潘耒《与长寿院主石濂书》中亦谓："禅门授受，各有源流，如人家之谱系。"

[2] 袁俐：《谱牒学》，见《国学通览》，北京：群众出版社1996年版，第443页。

[3] 朱彝尊：《曝书亭集》卷四十《商丘宋氏家乘序》，《文渊阁四库全书》第1318册，第114页。

[4] 契嵩：《传法正宗记》卷第一，《大正新修大正藏》第五十一卷，第715页。

[5] 例如，胡吉甫辑《六榕史料》（1959年六榕寺油印本）中就有"番禺六大房""南海四大房"之称。

[6] 憨山德清：《憨山德清梦游集》卷七《焦山法系序》，《四库未收书辑刊》第3辑，第25册，第293-294页。

宗派的地位，常利用谱系承传的复杂性，故意窜改佛统世系。这势必会引发宗门教派的纷争，直接危机内部的稳定。明季清初几次较为严厉的僧诤就多因宗门承传世系的紊乱而造成的。例如，济宗与洞宗两家旷日持久的所谓“《五灯严统》诤”“《晦山天王碑》诤”“《五灯全书》诤”，皆因北宋荆州出两名“道悟”，致使后世灯史记载云门宗与沩仰宗法嗣承传的不一而引起的门户纷争。[1]这种因世系不明引起的僧诤，从反面亦说明了宗门世系对稳定佛门所起到的特殊作用。

清初岭南诗僧群，无论从客观存在的事实，还是诗僧们的主观意识来看，显然又可以划分为若干以宗门谱系为纽带而聚集成的联系更为密切的亚群体。为直观起见，我们参效陈垣先生《清初僧诤记》中的《清初洞宗世系表》，将其中主要诗僧的师承脉系图示如下：

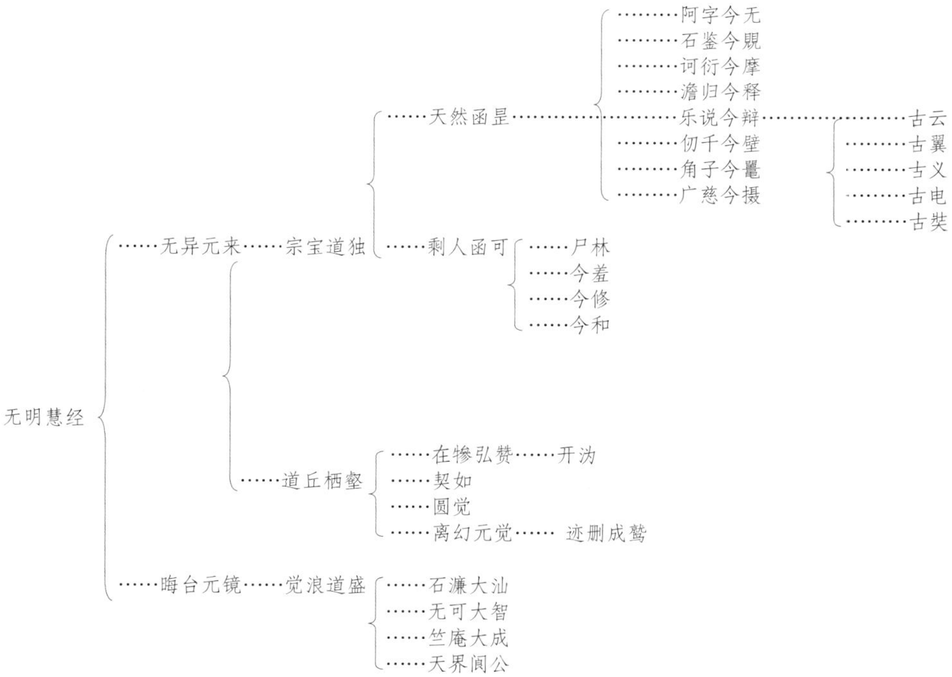

明末清初岭南主要诗僧承传脉系图

[1] 参见陈垣：《清初僧诤记》，第492—511页。又参见普济著，苏渊雷点校：《五灯会元》卷七“天皇道悟禅师”条苏渊雷之按语，第369—370页。

此图是明季清初曹洞宗世系的一支，[1]反映了洞宗从三十一代至三十六代部分僧人的师承源流。[2]慧经（1548—1618），号无明，抚州崇仁人，传法于建昌府新城（今江西黎川县）寿昌寺，世称“寿昌慧经”，洞宗第三十一代法嗣，被誉为中兴明代禅宗之人，[3]门下嗣法弟子主要有无异元来、晦台元镜、永觉元贤、阒然元谧等人。其中，以元来、元镜二支最为繁盛。无异元来（1575—1630），字无异，安徽舒城人，为慧经首座，开法于信州（江西上饶）博山能仁寺，世称“博山元来”，其门下又出宗宝道独、道丘栖壑等支系。[4]宗宝道独，二十九岁参无异元来，得大法，后返粤居海幢、芥庵等寺；[5]道丘栖壑则开法于鼎湖山庆云寺。晦台元镜门下出觉浪道盛等支系。

自洞宗第三十四世至三十六世，几乎涵括了清初岭南最具代表意义的几位诗僧，他们在宗门谱系上均位于同一主干，即洞宗第三十一代无明慧经一系，彼此间存在或远或近的法缘。然而，由于中间又经过两代承传，这些诗僧之间交往的亲疏程度又不尽相同。若翻检他们的诗文集，其中的唱和诗数量便可清晰地反映这一点。例如，石濂大汕《离六堂集》所录与僧人唱和的诗作中，觉浪道盛一系的僧人占一半以上，而天然系僧人则仅有澹归一人；阿字今无的《光宣台集》中，与函昰（19首）、函可（11首）、澹归（23首）、今覞（8首）等天然系僧人的唱和之作亦占一半以上，而与道盛系禅僧的唱和则非常少见。这表明，诗僧们的交游对象多是选择与自己法缘最为密切者，反之，则相对疏远一些。这种情况，其实亦不难理解。因为以宗门世系为纽带而组成的僧人集团，其成员的活动区域往往集中于相对固定的区域，与外界接触相对少些。例如，天然系禅僧住持的寺院主要有番禺海云寺、广州海幢寺、韶州别传寺、庐山归宗寺、栖贤寺、福建长庆寺等寺院，而其属下的门人亦多往来于这几座寺院中，因而他们交往最多的当然是同门弟子，外寺僧

[1] 陈垣先生的《清初洞宗世系表》中，无明慧经同代者尚有慈周方念、无言正道二支；无明慧经下还有永觉元贤、阒然元谧二支，由于关涉清初岭南佛门不多，故从略。

[2] 此代数是从曹洞宗初创者曹山慧寂、洞山良价算起。潘耒《与长寿院主石濂书》中谓：“曹洞世次，自洞山至寿昌，为三十一世也。”（见《救狂砭语》，第34页）

[3] 参见郭朋：《中国佛教思想史》（下册），第306—308页。

[4] 参见郭朋：《中国佛教思想史》（下册），第312—313页。

[5] 钱谦益：《牧斋有学集》卷三十六《华首空隐和尚塔铭》，第224—225页。

人则相对较少。

再从主观上看，诗僧们也有着较鲜明的宗门世系意识，他们往往会极力张扬自己所属支系在丛林中的地位。例如，今无就曾说：

> 吾宗自元明而后，一线相接，至寿昌（无明慧经）始著；博山（无异元来）以秘重自任，先华首（宗宝道独）则退藏密固；吾师天然老人卓然骞起，智斧慧刃，如禹之能凿龙门，决诸河而归之海，此大有为道妙之姿也。[1]

今无认为，明清之际中兴洞宗功德最著者乃在慧经—元来—道独—天然一系。然而成鹫却认为，明清之际振兴岭南佛教之功德首推鼎湖山道丘栖壑一系："吾粤丛席者，首推鼎湖湖山之僧，分化于四方，指不胜屈。"[2]当宗门世系出现紊乱时，诗僧们也会极力维护本宗在丛林中的尊严。例如，潘耒说："（屈大均）既以天然为师，转而师觉浪，欲与天然为雁行。天然诸法嗣不与，乃推奖石濂（大汕），认为同门，以压阿字、澹归。"[3]考屈大均本礼天然函昰为师，然于顺治十四年（1657年）又师事觉浪道盛，潘耒认为此举是"欲与天然为雁行"，以抬高自己的辈分。潘耒所言是否属实，我们姑且不议。仅从目前存留的文献看，天然门徒确实很少与本有直系"法缘"的屈大均交接，这表明他们与屈氏可能存在较深的隔阂。而其中的原因似乎不仅是屈大均的"辟佛"之举，更有可能在于他僭越了佛门世系，故为天然门徒所不齿。[4]再如，石濂大汕居长寿寺，与天然门徒聚居地之一的海幢寺相隔甚近，但他们之间几乎"老死不相往来"，这其中的原因可能很复杂，但大汕删除洞宗五代，将自己提升至洞宗第二十九代法嗣的做法，是天然门徒难以接受的，这或许就是他们关系疏远的原因所在。

诗僧们不仅极力维护本宗在丛林中的地位，还自觉继承并倡导本系宗风。例如，石濂大汕继承了觉浪道盛"火"的哲学，其云："先师浪杖人常著论，

[1] 今无：《光宣台集》卷五《雷峰都寺旋庵湛公六十一寿序》，第133页。

[2] 成鹫：《咸陟堂文集》卷四《重修庆莲庵佛殿碑记》，第531页。

[3] 潘耒：《救狂砭语》，第204—205页。

[4] 事实上，屈大均《屈翁山复石濂书》亦承认："夫仆之为僧也，盖以弱冠时，国破家亡，无所依托，故逃于坏衣休发耳，亲雷峰之教，受天界之法，欲报之，亦何必为僧？……即雷峰亦未尝以仆不终于僧为罪也。"见《救狂砭语》，第195页。

尊火为宗，火在天为日，在人为性，在卦为《离》，《离》贵重离，吾洞上以重离表法，以火为用，烁破四天下。”[1]大汕还将自己的诗集名曰《离六堂集》，将居所名为“离六堂”，以示对觉浪道盛的尊崇。

因此，若以宗门世系为标准，阵容庞大的清初岭南诗僧群又可分为若干内部联系更为紧密的亚群体。姜伯勤先生曾认为，突出反映“清初岭南禅寺名僧士人化倾向”的主要有三系：即天然—澹归系禅僧、在犙—成鹫系禅僧以及石濂大汕长寿寺禅僧。[2]从我们上面绘出的洞宗世系表和诗僧创作的实绩看，此种观点大体符合实际。除此之外，在广州的光孝寺与曹溪宝林寺还活跃着一批诗僧，同样也是清初岭南诗僧的重要组成部分。下面将此五个亚群体的基本情况，略述如次。

（一）阵容庞大的天然系诗僧群

道独下三世——“函”“今”“古”三代。“函”字辈以天然函昰、剩人函可为代表；“今”字辈以阿字今无、石鉴今覞、澹归今释等十法嗣为代表；“古”字辈则以古云、古奘、古电等为代表。此三世诗僧当以天然和尚为核心。

崇祯十五年（1642年），天然函昰应陈子壮等文士的延请开法诃林，即以“文人慧业，深入真际，直见本源，断诸委曲，全提正令，大阐纲宗，行无等慈，目空千古，缁素礼足，凡数千人”，声名由是远播。鼎革之后，复“以忠孝廉节垂示及门，以故学士大夫从之游者，每于生死去就多受其益……师师济济，一时独盛”，[3]金堡（澹归）、王邦畿（今吼）、屈大均（今种）等著名遗民皆纷投其座下，故天然一系堪为明季遗民逃禅的渊薮，遗民色彩最为显豁。饶宗颐先生就说：“明季遗民遁入空门，一时才俊胜流，翕然趋向。其活动自江南迤及岭南，徒众之盛，实以金陵天界寺觉浪上人一系与番禺海云天然和尚一系最为重镇，彼此各以诗为鸣。”[4]

大批遗民文士的涌入，必会改变佛门的风尚，促进僧人们尚诗风气的形成。而更为可贵的是，天然和尚亦十分注重外学，在教示及门参究内典时，

[1] 大汕：《离六堂集·自序》，载《离六堂集》卷首，第497页。
[2] 姜伯勤：《石濂大汕与澳门禅史》，第576页。
[3] 汤来贺：《天然昰和尚塔志铭》，载《瞎堂诗集》卷首，第14页。
[4] 引自姜伯勤：《石濂大汕与澳门禅史》，第1页。

常鼓励僧人们学习诗文、书画等外学。澹归就说："雷峰虽提持祖道，然不废诗，士之能诗者多至焉。"[1]今无也曾描述了天然引领众僧唱和的情景："雷峰天老人深于入山之致。相随诸弟子亦皆骨具烟霞，鼍鸣鳖应，故其一唱百和，如天籁所触，别具幽响。"[2]天然门徒的尚诗之风之盛，于斯概见。在这种风气的影响下，那些不曾识字的僧人也很快学会作诗。今无早年失学，出家前不曾识字，但皈依后没几年便会吟诗，还成为清初岭南重要诗僧。他曾回忆了自己的习诗历程："余与顿修同游雷峰之门，学性命之学，乃庚寅岁。又学为文，学诗，学书。（顿修）书以天资胜，诗以清逸胜，顾尝戏之云：'此四事与汝鸿沟为界。'顿修未之许。"[3]从中可见，天然门徒不但互相参究佛教精义，而且还经常切磋诗艺。又如今竹，"初不识字，久之能诵梵典，逾年知书达礼，握管成文，皆有至理"，[4]后亦成为诗僧。正是在这样浓厚的诗文化氛围中，天然系涌现出一大批杰出的诗僧。

函可与函昰并称为道独门下"二驹"。顺治四年（1647年），函可因自撰私史《再变记》获罪，被遣戍辽东，至死未归岭南，十余年间，他在东北广传佛法，被誉为清代东北禅宗的"开宗鼻祖"，又与流民左懋泰等人结冰天诗社，以"尽东西南北之冰魂，洒古往今来之热血"[5]。函可岭南的嗣法弟子并不多，故将其他附于天然系中讨论。

天然系诗僧不仅阵容庞大，取得的实绩也最为显著。今存的诗集除他们诗歌合集《海云禅藻集》外，还有天然《瞎堂诗集》、函可《千山诗集》、今无《光宣台集》、澹归《遍行堂集》及其续集、古奘《虚堂诗集》、古云《月鹭集》等，无论从创作规模还是成就看，天然系诗僧堪称清初岭南诗僧群的核心力量。

（二）"戒律精严"的鼎湖山系

鼎湖山，在端州（今肇庆）西南四十余里，自栖壑和尚于崇祯九年（1636年）开山主法庆云寺以来，其间虽几经衰颓，但在弘赞在犙、弘化石

[1] 澹归和尚著，段晓华点校：《遍行堂集》卷七《王说作诗集序》，第一册，第174页。
[2] 今无：《光宣台集》卷六《丹霞诗序》，第146页。
[3] 今无：《光宣台集》卷六《送顿修监寺栖贤寺》，第155页。
[4] 徐作霖、黄蠡：《海云禅藻集》卷二"今竹"小传，民国二十四年逸社排印本。
[5] 函可：《千山诗集》卷二十《冰天诗社》，第598页。

门、契如和尚、石意和尚、圆捷机、成鹫等几代住持的苦心经营下，亦为清初岭南重要法席。成鹫《鼎湖山总论》云："栖翁住持庆云凡二十有三载，前后得度受具弟子千有余人。筹室几满，法幢遽倾。……在公继主法席，生面重开，领众匡徒，谈宗讲教，高步云顶之巅，别唱雪关之曲，掀翻窠臼，撞破烟楼，过量大人，超方出格，非门外汉所得而思议也。在公殁后，山中法属，次第相承。梅砰湛公、东湖契公、象林空公、刍庐圆公，善继善述，多所建明，后来振起，自不乏人。"[1]

鼎湖山系素以戒律精严著称，栖壑和尚在开法时，即"通宗注律，修习净因"；[2]弘赞在惨则更针对当时"末法多逐狂禅而轻戒律"的弊端，十分重视谨严戒律，认为"苟不持戒，尚不得疥癞野干之身，况得功德之体？若能持戒，现获名称，终趋有顶。"故其弟子开定《沙门日用序》赞曰："今本师在和尚，诚末法之砥柱，救世之良医。注释经律，百有余卷，兼间咒语至于华梵胡言，无不洞贯。悲末法之颓风，愍后代之罔闻，遂为重订，目曰《沙门日用》。"[3]成鹫住持鼎湖，其首要的措施也是"修辟山场，讲明经律"，[4]订立了戒律严明的《同住规约》三十余条，甚至还限制僧人学习外学。所以马国维先生说："庆云一派，禅、净、律兼持，其道侣以戒律精严、行解相应著称。"[5]

鼎湖山系虽亦为一个规模较大的僧团，但或因其严明戒律之束缚，与天然系诗僧群相比，能诗者并不为多，现可稽考的唯有成鹫、一机、弘赞、开洞、元觉、石洞僧、圆能等人，而成就最高者也仅有成鹫一人。沈德潜对成鹫诗评价甚高，以为："本朝僧人鲜出其右者，拟之于古，其惟俨、秘演之俦欤？"[6]

（三）一枝独秀的大汕长寿系

石濂大汕于顺治初年参法于觉浪道盛，康熙间至广州，得梁佩兰、屈大均等人护持，结识了平藩重臣金公绚，进住长寿寺，并将清远的飞来寺、澳

[1] 成鹫：《鼎湖山总论》载《鼎湖山志》卷二；又见《咸陟堂文集》卷二十二，第746页。
[2] 成鹫：《咸陟堂文集》卷一《云顶剩语序》，第485页。
[3] 引自冼玉清：《广东释道著述考》，第565—567页。
[4] 赵弘璨：《鼎湖山志序》，载《鼎湖山志》卷首。
[5] 马国维：《明季粤佛教考》，见《广东文征续编》，广东文征编印委员会1986年刊印，第187页。
[6] 沈德潜：《国朝诗别裁集》卷三十二，北京：中华书局1975年版，第586页。

门的普济禅院收为下院，由此组成了清初岭南佛门的重要一系——长寿系，大汕声名亦因此在岭南大放异彩。关于其对岭南乃至东南亚佛教的贡献，姜伯勤先生的《石濂大汕与澳门禅史》一书有十分精详的考论，此不赘述。

虽大汕的长寿系在清初岭南佛门煊赫一时，但此系诗僧，所能稽考者甚少，这或许与大汕晚年的凄惨处境、门人纷散有关。目前，笔者所知的长寿系诗僧，除大汕之外，只有乾隆年间的大散。[1]然而，以大汕一人的创作实绩，长寿系实可在清初岭南诗僧群中独树一帜。

（四）光孝寺诗僧群

清代之后，广州有“五大丛林”之称，除上面提到海幢、长寿外，还有大佛寺、光孝寺、华林寺。[2]其中光孝寺的历史最久，声名最著，古谚即云：“未有城隍，先有光孝。”六朝昙摩耶舍、求那罗跋陀尝于此初建道场，演绎宗乘；禅宗初祖达摩东渡震旦憩息于此，广演大乘；六祖惠能于菩提树下演说风幡妙义。明季清初，憨山德清、天然函昰也曾于此先后开场说法，一时缁素云集，法咏唱和之风极盛，因而光孝寺也涌现出许多杰出的诗僧。

光孝寺诗僧群的名目主要见于《法性禅院唱和诗》及其续集中，有真朴、元印、元冥、大干、正路、今承、古财、古丛、真默、古奘、元默、觉师、圆皎、本果、达津、愿光、古云、觉珠、今树等19人。这其中除古云、古奘、今承、今树等当为天然系海幢寺僧外，余者可确考属光孝寺的有达津、愿光、元冥、元默等几人。此外，没有参加法性唱和诗会的光孝寺诗僧还有智力、通岸、通迴等几人。

愿光无疑是光孝寺诗僧群中最为杰出者，也是其中的领袖人物。他不仅为《法性禅院唱和诗》撰写了开篇序言，联结社中成员，而且诗名甚著。豫

[1] 据何藻翔《岭南诗存》（民国十四年商务印书馆铅印本）辑录释大散诗一首，为《竹枝词廿二首》中的一首，云：“侬梦寻欢路万重，欢在江南亦梦侬。欢梦来时侬梦去，欢侬依旧不相逢。”此诗“不避绮语”，与大汕之《岭南竹枝词》颇相近。何藻翔还注云：“黎二樵（即黎简）为大散作画像，大散题诗三十首，藏长寿寺，近闻归飞来寺备矣。”联系到汪兆镛先生曾于飞来寺发现《大汕和尚白描罗汉卷》和大汕头陀小像（参见汪兆镛题《大汕和尚白描罗汉卷》一文，载何耀光《至乐楼书画题跋·明遗民部》，何氏至乐楼1973年版），想必为长寿寺下院的飞来寺，在清末仍保存不少关于长寿系的珍贵文物。

[2] 参见谢为何：《广东佛教概况》，广东佛教居士林民国三十年铅印本，第8页。

章杨士吉读其诗集《兰湖诗选》即称赞道："……一自汤休去，僧诗天下无。何期千百载，今复见《兰湖》。才子空门老，文星海上孤。怪来光万丈，涌出金浮图。我爱君诗句，能将生面开。喜无禅气味，独自抒仙才。……岭外逃禅客，文人岂易多？近来惟屈子，自昔有刘轲。衣钵谁能任？声诗自不磨。独怜心大士，总领更如何？"冼玉清先生云："与翁山并提，虽未免过誉，而其诗之清气扑人，已可想见。"[1]沈德潜则将愿光与其心目中的"本朝第一诗僧"成鹫相比，云："迹删古体远过心月，而近体不及。"[2]今存愿光《兰湖诗选》十五卷，约六百余首，卷首梁佩兰、周大樽之序，对其人其诗皆有较高的评价。

（五）以外籍僧人为主的曹溪诗僧群

曹溪乃禅宗发源地，至今尚存六祖惠能、憨山德清真身，历来为禅人朝圣之地。很多僧人至此后，为其神光与景致所吸引，便驻锡不返。例如以下二诗云：

霏霏花雨满长林，象鼻峰高岁月深。继往钳锤归哲匠，由来山水待知音。单提祖印弘先志，共掬曹源惬素心。四众皈依欣有幸，参随何处不长吟。[3]

踏破群山耸一峰，曹溪深处仰南宗。及门空洞风尘断，翘首人天紫翠重。此日尚存腰上石，当时曾化钵中龙。低头展具殷勤拜，冷落斜晖又暮钟。[4]

二诗中"共掬曹源""殷勤拜"云云，皆表达了对曹溪圣地的敬仰。据黄登《岭南五朝诗选》所载，明末清初至曹溪朝圣的诗僧有福孔、德翔、真修、本宗、全赋、元鉴、德洪、兴海等人。遗憾的是，他们的诗集大多散佚，生平亦不甚明朗，一般不为人所重视。从他们仅存的零星诗作看，与其他几个亚群体相比，此诗僧群的僧之色彩更为纯粹。这从以下几首诗可窥大概：

人家苍翠隔，精舍紫烟封。涓滴分千派，群山仰一峰。鹤归斜日树，林度

[1] 冼玉清：《广东释道著述考》，第648页。
[2] 沈德潜：《国朝诗别裁集》卷三十二，北京：中华书局，1975年，第586页。
[3] 释福孔：《送石和尚进曹溪方丈》，见黄登《岭南五朝诗选》（二刻）方外卷三，第335页。
[4] 释德峰：《谒六祖》，见黄登《岭南五朝诗选》（二刻）方外卷三，第328页。

晓风钟。待得黄梅法，遥开南土宗。[1]

食罢懒跏趺，放参性自娱。沿门持一钵，策杖过通衢。要化悭贪者，非求大丈夫。归来明月满，形影在冰壶。[2]

这些诗作，或袭禅语话头，或纯入清冷幽寂之境，与正统僧诗最为接近，不足以代表清初岭南诗僧群的特色。

将规模庞大的清初岭南诗僧群析分为五个亚群体，并不意味着这些亚群体就完全处于封闭状态，成员之间没有来往。事实上，这些亚群体之间的成员还存在着或远或近的法缘，有的交往还很密切，像前面提到的法性唱和社中，就有不少天然系的诗僧。之所以要这样区分，一方面固然是为了描述他们各自的特征，更重要的是便于人们认识诗僧在组织形态上的特色。

第三节　充满着法缘与俗缘纠葛的生活形态

历代僧人皆集体生活于寺院内，其行止必定要受制于较为严格的僧规戒律。一般寺院僧人的日常生活无外乎由“五堂功课”“两遍殿”以及一些必要的仪轨法事活动所组成。[3]作为僧人，清初岭南诗僧们当然也要从事这些刻板的日常事务。然若我们仅满足于描述这些活动，则极易流于琐碎，也不足以体现出诗僧的特性。鉴于此，我们选择了以下比较能代表群体特征的几个方面，来描述他们的生活形态。

（一）求禅问道，破解疑情

佛教特别是大乘佛教，始终奉行的是如何从凡夫俗子到成佛作祖的理念。

[1] 释本宗：《次芝麓龚总宪游南华韵》，见黄登《岭南五朝诗选》（二刻）方外卷二，第311页。
[2] 释德洪：《郊居》，黄登《岭南五朝诗选》（二刻）方外卷三，第324页。
[3] 何孝荣：《明代南京寺院研究》，北京：中国社会科学出版社2000年版，第348—357页。

在此种理念的影响下，每一位笃实修行的僧徒皆不断通过各种法门、设施来破除尘世的烦劳和疑障，以证求无上菩提。但由于个人所具的慧根和善根不同，所历境遇亦有顺逆之别，因此，僧徒的悟道过程实有相当的差异，所契境界亦深浅不一。不过，从总体而言，成佛作祖，自觉觉他，作为一种终极归趣却为僧徒昭示着向上一路。

在此种精神的昭示下，清初岭南诗僧们多能立志参方，破除旧日尘劳。今茎有诗云："万事销烟不复言，此身何幸得生存。辞家直欲超三界，焚草无由倒九阍。云外飞鸿离竭泽，水边鸽鸟喜依原。曹溪咫尺门前路，一上雷峰溯洞源。"[1]即表达了彻忘尘俗，超越三界苦海，溯明洞宗本源的宏愿。澹归更撰《参方发愿文》，以明心志：

弟子某甲自庚寅落发，倏已壬辰，身托缁流，心乖白月。宰官之障未除，文士之气未尽。万行未习，六度未修。下足三餐，开单一梦。年复终年，日皆去日。无常并至，浪死虚生。言之伤心，思之汗背。夫出家乃大丈夫事，不同儿女子所为；人命在一呼吸间，岂有四十年可再？凡夫染俗，解脱难期。某甲七载孤臣，余生戍籍，寸心稍效，业债稍填。结发夫妻，同胞兄弟，祖宗世祀，子女生缘，即已斩断葛藤，更被谁人系缚？明知有虚空不坏之身，明知有轮回不堕之道，不能努力参承，直超三界。比于士民，多一素餐；比于禽兽，多一故犯。逋逃释种，尘点宗风，宁不惭惧，宁不痛惜？

呜呼！病足未强，世途未泰。我将自恕，人亦同怜。而地狱严残，无乱离减等之例；法门精进，无修行转限之条。谁能救汝，谁能代汝？某甲从今发愿，厉志参方。闻善知识千里相寻，见善知识终身不舍。誓依净侣，誓弘正法。誓成觉道，誓度群生。即使善根轻鲜，恶报崇深，于起单后，若半途中，或遇刀兵，或遇水火，或遇疾病，或遇虎狼，欢喜领受，不生尤悔。但得此心为佛所鉴，今生不就，来生必成。倘于至道，侥幸有缘，获事明师，指归妙觉，乘般若舟，到涅槃岸，愿生生世世，行菩萨道，仰承佛力，普济迷津。有渝此盟，自甘欺罔。韦驮杵下，碎如微尘；无间狱中，永投烈焰。谨疏。[2]

---

[1] 今茎《祝发诗》，见徐作霖、黄蠡：《海云禅藻集》卷二，民国二十四年逸社排印本。

[2] 澹归和尚著，段晓华点校：《遍行堂集》卷八《参方发愿文》，第一册，第205—506页。

此文盖作于顺治九年（1652年）澹归初参天然之时，极度忏悔了自己在尘浪中争名逐利、虚生四十载的生活，并阐明祛除“宰官之障”“文士之气”，斩断一切尘缘，勠力参究奉佛、普济众生的宏大誓愿。

然而，禅宗悟道极讲因缘，非个人主观意志所能决定。一旦因缘聚合、条件成熟，祛除尘滞，明心见性，便若瓜熟蒂落，水到渠成；反之，虽至死也很难参得究竟。此悟道之“缘”，在禅人看来，又有所谓“逆缘”与“顺缘”之分。天然和尚就曾说：“凡大人出世则必有大顺，有大逆，二者皆助道之因而无优劣其间也。所谓大顺者，遇真善知识，道眼明彻，具大方便，使我了了见性，不犯手于向上，不失足于旁途，而卒至于绝学无为之地，首尾俱正，权实兼隆。……所谓大逆者，恩爱缠扰，冤怼牵掣，毁辱迫逼，疾病延绵，衣食困乏，中下之士望洋而却不必言矣。稍有智识亦未免左顾右盼，瞻前虑后，以至心志疑沮，岁月迁延，不知此正坚忍练达之处。”[1]所谓“顺缘”与“逆缘”，是指禅人或平坦或坎坷的人生境遇，但对于那些立志参方者而言，二者实无优劣之分，皆可成为助道之缘。清初岭南诗僧多怀孤忠遗恨而遁入空门，所受“恩爱缠绕，冤怼牵制，毁辱迫逼，疾病延绵，衣食困乏”，较那些自发佛缘的僧人显得更为深重，因此他们参禅证道的历程普遍是“逆缘”多于“顺缘”，显得异常艰辛与漫长。

在向佛的路途上，以文士身份出家的诗僧们首先会受到儒学“理障”的困扰。今帾《出家》诗曰：“华梵名言底不同，咒声初学苦难工。六经章句曾多读，一会《楞严》失辨聪。”[2]澹归也说：“然吾辈出家学道，比寻常人稍易，却比寻常人倍难，以其识义理则修行近，多知见则执碍深耳。”[3]诗僧们长期浸染于儒学氛围之中，培养了较为丰富的识见和思辨能力，而这对于“不立文字”“不落理障”，以直观觉知佛性真如的禅宗而言，显然是相悖的，因此他们在参究佛经精义时，首先必须破除内心所“执”。关于这一问题，我们以今无、今覞、今释三人的悟道过程，略作说明。今无投天然门下时，不曾识字，儒家思想对其影响不深；今覞早年出入泮宫，传白沙、

[1] 函昰：《庐山天然昰禅师语录》卷十《与同庵若云两居士书》，《明嘉兴大藏经》第38册，台北：台北新文丰公司1987年影印版，第198页。

[2] 徐作霖、黄蠡：《海云禅藻集》卷二。

[3] 澹归和尚著，段晓华点校：《遍行堂集》卷二十八《与陆丽京学博》，第二册，第274页。

阳明心学；澹归则一直走的是“学而优则仕”之途，精通儒家典籍，又在官场摸爬滚打多年。三人中，今覞最早向天然问学（顺治元年），今无次之（顺治六年），澹归最后（顺治九年），然最先得到天然认可的却是今无，其次是今覞，最后才是澹归。这其中的原因或许很复杂，但似乎也昭示了这样一个事实，即受儒学浸染愈深者，其悟道过程愈显艰辛。

我们知道，禅宗的悟道方式有顿、渐之分。所谓“顿悟”，即指禅者刹那间百念俱断，销尽尘劳，从而体悟圆满智慧之境；而“渐悟”则强调经教，力主通过渐修而达禅境。禅宗初期，顿、渐二宗并行，至晚唐五代后，顿悟之旨渐成主流，慧海禅师即云：“惟有顿悟一门，即得解脱。”希运禅师亦云：“无修无证，直下便悟。”明显有崇顿抑渐的倾向。而后世灯史、语录记载禅人悟道的文字也往往突出刹那间的顿悟，因而在世人的印象中，禅宗的悟道法门似乎仅有“顿悟”一途。其实，“顿、渐”判分只是相对的，任何禅者之悟都不离此二途。“顿悟”强调的是刹那间的“质变”，而“渐悟”则是注重禅者思想境界的量变，二者殊途同归，不可偏废。

明代特别是晚明佛教，诸宗融合趋势十分明显，禅宗内部吸收了他宗特别是净土宗的影响，“盛行把禅宗参究工夫与净土持名念佛法门加以圆顿整合的参究念佛禅”。[1]清初岭南的禅僧受此影响很大。天然和尚不仅鼓励门人念佛，而且首创念释迦如来，于阿弥陀佛外别开一门。[2]今无亦曾说：“所以参禅念佛者，两个法门，二者相须并行不悖。因一向见我法中有参禅底人便轻薄念佛底人，念佛底人便不信有参禅之理，此皆不明佛祖之意，亦是自家不发无上菩提之心。”[3]从诗僧们的实际悟道过程看，他们也确实付出了极为艰辛的努力，不断炼明心志，劳其筋骨，朝着自己的宗教目标精进。成鹫在五十一岁时，仍“坐关三年”，“关中默坐观心，静验前悟，日修大慈忏法，涤除夙愆。持念六字洪名，收摄尘根；或行般若三昧，消磨习气。久之，得大自在大休歇大受用处”。[4]古卷“因求道过苦，寝食俱忘，胸不治席者年余，遂以病蜕”。[5]今严至嘉兴请藏，回到庐山归宗寺后，

[1] 陈永革：《禅教归净与晚明佛教的普世性》，载《宗教学研究》1999年第2期。

[2] 参见冼玉清：《广东释道著述考》，第543页。

[3] 今无：《光宣台集》卷一“法语”，第81页。

[4] 成鹫：《纪梦编年》，第114—115页。

[5] 徐作霖、黄蠡：《海云禅藻集》卷二“古卷”小传。

“阅大藏一周遭岁，日止一糜，研览不辍”。[1]今帾，夙有孤峰独宿之誓，“爱香山凤凰峰，孤清海角，人迹罕至，蛇虎驯扰，结茅憩焉”。[2]以上数例，皆反映出诗僧们苦心孤诣、勇猛精进的参禅历程。

相对“渐悟”的刻板乏味，“顿悟”更显灵活，充满诗意与玄机。《楞枷经》卷一云：“渐净非顿，……顿现无相、无有所有清净境，……顿为显示不思议智最胜境。”[3]“顿悟”所强调的是特定情境与禅者心灵的天然契合。正是这刹那间的契合，禅者顿觉智慧圆满、身心剔透。北宋沩仰宗禅人香严智闲，无意间听到石子击中竹子发出的清音而当下大悟。[4]此种情境本可以重复千遍，但唯有此时之智闲获得了圆满，其原因就在于“击竹声发”这一情境与香严的心灵在刹那间获得契合，使其顿忘前知。显然，此种悟道之境是可遇而不可求的，它既可是“击竹声发”“流水花开”，亦可是“一顿棍棒”，可谓“行住坐卧，触目遇缘，总是佛之妙用”。[5]

就顿悟一端而言，清初岭南诗僧有一个较为明显的共通特点，即多在重病临危之际勇猛精进，甚至彻见本来面目。天然和尚，从六岁起即发大疑情，“觉身若陨虚，来无所从”，思考生死大义；十三岁又拟注《周易》，推衍太极之本源，表现出卓然超群的慧根；然对玄妙之佛理，却常迷惑不解。[6]崇祯七年（1634年），北上会试的归途中，至吉州忽染大病，“感异梦而愈”，回家后“自是断欲绝荤，参究益力，衣不解带者弥月，大悟玄宗”。[7]今无自十九岁随天然和尚入匡山归宗寺，中途染寒疾几近垂死，忽梦神人授予药粒，顿觉甦生，“从此思若泉涌，贯通三教，信笔注三祖《信心铭》，诸耆宿皆逊之”。[8]再如，成鹫一生病痛不断，而每于此中步步彻见本来。顺治十七年（1660年），“自春迄秋，两年宿疟，寒热日甚”，一

[1] 徐作霖、黄蠡：《海云禅藻集》卷二“今严”小传。

[2] 徐作霖、黄蠡：《海云禅藻集》卷三“今帾”小传。

[3] 求那跋陀罗译：《楞枷经》卷一，《大正新修大藏经》第十六卷，第486页。

[4] 普济著，苏渊雷校点：《五灯会元》卷九“香严智闲禅师”，第537页。

[5] 普济著，苏渊雷校点：《五灯会元》卷二“牛头山法融禅师”，第60页。

[6] 函昰《庐山天然昰禅师语录》卷十二《本师天然昰和尚行状》。《刻牟子辨惑叙》亦云：“予少从事鲁诰，囿于见闻，曾不知世外复有大圣人能过孔孟。间从浮屠家，多闻因果事，辄指为虚诞，以是数年可否，不肯作决定信。”

[7] 汤来贺：《天然昰和尚塔志铭》，见《瞎堂诗集》卷首，第13页。

[8] 古云：《海幢阿字无禅师行状》，见《光宣台集》卷首，第63页。

日晨起受食，“食中有小笋鱼二，熟陈俎上。……举箸倾，熟视二鱼，忽鳞甲耸动，嗅之微有腥气，腹大作闷，尽吐宿食而出，胸次洒然，向来滞膺之物，如冷水荡去，洞然具见真实，悟缘从此始也”。[1]再如澹归，函昰虽常接其入丈室，“以本分钳锤”，但由于“宰官之障未除，文士之气未尽”，故迟迟未能得到印可，直到康熙五年（1666年），一场大病使其生命垂危，函昰至榻前，握手决云：“汝从前所得，到此用不着，只恁么去，许尔再来。”澹归闻此语，“病中返照，大生惭愤，起坐正观，万念俱息，忽然冷汗交流，碍膺之物，与病俱失。从此入室，师资契合，顿忘前所得者”。[2]

诗僧们何以集体出现此种因病而悟的现象？其中又昭示了什么呢？首先，佛教常云“疾病痛苦，无非真我”，是说在常人看来属极痛苦的疾病，于禅人却属悟道的“机缘”，因为病中之境极易引发禅人穷究生死大义；而了脱生死大义，正是佛教所要解决的根本问题。因此凡经历大病大难等困境的禅人，常能谛视佛教的真谛。其次，病中之境，最易现幻觉相，此亦极利于禅者感悟到佛教虚幻、空无的玄旨。再次，这一现象亦说明诗僧们的禅悟历程是“逆缘”大于“顺缘”，他们身上的尘缘之重，似乎只有至死境方能获得真正解脱。

综上所述，尽管禅者的悟道方式因人而异，形式多样，变化无端，但就清初岭南诗僧参禅悟道的过程看，有两个较为明显的共同点是值得注意的：（1）“逆缘”大于“顺缘”；（2）“疾病痛苦”为其重要的悟道之缘。

（二）弘宗演教，重振祖庭

中国佛教尤其是隋唐之后是以大乘佛教为其主要精神。关于“大乘”之意，丁福宝《佛学大辞典》解释得颇为清晰，其云：“梵语摩诃衍，译言大乘，即大教也。使求灰身灭智空寂之涅槃之教，谓之小乘，此中有声闻、缘觉之别。使开一切智之教，为大乘，此中有一乘、三乘之别。《法华经·譬喻品》曰：‘若有众生从佛世尊闻法信受，勤修精进，求一切智、佛智、自然智、无师智、如来知见，力无所畏，愍念安乐无量众生，利益天人度脱一切，是名大乘。菩萨求此乘，故名为摩诃萨。’”[3]可见，大乘佛教的旨趣是度

[1] 成鹫：《纪梦编年》，第115页。
[2] 成鹫：《咸陟堂文集》卷六《舵石翁传》，第552—553页。
[3] 丁福保：《佛学大辞典》，上海：上海佛学书局1999年版，第401页。

脱天下一切有情、无情众生，区别于仅注重个人寂灭、涅槃的小乘佛教。因此古德尊宿们在得道后，往往还须通过各种方式来化导众生迷情，以实现自己所信奉的宗教教义。

我们曾简略地描述了清初岭南佛教中兴的局面，但此种兴盛的背后亦潜藏着诸种弊端。天然和尚曾说："末法以来，即学道之士亦有真伪。笃志向上者，唯道是求，唯善知识是亲，一切是非毁誉，正如红炉上一点雪耳。若一心为道，又一心求便安，又一心争意气，则其发心必不切，久之稍受委曲，便生退惰，不难借一二题目归咎知事，以为辞单张本；甚有生平做处，在人耳目，不得不托迹丛林，文其鄙陋，打头入门已非。"[1]即指出当时佛门良莠并存、真伪混杂的现象。成鹫对当时宗门戒律松弛、宗风日替的现象亦十分痛心："……奈何时移世易，日久弊滋，上智之士忽以寻常，中下之根厌其拘束，遂致煌煌祖训等诸纸上陈言、凛凛僧规徒资座间谈柄，江河日下，谁与挽之？"[2]面对此种现象，诗僧们多能荷担祖道，重振门庭，在义学参究以及实际的弘法活动方面，均取得了令人瞩目的实绩。

自宋代以后，僧人在义学层面多拾古德余唾或参究现成公案语录，少有建树者。天然和尚《〈楞伽心印〉自述》云："今禅者空疏，至有生平未尝展卷，可叹也。求之义学，惟洪武宗泐、如玘奉诏合疏，万历末德清笔记，崇祯中智旭义疏。外此不少概见。"[3]《楞伽经》实禅宗所奉重要之经典，甚至有"宗门秘密"之谓，然有明一代对其细心参究、注疏者，唯际潭宗泐、憨山德清、藕益智旭等寥寥数人，明代禅宗义学之衰微于此可见一斑。因此，天然和尚"慨义学之荒芜，悲禅门之儱侗"，遂"以宗门爪牙，入性相窟宅"，"运最上之心"疏论此经，力究此种空疏的禅风[4]。鼎湖山庆云寺的弘赞在犙，则颇忧心当时戒律松弛、侈谈狂禅的风气，专于律学上下功夫，以整肃纲纪、森严规矩，其云："迄夫宋代以来，人皆首学，俱出樊范，僧同遵轨，咸超有岸。近世伪峰互举，禅律竞分。见既不同，资受不无其谬。致使后进无门，初造失序，展卷不识其名，循文讵能知义。"[5]弘赞先后著有《四分律名义标释

[1] 陈世英：《丹霞山志》卷四，《四库禁毁书丛刊》史部第51册，第38页。
[2] 成鹫：《咸陟堂文集》卷二十二《鼎湖山志·清规轨范第八》，第743页。
[3] 引自冼玉清：《广东释道著述考》，第532页。
[4] 今无：《光宣台集》卷十《楞伽心印跋》，第208页。
[5] 弘赞：《〈四分律名义标释〉序》，引自冼玉清《广东释道著述考》，第561页。

四十卷》《式叉摩尼戒本一卷》《四分戒本如释十二卷》等佛学著作，海内皆宗之。澹归曾有诗赞曰："金峰阃迹自何年，宝地初开属法贤。今在人天俱入座，形成龙虎不争权。论传西域尊僧肇，律定南山重道宣。为念末流看砥柱，白云青眼各翛然。"[1]将其比作僧肇与道宣，评价甚高。

除此之外，据冼玉清先生《广东释道著述考》，清初岭南禅僧义学撰述还有不少。天然和尚有《首楞伽直指十卷》《般若心经一卷》《金刚正法眼》，今无有《四分律藏大全》，澹归有《菩萨戒疏随见录一卷》，今辩有《菩萨戒经注疏》，大汕有《大佛寺上堂法语》《源流就正》，成鹫有《楞伽直说十卷》《金刚经直说一卷》，等等。而在冼先生的同书中，所著录的元代至明中叶的岭南僧伽撰著，仅有释宗宝与释法宣的二种，由此可见清初岭南禅人在义学方面所取得的成就。值得一提的是，其中一些著作还被编入经藏，永垂后世。例如，康熙三十一年（1692年），今辩亲自护送道独、天然、今无三世语录至嘉兴楞严寺入藏，梁佩兰有诗纪之："春到西江水，师行已泮冰。殷勤三世法，传续万年灯。梵夹留萧寺，禅枝挂古藤。越僧相识遍，谁不仰南能？"[2]

在实际的传法活动中，清初岭南诗僧亦多能古道婆心，随缘接引，广开法席，弘宗演教。例如，崇祯十五年（1642年）天然函昰应文士陈子壮等人延请，始开法于光孝寺之诃林，一时缁素云集，宗宝道独还特定命函可持送拂子并传法偈：

祖祖相传只一心，青原南岳不须分。三玄照用非他立，五位君臣为此陈。棒下无生凡圣绝，临机不见有师僧。诃林重竖风幡论，却幸吾宗代有人。[3]

天然和尚亦未辜负乃师的厚望，禅讲并重，古道婆心，后又历主庐山归宗、番禺海云、东莞芥庵、罗浮华首台、广州海幢、韶州别传诸刹，皆能"全提正令，大阐纲宗，行无等慈，目空千古，缁素礼足，凡数千人，率皆

[1] 澹归和尚著，段晓华点校：《遍行堂集》卷三十五《赠在犙赞律师》，第三册，第10页。

[2] 梁佩兰：《六莹堂集》二集卷五《送乐说和上奉华首雷峰千山海幢丹霞三世语录往秀水楞严寺入藏时取道粤西》，第220页。另，周大樽《乳峰堂集》卷三有《送乐和尚之平乐兼奉三世语录赴会稽入藏》一诗，亦表达了相类的情感。

[3] 道独：《长庆宗宝独禅师语录》卷四《丽中昰首座住持诃林遣可都寺送拂子一枝偈以表信》，北京刻经处民国二十七年刻本。

有扣则鸣，无挹不注”。汤来贺赞曰：“八坐道场四十秋，龙象蹴踏谁能企。南天佛国赖重兴，洞上纲宗终不坠。”[1]因此，天然和尚历被誉为明末清初振兴岭南佛教的领袖。又如，阿字今无辩才高妙，“说法如孙吴之用兵，苏张之辩舌”，“临驭衲子，堂堂密密，不必铁棒风驰，能使人向声色堆，埋头没脑，死尽偷心”，康熙元年（1662年）在海幢寺始开席讲法，凡历“鹅湖、河源、广州诸处，说法凡六会，说戒一十三年，所度缁白徒众一千七百余人”。[2]再如，一生淡泊名利的迹删成鹫，晚年住持鼎湖庆云寺，针对该寺戒律松弛、佛法衰颓的现象，他“痛心疾首，奋臂大呼，领众僧僚，掀翻窠臼”，“虽不数月，鹤唳风声，接于耳目，松楸墓域，遽起戈矛，……耋倦于勤，功亏一篑”，退席还居大通古寺。[3]然其那种“撑住末法”、挽狂澜于既倒之精神实为人所敬佩。

清初岭南禅僧不仅在粤中大地广传佛法，而且度岭越海，将法脉接续至域外。这其中尤以剩人函可和石濂大汕二位禅师最为著名。函可自顺治五年（1648年）因罪流放沈阳。初至沈阳，因演《楞伽》《圆觉》二经，四辈皆倾，被当地缁白延请，广开法席，历普济、广慈、大宁、永安、慈航、接引、向阳，凡七坐道场，会下各达五七百众，诸辽海王臣道俗皆称佛出世，大关以东，奉为鼻祖，深植曹洞法脉于冰天雪地的东北。[4]康熙年间文士季浑《古林智禅师语录序》中说：“此间（指辽东）昔有讲、律，无宗。粤东剩公发焚修，继赤公、古公，于是翕然知洞宗、临济。”[5]而石濂大汕则于康熙三十四年（1695年），应安南（越南）国王阮福周之请，至安南传法。他撰写的《海外纪事》一书，清晰地描述了此次传法的历程。在近两年的时间内，大汕以安南的重要港口城市顺化的禅林寺和会安弥陀寺等寺院为道场，传法授戒，度当地官民男女数千人，被阮福周奉为“国师”。有学者依据《海外纪事》中的文字，断言“大汕对佛学只懂一点皮毛知识，并无多少

[1]汤来贺：《天然昰和尚塔志铭》，见函昰《瞎堂诗集》卷首，第14页。

[2]古云：《海幢阿字无禅师行状》，见今无《光宣台集》卷首，第65页。

[3]成鹫：《纪梦编年》，第161—162页。

[4]函昰：《千山剩人可和尚塔铭》、郝浴《奉天辽阳千山剩人可禅师塔碑铭》，载函可《千山诗集》卷首，第446—451页。

[5]引自曹汛：《剩和尚〈金塔铃〉诗集考述》，载《中华文史论丛》1984年第3期。据曹讯考证：“赤公即赤畨和尚，亦剩人和尚同时发来沈阳的岭南高僧。古公即古林和尚，系后来康熙初以法界内部争斗受害而发来沈阳的四川和尚。”此三人素被称为“东北三高僧”，而函可的声名最著。

学问。他在越南贩卖的是儒、佛、道三教合一的理论”。[1]此种判断并不符合事实。首先，《海外纪事》本属纪录闻见的笔记，阐释精深的佛学义理自非其应有之意；其次，大汕所面对的安南信众，皆对“禅宗绝无闻问”，[2]故他首先需要做的应是一些“普法”工作，而不是阐明深奥难懂的佛理。因此在《海外纪事》中，我们所见到的自当是一些普通的佛学常识以及融会儒释道三家的言论。同时，那种死参经义的“文字禅”似乎并非大汕崇尚的禅风，他的禅风，正如毛端士所言“试即《海外纪事》而论，无枯禅气，无学究气”，[3]是“不同于枯禅窠臼”[4]的活泼任运的生活禅。因此，我们切不可以《海外纪事》而否认大汕的禅学修养。事实上，大汕在安南的传法活动，不仅具有极高的佛学意义，在中外交通史上的意义也值得重视。时人仇兆鳌即云：“欲以中国之纪纲，一变远方之习俗，即此一视同仁，莫非圣贤民胞物与之意耶？”[5]而姜伯勤先生的评价更为平实：“在越南本地如此丰厚的中国禅宗传统的背景下，十七世纪末大汕重来越南说禅，对当地中国佛教的振兴起了重要的作用。”[6]

正是由以上诸僧的提持祖道，清初岭南佛门方出现了中兴之象，龙象蹴踏，法脉长流。这几位诗僧实际上也是清初岭南佛教的代表人物，他们的佛学造诣也代表了清初岭南佛学的整体水平。

（三）四方募化，拮据经营

寺院是供奉佛像和僧人修持传法的主要场所，所谓“寺是摄十方一切众僧，修道境界”是也。[7]丛林的兴衰在一定程度上也标志着佛教发展的升沉兴替，故历代笃志荷担祖道的高僧一直十分重视丛林的建设，甚至将它视为菩萨道精神的体现。清初岭南禅僧亦深知丛林建设的重要性。今无就曾说：“古人护丛林如护眼睛，丛林是衲子所聚之地，道法所从出之地。若无丛林，

[1] 大汕著，余思黎校点：《海外纪事·前言》，北京：中华书局2000年，第3页。
[2] 大汕著，余思黎校点：《海外纪事》，北京：中华书局2000年，第15页。
[3] 大汕著，余思黎校点：《海外纪事》，北京：中华书局2000年，序第15页。
[4] 大汕著，余思黎校点：《海外纪事》，北京：中华书局2000年，第11页。
[5] 大汕著，余思黎校点：《海外纪事》，北京：中华书局2000年，第12页。
[6] 姜伯勤：《石濂大汕与澳门禅史》，第439页。
[7] 法耍：《翻译名义集》卷七，《大正新修大藏经》第五十四卷，第1167页。

则衲子无由而聚，道法无由而兴。所以护丛林者，护道法也。”[1]历代丛林建设所需的资费一般有三种来源：其一，寺院经营田产、商业；其二，皇帝的钦赐；其三，檀越施舍。[2]其中尤以第三个来源最为重要，因为很多寺院本身未必有足够的田产，而皇帝所赐亦多是名刹，故大多数寺院还当由檀越施舍。此正如澹归所云：“比丘之法，以乞食自活，所谓以一身济一身，有一日过一日者也。菩萨以及人为心，不为自求，使法轮之转极于久大，故丛林创而乞食之途益广。……世之谈帝王之道，先养而后教，吾法亦然，先食轮而后法轮。故养人不成，则教人亦不成。”[3]由此可见，僧人要想广传菩萨道，就必须先转动“食轮”以求自活。

清初岭南战火连年，灾荒不断，民生日艰，檀越布施顿减，寺院经济困窘难堪，今竹《龙护园书事》一诗颇为形象地反映了此种情形：

> ……我行挂锡龙护园，三四残僧面如土。自言十载被兵戈，烟火万家多散去。从来五施藉檀门，此度艰难岂相顾。饥寒不免自销归，法鼓梵钟仍早暮。关头奈是往来冲，责望岁般少回互。尽道使君曾立租，僧粮一石何曾富。秋成仅收二十钟，费钱二千入官库。幸然得豁杂差徭，不致流离仗仁恕。我闻此语心酸凄，相对吁嗟手无措。写忧聊出北门行，颓垣破瓦笼荒雾。飞飞归燕掠空堂，处处寒池立饥乌。[4]

龙护园位于韶北南雄州，属别传禅寺的领院，该州知府陆世楷数次慷慨捐助，但即便如此，龙护园中的僧人还是举日维艰，更遑论其他寺院。天然和尚住持的庐山栖贤、归宗二寺，在顺治十一年（1654年）就发生了饥荒，僧徒“皆病无食”，今无、今覞领众僧徒至九江等地行乞，跪拜街头，乞米以充，味尽世间的凄凉。[5]

禅僧们不仅努力地转动“食轮”以求自活，而且还能披荆斩棘，胼手砥足，四方募化，新建了数量众多的新寺。今无主持修建的海幢寺，规模壮丽，

[1] 今无：《光宣台集》卷一“法语”，第73页。

[2] 何孝荣：《明代南京寺院研究》，第307页。

[3] 澹归和尚著，段晓华点校：《遍行堂集》卷九《募僧田疏》，第一册，第234页。

[4] 今竹：《龙护园书事》，见徐作霖、黄蠡《海云禅藻集》卷二。

[5] 今无：《光宣台集》卷十《庐山栖贤寺诗文汇集跋》，第210—211页。

号称“不独甲于粤东，亦且雄视宇内”；今湛主持修建的番禺海云寺，亦成为天然系禅僧栖息的主要寺院；大汕修建的长寿禅寺构思精巧，奇石假山，回廊曲桥，更有江南园林之趣；澹归则历时六年，在韶州仁化丹霞山创建了别传寺，使该寺成为与曹溪、云门鼎足而立的粤北名刹。这些丛林的构建与修葺所需的钱粮、工力多为诗僧们募化而得，凝聚着他们的汗水和辛酸。例如，今白顺治十年（1643年）皈依天然和尚，越三年适逢雷峰寺建置梵刹，“功用不赀”，便自发宏愿，四方行募，“沿门乞钵十余载”，丛林规制度次第具举。[1]澹归曾这样描述他的乞米经过：“……今海上纷纭，官吏兵民食不甘味，卧不贴席。正当极忙之际，走出一个大牛（今白）比丘，冲州撞府，大声疾呼道：‘施主施主！莫饿坏了我雷峰大众。’”[2]从澹归活泼、诙谐的笔触，我们不难体会到诗僧们乞化的艰辛。而澹归本人在担纲构建别传寺时，亦费尽心力，为筹集资费而无一日不奔波于尘途，其自寿词云：“十载丹霞，没两载、偎松倚竹。全受用、穿州撞府，抗尘走俗。”[3]此种生活状态，清晰地体现在《遍行堂集》中存留的大量“募化文”“乞米文”“乞油文”“乞盐文”中。澹归还有一册《日记》流传至今，[4]据汪宗衍先生考证，此《日记》作于康熙十二年六月二十九日，迄于十一月三十日，[5]是他任别传寺住持时所写。我们略微排列此日记，便可以看到在这短短的五个月内，澹归就有多次化缘活动：

（六月）初四日，高念祖入见，送寿仪一封，还前银，书一并璧之，以谢州府。

（七月）十四日，……为龙护书乞米乞油册。

（七月）廿七日，请栖贤斋。孝山送归宗书并紬二，斋仪八两。又送予礼四包，寿仪十二两。受布八端，参三两。……

[1] 徐作霖、黄蠡：《海云禅藻集》卷二“今白”小传。

[2] 澹归和尚著，段晓华点校：《遍行堂集》卷四《为雷峰乞米疏》，第一册，第69页。

[3] 澹归和尚著，段晓华点校：《遍行堂集》卷四十三《满江红·小除夕自寿六首》其三，第三册，第295页。

[4] 《澹归日记》今藏于澳门普济禅院，为该院镇山之宝，笔者无缘得见，本文所引《澹归日记》均出于姜伯勤：《石濂大汕与澳门禅史》第十四章“澳门普济禅院藏澹归金堡日记研究”，第496—510页。

[5] 参见姜伯勤：《石濂大汕与澳门禅史》，第496页。

（八月）石吼有信，海幢大师并当家俱有信。知徐粮道寄人参四两，茧绸一端，当作书谢之。

（九月）十一日，……午后深殖自南雄归。得孝山答书，并寄人参三两，冬米一包。

（十一月）廿四日早，首座同藩臬过岭，融如来，送湖绵一觔，香仪二两。谭方蘧香仪二两。遣石吼问弱生借物，仅得五两，不满三十金之数，为另易一票与之。孝山来，以二十金为惠，并问请藏事。日自出五十金，令方遽募之嘉兴，此举甚快。

（十一月）廿八日，……戴怡涛有书，寄绫二幅，为雷州吴观庄太守，高州黄长茀索书，王仲威有书，寄银八两索书，绫六幅。

尽管如此，别传寺仍入不敷出，债务累累。康熙十七年（1678年），澹归卸去住持一职，拟至嘉兴请藏，仍借支五百三十六金，为此他写了《还债记》一文，其中有云："某充别传寺主七年，所借支五百三十六金，日谋所以还者，其势不容不乞，然其法不许重乞，何也？"由此看来，"乞化"的确是澹归为僧后生活的一个重要方面。

相比澹归而言，大汕则颇为幸运。他先是得到平藩的资助，后又至越南募得大量资金，并以此为资将长寿禅院、普济禅院整葺一新。《海外纪事》中记载了他向阮福周募化的过程：

（阮福周）问曰："闻老和上（即老和尚）常住经阁未成，是否？"余（大汕）曰："经阁系石制台、朱抚军领藩臬众宰官同建。诸料备矣，惟大雄宝殿粤西当道所许，近闻别升，则大殿尚缺耳。"王曰："所费几何？"余曰："若全须七八千金。今幸木料已有三四，更得五千金可成矣。"……王慨然曰："老和上到来，某忝为弟子，毫无功德于老和上分中，今大殿钱粮，某欢喜肩任，明年归时如意创建费，不我惜也。"[1]

其实这仅是大汕所募化的一小部分，他带回了大批的犀象、珠玉、珊瑚等珍宝。后来潘耒还讥谤他为"暴富乞儿"，甚至"以货币结往来，宾客分

[1] 大汕著，余思黎校点：《海外纪事》卷五，第109页。

三等”。据说，潘耒就是因向其索贿不成，而心生邪恶，刻《救狂砭语》攻之，直接导致了大汕晚年的流寓悲境。从最终的结果看，作为“化主”的大汕比起举债累累的澹归来说，显得更为凄凉。[1]

作为一种重要的生活形态，僧人的行乞、募化活动当超出了世俗意义的范畴，而与自度利人一样亦具备了大乘菩萨道精神。澹归就曾说：“弟料理丹霞道场，只是菩萨道中极小一事，然决不敢如龌龊辈，讨得些钱粮，便是自家养老长子孙之计，惟念念为阐扬佛法，成就修行。”[2]不过从客观方面来说，这种经历又无疑会促使禅僧们广接世人，关怀世间，对他们的诗文创作带来深远的影响，举凡澹归《遍行堂集》、今无《光宣台集》、大汕《离六堂集》、成鹫《咸陟堂诗集》中出现的大量应酬作品，即是此种生活之反映。

清初岭南诗僧还因种种缘由多有远游的经历。我们选取了一些其中具有代表性的诗僧，将他们的出游时间、地点、事略列表如下（见表2–3）：

表 2–3　清初岭南部分诗僧远游情况表

僧名	出游时间	出游地点	事略	材料来源
澹归	顺治九年—顺治十四年	江右、江南诸地	与今堕等人出岭，为匡山长住计，后募化江南、江左等地。	吴天任《澹归禅师年谱》
	康熙十七年—康熙十九年	江南诸地	请藏经，终逝于嘉兴平湖。	同上
今无	顺治十三年—顺治十六年	至辽东	访函可。	《今无年谱》
	顺治十八年	航海入琼州	传法。	同上
	康熙十二年—康熙十四年	京师、江南等地	请藏于京师，归途中，登泰山、抵金陵诸地。	同上

［1］关于大汕从安南带回的巨资的去向，史料记载分歧极大。潘耒向粤东当事者揭发说：“其（大汕）尤不法者，则在通洋一节。海禁虽开，而出洋贸易本商贾之事，僧而通洋，既非本分。乃石濂之通洋，则多将干禁之物致诸交人，以邀厚利，有闻之令人缩舌者。”（《致粤东当事书》，见《救狂砭语》，第116页）而今人李鹏翥《澳门古今》则云：“他（大汕）藉盛名积极串连志士，募得款项甚多，密谋推翻满清，归回时因海盗猖獗，幸他机警地将金帛藏于藤佛腹中，安全返穗。”（参见姜伯勤《石濂大汕与澳门禅史》，第436页）同一件事情，世人竟有如此悬殊的评价，实令人咋舌。其实，据大汕所载，他至安南的目的除了弘法外，就是募化修葺长寿诸寺，所谓“通洋贸易，以邀厚利”以及“密谋推翻满清”，恐皆非其本意。

［2］澹归和尚著，段晓华点校：《遍行堂续集》卷十一《与丘贞臣明府》，第四册，第273页。

续表

僧名	出游时间	出游地点	事略	材料来源
大汕	约顺治六年前后	五岳	游方。	《石濂大汕年谱》
	康熙十二年—康熙十三年	江右、江南、河南等地	登庐山、过钱塘潮、渡淮水、礼祖少林寺。	同上
	康熙十五年—康熙十七年	河南、陕西等地	在中州刻《传灯正宗》。夏，于五台山休夏，并游潼关、中原等地，后取道江南返。	同上
	康熙十七年	潮州	访友。	同上
	康熙三十四年—康熙三十五年	安南	传法、募化。	同上
函可	顺治元年—顺治十五年	金陵、京师、辽东	初以请藏入金陵，后因撰私史而事发，被遣戍辽东，至死未归。	汪宗衍《明末千山剩人年谱》
今覞	康熙七年	福州	至福州长庆寺，半载而归。	《海云禅藻集》
成鹫	康熙三十四年—康熙三十五年	仁化丹霞	应丹霞山主泽萌遇公之约。	成鹫《纪梦编年》
古行		吴楚闽越	行募。	《海云禅藻集》
今堕	顺治六年	福建	奉天然书觐长庆寺师翁。	同上
今严	顺治十五年—顺治十六年	嘉兴	奉命至嘉兴请藏，阅大藏一岁，废寝忘食，研览不坠	同上

从上表可归纳出以下几点：其一，诗僧们远游的目的较为复杂，凡游览山水、寻亲探友、行脚募化、延请藏经、觐见高僧、反清复明等不一而足。其二，出游的时间较长，如函可出游辽东长达十余年之久。其三，出游的范围很广，有的远至辽东、安南等地，而主要的区域在江南，这一方面是因为江南历来为佛门圣地，另一方面则与该地亦为当时遗民逃禅之渊薮有关，他们在各种宗教活动的背后或许还隐藏着不少鲜为人知的秘密。

总之，清初岭南的禅僧并非独处山林、默照壁观的枯禅衲子，而是广泛活跃于城市乡村、山程水驿之中，此种生活形态“在行动上，就表现为大乘菩萨道之自觉与落实，有此自觉与落实，则一方面不离世间，展现佛教之人间关怀，庶几可以免绝灭伦理、无益于世之指责。另一方面，建立道场，整肃丛林，则大众有一千常所为皈礼求法之处，则菩萨普度行愿固有所托，而宗门亦有以振，佛法亦有以兴”。[1]这种生活形态对他们的诗文创作产生了很大的影响，在他们的诗集中，写山水风物、羁旅乡愁、友朋离合等题材的诗作占有相当的分量。

（四）“以忠孝之心行佛祖之道”

钱谦益在为宗宝道独所撰《华首空隐和尚塔铭》中云：“昔者大慧言：‘吾虽方外，忠君忧国之心，与忠义士大夫等。’洪觉范、鹿门灯公则曰：‘孝于事师，忠于事佛，此洞上宗风也。’师（道独宗宝）悲智坚密，垆鞴弘广，植菩提之深根，茂忠孝之芽叶，节烈文章之士，赖以成就正骨。”[2]原始佛教忠孝伦常观念原本较为淡薄，但传入中土后融合了儒家的忠孝观念，像《百丈清规》中就用了相当的篇幅论述祝厘、报恩、报本、尊祖等内容，强调的即是僧人的忠孝观念。禅宗的曹洞宗尤其讲究忠君忧国之心，而当明季岭南大批故臣端士遁入空门，洞宗素讲忠孝、节烈的风气更进一步得到落实和弘扬。

尽管随时日之推移与佛教空观的影响，诗僧们的孤忠别恨或许能得到某种程度的消解，但内心深处的耿耿忠心却绝难根除，他们会以结交同道，或以凭吊故明胜迹，或直接参与复明活动等方式，来砥砺志节，“以忠孝之心行佛祖之道”。佛教的忠孝观念与儒家的略显不同，儒家的忠孝观体现的是强烈的出世情怀，而佛教则更注重大乘菩萨道的慈悲心怀。据今辩禅师为天然所撰《本师天然昰和尚行状》所载，顺治三年（1646年），佟养甲、李成栋破广州，绍武政权亡，诸王孙尽被戮，尸横遍野。天然和尚遍拾骸骨，别建冢瘗之，不封不树。后来有人欲将此事告知永历朝廷，但函昰只是说：“吾尽吾心耳，复何图哉？”[3]其所尽之“心”在常人看来是忠于朱明王室的耿耿之心，但在天然那里却是佛者应具的慈悲心肠。作为此诗群的核心，函昰在此方面颇具示范作用。他不仅自己独具此心，而且亦以此垂示门人。汪宗衍《天然和尚年谱》赞其曰：

[1] 陶乃韩：《大乘菩萨道精神在明末清初的落实与发展：以天然一系在岭南（广东）的发展为例》，载《中华佛学研究》第5期，台北：台北中华佛学研究所2001年，第403页。

[2] 钱谦益：《牧斋有学集》卷三十六《华首空隐和尚塔铭》，第224—225页。

[3] 今辩：《本师天然昰和尚行状》，见《庐山天然禅师语录》附录。

顾天然虽身处方外，仍以忠孝廉节垂示及门，迨明社既屋，文人学士，搢绅遗老，多皈依受具，一时礼足凡数千人，创立海云、海幢、别传诸刹，呜呼！何其盛也。……稍长读天然诸弟子诗文，知多有托而逃，欲有所为者，其皈心空王非初志也。……天然以世外之身，未能参预其间，而平昔所投分者，大都节义之士，声气隐隐相通。[1]

此段文字向无异议。但冯焕珍先生认为，以忠孝廉节概括函昰宗风，“未可称为得髓之论也”，“函昰禅师之能摄受数千僧俗，其根本乃在于禅师悟境之深彻、见地之圆满和教法之圆通，‘以忠孝廉节垂示及门’仅为禅师圆融无碍教法之一端而已，岂可以末代本、以一该万？”[2]我们以为，这种看法实属行家的论断。但是，不管是方便法门，还是其宗风特色之一，天然一系之所以遗民志士辐辏如云，显然是与函昰的提持、融摄分不开的；而这些遗民的皈依同样提升了此系禅僧的遗民品格。例如，其第三法嗣今释澹归就是其中突出的一位。康熙十五年（1676年），澹归为平南王尚可喜编次家谱《元功垂范》，原稿本中有“于明称为伪，于明兵称贼”等语句，澹归以为此“事关国史”，故上书平南王，请“于明朝削去伪字称明，于明兵削去贼字称兵或称将领之名”，其意显然是为南明小朝廷争正统。平南王感其忠义，遂遵其愿。此二书，表现出澹归极大的英雄气概，成鹫因而赞曰：“及其出世，仍以世间法见于上定、平二藩书，其忠孝之概、根本佛性并行不悖。”[3]

清初岭南还有不少禅僧参与了反清复明活动，其中尤以函可最为著名。甲申事变明亡，远在岭南的函可闻后“悲恸形辞色”，后“传江南复立新主”，又于十二月以“请藏经”至金陵，数月后，弘光政权又亡。他亲历了满人屠城的惨状，撰私史《再变记》，而引发了当时震惊朝野的“函可案”。关于此案案发的过程，彼时文献说法颇为不一，后世亦多视为“清初第一文字狱”。其实，这远非一桩简单的文字狱，其背后隐藏着较为复杂的人事。我们先录《清实录·世祖实录》有关此案的记载：

[1] 汪宗衍：《天然和尚年谱引言》，《新编中国名人年谱集成》第二十辑，台北：台湾商务印书馆1986年版，第1页。

[2] 冯焕珍：《天然函昰禅师的悟道因缘及其禅教并重的宗趣观》，载《现代哲学》2003年第2期。

[3] 成鹫：《咸陟堂文集》卷六《舵石翁传》，第553页。

招抚江南大学士洪承畴奏：犯僧函可，系故明礼部尚书韩日缵之子，日缵乃臣会试房师。函可出家多年，于顺治二年正月内，函可自广东来江宁刷印藏经。值大兵平定江南，粤东路阻未回，久住省城，臣在江南从不一见。今以广东路通回里，向臣请牌，臣给印牌，约束甚严。因出城门盘验，经笥中有福王答阮大铖书稿，字失避忌，又有《变记》一书，干预时事。函可不行焚毁，自取愆尤。臣与函可有世谊，理应避嫌，情罪轻重，不敢拟议。其僧徒金猎等四名，原系随从，历审无涉。臣谨将原给牌文及函可书帖封送内院，乞敕部察议。得旨，洪承畴以师弟情面辄与函可印牌，大不合理，着议处具奏。函可等，着巴山、张大猷差的当员役，拿解来京。[1]

从洪氏所述来看，函可获罪之因乃在其所作“干预时事”之私史——《变记》（实为《再变记》，亦称《会变记》）。此私史今不见存，不过时人尚留有一些可资考证之线索。函可友人邢昉有《读祖心〈再变记〉漫述五十韵》一诗。[2]据诗题可知，此诗内容当祖述《再变记》无疑，故析得此诗，则亦可及此纪之大概。诗中有“此纪乙至丙，大书得梗概”句，乃明此纪所记为乙酉年至丙戌年，即福王朱由崧称帝直至弘光覆亡之史实，所述内容主要是南明内部之纷争与诸臣抗清之事迹，与一般明季野史大体相似。这在文网相对疏阔的顺治初年，当不属于犯禁之书。因此《再变记》不应是造成“函可案”的决定性因素。

颇值得一提的是，据前引洪承畴所述，清兵从函可的经笥查获之物中，除《再变记》外，尚有福王答阮大铖之书稿。此书稿现亦不存，但函可既能得福王之书稿，则可见其与南明政权的关系绝非一般。事实上，函可寓居金陵期间，据现存之资料看，很少有提及“请藏经”一事者。《千山诗集》补遗卷中收录了其“丙丁间寓金陵所作”七言近体诗31首，多为他与明遗民顾梦游、余怀、王子京、林茂之、邢昉、陈伯矾等人的唱和之作，而与方外人

[1]《清实录·世祖实录》“顺治四年十一月”条，北京：中华书局1985年影印本，第284—285页。

[2] 邢昉《石臼后集》卷一，《四库禁毁书丛刊》集部第51册，第197—198页。冼玉清《广东释道著述考》据此诗而考证说：“康熙间昉犹能读之，冀天壤间或有幸存也。”考邢昉卒年为顺治十六年（1659年），非“康熙间”人也。张惠剑《明清江苏文人年表》则系此诗作年为丙戌（顺治三年），此亦非准确。其实，邢昉作此诗之时日应距“函可案”发后不久（顺治四年十月后），诗中“前日城门过，祸机发邂逅”一句便为显证。除邢昉此诗，清人诗文集中很少有提及亲见《再变记》者，故疑此书实未能付梓，仅为“手记”也；或唯与之交游甚密者若邢昉等及见此书，案发后，此书即不复存于天壤间矣。

士交往绝少。这似乎表明函可至金陵的目的绝非“请藏经”一语所能道断。

从各家著述来看，函可从乙酉春至丁亥十月均未离开金陵，近人王在民先生《南明诗僧函可和尚年谱》、汪宗衍先生《明末剩人和尚年谱》亦如是说。然郝浴《奉天辽阳千山剩人可禅师塔碑铭》中有函可自忆“丙戌岁，本以友故出岭，将挂锡灵谷”之言，陈寅恪先生据此与其他诗句和史料，互相参证，颇疑函可“实曾于顺治三年丙戌暮春由南京返广东，同年又重游南京”[1]。严迪昌先生《清诗史》中引顾与治诗《送祖心还岭南》中句“心事两年同下泪，莺声明日独凭楼”，亦谓：“可知此诗作在顺治三年间祖心第一次返粤时，当时粤东正是朱由榔等从事军事活动的地域。”[2]陈、严二先生的推断是正确的。这里略加补证。据邢昉《石臼前集》中有《送祖心归罗浮》《送傀放同祖心往岭南》《再送祖心归岭南》三首诗，其中前二首有“沙头芒桥无穷路，此日东风黯别颜”[3]、“江路落花尽，梅关过两清”[4]等句，显写暮春之景；而后一首有“蓬蒿遍乡心，城郭摧三衣，行到海十月，又逢梅人生”[5]句，则明言十月，且有“蓬蒿”云云，表明邢昉此次送函可当在秋冬之际。由此可知，函可确有可能在金陵期间曾两度返岭。

那么，函可为何要在丙戌年去而复返呢？陈寅恪推测道：“岂函可于丙戌一年中，亦寓去而复返，实暗中为当时的粤桂反清运动奔走游说耶？”而游说之目的即“欲争取亨九”。[6]亨九，即洪承畴（1587—1663），万历丙辰年进士，时主考官为函可之父韩日缵，故其言“日缵乃臣会试房师”。崇祯十六年（1643年）降清，清兵攻克弘光政权后，被任命为江南安抚大学士，替清廷招抚南明遗民。降清后的洪承畴虽亦镇压过南明的反清复明活动，但尚良心未泯。顺治四年（1647年）七月，他责备江宁满兵提督巴山在江宁附近建立马场，侵害良田，力护汉人利益，由此和巴山结下仇怨。由于洪承畴对于清廷的重要性十分明显，故而满汉双方均力争之。顺治四年，前明官员侯元峒之子侯元静遣密使谢尧文，与居舟山的鲁王朱以海联络，不料于归途中被清兵捕获，查出黄斌卿致洪承畴的密信，内言“伏为内应，杀巴、张

[1] 陈寅恪：《柳如是别传》，第941—942页。
[2] 严迪昌：《清诗史》，第92页。
[3] 邢昉：《石臼后集》卷四，第265页。
[4] 邢昉：《石臼后集》卷三，第240页。
[5] 邢昉：《石臼后集》卷一，第195页。
[6] 陈寅恪：《柳如是别传》，第941—942页。

（“巴”“张”分别指巴山和张大猷）二将，则江南不足定”，且有加封洪氏为国公之语。巴山后借此案力劾与之有隙的洪承畴，以申私怨。但清廷深知洪氏于安定江南之重要，于此案并未深究。

起初，函可由巴山手下抓获。巴山得知系洪承畴给印牌与函可，且又有“干预时事”之《会变记》，故借此案大做文章。函昰《千山剩人可和尚塔铭》载：“当事疑有党徒，拷掠至数百，（函可）但曰‘某一人自为’。夹木再折，无二语。乃发营候鞫，项铁至三绕，两足重伤。”巴山对函可如此严施拷打，或即欲使函可招供出与其关系密切之洪承畴，从而以此弹劾洪氏。可见“函可案”在文字的背后又多了此层复杂干系。

函可流戍辽东，在冰天雪地之间，身负国恨家仇和个人屈辱，仍与当地流民如左懋泰、陈心简诸公“以节义文章相慕重”，[1]以忠孝作佛事，七坐到场，为当地流人所敬重。其法侄今无赞曰：“先师叔气宇如玉，不可一世，其于宗门最上爪牙，如握金刚，如怀宝错，以冲斗之气发奇伟之才，以忠孝之心行佛祖之道，一段光明烜赫不替。”[2]

明清鼎革之际，岭南诗僧们多怀此一腔热血，勠力拯乾坤、道义于既倒，表现出鲜明的爱国主义精神。因此，屈大均在读函可诗后不无感慨地说：

> 嗟夫！圣人不作，大道失而求诸禅。忠臣孝子无多，大义失而求诸僧。《春秋》已亡，褒贬失而求诸诗。以禅为道，道之不幸也；以僧为忠臣孝子，士大夫之不幸也；以诗为《春秋》，史之不幸也。[3]

在儒门淡薄，志节之士纷纷逃遁空门的时代，僧人甚至擎其忠孝节义之大旗，这显然不是弃佛归儒的屈氏所愿意见到的景象，因而他会生发出如此之慨叹。

以上我们从四个方面探讨了清初岭南诗僧的生活状况。由是可知，他们的生活形态实则充满着法缘与俗缘纠葛：一方面他们能自觉地参禅证道，弘宗演教，表现出传统僧人的本色；而另一方面他们又实际很难忘却尘缘，表现出积极入世的精神。这种生活形态，也正体现出他们复杂多面的人格，并由此决定了他们诗歌的情感取向与整体风貌。

---

[1] 函昰：《千山剩人可和尚塔铭》，见《千山诗集》卷首，第448页。
[2] 今无：《光宣台集》卷九《复辽阳定原师及辽沈海盖四城诸师》，第205页。
[3] 屈大均：《广东新语》（下册）卷十二《诗语·僧祖心诗》，第352页。

第三章

清初岭南诗僧的结社活动

如果说，诗人群体最本质的特征是群体成员的诗歌创作显示出大体相近的特质的话，那么，其显性的表征则是成员间的交游唱和。交游唱和、互相切磋，是群体成员具有“群”之特征的保证。因而，对于诗人群体研究而言，考察成员间的交游唱和就显得尤有必要。

群体成员间的交游唱和存在多种形态：有一般的文人雅集，有二者间的互赠酬答，还有通过同咏特定事物的间接唱和，而诗社又是此种唱和活动最为集中的反映。然何为“诗社”？对此目前学界尚无定论。欧阳光先生在界定一般文人雅集活动与诗社活动的区别时，认为有如下特征的诗歌唱和活动皆可视为诗社活动：（1）“凡是有正式的诗社名称，或订有社规会约，有相对固定的成员和活动地点，并定期举行活动的”。（2）“在雅集唱和活动或文人酬答中，出现了‘同社’‘结社’‘入社’等字眼的”。（3）“在雅集唱和活动或文人酬答中，虽未出现‘社‘字，但若使用了‘同盟’‘诗盟’等字眼的”。（4）“在雅集唱和活动或文人酬答中，出现了‘文会’字眼的”。[1]此四条中，第一条堪为严格意义上的“诗社”，后三条则属广义“诗社”的范畴。本章所指“诗社”沿用上说，即包括那些有明确社名以及唱和成员的诗歌中出现“社”“盟”“文会”等语词的诗人雅集活动。还须指出的是，这里将要探讨的诗僧的诗社并不局限于僧人本身，还包括那些由僧人主盟、文人参与的社团。

---

[1] 欧阳光：《宋元诗社研究丛稿》，广州：广东高等教育出版社1996年版，第159页。

第一节　“莲社”的传统

僧人与文士所结之社，世人每称为“莲社”。而“莲社”一词，在清初岭南诗僧的诗文中亦反复出现。因此，在探讨清初岭南诗僧的诗社活动前，有必要对“莲社”的源流略作梳理。

僧人结社，最早可追溯到东晋高僧慧远与刘遗民、宗炳等文士在庐山东林寺的结社活动。慧远（334—416），俗姓贾，雁门人。少为儒生，博综六经，“性度弘博，风览朗拔”，尤通老庄、周易之学。后访高僧道安，“闻出世法”，欣然叹曰“儒道九流，皆糠秕耳”，遂剃度出家。孝武帝太元九年（384年），因乱徙南，抵江西庐山，欣慕之乃止于江洲龙泉精舍，旋于庐山东面构建东林寺。元兴元年（402年）七月，慧远“延命同志息心贞信之士，百有二十三人”，[1]集于庐山般若台精舍阿弥陀像前，拈香念佛，祈往西方净土。此为白莲社的由来。然何以名为“白莲”？刘遗民《庐山白莲社誓文》及当时文献，未尝详明，后世则多有揣测之辞。宋代道诚《释氏要览》“莲社”条谓：

> 昔晋慧远法师（唐宣宗谥大觉法师），雁门人，住庐山虎溪东林寺。招贤士刘遗民、宗炳、雷次宗、张野、张诠、周续之等为会，修西方净业。彼院多植白莲，又弥陀佛国，以莲华分九品，次第接人，故称莲社。有云，嘉此社人不为名利淤泥所污，喻如莲华，故名之；有云，远公有弟子名法要，刻木为十二叶莲华，植于水中，用机关，凡折一叶是一时，与刻漏无差，俾礼念不失正时，或因此名之。[2]

以上诸说，似皆合情理。曹虹先生据刘遗民诗句证实，当时的“念佛场所确有莲花”。[3]然谓象征社中成员“不为名利淤泥所污”的清节，似更合

[1] 慧皎撰，汤用彤校注：《高僧传》卷第六“晋庐山释慧远”，北京：中华书局2004年版，第211—214页。

[2] 道诚：《释氏要览》卷上，《大正新修大藏经》第五十四卷，第263页。

[3] 曹虹：《慧远及其庐山教团文学论》，载《文学遗产》2001年第6期。

该社的旨趣。刘遗民《庐山白莲社誓文》中“警出绝伦，首登神界，则无独善于云峤，忘兼全于幽谷”[1]句，便彰显了此种意思。只是关于法要在木头上刻十二莲花之说，颇为新奇，盖当有所本。

慧远主盟的“白莲社”，本意乃念佛超生，共修净业。这在刘氏《誓文》中有清晰的表述。有学者据此而认定，慧远的“白莲社”“尚属佛教性质的社团，与文学无涉”。[2]此种看法有失偏颇。慧远在引领诸文士参玄念佛时，亦常探讨文学问题，且多涉文咏诗和。僧肇《答刘遗民书》云：“威道人至，得君《念佛三昧咏》，并得远法师《三昧咏》及《序》。此作兴寄既高，辞致清婉，能文之士率称其美，可谓游涉圣门，扣玄关之唱也。”[3]可见，“白莲社”在念佛超生时，还兼及辞章吟咏。惜《念佛三昧咏》未见传世，仅有社中成员王乔之《念佛三昧诗四言》以及慧远之《序》见存于《广弘明集》中。慧远《序》如是云：

> ……故令入斯定者，昧然忘知，即所缘以成鉴，明则内照交印而万像生焉。非耳目之所至，而闻见行焉。于是睹夫渊凝虚镜之体，则悟灵根湛一，清明自然；察夫玄音之叩心听，则尘累每消，滞情融朗。非天下之至妙，孰能与于此哉！……于是洗心法堂，整襟清向；夜分忘寝，夙宵惟勤。庶夫贞诣之功，以通三乘之志。临津济物，与九缘同往。仰援超步拔茅之兴，俯引弱进，垂策其后，以此览众篇之挥翰，岂徒文咏而已哉！[4]

慧远明确提到了“挥翰”“文咏”，只不过在他看来，文咏的目的还在于“通三乘之志”“与九缘同往”。因此曹虹先生说，慧远倡导的是“一种将宗教体悟与‘文咏之才相结合的创作方向’”。[5]慧远《与隐士刘遗民等书》亦云：“……意谓六斋日，宜简绝常务，专心空门，然后津寄之情笃，来生之计深矣！若染翰缀文，可托兴于此。虽言生于不足，然非言无以畅一

[1] 刘遗民：《庐山白莲社誓文》，载宗晓编：《乐邦文类》卷二，《大正新修大藏经》第四十七卷，第176页。

[2] 何宗美：《明末清初文人结社研究》，第4页。

[3] 僧肇著，张春波校释：《肇论校释》，北京：中华书局2010年版，第144页。

[4] 慧远：《〈念佛三昧诗集〉序》，载《广弘明集》卷三十，第351页。

[5] 曹虹：《慧远及其庐山教团文学论》，载《文学遗产》2001年第6期。

诣之感，因蹑之喻，亦何必远寄古人。”[1]言意之辩，乃两晋哲学的重要命题，当时贤哲多有论争。慧远认为，对于玄远幽邃的宗教之“意”来说，语言尽管有所不逮，但又无不需借辞翰文言以畅发，因此他认为“染翰缀文，可托兴于此”。慧远之诗，今存有四首，其中三首均为与社中成员的唱和之作，分别为《奉和刘隐士遗民》《奉和张常侍野》《奉和王临贺乔之》，余者《庐山东林杂诗》最为有名：

崇岩吐清气，幽岫栖神迹。希声奏群籁，响出山溜滴。有客独冥游，径然忘所适。挥手抚云门，灵关安足辟。流心叩玄扃，感至理弗隔。孰是腾九霄，不奋冲天翮。妙同趣自均，一悟超三益。[2]

诗人冥游崇岩幽岫，倾听群籁希声，内心升腾起种种神秘体验：仿佛挥手能触及高远之云门，而心智则更自由地流淌于玄妙之门，刹那间与至上之佛理融会贯通。从艺术格调看，此诗明理类于玄言诗，绘景则似山水诗，读罢确有清逸超然之感，这应就是慧远提倡的宗教体验与文咏辞章相结合的文学观的集中体现。

慧远的“白莲社”及其蕴含的精神，对后世文化的发展影响极大。首先，在它的直接影响下，类似性质的社团大量涌现。宋赞宁说：

晋宋间有庐山慧远法师，化行浔阳。高士逸人辐凑于东林，皆愿结香火。时雷次宗、宗炳、张诠、刘遗民、周续之等，共结白莲华社，立弥陀像，求愿往生安养国，谓之莲社。社之名始于此也。齐竟陵文宣王募僧俗行净住法，亦净住社也；梁僧祐曾撰法社，建功德邑会文。历代以来成就僧寺，为法会社也。社之法以众轻成一重，济事成功，莫近于社。今之结社，共作福因，条约严明，愈于公法。行人互相激励，勤于修证，则社有生善之功大矣。[3]

宋代月堂法师《西归莲社叙》云：

[1] 慧远：《与隐士刘遗民等书》，载《广弘明集》卷二十七，第304页。
[2] 逯钦立：《先秦汉魏晋南北朝诗》，北京：中华书局1983年版，第1085页。
[3] 赞宁：《大宋僧史略》卷下，《大正新修大藏经》第五十四卷，第250页。

昔庐山远法师，偕慧持、昙顺，结刘遗民、雷次宗、周续之一十八人，并同志一百二十有三人，修净业以西归为盟，号白莲社焉。自此厌娑婆、忻净域者，继踵其修，故晋宋之世至于隋唐，高僧贤士，世世行之。……谨遵先范，募一十八人，为念佛三昧西归莲社，须端方贞亮，始终无易节者。[1]

上述材料提及的齐竟陵文宣王的“净住社”、梁僧祐的“法社”、宋代“西归莲社”，均是传承了“白莲社”的宗教精神，纯属佛教性质的社团，与文学关涉不多。除此之外，一些僧人发展了“白莲社”的文学传统，重在以诗歌辞章结交文士。例如，宋代西湖僧人省常主盟的“西湖白莲社”。丁谓《西湖莲社诗序》中云：“（省常）尝谓：‘庐山东林由远公莲社而著称，我今居是山，学是道，不力慕于前贤，是无勇也。’由是贻诗京师，以招卿大夫。自是，贵有位者，闻师之请，愿入者十八九。……咸寄诗以为结社之盟文。……远公之道，常师知之；宗、雷之迹，群共悦之；西湖之胜，天下尚之，则是结社之名，亦千载之美谈也。”欧阳光先生谓：“省常之白莲社，学佛之意味并不显著，其主旨似在与士大夫交往。”[2]可见，西湖白莲社实质上是一个僧人、文士共同结成的诗社，它更多是诗，而不是佛。像此类性质的诗社，还有宋释云逸主修的吟梅社[3]，明弘正年间释明秀与朱朴、孙一元、吴昂等文士所结雪堂春社[4]，释永瑛所结十老诗社[5]，释明旷与郭舜举等文士所结之社[6]，所承者皆远公之余风雅韵。

其次，“白莲社”及其衍生的“莲社”“白社”“净社”等词，几成了文士与僧人交往的“同义语”。[7]很多文士、僧人均以此作为士僧交往的典范，追慕不已。贯休《题东林寺四首》中云：“今欲更崇莲社去，不知谁是古诸贤。”[8]喻良能《庐山莲社》云：“远公结社事清修，永叡宗雷并俊

[1] 宗晓编：《乐邦文类》卷二，第248—249页。
[2] 欧阳光：《宋元诗社研究丛稿》，第158—160页。
[3] 欧阳光：《宋元诗社研究丛稿》，第207页。
[4] 吴昂：《石门大和尚传》，见释明秀《雪江诗稿》卷首，嘉靖十六年刻本。
[5] 钱孺谷、钟祖述编：《小瀛洲十老社诗》，《四库全书存目丛书补编》第36册，第393—394页。
[6] 沈季友编：《槜李诗系》卷三十一，《文渊阁四库全书》第1475册，第758—759页。
[7] 欧阳光：《宋元诗社研究丛稿》，第159页。
[8] 贯休诗，见陈舜俞：《庐山记》卷四，《大正新修大藏经》第五十一卷，第1034页。

游。千古空余旧名字，白莲零落不胜秋。”[1]因“白莲社”主张念佛皈依净土，故后世净土宗又别名为“莲宗”，且尊慧远为“莲宗”初祖。宋代四明石芝晓法师，取历代同修净业之高德，立“莲社七祖”，始祖即为慧远。[2]又有“白莲社十八贤”，第一贤即为慧远。可见慧远在后世僧俗两界影响之大。

最后，慧远的“白莲社”不但开僧人与文士结社之传统，也被普遍认为是古代文人结社的先声，所谓“社之名，始于此也”，其意义自是重大。曹虹引柳诒徵“由祀土神之社，变而为其它性质之社，殆始于晋之莲社，至（赵）宋则各事之集合，皆以社名之”之言，指出：“莲社立名本身在性质上变更了‘社’的取义范围，从而下开后代包括文学在内‘各事之集合皆以社名之’的新风气。”[3]此言确是。然社之始，何以僧人着其先鞭？原因盖可从两方面考虑：其一，僧人集体生活于寺院，信仰、志趣亦大略相似，联系紧密，本已具社团之雏形，此亦所谓 “团结共事者亦曰社”是也；其二，文士出入寺院的目的多为求禅问道，自然对高僧大德们崇礼备至，故往往以其为盟主。因此，僧人在中国古代社团发展史上有着极为重要的意义，一个以僧人与文士共同参与和塑造的“莲社”传统，亦在中国文化史上历久弥新。

第二节　清初岭南诗僧结社活动考述

在清初岭南佛门，承慧远“莲社”传统以及地域文化的影响，僧人与文士联会、结社唱和的活动十分活跃。谢国桢先生曾说：“广东地方虽然僻远，但是文化极为昌明，在崇祯间陈子壮、黎遂球、陈邦彦、欧必元等人，以文章声气，与江南复社相应和。在广东的社事，我们知道的有陈子壮的南园诗

[1] 喻良仁诗，见宗晓：《乐邦文类》卷五，第223页。

[2] 宗晓：《乐邦文类》卷三，第192页。

[3] 曹虹：《慧远及其庐山教团文学论》，载《文学遗产》2001年第6期。

社、屈大均西园诗社、黄登探梅诗社和僧函昰的净社、僧函可在沈阳结的冰天诗社。”[1]除谢国桢先生提到的“净社”与“冰天诗社”外，影响较著的还有石濂大汕的“白社”、愿光的“兰湖白莲社”和成鹫的“东林社”，等等。此五大社团基本涵括了清初岭南主要诗僧，以下略作考述。[2]

（一）大汕与“白社”[3]

大汕《海外纪事》卷一云：“客有惠州来者，述紫诠王使君刻下擢巡川南。奈余羁海外，缺为面送。白社知己，远隔天涯，赋诗以寄意云：‘……素性爱与方外交，目无富贵何英豪。多才雅士满江海，笑谈往往空人曹。’”又卷六有《冬日紫诠王大参招樊太史刘诠部暨白社诸公过集小院分赋得“七阳”》一诗，《离六堂集》卷八有《御河舟中忆姑苏钱塘并怀白社诸公》、卷九有《归舟怀元孝、葵之、苍水白社诸公》等诗。这些材料均出现“白社”的字眼，这表明在大汕身旁聚集着一个相对固定的唱和群体，而大汕称之为“白社”。姜伯勤先生谓：“‘白社’系泛称。古人多以‘白莲社’‘白社’指僧人、隐士所结之社，大汕诗文中则用指其所结诗社。”[4]

此外，在与大汕唱和的诗人诗歌中，亦多有“白社”一词。陈恭尹《上元后二夕，长寿精舍雅集，同王惠州、陈韶州两使君、梁药亭、廖南玮、屈翁山、王础尘、沈上钱、方葆宇、陈生洲、黄葵村分得“来”字》中有“陆贾城边白社开”[5]句，孟亮揆《游长寿禅林与石公话旧和浮山韵》中有“帘开白社来同调，花报先春索赠言”[6]句，等等。这些均为“白社”存在的明证。

大汕的“白社”看上去更像是一个广义诗社，社中成员、活动地点、活

[1] 谢国桢：《明清之际党社运动考》，北京：中华书局1982年版，第196页。

[2] 除此，何栻主盟的湖心诗社中，亦有多名僧人。陈融《颙园诗话》谓：“（何栻）日与屈翁山、梁药亭、陈元孝、吴山带、王蒲衣辈倡和，又与海幢呈乐和尚、华林铁航和尚、鼎湖契如和尚、尘异、雪木、迹删、心月、敏然等，为方外交。四方名士云集，则开湖心诗社，客至不问姓名，觞咏尽欢，或有累月不去者。”（参看钱仲联主编：《清诗纪事·明遗民卷》“何栻”条，第1003页）

[3] 关于大汕参与诗歌社团活动的研究，姜伯勤《石濂大汕与澳门禅史》指出了大汕与文士曾结成“白社”这一事实，且略考了白社主要成员，但对“白社”社集活动的梳理稍显薄弱，因此，本节重在考出“白社”的社集活动。

[4] 以上参见姜伯勤：《石濂大汕与澳门禅史》，第198页。

[5] 陈恭尹著，郭培忠校点：《独漉堂集》，广州：中山大学出版社1988年版，第585页。

[6] 孟亮揆诗，载黄登：《岭南五朝诗选》（初刻）卷十四，《四库全书存目丛书》。

动日期皆不甚固定，亦无任何社约或社规，因此，不易全面稽考社中成员及具体的社集活动。相对而言，大汕的长寿禅院、梁佩兰的六莹堂、王煐的子日亭，应是“白社诸公”活动较为集中的地点。这里拟以大汕长寿寺为中心，考察他们的唱和活动。

康熙十八年己未（1679年）春，大汕被迎住长寿寺。“时长寿倾颓过半，师至，首建宝镜堂、离六、半帆、绘空、云半、招隐、怀古楼、淀心亭榭一十二所，池塘花圃，潮水周通，禅余放参兴到，吟和诸上台，公暇每聆讲论，日无虚座。”[1]可见，长寿禅院因土木华丽，房廊幽窈，成为当时粤东文人吟咏参禅的佳所。夷考文献，在长寿禅院中举行的几次规模较大的诗人雅集活动如表3-1。

表3-1　长寿禅院举行的雅集活动

集会时间	主要人物与活动	材料出处（仅标书名、卷数）
康熙十八年修禊后十日	大汕招陈恭尹、梁佩兰等雅集长寿院精舍，即事赋诵。	陈恭尹《独漉堂集》之《江村集》，《离六堂集》卷二
康熙二十三年甲子元夜	大汕与吴园次、徐凤池诸君雅集长寿寺招隐堂。	《离六堂集》卷九，吴绮《林蕙堂全集》卷十六
康熙二十三年二月月望	王孝杨、吴绮诸君集离六堂，分韵赋诗。	《离六堂集》卷九
康熙二十四年春	王士禛抵广州，携屈翁山、陈恭尹等游长寿寺。	《广州游览小志》，王士禛《南海集》
康熙二十九年仲夏	吴兴祚招同陈恭尹、屈翁山等人集离六堂。	《屈大均诗词编年笺校》
康熙三十年二月	梁佩兰、陈恭尹、屈修等访大汕于离六堂。	吕永光《梁佩兰年谱》
康熙三十一年正月十七日	大汕招王煐、屈大均、陈恭尹、梁佩兰、王础尘、陈子升、黄河征等十五人，雅集离六堂赋诗。	王煐《忆雪楼诗集》卷上，《屈大均诗词编年笺校》，《独漉堂集》，梁佩兰《六莹堂集》卷七
康熙三十二年腊月七日	陈恭尹偕王础尘，王煐偕其子孙，至长寿院之怀古楼，与大汕夜饮赋诗。	《独漉堂集》，《忆雪楼诗集》卷下

[1] 黄登：《岭南五朝诗选》（二刻）卷三“释大汕”小传。

续表

集会时间	主要人物与活动	材料出处（仅标书名、卷数）
康熙三十三年闰夏	屈大均、陈恭尹、薛熙、王煐、梁佩兰、陶璜等集于大汕长寿禅院之淀心亭，分韵唱和。	王煐为薛熙《秦楚之际游记》所作序
康熙三十五年冬	王煐招同陈恭尹、梁佩兰、刘曾、樊泽逵等集长寿寺。	《海外纪事》卷六，《独漉堂集》卷十三，《岭南五朝诗选》卷二十刘曾《王紫诠观察招同樊泽逵昆来、梁药亭太史、陈元孝、王蒲衣处士雅集禅寿寺拈韵，石濂上人方丈的"隅"字》
康熙三十六年春	周在浚入粤，访大汕于长寿寺。	周在浚《离六堂集序》
康熙三十六年冬	熊一潇过长寿寺访石濂大汕。	《岭南五朝诗选》卷十八熊一潇《丁丑季冬信笔述怀奉别石濂老和尚》
康熙三十七年秋	徐钪访大汕于离六堂。	徐钪《离六堂集序》
康熙三十八年春	陶煊访大汕于离六堂。	陶煊《石溪诗抄》之《过长寿寺曾石濂禅师》及《离六堂集序》
康熙三十八年闰七月二日	大汕招陈恭尹、毛端士、张尚瑗等集长寿寺唱和。	《独漉堂诗集》卷八

从以上胪列的几次规模较大的雅集活动看，"白社"成员中，除大汕外，主要有屈大均、陈恭尹、梁佩兰、黄葵之（南海人，诸生）、廖南暐（南海西樵山人）等人，以及一些外籍文士如吴绮、王煐（字紫诠，北直宝坻人，任惠州太守）、樊泽逵（字昆来，四川宜宾人，康熙三十五年主试粤东）、王世桢（字础尘，无锡仁，两广巡抚吴兴祚约入粤），刘曾（字省庵，临潼人，康熙三十五年主试粤东）等。从他们唱和之作看，作为一个社团，"白社"更多是承续了慧远以来的"莲社"传统，文士、僧人们集中在一起流连风雅，参禅问道。例如，大汕"罗浮新亭观子日，招余结社共谈禅"，[1]屈大均"竹林荒宴仍须达，莲社风流可是禅"，[2]梁佩兰"往事匡庐那比得？南

[1]（《海外纪事》卷一）。

[2] 陈永正主编：《屈大均诗词编年笺校》卷十《上元二夕，惠州、韶州两使君暨诸公同集长寿精蓝分得一先韵》，第960页。

皮风雅在吾侪”“幽处尽堪延步履，闲来真欲外形骸”，[1]吴绮“清谈能不倦，并坐一床书”[2]等诗句，皆为明证。

须指出的是，除大汕与诸文士所结诗社为“白社”外，清初岭南一些文士的诗歌中亦常出现“白社”的字眼。例如，黎遂球《莲须阁集》卷五《二月十七日社集赵裕子云槎同诸公赋》有“故人寻白社，先雨到玄关”句，程可则《海日堂集》诗之三《送彭嵩玉、潘亚目、麦盛际、林叔吾、邝词徽还粤，兼寄王震生、陈乔生、邝无傲、梁药亭、陈元孝、陶苦子诸同社》中“遥闻白社客，倚和梅花村”句，等等，这些诗句中的“白社”与大汕的“白社”皆无涉，或可视为僧人与文士共结社团的泛称。

（二）愿光与兰湖白莲社[3]

相对大汕的“白社”而言，愿光、达津等诗僧在法性禅院所结的兰湖白莲社则更似严格意义上的诗社，因为它有结社宗旨和相对固定的唱和场所，社中唱和诗集亦付梓行世。

关于兰湖白莲社的缘起，释愿光在《法性禅院唱和前集序》中如是云：

法性寺原在诃林东北隅。乙卯冬十二月（康熙十四年，1675年），安达公徙迁戎马，借住诃林，僧舍所存，十一焉尔。先师因寄迹郊西友人精舍，迨丙辰（康熙十五年，1676年）遂卜筑于此。其明年古法性复还僧居。是时方值募缘鸠工增建文佛殿，惟土壁草创而已。……自创建迄今，诸名贤相过者必有唱和赠答，积成卷帙。丁丑（康熙三十六年，1697年），周子冷泉至，盘桓累日。因出诸作谓之曰：“盍为我编辑，付之梨枣，以垂不朽。”周子曰：“诺。”此寺之本末与兹集之缘起也。詹卜楼东偏颇有余隙地，乃建客厅一所，其前因兰湖旧迹，广而浚之，为放生池。凡所用□□□□□□□□□□□□□□□□□□□□□□□，岁中遇□□佛菩萨诞期放生，

[1] 梁佩兰：《六莹堂集》（二集）卷七，《上元后二夕，长寿石公邀同龚蘅圃、王紫诠、陈毅庵、方鹤洲、朱汉原、陈中洲、季伟公、陈元孝、屈翁山、廖南暐、黄葵之、摄之集离六堂分韵》，第309页。

[2] 吴绮：《林蕙堂集》卷十六《宿长寿禅院招隐堂次元宗上人韵》，《文渊阁四库全书》第1314册，第512页。

[3] 对兰湖白莲社，研究者尚少。冼玉清《广东释道著述考》仅辑录若干资料以及罗列社中成员名目。

兼为雅会之地。则先师己卯间经始也。先师开山于此，诚费心力焉。时康熙四十一年（1702年）岁次壬午夏朔日兰湖愿光识。[1]

法性禅院原在光孝寺东北隅，乙卯康熙十四年（1675年）平藩驻兵于此，僧人被挤兑出来；次年院主远布禅师移锡城西郊，草创新寺，仍沿名法性，并借檀越构建了文佛殿、韦驮殿、簷卜楼、放生池、借瓮堂等基础设施。因寺内"院主远布，暨徒心月，安禅之暇，不废诗章"[2]，故那些"初无定址"唱和的文士便选择该寺作为结社集会之所。[3]法性寺前曾为兰湖旧迹，文士结社乃因其名。而"白莲"则远承慧远"莲社"故事，近承明末云栖袾宏之莲池放生之旨。梁佩兰的《放生池序》中云："远公禅师为法门尊宿，智彻莹彻，戒律精严。恻然兴大悲心，于其所建之法性寺左侧，凿坏为池，仿莲池故事，而于池之上下，各为堂三楹，俾放生日集诸善首，以成盛会。"[4]可见，"兰湖白莲社"亦是有着浓厚宗教色彩的文士与僧人共结之社团。

《法性唱和集》为该社成员唱和诗总集，由愿光托社中成员周大樽于康熙四十二年（1703年）汇编付梓，后周氏复汇编《续集》六卷。二集共录文士115人，几乎涵括了当时所有岭南著名诗人，像屈大均、陈恭尹、梁佩兰、陶璜、陈阿平、黄河徵、黄河图、何绛、梁无技、周大樽等人均是社中常客。二集又录诗僧21人，有达津、愿光、古云、本果、古丛等。从《法性唱和集》所录诗歌来看，社集时多为梁佩兰出题，众人和之，故一般以为，法性禅院兰湖诗社的盟主是梁佩兰。但在实际的运作中，愿光、达津发挥了极为重要的作用。首先，《法性唱和集》是由愿光发起汇编。其次，愿光、达津为法性禅院的"地主"，实为社中成员的联络人。再次，除社集之日外，

[1] 愿光：《法性禅院唱和诗序》，引自冼玉清：《广东释道著述考》，第648—649页。

[2] 潘耒：《遂初堂别集》卷三《竹院清吟题辞》，第294页。

[3] 关于法性禅院的兰湖白莲社，凌杨藻《岭海诗钞》云："旧法性寺在诃林东北隅。康熙乙卯，为藩部戎卒借住。远布和尚遂移锡西郊结庐，仍曰法性，内有簷卜楼、借瓮堂。至法嗣愿光，字心月，尝与梁药亭、周乳峰、李南樵诸词人结社于此。"汪兆镛先生《棕窗杂记》卷四云："康熙初，平靖二藩驻兵光孝寺。僧心月别于城西筑法性禅院。中有簷卜楼、兰湖之胜，高望公、陈独漉、梁药亭、王蒲衣、梁无技、吴山带诸人于此结社，刻有《法性唱和集》。"

[4] 梁佩兰撰，吕永光校点：《六莹堂集》补佚卷，第422页。药亭所云"仿莲池故事"，是指万历间莲池袾宏与文人屠隆、冯梦桢、陆振奇等在杭州所结"放生社"，又名西湖胜莲社。清李卫《西湖志》卷二十九引虞淳熙《西湖胜莲社约序》曰："凡社友以放生来，必携飞泳之类，社定在钱塘舟中，间诣上方池、净慈万工池、昭庆香华池，期以每月六斋日，自修供具，不让远客，不设烹宰，违约者罚。"

很多文士时至法性禅院，愿光、达津就是他们寻访的对象，这在《法性唱和集》所录诗作可以得到清晰的反映。

潘耒曾作《竹院清吟题辞》一篇，记载了他与诸文士、诗僧在法性禅院唱和的情况：

五羊城西，旧多禅宇，古有法性，今袭其名，虽非大鉴演法之场，实为高流习静之地。青林掩映，白水萦纡；像设庄严，庭宇明洁。院主远布，暨徒心月，安禅之暇，不废诗章。雅有昼、秀之称，颇有陶、陆之客。己卯新秋，余与詹山、损持、匏村诸君同客珠江，访古探幽，憩集于此。地主药亭、独漉、勉庵诸君亦连翩而来，解衣释巾，啸傲终日。升高楼而望远，荫茂树以追凉，披襟写抱，相对了无机心，品石论泉，一语不参世事。烹葵香洁，绝胜侯鲭；煮茗清芬，可忘桑落。虽未能戢影松关，栖神莲社，然而顿遗尘意，永结净缘，视乎联镳兰锜之门，泥饮金张之宅，相去远矣！[1]

不语世事，了无机心，唯解衣散袍，烹茗煮泉，登高望远，此种风致实令人神往。

（三）成鹫与东林社[2]

成鹫在清初岭南诗坛影响甚著，尝与僧人、文士多次结社唱和。他早年与石洞元觉组织“莲社”；康熙二十七年（1688年）在南海复与“暮冈诸子为莲社游，同游者皆贯通三教，博览群书”。[3]又，《咸陟堂诗集》《文集》中存有多首其参与社集的诗歌，像卷十二《秋日诸子过支提分赋兼订莲社之约》之诗题、《社集香莲庵同赋初秋野望用“酡”字》中“宗雷初到社，吟望更如何”之句等，不过，关于这些社团的材料留存甚少，其成员与具体活动皆不易稽考。

成鹫参与组织的社团中，以东林社最为有名。关于此，《纪梦编年》略有记载：

---

[1] 潘耒：《遂初堂别集》卷三《竹院清吟题辞》，第294页。

[2] 成鹫与东林社之研究，唯见姜伯勤先生《石濂大汕与澳门禅史》第十七章“明清之际岭南禅学与南方文化”第一节“明清之际‘天崩地解’与岭南地区名僧辈出”略有介绍。

[3] 成鹫：《纪梦编年》，第145—146页。

岁在庚午（康熙二十九年，1690年），予年五十有四矣，奔奏社席，激浊扬清，不遗余力。无如直道难容，忠言逆耳，弗克久于其职，见几勇退，辞而去之。南游铁城，铁城诸公邀留共住，结社于城东之河泊高氏园林，割地为庵，颜曰"东林"，堂曰"望远"，谬以远公自昉，诚自愧也。……同时入社三十余人，仿东林故事，以丹徒令毛中庵为坛坫长，盖今之彭泽也。社中诸贤，若萧、若郑、若毛、若高、若方、若缪，或为花萼之弟昆，或属竹林之诸阮，或如太丘之子孙，或作梁园之宾客，或忘分而下交，或忘年而后起，声应气求，志同道合，座上之客常满，过桥之笑时闻，方诸莲社刻漏之贤，数殆浮于十八矣。居东林者，自辛未（康熙三十年，1691年）迄乙亥（康熙三十四年，1695年），五历寒暑。[1]

"铁城"是香山的别称，河泊高氏，生平不详。"东林""望远""过桥之笑""刻漏之贤"云云，则明其结社之旨乃昉自慧远莲社故事。该社以丹徒令毛中庵为盟主，初入社成员三十余人。上文中所记"若萧、若郑、若毛、若高、若方、若缪"皆仅标成员的姓氏，其中"若高"盖指东林园主高氏，余者未能详明，今据《咸陟堂诗集》等文献，推考之。

毛中庵，即毛定周。《香山诗略》卷三谓："定周，字景绍，西门人。顺治丁酉亚元，官丹徒县知县。"[2]《香山县志》记其云："定周以仁心为质，而济之以经术，与民休息。邑赋多逾，请分年带征，以免并征之累。修学宫，设义馆，救民子弟，未满二期，颂祷之声，溢于道路。以前令事累，当去，民呼号如失慈母。"[3]成鹫《挽毛明府》云："岁星本是金门客，化作阳春布膏泽。丹徒盘错试牛刀，导窾批虚罄心力。羞将聚敛博循良，宁拙催科受迁谪。"[4]又《喜毛中庵明府归自丹徒》二首之一云："官似澄江清见底，心同高鹤倦思归。"[5]又《和毛明府中庵见赠》云："闲僧到处青山在，廉吏还家白发侵。"[6]皆盛赞毛氏清正、廉明的风范。

[1] 成鹫：《纪梦编年》，第145—146页。
[2] 黄绍昌、刘小衡合辑：《香山诗略》卷三，民国二十六年排印本。
[3] 田明曜等修，陈澧等纂：《香山县志》卷十四，同治十二年刻本。
[4] 成鹫：《咸陟堂诗集》卷五《挽毛明府》，第303页。
[5] 成鹫：《咸陟堂诗集》卷十二《喜毛中庵明府归自丹徒》，第387页。
[6] 成鹫：《咸陟堂诗集》卷十三《和毛明府中庵见赠》，第390页。

“若萧”之“萧”，难以确考。《咸陟堂诗集》提及萧姓者有卷十三之《答萧明经邻翼见赠》《和萧志三见赠》二诗。此二诗皆次于《听庐生弹琴（和社中韵）》《北山探梅与社中诸子订买山之约》等关涉社集之诗之间，故疑二诗中所提到的“萧邻翼”“萧志三”皆为社中成员。又卷五《赠萧君荫举孝廉公车北上》云：“闻风仿佛识名姓，东林旧社思宗雷。旧社相过池上客，若祖若翁推巨擘。”[1]则可知此诗所赠之“萧君”亦为社中诸子。

“若毛”，似指毛果泉。《咸陟堂诗集》卷五有《挽香山毛果泉》一诗，中云：“我忆东林池上水，浸地涵天清彻底。我忆东林池上人，珠圆玉润时相亲。果泉居士居其一，秋水为神玉为骨。”[2]诗中反复提到东林，则毛果泉当为社中成员。

“若方”之“方”，《咸陟堂诗集》卷十三有《和方壶洲见过赋赠》，此诗次于以上诸诗之间，故疑方壶州亦为社中成员。

“若郑”之“郑”，《咸陟堂诗集》卷十二有《题郑停莪新筑》一诗，此诗后有《分卫铁城贻社中诸子》，疑郑停莪亦为社中成员。又卷八有《杨凌霜、郑秉渊、衍源诸子过宿东林》一诗，则“郑”亦或指“郑秉渊”。

“若缪”之“缪”，当指缪西泠。考《咸陟堂诗集》中提及缪姓之诗者仅有此人，且多集中在卷八，其中有《缪西泠雨中见寄用韵赋答》《冬日缪西泠、杨式卿见过，值予他出，留诗于壁，既归用韵答之》《立春日和缪西泠韵》《元日友人见过和缪西泠韵》《元日柬杨式卿和缪西泠》《缪西泠失意还山以诗见寄赋答》五首，此五诗编排于《东林折梅送周大尊归里》与《还东林社中诸子见过赋此》之间，则缪西泠当为社中成员。《（光绪）香山县志》卷十四有传云：“缪时鸣，号西泠。少孤，事母兄，以孝友闻。性倜傥仗义，人以急相投，罄赠无德色。善属文，尤长诗赋。生平酷嗜山水，尝往来罗浮四百名峰，所著《游草》载《罗浮志》，其《云萝洞》及《七峰唱和》《南岳纪游》诸集藏于家。”[3]

除以上几人外，根据《咸陟堂诗集》，至少还有以下三人亦当为社中成员。

李苍水，据《咸陟堂诗集》卷二《送李苍水主教化州》中句：“当知今

[1] 成鹫：《咸陟堂诗集》卷五《赠萧君荫举孝廉公车北上》，第295页。
[2] 成鹫：《咸陟堂诗集》卷五《挽香山毛果泉》，第290页。
[3] 陈澧纂，田明权修：《（光绪）香山县志》卷十四，第331页。

日李先生，也向东林曾结社。”可知，李氏亦曾参与东林社事，且与成鹫之关系，非同一般。《咸陟堂诗集》中赠予他的诗就有不少，例如卷十二《与李苍水、何古钱放舟罗江登立石矶晚过黄茂才山庄同赋》《归途寄李苍水何古钱》等。

陈屏甫，据《咸陟堂诗集》卷三《赠陈屏甫》中句：“忆我初从海上来，东林偶入知宗雷。侍儿机子求剃度，多谢檀那为证据。”[1]

马卧仙，据《咸陟堂诗集》卷四《题云台摩汉图赠马卧仙移镇汉中》句：“我本东林猿鹤群，笑傲烟霞聊复尔。多君不厌野人狂，入林十载成知己。”卷十三《寄马卧仙》：“寄语东林十八贤，寻思旧约过新年。”[2]

东林社的具体活动，因文献无征，不可稽考。除以上所引诸诗外，《咸陟堂诗集》中还有几首明确提到“东林社”之诗。例如卷八《还东林社中诸子见过赋此》：

> 依旧去年人，还山自主宾。瘦藤支病骨，老树倚吟身。懒惰成吾癖，交游知我真。倘能恕迎送，来往不嫌频。[3]

卷十二《分卫铁城贻社中诸子》：

> 好春早有名山约，稔岁偏宜托钵僧。自买草鞋来海岳，遍将米价问庐陵。莲塘旧社归难得，桂岭孤峰到未能。多谢同参屡招隐，蹉跎深愧久要朋。[4]

卷十三《同住东林有厌清苦者，相继辞去，时值小除与诸子守岁，示此以坚其志》：

> 山厨破甑久生尘，笑拨寒灰事火神。冷灶已无黔突客，居亭犹有刻舟人。橘因易地春为枳，姜自经冬老更辛。大尽到来能几几，暂留同住守庚申。[5]

---

[1] 成鹫：《咸陟堂诗集》卷三《赠陈屏甫》，第255页。
[2] 成鹫：《咸陟堂诗集》卷十三《寄马卧仙》，第399页。
[3] 成鹫：《咸陟堂诗集》卷八，第339页。
[4] 成鹫：《咸陟堂诗集》卷十二，第388页。
[5] 成鹫：《咸陟堂诗集》卷十三，第391页。

从以上所引诗句看，社中成员聚首一起，亦多是悠游山林，谈禅证道，似与一般莲社并无二致，但实际上，他们或还肩负着一些特殊使命。关于此我们将在下一节予以探讨。

（四）函可与冰天诗社[1]

函可于顺治五年（1648年）因“私携逆折”事被清廷以“焚修慈恩寺”之名遣戍辽东。清初的东北，是清廷流放犯人的主要集中地。张玉兴先生云：“顺治、康熙、雍正三朝的九十年内，被流放至东北者不下十万余众。”[2]这其中，除一般罪有应得的刑事犯可置而不论外，很大一部分是因各种冤狱而被流放的士人。时人有诗云：“南国佳人多塞北，中原名士半辽阳。”[3]曾到那里探亲访友的文士杨宾《伍敬玉五十寿序》亦云：“当是时，中土之名卿硕彦至（宁古塔）者接踵。”这些纤弱儒雅、不事产业的文士，在那里“既无房屋栖身，又无资力耕种，复重困于差徭”，很多实际上是被“拨给各地驻防旗人为奴”，而且“要是没有钱或没有帮助的人”，“恐怕轻易不容易回到故乡”。[4]因而，冰寒、饥饿、屈辱、怨愤、绝望弥漫着他们的身处之境。“哀怨起骚人”，对于那些本就能诗的士人来说，诗歌无疑是他们倾吐愤懑、寄托哀思的最好途径；而那些不会作诗的流人，因郁结于心中的冤愤实在太深，不吐不快，也会吟哦出几首拙朴的诗章。正是在此背景下，函可引领这些流亡诗人，创建了东北文学史上的第一个诗社——冰天诗社。

冰天诗社的活动、结社宗旨、成员、社集诗歌等材料均存留在《千山诗集》卷二十中。诗社前后有两次集会：

第一会：北里。庚寅至前二日为北里先生悬弧之辰。余（函可）首偶为

[1] 在清初岭南诗僧主盟或参与的诗社中，函可主盟的冰天诗社最为有名，后世研究者亦着力甚多，主要有汪宗衍《明末剩人和尚年谱》“顺治七年”条、薛虹《函可与冰天诗社》、张玉兴《清代东北流人诗选注》、李兴盛《中国流人史》、马清福《东北文学史》、何宗美《明末清初文人结社研究》等。

[2] 张玉兴：《清代东北流人诗选注》，第11页。

[3] 刘献庭：《广阳杂记》卷一（中华书局1957年版，第19页）：“粤东有咏时事诗：‘大将赐来黄带子，亲王自领绿旗兵。’又送人发遣辽东诗，中联云：‘南国佳人多塞北，中原名士半辽阳。’”又，康熙年间诗人丁介《出塞诗》亦有此句诗。

[4] 谢国桢：《清初东北流人考》，载《明末清初的学风》，北京：人民出版社1982年版，第109—110页。

诗，和者僧三人、道二人、士十六人，堡中寄和及后至者八人，合二公子，共得诗三十二章。

“北里”是该社另一盟主左懋泰。此次社集的地点在左氏住所，“庚寅”即顺治七年（1650年），是年冬至日前二日，即冰天诗社成立之日。“悬弧之辰”指生日，左氏《答诸公见赠》中有“五十五年事渺茫”，则此日实为其五十五岁的生日。可见，此次社集是因左氏生日而由函可发起，共二十二人参加，加上后来呈寄诗作者十人，故函可云“得诗三十二章”。

第二会：揺揺。（左懋泰）贱辰承揺揺大师率诸公赋诗投赠，至后五日，即师一手指天之期，予作颂，诸公和者亦如前数。

“揺揺”即函可社中别号，则“第二会”在函可住所。“贱辰”是北里先生的谦词。此会由左懋泰主盟发起，时间是在第一会后七日，“一手指天之期”亦为生日，[1]即函可的生日，参加人数与第一会相当，亦为三十二人。

此三十二名诗社成员，函可《千山诗集》之《冰天诗社》“同社名次”胪列如下：

揺揺和尚（广东人，原住罗浮华首台）、北里先生（山东人）、涌狂（千山僧，辽东人）、大铃（医巫闾僧，浙江人）、正羞（塔寺僧，辽东人）、希与道者（北直人）、焦冥道者（北直人）、寒还（陕西人）、甦筑（南直人）、叫寰（陕西人）、东耳（南直人）、天口（南直人）、兀者（陕西人）、锦魂（浙江人）、刺翁（山东人）、光公（山东人）、春侯（山东人）、薪夷（陕西人）、孝滨（江西人）、小阮（山东人）、阿玄（山东人）、大颀（山东人）、二愚（山东人）、雪蛆（辽东人）、冰鬼、石人（尚阳堡十里人）、沙子（大汉人）、青草（冢边人）、狂封（朝鲜人）、丁令（辽东人）、子规（五国人）、不二先生（陕西人）、镇君（医巫闾人）。[2]

[1] 据说佛陀出生时，一手指天，一手指地，目顾四方。乃言：“天上天下，唯我独尊。”
[2] 函可：《千山诗集》卷二十“同社名次”，第115页。

社中成员皆以字号见载，而隐去真名，这意味着什么呢？我们知道，古人的字号多含深义，或表白志向，或是喻示身世，或是象征个性，等等。冰天诗社成员字号，有这样两个显著特征：（1）属“自污”类的有：搕𢶍（佛经语：大粪之义）、兀者（《庄子》中的残废之人）、焦冥（《列子·汤问》又作“焦螟”，是栖于蚊子睫毛中的一种极小的虫子）、雪蛆（陆游《老学庵笔记》卷六，又名冰蛆、雪蚕，虫名，大如指）、冰鬼等。（2）属于“顽劣”类有：涌狂、不二、大顽、二愚、石人、狂封、天口、叫寰、沙子，等等。从这些怪诞的字号，我们已不难窥见冰天诗社的特征。

冰天诗社的成员多取这样一些怪异的名号，充分彰显出佯狂、愤世、桀骜的个性，但同时也多隐没了自己的真实姓名。他们中的大多数，除以上简单字号、籍贯外，很难进一步确知其身世遭际。因此，考证这些无名诗人的生平，历来是冰天诗社研究的难题。综合学者们的考证，除函可外，我们知道的还有以下几人：

北里先生，即左懋泰，字韦诸，号大来，山东莱阳人。崇祯朝官至吏部郎中。李自成入京时，归顺义军，其弟左懋第为此与之决裂。顺治六年（1649年），为“仇家所讦”，举家一百余人被流放于沈阳铁岭，顺治十三年（1656年）病逝。徙辽东后著有《徂东集》。是集后为李呈祥携至关内刊行，未果，今未见流传。张玉兴先生《清代东北流人诗选注》中辑录其诗六首。[1]左氏是函可在东北的生死至交，《千山诗集》中留存了多首关于他的诗作，其中《哭左吏部大来》一首，尤为感人：“曾期哭我必公诗，岂料公先我自悲。共洒十年前代泪，独留数卷后人思。于今白社无陶令，难把黄金铸子期。纵使故交扪雪至，不知将剑挂何枝。”[2]

焦冥道者，即苗焦冥。《盛京通志》有传云：“苗君稷（即苗焦冥），昌平人，明季诸生，遭时多难，隶籍黄冠，喜读儒书，究心史学，至老不倦，居盛京之三官庙，翰林高士奇称其有隐者之风。”[3]康熙间，苗氏复入关，龚鼎孳曾有诗赠之。[4]程可则《海日堂集》亦有《寄焦冥道士歌》

[1] 左氏生平，参看张玉兴：《清代东北流人诗选注》，第50页。
[2] 函可：《千山诗集》卷十二《哭左吏部大来八首》之二，第546页。
[3] 清吕耀、王河、宋筠修，魏枢等纂：《盛京通志》卷九十，乾隆元年刻本。
[4] 龚鼎孳：《定山堂集》卷十五《赠苗焦冥》，《四库禁毁书丛刊》集部第117册，第250页。

云："……东临太乙西崆峒，盍来京师憩鸾鹤。"[1]可见，他游历甚广，声誉很著。除社集唱和外，《千山诗集》中还存有函可与其唱和之作三首。他也是社中成员中与函可关系最为密切者之一。

大顽，原名左晧生，字观野，左懋泰长子，随父流寓铁岭。后曾参与撰写了东北第一县志《辽阳县志》。

二愚，原名左昕生，左懋泰次子，与大顽一起参编了《辽阳县志》。

孝滨，原名戴遵先，江西南昌人。函可《赠戴三》"小引"曰："孝滨，章江士也。初不愿从其父之楚游，因披薙入空门；既闻其父见逐，乃留顶发，代役海滨。朝夕樵采，以供菽水，胸怀尽裂。"[2]

以上几位成员，学者多能考出。但进一步的研究则很难深入。在这个问题上，何宗美先生大大推进了一步。他据社集诗歌以及函可《千山诗集》中与流人唱和诗作，又考得刺翁、光公、春侯等为"左懋泰的从兄弟"，小阮、阿玄为左懋泰之侄，青草、锦魂为女性诗人，寒还，一作涵还，姓高。薪夷，似为高辛裔，陕西人。[3]余者皆不甚详知。

冰天诗社的两次集会均缘于生日，但从诗社成员创作的诗歌看，又绝非仅限于一般的生日祝寿、赠答。《千山诗集》卷二十载有函可为诗社所作之序，可视作该社的宗旨。序曰：

> 白莲久荒，坚冰既至；寒云幂幂，大地沉沉。嗟塞草之尽枯，幸山薇之尚在。布衲氇毶，匪独杲长老之梅州远逐；孤臣憔悴，尤甚韩吏部之潮阳夕迁。珍重三书，萧条只杖，每长歌以当泣，宁寡和而益高。兰移幽谷，非无人而不自芳；松植千山，实经冬而弥茂。悲深猿鹤，痛溢人天，尽东西南北之冰魂，洒古往今来之热血。既不费远公蓄酒，亦岂容灵运杂心，聊借雪窖之余生，用续东林之盛事，诗逾半百，会未及三。[4]

"白莲久荒""续东林之盛事"云云，似乎冰天诗社亦以慧远"莲社"传统相标举。但实际上，该社与"莲社"念佛修业的宗旨不尽相同，它更主

---

[1] 程可则：《海日堂集》诗之二《寄焦冥道士歌》。
[2] 函可：《千山诗集》卷五《赠戴三》，第493页。
[3] 何宗美：《明末清初文人结社研究》，第376—379页。
[4] 函可：《千山诗集》卷二十，第598页。

要是“尽东西南北之冰魂，洒古往今来之热血”，是“布衲毾㲪”与“远逐孤臣”们的同气相求，同声相应。他们的社集诗歌，围绕着左迁之臣左懋泰与罪僧函可的生日做文章，抒写内心的郁郁闷思，砥砺如冰雪、幽兰一般的志节与对故国的赤胆忠心。试观以下几首：

> 魋筑：古来报国几身完，憔悴孤吟见泪涛。未到投荒肝已烈，只今留息骨先寒。鼎湖何处遗弓在，敝笥仍余旧彩单。臣子有心刚一寸，西风淅淅雪漫漫。
>
> 雪蛆：当年亦自悔悬弧，欲射四方亦枉图。半刻山河惟裂眦，千秋杀活在拈须。只应免管天心见，恨不龙泉颈血枯。想得玉京时一笑，存亡生死总同途。
>
> 天口：古今斯道足长吁，遗老流民共一图。磊块时堪浇五斗，荒芜那复赋三都。几回欲立程门雪，此地仍逢鲁国儒。共是伤心愁日暮，茫茫何处哭苍梧。
>
> 狂封：何须八百与亡商，沧海由来好变桑。天运欲穷无大雪，野人先自学佯狂。幸将斯道留孤杖，犹喜拈花到外方。白马若能先汉至，袈裟定作老僧装。

若单从诗艺看，这些诗歌算不得出色，但它们又纯是真情实感的自然流露，字字泣血，感人至深，堪称清诗中的奇警之作。

函可无疑是冰天诗社的主要发起者和倡导者。首先，他为诗社撰写了序言。其次，他招集联系成员，实为社中核心。《千山诗集》中还留存了十余首“招诸公入社诗”，如《招雪蛆》《招冰鬼》等。再次，他帮助社中成员提高诗艺，例如焦冥道者就“受剩公上人之友助而规抚近体”，因而，所作之诗有“雄浑激宕，有振衣千仞、俯视尘埃之想”，风格切近函可。最后，函可以自己独特的人格感染了社中成员，激励他们在困厄中蹈扬志节和生存的信心，因此被流人们视为“规箴”。对于那些身心均处冰天雪窖中的流人而言，要想顽强地存活下去，宗教的解脱精神就显得弥足珍贵。而函可正是以此宽慰那些流人，并因此赢得了普遍的尊崇。左懋泰《剩人和尚语录序》云：“剩公先来，逾岁余亦放至，得城阴数椽屋。杀气为岚，雪云如墨。或晨或夕，时一相过，频死之余，尚载敝簏书一车，意为僵卧遗羹之具。剩公

方뀽光剷采，每来则抓搔典籍，独提宗教，栩栩相视也。……余被遣出塞甚于潮龎，而独得与剩公永其朝夕，白麈交横，海风漂泊，一灯炯然。”[1]左氏将函可比作“频死之余”的灯塔，为其风雨飘摇的人生之航指明方向。兀者的诗云：“传灯尚欲留三代，说法时兼演五车。天下众生余最苦，迷津凭指海东涯。”亦表达了相近的意思，这足见函可在流人心中的地位。

不仅社中成员对函可推崇备至，后来的一些文士亦多奉其为精神领袖。天然和尚《千山剩人可和尚塔铭》中云：“同时谴谪诸大老，若大来左公、吉津李公、昭华魏公、龙衮李公、雪海郝公、天中季公、心简陈公，始以节义文章相慕重，后皆引为法交。”[2]这里必须指出的是，后世不少学者皆误将这几人归入冰天诗社。[3]其实，李呈祥于顺治九年（1652年），陈心简于顺治十一年（1654年），季开生于顺治十五年（1659年），方抵辽东，根本不可能参加冰天诗社于顺治七年所举行两次社集，因而，他们决不在“三十二”位诗社成员之列。不过，这几个人均为清初流戍辽东的著名文士，且与函可的交谊甚至比社中多数成员还要密切，所以，有必要简略考述他们之间的交往，以进一步认识函可在清初东北诗坛的地位。

李呈祥（1617—1687）[4]，字吉津，号浣木斋主，[5]崇祯年间进士，后改庶吉士，入清官詹事府少詹事，山东沾化人。《清史稿》有传。吉津因建言部院衙门专用汉人，而下刑部狱，免死，流于辽东。顺治九年（1652年）抵沈阳，顺治十七年（1660年）免罪赎回，著有《东村集》。《千山诗集》中有《雪夜怀李公》《病归承李公以诗见讯用韵奉答》《同大来、吉津启如斋》诸诗，是函可与吉津的唱和之作。在辽东时，李呈祥曾为函可《千山语录》作序，中云：“师持身高峻，壁立万仞，而与物甚亲，谈笑蔼如，冥心

[1] 左懋泰：《剩人和尚语录序》，载函可《千山语录》卷首，《四库禁毁书丛刊》史部第35册，第607页。

[2] 函昰：《千山剩人可和尚塔铭》，见函可《千山诗集》卷首，第448页。

[3] 陈伯陶：《胜朝粤东遗民录》“函可”条谓：“时遣谪诸臣，若莱阳左懋泰、沾化李呈祥、寿光魏官、定州郝浴、泰兴季开生及李龙衮、陈心简辈，……函可因招诸人为冰天诗社，凡三十三人。”

[4] 李呈祥生卒年之考订是根据其诗《庚子重九次日，予之初度，旅次龙城志哀》中“四十四年成底事，于今又是我生初”句（《东村集》卷二《木斋诗稿》，《四库全书存目丛书》集部第203册。第615页），以及范明征撰《李吉津先生外传》中云“康熙丁卯岁，夏杪，少詹事吉津李先生卒”（《东村集》附刊，第771页）。

[5] 曹汛《剩人和尚〈金塔铃〉诗集考述》（载《中华文史论丛》，1986年第1期）一文中以为“北里先生”系指李呈祥，实误。

象始，寂尔忘言，而风云月露，刻画殆尽。”[1]高度赞赏函可的人格风范。《东村集》卷二《木斋诗稿》中还有多首与函可唱和之作，如《初冬送剩师往辽阳（八首）》《剩师锡侯夜话》《寄寿剩师辽阳》《剩师至言怀（二首）》等。顺治十七年，李呈祥返回中原，携左懋泰《徂东集》与函可《金塔铃》请王士禛、杜濬为之刊刻，并作诗以纪之，其小序有云：“莱阳左大来先生、博罗剩人禅师，皆卒戍所。遗诗《徂东集》《金塔铃》各数卷，携之南来，共谋剞劂。呜呼！大雅不作，诗道沦坠，苟非可比，何能阿比？”[2]对函可与左懋泰的诗歌评价甚高。在诗中他还述及与二人的交往：“奎壁落天东，雪窖埋双友。其一黔丈夫，长身而伛后。其一僧公子，皤腹恒张口。几时成两顽，予到成三丑。遂使冰海澜，澎湃闻龙吼。唱和七年间，篇什杂箕帚。丁宁付一篇，垂死明授受。生还身与俱，出入必悬肘。”[3]在冰海雪窖之中，“三丑”前后唱和七年，篇什杂箕帚，结下了深厚的友情。

郝浴，字冰涤，又字雪海，号复阳，直隶定州人（今河北定州），顺治六年（1649年）进士，授刑部主事，官至广西巡抚，有《中山诗钞》四卷。徐世昌《晚晴簃诗汇》卷二十二云：“雪海巡按四川，密陈吴三桂跋扈状，三桂深衔之，摭拾保宁城守事诬为冒功。世祖烛其冤，从宽流徙盛京。三桂反，复原官。蛰居廿载，无一日不读书。”可见他也是蒙冤而被遣戍辽东的。《千山诗集》中，函可称其为“雪公”。《中山诗钞》中有《忆剩公（六首）》《暮春过酒垆取醉（三首）》《剩公》《赠剩人》《送剩人入山》诸诗，多是追怀与函可的交谊。其中《忆剩公》之四《忆诗》云：“松涛万壑里，还似法龙吟。礼乐奉先进，风骚只到今。一毛留聚墨，五岭掷兼金。可惜真寒瘦，都归双鹤林。”指出函可诗歌在当时的广泛影响。函可去世后，郝浴又为其撰写《奉天辽阳千山剩人可禅师塔碑铭》，详述其传奇一生，是现在研究函可的主要材料之一。

魏琯，字昭华，山东寿光人。崇祯间官御史，顺治初以荐降清，复原官，巡按甘肃；顺治十年（1653年）升至大理寺卿。因上疏免治私纵逃人夺

[1] 李呈祥：《〈千山语录〉序》，见函可《千山语录》卷首，第608页。
[2] 李呈祥：《东村集》卷四《与湄村、贻上两公商刻〈徂东集〉〈金塔铃〉》，第627页。
[3] 李呈祥：《东村集》卷四，第627页。

官，本论死罪，获宥免死，流徙盛京，卒于治所。[1]函可有《寄昭公》诗云："莫怪崎岖出塞行，犹将贝叶伴余生。茅堂独喜留山野，枫陛能无忆老成。浮世谩论千古重，苍生甚切一身轻。关门不日牵雏去，会见联翩彩袖迎。"[2]指出了魏琯以苍生为重而不顾个人得失的无私胸怀。

季开生，号冠月，江南泰兴人，顺治六年（1649年）进士，选庶吉士，改授礼科给事中，有《憨臣诗稿》。邓之诚《清诗纪事初编》云："（顺治）十五年谏买扬州女子，几置之法，卒戍尚阳堡，居四年，为光棍殴死，声言焚其尸，官司不问，疑有主使也，年三十三。"[3]可见，其命运至为凄惨。季开生和函可早在江南时即已相识，其《初呈剩师》云："穷边携手忽惊猜，君未能归我复来。兵火十年人一见，家乡万里梦同回。……"他在诗中屡屡将函可和慧远相比，如《喜剩师至》："远公久老住山心，拄杖穿峰散粤吟。"《呈赠剩公诗》云："……汤休真属工诗客，慧远翻深念主心。纪录幽忠功不细，欲令万世仰规箴。"[4]"规箴"即榜样、典范之意，以此评价函可，足见其在流人心目中的地位。

除以上几人外，函可与陈心简、李龙衮、孙旸等文士过往亦甚密。这些流人之间的交游唱和，俨然可视为一个诗群加以综合考察、研究。这方面，张玉兴先生《清初东北流人诗选注》已经是很好的"拓荒之作"，不过，可深入之处仍然很多。正是这批命运蹇涩的流人，写下了东北古代诗歌史的新篇章，使得这片诗歌蛮荒地带，也屡屡成为文史学家们关注的对象。这其中，释函可显然发挥着核心作用，后世学者将其称为清初东北诗坛的领袖，是一点都不为过的。顺治十五年（1658年）三月，著名诗人吴兆骞因"科场案"被遣戍更为边远的宁古塔。在东行的路上，他顺道拜谒了函可，并作长诗《赠函公五十韵》，极言对函可的推崇。这次相聚，犹如禅宗的衣钵传接仪式。五个月后，函可在郁愤中去世，康熙四年吴兆骞与孙缙彦在宁古塔组织另一个流人诗社——七子诗会。七子诗会，无论在组织形式上，还是诗社宗旨上，都可视为冰天诗社的继响。

[1] 参见张玉兴：《清代东北流人诗选注》，第37页。
[2] 函可：《千山诗集》卷十一《寄昭公》，第539页。
[3] 邓之诚：《清诗纪事初编》卷四，第512页。
[4] 季开生诗，皆引自张玉兴：《清代东北流人诗选注》，第106、112、113页。

（五）天然和尚与“莲社”[1]

《海云禅藻集》“凡例”云：“集中附以莲社诸居士，其人非亲觐天老人，夙称法喜之交，与曾以一大事因缘参询会下，概不之录。”这表明在清初岭南曾有一个以天然和尚为中心的带有浓厚佛教性质的诗人社团。这个社团的实名难以详知，称为“莲社”，盖亦如大汕“白社”，乃沿袭一般文人与僧人所结社团的泛称。

“莲社”大概成立于顺治六年（1649年）冬。天然和尚曾回忆说：“忆己丑腊，承邑侯万公、总戎李公请，说法大云，一时缙绅文学并集为莲社。”[2]“莲社”是一个辐射性、包容性很强的佛教社团，凡天然和尚说法处，皆有“莲社”成员。检天然《瞎堂诗集》，仅于诗题中出现“社”“诸子”等字眼的，即有如下数首：卷七《将还雷峰留别古冈诸子》《将出岭留别雷峰诸子》《留别华首诸子》，卷八《寄端州文社诸公》，卷十《还小持船示诸子》，卷十一《送顿修真佛行乞兼怀九江诸子》《送来机奉母还岭南兼寄社中诸子》《送雪草还归宗兼寄栖贤诸子》，卷十三《春日寄雷峰社中》《送陈季长还闽寄怡山社中诸子》，卷十四《送即觉还海云并寄社中诸子》《将还庐山留别社中诸子（二首）》等等，这些“雷峰诸子”“华首诸子”“古冈诸子”“端州文社诸公”“栖贤诸子”“怡山诸子”，皆属天然“莲社”成员。以此看来，汤来贺《天然昰和尚塔志铭》中谓：“师以文人慧业，深入真际，直见本源，断诸委曲，全提正令，大阐综纲，行无等慈，目空千古，缁素礼足，凡数千人。”非夸饰之言也。

《海云禅藻集》辑录了诗僧73人、居士诗人63人，这是目前能见到的最为完整的“莲社”成员及其诗作。因此，《海云禅藻集》又实可视为“莲社”的诗歌总集，其中包括很多清初岭南的重要文士。借此诗集，我们可以得知这些居士文人的法号，如黎遂球（法名函美）、罗宾王（法名函骆）、程可则（法名今一）、陈学佺（法名函全）、谢文长（法名今悟）、梁朝钟（法名函机）等人。然而，“莲社”成员实际又远非此诗集中所提到的136

[1] 关于天然和尚的社团活动，研究者有姜伯勤在《石濂大汕与澳门禅史》中认为“天然系海云寺的法社称莲社”，其主要成果分析出天然系名僧成分以及“莲社”成分。何宗美《明末清初文人结社研究》“明代文人结社统计”中仅列有崇祯间天然和尚与李云子所结“净社”。

[2] 函昰：《瞎堂诗集》卷六《文玉居士七十一歌序》，第540页。

人，那些“非觐见天老人、夙称法喜之交与曾以一大事因缘参询会下”者，《海云禅藻集》中未能著录。

《海云禅藻集》也没有为我们留下关于“莲社”成员唱和活动的具体材料。根据一些文献，他们的唱和活动大概可分为两类：

其一，游山法咏。例如康熙五年（1666年）的丹霞唱和活动，今无《光宣台集》卷六《丹霞诗序》云：“雷峰天老人深于入山之致，相随诸弟子亦皆骨具烟霞，鼍鸣鳖应，故其一唱百和，如天籁所触，别具幽响，非如词人韵客构雅什于文心，逸情言于云路，作区区绮丽观也。”据此可知，在仁化丹霞山，天然系禅僧曾有过一次大型的游山法咏活动。天然和尚亦曾较详尽地描述了此次游山的过程：

> 日赴丹霞，舟入江口，云烟缥缈，水石回环，奇峰间出，出没无路，转转如行万山中，比知此山之胜。渐近，望长老峰脚，疑衡亘蜿蜒，从无余地。及登岸，数绕入关门，迥出意外，主山崇深，左右朝对，峰峦林立，如与本山相连，舟所繇长江如南华香水溪，又如栖贤今井玉渊，而实下临百丈，一川平阔。远睇孤危，到来豁朗，此极奇极稳，真梵刹之备美者也。……初入院，纵目应接不暇，无开口处。澹归谓：“和尚法眼，不可无以表彰。”乃随足力所及，辄成十二律，名《丹霞诗》。因命能文诸衲随意属和，不拘各体，总以识一时山川人事之合。[1]

据汪宗衍先生《天然和尚年谱》，天然入丹霞山主别传寺法席在康熙五年（1666年）冬月。上序中提到“日赴丹霞”，则此次唱和活动应为此时。天然甫入丹霞，即为山中景致所动，一气赋诗十二首，分别是《初入丹霞》《法堂》《望长老峰》《紫玉台》《箓竹坡》《芳泉》《晚步松韵》《登海螺岩》《龙王阁》《与诸衲绕海螺山脚二首》《过锦岩》，其随同文士诸衲亦“随意属和”。

冼玉清先生《广东释道著述考》著录了《丹霞诗》，以为“此书当是函昰驻锡丹霞时与相随诸子唱和之作”，但云“未见”。[2]至今，我们亦没有发现其藏本踪迹，估计已无存世。不过，今存雍正年间陈世英编撰的《丹霞

[1] 函昰：《瞎堂诗集》卷十二《丹霞诗（有引）》，第592页。
[2] 冼玉清：《广东释道著述考》，第542—543页。

山志》卷十中，保留了部分诗僧的唱和诗作，再加上《瞎堂诗集》卷十二中的“丹霞诗”十二首，盖可复其原貌。这样“丹霞诗”，今所见者有函昰、澹归、今辩、今覞、今壁等诗僧二十三人的近百余首诗。从他们的诗作看，此次唱和活动主要是围绕丹霞山的几处景观作诗，或徒写山水之美景，或借山水抒写禅悦之风致，或彰表澹归辟建别传寺之功，因此天然和尚所云“总以识一时山川人事之合”，盖可视为此次唱和的宗旨。

其二，凭吊故迹，抒发遗民之思。此类唱和活动以“雷峰诗友游厓门”最具代表意义。关于此次出游，澹归曾作《雷峰师友游厓门诗卷跋》云：

> 厓门在大海中，得荒渺之观，以有故宋遗迹，动人凭吊。若是生死存亡今昔之感，何地无之？即今癞子碗、死人床、蚂蚁布阵、傀儡排场，有多少生死存亡今昔？我以一身轮转七趣，析骨如昆富罗山，饮乳如四大海水，有多少生死存亡今昔？着甚来由抬别家棺材，到自家屋里哭？请游厓门的三十棒，去的三十棒，不去的三十棒。或问：“去的三十棒，且置，为什么不去的也是三十棒？”贼在窝家。咄！咄！咄！触忤了你，天然老汉入地狱如箭。[1]

天然师徒以凭吊“故宋遗迹”来寄托故明之思，本为义举，理应郑重地予以表彰。然澹归却反其道而行之，欲将他们打三十棒，甚至咒之“入地狱如箭”。这该做何解呢？其实，此段文字运用了禅宗公案中常见的正说忽反、反说忽正的手法，表面上是批评，而实为歌颂。《雷峰诗友游厓门诗卷》今不见存，不过，从澹归诡谲之辞看，此次唱和显然充满着遗民色彩。这次凭吊厓门的活动，天然和尚亦有诗纪之：

> 孤情不欲向厓门，兴废谁将世外论。郁勃定知埋古殿，苍茫何处吊忠魂？露濡荒冢青山冷，风撼洪溟白昼昏。祚移时去无今昔，千古难忘是感恩。[2]

诗歌有着浓厚的兴亡之叹与故明之思。由此可知，这次厓门唱和活动

[1] 澹归和尚著，段晓华点校：《遍行堂集》卷十六《雷峰师友游厓门诗卷跋》，第一册，第411页。

[2] 函昰：《瞎堂诗集》卷十一《诸子邀游厓门诗以谢之（壬寅）》，第588页。

盖在壬寅（康熙元年），天然和尚未能前往。又，今无《光宣台集》卷二十中有《谢柱波招游厓门》《厓门感赋（二首）》《宿厓门》《拜三忠祠》等诗，均次于《壬寅春扫先师翁塔》之后，且《宿厓门》诗有句“五年尚忆长陵役”，下自注云：“戊戌夏，登天寿，一宿长陵，今又五年矣！”戊戌下推五年，恰为壬寅年，因此可确定雷峰诗友游厓门的时日必在康熙元年春天。谢柱波，待考，或为此次唱和活动的发起者。今无的诗作亦多遗民情调，例如以下二首：

孤舟又向海门过，旧事厓山感慨多。三十已怜添白发，千秋谁与泣铜驼。云埋断碣迁黄土，树掩离宫长绿萝。自古兴亡终若此，不须弹泪落沧波。

当时十万尽沉尸，幼主孤臣异代悲。身世到今都是幻，江山终古不曾移。双厓浪打高陵草，万木风摇失古祠。忠义果能移国祚，夕阳斜照有残碑。[1]

天然系禅僧的大型诗歌唱和活动现可考的仅有以上两次。此外，天然和尚还有大型组诗《梅花诗》六十首、《雪诗》六十首，在岭南文士、僧人的诗集中亦常见附和此组诗者，故颇疑这也是一次规模较大的唱和活动。

第三节　清初岭南诗僧结社的文化意义

清初岭南诗僧所结社团及社团成员、目的和性质，已如上节所述，那么这些社团透显出的文化意义又何在呢?

（1）这些社团多冠以“白社”“莲社”“东林社”之名，无疑是承续了自东晋慧远以来的“莲社”传统，明确其浓厚的宗教色彩。像成鹫的东林社就“颜曰东林，堂曰望远”，“以远公自昉”；冰天诗社亦直言“续东林之

[1] 今无：《光宣台集》卷二十《厓门感赋（二首）》，第360—361页。

盛事”。不过，除此种宗教与文学色彩外，这些社团中的成员又大多为遗民或“有托而逃”的遗民僧，他们或与“远逐孤臣”们在冰天雪窖中“洒古往今来之热血”，抒写穷愁独郁；或登台怀古，凭吊忠烈，以铭志节；或诡异其迹，参与反清运动。因此，清初岭南诗僧们的结社活动又具有浓厚的遗民政治色彩，从而赋予“莲社”传统新的内涵。

我们再以成鹫的东林社为例，略予论析。《咸陟堂诗集》卷七有两组诗，颇令人注意，分别是《东林七问》和《后七问》，所问者为“问天”“问影”“问津”“问岁”“问夜”“问字”“问剑”。这前后“七问”，既可理解为成鹫在铁城东林庵的“七问”，亦可理解他替东林社所发的“七问”。不管如何，这前后“七问”，在《咸陟堂诗集》中的确显得比较突兀。例如《后七问·问天》：“我有千古恨，高高将听卑，亦知曾补后，不似未分时。”《问影》：“事态胶难合，前尘迹可删。终当事韬晦，相待掩重关。”《问剑》：“浩气销能否，全身付与谁？一弹三太息，惟许湛卢知。”[1]读这些诗句，总感觉成鹫在闪烁其词，欲昭告某种情感而不能。他还有《寓普济禅院寄东林诸子》云：

> 但得安居便死心，写将人物报东林。番童久住语华语，婴母初来学鴂音。两岸山光涵海镜，六时钟韵杂风琴。只愁关禁年年密，未得闲身纵步吟。[2]

这是成鹫寓居澳门普济禅院时，寄给东林社其他的成员的诗歌。“番童”句，寓示着外族占据中土多年的事实，而“关禁”则直写当时清军封锁海上义军与内地遗民联系的事实。成鹫欲“纵步”，抑或为疏通、联络残留于海上的抗清义军？蔡鸿生先生在解析此诗时说：“他用诗歌给社友传达信息，反映了自己在彼时彼地的精神状态。名为‘死心’，实想‘纵步’，成鹫尽管在禅院安居，决不是心如枯井的。”[3]在《澳门阻风》一诗中，成鹫似乎也寓含了此种意思：“归从旧路常忧雨，去逐春潮却滞风。……偶来识得居夷叟，浮海乘桴兴不穷。”[4]

[1] 成鹫：《咸陟堂诗集》卷十七《东林七问》《后七问》，第324—325页。
[2] 成鹫：《咸陟堂诗集》卷十四《普济禅院寄东林诸子》，第408页。
[3] 蔡鸿生：《清初岭南佛门事略》，第102页。
[4] 成鹫：《咸陟堂诗集》卷十三，第391页。

邓之诚先生《清诗纪事初编》也述及过成鹫寓居澳门普济禅院一事：

（成鹫）与陶环、何绛结生死之交。环字握山，绛字不偕。（成鹫）致握山地下书，屡言握山失却出家机会，盖以出家为隐语，即谋恢复再造。环、绛皆熟于海上，奉永历正朔者，故成鹫往澳门主普济禅院，又尝渡海至琼州，踪迹突兀，实有所图。[1]

陶璜、何绛皆为反清志士，成鹫与他们为生死至交。何绛曾频繁往来于江浙等地，搜访遗民，待机而奋。彭士望曾评价说："不偕英爽慷慨有志，其人沉着，刻苦能任事。尝游南北及燕楚，皆为友人扶持患难，而己一无所与。……见人谈忠节事，则义形于色。"[2]成鹫《咸陟堂诗集》卷十一《送何不偕再入吴门》末句云："前途夷险君应熟，莫更临歧说路难。"[3]即透视出不偕此去吴门的隐秘任务。

成鹫主普济禅院以及渡海至琼州之事，在其自编年谱——《纪梦编年》中，仅有"轻描淡写"[4]："栖迟客次，痛苦无聊，怀抱心丧，虚度岁月，俯首屏息，寄人篱下，郁郁无足道也。"此"无足道"实则"不得道""不敢道"也！实际上，他在普济禅院时，绝非"无聊""心丧"，而是有过一段惊心动魄的经历。

李来章《咸陟堂诗集序》中说成鹫诗"中间写景舒情，旨多旷达，怨尤之思、悲愤之气，斩然不见于笔端，非通权达变、乐天知命者，未易得此也"。[5]成鹫之诗固然很少流露噍杀、怨愤之音，但这并不意味着他仅是一位安心学道的高僧。以下这段文字，就可以看出老僧成鹫绝非一个"静穆者"：

丁酉前夏三月，安居复还大通，掩关谢客。客有买舟而至者，款关索见，辞弗获已，穴西窗而一揖之，各陈所以。有怜予痴而笑之者曰："子不闻乎？欲识佛性义，当观时节因缘。时节若至，其理自彰。得时则驾，盗跖纵其横

[1] 邓之诚：《清诗纪事初编》卷二，第295页。
[2] 彭士望：《赠北田四子序》，载何绛《不去庐集》卷首，清抄本。
[3] 成鹫：《咸陟堂诗集》卷十一，第374页
[4] 参见蔡鸿生：《清初岭南佛门事略》，第102页。
[5] 李来章：《咸陟堂诗集序》，载成鹫：《咸陟堂诗集》卷首，第226页。

行；失时则趋，微服方将过宋，造物者使之然也。区区者子，欲与造物争覆复之权乎？”予笑而不答。有幸予愚而怂恿之者曰：“大厦虽倾，赖有一木之支；大木虽仆，赖有一绳之引。狂澜既倒，而后砥柱兀乎中流；疾风孔飙，而后劲草出为翘楚。有心人何无意乎？”笑而不答。有怜予老劝之使休者曰：“骏马之羸也，驽马先之；贲育之衰也，侏儒胜之。夸父之竭蹶也，曾跛躃之不及，有其心者无其力，长于理者短于数，是不可以已乎？”笑而不答。有病予露而针之使忍者曰：“吾闻之也，德不积不足以化人，恶不积不足以灭身。高明之家，鬼阚其室。千人所指，无病而死。请修厥德，以格龙天，稔其恶，观其自灭。造物主人，有记性，无急性，忍金成于百炼也。”笑而不答。有忌予不利于己而约之使退者曰：“拔山盖世之雄，终为楚殇；横槊赋诗之奸，竟移汉祚，窃钩者诛，窃国者侯，成败论事耳。公心良苦，乌能使天心如己心，反末法为正法乎？”笑而不答。关外之客，各摅所见，以伸其情；关中之人，三缄其口，弗致其辨。[1]

这段文字颇有“寓言”之味。细绎文意，不难见出老僧成鹫之志。这其中既有其“挽狂澜于既倒”“砥柱中流”之雄心，亦有不论“时节因缘”“知不可为而为”之痴心；既有“骏马之羸”“贲育之衰”“夸父之竭”式的有心杀敌无力回天之悲怆，亦有“横槊赋诗之奸，竟移汉祚”之悲恸。正如他在此的“笑而不答”，其诗文集、自编年谱对那些敏感的政治情势亦曲意回护，“三缄其口”。他的自编年谱以“梦”为题，本就含有深意：“当局者，梦幻非真；旁观者，见闻亦假。”[2]对我们这些“旁观者”来说，那些为他所隐去的复明活动，恐怕真如梦幻般消逝在清初岭南的时空之中。

清初岭南像成鹫这样暗中反清的僧人，不在少数。例如，函可的“文字狱”，澹归与岭外遗民之关系，以及大批遗民往来奔赴于岭南禅门寺院诸事实，绝非局限于一般意义的士僧交往而已。只不过在当时的政治高压下，这些事实，当事人的叙述皆曲晦不明，诸多细节很难为后人获知。可以说，“莲社”传统发展至清初岭南，无疑具有新的特征——遗民政治色彩，这在“莲社”历史上是有着特殊意义的。

[1] 成鹫：《纪梦编年》，第167—168页。
[2] 成鹫：《纪梦编年》，第97页。

（2）清初岭南诗僧所结社团多是文人与僧人杂和，诗禅互渗，影响了各自的诗歌创作倾向。这包括两个方面：一方面是僧人的诗歌渐趋文人化；另一方面则是文人诗中写佛寺题材、咏禅悦风致之作明显增多。

先说僧人诗歌的文人化。我们试以石濂大汕与“岭南三大家”交往为例来说明问题。大汕早年并不以诗人自居，梁佩兰即说：“石翁和上之开法广州也，……始不欲以诗示人，即涉笔亦不复记忆。”[1]但康熙十年（1671年）左右，其诗情高涨，创作了大量的作品。这其中的原因或许很复杂，但屈大均、梁佩兰、陈恭尹等人无疑发挥了重要作用。据姜伯勤先生所考，大汕“至迟在1669年（康熙八年）在广州得到屈大均、梁佩兰的护法”。[2]而其《离六堂集》之诗，可确定的最早编年诗则是康熙十年左右。从时间上看，大汕开始写作诗歌是在结识屈、梁之后。而从诗歌风格看，大汕诗与“岭南三大家”（尤其是屈大均）也极为相似，皆气势雄浑超迈，格调慷慨悲凉。例如，姜伯勤先生曾指出陈恭尹的《新苗》与大汕的《新苗（与翁山、元孝诸君分赋）》“主旨相侔”，表露了“哀民生之多艰”的批判意识。[3]又如，大汕长于歌行体，这一点与屈翁山也颇相类。大汕学翁山的诗歌惟妙惟肖，以至于当二人交恶后，翁山指摘大汕抄袭他的诗歌。这种指摘，其实正反衬出大汕的创作风格深受屈大均影响的事实。

古代诗僧由于生活境遇、精神信仰大体相似，故僧诗自会显示出与文人诗不同的特质。这种特质前人常称为“蔬笋气”“酸馅气”“僧气”。但清初岭南诗僧们因频繁地与文人交往，此种特质似乎并不明显，而是具有岭南特有的“雄直”“超迈”的风格。[4]

再从文人角度看，文士与僧人经常谈禅论道，以禅喻诗，亦会使文士们具有佛道禅心。梁佩兰为愿光《兰湖诗选》所撰之序中即云：“客冬，诸子集予六莹堂唱酬，予每以此语相质，兰湖心公在焉。公，禅者也。诗通于禅，故不河汉予言，而以禅说诗。”[5]再者，寺院的清音、幽景同样亦使久滞尘寰的文士们怡情乐性，洗净心灵尘滓，甚至触发诗情。梁佩兰诗句“赋诗寻

[1] 梁佩兰：《离六堂诗序》，见《离六堂集》卷首，《四库禁毁书丛刊》集部第186册，第490页。
[2] 姜伯勤：《石濂大汕与澳门禅史》，第58页。
[3] 姜伯勤：《石濂大汕与澳门禅史》，第193—194页。
[4] 关于此，请详参本书第六章。
[5] 梁佩兰：《兰湖诗选序》，见愿光：《兰湖诗选》卷首，清康熙訾卜楼借瓮堂刻本。

寂寞，清晓叩山门”[1]即表达了此种意思。康熙十四年（1675年），潘耒与陈恭尹、张损持等人在光孝寺“解衣释巾，啸傲终日。……披襟写抱，相对了无机心；品石论泉，一语不参世事”，俨然一派世外高流的风范。此种超脱尘忧、纵情世外的高致远韵，也体现在他们的诗作中。例如，彭孙遹有“雷峰尘外境，高举谢人群”[2]句，潘耒有“俗尘不烦除，世虑自然遣”[3]句，梁佩兰有“说禅资法喜，作赋问宗共”[4]句，等等，皆表明了诗人们在尘外之境所体验到的愉悦与慰藉。

文士的诗文集中，写佛寺题材、与僧人酬赠的诗作，俯拾即是，这同样也会丰富他们的创作风格。例如，以“雄直”“超迈”为主导风格的“岭南三大家”之诗，亦有幽雅、闲淡甚至迹近于禅境的一面。屈大均有一首《望天平》诗云：“天平青不断，雪尽数峰分。表里皆奇石，朝昏在白云。楼台横水出，钟磬隔花闻。采药吾将住，相随麋鹿群。”王英志先生评曰：“此诗倒有点‘禅意’。”[5]相较而言，梁佩兰的诗更具有禅韵，例如《夜宿心公兰湖》：“夜色当秋老，幽期特赴公。地流兰叶露，人坐藕花风。孤阁棋声细，寒湖雁影空。白檀灰一炷，禅定与谁同？”[6]颔联写诗人洒然、超脱的情趣，颈联则以寒湖、雁影等意象喻示佛教空观，此诗与一般僧人之作几无差异。像这样风格的诗作在清初岭南文士那里还有不少，这无疑与他们“慕清静，喜奉佛”[7]、“喜与禅客往还”[8]的风尚分不开的。

总之，清初岭南诗僧与文士的结社活动，使诗与禅得到了最大限度的交流，影响着他们各自的诗歌创作心态和风格。同时，由于处清初这段特殊的历史背景下，他们所结的各种社团，不仅具有一般“莲社”参禅吟咏的性质，也有着相当浓厚的政治色彩。因此从这个意义上说，在中国文化史上，清初岭南诗僧与文士的结社活动，当引起我们足够的重视。

[1] 梁佩兰著，吕永光校点：《六莹堂集》（二集）卷五《初秋同诸公过访远公法性寺》，第246页。

[2] 彭孙遹：《松桂堂集》《与无公约游雷峰寺》，《文渊阁四库全书》第1317册，第362页。

[3] 潘耒：《遂初堂诗集》卷十三《闰七夕一日集法性禅院分韵得片字》，《四库全书存目丛书》集部第249册，第652页。

[4] 梁佩兰著，吕永光校点：《六莹堂集》（二集）卷五《长寿寺十咏》之一，第219页。

[5] 王英志：《论屈大均的山水诗》，载《文学遗产》1996第4期。

[6] 梁佩兰著，吕永光校点：《六莹堂集》（二集）卷五《夜宿心公兰湖》，第148页。

[7] 梁佩兰：《梁药亭复书》，载《救狂砭语》，第207页。

[8] 潘耒：《与长寿院主石濂书》，载《救狂砭语》，第11页。

第四章

清初岭南诗僧的诗心

受佛禅精神的影响，诗僧们在观照现实世界和生命本质时，往往独具灵心慧眼，在诗歌中营构的意境、阐发的哲思亦迥异于文人。因此，如果我们仅以世间法去解读这些诗歌，则似彼岸观火，难以洞明。然而佛教尤其是中国的禅宗，从本质上说，仍是一种即世间而求世间法的宗教，具有相当浓厚的现实色彩。六祖惠能云：“法元在世间，于世出世间，勿离世间上，外求出世间。”[1]即表明了佛法源于世间，现实世界仍是佛禅生长的土壤。宋元以降，随着儒释合流的大势，禅宗世俗化愈趋明显，僧人的思维方式、情感生活也更迹近俗世常人，特别是那些由儒而释的僧人，“僧”的特性明显淡化。成鹫在谈到清初岭南士人的出处状况时就说：“士生今日，无问在世出世，出处隐显，无二致也。”[2]因此，我们在研究诗僧以及僧诗时，既不能忽略他们的特性，亦不能过于拉大他们与一般文士的距离而置于玄渺之境，只有同样以世间法和出世间法观之，或可获得更多的会通契机。

此种解读方式施诸清初岭南诗僧群尤显恰当，因为此诗群中的成员多是“有托而逃”的文人志士，受儒家文化影响既深，复摄入了佛教思想的因子，世间法、出世间法矛盾地统一于他们的思想中。沈皞日评澹归的“诗文之心”即云：“当其为儒也，是以佛菩萨之心为心者也；当其为僧也，是以尧舜禹汤文武孔孟之心为心者也。故其言也，皆理也，皆学也，皆情皆性，而皆秉彝伦类之正者也。”[3]成鹫概述自己的人生境遇时也说：“回首八十年间，半为俗人，半居僧次。俗固梦境，僧亦梦缘。良由多生习气未除，是致现世虚名所贻累，俗眼旁观，少见多怪。”[4]张维屏赞函昰云：“是明遗老，是名孝廉；是二是一，亦儒亦禅。六祖五派，其一曹洞；师阐宗风，法徒最众。师貌在像，师心在诗。欲见师乎？于诗见之。”[5]可以说，“佛菩萨心肠”与“尧舜汤文孔孟之心”相结合的心态，正是诗僧们观照现实世界和人生本质的主导心态；而欲见其心，则必“于诗见之”。

[1] 惠能著，郭朋校注：《坛经》，北京：中华书局1997年版，第72页。

[2] 成鹫：《咸陟堂文集》卷十四《与吴芥舟书》，第674页。

[3] 沈皞日：《遍行堂续集叙》，载《遍行堂续集》卷首，第四册，第3页。

[4] 成鹫：《纪梦编年》，第97页。

[5] 张维屏：《天然和尚像赞》，载《瞎堂诗集》卷首，何耀光至乐楼1976年影印本。

第一节　苦难的悲吟

明季清初是岭南历史上最为动荡的时期，芸芸众生在战火狼烟中不断突围、流离，在铁蹄屠刀下反复震颤、呻吟。刘世重曾形象地描述了当时岭南的世态："颓壁穴狐狸，居人四奔溃。八口无完生，流亡日相代。……杀气横荒徼，下民罹颠沛。三时害耔耘，十室九悬耒。……"[1]恶劣的生存状况迫使很多劫后余生者逃遁到相对安宁的佛门，以祈得精神的慰藉。但战争、杀戮印刻在他们身心上的创痕，又远非时日所能轻易消弭。因此，诗僧们倾注于诗中的，最撼人心魄的是对苦难的深沉悲吟。

顺治八年（1651年）五月，饱受酷刑与流离苦痛的函可忽接家讯，知博罗韩氏举族尽亡，摧胸裂肺，愤笔写了《五月八日接本师和尚手札》《得博罗信三首》《忆耳叔弟二首》诸作，皆沉痛悲慨，满纸血泪：

> 八年不见罗浮信，阖邑惊闻一聚尘。共向故君辞世上，独留病弟哭江滨。白山黑水愁孤衲，国破家亡老逐臣。纵使生还心更苦，黄天何处问原因？
>
> 长边独立泪潸然，点点田衣溅血鲜。半壁山河愁处尽，一家骨肉梦中圆。古榕堤上生秋草，浮碇冈头断晓烟。且说华台云片片，残枝犹有夜啼鹃。[2]

据屈大均《广东新语·僧祖心诗》载："而其（函可）弟骕、騄、骊以抗节，叔父日钦，从兄如琰，从子子见、子亢以战败，寡姐以城陷，妹以救母，騄妇以不食，骊妇以饮刃，皆死，即仆从婢媵，亦多有视死如归者，一家忠义，皆有慰夫师之心。"[3]曾经繁华锦绣的博罗韩氏家族，在战火屠戮中顷刻覆亡，仅余诗人踯躅于白山黑水间，生欲不能，死难甘休，世间的人伦哀恸还有什么过于此呢？函可《千山诗集》中发此愤懑之作特多，如云："举

[1] 清初岭南诗人刘世重《杂兴六首》，转引自陈永正主编：《岭南文学史》，第319页。
[2] 函可：《千山诗集》卷十《得博罗信三首》之一、之三，第527页。
[3] 屈大均：《广东新语》卷十二，第351—352页。

家数百口，一弟独为人。地下反相聚，天涯孰与邻。”[1]“闾井十无一，举家惨罹殃。叔弟尚伏枕，一命在微茫。母死恐未葬，弟死谁盖藏。登山苦无梯，涉河苦无梁。”[2]而其中又以“地上反奄奄，地下多生气。我欲从头哭，泪尽东海水。白日且吞声，歌咏聊尔尔”[3]句，尤为奇警，“地上”“地下”强烈的对比，透显出如地狱般人寰的死寂凄凉。另一位同历大悲苦的澹归，顺治七年因受敌党诬陷下狱，备受诸刑，“黗血冲胁脊者几死者数四”，[4]双腿致残。这段苦痛往事反映在诗中的是“死生到死寻常极，胔骼惊心痛未苏”[5]，“更看血渍无新故，肯向枝间问菀枯”[6]，“劫里生还劫里病，老来惜取没多闲”[7]，同样是顿挫沉郁，悲苦万端。

这种对苦难的悲吟，是绝大多数“劫后余生”的诗僧反复歌咏的主题，特别是在清明、寒食、家祭等特殊的日子里，家愁旧恨更是弥漫于他们的心头：

巢倾卵破一家日，旧恨心愁秋草时。[8]

节近清明只自哀，先人无骨葬山隈。远承叔父追思约，惹得阿咸痛恨来。风雨满天挥血泪，杳冥何处问泉台。踟躇行止真无赖，华表空传有鹤回。[9]

北上太行山，迢迢苦车骑。夫婿从军行，步至太行里。羊肠讵不险，所苦寒风飞。隆冬振沙碛，渐渐吹我肌。绘纩岂无温，所苦身独茕。寂寂守中闺，何时会良人？……[10]

[1] 函可：《千山诗集》卷六《沈阳杂诗二十首》之十七，第502页。

[2] 函可：《千山诗集》卷二《秋思》，第470页。

[3] 函可：《千山诗集》卷三《秋思新泪》，第473页。

[4] 王夫之著，余行迈等点校：《永历实录》卷二十一《金堡列传》，上海：上海古籍出版社1987年版，第185页。

[5] 澹归和尚撰，段晓华点校：《遍行堂集》卷三十四《遣兴》之五，第二册，第439页。

[6] 澹归和尚撰，段晓华点校：《遍行堂续集》卷十五《酬赠周敉宁》，第四册，第395页。

[7] 澹归和尚撰，段晓华点校：《遍行堂续集》卷十五《次韵酬周我皰》，第四册，第415页。

[8] 古奘：《虚堂诗集》卷七《生日有感》，康熙五十六年刻本。据《番禺县志》载，古奘俗姓汤氏，吴三桂举兵入粤，汤氏一门三十余口遇害，时古奘方在襁褓，婢负之坠楼，逃至草坡，僧惟一见其影，拾而养之，故又名拾影。

[9] 大韶《清明日渠眉俗叔札邀扫曾大父墓因怀先子漫赋》题下自注：“庚寅屠城，其先子殉节终难。”见黄登《岭南五朝诗选》（二刻）卷十三，第744页。

[10] 今沼《苦寒行》，《海云禅藻集》卷三载：“今沼，番禺人天然禅师族侄，原名怫，字自昭。……庚寅丧乱，室庐妻子陷于危城，孑身漂寓，深自晦匿。”

劫难之后，独鹤有悲音，举家无完卵。诗僧们独自徘徊于血泪挥天的人世，或比托兴寄，舒纾愁怨；或呼天告地，倾泻愤怒，从中我们不难体会到旷日持久的浩劫在他们心中留下的创痕，以至于当他们从尘世中脱身出来，仍不停地惊悚、震颤。

尤为可贵的是，诗僧们不局限于悲吟一己凄凉身世，更能将目光移至灾难深重的现实社会，关注同样处于水深火热中的悲苦众生。历史上诗僧的诗笔，似乎从来没有像他们那样如此贴近现实生活和历史脉搏，所反映现实的广泛性与揭示矛盾的深刻性，绝不亚于同时代的文人之作。像大汕的这首《剿贼行》，就堪为此类诗作的名篇：

> 乡民携老妪，插标行市里。为问此何人，答言是吾母。今我欲卖之，行遍无售主。咄哉大恶人，敢卖生身亲！告君且息怒，我有下情陈：官兵来剿贼，民逃贼挺身。贼向官兵言，此间多顽民。某某须当诛，某某多金银。某某好妻女，某与某为亲。欲索某之物，但着某之邻。官兵闻贼言，此真奇男子。假以千把总，汝但作我事。髁骨肆鞭扑，弓弦勒拇指。一刀死亦休，欲死不能死。东家卖坟屋，西家卖妻子。独我孤又贫，只有此老母。母因痛惜我，不忍我受苦。自言七十岁，还能裁与补。晨昏刻炊爨，婴儿得抱抚。不如卖老身，救汝脱刀斧。[1]

写一位乡民在兵贼的逼迫下，不得已变卖七十老母的悲惨事实，控诉着统治者惨无人性的暴虐。全诗无一句抒情语，亦不着一句议论语，只是客观地叙述着发生在眼前的一幕，却分明传达出了诗人的刻骨愤怒与深切悲悯。大汕《离六堂集》中还有《出郭行》《地震行》《河决行》诸篇，皆能“知兆民之疾苦”[2]，“感时忧世、悲天悯人之心，每每发露其言”[3]，脱尽僧诗习气。邓之诚先生曾谓：“其（大汕）诗清丽……唯集中《河决行》《地震行》《剿贼行》诸篇，悲愤乃同儒生，何也？”[4]其实，不止大汕一人“悲愤乃同儒生”，成鹫、函昰、函可、澹归等人同样具有着此种“儒

[1] 大汕：《离六堂集》卷二《剿贼行》，第529页。
[2] 王培：《离六堂诗序》，见《离六堂集》卷首，第483页。
[3] 樊泽逵：《离六堂诗序》，见《离六堂集》卷首，第491页。
[4] 邓之诚：《清诗纪事初编》，第342—343页。

生”的情怀，悲吟民生疾苦、揭露社会黑暗的诗作，在在皆是。例如成鹫《烧畲歌》云：

野人赤脚走官道，踏上盐田看盐灶。灶丁烧畲不煮海，万井寒灶风浩浩。道旁老翁知是谁，手拨畲灰归去迟。相逢举手相劳问，自言生长升平时。寒乡旧是煮盐户，出门咫尺无旷土。自从斥卤变桑田，丁男始识农与圃。盐场作田田有租，场中无盐仍追呼。一田二税互逼迫，十年两役纷支吾。荒年百室如悬磬，年丰谷贱为农病。县主场官交索租，孤儿寡妇罢奔命。今冬尽室输官仓，明年枵腹春耕忙。新丝卖尽又新谷，空拳无计完秋粮。城中富人巧生殖，九分出钱十取息。娇儿稚女相随来，薄暮得钱朝雇役。得钱未暖优纳官，归来入室摧心肝。人生恩爱岂不重，践土食毛良独难。田家耕田食贵米，盐户无盐啖清水。可怜半死白头翁，回首升平如梦里。……我闻老翁呜咽语，咄嗟涕泣零如雨。九重天高唤不闻，老翁老翁徒自苦。[1]

此诗写一位“生长升平时”的煮盐户，受盐税、田赋、高利贷等重重名目的盘剥，以至不得不卖儿鬻女。联系到本书第二章提到的尚藩的诸种劣行，则可明此诗真实地反映了当时社会的实情。对于此种“田家耕田食贵米，盐户无盐啖清水”的荒诞现实，老僧成鹫不禁泪如雨下，撕心裂肺，叩问上苍。邓之诚先生评成鹫亦谓：“诗亦快吐胸臆，不作禅语，无雕琢摹仿之习，仍是经生面目。”[2]又如函可《老僧》云：

八十已有余，九十颇不足。曰生隆庆间，少小薄鱼宍。其时边境宁，其时边谷熟。饥馑未曾知，况复知杀戮。何期过盛年，迁徙无停轴。奔投海岛中，举眼少亲属。薙发倚空王，依然被桎梏。上荷皇天慈，纵之返山谷。言从故里过，残败几间屋。不闻旧人声，但闻山鬼哭。虽复身首遗，凄凄恨孤独。屈指廿载余，不识何世俗。我闻未及终，贮泪已满腹。止止莫复言，岁序有往复。今时正太平，努力事饘粥。[3]

---

[1] 成鹫：《咸陟堂诗集》卷三《烧畲歌》，《四库禁毁书丛刊》集部第149册，第261页。
[2] 邓之诚：《清诗纪事初编》，第295页。
[3] 函可：《千山诗集》卷四，第487页。

此诗叙写了一名流徙辽东多年的老僧悲苦的人生历程，可视为函可本人遭际的写照，亦是明季清初陵谷变迁、民生恶化的缩影。

清初岭南诗僧还在诗中反映重大历史事件，写下一些堪为清初岭南“诗史”的作品。仅反映“庚寅屠城”的诗歌就有：今严《庚寅三月（二首）》，函昰《庚寅二月雷峰即事》《正月十七日》《雷峰三月三首》等等。举其中一首析之：

> 野寺疏钟接晚笳，蓟门残雪岭南花。十年征战江云断，二月风烟山日斜。古洞暮猿凄绝岸，荒原明月照谁家。越王台上西风急，夜夜哀魂到海涯。[1]

由“蓟门雪”而至“岭南花”，又由十年征战的历史写到庚寅二月残阳斜照的仲春，明季清初的时空背景便浓缩在这短短四句之中。后四句则以猿啼、荒原、明月、西风、哀魂、海涯等意象渲染出一个荒凉凄绝的境象，真实地反映了当时人们的心理现实。函昰还有一首《诏复滨海迁民故业三首》，是写康熙十九年（1680年）废除海禁令后，被逼内迁的滨海人民返回故园之事：

> 市上惊传鬻海鱼，几年禁令忽闻疏。流民多恐无归日，望里翻愁空故墟。城犬随人寻旧路，野鸦迁树避新锄。不堪悲处还成喜，童稚编篱且种蔬。[2]

当年背井离乡，愁肠郁结，谁承望能有今日之归期？因此，当忽闻禁令松弛，行将返归故土的迁民们心中自是欢喜，然面对阔别已久、荒芜衰败的故园，欢喜之余更是无尽的辛酸。

总之，清初岭南诗僧不是幽闭在自己的精神天地之中孤愁独郁，而更能像充满着济世救民精神的儒生那样去观照现实，控诉着战争与酷政的无情，与民生共命运，同呼吸，因此他们诗歌中显示出较强的现实与时代色彩。而其中普遍的情感基调则是：对苦难身世、苦难生灵反复悲吟。

诗僧们的创作何以会有如此多的苦难泪水呢？这其中，除了劫难深重的客观现实以及诗僧们本就多有的儒者济世救民的情怀等原因之外，佛教的悲苦意识尤其值得重视。《增一阿含经》中载：

[1] 函昰：《瞎堂诗集》卷十《庚寅二月雷峰即事》，第575页。
[2] 函昰：《瞎堂诗集》卷十三《诏复滨海迁民故业三首》之一，第602页。

是时，世尊告五比丘："汝等当知：有此四谛。云何为四？苦谛、苦集谛、苦尽谛、苦出要谛。彼云何名为苦谛？所谓生苦、老苦、病苦、死苦、忧悲恼苦、愁忧苦痛，不可称记。怨憎会苦、恩爱别苦、所欲不得，亦复是苦。取要言之，五盛阴苦，是谓苦谛。[1]

在佛陀的眼里，无论太平盛世抑或动荡年代，世间皆如苦海，有情众生与无情众生无不沉沦挣扎，忍受着生、老、病、死等无数苦难的折磨。这是佛教对人世的基本价值判断。当诗僧们以此种世界观反观苦难深重的社会现实时，本有的悲苦意识无疑会得到进一步的强化。这种意识反映在诗中，当然是悲伤大于欢愉，泪水多于欢笑。这是其一。其二，佛教不仅指出了世间本苦的"事实"，还为众生提供了解脱之道，这便是在"苦谛"基础上提出的"集谛""尽谛""出要谛"，此"三谛"与"苦谛"合称为"四谛"。"四谛"乃佛教体系的核心范畴，既为个人提供了解脱之道，亦涵摄了众生的解脱之道，从而形成了"与一切众生乐""拔一切众生苦"的大慈大悲菩萨道精神。晋代郗超云："何谓为慈？愍伤众生，等一物我，推己恕彼，愿令普安，爱及昆虫，情同无异。何谓为悲？博爱兼拯，雨泪恻心，要令实功潜著，不直有心而已。何谓为喜？欢悦柔软，施而无悔。何谓爱护？随其方便，触类善救，津梁会通，务存弘济。能行四等，三界极尊。"[2]这里所说的"慈""悲""喜""护"所及者，皆是"普安""博爱""兼拯""弘济"广大生灵。因此，当诗僧们以佛教徒普遍具有的悲苦意识和悲悯情怀观照自身和众生的苦难时，弥漫于诗中那种忧生嗟世的悲哀，甚至较一般儒生更显沉深、真挚。再看以下诗句：

鸡鸣又逐下山风，星落云重路尚蒙。未出朝暾烟在水，既归华表鹤离空。人间寒热一身里，大地悲凉百岁中。世去时移看若此，力穷心拙道还穷。[3]

---

[1] 中国佛教文化研究所点校：《增一阿含经》卷十四，北京：宗教文化出版社1999年版，第222页。

[2] 郗超：《奉法要》，引自任继愈主编：《中国佛教史》第三卷，第565页。

[3] 今无《光宣台集》卷二十一《和澹归韵九首》之一，第382页。这组诗前有序云："乙巳九月十四，予送澹归还丹霞，至三水而别。澹归一路北行，得诗九首。予还海幢，迟二日，随以近事牵连，复上丹霞，途中亦得十章。相见时各出所作，彼此属和。路分下上，事同怀抱，归途次之，亦足以见埙篪之响也。"这九首诗充满着悲悯情怀，像"洪濛万古无人判，骨似轻埃不用怜""掘地若能寻上古，补天方信有神娲""乞食难逢宇宙清，菊花无计觅残英"等句。

遥夜空山独自求，无端身世有微忧。十年未尽多生习，五斗能消一月愁。黄叶尚繁霜渐促，苍鹰才纵势全收。笳吹此际平乘上，指点燕云说沧州。[1]

乱来人事益萧条，八载重过意未消。泉路故交留语别，陌头公子倦行佻。万家痛饮萑苻恨，百里愁看草木凋。此别几能相聚首，送君应立虎溪桥。[2]

海风吹不散，断续是烽烟。草木皆兵气，干戈隔水天。花深源觉浅，野静室如悬。世外忧生计，烦君济巨川。[3]

四海肃杀，草木皆兵，干戈交横，苦难众生如同置身于一鼎巨大的釜镉之中，忍受着万般煎熬，因此，尝尽了人世间辛酸苦难的诗僧们能够悲吟出“人间寒热一身里，大地悲凉百岁中”这样撼人心魄的诗句，关注的似乎不仅是特定时空中的苦难众生，而是上升到人生本质的思考。这种悲吟，显然不是儒家忧国忧民的情怀所能涵括的，更是佛教悲天悯人的菩萨道精神的体现。

第二节　故国的挽歌

明末清初，最令广大汉族知识分子刻骨铭心的无过于异族的入侵与宗国的亡覆。很多人长时间陷入遗民的梦魇里，以各种方式来表达对故国旧主的耿耿忠心；即便那些出仕清廷者，如钱谦益、吴梅村等人，亦一边食着“清粟”，一边悲唱着故国挽歌。可以说，伤挽、悲恋，作为一种时代情绪普遍浸染到社会的各个阶层。

处“帝力之外”的佛门僧众，本以了脱生死、普度众生为本分事业，王

[1] 今严：《秋怀》，见《海云禅藻集》卷三。今严即罗殿式，早年即有文名，梁朝钟、梁佑逵等人呼为小友，性孤高俊洁，其《秋怀》组诗共八首，亦多充满着对沧桑世事、短暂生命的悲怀。

[2] 今从：《东莞留别诸旧友》，见《海云禅藻集》卷二。

[3] 今剪：《和王开五居士与旋公登东岭望佗城有感》，见《海云禅藻集》卷三。

朝兴替对他们奉行的宗教教义似乎很难造成直接影响。但“天网恢恢不可逃，兴亡千载恨王曹”[1]，时代情绪犹如恢恢天网亦笼罩在他们心头。在我们所读到的关于清初岭南诗僧的评议文字中，“遗民”是其中甚为关键的语境。清初卓尔堪“自显仕以及布衣……祖《鲁论》叙列”[2]的《遗民诗》即列有函可、今释、函昰三人，晚清陈伯陶《胜朝粤东遗民录》、孙静庵《明遗民录》、张其淦《明代千遗民诗咏》等关乎遗民的文献中亦多采函昰、函可、澹归、成鹫、今无诸僧的作品。近人汪兆镛先生更云：“吾粤士夫夙尚气节。明社既屋，义师飙起，喋血断脰而弗顾者踵相接。而天然老人识烛几先，盛年披缁，开法于番禺雷峰之麓海云寺。沧桑后，文人才士以及仳离故宦多皈依受具，其迹与起义诸人殊，而矢节靡它，其心则一也。”[3]可见在世人的心里，清初岭南诗僧群是一个有着浓厚遗民色彩的诗群。事实上，从他们的行迹和诗歌创作看，以“遗民僧”目之，应是不会太差的。

历时性地看，僧中之有遗民，非始于明末清初，宋元之际即出现了“中国最早的爱国诗僧”[4]。元人戴表元《珣上人删诗序》中说：“文教益衰，诗律滥觞，于是其徒始有弃其空空之说，而以能诗鸣于世者。盖兵乱已极，衣冠之流，铅椠之士，逃于其类而为之，非佛氏之为教或当然也。”[5]即指出了该时代诗僧的重要来源——避乱而逃的遗民文士。然就现存此时期的诗僧诗作看，遗民色彩并不突显。清人顾嗣立《元诗选》共选诗僧75人，僧诗354首，含有遗民之思的诗作不外乎圆至《重登牛头峰》、白云上人英《陌上花》《寄祖雍上人》《家则堂大参南归》、善住《送日上人还吴淞》、澹居禅师《次韵答柳仲修宣使》等数首，且多纤巧有余，雄壮不足。正如其代表人物之一的圆至所云：“余奔走天下，遇厄穷困苦，虽激于中，若爨火之沸、钲鼓之考，终不能以哀思怨愤噍杀之言。”[6]圆至的诗歌总体上仍“清婉”[7]，“清驯峭削，殆以理胜”[8]，愤激之音实为微弱。因此，尽管宋元之际即已

[1] 函昰：《瞎堂诗集》卷十五《秋兴八首》其七，第622页。
[2] 卓尔堪：《遗民诗·凡例》，《四库禁毁书丛刊》集部第21册，第406页。
[3] 汪兆镛：《〈海云禅藻集〉重刊序》，载《海云禅藻集》卷首。
[4] 覃召文：《禅月诗魂：中国诗僧纵横谈》，第213页。
[5] 戴表元：《剡源文集》卷九《珣上人删诗序》，《文渊阁四库全书》第1194册，第125页。
[6] 圆至：《牧潜集》卷四《淦明甫诗集序》，《文渊阁四库全书》第1198册，第131页。
[7] 都穆：《南濠诗话》，丁福保辑：《历代诗话》（下册），北京：中华书局1995年版，第1361页。
[8] 戴表元：《剡源文集》卷九《珣上人删诗序》，《文渊阁四库全书》第1194册，第125页。

出现了最早的爱国诗僧，但是亡国之恨还不是他们创作的最强音符。

然而在明季清初的岭南，几乎所有的诗僧都染上了时代情绪，亡国之恨、黍离之悲，在他们诗中历历在目。从甲申（1644年）三月崇祯投缳殉国至顺治十七年（1660年）永历帝遇害，气息衰弱的明祚在清人铁蹄之下残延了近二十年，弘光、隆武、绍武、永历诸小朝廷的更迭代谢演绎着一幕幕兴亡悲剧，诗僧们的脉搏始终与明祚的存亡一起跳动。例如崇祯朝亡覆，远隔千里外的函可“悲恸形辞色”，这年除夕有诗云：

> 梅花岭下小溪边，寒尽孤僧泪独涟。衲底尚存慈母线，担头时展美人篇。先皇岁月余今夕，故国风光忆去年。香冷夜深松火息，万方从此静烽烟。[1]

此诗作于甲申年函可前往金陵的途中，颈联明显表达了对先帝的缅怀和故国的思念；末句“万方从此静烽烟”，则笔锋逆转，于悲凄中平添几许亮色。“甲申之变”后，函可又欣闻“江南复立新主”，内心重燃复明之火，因此全诗悲怀之中尚流露出憧憬。但是，次年的“乙酉事变”，弘光政权复又沦丧，身在金陵的函可第一次近距离地目睹了覆亡的全过程以及诸大夫的死状，故唯有长歌当哭，扼腕哀叹。《千山诗集》中可确定作于彼时的作品有《秋吃八首》《乙酉元旦》《乙酉除夕二首》《丙戌元旦顾家楼》《丙戌岁除卮亭同衣白双白方鲁诸子》《为某氏诸孤托钵》以及补遗卷中的31首。这些诗作，无论是咏物、怀古，还是友朋间的赠答唱和，都关涉对残山剩水、故宫陵寝的伤挽和痛悼，如“敷天处处谷为陵，剩水残山见老僧”[2]、“于今年代非当日，始信人间有落花”[3]、“甘贫但酌空江水，受树仍留异代陵”[4]、“只为繁华易消落，遍将清泪点寒灰”[5]等句，均饱含黍离亡国之悲。特别是顺治三年（1646年）所作组诗《秋吃八首》，更为沉痛悲切，例如以下二首：

[1] 函可：《千山诗集》卷九《甲申岁除寓南安》，第517页。
[2] 函可：《千山诗集》补遗卷《留别余澹心二首（次韵）》之二，第610页。
[3] 函可：《千山诗集》补遗卷《次郑元白韵》，第610页。
[4] 函可：《千山诗集》补遗卷《留别王子京》，第609页。
[5] 函可：《千山诗集》补遗卷《广陵感赋》，第608页。

日光暗淡鹂鹈寒，独上牛车泪已湍。魏绛读来成画虎，文山到死愿黄冠。乡心未尽鼍声急，陵树先凋鹤梦残。正拟招魂秋草里，疏钟微月夜漫漫。

翘首长空动晚飔，苍梧一去失归期。啼魂欲拟三更月，续命先传五色丝。天寿山前云漠漠，石头城上草离离。伤心玉叶凋零后，犹剩天南第一枝。[1]

秋日无光，长空黯淡；陵树凋枯，衰草离离；鹤梦滴残，杜宇啼魂……意境已是惨怛苍凉，再化以魏绛、文天祥等典故，那横亘于胸中的"亡国恨"与至死不渝的"老臣心"，展露无遗。澹归曾有《剩人和尚〈秋吃八章〉跋》云："阮籍胸中块垒，故须酒浇之。《秋吃八章》，则以长歌当哭消之也。一切法皆消，年年消，月月消，日日消，时时消，刹那刹那消。"[2]佛教认为，所谓的佛法，就是让人体会到那迁流不息的刹那，在刹那中消泯时空、个体，从而顿悟永恒的意义。这里，澹归以佛理曲折论诗，指出《秋吃八首》如佛法一样，亦是排遣横亘于函可胸中亡国块垒的最好方式。

如果说函可的"犹剩天南第一枝"句喻示着明祚仍一息尚存，那么，函昰的《辛丑闻雁》则可视为明祚最终的挽歌：

塞雁何时至，金秋不欲闻。天高江水渺，地阔岭云分。澹影寒塘静，疏林落叶纷。一声随泪下，缭乱不成云。[3]

顺治十八年（辛丑）九月，流亡缅甸的永历桂王被擒遇害，明祚至此而绝。函昰此诗虽未明言背景，但寄意分明。全诗以"雁"为喻，起句设问，塞雁何时能够飞返呢？情感已见沉痛；然天高地阔，塞雁难回。颈联意境悲怆、清冷，夺人神志，堪为名句。末两句，痛挽塞雁失飞，流离中落。可见，诗中的"雁"实象征着中道崩徂的桂王永历帝。

诗僧们不仅能沉痛地悲悼那些相继亡故的南明诸帝，对于那些代表大明元气的死难忠烈，也寄予了深情的哀惋与崇敬。清初岭南涌现出大批"相劘以忠义"的抗清志士，如黎遂球、梁朝钟、陈子壮、陈邦彦、张家玉等人，

[1] 函可：《千山诗集》卷九《秋吃八首（乙酉寓金陵作）》其二、其六，第517页。

[2] 澹归和尚撰，段晓华点校：《遍行堂续集》卷九《剩人和尚〈秋吃八章〉跋》，第四册，第211页。

[3] 函昰：《瞎堂诗集》卷八《辛丑闻雁》，第555页。

前仆后继，赴汤蹈火，所体现出的大无畏的精神，较之昏聩懦弱的南明诸帝，更显壮烈，也更能代表明祚的元气和民族的脊梁。因此对于他们的悲悼，实际也是对故明的悲悼。

梁守中先生说："函昰诗中最有价值的是哀悼节烈之士抗清殉难之作。"[1]他哀悼梁朝钟云："声名世共仰，生死君须知。白刃春风冷，悬崖撒手时。"[2]又悲霍觉商父子："共明千古节，就义且从容。生死去来际，衣冠谈笑终。"[3]又悲金正希："头目髓脑君甘舍，山河日月泪难干。可怜石上三生话，回首归宗梦里看。"[4]还有哀悼陈子壮、陈邦彦、张家玉"三忠"死事的《广州三首》，其中有"万古江山皆易主，一朝簪绂自从王""十年巨室诛求尽，闾巷萧条乔木灾""万里悲笳朔气深，故园摇落倍沾襟。……普天丘墓无新旧，近海云山有古今"[5]等句，既是对"三忠"悲悼，亦寄托了深沉的亡国之痛。

同类诗作也大量出现在函可《千山诗集》中。函可在金陵所撰私史——《再变记》，记录了诸大夫之死状，为天地间存留正气，因此江南诗人邢昉赞曰："正义苟勿渝，细不遗群介。倘非斯人俦，乾坤真愦愦。"[6]远戍辽东后，函可仍心系故国家园，关注着亲朋故旧的存亡。然而每接到关内书札，内中多是讣告、哀讯，他悲哭歌吟，字字皆泪。据统计，《千山诗集》中"单是诗题冠以'遥哭'或'哭'字眼的诗就达四十四首之多"，[7]其中哭抗清死难志士的有《遥哭美周》：

> 一身许国气无前，贡水波漫热血溅。菩萨道穷皈马革，孝廉船覆矢龙泉。家余老母西方泪，梦绕孤僧北塞烟。节义文章浑泡影，莲须重结后生缘。[8]

美周即黎遂球，番禺人，顺治三年（1646年），任南明隆武政权兵部职

[1] 梁守中：《函昰与〈瞎堂诗集〉》，《别传寺开山三百四十周年论文》未刊稿。

[2] 函昰：《瞎堂诗集》卷七《梁未央死难二首》其一，第542页。

[3] 函昰：《瞎堂诗集》卷七《霍觉商父子四人死难二首》其二，第542页。

[4] 函昰：《瞎堂诗集》卷十七《金太史正希殉义》，第637页。

[5] 函昰：《瞎堂诗集》卷十一《广州三首》，第584页。

[6] 邢昉：《石白后集》卷一《读祖心〈再变纪〉五十韵》，《四库禁毁书丛刊》集部第51册，第197—198页。

[7] 参见何宗美：《明末清初文人结社研究》，第390页。

[8] 函可：《千山诗集》卷九《遥哭美周》，第521页。

方司主事，率两广义师驰援江西赣州，与清兵苦战三日，中箭身死。此诗彰表了美周以身荐国的节义，寄予了诗人对先烈的无限哀思。再如同卷的《遥哭玄子》：“……词林尚吐文章气，沙积频招忠义魂。从此千秋沧海上，风涛怒卷血犹浑。”《遥哭秋涛》：“……忍将礼乐随身去，尽把心肝报主休。自有容台遗稿在，长偕正气世间留。”《遥哭巨源》：“我窜异方生亦死，君从前代鬼成人。……叹惜旧游谁复在，独留双眼哭高旻。”函可血泪挥天地歌哭死难之士，不仅讴歌了他们的高风亮节，同时也炼明心志，表达宁为旧朝鬼不为新朝人的遗民志向。屈大均评其诗云：“……充戍沈阳，痛定而哦，或歌或哭，为诗数十百篇，命曰“剩诗”。其痛伤人伦之变，感慨家国之亡，至性绝人，有士大夫之所不能及者，读其诗而君父之爱油然以生焉。”[1]近人陈融评亦云：“诗或累累千言，或寥寥数语，若不经意而忠梗之气、痛极之语，感人最深。”[2]

正因为诗僧们怀着如此深沉的故国之思，因此时序更迭、万象代谢也极容易触发他们的伤感和悲吟。正如丹纳所说：“悲伤既是时代的特征，他（艺术家）从事物中所看到的当然是悲伤。”那些本在禅者看来“无非佛性”“皆是法身”的山河大地、翠竹黄花，在清初岭南诗僧们的眼中却带有普遍的忧伤。春天，本是一个生机活跃、欣欣向荣的季节。禅家亦每以“春来草自青”来喻说自在佛性，然而在诗僧们的笔下，却是一个恼人的季节：“莫向东风怨离别，王孙归后更凄凄”[3]、“重忆当年笑语时，百年人事岂堪思。朱明洞口盘陀石，几度临风忆子期”[4]、“故园门巷从荆棘，乱世衣冠托芰荷”[5]。在春天来临之际，诗僧们想到的却多是“失路王孙”“百年往事”“乱世衣冠”。若是再听见阵阵“不如归去”的子规悲鸣，横亘在他们胸中的愤恨则几乎倾迸而出：

故国繁华事已非，残魂终日惜芳菲。落花处处啼无尽，旧苑年年恨不归。

[1] 屈大均：《广东新语》卷十二《诗语·僧祖心诗》，第351页。

[2] 陈融：《越秀集》，民国二十五年南华社刊本，第2页。

[3] 今壁：《芳草》，见《岭南五朝诗选》（二刻）卷十三，第739页。

[4] 今照：《己巳初春喜罗牧仲梁觉庵黄俊升诸大士见过》，见《岭南五朝诗选》卷十四，第750—751页。

[5] 大汕：《离六堂集》卷八《送春》，第609页。

乌道梦回云树远，睢阳声断翠烟微。何当春暮怜飘泊，独吊天涯血满衣。[1]

已知宫阙生芳草，犹抱愁心泣夕阳。无那东风增惆怅，有时寒雨助凄凉。声随流水涓涓远，血染残红黯黯伤。莫向山斋悲旧苑，晓钟微月梦初长。[2]

相传古时蜀王杜宇，自号望帝，后因其臣鳖灵治水有功，被迫禅位，退隐西山，死后精魂化作子规，每到暮春之季，悲鸣不已，其声若“不如归去”，直啼得满口鲜血，遍染山中杜鹃。因此，在易代之际，子规往往会引起诗人们共鸣，以此寄托对故国之悲思。今帾与函昰这两首诗同样饱蘸着此种情绪。

春天尚且如此，到了萧瑟、苍凉的秋冬季节，这种情绪就愈显深沉。愿光《秋柝》中“夷门千载后，何处有嬴曹”[3]句，写的是兴亡之思；今无《雪》中“共有情怀悲故国，忽无天地独凌风”[4]句，则是写在冰天雪地的东北，悲念故国家园。颇值得注意的是，诗僧的诗集中，风格迹近杜甫《秋兴八首》那样的组诗，很有不少。除前面提到的函可《秋呓八首》外，函昰《瞎堂诗集》卷十四有《秋兴八首（丙辰海云作）》、卷十五有《秋兴八首》、卷十六有《秋怀八首》，今严有《秋怀八首》，大汕有《秋怀八首》等等。这其中亦多如“新亭泪尽江山在，故国歌残禾黍哀”“国运谁当论短长，唐虞终古仰明皇”（函昰），“闻道六朝陵寝处，西风依旧汉家陵”“千家旅食羁臣泪，十载驱驰故国心”（今严），“冢臣筹国应多策，民力东南实可哀”“千古河山千古愁，一时人事一时休”（大汕）等诗句，皆伤时悯乱，寄托着山河沦丧的痛楚。

诗僧们为寄托兴亡之思、黍离之悲，还经常凭吊故宫陵寝，创作了不少咏史怀古之作。例如函昰的《金陵怀古》：“建业楼台烟树微，苍茫天堑雁斜飞。大江南北谁能限，西浦神仙愿已违。昔日顾荣轻白羽，当时王道重乌衣。方山日夜长如此，淮上千年古帝畿。”[5]《忆与陈全人下第南归舟次金陵宿报恩塔院》：“六朝王气盛当时，水满秦淮绕帝畿。帆落旧都江色暮，月摇金塔梵钟微。壮心淡泊听莲漏，客路萧条恋禁围。回首山阳成往事，

[1] 今帾：《子规》，见《海云禅藻集》卷三。
[2] 函昰：《瞎堂诗集》卷十二《子规》，第594页。
[3] 愿光：《兰湖诗选》卷四。
[4] 今无：《光宣台集》卷二十二，第403页。
[5] 函昰：《瞎堂诗集》卷十三《金陵怀古》，第600页。

不禁禾黍叹依依。”[1]前诗有题注曰：“此余为白衣时所作也，因拈忆旧诸篇记及，附载于后。”据此可知，此诗当是作于函昰崇祯十二年（1639年）赴京赶考途次，后诗则为数年后因忆及与故友陈学佺落第经金陵所作。二诗所写本事略近，然心境大异，格调亦大异。前诗重在讽当时之“王道”，并不见佳；而后诗则写兴亡变迁与黍离之叹，深沉感人。再如函可《忆钟山》：“钟山野草恨茫茫，寝殿无人只有霜。谷里长松三百万，枕边犹自郁苍苍。”[2]钟山陵寝纵然已是衰草茫茫，冷霜无痕，但在函可的梦中仍是松柏茂盛，郁郁葱葱，似乎明祚气息永不衰竭。

总之，清初岭南诗僧诗作中普遍具有浓厚的故国之思、忠孝节义，沛然真挚。读这些诗歌，我们仿佛能亲见那些徘徊于残山剩水间的诗僧，吟唱着宗国的挽歌，纾解着潜藏于心中的悲愤，为天地之间留存正气。

第三节　尘劳的解脱与禅悦之风致

生命的易逝与世变之无涯极易触发诗人感伤、无常的悲情，这对于那些悲智双遣、参透世事的出家僧人尤其如此。成鹫的《纪梦编年》云：“回首八十年间，半为俗人，半居僧次。俗固梦境，僧亦梦缘。”又云：“噫，众人觉，一人梦，梦犹可说也；觉者自觉，梦者自梦，梦不可说也。梦为我梦，梦犹可说；我为我梦，梦不可说也。”[3]回首一生的尘缘与法缘，成鹫皆以“梦”归结之，复以“梦”纪之，这其间有“可说者”亦有“不可说者”。“可说者”为其“童时壮时老时衰时，种种人，种种物，种种事，种种因缘，种种苦乐，洞见现前”；而“不可说者”则当为其参与的“种种通海的密谋”，因此他告诫那些读此年谱的人：“当局者，梦幻非真；旁观者，见闻亦假。”[4]

[1] 函昰：《瞎堂诗集》卷十三《忆与陈全人下第南归，舟次金陵，宿报恩塔院》，第600页。
[2] 函可：《千山诗集》卷十七《忆钟山》，第586页。
[3] 成鹫：《纪梦编年》，第160页。
[4] 成鹫：《纪梦编年》，第164—165页。

蔡鸿生先生于《纪梦编年》中读出了“成鹫法师的遗民梦”，[1]固然是其中应有之义；但就成鹫撰此年谱的心境而言，既以“梦”观之，则足见其对往生的勘破，正如其谓：“屈指平生，僧俗后先朝露者，去如陌路之尘，飘若秋林之叶，升沉轮转，不可复问矣！”[2]这是在僧俗两界沉浮至久的老僧成鹫对生命和尘世的最终谛视。又如，今无在讲法时亦说：“幻身灭，故幻心亦灭；幻心灭，故幻尘亦灭；幻尘灭，故幻灭亦灭；幻灭灭，故非幻不灭。大众！如今此四大之身是幻灭之身，如今种种营谋、种种思虑是幻灭之心，以此幻灭之心留恋幻灭之身，于世间上贪着财宝，贪着爱欲，于爱欲上你爱我心，我怜汝色，怎么得清净去。”[3]身、心、尘劳乃至幻本身皆幻灭虚无，还谈什么种种营谋与思虑呢？此种强烈的梦幻意识，亦普遍弥漫在诗僧们的创作中，例如以下诗句云：

世事已将云影灭，道心先向瀑泉飞。[4]

世外几年驰远梦，关前此日听疏钟。[5]

物情变幻谁长短，台榭依然凤不还。[6]

人生百岁都容易，那似山中乐事多。[7]

举世事皆幻，逢人善亦稀。[8]

有求终是幻，归去愿安贫。[9]

兴废寻常事，人间处处同。[10]

浮云身世外，木石久为邻。[11]

闲来坐待中天月，下界沉沉梦未醒。[12]

[1] 蔡鸿生：《清初岭南佛门事略》，第98—103页。
[2] 成鹫：《纪梦编年》，第98页。
[3] 今无：《光宣台集》卷二“法语”，第93页。
[4] 元觉：《送陈乔生之青原访药地禅师》，见黄登：《岭南五朝诗选》（二刻）卷十三，第734页。
[5] 今龙：《初入丹霞》，见黄登：《岭南五朝诗选》（二刻）卷十三，第739页。
[6] 今辩：《乘凉凤凰山》，见黄登：《岭南五朝诗选》（二刻）卷十三，第747页。
[7] 达津：《寄月公》，见黄登：《岭南五朝诗选》（二刻）卷十四，第753页。
[8] 古易：《放鲤》，见黄登：《岭南五朝诗选》（二刻）卷十四，第756页。
[9] 今蘽：《仁化江口与诸子望丹霞山》，见黄登：《岭南五朝诗选》（二刻）卷十四，第763页。
[10] 成己：《舟泊清远塔洲》，见黄登：《岭南五朝诗选》（二刻）卷十四，第762页。
[11] 德洪：《山居》，见黄登：《岭南五朝诗选》卷三，第326页。
[12] 古泯：《长老峰》，见黄登：《岭南五朝诗选》（二刻）卷十四，第741页。

往日的沧桑巨变、陵谷沧夷，在诗僧们的眼中，恍若隔世的梦幻。表面上看，此种略显消极的心态与此前所论述的悲吟苦难和故国的基调是相悖离的，但是，倘若我们尚未忘记他们作为僧人的特殊身份的话，那么便不难解释这种矛盾心态。

关于世界的本质，佛教除“四谛”说外，还有“三法印”说。“三法印”即指“诸行无常”“诸法无我”“涅槃寂静”。所谓“诸行无常”是说世间一切事物都是诸种因缘和合而成，一旦其中某个因缘起了变化，该事物亦将改变，甚至不复存在。因此，事物从本质上说是空幻虚有、迁流不息的。“诸法无我”是说任何事物皆无自性。“寂静涅槃”则由此前“二法印”合乎逻辑的结论，是在悟得世界无常、诸法无我后所达到的最高修行阶段——寂灭一切。[1]“三法印”说与“四谛”说，其实质是相通的，都为众生指明了解脱之道，同时也揭示出佛教的空幻虚有的世界观和人生观。这种世界观在一些经典中反复提到，《金刚经》云：“一切有为法，如梦幻泡影，如露亦如电，应作如是观。”“有为法”又谓“世间法”“世谛”，意指世间的一切均如同梦幻、泡影、露、电一样，迅疾无常，虚幻不实。《楞伽经》中亦如是云：“复次，大慧，菩萨摩诃萨善观二种无我相。云何二种无我相？谓人无我及法无我。云何人无我？谓离我我所阴界入聚。无知业爱生，眼色等摄受，计著生识。一切诸根自心现器身藏，自妄想相，施设显示，如河流、如种子、如灯、如风、如云，刹那展转坏。”[2]这是说，若谛观到“人无我”“法无我”，则世界、人生、六识皆如河、风、云、灯一样处于迁流不息的生、住、行、灭之中。《大乘起信论》亦谓：“应观过去所念诸法，恍惚如梦；应观现在所念诸法，犹如电光；应观未来所念诸法，犹如于云忽尔而起。”[3]佛教这种浓厚的空幻虚无意识，是僧徒解脱苦闷的最基本的心态，亦是最方便的法门。具体到清初岭南诗僧，尽管他们在道行修持上存在明显的层级差异，但既作为佛门中人，佛教的解脱法门以及独特的世界观在他们身上势必发挥或潜或显的作用，消解业有的深重尘缘与苦痛。因而，清初岭南诗僧诗作中出现的类如“人生如梦”“世事若幻”的情绪，既是佛教空幻

[1] 参见赖永海：《中国佛教文化论》，第25—28页。
[2] 求那跋陀罗译：《楞伽经》卷一，《大正新修大藏经》第十六卷，第487页。
[3] 真谛译，高振农校释：《大乘起信论校释》，北京：中华书局2000年版，第181页。

世界观的反映，也是他们解脱旧日尘劳的方式。

诗僧们暂时解脱了旧日的尘劳，安心于禅房、空山，勘证佛禅真谛，所谓“身世幻中当日梦，溪山尘外此时心[1]、“梦幻十年事，诗思两鬓霜。近来惟好道，终日在僧房”[2]、“人间事业千年梦，岭上松涛一片音”[3]。正是此种心境之下，他们才有可能在诗中营构出空灵的境界，体现出禅悦的风致。

应该指出的是，与前代诗僧的禅诗相比，清初岭南诗僧的禅境诗、禅理诗并不显得很突出，不少诗僧的诗文集若不是偶尔出现“僧衲”“贫僧”等自道语，是较难辨清他们的身份的。因而，前辈学者绝少关注到他们的禅境诗。但是，这决不意味着可置而不论，这不单是因为此类诗作最能体现出他们的身份意识，而且其中的一些诗作，若仔细品味，仍禅意盎然，禅理精辟。以下拟分为禅境诗与禅理诗两类加以探讨。

先看禅境诗。所谓禅境诗，是指具有禅心诗魄的诗人通过对自然万象的描写而显现出具有禅趣、禅意、禅味的诗作。禅，本身不可拟议形容，自然万象皆是真如佛性的显现，所谓“青青翠竹，尽是法身；郁郁黄花，无非般若”，正为此意。铃木大拙说：“禅是大海，是空气，是高山，是雷鸣与闪电，是夏日与冬雪。不，它是在一切之上，它就是人。”在禅人的眼中，自然万象除了形、声、色等纯审美质素外，更蕴含着玄妙的禅意，因而对自然山水的冥想和观照是禅人了悟的重要途径。

清初岭南诗僧纯写山居生活的诗作比较多，函昰有《归宗山籁一百四首》《栖贤山居十首》《丹霞山居十二首》《丹霞诗》《山居十首》等，函可有《入山杂咏》《题作山居十首》等，成鹫有《九秋杂咏》《秋村十二咏》《闲居十咏》《借园杂咏三十二首》《罗浮山居三十咏》《马山杂咏三十韵》等，今辩、今释、今蘁、古义、古泯、今竹、今逑、古习、古昔、今綮、古贤等人还分赋了函昰《丹霞诗》若干首。这些山居诗，有的只是客观叙写山居生活，有的仅刻画摹状山水，并非皆含佛禅意趣。但披沙沥金，仍有一些作品值得重视，像函昰的这首：

[1] 今回：《广慧庵喜诸族人见过》，见黄登：《岭南五朝诗选》卷十三，第733页。
[2] 成瑞：《何退翁草堂》，见黄登：《岭南五朝诗选》卷三，第324页。
[3] 大韶：《象坑》，见黄登：《岭南五朝诗选》（二刻）卷十三，第745页。

匡月入湖小，千波影共圆。月光不到水，水月岂从天。对镜看群岫，依林数过船。个中谁是主，敛目独澄然。[1]

此诗写月夜匡庐之景与禅人澄明的心境。前四句重在写“水”“月”。首联写月亮映射到广阔的湖面，粼粼波光与朗朗月华涵容互摄，似乎这是对自然万象的描绘，但实质又绝非仅此。“水”“月”乃佛经中常见的意象，像“一月千江”“月印万川”就常被用以喻指体与用、一与多之间的回互关系。[2]此句当脱化于永嘉玄觉《证道歌》中“一性圆通一切性，一法便含一切法，一月普现一切水，一切水月一月摄”句。颔联则发禅宗“水月相忘”之趣，意谓境不随景迁，保持物体的空明与自有。[3]丹霞子淳禅师有云：“宝月流辉，澄潭布影。水无蘸月之意，月无分照之心。水月相忘，方可称断。”[4]颈联中，由“看”“数”二动词，可见有人现身，入“有我之境”；然尾联“个中谁是主”之问，则有泯然宾主的意绪，又归“无我之境”。禅宗中常用“主”与“宾”表示理事、体用的关系，象征禅悟境界的深浅。《五灯会元》卷三叙洞山良价与潭州龙山和尚的一段公案云：

(良价)便问：“如何是主中宾？”师(龙山)曰：“青山覆白云。”曰：“如何是宾中主？”师曰：“长年不出户。”曰：“宾主相去几何？”师曰：“长江水上波。”曰：“宾主相见，有何言说？”师曰：“清风拂白月。”[5]

此则公案，言说了四种不同禅悟修行层级，最高境界为“宾主相见”——“清风拂白云”，纯然一派天机任行。函昰诗的末联，是对颔联“有我之境”的否定，否定是“我看群岫”和“我数过船”，从而达到澄明、空灵似“水月相忘”的境界。这首诗不滞禅语，但禅趣盎然，是洞宗高僧函昰修行境界的诗化体现，堪称清初岭南禅诗的上乘之作。除这首之外，

[1] 函昰：《瞎堂诗集》卷九《归宗山籁一百四首》(其四一)，第566页。
[2] 参见张节末：《禅宗美学》，杭州：浙江人民出版社1999年版，第291页。
[3] 参见吴言生：《禅宗诗歌境界》，北京：中华书局2001年版，第299页。
[4] 普慧撰，苏渊雷校：《五灯会元》卷十四“丹霞子淳禅师”条，第890页。
[5] 普慧撰，苏渊雷校：《五灯会元》卷三“龙山和尚”条，第185页。

《归宗山籁一百四首》中还有一些禅味盎然的诗作：

高峰月正白，一半是溪云。空满川光合，烟沉石溜分。寒灰香后散，归鸟声先闻。如梦谁堪似，吾今不欲云。（其十二）

坐月候钟鸣，阶前虫韵清。定中山觉静，闻外水无声。花影何曾动，天光空自横。禅房门半掩，廊外有人行。（其十六）

人定钟初歇，灯明夜最真。闻猿几丧我，观树亦犹人。万籁归何处，群机得所因。谁当更消息，孤负陌头春。（其六一）

这三首诗总体不如前一首圆融澄明，但也别具禅意。白月、清风、溪云、流水、烟树、鸟声、蛩韵、晚钟、花影、禅房等意象的交叠，营构出寂静、清冷之境，再辅以诗人禅心的点逗，故更显格高韵远，机趣盎然。

禅境诗是诗人的宗教体验与自然审美体验双向交流的产物，关键乃在诗人当下的心境与自然万象刹那间的冥合，诗境因此而趋于圆融无滞。这其中，诗人道性又是禅境诗创作的根本。正如黄檗希运诗云："尘劳迥脱事非常，紧把绳头做一场。不是一翻寒彻骨，争得梅花扑鼻香。"[1]一般来说，道行高妙者，心灵更为自由，诗境愈加通脱；反之，则常滥用禅语话头，滞于自然物象的描摹，整体境界并不高。成鹫曾被沈德潜称为"近代诗僧无出其右者"，其诗"不作禅语"；不过，通读《咸陟堂诗集》，却不易找出像函昰那样深远、澄明的禅境诗，写得尚好的如以下二首：

高泉过雨自淙淙，独坐无心外境降。断送浮云归八极，止留孤月印千江。野狐队里燃华表，顽石中间建法幢。惭愧有情偏识我，十年前已掩蓬窗。[2]

雨后百花低，花边鸟韵齐。物情方自喜，相唤出晴堤。老鹤独无语，流莺飞更啼。我心正求友，闲步过峰西。[3]

第一首的前四句，写诗人独坐淙淙流淌的泉水边，目送浮云来去，月华

[1] 段晓华：《禅诗二百首》，南昌：江西人民出版社1996年版，第66页。
[2] 成鹫：《咸陟堂诗集》卷十《马山杂咏三十韵》其三，第361页。
[3] 成鹫：《咸陟堂诗集》卷七《新晴八咏·鸟声》，第316页。

印川，心灵阒寂自由，境界亦浑然澄明；但后四句，则写其无力匡扶末法、别建法幢的愧疚心情，似与首四句脱离，顿觉索然无味。第二首，集山中自然万象之趣写花间鸟韵，禅趣并不深。读成鹫的山居诗作，总体感觉是，其诗更类于文人的闲适诗和隐逸诗。

禅境诗除恬淡、阒静一格外，尚有高洁、刚正之境，体现出禅者坚忍精进的毅力。流放辽东数年的函可，除以“血”“泪”为诗外，亦能以塞外冰雪炼明金刚般若，熔铸冰清玉洁的诗魄。《千山诗集》中“咏雪诗”达四十余题，如《雪十二首》《枝上雪》《山雪三首》《雪下有感》《夜雪》《雪中》《山雪歌》《雪晴见月》《雪中歌》等等。这洁白晶莹之雪，既是关外壮丽奇崛之景，又无不寄予了他独特的情怀。请看其中一首：

> 山巍巍，雪霏霏，日夕随风栖涧石，夜寒和月照岩扉。山杳杳，雪皎皎，雪在山头雪更高，山头有雪山逾老。老僧爱雪兼爱山，岁岁山中自掩关。每到冬来必见雪，每到见雪必开颜。我心与雪何相似，长欲空山抱雪死。纵令骨化定为冰，直至魂销应作水。我常对雪寂无声，雪来见我如有情。……但愿深山荒寺里，尽日无人吾与尔。只恐春来尔不禁，寂寂相思从此始。是时天地苦冥冥，山僧作歌山雪听。[1]

此诗峻洁峭拔之气灌注全篇，绝无荒寒之感。诗中的诗人即雪，雪即诗人，二者融为一体，“我”能“见雪开颜”，雪亦能“见我有情”。诗人仿佛化作片片的洁白雪花，在明月高山之间飞舞歌吟，成为一个不死的精魂。函昰曾为函可的遗像题辞曰：“一滴曹源向北湍，顺流容易逆流难。神龙破浪无寻处，留得威狞纸上寒。”[2]

除了以上几位高僧之外，其他诗僧也有一些较好的禅境诗，例如古奘《山行》云：

> 出门无定所，一路乔松阴。流水道人意，青山太古心。偶然乘兴往，不觉

[1] 函可：《千山诗集》卷五《山雪歌》，第495页。
[2] 函昰：《剩人和尚像赞》，见《千山诗集》卷首，第444页。

入云深。独坐发长啸，萧萧风满林。[1]

颔联颇具禅意，写诗人洒然情致，似脱化于王维“流水心不竞，云在意俱迟”一句。今承《听泉（二首）》其一，也是较好的禅境诗：

寒流吞巨岳，迢递落千寻。静夜发幽响，令人生远心。无风过断壁，有意助闲吟。相见渊源底，还归一念深。[2]

再如愿光的《闲居》云：

篱落人烟外，神明淡薄中。闲云情自在，芳草意无穷。读易通群象，观心浑太空。夜来还自得，片月海门东。[3]

以上诸作皆写诗僧们在山水田园间解悟、参禅的风致，或散淡流利，或玲珑剔透，体现了他们作为僧衲的本色。

再看禅理诗。顾名思义，禅理诗是以诗说理，与禅境诗重在表现禅趣、禅味不同，它主要借助诗歌技巧来阐发佛禅义理。禅理诗与宗门偈诵不同，前者是禅理的诗化表现，而后者则徒以五七言押韵句式阐述禅理。然而，偈与禅的区分又是相对的。函昰尝将自己的诗集命名为《似诗》，因为在他看来，僧人之诗与宗门偈颂并非决然判分：“夫道人无诗，偈即是诗，故亦曰诗。然偈不是偈，诗又不是诗，故但曰‘似’。”[4]

清初岭南诗僧的佛理诗大体可分为两类，一类为作者开示禅人的训示，或为题写佛像的颂赞。像函昰的《示旋庵》《戊戌小除示澹书记》《示雪盛禅人》《示禅人》《答居士》，函可的《示学人三十首》，今无《光宣台集》卷十一的“赞”、卷十二的“颂”“偈”等，多直接阐释佛禅义理，形象性不强。另一类则是通过比喻、暗示、象征的语言来喻示佛理。虽说此类诗作的目的也是阐明佛教义理，但因使用了一些诗的技法，故又显诗意盎然。像

[1] 古奘：《虚堂诗集》卷五《山行》，清康熙五十六年刻本。
[2] 今承：《听泉（二首）》其一，见黄登：《岭南五朝诗选》（二刻）卷十四，第748页。
[3] 愿光：《兰湖诗选》卷十二《闲居》，康熙三十三年詹卜楼刊本。
[4] 函昰：《瞎堂诗集》卷首《〈似诗〉自序》，第478页。

六祖惠能与神秀著名的关于明镜与菩提的法偈，就属此中上乘之作。清初岭南诗僧也有一些类似的诗作，例如宗宝道独以《风幡》为题所作的禅偈四首中的第一首云：

不是风兮不是幡，关山把截路行难。时人只管贪程去，那晓全身在此间？

“风”与“幡”[1]在此诗偈中代指妄境。“关山截路”，喻指截断学人向外境搜求的分别心；“时人贪程”，则喻指参禅者不知佛法本在自心，而不断地向外寻求。此诗形象地阐述了六祖惠能“菩提只向心觅，何劳外向求玄”之意。又如第四首：

不是风幡正是心，横超直撞莫沉吟。若人识得东君面，万紫千红正是春。

“不是风幡”谓已“非妄心”，“正是心”即谓“真心”。此诗偈意在阐发惠能“何期自性本自清净！何期自性本不生灭！何期自性本自具足！何期自性本无动摇！何期自性能生万法”的玄理，却化用了朱熹《春日》中“万紫千红总是春”之典，不用禅语，禅理却透发明白。

还有的诗偈通篇运用象征手法暗示禅理，像函可《千山诗集》卷十以“头”“眼”“鼻”“耳”“口”“手”“腹”“足”“身”“心”等人体器官为题，复以一问一答的形式写的组诗，亦多含理趣。例如咏“眼”：

湛如秋水大如箕，何事年来血乱披。烁破三千尘数点，阅穷万卷电交驰。几人世上休教白，片石山头尚可垂。此日风沙吹满面，幸留冰鉴照双眉。

千个何曾羡大悲，通身皆是顶门奇。勘残佛祖难留髓，看到人民便皱眉。百劫春光宁转瞬，两行寒泪每交颐。嵯峨石壁几穿破，笑杀西来碧眼儿。[2]

这两首诗偈以“眼”为喻，表达的是诗人烁破佛祖世间的大悲精神，其

[1]《坛经》载：“时有风吹幡动，一僧云幡动，一僧云风动。惠能云：‘非幡动、风动，人心自动。’印宗闻之竦然。”“风幡”之事，在禅宗中多喻示菩提般若，世人本自有之；只不过世人“即缘心迷”，不能自悟而已，故反对缘境求悟的做法。道独此四偈即含此意。

[2]函可：《千山诗集》卷十《眼》《答》，第529页。

中既包含了对世间万种悲辛之感悟，也是曹洞宗悲智双运、自度度人宗旨的发明。这组诗形式奇特、感染力深，堪为奇警之作。

通过以上简略论析，可以看出，作为最能体现诗僧特色的禅境诗与禅理诗，清初岭南诗僧的确创作了一些佳制。但若将此类诗作与王梵志、寒山、皎然、齐己、惠洪等唐宋诗僧相比，似乎又逊色不少。原因盖有三方面：其一，宋代以后，佛学创新者少，因袭者多，虽说清初岭南诗僧在义学方面取得了较大的成就，但总体似仍未超过佛禅鼎盛时期的唐宋禅人；其二，这群诗僧多是“有托而逃”者，虽亦多能谨守佛门规制，但因出家目的并不“纯正”，这势必会影响到他们的修行效果；其三，动荡复杂的时代形势又使他们难以割舍尘缘，甚至还不时搅动他们的禅心。因此在后世学者的眼中，他们的禅境诗、禅理诗往往被忽略，而被重视的多是那些反映社会现实、抒写不平之气的诗作。

第四节　友谊之求与媚俗之态

覃召文先生在谈到诗僧与世俗的交接时，有一段颇为精彩的概述：

> 从诗僧的自然旨趣来看，诗僧仿佛都“休歇”去了，清净了下来，但事实并非尽然如此。诗僧往往象戏剧中的变脸人，抬起头来，那是清高文雅的道貌；而低下头去，则往往露出乞儿八赖的俗颜。他们与世俗社会，委实有着千丝万缕的联系。[1]

此段话形象地揭示出世俗生活中的诗僧们所具有的双重人格：高蹈与媚俗。自诗僧滥觞的六朝始，他们就与文人结下了不解之缘。柳宗元即云：

[1] 覃召文：《禅月诗魂：中国诗僧纵横谈》，第135页。

“昔之桑门上首，好与贤士大夫游。晋宋以来，有道林、道安、远法师、休上人，其所与游，则谢安石、王逸少、习凿齿、谢灵运、鲍照之徒，皆时之选。由是真乘法印，与儒典并用，而人知向方。”[1]这里所提到的“桑门上首”支遁、慧远、汤惠休，皆是中土较早诗僧的代表，他们与谢灵运、鲍照等人的法交，亦开士僧交往的先声。爰及唐代，士僧交往愈趋频繁。黄宗羲说：“唐人之诗，大略多为僧咏。如岑参之‘相识唯山僧’，卢纶之‘几年亲酒会，此日有僧寻’，郑巢之‘寻僧踏雪行’‘留僧古木中’，皇甫曾之‘吏散重门掩，僧来阁复闲’……其他不可枚数。”[2]唐代曾出现了皎然与陆羽、柳宗元与灵一、韩愈与大颠等“禅中侣”“诗中友”，但也有不少“转噉羶名，竞营供奉，集讲内殿，献颂寿辰，如广宣、栖白、子兰、可止之流，栖止京国，交结重臣”[3]等希名竞利之徒，混迹其中。宋代之后，士僧交往更是频繁，交往的动机也更为驳杂。晚明钟惺即说：“金陵吴越间，衲子多称诗者，今遂成风。大要谓僧不诗，则其为僧不清；士大夫不与诗僧游，则其为士大夫不雅。士大夫利与僧游，以成其雅；而僧之为诗者，得操其权，以要取士大夫。”问题或许并没有钟惺所说那么严重，但从中不难看出，由慧远、支遁与谢灵运等人开创的士僧交往的传统，随时间的推移而发生了变化，媚俗、功利的气息渐趋浓厚。

清初岭南诗僧群与世俗亦有着“千丝万缕的联系”，几乎每一位成员都有过与士大夫交往的经历。翻开他们的诗文集，给人印象最深的就是那些为数众多的酬答唱和之作。根据一般读僧诗的经验，诗僧们多身居宁静、幽僻的寺院，较少受到世俗社会的干扰，所作之诗也多是山林诗、山居诗。但是，清初岭南诗僧却并非如此，他们通过诗歌这一媒介频繁地与世俗交接，似乎全无僧之本色。为什么会出现此种现象呢？这大概有三方面的原因：其一，这些诗僧都是以文士身份出家，本来交友就广，虽出家奉佛，但事实仍难以彻底斩断尘缘；其二，饱受着战争流离与亡国之痛的遗民文士，亟须求得精神上的解脱，而佛教无疑是他们解脱的良方之一；其三，那些出仕新朝

[1] 柳宗元：《柳河东集》卷二五《送文畅上人登五台遂游河朔序》，上海：上海古籍出版社2009年版，第422页。

[2] 黄宗羲：《南雷文约》卷四《平阳铁夫诗题辞》，《四库全书存目丛书》集部第205册，第488页。

[3] 胡震亨：《唐音癸签》卷八，上海：上海古籍出版社1981年版，第82页。

的新贵们，像平南王尚可喜，同样亦需佛光的佑护。这样，既懂禅理又擅诗文的诗僧就成了遗民与新贵们通向佛门的津筏。

清初岭南诗僧的赠答之作所体现的心态，除前几节已探讨的几个方面外，还有两个方面特别值得讨论，即对友情的渴望和对新贵之“媚俗”。以下分而论之。

（一）友谊之求

对友谊追求的动机首先是源自内心的孤独。而一般来说，孤独又分为深、浅两个层面。浅层面的孤独是指个体在现实中因离群索居而产生的落寞感；深层面的孤独则是个体在精神上因缺乏与他人更多的沟通机缘而生发的“曲高和寡”之感。对僧人来说，这两个层面的孤独感同存并现。一方面，佛门清冷、孤寂的氛围固然有助于他们潜心修持，亦可能使他们陷入形单影只的落寞之中，僧诗中常出现类似“孤峰”“孤影”“孤松”“孤月”“孤灯”“孤舟”“孤僧”等意象，其实就是潜藏于他们内心强烈的孤独感的外化；另一方面，僧人尤其是那些高僧大德，精神境界本就超乎尘表之上，要想在世间觅得个像钟子期式的知音，则更显困难，因此那种“曲高和寡”式的孤独感同样纠缠着他们。像豁达若寒山、拾得辈亦常吟道：“我语他不会，他语我不言”[1]、“独回上寒岩，无人话合同”[2]、“不恨会人稀，只恨知音寡”[3]、“谁能超世累，共坐白云中”[4]。读罢这些诗句，不难看出，疯癫佯狂的寒山、拾得亦有身在云巅、曲高和寡式的孤独感。

明晰了僧人的基本心态后，当我们读到清初岭南诗僧的诗作中若“我亦无心方外侣，闲云流水共依依”[5]、“绳床久向空中坐，玉带难忘方外情”[6]这样看似矛盾的诗句时，便不难做出解释。从本质上来说，诗僧在面对孤独之境时，与常人其实并无二致，有时可视为一种清闲的享受，有时则实是一种难耐的况味。当这种难耐的寂寞袭上心头，他们或可息心安禅，移情山水，

[1] 寒山撰，项楚校注：《寒山诗注·时人见寒山》，第566页。
[2] 寒山撰，项楚校注：《寒山诗注·惯居幽隐外》，第110页。
[3] 寒山撰，项楚校注：《寒山诗注·有人笑我诗》，第785页。
[4] 寒山撰，项楚校注：《寒山诗注·登陟寒山道》，第79页。
[5] 函昰：《瞎堂诗集》卷十五《许太守浣月入山》，第624页。
[6] 函昰：《瞎堂诗集》卷十《酬汪明府用来韵》，第574页。

但更多的则是像常人一样转向友朋以觅求宽慰。澹归就说："天下有至乐三：山水、友生、文章也。……盖从山水友生得文章，从文章复得友生山水，纵横三乐中，具三世一无尽藏。"[1]愿光有诗云："新诗知己许，纸价定应增。"[2]成鹫诗云："相期世外为知己，青白凭君换眼看。"[3]均表现出对知己的希求。在长期的交往中，诗僧们与诸多文士建立了十分深厚的情谊，有的甚至还成为患难知己，像函昰与梁朝钟，函可与顾与治、余怀、邢昉、左懋泰、郝浴等人，愿光与梁佩兰、周大樽等人，澹归与廖燕、沈融谷、陆世楷、王夫之、钱谦益等人，成鹫与陶璜、何绛、毛中庵、缪西泠、汪后来等人，大汕与梁佩兰、曾灿、吴绮、陈维崧等人，均患难与共，携手同行。

由于客观存在的僧俗界限，诗僧与文士的交游，往往是分多聚少，他们的友情更多地表现在对朋友的思念中。在诗僧的诗作中，怀念亲朋故旧的诗句，俯拾即是，像"远兴谁相惬，幽期已暮春。芳林朝独对，孤屿夜无邻"[4]、"兀坐空林远思兴，闲心时复在高朋"，是写芳林远兴中，诗僧们因孤独无邻而心念契阔之友；再像"话尽今宵君且去，春花秋叶一相思""木叶经秋偏有色，思君题破落红笺"[5]，则是新别之后对朋友的无尽思念；再像"怅望故人山海外，昭江何日共登临"[6]、"曹溪曾共月，别后又经年。……何日重携手，迢迢寄一笺"，又是写久别后怅望再会之期。这些诗句均情真意切，透显出诗僧们对友情的珍重。

诗僧们行脚于山程水驿，若忽逢故知，或独处孤楼野寺，友朋翩然而至，内心的喜悦当然会溢于言表："念言足契阔，快此手重握"[7]、"相逢几回笑，禅意赠君微"[8]、"文字相与空，怡悦淡风雅"[9]。但在某些特定的时候，有的诗僧不但不言内心之喜，反而是满纸悲怀。顺治十三年（1635年），

[1] 澹归和尚撰，段晓华点校：《遍行堂集》卷六《见闻随笔序》，第一册，第144页。
[2] 愿光：《兰湖诗选》卷四《寄题黄茂才葵之、摄之兄弟池馆》。
[3] 成鹫：《咸陟堂诗集》卷十五《答张子白来韵》，第420页。
[4] 真默：《答怀公晚春见寄》，《岭南五朝诗选》卷十四，第756页。
[5] 成鹫：《咸陟堂诗集》卷十五《寄璋田家无介》，第419页。
[6] 今辩：《酬望公文学兼怀天峰大师》，见《岭南五朝诗选》卷十四，第747页。
[7] 大汕：《离六堂集》卷二《修禊后十日，小集竹浪斋，与詹竹也、陈元孝、梁药亭、唐海门、尚散木诸公分赋》，第518页。
[8] 今无：《光宣台集》卷十八《送郑襄孙归安肃》，第327页。
[9] 愿光：《兰湖诗选》卷一《詹卜楼雅集呈石和尚同诸子作》。

今无奉本师函昰之命，历经艰辛出塞寻访函可，叔侄相见，本应喜出过望，但他们的心情却十分复杂：

深雪夜行尽，严风昼复吹。尺书欣已达，稽首竟无辞。欲话匡山苦，徒令老大悲。未堪供棒喝，不是汾州儿。[1]

氆毵双袖碧天遐，路滑霜寒日未斜。荒冢觅穷闻鹤语，残氊啮尽摘松花。匡山云月应无别，辽海风涛漫独嗟。知子远来非有意，久拚吾骨掷龙沙。[2]

“尺书欣已达”表示今无欣然完成本师之命，但面对函可悲苦的境遇，却又“稽首竟无辞”，难以成欢；而函可则虽喜见故人，然想到自己的身世以及阔别已久的家园，却又满目愁容，独自嗟叹。相类似的情感也出现在大汕《喜晤钱饮光》一诗中：“忆昔参天界，同堂义独深。廿年人见面，万里客关心。路远羞长铗，天高哭断琴。一灯风雪夜，相对白头吟。”[3]阔别二十余年的故交，一夕聚首，除漫忆如梦如烟的往事，便唯有在风雪之夜，白头相对，哭吟不已。再如函昰的《喜谢伯子司农入山》：“历落交游三十年，秋风相见海潮边。频经祸乱君能老，暂阅穷愁诗亦传。黄土终归当世士，绿萝深绕几生缘。萧萧古木寒山静，胜事空知晚更怜。”[4]故交相逢不言欢愉，反是悲伤满怀，诗僧集体表现出如此“反常”的心态，这说明他们与文士们的往还，不仅谈禅证道、歌诗互答，而且带有鲜明的时代色彩，反映了他们身处鼎革裂变中的悲凉身世。

“相见时难别亦难”，如果短暂的聚首都难以成欢，那么别离的苦痛则更显得刻骨铭心。“穷途两行泪，去住总伤神”[5]、“几多别离泪，流向大江东”[6]、“前途夷险君应熟，莫更临歧说路难”[7]、“今朝歌别曲，禅绪太无端”[8]，此正所谓“黯然销魂者，唯别而已矣”！大汕的名篇《他乡

[1] 今无：《光宣台集》卷十七《到辽阳呈剩师叔》，第309页。
[2] 函可：《千山诗集》卷十二《喜阿字至》，第547页。
[3] 大汕：《离六堂集》卷六《喜晤钱饮光》，第579页。
[4] 函昰：《瞎堂诗集》卷十《喜谢伯子司农入山》，第579页。
[5] 大汕：《离六堂集》卷六《送曾青藜》，第568页。
[6] 大汕：《离六堂集》卷六《吴门送黄九烟并寄秣陵杜于皇张僧持》，第568页。
[7] 成鹫：《咸陟堂诗集》卷十一《送何不偕再入吴门》，第374页。
[8] 今无：《光宣台集》卷十八《送沈存西归浙（二首）》其一，第336页。

送客与陶苦子、屈翁山诸君分赋》，更将这种别离的哀伤渲染得淋漓尽致：

孤馆难为别，踟蹰夕照斜。江山看不尽，芳草梦还家。故友杯中酒，他乡乱后花。谁怜送行客，依旧在天涯。[1]

这是写他乡逢友即别时的景况，诗人踟蹰于夕阳下，怅望漫漫江山、芳草，渴望还家的时日。颈联以极工巧的对仗，将别友、思乡之情打并到“杯中酒”“乱后花”之中。末联则写朋友已经远去，而自己仍独立天涯，吊影自怜，惆怅满怀。这首诗并没有使用太多感情色彩浓烈之词，但弥漫在诗中的却是浓得难以化开的悲哀与伤感。

“尚不忍生离，何堪悲死别。生离还有复，相逢死从别。”如果说，相思的苦痛可以题写在“落红笺”上；相逢时尽管哀情大于欢愉，但毕竟可以互诉衷肠，惺惺相惜；别离的悲伤固然极为沉重，但还能怅望再会之期；那么，一旦闻及故交零落的消息，所有的悲伤则如同开闸的洪水般倾泻而出。“满天风雪断鸿哀，令人痛哭心神摧。生恨未寄书一纸，死惭未奠酒一杯”[2]，这是大汕遥哭陈维崧的死讯，悲痛欲绝，字字皆泪。“自抱无弦未易弹，钟期去后赏音难。高山一曲谁知者，多少旁人侧目看”[3]，这是成鹫挽悼陈德山，知音伤逝，那种旷古的孤独谁能与会！顺治三年（1646年），梁朝钟在广州被清兵杀害，函昰有《梁未央死难二首》，更见悲沉：

嗟予肠欲断，念子且何之。学道生平笃，遣情此际迟。声名世共仰，生死君须知。白刃春风冷，悬崖撒手时。

嗟予肠欲断，念子且何之。遂志应无憾，修名亦是痴。当观身世幻，莫动黍离悲。回首云山阔，龙华为尔期。[4]

函昰与梁朝钟曾为至交，早年尝一起砥砺志节，畅谈天下事务，如今朋友殉节而死，处方外的函昰怎能不悲怀？起首“嗟予肠欲断”即悲恸惨绝，

[1] 大汕：《离六堂集》卷七《他乡送客与陶苦子、屈翁山诸君分赋》，第590页。
[2] 大汕：《离六堂集》卷四《过毗陵哭陈其年太史》，第552页。
[3] 成鹫：《咸陟堂诗集》卷十《挽陈德山》，第439页。
[4] 函昰：《瞎堂诗集》卷七《梁未央死难二首》，第542页。

撼人心魄。以下则显烈士的志节，虽死无憾，足见其大无畏精神。函可《千山诗集》中，此类哭亲朋死难的诗作尤显突出，除前所举的哭抗清死难志士之作外，余者皆为哭亲朋故旧之死，例如，“生前有泪三千斛，一见流人一度挥。地下若能开别路，好呼残魄尽将归”[1]、“于今哭子全无泪，乡国都来水上泡”[2]、“大荒一夜霜俱白，毡帐千群泪并流。赤县神州心碎尽，更堪洒血极西楼”[3]等诗句，皆悲痛沉深，泣血迸泪，表现了痛失亲朋后极度哀恸之情。

总之，对友谊的渴求与珍视，是清初岭南诗僧诗作中反复抒写的情绪，所表现出的友情的内涵十分丰富，既有传统意义上的以诗禅为媒介而结成的“莲社”式的法交，也有在坎坷世路上携手同行而建立起来的患难之交。从这个意义上说，诗僧们对友谊的渴求又显得异常沉重。

（二）“务实媚俗”之态

颇饶意味的是，有些诗僧在与世俗的交接中，除了获得十分珍贵的情谊外，由于各种复杂的原因还不得不虚与委蛇，周旋于与新朝大吏的交往中。他们的诗文集中，留下了大量为新贵所作的颂圣诗、祝祷文。陈垣先生曾云：“今所传（澹归）《遍行堂续集》二，有某太守、某总戎、某中丞寿序十余篇，卷十一有上某将军、某抚军、某方伯、某臬司尺牍数十篇，睹其标题，已令人呕哕。”[4]石濂大汕则更因“常画素女秘戏图状，以媚诸贵人，益昵近之”[5]等“劣行”，而被屈大均、王士禛、潘耒等人讥为“花怪”“妖僧”“狂僧”。这似乎表明，诗僧们在高蹈志节背后又隐藏着“媚俗”的一面。

诗僧们“务实媚俗”的处世态度，尤其体现在与平藩的关系之上。在第一章中我们曾述及尚可喜用屠刀平定岭南后，一面建立起残暴的武夫专政，一面又以大檀越的姿态，延请高僧讲法，广泛布施，祈求佛光的佑护。可以说，以平藩为代表的新贵势力，与失路遗民一同渗入清初岭南佛门。面对着频繁出入寺宇的藩府新贵，多以遗民身份而出家的诗僧们“有的持疏远态度，

[1] 函可：《千山诗集》卷十六《重哭左吏部八首》之四，第578页。
[2] 函可：《千山诗集》卷十三《遥哭刘乃运》，第556页。
[3] 函可：《千山诗集》卷十三《元旦哭喇嘛》之二，第554页。
[4] 陈垣：《清初僧诤记》，载《明季滇黔佛教考》（外宗教史论著八种）下册，第559页。
[5] 王士禛：《分甘余话》卷四“妖僧大汕”条，北京：中华书局1997年版，第88页。

有的则加以逢迎，于贬抑谀扬之中表现出不同的倾向，是不可一概而论的”。[1]这里，我们打算谈谈那些“躬逢者”在诗歌中所表现出的心态。

就目前存留诗作看，直接涉及平藩、靖蕃的诗文不算太多，主要有以下一些：今无《颂祝唵答公》《国公诸世子邀登镇海楼次韵》《平南王祝词》《寿尚伯世君五十又一》等，元旻《辛亥春侍华林本师和尚赴平藩请开法云门兼喜窦刘二参戎卫送之作》，可相《平藩入山重兴祖庭志喜》，澹归《代寿平南尚王》《靖南王太夫人施禅衣赋谢》《沁园春·寿平南王》《上平南亲王》《上平南王书》以及亲手编定的尚可喜家谱《元功垂范》，大汕《喜晤尚驸马》等等。

阿谀奉承，粉饰太平，是他们此类诗歌的共同取向。像今无的《颂祝唵答公》，通篇皆是“瑞气”“祥云”“威德”“庄严”等浮泛字眼，末了云“智境庄严了无碍，山僧祝此光明云。磬声奕奕动苍旻，百粤长此扇氤氲”。[2]《平南王祝词》中亦是同样的面目：“勋业金縢冠古今，擎天八干自成林。尧风扇岳千寻壮，舜海归河万载深。已见升平登乐国，长忻诵祷得秋心。汾阳五福疑还缺，阆苑神仙讵可寻。”[3]将曾经戮杀千万岭南人民的刽子手颂祝成勋业冠绝古今的功臣，甚至还将他比作尧舜，此种“媚俗”实非“遗民僧”的面目。再如，可相的《平藩入山重兴祖庭志喜》：“王公才入粤，悲愿在祇林。偶枉曹溪驾，遂成布地金。云凝新殿霭，钟度万松阴。旦夕径行处，长怀长者心。”[4]可相为曹溪僧，平南王捐资重修曹溪时，他任监寺，此诗乃颂平南王布施之功德。再如，澹归《沁园春·寿平南王》：

> 异姓真王，三朝佐命，一代功宗。自虎牙奉令，瞻云在北；龙骧建节，抱日临东。铜柱分茅，楼船出海，战守全归耕凿中。澄江上，有骊珠昼白，火树宵红。　深杯琥珀香浓。看绕座芝兰蕴藉同。更汾阳阶下，貂金赫奕；大梁苑内，毫素从容。道洽成康，名齐周召，宪老还推钓玉翁。重论旧，问渡辽余得，几个英雄？[5]

[1] 蔡鸿生：《清初岭南佛门事略》，第40页。
[2] 今无：《光宣台集》卷十六《颂祝唵哒公》，第291页。
[3] 今无：《光宣台集》卷二十二《平南王祝词》，第390页。
[4] 可相：《平藩入山重兴祖庭志喜》，见黄登：《岭南五朝诗选》卷十三，第745—746页。
[5] 澹归和尚撰，段晓华点校：《遍行堂集》卷四十四，第三册，第328页。

此是将平南王比作周公、召公，极力歌颂他武功征伐的英雄气概。读这些诗词，我们所见的今无已不是那个历万般艰辛、北上辽东寻访函可的今无，澹归也不是曾佐命三朝、虽九死而不悔的明朝诤臣金堡，仿佛清净无为的空门真的消磨了他们的英雄气概，剩下的仅是媚俗与奉承的"躯壳"了。

除与平南王的交接外，清初岭南诗僧还有不少是题赠给新朝官员的诗作。这方面的情况稍显复杂，也不可一概而论。首先是必须考定所赠对象的生平、人格；其次，必须考证出作者与被赠对象的关系以及作诗的情境。我们虽然不能断定此类作品全然出于虚假奉承之意，但可以肯定的是，此种倾向同样是难以避免的。例如，大汕《寿枢侯张方伯》《寿清河刘总戎》，成鹫《寿佟方伯》《寿丁宪使刘太夫人》，古云《题范元戎并蒂莲》《过徐闻县赠王赞侯副戎》等等，浮泛、奉承之意皆十分明显。

如何来看待诗僧们的这种行为呢？我们认为，应结合历史情境和佛教的某些精神来考量。首先，这些颂圣诗、祝祷文涉及一个真实性的问题，易言之，它们究竟是否出于作者的真心？颂圣文学历来真假参半。唐人元结曾撰《大唐中兴颂》，并显刻于浯溪之上，文中极力粉饰中唐中兴的假相。然实际上"识者谓此碑乃唐一罪案尔，非颂也"。[1]可见，客观评价"颂圣文学"实应结合作者的写作语境。毫无疑问，从作品的文本来看，清初岭南诗僧的颂德诗、祝祷文大多不遗余力地歌颂平南王等新贵的功勋，粉饰并不太平的"盛世"；但是，若进一步深入他们所处的情境，便不难发现，那些堆砌空洞、浮泛之辞的祝颂诗词并非皆出于真心。今无曾说："夫祝嘏之文，不夸诞则人不喜。……予说法海幢，日与人事相接，方苦作此等诗文，厌之如厌五色粪，然不能深相告语，亦只随手作去，作去后，耳热面赤，弥日而止。"[2]这段话表明了诗僧们写作颂祝诗文时的普遍心态：既苦于作此等诗文，又不得不为之。其次，若不以"遗民"的价值观而从大乘菩萨道精神来看待问题，则诗僧们广交权贵的事实可寻得另一种解释。在以度化一切众生为终极信仰的佛教徒的眼中，即便是像平南王那样的新朝大吏也是他们所要普度、教化的对象。事实上，诗僧们在结交新贵时，多是为他们解谈心性，

[1] 瞿佑：《归田诗话》卷上，丁福保辑《历代诗话》下册，第1239页。
[2] 今无：《光宣台集》卷六《己虚师六十又一寿序》，第153页。

劝化德行。前者如今无所云："……所以答巨公要人眷顾之勤，则莫若以性命之说进。昔佛印禅师遗苏子瞻海外书云：'人忌子瞻作宰相耳，三十年功名富贵过眼成空，何不猛自割断。'又云：'子瞻胸中有万卷书，笔下无一点尘，何于自己性命便不知下落。'云栖大师曰：'以子瞻之颖敏，有善友如是策发，何虑不日进？'今之衲子与缙绅交者，宜先讲此。"[1]这是以苏轼为例，说明僧人与缙绅之交，首先是为他们讲明心性之旨。后者如澹归所说："但愿吾兄居官不忘为民父母之意，于催科刑罚中宽得一两分，则民便受真抚字、实教化之惠。孟子不云乎：'民之憔悴于虐政，未有甚于此时者也。'若有圣贤心胸，亦应具豪杰作用，决不拆独木桥、坐冷板凳、做自了汉而已。"[2]这是劝导宰官应体察民情，宽厚为怀，是佛教慈悲精神的集中体现。基于以上简略分析，我们认为，对于清初岭南诗僧诗歌中呈现出的奉承、媚俗的倾向，不能简单予以否定，而应当深入彼时的历史情境，充分考虑到他们作为僧人的特殊身份，这样方能做出较为客观的评价。若仅从"遗民"的角度观之，自然就会得出像陈垣先生那样"恶劣"的印象。

总之，清初岭南诗僧为数众多的酬答诗，体现出了他们与世俗交接的矛盾复杂的心态——对友谊的渴求与对新贵的"媚俗"，这也反映出他们绝非仅守死寂枯禅的衲子，而是有着浓重世情的僧人。

王夫之云："僧诗本不足拊于桧、曹之末，唐宋诸名髡，技止此耳，况今日哉？识量止于其域，大无能摄，微无能入也。"[3]又云："门庭之外，更有数种种恶诗。有似妇人者，有似衲子者，有似乡塾师者，有似游食客者，妇人、衲子，非无小慧。塾师、游客，亦侈高谈。但其识量不出针线、蔬笋、数米、量盐、抽丰、告贷之中，古今上下哀乐了不相关。"[4]船山于此指出僧诗识量狭窄、题材窘仄的缺陷。假若船山能充分注意到清初岭南诗僧的诗歌的话，或许会对这一说法略予修正。因为无论从诗歌题材还是诗僧的识量看，清初岭南诗僧绝不是"大无能摄，微无能入"。他们的诗歌几乎无所

[1] 今无：《光宣台集》卷六《送丘太史曙戒还阙改除序》，第145页。
[2] 澹归和尚撰，段晓华点校：《遍行堂续集》卷十一《与丘贞臣明府》，第四册，第272页。
[3] 王夫之：《姜斋诗话》卷三《南窗漫记》，北京：人民文学出版社1989年版，第195页。
[4] 王夫之：《姜斋诗话》卷二，第163页。

不包，既有反映社会现实、体现时代精神之作，亦有描写僧人生活情趣的山居诗、禅理诗，复有反映他们与世俗交接的唱和赠答诗，几乎文人诗歌所有的题材在他们那里都有。更为重要的，从他们的诗歌所表现的识量看，亦非仅限于“蔬笋”“山林”，而是广泛关涉“古今上下哀乐”，对个人身世遭遇、苦难众生、国家之兴亡乃至宇宙人生的本质，都有着深切的关怀。

当然，若仅从僧诗“僧”的特性看，清初岭南诗僧诗作未必有何独到之处，因为最能显示僧人特性的一项——禅境诗、禅理诗，在他们诗歌中所占比重并不为多，佳作也相当有限，但正是这类为数不多的禅境诗、禅理诗的存在，又足以使他们的诗歌区别于一般文人诗作，从而带着鲜明的僧之特性。

还须指出的是，以上探讨的清初岭南诗僧诗心的六个方面（苦难的悲吟、亡国之恨、尘劳的解脱、禅悦的风致、对友情的渴求以及“务实媚俗”之态），并非每一位诗僧都一一具足，有的人在某一方面表现较为明显，而另一方面则相对弱化。例如，函可、函昰之诗，亡国之恨以及对苦难的悲吟显得较为突出，而愿光、成鹫等人则相对淡化一些。但从其中的代表诗人的诗作以及总体倾向看，这几方面比较能描述出他们“灵魂的历史”。

第五章

诗学旨趣与诗歌风貌

诗僧是古代诗人中一个相对独立的阶层，有着相近的精神信仰、思维方式与生活境遇，因此僧诗与文人诗相比，自会显示出特有的精神风貌与艺术气象。此种特质究竟是什么呢？若翻检前人关于僧诗的评骘文字，经常会发现有“蔬笋气”“酸馅气”“僧气”“僧衲气”等词语，且涉及的内容大致有如下三种情形：（1）以“无蔬笋气”“无酸馅气”等语赞评僧诗，如《四库全书总目》评释重显诗：“风致清婉，琅然可诵，固非概作禅家酸馅语也。”[1]（2）以未脱“蔬笋气”等语讥讽、嘲谑僧诗，如李东阳谓：“秀才作诗不脱俗，谓之‘头巾气’；和尚作诗不脱俗，谓之‘酸馅气’；咏闺阁过于华艳，谓之‘脂粉气’。能脱此三气，则不俗矣。”[2]（3）认为此等习气即为僧诗的特色，否则僧诗亦不成其为僧人之诗，例如钱谦益云：“古人以苾刍喻僧。苾刍香草也，蔬笋亦香草之属也。为僧者，不具苾刍之德，不可以为僧。僧之为诗者，不谙蔬笋之味，不可以为诗。”[3]由此可见，前人褒抑僧诗的依据，似乎全在此等习气之有无，甚至可以说这些习气就等同于僧诗的特质。然它们的内涵究竟为何？又是怎样成为评鉴僧诗的重要术语呢？清初岭南诗僧在观念上是否承续了此种创作模式，他们的诗歌风貌是否也具有此等特质呢？这是本章我们需要探讨的问题。

---

［1］永瑢等：《四库全书总目》卷一五二“《祖英集》提要”，第1313页。

［2］李东阳：《麓堂诗话》，《历代诗话续编》下册，北京：中华书局1997年版，第1384页。

［3］钱谦益：《牧斋有学集》卷四十八《后香观说书介立旦公诗卷》，《四库禁毁书丛刊》集部第116册，第359页。

第一节 僧诗的特质："蔬笋气"与"酸馅气"[1]

据周裕锴先生考证，"蔬笋气""酸馅气"最早见于苏轼《赠诗僧道通诗》中"语带烟霞从古少，气含蔬笋到公无"。自注："谓无酸馅气也。"[2]显然苏轼是赞赏道通之诗的，而其理由在于道通之诗能洗脱"烟霞""蔬笋""酸馅"诸习气。[3]然反其意观之，苏轼似乎还隐藏着对那些含有此种习气僧诗的批评。如果说，苏轼的批评还较为委婉的话，那么稍后的叶梦得，则径直以"酸馅气"对僧诗全面予以否定：

> 唐诗僧，自中叶以后，其名字班班为当时所称者甚多，然诗皆不传，如"经来白马寺，僧到赤乌年"数联，仅见文士所录而已。陵迟至贯休、齐己之徒，其诗虽存，然无足言矣。中间惟皎然最为杰出，故其诗十卷独全，亦无甚过人者。近世僧学诗者极多，皆无超然自得之气，往往反拾掇摹效士大夫所残弃，又自作一种僧体，格律尤凡俗，世谓之酸馅气。子瞻有《赠惠（道）通诗》云："语带烟霞从古少，气含蔬笋到公无。"尝语人曰："颇解蔬笋语否？为无酸馅气也。"闻者无不皆笑。[4]

在我有限的阅读范围内，叶氏似乎是第一个对僧诗提出如此激烈批评的诗评家。在此之前，文人对僧诗基本能持肯定态度。那么，为何至宋代方出现如此对僧诗的评议呢？为此，我们有必要对此前诗僧的发展及相关评议略

[1] 周裕锴《中国禅宗与诗歌》（上海人民出版社1992年版）中对此论题列专节予以讨论，重在讨论"蔬笋气"与"酸馅气"的内涵，这是前人研究中最重要的成果。

[2] 周裕锴：《中国禅宗与诗歌》，上海：上海人民出版社1992年版，第45页。元好问《遗山集》卷三十七《木庵诗集序》中亦谓："东坡读参寥子诗，爱其无蔬笋气，参寥用是得名。宣政以来，无复异议。"此亦可证"蔬笋气"确为东坡的发明。

[3] 近读高慎涛《"烟霞气"并非指僧诗的清苦之风》（载《中国社会科学报》2014年6月6日）一文，认为"烟霞气"是与"蔬笋气"相反的语词，意即"无蔬笋气"。笔者细味苏轼此诗，高文所说甚是，此处确属笔者曲解。不过，在古文献中，"烟霞气"时常是指僧诗的特质，亦常等同于"蔬笋气"。例如，后文所引成鹫《浪锡游草》云："诗贵本色，文士有风雅之气，山僧有烟霞之气。"

[4] 叶梦得：《石林诗话》卷中，见《历代诗话》，北京：中华书局1997年版，第425—426页。

作梳理，以见出“蔬笋气”“酸馅气”发明的背景。

释子作诗，始于东晋。《中国历代僧诗全集》收录六朝诗僧42人，诗作246首，名显者有支遁、慧远、帛道猷、宝月、汤惠休数人。[1]虽现存诗歌数量未必全面反映出他们的创作实绩，但可以肯定的是，这些僧人并不像后世诗僧那样专注于诗歌。现存六朝僧诗，有“理过其辞，淡乎寡味”之玄言诗，亦有偈颂气较浓之梵呗、唱赞，更有绮靡华丽的艳情诗，很难说已形成了相对稳定而独特的风格。或许正因为此种相对弱势的创作规模，六朝僧诗较少引起诗论家们的关注，[2]因而，此期只能称为诗僧、僧诗的滥觞期。诗僧真正形成一个独立并引起世人广泛注意的诗人阶层，则尚待时日。

隋代国祚短促，诗僧发展呈滞缓状态，甚至还不如六朝。辛文房《唐才子传》中云：“自齐梁以来，方外工文者，如支遁、道遒（猷）、惠休、宝月之俦，驰骤文苑，沉淫藻思，奇章伟什，绮错星陈，不为寡矣。厥后丧乱，兵革相寻，缁素亦已狼藉，罕有复入其流者。”无论从创作实绩还是实际影响看，隋代诗僧一般可略而不论。

“至唐累朝，雅道大振，古风再作。率皆崇衷像教，驻念津梁，龙象相望，金碧交映。虽寂寥之山河，实威仪之渊薮，宠光优渥，无逾此时。”[3]风雅之道与尚佛之风同存并兴，诗僧亦始蓬盛。《全唐诗》录诗僧115人，诗作2800余首，非但远超前代诗僧之和，且亦为唐诗苑中不可或缺的力量。若进一步深究，此115名诗僧中，初盛唐仅得20余人，余者皆存于中晚。因此严格说来，诗僧之盛应始于中唐。当然，初盛唐亦曾有王梵志、寒山、拾得等名僧，然这几人殆同神话中人，生平事迹乃至生活年代均不易考定，且更重要的是，他们的诗歌在当时影响并不大。[4]因此，总体上初盛唐时期的诗僧仍显沉寂。中唐之后，经几代僧诗之“蓄势”以及禅宗勃兴等诸多因素，诗僧

---

[1] 本书由艾若、林凡、郁贤皓主编，当代中国出版社1997年版，以下所引僧诗不出注者，皆出于此。

[2] 笔者所见似仅有钟嵘《诗品》对惠休、道猷、宝月三人诗歌略有品鉴，且置于下品，评惠休为“淫靡，情过其才”，评道猷“亦有清句”，又辨宝月之《行路难》乃窃柴廓之作，所评皆不善也。

[3] 辛文房著，傅璇琮主编：《唐才子传校笺》卷三，北京：中华书局2000年版，第533页。

[4] 以寒山为例，项楚先生就说：“寒山的诗在当时并没有产生社会影响，只是在禅林中流传，有时在禅师上堂时被引用。降自宋代，寒山诗在文人中找到了知音，……不过在很长的历史时期内，寒山诗主要被佛教内部的人士阅读，没有在正统文学中得到一席之地。”项楚：《寒山诗注》，北京：中华书局2000年版，第16页。

顿显活跃。刘禹锡《澈上人文集纪》中云：“世之言诗僧多出江左，灵一导其源，护国袭之；清江扬其波，法振沿之。如么弦孤韵，瞥入人耳，非大乐之音。独吴兴昼公能备众体。昼公后，澈公承之。”[1]此段话相当重要，每被研究诗僧者所征引，它实标志着诗僧阶层的正式形成，并为世人所注目。尤堪注意的是，刘禹锡还对僧人作诗的心理以及僧诗风格等问题，做了初步的理论总结：

> 梵言沙门，犹华言去欲也。能离欲则方寸地虚，虚而万景入；入必有所泄，乃形乎词；词妙而深者，必依于声律。故自近古而降，释子以诗闻于世者相踵焉。因定而得境，故翛然以清；由慧而遣词，故粹然以丽。[2]

“定”乃禅定之义，指正身端坐，排除一切思虑、烦恼；“慧”指当下的直接观照、感悟，为“智慧”之义。此二者，既为释子修行悟道的法门，亦指不同的修行层阶，关联密切。六祖惠能《坛经》中谓：“善知识！我此法门，以定惠为本。第一勿迷言定惠别。定惠体一不二。即定是惠体，即惠是定用。即惠之时定在惠，即定之时惠在定。善知识！此义即是定惠等。”[3]也就是说，“定”可发“慧”，“慧”亦可入“定”，二者体用如一，平等双遣，故能离尘去欲，纳须弥于芥子，寂照本来面目。刘梦得以为僧人作诗的心理流程与禅悟心理流程相一致，即“因定入境”“因慧遣词”，故所作“依于声律”之诗势必形成以“清”“丽”为主导的美学风格。

事实上，从现存中唐僧诗看，“清”“丽”尤其是“清”，确为其主要表征。蒋寅先生曾对中唐诗僧的代表皎然之诗作过统计，在其总共479首诗中竟出现125个“清”字，平均不足4首即含一“清”字。[4]受此启发，我亦对其他几位中唐重要诗僧诗歌中“清”的复现率略做了统计。其中，灵一43首诗中“清”字凡9见，法振34首中亦有8次用到“清”，清江18首中5次用及“清”，灵澈17首中有5首写到“清”。这些看似简单的数据充分说明，

[1] 刘禹锡：《刘宾客文集》卷十九《澈上人文集纪》，《文渊阁四库全书》集部第1077册，第444页。

[2] 刘禹锡：《刘宾客文集》卷二十九《秋日过鸿举法师寺院便送归江陵》，第506页。

[3] 惠能著，郭朋校注：《坛经校释》一四，北京：中华书局1997年版，第26页。

[4] 蒋寅：《大历诗人研究》，北京：中华书局1995年版，第363页。

“清”实在是中唐诗僧们所崇尚的审美趣味。在他们的诗作中，“清”不仅用以描写具体自然景物，且常用来传达内心抽象的审美与宗教体验，如“释印及秋夜，身闲境亦清”（皎然《酬乌程杨明府华将赴渭北对月见怀》）、“越人僧貌古，清虑洗尘劳”（法照《送清江上人》）、“心空得清凉，理证等喧寂”（灵一《同长孙主簿仁寿寺纳凉》）等诗句。可见，中唐诗僧耳闻目及的是清泉、清音、清风、清气，其心灵亦多入清空、清闲、清净之境，因此他们的诗歌自然也透发出十足的“清”味。在当世或后世的一些诗评文字中，文人亦多以“清”或与其相关的语词来品鉴他们的人格与诗格。像独孤及评灵一“神清气和，方寸地灵，与太初元精合其纯粹”[1]，于頔评皎然“师古兴制，故律尚清壮，其或发明玄理，则深契真如，又不可得而思议也”[2]，胡震亨评皎然“清机逸响，闲淡自如”[3]，钟惺评皎然“清淳淹远”[4]等等，不胜枚举。总之，当诗僧这一特殊的诗人阶层独立析出时，他们的诗歌给诗坛带来一阵清风、清气，流注了一泓清泉、清溪，实悦人耳目，沁人心脾。

同样生活在山林下、清流边，后世诗僧本不难承续中唐诗僧开创的诗风，士大夫们亦可以“清和”“清丽”“清润”“清秀”等语来品鉴他们的人格与诗格。然为何入宋之后，对诗僧及其诗作的评价，便生发出明显转向，多以“蔬笋气”“酸馅气”等讥讽之呢？

苏轼《赠诗僧道通诗》中的那两句诗，朱自清先生亦曾有过论析，其云：

> 东坡说道通的诗没有“蔬笋”气，也就没有“酸馅气”，和尚修苦行，吃素，没有油水，可能比书生更“寒”更“瘦”；一味反映这种生活的诗，好像酸了的菜馒头的馅儿，干酸，吃不得，闻也闻不得……和尚虽苦，出家人原可“超然自得”，却要学吟诗，就染上书生的酸气了。[5]

[1] 独孤及：《毗陵集》卷九《唐故扬州庆云寺律师一公塔铭》，《文渊阁四库全书》第1072册，第225页。

[2] 于頔：《杼山集序》，载皎然《杼山集》卷首，《文渊阁四库全书》第1071册，第777页。

[3] 胡震亨：《唐音癸签》卷八，上海：上海古籍出版社1981年版，第81页。

[4] 钟惺：《唐诗归》卷三十二，《续修四库全书》集部第1590册，第211页。

[5] 朱自清：《论书生的酸气》，见《朱自清古典文学论文集》，上海：上海古籍出版社1981年版，第168页。

此段话本是论书生的酸气，然实际亦指出和尚特有的“蔬笋气”“酸馅气”的由来：一方面这与他们清寒酸涩的素食生活相关；另一方面则是染上了书生的苦吟习气。提及“苦吟”，我们便不由想起晚唐著名苦吟诗人贾岛。事实上，晚唐五代、贾岛、苦吟、诗僧，实乃几个能充分引出论题的关键词。

贾岛（779—843），字阆仙，范阳人，早年出家，名无本，后弃之，举进士，有《长江集》十卷存世。他诗思入僻，诗风俭涩，声名却远播于晚唐五代诗坛。闻一多先生甚至称晚唐五代为“贾岛时代”：

> 他目前那时代——一个走上了末路的，荒凉，寂寞、空虚，一切罩在一层铅灰色调中的时代，在某种意义上与他早年记忆中的情调是调和，甚至是一致的。……于是他爱静，爱瘦，爱冷，也爱这些情调的象征——鹤、石、冰雪。黄昏与秋是传统诗人的时间与季候，但他爱深夜过于黄昏，爱冬过于秋，他甚至爱贫、病、丑和恐怖。[1]

闻一多先生指出了充满铅灰色的“贾岛时代”的特征以及同样充满铅灰色的贾岛诗歌情调。此外，闻先生称“贾岛时代”还有另一层意义，那就是“由晚唐到五代，学贾岛的诗人不是数字可以计算的”。李嘉言先生《长江集新校》据各家诗话考得直接受贾岛影响的晚唐五代诗人有22人。其实，受贾岛影响的诗人远不止这个数目，仅就诗僧言，即有无可、栖白、可止、归仁、贯休、齐己、虚中、修睦诸人。[2]这些诗僧均不同程度地表示出对贾岛的偏好。例如，可止《哭贾岛》云：“燕生松雪地，蜀死葬山根，诗癖降今古，官卑误子孙。冢栏寒月色，人哭苦吟魂。墓雨滴碑字，年年添藓痕。”尚颜《言兴》云：“乞乞被吟牵，因师贾阆仙。”齐己《经贾岛旧居》云：“若有吟魂在，应随夜魄回。”归仁《题贾岛吟诗台》云：“此台如可废，此恨有谁平。纵使迷青草，终难没旧名。”这些动情的诗句并非浮泛之辞。

诗僧们怀念贾岛，更怀念他的“苦吟”诗魂。在实际的创作中，晚唐五代的诗僧们，多能自觉走“苦吟”之路，以下诗句便是明示：

[1] 闻一多：《唐诗杂论·贾岛》，上海：上海古籍出版社1998年版，第34页。
[2] 周裕锴：《中国禅宗与诗歌》，第76—77页。

梧桐雨畔夜愁吟，抖擞衣裾藓色侵。（尚颜《秋夜吟》）
坐遥翻不睡，愁极却成吟。（尚颜《江上秋思》）
瘦颜颧骨见，满面雪毫垂。（可止《赠樊川长老》）
苦被流年迫，衰羸老病情。（齐己《夏日言怀》）
砌曲夜声苦，窗虚客梦阑。（修睦《僧院泉》）

类似以上这样的诗句，在晚唐五代诗僧那里是很常见的。不难看出，这些诗句深得贾岛苦吟诗风之神髓，已无皎然、灵一辈超然清拔之气。元人程钜夫即云："古今诗僧，至齐己、无本之流非不工，而超然特见，高出物表，径与道合，未有若寒山子诗、云顶敷之颂。"[1]那么，晚唐五代诗僧为何如此倾向于贾岛诗风呢？关于此问题，盖可从以下几方面来考虑：（1）是"铅灰色"的"贾岛时代"背景在诗僧们心中的投影；（2）贾岛早年为僧的经历有助于扩大他在丛林中的影响；（3）衲子崇尚苦行，无论是生活形态还是习性品相都给人蹇涩、贫寒之感，因此，贾岛的"苦吟"诗风恰好适应了他们的心理状态与生活方式；（4）贾岛早年出家的经历，正是形成他此种诗风的一个重要的原因，或者说，"苦吟"诗风本身就有着浓厚的僧人习气。陆时雍《诗镜总论》云"贾岛衲气终生不除，语虽佳，其气韵自枯寂耳。……贾岛诗如寒齑，味虽不和，时有余酸荐齿"[2]，即指出了"衲气"与贾岛枯寂寒酸诗风的密切关系。总之，由于贾岛的出现，晚唐五代的僧诗，由中唐僧诗的"清雅""清闲""清空"一变为"清苦""清寒""清愁"。虽同以"清"为底色，但"清"的内涵却明显发生了变化。

贾岛的意义还不仅限于晚唐五代，他与他的追随者们开创的蹇涩、寒僻的诗风，后人多称为"晚唐体"。"晚唐体"的流风余韵在后世某段时期内常会获得出人意料的反响。宋初著名的"九僧诗"即是"晚唐体"诗风影响下的产物。[3]

晚唐五代乃"贾岛时代"，诗僧学其苦吟诗风当然不会受太多批评。然

[1] 程钜夫：《雪楼集》卷十五《李雪庵诗序》，《文渊阁四库全书》第1202册，第206页。
[2] 陆时雍：《诗镜总论》，《历代诗话续编》下册，第1421—1422页。
[3] 关于九僧学贾岛，前人多有定论。明人郎瑛《七修类稿》卷三十一"九僧诗"条云："又有九僧者同出一时，欧阳公尝慕之云，集已亡……考其诗，皆学贾岛、周贺，故谈释子者以九人为倡。"清人贺裳《载酒园诗话》亦云："宋初九僧诗，称贾司仓入室之裔。"

入宋之后，随政治文化之开明、隆兴，士大夫的心态与审美情趣亦发生了较大的变化。从心态而言，虽宋人屡在政治革新面前流露焦虑与忧患，然与晚唐五代时的畏祸惧死相比，则显然雍容得多、疏狂得多了；再从审美情趣看，晚唐五代偏狭、偏仄的审美情趣，经专事雕琢、绮丽深婉之“西昆体”洗礼以及追求超迈横绝和深远幽淡的“梅、苏”诗风的浸染，已渐变为讲求平淡与韵致，因此，像仍走苦吟一派的九僧寒俭酸涩的诗风，自然不会为士大夫们所欣赏，批评、讥讽之声自是难免。像欧阳修《六一诗话》中记载的关于九僧的“趣事”，即透显出宋人对僧诗态度的转变：

> 国朝浮图，以诗名于世者九人，故时有集号《九僧诗》，今不复传矣。……当时有进士许洞者，善为词章，俊逸之士也。因会诸诗僧分题，出一纸，约曰：“不得犯此一字。”其字乃山、水、风、云、竹、石、花、草、雪、霜、星、月、禽、鸟之类，于是诸僧皆阁笔。[1]

欧阳修举许洞之事，意在说明九僧专拘泥于自然意象的创作模式，虽未著评语，但讥讽之意实已昭然。在另一则关于诗僧的趣事中，欧公甚至还拈出“菜气”一词来评价僧诗。据惠洪《冷斋夜话》载：“大觉琏禅师学外工诗，舒王少与游，尝以其诗示欧公，欧公曰：‘此道人作肝脏馒头也。’舒王不悟其戏，问其意。欧公曰：‘是中无一点菜气。’”[2]欧阳修此则评论与苏轼评道通之诗，可谓“异曲同工”。他赞琏禅师之诗无“菜气”，实际也曲折地批评了有“菜气”之僧诗。或许正是欧阳修这二则趣事，文人对僧诗批评才发生转向，[3]以至于在苏轼之后，以“蔬笋气”“酸馅气”二词来评判僧诗的言论比比皆是。

宋代文人对僧诗批评的转向或还与当时一些诗僧的人品有关。在宋代，诗僧窃诗、坐累、犯戒、作绮语的公案，比比皆是。像王安石《温公续诗话》、刘

[1] 欧阳修：《六一诗话》，《历代诗话》上册，第266页。

[2] 惠洪：《冷斋夜话》卷六，《文渊阁四库全书》第863册，第262页。

[3] 欧阳修《六一诗话》被称为诗话之祖，影响甚大。其关于九僧的此则趣事，在后世一些诗话中，递相祖述。此外，宋人批评僧诗的言论，很多都与欧阳修如出一辙。例如葛立方《韵语阳秋》卷四评祖可诗：“僧祖可……作诗多佳句。……然读书不多，故变态少。观其体格，亦不过烟云、草树、山水、鸥鸟而已。”

攽《中山诗话》中皆对“九僧”之一的惠崇化用司空曙、刘长卿诗句而成的“河分冈势断，春入烧痕青”一联，略有嘲讽，后又有王安石之女讥惠洪为“浪子和尚”，特别是叶梦得对诗僧之人品尤多贬词：

钱塘西湖旧多好事僧，往往喜作诗，其最著名者，熙宁间有清顺、可久二人。顺字怡然，……不妄与人交，无大故不至城市。士大夫多往就见，时有馈之米者，所取不过数斗，以瓶贮置几上，日取其三二合食之，虽蔬茹亦不常有，故人尤重之。其后道潜，初无能，但从文士往来，窃其绪余，并缘以当世名士，遂以口舌论说事实，讥评人物，因见推称。同时有思聪者，亦似之，而诗差优。近岁江西有祖可、惠洪二人，祖可诗学韦苏州，优此数人。惠洪传黄鲁直法，亦有可喜，而不能无道潜之过。祖可病癞死，思聪宣和中弃学为黄冠，又从而得官。道潜、惠洪皆坐累编置。风俗之变，虽此曹亦然，如顺、久未易得也。[1]

这里，叶氏历数六名作诗的“好事僧”，除清顺、可久稍能入其法眼外，其余或窃文人绪余，或坐累编置，或得病癞致死，或沽名钓誉、为僧不诚，因此，他哀叹“风俗之变，虽此曹亦然”。以这样的心态去品鉴僧诗，当然是贬抑为多。

以上，我们对“蔬笋气”“酸馅气”的形成做了简要探讨，然此种习气的内涵究竟为何呢？《景德传灯录》中记载了两则学人参问师傅“如何为僧气”的公案：

（僧）问：如何是衲僧气息？师曰：膝行肘步，大众见之。[2]

（僧）问：如何是衲僧气息？师曰：还曾熏着汝也无？[3]

这两则公案充满机锋，似乎“僧衲气”若佛法一样玄妙难测，不可拟议形容。在诗学领域，古人亦未对“蔬笋气”“酸馅气”有过完整的诠释。不

[1] 程毅中辑：《宋人诗话外编》（上册），北京：国际文化出版公司1996年版，第309页。

[2] 道原：《景德传灯录》卷十三“汝州风穴沼禅师”条，《大正新修大藏经》第五十一卷，第303页。

[3] 道原：《景德传灯录》卷十六“石霜诸禅师法嗣”条，第328页。

过，综括前人的言论，我们还是能基本把握在诗学领域中“蔬笋气”“酸馅气”的内涵。[1]

古代诗僧多生活在远离现实的寺院丛林中，所接触的多是自然清音、古佛经卷，有的甚至整天幽闭在禅房之中，苦思冥搜，因此与文士相比，他们的阅历、识量自然相对狭窄。宋人范晞文云：“唐僧诗，除皎然、灵澈三两辈外，余者率皆衰败不可救，盖气宇不宏而见闻不广也。”[2]胡应麟亦说：“凡仙、释诗，多方外气骨，殊少意度。”[3]王夫之亦云：“僧诗本不足拊于桧、曹之末。唐宋诸名髡，技止此耳，况今日哉！识量止于其域，大无能摄，微无能入也。”皆批评了诗僧气度识量狭仄的缺陷。此种缺陷具体反映在诗中就是，诗料少，题材狭窄，“古今上下哀乐，了不相关”[4]。前举欧阳修关于九僧的趣事，虽有点夸张，但读他们的存留诗作，笔触确多不出山水、风云、月露、花石、鸟兽等自然物象。又据陈善《扪虱新话》载，他尝与僧慧空“论今之诗僧”，慧空云：“吾往在豫章，从李商老游，一月一论。至可师处，商老曰：‘可诗句句是庐山景物，试拈却庐山，不知当道何等语？’”[5]“可师”，即江西诗派中的诗僧祖可，其诗一如“九僧诗”那样，专拘泥于自然景象。然而，刘克庄却认为祖可是“默读书，诗料多，无蔬笋气”，与陈善所载不尽相同。我们不必深究诗僧祖可“诗料”多少这一具体问题，从以上材料看，“蔬笋”诸气的首要意涵——“识量小，诗料少”，是基本可以得到确认的。

《四库全书总目》评宋释道璨诗云：“其诗边幅颇狭，未能脱蔬笋之气，而短章绝句，能善用其短者，亦时有清致。”[6]由此可见，在前人看来，“蔬笋气”还指僧诗边幅短狭的缺陷。周裕锴先生说：“统观历代僧诗，五言诗的数量大大超过七言诗，而七言诗中又以七绝数量最多。……那种天马行空的、鱼龙百变的七言歌行是和缚于禅寂的诗僧无缘的。”[7]这种

[1] 关于“蔬笋气”的“弊端”，周裕锴《中国禅宗与诗歌》概括了四点：1. 意境过于清寒，缺乏人世生活热情；2. 题材过于狭窄，缺乏广泛深刻的社会生活内容；3. 语言拘谨少变化，篇幅短小少宏放；4. 作诗好苦吟，缺乏自然天成之趣。此说基本全面，本文在此基础上略作补充。

[2] 范晞文：《对床夜语》卷五，《历代诗话续编》上册，第446页。

[3] 胡应麟：《诗薮·外编》卷二，上海：上海古籍出版社1979年版，第161页。

[4] 王夫之：《姜斋诗话》卷三，北京：人民文学出版社1989年版，第195、163页。

[5] 陈善：《扪虱新话》卷十八，《四库全书存目丛书》子部第101册，第302页。

[6] 永瑢等：《四库全书总目》卷一六五“《柳塘外集》提要”，第1411页。

[7] 周裕锴：《中国禅宗与诗歌》，第47页。

判断大体符合实际。诗僧们多选择五言短章就是他们偏狭审美情趣的体现。《五代诗话》引《诗话总龟》载：

蜀沙门僧尔鸟，诗慕李白，鄙贾岛蹇涩，乃自讽其词云："鲸目光烧半海红，鳌头浪蹙掀天白。"而云：我不能措思于藩篱踌涔之间。仍精于《周易》、佛经，为歌行所掩。[1]

大概尔鸟才思宏富如鲸目之光、鳌头之浪，故他素慕才情纵逸的李白而鄙弃寒酸俭涩之贾岛，因此他多选择歌行，而佛学则被遮掩。这一事实似说明，习佛之诗僧是不适应创作歌行体的。

"蔬笋气"有时还指语言呆板、滞塞，缺少变化。宋人牟巘评闻此上人之诗云："闻此上人有诗千百首，自号断江。……（其诗）大率不蔬笋，不葛藤，又老辣，又精采，而用字新，用字活。所谓诗中有句，句中有眼，直是透出畦径，能道人所不能到处。"[2]牟巘评闻此上人之诗是"不蔬笋""不葛藤"，其原因在于上人之诗"用语新，用字活"。从这里似可反观出，具有"蔬笋气"的僧诗则是语言陈旧，缺少变化。

诗歌是以形象来抒情达意，最忌说理。然诗僧由于长年颂经念佛，一些禅语话头已烂熟于心，故在吟咏诗句时，免不了摄入此类语言。在一般文士看来，这又是僧人习气的表现。明人刘崧《芳上人诗序》："方之外能言者率多，然大抵缠汩于偈颂口耳之习，而于诗之道远矣。"[3]清人贺贻孙《诗筏》中亦云："唐释子以诗传者数十家，然自皎然外，应推无可、清塞（即周贺）、齐己、贯休数人为最，以此数人诗无钵盂气也。僧家不独忌钵盂语，尤忌禅语。近有禅师作诗者，余谓此禅也，非诗也。禅家诗家，皆忌说理，以禅作诗，即落道理，不独非诗，并非禅矣。诗中情艳语皆可参禅，独禅语必不可入诗也。"[4]《四库全书总目》评宋释居简《北磵集》云："居简此集，不摭拾宗门语录，而格意清拔，自无蔬笋之气。"[5]可见，"蔬笋气"

---

[1] 王士禛等辑：《五代诗话》卷八，《文渊阁四库全书》第1486册，第687页。
[2] 牟巘：《牟氏陵阳集》卷十七《跋恩上人诗》，《文渊阁四库全书》第1188册，第156 页。
[3] 刘崧：《槎翁文集》卷八《芳上人诗序》，《四库全书存目丛书》集部24册，第489页。
[4] 贺贻孙：《诗筏》，《清诗话续编》上册，第192页。
[5] 永瑢：《四库全书总目》卷一六四"《北磵集》提要"，第1405页。

诸气还指僧诗中多摄入禅语、话头，而含带偈颂之味。

前面说了，“清”自中唐之后即为僧诗的底色，士大夫最珍视僧诗者，也正是这一点。然而“清”过了头，便易堕入死寂之境，这也会招至文士的批评。陈善云：“予尝与僧慧空论今之诗僧，如病可（祖可）瘦权（善权）辈，要皆能诗，然尝病其太清。……如人太清则近寒，要非富贵气象，此固文字所忌也。今观此二僧，所谓其清足以仙，其寒亦足以死者也。”[1]清吴乔《围炉诗话》亦云：“周贺诗清刻，恨不脱僧气。”[2]前引钱谦益论“蔬笋气”的一段文字，可以见出钱氏是极力主张僧诗的特质就是多为他人指摘的“蔬笋气”。他还有一段文字尤可视为“蔬笋”诸气的注脚：

> 观其（诗僧寄巢）诗罕目疏节，癯然而瘦硬，如其人之颧孤颐削，骨格崚嶒，矗出于条衣外也。观其诗偏弦短韵，峭然而凄冷，如其人之瑑冰嚼雪，失群哑羊，而却食仰口也。观其诗耽思傍讯，邈然而惨淡，如其人之穷老嗜学，吞纸以实腹，而食字以饱蠹也。尝试与子摩挲遗卷，旋目而思之。叉衣反手，巡檐觅句，篝灯拨火，抱膝孤吟，风酸雨暗，则壁蛩啁啾，月白漏残，则梵猿呼应。……寄巢之诗，蔬笋也，鲭鱼也，春余之孤花，睡梦之清磬也。[3]

钱氏精研内典，淹通三乘，论诗自是独具只眼，他人多所弃唾的“蔬笋气”，他反而鼓扬再三。而且他所看重的正是诗僧“篝灯拨火，抱膝孤吟”的寒俭之态，僧诗“偏弦短韵，峭然而凄冷”的境界。从以上正反两方面的评议看，“疏笋”诸气还指僧诗清寒、蹇涩的风格。

诗僧的“苦吟”约略相当于北宗禅提倡的“坐禅”，与南宗禅随缘任运，见性成佛的灵活机变的禅风截然不类。因此，他们的作诗过程与他们的诗歌一样缺乏灵感，无飞动豪放之意。前引叶梦得之言已见得大概，宋初郑獬亦云“浮屠师之善于诗，自唐以来，其遗篇之传于世者，班班可见。缚于其法，不能闳肆而演漾，故多幽独衰病枯槁之辞。予尝评其诗如平山远水而无豪放飞动之意”[4]，就指出了诗僧因束缚于僧律，其诗多病态幽独之象，而无飞

[1] 陈善：《扪虱新话》，《四库全书存目丛书》子部第101册，第302页。
[2] 吴乔：《围炉诗话》卷三，《清诗话续编》中册，第568页。
[3] 钱谦益：《牧斋有学集》卷二十一《石林上人寄巢诗序》，第883页。
[4] 郑獬：《郧溪集》卷十四《文莹师诗集序》，《文渊阁四库全书》第1097册，第246页。

动之意。贺贻孙在谈“盂钵气”时也说：“诗以兴趣为主，兴到故能豪，趣到故能宕。释子兴趣索然，尺幅易窘，枯木寒岩，全无暖气，求所谓纵横不羁、潇洒自如者，百无一二，宜其不能与才人匹敌也。”[1]

以上我们据古人品鉴僧诗的正反两方面言论，对“蔬笋气”“酸馅气”的内涵做了简略的概括。从中我们看出，“蔬笋气”或“酸馅气”实为古代诗僧与僧诗特有的气质，是区别于文人诗的重要标志。明人祝允明有一首诗很形象地道出了诗僧的创作心态及其诗作特色，可移作对“蔬笋”诸气的综括：

> 得来应是呕心肝，磨破枯蒲几个团。佛有语言唯说性，僧为文字不求官。色离纨绔通身净，味带虀肠一点酸。我欲强赓三五首，却怜无暇尽雕钻。（《题衲子诗卷》）[2]

衲子呕出心肝，磨破蒲团，苦吟冥搜，虽远文人习气，却也含带酸味。这种诗歌，在祝氏看来，是那些闲暇无事的僧衲刻意雕琢出来，是文士们不能为亦不屑为的。

僧诗含带“蔬笋气”“酸馅气”等习气，究竟是否可取，这是个“仁者见仁，智者见智”的问题。不过，通检前人的有关言论，以大多数诗评家的法眼，此等习气实为僧诗的局限，应予以摒弃；像元好问、钱谦益等人所提倡的“本色”论，似乎并不为多。由此，我们想到了清人叶燮的一段话：

> 世出世法，本无二法，法法皆然，即诗文一道亦尔，然诗不能无大同而小异。世谛之诗，不可有俗气、书生气；出世谛之诗，不可有禅和气、山人气。论诗者于世出世法，似乎相反，然畅达胸臆，不袭陈言，要归于不染气习，无二谛也。[3]

所谓“论诗者于世出世法，似乎相反”，实际道出了古代诗论家论诗的一个重要取向：诗文之道，贵在超出诗人自身的习气。

---

[1] 贺贻孙：《诗筏》，《清诗话续编》上册，第192页。

[2] 祝允明：《怀星堂集》卷七《题衲子诗卷》，《文渊阁四库全书》第1260册，第462页。

[3] 叶燮：《己畦集》卷八《庐山大林寺心壁上人诗序》，《四库全书存目丛书》集部第244册，第92页。

我们用了不少篇幅讨论前人品鉴僧诗的重要术语“蔬笋气”“酸馅气”的形成及其内涵。这种讨论表面上是游离于我们的论题之外，但实际上又是极有必要的。因为无论是在观念上，还是在实际的创作中，清初岭南诗僧们多能突破此等习气，表现出与前代僧诗迥然相异的审美情趣与艺术表征。因此，我们就以此为切入点来探讨这两方面的问题。

第二节　清初岭南诗僧的诗学取向[1]

清初岭南诗僧的诗学主张散见于他们所作的诗序和题跋中，虽多缺乏系统，但就一些基本的诗学命题，他们的取向还是相当接近的。总体来说，在观念上，诗僧们虽承认僧诗应具备僧人的本色，但更主张超越僧人的习气。澹归《姚雪庵诗序》中即云：“僧诗不可有僧气，居士诗不可无僧气。”[2]成鹫论诗有“三品”说：“诗贵本色，文士有风雅之气，山僧有烟霞之气，此真品也；诗贵出格，风雅带烟霞气，烟霞中带风雅气，此妙品也；诗贵超方，风雅中无风雅气，烟霞中无烟霞气，此神品也。神品上矣，非深于道者未足语此。”[3]在他看来，僧诗有本色“烟霞气”，只能算是“真品”；惟“无烟霞气”之作，方能入最高的“神品”。可见，成鹫与澹归皆认为最好的僧诗当超出僧人的习气。具体说来，他们的诗学观念主要表现在以下诸方面。

（一）本体论：“诗，性情流露之最真也”

中国诗学关于诗歌的本体论，历来有“言志”和“缘情”两条主线。“言志”者，偏重于理性；“缘情”者，则注重诗人个人情性的抒发。或许

[1] 有关清初岭南诗僧诗学的研究论文，目前仅见两篇，即覃召文《成鹫的诗文理论》和李福标《僧澹归的诗文批评》。

[2] 澹归和尚著，段晓华校点：《遍行堂集》卷七《姚雪庵诗叙》，第一册，第177页。

[3] 成鹫：《咸陟堂文集》卷一《浪锡游草》，第480页。

受佛禅“明心见性”旨趣的影响，在此一问题上，清初岭南诗僧多认为诗歌贵抒发诗人的真性情。成鹫《藏稿自序》云“自为诗文，无所取法，第惟根于心，出诸口，发之而为声，歌之咏之，自适其情而已”[1]，又说“足之所至，兴之所寄，即事遣情，往往有诗，不复计其工拙也”[2]，皆强调了诗文遣情适情的基本要旨。传檀亦云：“文不足以载道，可无文也；诗不足以范人性情于正，可无诗也。”[3]澹归则说得更明白：“诗，性情流露之最真也。”[4]相反，对那些无真性情之作，澹归则斥为“伪诗”：“今之人走一时之好恶，无一不求相似。于是见人而不见己，见衣冠不见面目，见悲喜不见性情，盖天下之习伪久矣。心能入伪，口能出伪，笔能传伪，觌面而不可问，即一切事宁可问者？”[5]澹归所强调的“真诗”，是那些能抒写诗人独特性情的作品。

古典诗学中，“性情”的内涵极为丰富，在不同的诗论家那里侧重点不尽相同。例如，晚明竟陵派亦倡“性灵”，但内涵多指诗人的“幽情单绪”，有脱离社会现实之弊。而前面所述之“蔬笋气”“酸馅气”，一个重要表征是“识量小、诗料少”，缺乏历史意识与社会责任感，因而被王夫之斥为“古今上下哀乐，了不相关”。清初岭南诗僧所指的“性情”的内涵当然也是指诗人主观情绪，但这种情绪绝非专注于一己得失与哀乐，而是指诗人对自然和社会的独特感受，甚至还有普遍的天下意识。函昰《〈似诗〉自序》中云：

> 子以予偈不可读，姑取诗以示人，为其近人也。何近乎？情近也，境近也，悲欢合离与人同情，草木鸟兽与人同境。同人者善入，入则亲，亲则信，信则渐易而不觉矣！噫！此吼子之说也。然予以为吼子之知予诗者惟近，而不知余之不是诗者亦惟近。近者，天下之所同也，而有异焉。然则天下之所为乐近者，为其同也。而有异则天下之所谓乐，一人尤乐。余之不是诗，是以乐与

[1] 成鹫：《咸陟堂文集》卷一《藏稿自序》，第462页。
[2] 成鹫：《咸陟堂文集》卷一《纪游诗序》，第476页。
[3] 传檀：《〈涂鸦集书问〉序》，引自冼玉清：《广东释道著述考》，第577页。
[4] 澹归和尚著，段晓华校点：《遍行堂续集》卷四《树德堂诗集序》，第四册，第74页。
[5] 澹归和尚著，段晓华校点：《遍行堂续集》卷三《滋树轩诗集序》，第四册，第61页。

天下，而尤乐待一人。万世而下，其旦莫遇之邪？[1]

函昰之所以取己诗“以示人”，是因为其诗所写悲欢离合之情、草木鸟兽之境，皆与世人相同，由此，其诗也就有“善人”之效；而他认为己诗与他人又不尽相同，其原因乃在他对天下的悲欢苦乐体会尤深。可见，在诗歌情感的内涵上，函昰并不拘泥于僧人枯槁、寂灭的习气，而怀有较为浓厚的“天下”情怀，关注的是天下苍生的悲与乐。

僧人因受制于相对狭窄的生活空间，其诗歌题材多不出山林月露、花鸟虫鱼等自然物象。对此，澹归断然予以否定：“先生尝语侍御君：‘一生选诗，枉费于烟云花鸟、玩物适情之上，今当取其怀古言志、关风化、感时事、有识度、有经济、觉迷启悟者，为我拈出，更得见地之友共之。’此选诗之法，即作诗法也。”[2]在澹归看来，不论是“选诗”抑或是“作诗”，皆不能仅限于对自然物象的怡然自适，而应该“怀古言志”“关风化”“感时事”，体现出诗人的气度与识量。这与“以一国之事，系一人之本”“言天下之事，形四方之风”（《诗大序》）的风雅传统是一脉相承的。在《树德堂诗集序》中，澹归又由儒家的“思无邪”说，提出诗歌当写“天下之元气”：

天下之元气见于风俗，一人之元气见于诗，以正为鹄。《诗》三百一言以蔽之，曰思无邪，此诗法也。天下之风雅虽坏，一人自正，则能回元气于无何有之乡，其权不分上下。使位天地，育万物，全归君相，彼有君相以来，贤者少，不贤者多。然而不至于崩陷灭绝，必有致中和而不见知于世者矣。其义不专属诗，而谓之见于诗者。诗，性情流露之最真也。[3]

这是说，诗歌最能反映诗人的真性情，而这种真性情又涵括了个人和天下的“元气”，起到了“位天地，育万物”的作用，唯有此种诗歌，天下“元气”方“不至于崩陷灭绝”。这种“元气”究竟是指的什么呢？澹归于此并无明言。但如果我们将它与黄宗羲所提出的诗写“万古之性情”“天地之元

[1] 函昰：《瞎堂诗集》卷首《〈似诗〉自序》，第478页。
[2] 澹归和尚著，段晓华校点：《遍行堂续集》卷四《树德堂诗集序》，第四册，第74页。
[3] 澹归和尚著，段晓华校点：《遍行堂续集》卷四《树德堂诗集序》，第四册，第74页。

气”[1]等主张联系起来，不难见出这种“元气”实际关乎民族气节以及对天下苍生的深切悲怀，显示出明清之际知识分子普遍的家国和民族意识。

作为诗僧，函昰、澹归们能有如此深沉的“天下”意识，是难能可贵的，这体现出他们的识量、气度之宏阔，绝非仅食“蔬笋”之僧人所能比。这种情怀，明显有着较浓厚的儒家思想的色彩，同时亦是佛教大乘菩萨道在他们诗学中的体现。正如澹归所云：“夫新故即移，天地犹吾天地，民犹吾民，物犹吾物，宁有睹其颠沛，漠然无动，复为之喜形于色耶？予故推先生为一世真儒，于吾法中大乘菩萨种子久远成熟，以其勇发于仁，不尽从文得之。”[2]这是说，以天地为吾天地，以万民为吾民，以万物为吾物的“天下”思想，既是“真儒”的思想，也是大乘菩萨道一以贯之的思想。

（二）宗趣观：“以《风》《雅》为经，以汉魏四唐为纬”

中国诗学批评历来注重诗人之间诗艺的渊源承传关系。诗论家们在评述具体诗人、流派乃至某个时代的诗歌气象时，往往喜欢探本溯源、返祖归宗，这既可阐明他们的诗歌发展观，亦可标识审美归趣。例如，明代前后七子反复申说的“诗必盛唐，文必秦汉”，即标举盛唐之诗、秦汉之文作为自己的创作典范以及理想的诗文气象。在这个问题上，清初岭南诗僧虽不像七子那样有着明确统一的主张，但总体来看，他们的诗歌宗趣观是有着较为明显的复古倾向的。这其中尤以成鹫最具代表意义。其《论诗》中云：

> 风雅一道至今日，犹吾宗之末法也，止存声律，绝无性情，譬诸拈椎竖拂之家，但知斗凑机锋，向上一着，未曾梦见。贤辈写诗，当知三百篇是如来禅，汉魏六朝是祖师禅，初盛中晚是诸方禅，今之作者则野狐禅也。取法欲上，立志欲高，请以古人为师。[3]

---

[1] 黄宗羲《南雷文约》卷四《马雪航诗序》云：“诗以道性情。……盖有一时之性情，有万古之性情。……孔子删之以合乎兴、观、群、怨、思无邪之旨，此万古之性情也。”又《谢皋羽年谱游录注序》说：“夫文章，天地之元气也。元气之在平时，昆仑磅礴，和声顺气，发自廊庙，而畅浃幽遐，无所见奇。逮乎厄运危时，天地闭塞，元气鼓荡而出，拥勇郁遏，忿愤激讦，而后至文生焉。”

[2] 澹归和尚著，段晓华校点：《遍行堂续集》卷四《李灌溪侍御〈碧幢集〉序》，第四册，第74页。

[3] 成鹫：《咸陟堂文集》卷十六《论诗》，第696页。

所谓“如来禅”，乃禅宗“至极之心法，达摩所传之宗旨名”。[1]《楞伽经》卷二曰：“云何如来禅？谓入‘如来地行’自觉圣智相三种乐住，成办众生不思议事，是名‘如来禅’。”[2]可见，如来禅是一切禅法心要之根本，是最上乘之禅，若修习此禅，则“自然能渐得百千三昧”。何谓“祖师禅”呢？丁福保释云：“如来禅为教内未了之禅，而以祖师禅为教外别传至极之禅也。”即指菩提达摩之后的“不立文字，祖祖本传之禅也”。[3]“诸方禅”又称“分灯禅”，是指惠能之后的五家七宗形成的各自不同的门庭设施与接引学人的宗风；而“野狐禅”则是指以外道为禅，远离禅宗正脉的窳败之禅。在这里，成鹫以禅史喻诗史，认为《诗》三百如“如来禅”一样，是诗歌的根本，一切诗歌皆由此源流；而汉魏六朝诗则是自达摩而后的祖祖相传之禅，初盛中晚唐之诗则是惠能之后的分灯禅，今之诗则如“野狐禅”，“止存声律，绝无性情”。这些类比或许不一定恰确，但不难看出，厚古非今是释成鹫总体的诗歌发展史观。由此，他进一步认为学诗殆同学禅，皆要“取法欲上，立志欲高”，以古人为师。在《陈伯云诗草序》中，他说得更为明白：“譬诸诗焉，元音始自《风》《雅》，唱和盛于三唐，作者争鸣，汗牛充栋，至今日殆无诗矣。是故说诗者，必祖风雅以为经，如来禅也；汉魏六朝五言古风为纬，祖师禅也；初盛中晚代变新声，诸方禅也。”[4]从这里可以看出，成鹫的诗歌宗趣观是：以《风》《雅》为经，以汉魏六朝古风为纬，以四唐为流。

澹归虽没有像成鹫那样全面否定“今之作者”，但在《树德堂诗集序》中亦表示了复兴风雅传统的愿望。大汕则从诗歌语言的角度，亦认为《诗集》三百与汉魏古诗乃后世诗之源：“如言《诗》三百篇之后，必及四唐，唐诗必称李杜。试即二人诗中用‘风月’字，摘一二句言之。如李白《古风》云：‘蟾蜍薄太清，蚀此瑶池月。’则本沈约诗‘白云自帝乡，含吐瑶池月’。又‘长安一片月’，则本徐陵‘片月窥花潭’。又‘我来圯桥上，怀古钦英风’，则本《北山移文》‘张英风于海甸’，……从来汉魏后人用字用句，未有无本而创作生涩者。”[5]

[1] 丁福保：《佛学大辞典》，第1088页。
[2] 求那跋驼罗译：《楞伽经》卷二，《大正新修大藏经》第十六卷，第492页。
[3] 丁福保：《佛学大辞典》，第1817页。
[4] 成鹫：《咸陟堂文集》卷一《陈伯云诗草序》，第470页。
[5] 大汕著，余思黎校点：《海外纪事》，第33—34页。

在实际的创作中，诗僧们亦能自觉以《诗》三百、汉魏古诗、四唐诗歌为创作典范。例如澹归，沈融谷评曰："其于诗，则汉魏、三唐、两宋之所涵咏融铸者也。"[1]大汕之诗，黄鹤岩评曰："和上之诗，本三百十篇温厚以发源，《离骚》深永以纬思，汉魏雄高以厉气，唐人篇律以约趣。"成鹫之诗，樊泽逵评曰："公骋其笔墨，掩颜谢之孤标，夺曹刘之秀丽，含英咀华，不知其老之至也。使公身生唐宋，与文畅、高闲、惟俨、秘演辈相周旋，得韩欧诸先正亲于其身而叙之千百世后。"[2]这几则材料皆指出了诗僧们的创作多得益于《诗》三百、汉魏古诗、四唐之风什的事实。

然而，仅指出诗僧们以《诗》三百、汉魏古诗、四唐诗为尚的诗学宗趣观，仍不能反映出它们的实质内涵。因为不论是《诗》三百之风雅，还是汉魏、四唐诗歌的气象，风格皆异彩纷呈，归趣大不相同。以《诗》三百为例，提倡美刺讽谏的社会功用和温柔敦厚的诗美形态固然是风雅的主要内涵，但除此之外，《诗》三百又有所谓的"变风""变雅"的传统。《诗大序》即言："至于王道衰，礼仪废，正教失，国异政，家殊俗，而变风、变雅作矣，国史明乎得失之迹，伤人伦之废，哀刑政之苛，吟咏性情，以风其上，达于事变而非怀其旧俗者也。"随时代气运的升降，正统之风雅亦将出现所谓"变徵"之音，由温柔敦厚一变为怨愤扬厉。处清初岭南动荡现实中的诗僧们，目睹着家国沦亡，饱尝着流离之苦，因此，对"变风""变雅"有着更为深切的体会。这集中体现在他们对杜甫等诗人的崇尚之上。如以下数例：

所遇不如公，安能读公诗。所遇既如公，安用读公诗。古人非今人，今时甚古时。一读一哽绝，双眼血横披。公诗化作血，予血化作诗。不知诗与血，万古湿淋漓。[3]

今无忆曩时走大窖中，曾与剩师叔拥被寒吟，以艺海书厨消黄沙白雪。间取《杜少陵集》读之，击案叫呼。观其夔门以后诸作，悲忧愉迭，感国伤怀，饥寒酸楚，如老妇子坐中堂数家中事，历历可见，真朴有味，令人意往神消。[4]

[1] 沈融谷：《遍行堂续集叙》，见《遍行堂集》第四册，第3页。
[2] 樊泽逵：《咸陟堂诗集序》，见成鹫：《咸陟堂诗集》卷首，第224页。
[3] 函可：《千山诗集》卷三《读杜诗》，第481页。
[4] 今无：《光宣台集》卷五《丹霞天老和尚古诗序》，第126页。

情交与境而发为诗，情不极其郁勃，则诗不奇，境不极危且险，则情不郁勃。诗推盛唐，以老杜为冠。唐诗盛而唐世乱，老杜当其阸，涉危险之境，蕴郁勃之情，以发其奇。[1]

杜诗“尽得古今之体势，而兼人人所独专”，向来被视为古典诗歌的集大成者，学步追随者尤夥。但因学习者的审美情趣、所处时代情境等方面的不同，所取又各不相同。有的注重其艺术形式者，像江西诗派，“虽然黄庭坚等人对杜诗的思想内容有比较正确的认识，而陈与义、吕本中等人的部分诗歌也继承了杜诗忧国忧民的优良传统，但是对于整个诗派来说，这些毕竟不是主流”，他们学习杜甫更多的是“偏重艺术形式方面”；[2]也有学习杜甫“以诗存史”的创作精神者，如南宋遗民诗群，由于“所面临的是异族铁骑的无情蹂躏，这就使他们不禁联想起了唐朝‘安史之乱’时期胡人肆意屠戮焚掠夺的残酷情景”，因而，他们大力弘扬杜诗中的“诗史”精神。[3]而在清初岭南诗僧那里，从以上引证的几则材料看，他们学习杜甫显然不在形式一端，而是其诗中所透发出的“悲忧愉迭，感时伤怀”的情怀。

其实不独杜甫，对于那些同历惨苦境遇的诗人，清初岭南诗僧亦多表示崇敬。像屈原、司马迁、苏武、文天祥等诗人，也经常出现于他们的诗文中。这里以函可《过北里读〈徂东集〉》一诗为例，稍加说明：

……尼山栖栖自卫归，苦乐忧伤各有旨。约略删余三百篇，发愤曾闻司马氏。何人继者屈子骚，汨罗万古流弥弥。可怜秦火恨不灰，汉室苏卿唐子美。苏卿啮雪声韵凄，子美三迁足诗史。五代波颓宋代儒，眉山山下出苏轼。苏轼流离儋惠间，珠崖鹤岭供指使。更有文山第一人，浩浩乾坤留正气。从此荒芜将百秋，国初高杨追正始。天下承平四海清，人人含宫家嚼徵。琳琅金玉庙堂音，王李登坛执牛耳。文长巨斧劈华山，中郎拍板逢场戏。景陵一出洗烦浇，顿令搦管趋平易。风雅茫茫失所宗，不得不推北地李。李公豪雄步少陵，匪特形似亦神似。……[4]

[1] 澹归和尚撰，段晓华点校：《遍行堂续集》卷四《陈彦达诗序》，第四册，第79页。
[2] 莫砺锋：《江西诗派研究》，济南：齐鲁书社1986年版，第217页。
[3] 方勇：《南宋遗民诗人群体研究》，北京：人民出版社2000年版，第229页。
[4] 函可：《千山诗集》卷五，第491页。

在几千年的诗歌史上，函可拈出了孔子、司马迁、屈原、苏武、杜甫、苏轼、文天祥等人，对他们皆表示了无限的景仰；而他所注重的正是这些诗人们历经悲苦之后发愤明志的精神。很显然，函可的诗歌宗趣是激荡、怨恨的变徵之音，而非金玉琳琅、平易温柔之音。

按说，出家人本以道性泯灭世情，向往淡薄、静穆、清冷之境，皎然、齐己、贯休辈所代表的“清境派”当是他们追崇的对象。然而，清初岭南诗僧却对感时伤怀、涉世极深的杜甫等诗人情有独钟，这的确有些出人意料。不过，如果我们回过头思量一下他们的身世以及所处的时代境遇，也许就不觉唐突了。首先，清初岭南诗僧本多是儒生，“兼济天下”是他们早年既有的理想，而出家之后又大多难忘世情，故以“致君尧舜上，再使风俗淳”为理想的杜甫自然就成了他们所仿效的最好对象。其次，清初岭南历经十余年的战争浩劫，尔后又落入平南王的黑暗统治下；而大凡处极乱之世，闪烁着现实主义精神光辉的杜诗往往能穿越历史时空引起诗人之共鸣。这正如南宋抗金名臣李纲所言：“子美之诗，……时平读之，未见其工；迨亲更兵火丧乱之后，诵其辞如生乎其时，犁然有当于人心，然后知其语之妙也。”[1]清初岭南诗僧们大多是“亲更兵火丧乱”，遍尝人世的万般艰辛后方遁入空门，因此，出现了类如函可与今无在冰天雪窖中读杜诗时那种“击案叫呼”的动人场面，便不足为奇了。

（三）诗禅观：“诗禅兼善”

禅宗传法讲“不立文字，教外别传”，故诗歌在宗门中向来被视为外学，很少得到自觉提倡。成鹫就曾告诫门人说：“一切文字乃支撑门庭之具，非敌生死也。古德教人经律论外，许一分涉猎外典，以资辅教论义，匪徒专志于此而已。孔氏之言曰：行有余力，则以学文。儒教尚知务本，可（何）以吾道不如彼乎？”[2]此种观念在宗门几乎根深蒂固，甚至禁锢着僧侣才情的发挥。但是，此种僧规戒律主要是针对那些修行较低的僧人而言，对修行高妙的僧人来说，外学与内典、诗与禅其实并无严格界限，皆可成为参学、悟

[1] 李纲：《梁溪集》卷一三八《重校正杜子美集序》，《文渊阁四库全书》第1126册，第574页。

[2] 成鹫：《咸陟堂文集》卷十六《论外学》，第695页。

道的津筏。函昰《归宗山籁一百四首》之“序”中就阐述了这层意思：

> 我宗无语句，亦无一法与人，矧文字乎？惟是法运衰晚，真悟人少，聪明者多。以聪明之资，久侍知识，从垂手处揆之一千七百则，若向上，若向下，若门庭施设，若入理深谭，识解依通，往往微中，而真悟之士，反见朴拙。故予谓六祖大师与雪峰、云门诸老，若值文胜之日，未有不当面错过者。真人之未易识，时习蔽之也。尝读近录，有杂糅联语如六朝体，又如七才子诗，八句中多用至十六事。诗文家且犹卑之，以之说法而欲人悟于言下，恐无此事。稍具正眼，亦复为之，外重则内必轻。吾以知其中之所存矣。年来痛诫门下，除旧习鲁论，以其所近应酬世谛，姑不在禁。若早年剃落，少一习气，便是多一便宜，犹耽耽不已，真可谓舍其田而耘人之田矣。吾道贵悟明心地耳。古云离文字相，离心缘相，使其获自本心，尽天下人目为不通文，不达理，亦复何愧。老僧固曾习鲁论者，设禁以来，不作诗文三年于兹矣！自归匡岳，乃有《山籁》，由其天有所甚乐，故其籁有所自鸣也。天乐贫，故其籁以贫鸣；天乐拙，故其籁以拙鸣。贫与拙皆山性也，性既山，其籁亦山，是山籁所由发欤？世有爱予《山籁》，或不罪予先自犯禁，且即以此而与天下士守禁益笃，是为善读《山籁》者。若曰：“此老虑人弛禁，故终为是说。”然则老僧之不欲人驰禁，究至何意？不欲人驰禁，而先自犯禁，又究至何意？是不可详细谛审，而后语人曰：“此固自禁之，而自犯之也。”老僧始以合十谢，使天下闻吾过。[1]

函昰由初作“若六朝体”“若七才子诗”之诗，而至“不作诗文三年”，终至吟出洋洋洒洒的《归宗山籁一百四首》，此前此后的境界，颇类于惟信禅师的“见山是山，见水是水”“见山不是山，见水不是水”“见山是山，见水是水”的三种禅悟境界。在前两个阶段，语言文字尤其是“杂糅联语”者，在他看来，皆无助于悟道，甚至会造成“外重则内必轻”的宗风，因此他痛诫门人除旧习，严格设禁，不得为之。然三年后，当其入匡山后，又作多至一百余首的《归宗山籁》组诗，先犯法禁。这是什么原因呢？函昰没有正面回答，但揆其文意，其中一句“由其天有所甚乐，故其籁有所自鸣也”，似为主旨所在。此句说明了他为诗乃同天籁，为其心灵之乐之自鸣，这与他

[1] 函昰：《瞎堂诗集》卷九《归宗山籁一百四首》，第564页。

从前“八句中多用至十六事”的作诗之法，显然有本质区别。由此可知，函昰所摒弃的乃是那种非从心地间的自鸣之诗。而在最高的层面上，诗与禅的思维机制、表现方式等方面皆存在天然遇合。可见，函昰论诗与禅的关系，手眼高于常人。

成鹫虽曾告诫门人要“务本”，然在诗禅关系的问题上，他亦能突破“不立文字”的宗门观念，而主张“就诗谈禅”“即禅以论诗”，前面所引几段文字中已见出大概。在《陈伯云诗草序》中他又说：

> 禅家三昧，诗家不知；诗家三昧，禅家不知。世之谈禅者，遂目诗为绮语，工诗者斥禅为哑羊，二者均未造其极，岐（歧）而视之，未能兼而用之也。……当唐之世，作者略备，李杜齐名，王孟高岑后先继起，工部广博，临济禅也；谪仙高远，云门禅也；右丞缜密，曹洞禅也，其余诸家，分流别派，亦犹法眼、沩仰，鼎峙门庭，建立宗旨，无非禅也。……于是就诗谈禅，更即禅以论诗，何不可之有？若谓教外别传，不立文字，必枯木不萌、死灰不燃而后可，是何异于矮子观场，痴人说梦哉！[1]

成鹫批评那些谨守“不立文字”的宗旨，机械地将诗禅对立的禅人，认为此种做法不异于“矮子观场，痴人说梦”，只会堕入枯寂死灰之禅。因此，欲“造其极”“兼而用之”，就必须融通诗禅三昧。

在诗禅关系的问题上，石濂大汕态度尤为明确。他说：“但自古及今，所谓说禅者莫不临机敲唱，虽语有精粗工拙，或取成句为击节，未有将经论明文，强立名相以为颟顸天下人之器具。非独佛法禅道中不可，即赋诗、作文、写字、图画，皆不可以忆见伪置。所贵不落勉强造作，得心应手，自然入妙。世出世间，从无两个道理，试就诗文字画与禅者说禅，其体段作用，无不相同者。”[2]大汕以为若不勉强造作，而“自然入妙”，则禅与诗、文、书、画等外学的“体段作用”无不相通。此种看法，与函昰的“天籁自鸣”说是相一致的。

总之，清初岭南诗僧们在面对诗禅关系时，不像一般谨守宗门规制的枯

[1] 成鹫：《咸陟堂文集》卷一，第470—471页。
[2] 大汕撰，余思黎校点：《海外纪事》，第53—54页。

灭死寂的禅者那样简单否定文字在参禅悟道中的功用，而是认为在最高境界上，诗禅兼善，皆为助道之缘，不必是此非彼。

（四）创作论：反对苦吟、雕琢，主张性情的自然流露

“蔬笋气”与“酸馅气”的出现，与“苦吟”诗风有着直接关系。对于此种搜肠刮肚、苦思冥想的作诗方法，清初岭南诗僧颇以为非。今无即云：“禅宗贵超语言，禅者思维修也。这‘思’字非如经生家咿唔苦索。谓之‘思’，谓能以思消其众思，而归于无思。无思之后，乃从此中着眼一悟其所本来，故号之曰禅。”[1]今无明确反对“苦索之思”，认为应将“众思”归于“无思”，方能悟得禅的真谛。这里虽是论“禅”，但诗禅相通，故亦可视为诗论。澹归亦云：“诗家刻画一派，自非正宗，长吉、东野以是取名，殊有薄福之恨。譬之开田于怪石，饲蚕以名花，欲求良谷而责纤纩，已无成理，岂获济人？古之人于声诗一道，动天地，格鬼神，致四灵，消百害，非有他谬巧，盖得物之所同有者而已。”[2]李贺、孟郊皆为著名的苦吟诗人，可澹归却认为他们以刻画为工，犹如缘木求鱼，不但不能济人，反有“薄福之恨”；而古之人之所以能创作出感天动地的诗歌，不是因为有所谓“谬巧”，而在于“物之所同有者”。

与苦吟、雕琢相反的是，诗僧们多主张诗歌中情感的自然流露。在这个问题上，他们最具共识。例如前举函昰的“天籁自鸣”说，大汕的“自然妙入”说，皆集中体现了这一要旨。他者若今无《丹霞天老和尚诗序》中云：“夫道人晶莹圆湛，中恬靡激，既无噩梦又薄雕虫，而一种磊砢沉郁骎骎劲挺，起正雅而溺靡嫚，掩初盛而联汉魏，此声又何自而然哉？”[3]函可《〈金塔铃〉自序》中亦云：“余今岁望七十尚二十有三，然备历刑苦，鬓白齿落，耳聋目聩，一切不能经意。重阳后于金塔尽遣诸子，每自伫立，明月在天，寒风刁刁，辄不自禁，绕塔而歌，正如风吹铃鸣，塔又何曾经意耶？”[4]成鹫亦谓：

[1] 今无：《光宣台集》卷九《复马潜庵宪副》，第191页。
[2] 澹归和尚著，段晓华点校：《遍行堂集》卷六《沈融谷寓斋诗集序》，第一册，第154页。
[3] 今无：《光宣台集》卷五《丹霞天老和尚古诗序》，第126页。
[4] 函可：《千山诗集》卷首《〈金塔铃〉自序》，第446页。

言者，英华也。英华之发，其最始乎当其始也。未始有始，未始有言，既而有言矣，始终具焉。譬诸草木之生，本无色香，未几有香矣，未几有色矣，至春而华，及秋成实，惟其时耳。当华而实，谓之速成；当实而华，谓之易节。速成者毁之征也，易节者败之形也，智者弗取焉。言之发为诗也，亦若是。[1]

成鹫以草木生长喻诗人作诗。当诗人的情感郁积到一定程度时，就应像草木那样“至春而华，及秋而实”，自然而然，发言为诗；反之，“为情而造文”则同“速成”“易节”，必然招至“毁之征”“败之形”的后果。

值得注意的是，清初岭南诗僧们虽很崇尚杜甫，但正如前面所说，他们所追崇的是杜诗的“悲忧愉迭，感时伤怀”的情怀，而非他“语不惊人死不休”式的对语言的执着。他们一方面继承了韩愈、欧阳修等人提倡的“不平则鸣”说、“诗穷而后工”说，但内涵又有所发展，主观上强调诗人内心“穷而达”，客观上则认为“词达”而已。澹归的《李潜夫诗序》云：

予曰：此（潜夫诗）诗出，则穷而后工又得一证据矣。虽然，潜夫不穷，以潜夫为穷，故未能忘情于达者之见也。夫所谓达者，岂非得吾心之所安哉？今以富贵与潜夫，潜夫不安也，必将日趋于穷而后安，此潜夫之达也。词达而已，不达岂能工哉？或曰：潜夫得其心之所安，当以穷为乐，今潜夫之诗犹有感慨，是犹未能乐也。予曰不然。言之不足，故长言之，长言之不足，故嗟叹之，嗟叹之不足，故不知手之舞之、足之蹈之，此所谓乐。乐岂有间于哀哉？当哭而不哭，则不安；当笑而不笑，亦不安。笑与哭不同，其同归于安一也。感慨者，穷之言，穷之长言，穷之嗟叹，穷之手之舞之、足之蹈之也。是故穷为潜夫之安，感慨为穷之乐，皆潜夫之词之达处也。[2]

这段文字似乎包含两层意思：其一，“穷而安”，即强调诗人应安于内心之“穷”。例如李潜夫，若以富贵与之，他反觉不安。其二，“词之达”，即如果能将穷愁独郁的情感尽发于诗中，则诗人虽“穷”亦为“乐”和“安”，因为他们找到了泄导穷愁的最佳途径，故不必斤斤于所谓

[1] 成鹫：《咸陟堂文集》卷一《李公参诗草序》，第472页。
[2] 澹归和尚著，段晓华点校：《遍行堂集》卷七，第一册，第180—181页。

"穷"也。相反，则极易堕入所谓的"理障"。正如"杜工部自许稷契，其在蜀中，无海棠诗，一似经世者不以韵胜，正是理障。小范老子守边，作《渔家傲》数阕，述塞上征人之苦，欧阳永叔诮为穷塞主；永叔送王尚书镇平凉，取'战胜归来，玉阶献寿'之语，曰：'此真元帅事！'亦是理障。"[1]"理障"乃佛教用语，是指妨害学人参学的世俗的道理，与周行圆融的禅境是格格不入的。显然，澹归论诗人"穷而达"的情感状态时，受到了佛教强调禅者的"圆融、光明"心境的影响，对"中唐韩愈、北宋欧阳修以来倡导的'不平则鸣''诗穷而后工'等论调的修正和反拨"[2]。在《铁潭诗集序》中他说得更加明确："诗与乐相表里，内可观其德，外可观其政。今之人归诗道于才与情，以为穷而后工，一似不得志者之所为，盖昧其本矣。赓歌肇自虞廷，奏雅颂之音于明堂清庙，皆君相事也。是故诗气贵和，诗心贵静，神贵远，韵贵深稳。隐而求志，知其为君子，达而行道，知其为仁人。即治世之业，于是乎在。"[3]表面上看，这种观点与前面所引几段文字相佐，但实际上，他所反对的仅是那种以为"不得志"者方能工诗的观点。由强调"心达""心安"出发，澹归又认为诗歌应该抒发诗人的真性情。《李存西诗序》中说："读其诗，浩浩落落，无一字不从胸襟中流出，刻画之迹，凑泊之痕，至此一炉镕尽矣。"[4]《品题词翰后论》亦云："诗非有意为之，兴会所到而为之，为之而不知其兴会之起止，乃得真诗。"[5]可见，在澹归看来，"真诗"与"苦吟"是绝缘的。

以上我们从四个方面对清初岭南诗僧们诗学思想做了系统概括，当然，这几方面并不是整齐划一地符合其中的任何一名诗僧，只是反映出群体的大致取向。事实上，由于此诗僧群并不像一些诗歌流派那样具有鲜明的派别意识，在一些具体的问题上，他们的主张有时还显示出较为明显的差异，甚至在同一个诗僧那里，同一个问题也存在抵牾、矛盾的现象。比如，在评价"今之诗"时，成鹫认为是"工声律为精微，忽性情为浅露，寻至铅华，相尚纤巧，争新风雅"，类如"野狐禅"；而澹归则以为"明之才为制艺

[1] 澹归和尚著，段晓华点校：《遍行堂续集》卷三《王宪长仲锡诗集序》，第四册，第47页。
[2] 李福标：《从〈遍行堂集〉看僧澹归的诗文批评》，载《中国韵文学刊》2005年第3期。
[3] 澹归和尚著，段晓华点校：《遍行堂集》卷七《铁潭诗集序》，第一册，第182页。
[4] 澹归和尚著，段晓华点校：《遍行堂续集》卷三《李存西诗序》，第四册，第64页。
[5] 澹归和尚著，段晓华点校：《遍行堂集》卷十《品题词翰后论》，第二册，第47页。

所耗，王李钟谭之徒，抵掌而开诗运，至于今益盛”。[1]又如，在诗歌与世运关系上，澹归在《人文观止序》中认为：“然则人文者，不与一代同为兴衰者也。”[2]但在《龚升璐容安集序》中却说：“诗之废兴与世之治乱同一道也。”[3]《沈宏略诗序》中谓：“诗之盛，世之乱，如形影随，不如形影似，不期而会，不知其然而然。”[4]观点显是相左。虽则如此，从关于诗歌本体、诗歌宗趣以及诗歌创作论等方面的主张看，他们的诗学思想总体上超越了僧人的局限，文人化倾向较为明显。

第三节 诗歌风貌

清初岭南诗僧的诗歌题材丰富，举凡写实纪事、发情述志、咏史怀古、山居宴游、唱和赠答……无所不及。题材的丰富性决定了风格的多样化。若涵咏他们的诗作，要想极精炼而简洁地概括出它们的总体风貌，确实很难，因为每一名诗僧似都有多幅诗笔：当抒发亡国痛恨，其诗多悲凉慷慨之气；当写山居生活时，又呈现出清幽、雅淡的格调；当与友朋赠答唱和时，复流丽典雅、真挚感人；而当颂圣祝寿，则又显得浮泛、平庸；……这种种多变的诗风无疑是那些专著于自然物象、语含“蔬笋”的僧诗无法比拟的。清人杨际昌《国朝诗话》中评函可诗谓：“禅林诗多以清旷幽淡见长，虽是本色，仍不离蔬笋。广东释剩人《关山月》一篇，卓然者作。”[5]陈维崧评大汕诗云：“诗有习气，超出最难。昔方外以能诗名者，代不乏人，如惠休、宝月以及齐己、清江、灵一诸公又其最著，传诸后世。尝取其诗读之，固有佳致第一种，癯削、俭啬之气行于笔墨间，望即知之。求其卓立自拔，不为习

[1] 澹归和尚著，段晓华点校：《遍行堂续集》卷三《沈宏略诗集序》，第一册，第70页。
[2] 澹归和尚著，段晓华点校：《遍行堂集》卷六《人文观止序》，第一册，第143页。
[3] 澹归和尚著，段晓华点校：《遍行堂集》卷八《龚升璐容安集序》，第一册，第201页。
[4] 澹归和尚著，段晓华点校：《遍行堂续集》卷三《沈宏略诗集序》，第四册，第70页。
[5] 杨际昌：《国朝诗话》，《清诗话续编》下册，第1697页。

气所锢者不得也。厂翁和尚赋性超然，诗情深远，体格字句，雄丽流轶，经文以质，论物以志。”[1]沈融谷评澹归的诗词云：“其于诗则汉魏三唐两宋之所涵咏融铸者也，而又出其余思以为辞，则豪而为铜琵琶、铁绰板，细而为晓风残月，秦苏辛柳不多让焉。未尝有求似古人之迹，未尝无纯似古人之神。浩浩乎，渊渊乎，如山如河，如泉鸣谷应，如风起波兴，如涧草，如篱英，如春云之和蔼，如秋月之澄清。”[2]杨吉士评愿光《兰湖诗选》：“……我爱君诗句，能将生面开。喜无禅气味，独自抒仙才……”[3]以上诸家所评，容或过誉，但都指陈出清初岭南诗僧们的诗歌皆能超越僧人的习气、风格多样这一事实。

对于这如此多样的风格特征，我们的研究不可能面面俱到。一方面是囿于篇幅，更重要的是，如果眉毛胡子一把抓，反不利于凸显出这一诗群的特色。通览诗僧们存留下来的万余首诗，笔者认为以下两方面大抵可以概括出他们的诗歌风貌。

（一）“清”的韵致

“清”的审美感受的获得，首先是源自他们诗歌中高频率复现的“清”字。这些“清”字，在他们的诗歌中，多用来描绘自然物景或禅悟的心灵状态，兹举数联：

夜半金轮峰顶月，清光还与此山同。[4]
片云清竹院，骤雨涨鱼池。[5]
不知诸品静，清露滴茅堂。[6]
午睡梦方足，一声清磬长。[7]
长江淡无极，向夕更清秋。[8]

[1] 陈维崧：《离六堂诗评》，载《离六堂集》卷首，第498页。
[2] 沈融谷：《〈遍行堂续集〉序》，载澹归和尚著，段晓华点校：《遍行堂续集》卷首，第328页。
[3] 杨吉士：《夜读〈兰湖集〉作》，引自冼玉清：《广东释道著述考》，第648页。
[4] 成鹫：《咸陟堂诗集》卷十三《丹霞十二咏·螺顶浮图》，第398页。
[5] 今无：《光宣台集》卷十八《答陈乔生》，第327页。
[6] 大汕：《离六堂集》卷六《南涧坐月》，第571页。
[7] 函昰：《瞎堂诗集》卷七《夏日雨后》，第542页。
[8] 真默：《秋航》，见《岭南五朝诗选》卷十四，第756—757页。

月出鹭性悦，自忘清影孤。[1]

迥塘春草满，临镜晓烟清。[2]

类似以上的诗例，举不胜举。这说明，作为一种审美趣味，“清”在清初岭南诗僧那里是占有相当分量的。事实上，在他们的诗论中，“清”也是一个经常提及的审美范畴。例如，澹归云：“人性一也，习则有多生清浊深浅之分。其习清者，虽簿书期会间，松风之梦故在也。其习浊者，置之山林，如鹰隼盘空，非不高出云霄，而双眸所注，惟腥羶是见，适有草底一虫，即攫取不容转眼矣。”[3]这是说，人的气质“清”“浊”不关乎外境，虽处尘世者，若心灵清和，则“松风之梦”仍潜于心中；反之，虽处山林之“浊”者，心系所在仍是那些腥羶之物。他甚至还将“诗”视为“清物”，认为只要人“清”，则无论处境之穷通，则诗无不“清”也。[4]

应该说，对“清”的崇尚，并非清初岭南诗僧所特有。前面曾论述的“清丽”“清雅”之中唐诗僧以及“清苦”“清寒”之“蔬笋气”诗僧，无不对“清”有着独特偏好。那么，作为风格范畴的“清”，到底具有一种怎样的审美意蕴，值得诗僧们去追崇呢？明代胡应麟曾释云：“清者，超凡绝俗之谓，非专于枯寂闲淡之谓也。”并将其形象地描述为：“绝涧孤峰，长松怪石，竹篱茅舍，老鹤疏梅，一种清气，固自迥绝尘嚣。”[5]蒋寅先生更是综合古人的论述，将古典诗学中的“清”的审美内涵，概括为四个方面，即“明晰省净”“超脱尘俗而不委琐”“新颖”“凄冽”。[6]也就是说，诗歌中的“清”，是一种整体的审美感受，包括形象的鲜明洗净，语言的自然明快，诗境的透明而不滞重，以及诗歌中体现出的诗人卓尔不凡的人格气质。这其中，根本点仍是胡应麟所说的“超凡绝俗之谓”也。

此种迥绝尘嚣的清气，处世外之僧徒似乎更易获得。一方面，自然山水气象，寺院钟磬鱼音，无不使他们洗心郁视，怡情乐性；另一方面，“清”

---

[1] 今龙：《山居杂咏》，见《海云禅藻集》卷三。

[2] 愿光：《兰湖诗选》卷十三《奉和周乳峰谢石桥诸公雅集兰湖观池莲》。

[3] 澹归和尚著，段晓华点校：《遍行堂集》卷七《烟萝居集序》，第一册，第184页。

[4] 澹归和尚著，段晓华点校：《遍行堂集》卷七《轻云近集小序》，第一册，第189页。

[5] 胡应麟：《诗薮·外编》卷四，上海：上海古籍出版社1979年版，第185页。

[6] 蒋寅：《古典诗学中“清”的概念》 载《中国社会科学》2000年第1期。

还是参禅修道者必备的心灵状态。《增一阿含经》卷三十三即云："戒清净义者，能使心清净；心清净义者，能使见清净；见清净义者，能使无犹豫清净；无犹豫清净义者，能使行迹清净；行迹清净义者，能使道清净；道清净义者，能使知见清净；知见清净义者，能使入涅槃义，是谓于如来所得修梵行。"[1]这段话要求僧徒从心灵、识见、行迹诸方面都要保持一种"清净"的状态，以此方可能"入涅槃义"。总之，处身于清新静寂的自然山水中，加上"清净"之"梵行修"，因此，僧侣较一般的俗士更易于保持清静透明的心境，从而涵养成超尘绝俗的人格气质。

具有"超凡绝俗"审美意蕴的诗歌，在清初岭南诗僧中是较为普遍的，试举几联分析：

> 峰影当窗落，泉声绕榻流。[2]
> 溪声初洗耳，雪色动扬眉。[3]
> 山月下枯木，松风吹素襟。[4]
> 定中山觉静，闻外水无声。[5]
> 散发凭栏坐，长歌望远汀。[6]

第一联，写远峰之影投射窗前，诗人冥心静气，静听着清澈的泉水绕着禅榻流淌；第二联，写清澈的溪声仿佛洗去了往日缠缚于耳边的尘嚣，晶莹剔透的雪光使眉目清爽无比；第三联，写诗人伫立在月光朗照的枯木边，任松风吹动素襟；第四联与第一联有着相类似的韵致；第五联则写诗人散发独坐，长歌望远。这几联，写景颇饶清致，主体风神超然绝俗，二者完美结合，可谓"清"味盎然。

"清"的本义为"超凡绝俗"，大概可以得到普遍的认同。但作为一种审美品格，仅指出这一特点似仍嫌宽泛。事实上，古代诗学中的"清"又是

[1] 瞿昙僧伽陀译：《增一阿含经》卷三十三，《大正新修大藏经》第二卷，第734页。
[2] 古卷：《山中早秋》，见《海云禅藻集》卷三。
[3] 今镜：《送上贤、澹归两公仙入丹霞》，见《海云禅藻集》卷三。
[4] 成鹫：《咸陟堂诗集》卷七《闲居十咏》其八"品琴"，第317页。
[5] 函昰：《瞎堂诗集》卷九《归宗山籁一百四首》其十六，第565页。
[6] 大汕：《离六堂集》卷七《飞来寺唱和·半山亭》，第591页。

一个“相当开放的审美概念，有很强的包容性”，以它为中心可以衍生出诸多审美内质相近但并不相同的范畴，如清奇、清秀、清冷、轻闲、清逸、清远、清苍等等。这些审美范畴实际上是以“清”为原色，向不同方向发展而得到新色彩。[1]就清初岭南诗僧诗作而言，凡清淡、清苍、清新、清远、清和诸特色皆有所体现，例如以下几首：

湖屿星期夕，离心几处飞。新凉迴绮户，初月入晞衣。郁水云仍渺，金茅客远归。还老念萧父，清兴及郊扉。[2]

空谷无人处，高泉间落霞。寒光投涧直，悬影入云斜。八月山有雪，二时天雨花。老僧观不足，飞沫湿袈裟。[3]

松风台上望松风（城北有松风岗），百世清音起碧丛。水上葫芦长按捺，月中锁子正玲珑。残碑读罢斜阳下，宿鸟喧归霁月空。可是古今争让异，一垣横断旧玄宫。[4]

山色连村影，人归柳岸边。风前三弄笛，雨后一蓑烟。芦荻收天堑，鱼虾捕野田。柴门临水筑，乘月泛渔船。[5]

以上四诗，用“清”来概括它们共通的风格，大体是不差的。不过，若细加品味，各自的审美趣蕴却又有些许差异。第一首是赠答诗，涉及人事庞杂，奉答、重逢、赠别全搅在一起，然读后却无滞重感，全然一派澹荡、清远之怀，流注其间。梁佩兰评曰：“题头绪极多，作者似觉无意，而一一剔出，此之谓化，看他五六，安顿何等闲淡。”愿光《兰湖诗选》多具此特色，梁佩兰亦常以“神韵超远”“淡荡”“闲淡”等语评之。杨吉士《夜读〈兰湖集〉作》亦有如是之评：“……我爱君诗句，能将生面开。喜无禅气味，独自抒仙才。天地成昭旷，风云任往来。悠然群物外，冰雪总能裁。……”读愿光诗，确能感觉到那种悠然物外的淡远与冰雪流霜式的清美。第二首，

[1] 蒋寅：《古典诗学中“清”的概念》，载《中国社会科学》2000年第1期。

[2] 愿光：《兰湖诗选》卷四《奉答梁太史七夕见寄，时吴山带孝廉自北初归，敏言掩关灵洲并此柬之之作》。

[3] 成鹫：《咸陟堂诗集》卷七《十九秋·秋瀑》，第322页。

[4] 澹归和尚著，段晓华点校：《遍行堂续集》卷十五《松风台》，第四册，第382页。

[5] 大汕：《离六堂集》卷六《江村》，第581页。

首联写无人涉足的空谷，这本极易导入清寒之境，然二句出以高泉、落霞二意象，却又是境界增添明丽亮色；颔联对仗极工，写飞瀑如一道寒光直入深涧，又若一道悬空之影斜插云霄，气势飞动，枯寒荒寂之感荡然无存；颈联则写瀑水四溅如雪花飞扬，又似天雨散花，这是前人写瀑布的套语，并不新奇；尾联，则写诗人观瀑的逸兴。这首诗吐属清圆，不见刻意斧凿之痕，如颔联之“投”“入”皆为平常语，似顺手拈来，而这恰与其逸兴相合。成鹫的诗歌，也多具有此特点，清和闲远，不峭不险，正如樊泽逵所评：“公方出所著《咸陟堂集》，索序于余。余受而卒业，高吟逸兴，载以忠厚和平，绝无忧思感愤之概，其行高，其志洁，不愧古隐君子风。”[1]第三首，首联写诗人登松风台，倾听着自然清音，欣赏着碧绿的青草，清味十足；颔联用典，“水上葫芦”在佛经常喻随缘说法，[2]写其出家后的境遇；颈联与尾联出以残碑、斜阳、宿鸟、断垣，境界顿显苍凉，再加上低扬的音韵，因而与前两首相比，其审美意蕴既非清淡亦非清逸，而是清苍、古雅。第四首，写清新明快的江村景色以及闲淡的渔家生活，与第一、二首略近，但细味之，审美内质略有不同；此首语言自然流利，不用旧典，八言四句皆对仗精工，总体更觉清新可喜，素朴洁净。

需指出的是，尽管清初岭南诗僧诗作“清”的韵致丰富多姿，却有一个共同之处，那就是很少流入“不食人间烟火”似的孤寂幽僻之境。像以下函昰《秋月二首》之一：

> 一片寒光彻，山河影自分。雁翎空里映，鹤唳境中闻。藉草明衣露，盈梢湿水云。西风吹浪起，江色白纷纷。[3]

此诗在清初岭南僧诗中算是较近于“清寒”之作，寒光、秋雁、白鹤、西风、白浪、清露，皆为清冷色调或偏重于孤寂的意象，然细味全诗，我们还是不难感觉诗人难以拭去的悲凉，而这种基调正是诗人对苦难世事苍生的

[1] 樊泽逵：《咸陟堂诗集序》，载成鹫：《咸陟堂诗集》卷首，第225页。

[2] “水上葫芦”在佛经中经常出现，举一例。宋代圆悟《碧岩录》卷四谓：“如水上葫芦子相似，捺着便转，按着便动。解随机说法，若不随机，翻成妄语。”

[3] 函昰：《瞎堂诗集》卷八，第557页。

悲怀。事实上，清初岭南诗僧是颇反对那种清苦、清寒的诗风的。澹归《沈客子诗序》云：“‘微云澹河汉，疏雨滴梧桐’，举座阁笔，嗟其清绝。然清或近于寒。”“微云”句为孟浩然之名句，历来为人叹赏，澹归却不以为然，其原因就在于这句诗过于“寒”。相反，对于那些“清绝不寒”之诗，澹归都极为称赏：“当湖沈客子之诗，所谓清绝不寒，秀绝不纤，高绝不孤危，奇绝不刻削者也。”[1]又说：“廖子梦麒（即廖燕），杰出韶阳之士，其诗苍秀，骨重而神不寒，复登作者之堂。”[2]

总之，作为僧诗的基本特质之一的“清”，在清初岭南诗作中得到一定的延续，而且表现得也愈加丰富，但他们的“清”又是有节制的，不像那些“蔬笋气”诗僧“不食人间烟火”，以至于堕入“清寒”“清刻”之境。

（二）雄直之气

除丰富多姿的“清”的韵致外，清初岭南诗僧的诗歌，还有雄直、豪放的一面，体现出明清之际“天崩地坼”的时代气象与岭南地区特有的诗歌风貌。从时代氛围讲，明清之际劫难纷迭，政局波谲云诡，处此时代中，无论是仍挣扎于仕途经世梦中的士人，抑或是逃禅退隐的方外禅客，都难逃此劫难的冲击，因此，悲怨、愤懑、噍杀、激越之音甚至成为他们诗歌的基调。再从地域影响看，岭南自古形成了刚健雄直、悲慨激昂的诗歌传统。诗歌史上，每当诗坛沉湎于浮靡、绮丽之风时，常有一二粤人骎骎挺起，力纠颓风。初唐张九龄，即“以清淡深远、刚健遒直而力纠凄凉绮靡风气”；宋初之余靖以“骨格清苍”力抗声势浩大的西昆派绮丽浮靡的诗风；迨及明季清初，岭南骨正气昂、慷慨超迈的诗歌风气，在战争与炮火的洗礼中得到了更为真切的体现，一大批爱国诗人，像黎遂球、陈子壮、陈邦彦、张家玉、邝露、张穆、王邦畿、程可则以及著名的“岭南三大家”等，雄峙于华夏诗坛。潘耒有诗赞云：“地僻未染诸家病，风竞堪张一旅军。”洪亮吉亦有诗赞云：“尚得昔贤雄直气，岭南犹似胜江南。”[3]皆指出了岭南诗歌慷慨雄直的特色。清初岭南诗僧的诗歌是岭南诗歌的重要组成部分，他们与当时的文士

[1] 澹归和尚著，段晓华点校：《遍行堂续集》卷三《沈客子诗序》，第四册，第63页。
[2] 澹归和尚著，段晓华点校：《遍行堂续集》卷三《廖梦麒诗序》，第四册，第53—54页。
[3] 参见陈永正：《岭南文学史》，第348—356页。

（特别是“岭南三大家”）有着广泛而深入的交往，因此，其诗歌中亦呈现出雄直、悲慨之格调，实不难理解。

所谓“雄直”，应主要指情感亢直激越、境界雄浑阔大两方面。清初岭南诗僧诗作有很多篇什都具有此种特色。

先说情感的亢直激越。僧人本以道性泯灭性情，达到灵台了无挂碍为修行的目标，故僧诗大多感情较为内敛，意境含蓄隽永。但清初岭南诗僧并非如此，其情感的激越有时竟若狂流奔泻，万斛流注。例如函可《辛卯寓普济作八歌》最为典型：

我歌我歌歌将歇，揽衣忽起增哽咽。我忧不独在乡国，我罪当诛复何说？笔尖有鬼石流血，天地无情难永诀。呜呼！木佛木佛能不哀？狞飙苦雨四面来，狞飙苦雨四面来，土床一尺魂徘徊。[1]

这组诗是函可于顺治八年（1651年）寓居沈阳普济寺时写的一组嗟叹身世、悲悼亲人、怀念乡国之作，凡八首，此为终章，亦为全章中情感之高潮部分。首句迭用“我歌”二字，提示着浓厚的抒情氛围，复与后一“歌”连接，意脉似又潜转，此种复辞手法的运用既达到情感蓄势又有潜气内转之效。后几句，则写诗人揽衣哽咽，或自问自答，或叩问苍天，短吁长叹，透现出诗人内心无限的哀恸。全诗凡十句三换韵，回环复沓，起到了很好的抒情效果。再像《泪》一首：

我有两行泪，十年不得干。洒天天户闭，洒地地骨寒。不如洒东海，随潮到虎门。[2]

此诗为五言古诗，语言质朴率直，用笔一气之下，读罢似觉“满腔义愤，喷薄而出，化为诗篇，是控诉，也是抗争，因而字字是血，句句是泪”[3]。

直抒胸臆，抗言激表，固然有着很深的感染力，但情感若不加节制的宣泄，又极易于流于粗豪，此亦为作诗之忌。可是，我们每读函可之诗，却少

[1] 函可：《千山诗集》卷五《辛卯寓普济作八歌》，第492页。
[2] 函可：《千山诗集》卷三《泪》，第474页。
[3] 刘世南：《清诗流派史》，台北：台湾文津出版社1995年版，第40页。

有此种负价感受，其原因就在于他内心的愤懑极深、极浓，以至于不得不如血泪一样喷涌而出。

类似于函可的此种诗风，在清初岭南诗僧中绝非特例。像澹归就曾云："余亦时为诗，性既戆直，诗亦愤悱抗激，每见说作（王邦畿）诗辄自失，以为有愧于风人也。"这当然是自谦之语。事实上，他所说己诗"愤悱抗激"是真，而"愧于风人"是虚。与函可诗歌相比，澹归似乎更善用比兴寄托、典故旧事来抒写内心的"愤悱抗激"，像多达七十六首的《遣怀》组诗就是最为典型的例子，如第三十八首云：

十万貔貅羽扇麾，秋风五丈锦屏颓。狂生轻送渔阳鼓，力士虚传博浪锥。片纸三更填黑狱，断砖一矢哭重围。古今几部《离骚》恨，急桨凌江读罢归。[1]

此诗句句使典用事，寄托了亘于胸中日久的亡国之恨与兴亡之思，抗激愤悱之情，力压纸背。

通读清初岭南诗僧的诗歌，不难发现，情感亢直激越之作多出于那些饱经沧桑的诗僧之笔，如前举的函可、澹归，还有函昰、今无等天然系禅僧，而像愿光、达津、一机等诗僧，此特点不甚鲜明。这说明，僧诗的创作与个人遭际有着密切的关系。

再说境界的雄浑廓大。囿于世界观以及生活环境的局限，古代诗僧多专注于自然物象，眼界狭窄，他们的诗歌境界自然也少有雄浑阔大者。王夫之认为僧法智一绝"'一步一花无别意，香来熏透破袈裟'，差为蔬笋之雄"。[2]其实，此绝与清初岭南僧诗相比，实难以称"雄"矣！

诗歌境界宏阔与否，一个突出的表征就是他们诗中的时空形态。在语含"蔬笋气"的僧诗中我们绝少看到"万里""乾坤""天下""天地""万古""千年""宇宙"等字眼，但这种情况在清初岭南诗僧那里却又稍有变化，如以下数联，皆具宏阔的时空意识：

九州细碎烟尘里，万里虚无指点间。[3]

[1] 澹归和尚著，段晓华点校：《遍行堂集》卷三十四《遣兴》，第二册，第445页。
[2] 王夫之：《姜斋诗话》卷三《南窗漫记》，北京：人民文学出版社1989版，第195页。
[3] 函可：《千山诗集》卷十三《同雪公游千顷纪事十首》其六，第553页。

行来篱落三千里，卖去丹青五百年。[1]

海天上下观垂象，百代兴怀在勒铭。[2]

袈裟重覆思壬午，俯仰乾坤垂荫长。[3]

万里乾坤眼，一山住去情。[4]

地坼三吴势，江分九派流。[5]

以上数联，写景宏阔壮大，咏史亦睥睨古今，清晰地反映出诗僧们“俯仰乾坤”“纵横千古”的气魄与胸襟。以这样的气魄作诗，境界自然亦相对雄浑阔大。关于此，我们还是举几首诗来做说明。如大汕《九江》：

九江涵一水，千里接三湘。云逐去帆白，涛奔落日黄。晴空出庐岳，风雨失鄱阳。渔火夜常集，琵琶亭子旁。[6]

此为五律。从格律方面看并不见佳，特别尾联似有拼凑之嫌。但读此诗，我们又不得不承认境界之阔大，首联写浩浩荡荡地从三湘奔涌而来的长江之水，在九江鄱阳一带，涵容汇集，波澜壮阔。颔联，水天相接，似乎白云横挂帆端，波涛向昏黄的落日奔腾而去，诗人用“白”“黄”两种色调渲染出浑茫的境界，又用“逐”“奔”两个动词凸现飞动的气势；颈联，写高耸晴空之匡庐以及浑茫的鄱阳湖面，境界更显雄浑壮阔。大汕之诗常有此特点，押韵、对仗等形式方面的功力并不见深厚，然神理意致，十分精妙，体现出超迈的天才式的豪情。我们再看以下二首其他诗僧的诗作：

祝融神庙千秋祀，圣代封题百粤名。乔木逾深沧海色，巨涛难荡古今情。厓门日月沉珠浦，南越风云俨穗城。几历兴亡香火在，年年铜鼓撼潮鸣。[7]

---

[1] 澹归和尚著，段晓华点校：《遍行堂续集》卷十五《次韵酬朱望子（四首）》其三，第四册，第396页。

[2] 函昰：《瞎堂诗集》卷十一《浴日亭》，第586页。

[3] 函昰：《瞎堂诗集》卷十一《诃林菩提树》，第586页。

[4] 今无：《光宣台集》卷十七《岁晏（时寓千山）》之十，第311页。

[5] 今无：《光宣台集》卷十七《登九江锁江楼》，第308页。

[6] 大汕：《离六堂集》卷六《九江》，第578页。

[7] 函昰：《瞎堂诗集》卷十一《南海神祠》，第586页。

地厚凝云暗，天高积雪长。一声过大宛，万里到扶桑。空旷随青草，驱驰限紫缰。旅魂劳易倦，托尔在斜阳。[1]

这二首诗写景、抒怀、咏物，皆体现出诗人较为阔大的时空意识，见不出半点所谓之“蔬笋气”或“酸馅气”，所透现的韵致也不是“清”，而是雄浑苍茫之美。

以上我们谈了清初岭南诗僧诗歌的两种主导性的风格特征：“清”的韵致与雄直之美。这两种看似相左的审美品格聚合在清初岭南诗僧的诗歌中，正是他们复杂、矛盾心态的反映。当然，清初岭南诗僧的诗歌风貌还很复杂，而且每个人的特色亦不尽相同，但总体来说，这两方面应是其中最主要的特征。

诗歌总体风貌的形成，是由深层次的诗歌的意象、意境、神理以及次层次的体式、语言、音韵等诸方面因素共同参与完成的。此正如姚鼐所云：“凡文之体类十三，而所以为文者八，曰神、理、气、味、格、律、声、色。神、理、气、味者，义之精也；格、律、声、色者，文之粗也。然苟舍其粗，则精者亦胡以寓焉？”[2]基于此种考虑，以下我们再从意象的选择以及诗体形式两方面，来进一步探明清初岭南诗僧复杂多样的诗歌风貌。

先看意象的选择与营构。相对整首诗作而言，意象无疑是其中的重要质素，甚至是诗歌的本体。明人王廷相曾说：“言征实则寡余味也，情直致而难动物也，故示以意象，使人思而咀之，感而契之，邈哉深矣，此诗之大致也。”[3]此是说，“诗之大致”既不是客观事实的实录亦非情感的宣泄，而是“示之意象”，方能使人获得无限的美感。因此，研究古典诗歌风格时，意象是最不容忽略一项。然意象的实质内涵为何？却非三言两语所能道断，学界对此亦高见迭出，似难得一统之说。简单而言，意象即是主体之意与客体之象高度融合的结晶体。在诗歌创作中，诗人选取何种自然物象入诗，最初可能有着明确的意识，但当其创作心理成熟之后，对自然物象的选取则更可能是出于一种潜意识，反映出诗人深层次的人格追求与文化积淀。

前面曾述及含带“蔬笋气”之僧诗，在意象的选择上一般不出于山水花

[1] 今无：《光宣台集》卷十八《题蒋徂来明府八骏图》，第333页。
[2] 姚鼐：《古文辞类纂序目》，见姚鼐选纂《古文辞类纂》，北京：中国书店1986年版，第26页。
[3] 王廷相：《王氏家藏稿》卷二十八《与郭价夫学士论诗书》，《明诗话全编》，第2042页。

草、虫鱼鸟兽、月露风云，这既是他们相对狭窄的生活环境所决定的，更是他们偏狭的审美情趣的反映。清初岭南诗僧历经迭起之劫难，目睹战火硝烟、苍生之流离痛苦，与那些局限于寺院生活的诗僧相比，生活阅历更为丰富一些，因此，摄入诗歌中的意象也更加繁富，既有自然之意象、复有贴近现实之意象。

1. 自然意象

毫无疑问，任何一名诗人都少不了选取自然物象以抒情发志，这对于重“比兴”传统的古典诗歌而言，尤为如此。但由于诗人们的主观情致、审美趣尚不一，故当他们在面对纷纭多变的自然物象时，取舍又不尽相同。总体来看，清初岭南诗僧的取象特征比较繁富。那些被他们摄入诗中的自然物象，根据其表现功能，大致可分为“残山剩水”型与“禅悦”型两种。

A.“残山剩水”型

清初岭南久罹兵火，昔日的繁华富庶一变为满目疮痍，加之故国沦亡与接连的亲朋零落，故首先出现在诗僧们诗中的多是那些残旧破败、色调灰暗的景象，如子规、断鸿、孤灯、荒坟、荆榛、野云、断壁、残垣、凄风、苦雨、枯鱼、白骨、愁鬼、寒蝉、病马、枯木、寒岩等等。试举几联以观之：

> 青草冢边一鸟下，白杨堆里几人归。[1]
> 瓦碎尚余香粉腻，市喧疑是野魂哀。[2]
> 莫向凤凰台上望，秋风秋雨正茫茫。[3]
> 连云落雁冲寒水，断雨明鸭背夕阳。[4]
> 鸣鸦数点夕阳下，寒磬一声秋院深。[5]
> 木棉花落滩声急，杜宇啼残客思深。[6]
> 野艇断鸿晨露下，荒村寒犬夕阳中。[7]

[1] 函昰：《瞎堂诗集》卷十《清明》，第577页。
[2] 函可：《千山诗集》补遗卷《广陵感赋》，第608页。
[3] 函可：《千山诗集》卷九《秋屹八首》其五，第517页。
[4] 大汕：《离六堂集》卷九《秋怀八首》其二，第630页。
[5] 今回：《广慧庵喜诸族人见过》，见《岭南五朝诗选》卷十三，第733页。
[6] 今严：《雷峰春半伏枕初起顿修有端州之役口占二律送之》，见《海云禅藻集》卷二。
[7] 澹归和尚著，段晓华点校：《遍行堂续集》卷十四《相江发舟数里值鲁城自山中南下停桡共话》，第四册，第363页。

由以上诗句不难看出，清初岭南诗僧的意象选择上的偏好：现实中与眼中的多是“剩水残山式”的景象。这正如他们诗歌所言：“敷天处处谷为陵，剩水残山见老僧”[1]、“剩水残山又到春，龙钟双袖不知贫”[2]、“因君频及人间世，剩水残山薄暮天”[3]、“白月青林魂已断，残山剩水路还通”[4]。

然而，物象选择的偏好并不意味着他们仅专注于此。事实上，从题材看，诗僧们纯粹的咏物诗并不为多，这似乎说明了他们的审美兴趣点不在物象本身的情态。再从入诗的物象看，物象的前置修饰语通常较少，即便有，亦多为感情色彩较强的词语。易言之，他们诗中的自然物象写意性强，而写实性相对较弱。因此，给人的印象是，诗人并不刻意于描摹自然景物的具体细微处，更多的是通过它来营构抒情发志的氛围，起到比兴寄托之效。试举两首诗以析之：

寂历空山春鸟啼，孤城遥望海天齐。东郊战马嘶寒戍，南浦楼船锁大堤。血染燕台随恸哭，笳吹粤岭尽流涕。明朝又是逢寒食，一曲长谣日已西。[5]

西风吹海鹧鸪寒，几度魂飞绕大安。松柏绿高啼血鸟，河山红闷涌金盘。情怜儿女悲门祚，事近英雄惜羽翰。他日定乘批耳去，寸香还拜旧经坛。[6]

第一首，所见物象有“空山”“春鸟”“孤城”“海天”“战马”“寒戍”“楼船”“大堤”“燕台”“悲笳”“粤岭”等，每一物象前置修饰词都不超过两个，且不属从声、形、色之类的描摹刻画之语，因此，物象的具体情状并不凸显。诗中叠联这些意象，其目的是营构出苍茫萧瑟、凄厉惊怖的境界，以寄托了诗人对残山剩水的恸哭和悲鸣。第二首，首联以“西风”“鹧鸪”起兴，表达诗人对剩人和尚的追思；颔联，联缀“松柏”“血鸟”“河

[1] 函可：《千山诗集》补遗卷《留别余澹心》之二，第610页。

[2] 函昰：《瞎堂诗集》卷十三《送澹西堂下广州并示阿首座》，第604页。

[3] 今帾：《山楼病日对木棉花》，《海云禅藻集》卷三。

[4] 澹归和尚著，段晓华点校：《遍行堂续集》卷十五《姚均裳过访却赠》第四册，第397页。

[5] 今严：《庚寅三月》之一，《海云禅藻集》卷二。

[6] 今无：《光宣台集》卷二十一《千山剩人和尚塔于大安十年矣无哭章庚戌寒夜梦出关门醒而情思缱绻追惟旧境缀之以词》其八，第389页。

山”“金盘”诸物象，写剩人和尚悲壮、哀婉的身世；尾联深化意旨——对剩人和尚的痛悼。

总之，无论从物象的选择还是构成看，清初岭南诗僧诗歌多能营构出苍茫凄清的艺术景象，透显出悲凉的心境。需指出的是，清初岭南诗僧选取这些偏冷、偏寂的自然物象入诗，与那些借助幽寒枯寂之景抒写幽情冷趣的诗僧相比，是有本质差异的。前者的诗中这种自然景象有着广泛的现实基础，是时代情绪在他们诗歌中的投影，而后者则多是自我封闭心灵的反映。

B.“禅悦”型

在禅宗看来，佛性真如皆现于万事万物中，山河大地，郁郁黄花，既是禅者们悟道的契机，也是他们呈现内心法喜禅悦的媒介。苏轼的名篇《赠东林总长老》即形象地阐明了这个道理：“溪声便是广长舌，山色岂非清净身。夜来八万四千偈，他日如何举似人。”因此，诗僧们的禅诗通常以清新、机趣的自然意象生动直观地表达悟道之致。

清初岭南诗僧多为曹洞宗僧人，而“曹洞家风，君臣道合，正偏相资，鸟道玄途，金针玉线，内外回互，事理混融，不立一法，空劫以前自己为宗，良久处明之”[1]。洞宗禅人说法常以事显理，以理事圆融指导践行，形成了绵密细致、反复叮咛的风格。由此，在禅宗五家七宗中，洞宗禅人最善于以意象来阐释其宗门旨趣，传达悟道境界。吴言生先生曾指出：“曹洞宗禅诗，远绍华严宗理事无碍思想，近承《参同契》《宝镜三昧》，形成了一套完整严密的体系，这个体系由相对立的两大类意象组成，一是本体意象群，一是事相意象群。”所谓“本体意象群”就是象征“真如”“佛性”“正”“体”“君”“主”等本体概念，而所谓事相意象群则相应的是指“生灭”“偏”“用”“臣”“宾”等现象界，“由这两组意象的兼带回互出发，形成了曹洞宗禅诗的美感特质”。[2]我们在考察清初岭南诗僧的禅诗时，亦发现他们常用一些自然物象来阐释禅理或表达内心的悟道境界，而且这些意象似乎也具有“兼带回互”的特点。

我们以函昰诗中反复出现的“雁”这一物象做具体分析。据不完全统计，“雁”这一意象，在函昰《瞎堂诗集》中约出现七十余次，这说明了他

[1] 三山灯来撰，性统编：《五家宗旨纂要》，《卍新纂续藏经》第65册。
[2] 吴言生：《禅宗诗歌境界》，第8、147页。

对这一物象有特殊的偏好。当然，函昰诗中的“雁”喻意较为复杂，并不一定都含带禅意，其中或伤故交零落，或抒兴亡之叹，或檃括自家心境，亦有不少。例如，“数年闻雁声，感慨多所系。今年声愈凄，一雁落天际”[1]、“不为江南乏稻粱，乾坤有恨北天长”[2]、“临风俯仰惭孤调，愁对秋高白雁翎”[3]等句，描绘的多是一只只凄咽、孤零的“雁”的形象，寄托着诗人内心沉深的哀伤。但以下二诗中的“雁”，却明显具有禅意：

五更开户望，孤月照禅真。脚踏生台影，灯摇绕佛身。风停花入定，雁过水无尘。不到空潭曲，难论旷世因。

不识幽栖趣，徒劳招隐心。长空无雁影，流水误琴音。虎豹畏山浅，鱼龙忘海深。高林多绮角，莫向洞庭寻。[4]

二诗中的“雁”均与“碧潭”“水”“月”“空潭”“流水”等意象相联，显是出自佛典。《续传灯录》载有这样一则公案：“（僧）问：雁过长空，影沉寒水，雁无遗踪之意，水无沉影之心，还端的也无？师曰：芦花两岸雪，江水一天秋。（僧）曰：便这么去时如何？师曰：雁长空耳。僧拟议。师曰：灵利衲子。”雁过长空，影沉寒水，皆无心无意，无踪无迹，此意象在禅宗蕴涵极为丰富，既象征“悟者的心，无念、无住、无相，虽处于尘世之间，却无染无杂，毫无滞碍”[5]，又象征着圆融互摄，触目菩提的最高境界。按吴言生先生建构的曹洞宗禅诗意象体系，“雁”“雁影”相当于“事相意象”，是“偏”“宾”；“水”“碧潭”“空潭”等相当于“本体意象”，是“正”“主”。二者“虽互相涉入，而实各住本位；虽各主本位，而实互相涉入，此非意识之境”。[6]之所以说以上二诗中“雁”皆具有禅意，除其具有原型意义外，其他物象也多具有禅意。如第一首，首联“五更”，在吴言生曹洞宗禅诗意象群中属“正组”，“象征混沌未分的原

---

[1] 函昰：《瞎堂诗集》卷五《孤雁》，第528页。
[2] 函昰：《瞎堂诗集》卷十七《题画雁四首》其二，第641页。
[3] 函昰：《瞎堂诗集》卷十一《哭千山剩人法弟三首》其三，第587页。
[4] 函昰：《瞎堂诗集》卷九《归宗山籁一百四首》第七十二首、第八十四首，第568—569页。
[5] 吴言生：《禅宗诗歌境界》，第148页。
[6] 永觉禅师：《洞上古辙》卷上《参同契》，引自吴言生：《禅宗诗歌境界》，第126页。

初状态”，喻本体；“孤月”则意谓“明”，喻事相。“五更”“孤月”相回互，由体及用，象征着洞宗“正篇五位”之“正中偏”之位。次联之“灯”也喻“明”，为事相，“佛”为本体，象征着事相归于本体，为“偏中正”。这些看似平常的意象，在禅诗中皆有着丰富的象征意旨，因此这两首诗中的“雁”也获得了丰富的禅意。

“雁过长空，影沉寒水，雁无遗踪之意，水无沉影之心”，乃禅宗中极为寻常的公案语，因此精通佛学的函昰，不管是在写禅悦风致，还是表达悲伤落寞之情，“雁”“水”“空潭”“碧潭”等意象就会从潜意识中流露于笔端，从而也体现洞宗悲智双运、自度度人的宗风特色。

除以上枚举的一些表达禅意的自然意象，在清初岭南诗僧诗歌中，还有很多“禅悦型”的自然意象，例如澹归常用“十字街头”“孤峰”，函可、今无常用“雪”“明月”，成鹫多用“孤松”等来表达禅意。正如禅宗讲究触目菩提，能所俱泯，自然万象皆是佛性真如的体现，亦皆可纳入禅者参禅悟道的流程。

2. 贴近现实的意象

除多取自然物象入诗外，清初岭南诗歌中还有不少贴近现实的意象，其中最为典型的是反映战争的甲兵、烽火、干戈、白骨、剑、鬼等意象。这里以函可诗中反复出现的“血”“泪”两种意象略作说明。初读函可的《千山诗集》，读者定会被触目皆是的“血”“泪”二字所惊心。随手拾掇几句：“新泪拭不干，古泪已及趾”[1]、“揽衣忽坐起，还卧泪横荒”[2]、“只今拭枯眼，一片血模糊”[3]、“身轻曾似叶，泪落正如麻”[4]、“安得鹤归华表兮，尽洒千年之血泪”[5]、“梵呗鱼声浑是泪，悲凉岂独自于今”[6]……我们粗略地统计了一下，《千山诗集》一千四百余首诗中，含“血”“泪”意象者，达三百余首，竟占五分之一。这还不包括那些与之相类情感色彩的语词如“痛”“愁”“哭”“悲”“泣”等。这字字泣泪、披

[1] 函可：《千山诗集》卷三《秋思新泪》，第473页。
[2] 函可：《千山诗集》卷二《静夜吟》，第470页。
[3] 函可：《千山诗集》卷三《佳人》，第480页。
[4] 函可：《千山诗集》卷六《初发》，第496页.
[5] 函可：《千山诗集》卷五《辛卯寓普济作八歌》之五，第492页。
[6] 函可：《千山诗集》卷十二《雨中同诸衲为左公持颂经咒》，第546页。

墨成血的诗作，深刻记录了诗僧函可悲苦的心灵世界；而正是在这种长歌当哭、惊心血泪之中，那个惨淡如鬼狱的现实世界才层层凸现在世人面前。

诗中有如此多的血泪，不用说僧诗之中绝无仅有，即便是一般文士诗集中亦为少见。杜甫可算得上是大悲苦的诗人，对时代之悲剧、个人之蹇运体会极深，写下了如“残杯兼冷炙，到处潜悲辛”（《赠韦中丞》）、“艰难味生理，漂泊到如今”（《春日江行》）之类的“悲诗”，但亦吟哦出“漫卷诗书喜欲狂”之类的“快诗”；而函可的诗歌则几乎无一诗不滴着血泪，即便偶得开颜，亦是“三百年来剩一笑，几千里外共余生”[1]、“笑开绝塞三年口，吞尽寒儒半块毡”。这“笑”是“含泪之笑”，传达的不是欢乐，而是更为深沉的悲凉。

当然，仅依凭重复意象以及一些提示性的情感语词并不足以打动读者。事实上，据我们读诗的经验，如果在诗歌中过于频繁地重复一些意象，反而会令人略感诗人有流于矫情的倾向，甚至会使人疑心这是否反映了诗人词语的匮乏。清初诗论家贺贻孙有一段话说得极好：“盛唐人诗，有血痕无墨痕；今之学盛唐者，有墨痕无血痕。”[2]贺氏所批评的就是那些没有真情实感的“今人”，只能在诗中留下“墨痕”，而不是至性至情的“血痕”，其本意是说明最佳之诗乃是含蓄曲折、不露痕迹地传达诗人的主观情感。函可之诗，虽有着如此多“血”“泪”之“墨痕”，但每次捧读，却绝无那种故作矫情、滥用语词之弊。这其中倒不是说其诗艺有多高，问题之关键乃在他能以“深邃之情感为素地”，因此透过那些“墨痕”，我们分明可以见到那斑斑的“血痕”和“泪痕”。

除函可外，“血”“泪”在其他诗僧那里，也是常见的意象，如以下数联：

挥泪檐霜白，行吟木叶干。[3]
仰面云侵帽，低头泪及泥。[4]
春尽秋来天与同，空戏残丝泪盈臆。[5]

---

[1] 函可：《千山诗集》卷九《再集雪斋竟日》，第522页。
[2] 贺贻孙：《诗筏》，《清诗话续编》上册，第139页。
[3] 今无：《光宣台集》卷十七《辽阳怀顿修》之三，第310页。
[4] 今无：《光宣台集》卷十七《辽阳怀顿修》之五，第310页。
[5] 今沼：《蚕丝曲》，见《海云禅藻集》卷二。

何当春暮怜漂泊，独吊天涯血满衣。[1]
戎马乡关今日泪，溪山松菊百年秋。[2]
辞巢社燕先秋恨，泪血啼鹃薄暮情。[3]
风尘牢落空双眼，拂泪休伤行路难。[4]

这些“血”“泪”意象，无疑是苦难身世与苦难现实在清初岭南诗僧诗歌的反映，同时也显示出他们诗歌悲壮、雄浑的一面。

以上我们对清初岭南诗僧的意象选择以及意象的存在形态，做了简略探讨。不难发现，他们的取象范围大大突破了僧人偏好于山水、花鸟、泉石等自然清音的局限，而且除“禅悦型”自然物象外，大多数物象皆带有浓厚的悲情色彩。这种物象选择的特点，既是“有托而逃”的清初岭南诗僧心态的表现，也是时代现实的反映。

再说体式选择的多样性。“体”在古代诗学中所指不一。刘勰《文心雕龙》“体性篇”、皎然《诗式》“辨体十九字”，大体相当于今日所说的风格；所谓“建安体”“太康体”“晚唐体”“西昆体”“江西体”等，则是指诗歌的体派；而我们今天所说的“体式”则通常指纯形式的诗歌体裁，亦即吴讷《文章辨体》、徐师曾《文体明辨》中所指的“体”。为更好地考察清初岭南诗僧诗歌体式的特征，我们择取了其中几位有代表性的诗僧诗集，对他们的诗歌体式使用情况做量化考察，制成了表5-1《清初岭南诗僧诗歌体式使用情况表》（见下页）。

总的来看，清初岭南诗僧所使用的诗歌体式仍是常用的古体诗（古体诗、乐府、歌行、古律、古绝）与近体诗（律诗、律绝、排律），略及杂体，并无太多创新，似无探讨的必要。但作为诗人抒情发志的载体，诗歌体式表面上是固定僵化的“躯壳”，无显在的情感内涵，但实际上任何艺术形式都是“有意味”的，一旦为诗人所选择，则无不体现出诗人独到的审美情趣。

[1] 今帾：《子规》，见《海云禅藻集》卷三。
[2] 函昰：《瞎堂诗集》卷十一《己亥冬至》，第585页。
[3] 函昰：《瞎堂诗集》卷十三《诏复滨海迁民三首》其三，第602页、
[4] 大汕：《离六堂集》卷八《客夜与黄九烟话旧》，第608页。

表 5-1　清初岭南诗僧诗歌体式使用情况表[1]

诗集名称	诗体总数	古诗				律诗				律绝				其他	
		五古		七古		五律		七律		五绝		七绝			
		篇数	比重	篇数	比重	篇数	比重	篇数	比重	篇数	比重	篇数	比重	篇数	比重
瞎堂诗集	1633	190	11.7%	9	0.5%	446	27.3%	696	42.7%	18	1.1%	236	14.4%	38	2.4%
光宣台集	1175	32	2.7%	39	3.3%	398	33%	458	38.9%	38	3.2%	201	17.7%	9	0.7%
咸陟堂诗集	1634	29	1.9%	172	10.5%	445	27.2%	691	42.4%	15	0.9%	254	15.6%	28	1.4%
离六堂集	929	87	9.4%	73	7.8%	280	30.1%	255	27.4%	30	3.2%	151	16.3%	53	5.6%
遍行堂集	2305	152	6.5%	107	4.7%	464	20.1%	1017	44.2%	55	0.2%	446	19.4%	64	2.7%
千山诗集	1434	149	10.2%	22	1.5%	200	13.8%	423	29.0%	125	8.6%	433	29.8%	82	5.7%
海云禅藻集	728	35	4.9%	12	1.7%	228	31.8%	436	60.7%	6	0.83%	8	0.12%	3	0.41%
合计	9838	674	7.2%	434	4.6%	2461	25%	3976	40.4%	287	2.9%	1729	17.4%	277	2.1%

[1] 此表可参看饶龙隼《明代隆庆、万历间文学思想转变研究》一书中《隆庆、万历前后部分文人诗的体式使用表》，重庆：西南师范大学出版社1995年版，第259页。

关于古典诗歌体式的“意味”，前人多有发明。清人朱庭珍云：“夫古诗律诗，体格不同，气象亦异，各有法度，各有境界分寸。”[1]古诗通常朴质而厚实，律诗则精切而沉着。刘熙载《诗概》就说：“古体劲而质，近体婉而妍，诗之常也。论其变，则古婉近劲，古妍近质，亦多有之。”[2]倘以诗歌字数而论，字数的多寡亦反映出风格的差异。明人陆时雍《诗镜总论》中曾说：“诗四言优而婉，五言直而倨，七言纵而畅，三言矫而掉，六言甘而媚，杂言芬葩，顿跌起伏。”[3]这样的概括未必精切，但至少说明诗歌字数的多寡，其“意味”亦相应不同。

不同气质性情的诗人对诗歌体式的选用往往偏好不一，甚至同一种体式在不同的诗人那里亦有不同的风貌。胡应麟曾论李、杜歌行体的区别：“阖辟纵横，变幻超忽，疾雷震霆，凄风急雨，歌也；位置森严，筋脉联络，走月流云，轻车熟路，行也。太白多近歌，少陵多近行。”[4]就古代诗僧而言，周裕锴先生曾指出了他们长于五言的特征。然而，这种情况在清初岭南诗僧那里稍有变化。从表5-1《清初岭南诗僧诗歌体式使用情况表》中，我们可以发现，他们的七言诗明显要高于五言诗，如函昰的七言诗占其诗歌总数52.1%，今无占58.3%，成鹫占62.1%，大汕51.5%，澹归占68.1%，函可占60.2%，《海云禅藻集》中亦占63.5%。七言诗虽仅比五言诗多出两个字、两个音节，但“屈折腾挪有致，故其音节顿挫的幅员较为广阔”[5]，所蕴含的信息与传达的情感也相对更为丰富，因此，它往往为那些才情丰富的诗人所选用。清初岭南诗僧多用七言诗，而不像传统诗僧偏用五言诗，也反映出他们的诗情与诗料比前代诗僧更丰富。

事实上，读清初岭南诗僧诗作，非但没有局促、蹇涩之感，反觉他们诗情郁勃，汪洋恣肆，有一发不可收之感。例如大汕的长篇歌行体《地震行》《出郭行》《石淙》《梦游天台》《钱塘观潮歌》《隋宫行》诸篇，皆长达数十句乃至上百句，洋洋洒洒。试举《梦游天台》析之：

[1] 朱庭珍：《筱园诗话》卷一，《清诗话续编》下册，第2346页。
[2] 刘熙载：《诗概》，《清诗话续编》下册，第2438页。
[3] 陆时雍：《诗镜总论》，《历代诗话续编》下册，第1402页。
[4] 胡应麟：《诗薮·内编》卷三，第48页。
[5] 曾永义：《诗歌与戏曲》，台北：台北联经出版事业公司1988年版，第52页。

十年游岭外，九作吴越想。一夜月明中，飞过天台上。天台直插东海边，山水四万八千丈。昙花亭子望天门，二十二峰凌浩荡。谷口蛟龙挂九皋，连云飞下石梁桥。化作珠帘垂玉阙，霜刀忽破几千条。长风乱卷翻成雪，岚光历落时明灭。崖崩霹雳击空鸣，万壑千林响不绝。银河倒泻泼苍江，千尺寒蟾漏皎洁。直注南溟出禹门，六虚砥柱撑危壁。瑶草琪葩遍地开，琼楼四面青螺堆。左有赤城重梯叠蹬透松关，右有陡涧七凹八凸走风雷。恍惚泛仙槎，手执芙蓉花。不信浑身生羽翼，翛然飞入太清家。太清在山阿，石室丹药多。吞丹酌醴泉，谈笑互相歌。须臾林外有人来，天姥婆娑导二娥。携以焦尾龙唇琴，囊以八采凤纹罗。一弹三叹发清啸，问我罗浮事若何。狂言备述海外山，斗大蝴蝶苍岩间。诸峰最胜飞云顶，攀幽履险不思还。况复林泉多羽客，相逢揖我在烟峦。铁桥西下万层冈，野花照地春风香。香风忽坠朱明洞，溪鸣木落皆清光。海外名山斯第一，梅花万树开石室。几访丹砂问葛翁，彼言天台多仙匹。仙人去住不可明，我本无家学地行。记得不曾行一步，奇峰万叠目前生。天姥破颜复稽首，自惭养拙此山久。饮露餐霞春复秋，如斯名胜未闻有。更同握手登昆仑，云开忽见扶桑礅。金庭紫陌平垂盖，玉洞桃花半掩门。寻思昔年曾到此，未常见有此山水。回首苍茫杳莫知，一片浮白几万里。落花烟雨愁南天，崖断山崩化桑田。惊回珠江八月秋，风急神魂缥缈犹在天台之云烟。[1]

此诗七十余句，诗人展开想象的羽翼，上至九千仞之摩天，下临万丈之深涧，将天台的月色、山水、花草、树木、岚光、危岩、奇峰、云海等景物，林林总总，排沓出来，笔势纵横跌宕，鱼龙百变，参差错综，似无定规，却气足意满，天然合拍，豪放中别有清苍俊逸之神气，很难想象这是出自僧人之手笔。无怪乎当时很多诗评家对大汕的古诗评价甚高，如周在浚评曰："七古跌宕似李太白，排奡则参以少陵、昌黎。"[2]黄摄之说："古诗朴奥精洁，自然沉健，气格在十九首之上。"[3]陈维崧曰："古诗擅灵运、长沙、少陵、高伟、李青莲之胜，且无俚辞浮响流及其间；近作则全以开大为归，风思雅调，洵极作者能事，超出习气之外，扩焉一人而已。"[4]所谓

[1] 大汕：《离六堂集》卷三《梦游天台》，第536页。
[2] 周在浚：《离六堂诗集序》，见《离六堂集》卷首，第493页。
[3] 黄摄之：《离六堂诗评》，见《离六堂集》卷首，第500页。
[4] 陈维崧：《离六堂诗评》，见《离六堂集》卷首，第498页。

“超出习气”，在体式上殆指大汕之诗超出了僧诗篇幅短小的局限。

在体式上，清初岭南诗僧的诗歌还有一个显著的表征，那就是组诗数量极多。翻看他们的诗集，组诗在在皆是。成鹫有《九秋杂咏》、《秋村十二咏》、《借园杂咏》三十首、《山居杂咏》二十首、《罗浮山居》三十咏、《马山杂咏》三十韵、《病中放言》十二首等；函昰有《归宗山籁一百四首》《西樵写怀十首》《六十一诗十四首》《古诗十九首》《不饮酒二十首》等；函可有《住金塔寺十四首》《秋呓八首》《沈阳杂诗二十首》《入山杂咏二十首》《雪十二首》《辛卯寓普济八歌》等；澹归有《遣兴》七十六首、《丹霞组诗》二十首、《用韵酬孝山梅花诗十二首》、《病中遣兴》十二首、《梅花兴》二十七首；大汕有《太华山八忆》、《述怀》十八首等；今无有《十一游罗浮诗》十四首、《泊始兴城下》十二首、《荔枝诗》三十首，至于那些两三首为一组的情况就更多了，不复枚举。组诗的运用，一方面可以见出诗人诗才的丰富，同时也可多角度呈现出诗人丰富的情感世界。

总之，无论是从表层的体式因素，还是深层次的意象的选构以及总体风格特征看，清初岭南诗僧的诗歌无疑超越了传统僧诗固有的“蔬笋气”与“酸馅气”的局限，基本实现他们的诗学主张，显示出较为明显的文人化倾向。当然，要想准确描绘出清初岭南诗僧的诗歌风貌并非以上篇幅所能做到，诸如同样促成诗歌风貌形成的语言、格律等方面的因素，尚无力涉及，因此，更为全面的研究将有待长期不懈的努力。

第六章

论金堡澹归

——清初岭南诗僧个案研究之一

明清之际的遗民逃禅，多为全志节、远祸害的无奈之举。然遁迹空门后，他们的出处行藏又表现出明显的差异：有恪守丛林规制、潜心修行而成为佛门龙象者，有不求闻达、终老于山林丘壑者，亦有明着袈裟而实事反清者……遗民逃禅的确堪称当时“引人注目又颇召争议”[1]的文化现象。这其中，金堡澹归是极富研究意义的个案。他本为南明诤臣，铁骨铮铮，直言敢谏，人称永历“五虎”之“虎牙”；为僧后虽亦能苦行精勤，激扬祖道，却又屡为新朝权贵歌功颂德，祷寿祈福，甚至替平南王尚可喜编次年谱《元功垂范》。这样的行止难免招致非议。邵廷采云：“堡为僧后，尝作《圣政诗》及《平南王年谱》，以山人称颂功德，士林齿之。”[2]今人陈垣先生的批评尤为激烈：“今所传《遍行堂续集》二，有某太守、某总戎、某中丞寿序十余篇，卷十一有上某将军、某抚军、某方伯、某臬司尺牍数十篇，睹其标题，已令人呕哕。”[3]二家非议，泰半因其与新朝权贵之交结。以狭义的遗民观论，此种非议似也快意人心。若不随人短长，而深入了解其身世遭遇及时代情境，寻绎其逃禅的心路历程，《遍行堂集》又绝非仅能以“令人呕哕”语而轻易嗤之、弃之，它所蕴含的“学术价值还远远没有被更多的人悉知”。

[1] 赵园：《明清之际士大夫研究》，第290页。

[2] 邵廷采：《西南纪事》卷七《金堡》，《中国野史集成》第32册，成都：巴蜀书社1993年版，第426页。

[3] 陈垣：《明季滇黔佛教考》下册《清初僧诤记》，石家庄：河北教育出版社2000年版，第559页。

第一节　从南明诤臣到岭南高僧

澹归一生明显可分为两个阶段，即作为南明诤臣的金堡与作为岭南高僧的澹归。[1]这两个阶段不仅有身份之别，思想、心态亦有相当的差异。明晰此，对理解其为诗、为文之心尤其重要。

澹归（1614—1680），俗名金堡，字道隐，本名浚，后更名为堡，自号唐捐、卫公，又号舵石翁、甘蔗生、隔角老人[2]、遍行道者[3]，法名今释，浙江仁和人。“幼而丧母，长服父训。”[4]崇祯十三年（1640年），举廷试“二甲第四十名”，同榜者复有方以智、周亮工、陈洪绶等人。[5]崇祯十五年（1642年），除山东临清知州。时山东义军蜂起，临清州聚众数万，民情汹汹。金堡只身入虎穴，“慷慨为陈大义，盗魁感泣”，民怨遂平。官任期间，金堡亦能摘奸除猾，安抚流人，政声颇著。山东总兵刘泽清进驻临清，“骄悍蔑文吏，渔猎百姓”（《永历实录·金堡列传》），金堡直言责之。后逢大灾之岁，“旱疫洊至，民多流亡”（《舵石翁传》），金堡因安抚流人，缓于朝廷催科，被迫引疾去职。金堡知临清州虽仅短短数月，然清廉政声却被人称赏。罢官后，又得吏部尚书郑三俊交荐，屡被征召，拟于甲申复官，然即任途中，遇义军攻克北京，遂南归返乡。

顺治元年（1644年）五月，清兵大举南侵，南明弘光政权顷刻亡覆。金

[1] 澹归的生平事迹，略具于王夫之《永历实录·金堡列传》（余行迈等点校，上海：上海古籍出版社1987年版，第179—187页）、成鹫《舵石翁传》（《咸陟堂文集》卷六，第551—554页）、邵廷采《西南纪事·金堡》等文献中。今人对其生平考证也颇周全，仅年谱就有容肇祖《遍行堂集残本跋》中所附年谱简编、王汉章《澹归大师年谱》、吴天任《澹归禅师年谱》多种。此外，冼玉清、蔡鸿生、姜伯勤、廖肇亨等先生在相关文章、著作中对其生平事迹亦多有考证。可以说，澹归一生行迹已大体明晰。本文对澹归行迹的概述就是基于以上文献和诸先生的考证成果。

[2] 澹归和尚著，段晓华点校：《遍行堂续集》卷七《隔角老人自赞》，第四册，第160页。

[3] “遍行道者”之号，不常见。《遍行堂续集》卷首李复修序云：“遍行堂者，澹公开丹霞所自名也。”《遍行堂》卷一《天下无不可为之事说》：“遍行道者读宣名伦使君《康言》，掩卷而叹曰：……”

[4] 金堡《岭海焚余》卷中《请覃恩应得诰命疏》，《台湾文献丛刊》第五辑，台北：台湾大通书局1968年版，第40页。

[5] 朱保炯，谢沛霖：《明清进士题名录》，《近代中国史料丛刊》第79册，台北：台湾文海出版社1998年版，第2617页。

堡与前明杭州都督同知姚志卓等起兵欲复杭州，事败。十月，复入唐王隆武政权。唐王授其礼科给事中等职，然因丁服未除。其间，金堡奔走于浙闽，联络退居海上之义军，“经略三吴”诸地。次年五月，浙东兵败，闽中形势告急，金堡疏请唐王投湖南何腾蛟部，然王受制于郑芝龙等群小，未能采纳其建议，金堡旋赴湖南辰、沅一带。八月，唐王卒于汀州，浙闽几沦于清兵之手。金堡栖迟于湖湘，“知天下将亡，恒自祈死”，自称为“无路之人金堡”（《永历实录·金堡列传》）。一个偶然的机缘，他读到了《楞严》《圆觉》二经，“阅竟乃发深信，恨知佛法晚，渐有出世之想”（《舵石翁传》）。然隆武事败毕竟仍多由外部因素使然（清兵的强大与策略上的失误），尚不至于彻底击碎其强烈的复明愿望，况且当时南明尚存江西、两广、云贵大片领地，因此澹归十分真实地说：“狂心未歇！”[1]

果然，当他闻知永历监国后，复明之火顿时复燃。顺治五年（1648年）八月，金堡至桂林，蒙瞿式耜举荐，谒见永历帝，复礼科给事中等职。甫受职，即向永历帝呈《时政八疏》，针砭朝中痼疾，指摘权奸。此疏危词切论，若石破天惊，举朝哗然。受其弹劾的庆国公陈邦傅、文安侯马吉翔辈则勃然大怒，思以陷之。而与马吉翔、陈邦傅辈对立的袁彭年、丁时魁等人却颇推重之，金堡渐与其合流，“相与严抄参、傲宪纲，以裁恩幸，抑冒监，冀重主权，故忌益众”（《永历实录·金堡列传》）。金堡、袁彭年、蒙正法、丁时魁、刘湘客遂得“五虎”之号，金堡乃“虎牙”也，尤为陈、马诸人所切齿。顺治七年（1650年），粤东形势危警，永历弃肇庆而幸梧州，马吉翔、吴贞毓等乘乱内外合谋，陷“五虎”下狱。狱中，马吉翔唆使党徒对“五虎”施以酷刑，其余几人皆“叩头哀祈”，独金堡坚忍不屈，双腿致残，本拟定死罪，幸赖瞿式耜等人疏救，遂得减死，被流放于云南金齿（今云南保山县）千余里外，后改为贵州清浪卫（今贵州清溪县）。途中会逢清兵南下，道阻不通，押解官乘乱逃走，金堡遂流入桂林依瞿式耜，于茅坪草庵削发出家，法名性因。

成鹫《舵石翁传》中说，金堡“生数岁，颖悟绝伦。……尝与群儿戏逐入僧舍，案有梵帙，取观之，乃《维摩诘经》。一览至不二门，恍如故物，

[1] 澹归和尚著，段晓华点校：《遍行堂集》卷四《梧州诗序》，第一册，第109页。

洞悉其义；未卒读，逐群儿去。自是心目常有所忆不能忘”。函可读其早年乡试时所作制艺，亦叹然曰：“此宗门种草也。”然而即便如此，我们还是很难将金堡的出家因缘上溯至他的童年时期。金堡出家前的诗文，除《岭海焚余》中所记载的一些疏论外，少见流传，吴天任先生曾辑其佚诗数十首，但多为一些反映现实之作，决难见出有出家的迹象。[1]像《舵石翁传》中这种颇带传奇色彩的记录在一些高僧传中屡见不鲜，意图即是证明这位僧人乃天生佛门龙种而已，并不足信。金堡逃禅出家的真正根源，无疑是明季“天崩地坼”的时代情势，而更直接的原因还在于顺治七年（1650年）的那场大狱。正是这次来自他所寄予厚望的南明政权内部的打击，不仅使其备受考折，更使他深味到“无可为”时代的悲哀。故他说：“复走两粤，庚寅，得金吾一顿痛棒，乃歇下耳！”[2]出家前，金堡曾赠诗予王夫之曰：

> 挑灯说鬼亦无聊，饱食长眠未易消。云压江心天浑噩，虱居豕背地宽饶。祸来只有胶投漆，病在生憎蝶与儵。劣得狂朋争一笑，虚舟虚谷尽逍遥。[3]

这首诗，相当真切地反映了他的逃禅心态。虱官作恶，云压江心，世局翻覆莫测，他唯与“狂朋”病卧舟中，挑灯说鬼；虽言“逍遥”，内心的苦闷却难以言表，似乎唯有托迹佛门，方能得到片刻的消解。他的弃儒逃禅，不仅具备一般遗民文士的“贞厥志”的意义，更反映了南明王朝“不可为”的历史宿命。

顺治九年（1652年），金堡至广州雷峰寺，依天然和尚为师，受俱足戒，更名今释，字澹归。然而，断发并不意味着尘缘了断，六根已净。对于入世既深、尘缘实重的永历诤臣金堡来说，要想淡忘世事、消泯内心的苦痛，从而体悟圆融无碍的禅境更属不易。身着袈裟的澹归，尽管与其执笏柄衡一样，亦如金刚爪牙，勇猛锐利，“誓依净侣，誓弘正法，誓成觉道，誓度群生”，但是由于身上“宰官之障未除，文士之气未尽。万行未习，六度未修”[4]，他

[1] 吴天任：《澹归禅师年谱》“顺治十九年条”。

[2] 澹归和尚著，段晓华点校：《遍行堂集》卷四《梧州诗序》，第一册，第109页。

[3] 王夫之：《南窗漫记》二五，《船山全书》第15册，长沙：岳麓书社1996年版，第885页。

[4] 澹归和尚著，段晓华点校：《遍行堂集》卷八《参方发愿文》，第一册，第205—206页。

参禅证悟的过程实充满着俗缘与法缘的漫长纠葛。在他圆寂后，天然和尚作诗哭之：“每念孤怀真类我，尝于歧路愧求人。师资相构何期合，百劫千生两认真。”[1]精当地点出这位饱受百劫的“歧路人”，徘徊于世间与出世间的复杂矛盾的禅悟历程。

澹归礼天然和尚参禅悟道的过程，其《四书义自叙》中有较为详细的记载：

> 壬辰弃去，下东粤，参雷峰，入厨下充碗头，悉屏笔研。十二月，甫进戒，从止言阿阇黎出岭，为匡山长住计。过彭蠡，涉扬子江，侨居晋陵。甲午至琴川，驻锡贯清堂。冬还栖贤。明年春，谒两老人于万年，充书记。绍隆三岁中，大病三之一，奔走因缘三之一，执事丛席三之一，都不忆畴昔事。是冬归岭南，袁公特丘手封一蓝布囊，送我于雷峰者，为焚余旧稿。复见曩作，恍然一笑，如梦中耳，置之。戊戌在篁溪，张子梦回时率长公袖文来，稍稍与论圣贤之旨，及“知我罪我”，成一义。……己亥夏四月呕血，五月复还截庵。庚子得三义。其一在梢潭夜渡时，尹孝廉右民持制义一篇见示，别去舟中蒸热，百千蚊子围绕，目不交睫，偶忆其题，不觉古人偷心一时勘破。辛丑春雨中，与海发印公谈次，乘兴得二义。印公故此间皋比雄，不复有见猎之喜习气。尽未尽置勿论，理前作合之，已二十四义矣。法不孤起，仗境方生，熟处难忘，逢场作戏，或道隐，或借山，或蔗余，或真或俗，或半或满，像法既分缁白，见地不无浅深，抛向十字街头，且要大家验看。倘有言下知归，足报尼山之德。何以故？身虽佛子，向出此老门下，念其煊赫虚空二千余年，被人埋在故纸堆中，无出气处。今日仍向故纸堆中拈出，一星之火，熏天灼地，与一切人普同供养。所愿学佛为儒，同一鼻孔；明心见性，各断命根。永无斗诤之风，共入圆通之域。毕竟澹归报佛报祖还在其中也无？[2]

澹归方参天然时，天然和尚对这位“粗直”好诤的弟子，就心存几分疑虑，将其安置在厨下洗涤厨器，以考验其诚心。其后数年，澹归以请藏经之名至江南等地寻亲访友，凭吊故明遗迹，砥砺志节。其间，他还上书觉浪道

[1] 函昰：《瞎堂诗集》卷十五《哭澹归释子二首》其二，第622页。
[2] 澹归和尚著，段晓华点校：《遍行堂集》卷七《四书义自叙》，第一册，第194页。

盛博山嗣法天界阆公，“谓华首心印，亲承面授，非皮履直缀之比”，阆公“得书颇不快意，咸咎师（澹归）越俎”（《舵石翁传》）。吴天任先生议及此事云：“此足征其虽处方外而每仍多直言不屈也。”[1]正因为他积蓄着如此深重的“俗缘”，因此，天然和尚虽常接其入丈室，“以本分钳锤”，然亦“未能洒然”，在禅悟的路上，迟迟未能得到天然的印可。

顺治十七年（1660年），尹右民持制义见访，在送别的舟中，“百千蚊子围绕，目不交睫”，澹归偶忆旧题，忽勘破“本来面目”。他曾作《雷峰老人至戴庵，是夕尹右民孝廉过访》诗二首，其二云：“才力君难老，身心我欲休。百年来梦觉，一息过春秋。余暑犹若此，凉风何所求。聊将不变意，儿戏阅浮沤。”[2]此诗虽未必能表明澹归已悟得禅理，但可以肯定的是，他正渐从浮生往事的痛苦中解脱出来，以一种恍如隔世的超然态度观之，不再为此而揪心。而顺治十八年（1661年）他与海发印公的一席交谈，则更使他参悟到“法不孤起，仗境方生，熟处难忘，逢场作戏”的圆通之境，此时的“道隐与澹归”“儒与佛”“真与俗”，在其眼中似乎等无差别，只要“共断命根”，均为“明心见性”之途。禅的境界的体现，其实就是此种圆融无滞的修行方式和观照世界的态度。正是以这样方式，澹归在禅悟的途中勇猛精进，终至康熙五年（1666年），一场大病使其生命垂危，天然和尚至榻前，握手与诀曰：“汝从前所得，到此用不着，只这么去，许尔再来。”澹归闻此语，“病中返照，大生惭愤，起坐正观，万念俱息。忽然冷汗交流，碍膺之物，与病俱失。从此入室，师资契合，顿忘前所得者，老人（天然）乃印可”（《舵石翁传》）。康熙七年（1668年），天然和尚付其以大法，为第四法嗣。至此，金堡澹归才真正完成了从南明重臣至岭南高僧的漫长转变。他本人也曾慨叹：“罪臣长恋主，苦节肯由天。来唱无生曲，曾参大死禅。”[3]即表明了他参禅悟道的艰辛历程。

作为高僧的澹归，其功德主要在于构建了丹霞别传寺。顺治三年（1646年），前明虔州（今江西赣州）知州李永茂率亲友至丹霞山，见此山雄伟奇

[1] 吴天任：《澹归禅师年谱》“顺治十一年条”。

[2] 澹归和尚著，段晓华校点：《遍行堂集》卷三十二，第二册，第393页。

[3] 澹归和尚著，段晓华点校：《遍行堂集》卷三十《次韵思圆后公遗诗（四首有跋）》其二，第二册，第387页。

崛，遂花数千两白银购之，一来隐居遁世，韬光养晦；一来待机奋起，以图大业。但不久李永茂便死于战乱。顺治十八年（1661年），其弟李充茂见复明大业无望，遂将丹霞山舍予澹归，专供三宝。次年三月二十四日，澹归入丹霞，作《入丹霞志喜》云："且喜到家能稳密，不妨随路会庄严。"[1]他根据丹霞山的山势谋划寺院的布局，写有《丹霞营建图略记》："此山三重，重重涉入，一径独上，旁无歧路。卑者更显，高者更隐，奇而不危，旷而不露，若道场遂立，敢谓与曹溪、云门鼎分三足，为岭表梵刹冠冕。"[2]他呕心沥血，四方募化，惨淡经营，康熙五年（1666年），别传寺始告竣工，与云门、南华鼎足而立，成为粤北重要丛林。

康熙十七年（1678年），澹归至嘉兴请藏经，将丹霞院事委托给同门乐说今辩主持。康熙十九年（1680年），示寂于嘉兴陆孝山南园，卒年六十九，僧腊二十八。示寂前一日，澹归嘱侍者云："汝等不得留吾臭皮囊，作扶龛回山择地建塔之局，累诸护法。随处死，随处烧，随处散骨水中，吾出岭时便有此语，非今日始作此语也。若违此语，恶同凶逆。"[3]然而，侍者不忍弃之江海，将其运回丹霞，塔于海螺岩。函昰因此有诗曰："投江料非诸子事，归岭宁违汝夙心。既订生还三峡寺，何妨死塔五溪岑。孤衷岂植燃灯后，大愿还同楼至深。老眼泪涔挥不断，千生魂魄许相寻。"[4]颔联透露出澹归此行江南前尝有诀别之意；颈联"燃灯""楼至"是二佛名，是说澹归的耿耿忠心和宏大誓愿堪比二佛更为深切。但函昰未料到的是，百余年后，丹霞别传寺因发现其《遍行堂集》等违碍书籍，果遭受焚寺磨骸之灾，其遗命亦成谶言。

金堡澹归博学多才，诗、文、词、书法皆有较高造诣，著述亦极为繁复，有洋洋大端、长达六十余卷的《遍行堂集》《遍行堂续集》，有《岭海焚余》《行都奏议》等时文制艺，还有《遍行堂杂剧》《丹霞澹归禅师语录》等多种杂著。[5]这些著作在乾隆四十年（1775年），因内中"语多触忌"，悉被禁毁，今所能常见者，唯《岭海焚余》《遍行堂集》及《遍行堂续集》等。

---

[1] 澹归：《入丹霞志喜》，手写墨迹，香港何耀光至乐楼藏。引自吴天任：《澹归禅师年谱》。
[2] 澹归和尚著，段晓华点校：《遍行堂集》卷十一，第一册，第294页。
[3] 引自蔡鸿生：《清初岭南佛门事略》，第62—63页。
[4] 函昰：《瞎堂诗集》卷十五《澹归灵骨入塔》，第623页。
[5] 参见冼玉清：《广东释道著述考》，第616—629页。

第二节　金堡澹归的文

金堡澹归的文，一如其生平，亦明显可分为前后两个创作阶段：为臣之文与为僧之文。这两阶段的文章，内容、风格都有较为明显的差异，有必要分作两部分来考察。

（一）《岭海焚余》中金堡之文

澹归前期之文，以奏议疏策为主，今皆存于《岭海焚余》三卷中，南园张氏《适园丛书》收有此书，《台湾文献丛刊》亦予以辑录。此集“上卷自隆武乙酉十月，止丙戌八月，十八篇；中卷下卷自永历戊子十一月，止庚寅正月，三十一篇”[1]，共得四十九篇，“皆其职居掖垣及一切封奏之作也”[2]。据冼玉清先生《广东释道著述考》著录，澹归尚有《粤中疏草》《行都奏议》等文集，睹其标题，当亦出家前的应制文，惜未见存世[3]。不过，仅《岭海焚余》中所录四十九篇，足以体现出他匡政治国的卓识以及敢于直谏的诤臣品格。

金堡少时从里中方子春先生习举业，弱冠“即知天下利病”，绝无一般腐儒之迂阔。崇祯九年（1636年）乡试，他作制艺五篇，“娓娓数万言，危词切论，直攻乘舆无讳，主者奇之”（《永历实录·金堡列传》）。可见，金堡自小即纯熟地掌握了时文制艺的写作技巧，再加上他博通古今，才识练达，故所发议论往往能独处机杼，切中时弊。读《中兴大计疏》《时政八失疏》《中兴四议疏》等篇，可以清晰地察见他的确是一位能总揽全局，精于审度的政治家、谋略家。例如，顺治二年（1645年），唐王称帝于福建，鲁王犹监国浙东，东南地区遂为清兵进攻的重点。金堡冷静权衡诸方情势，高屋建

[1] 朱希祖：《校本〈岭海焚余〉跋》，见《明季史料题跋》，沈阳：辽宁教育出版社1998年版，第79页。

[2] 孙德谦：《〈岭海焚余〉跋》，载《岭海焚余》卷首，《台湾文献丛刊》第五辑，台北：台湾大通书局1968年版。

[3] 冼玉清：《广东释道著述考》，第624页。

瓴，言简意赅地向隆武帝提出了中兴大计："今日为天下大计，两言而决耳：曰陛下出关，则混一可期；不出关，则偏安亦不可保。今日为江左急计，三言而决耳：曰不复徽州，不可以保江东；不复浙西，不可以绝杭州；不复上江，不可以制金陵。"[1]隆武帝览后云："吾得金堡，如获至宝。"并令文工缮写此疏，宣于文华殿之屏障间，使满朝文武官员得已悉知。又如，顺治三年（1646年），清兵度仙霞岭，八闽全境危警，金堡献三策，力劝隆武帝出闽，曰："今日之势，诚能大戒文武，直走湖南，用何腾蛟之锐，竟捣荆襄，传檄雍豫、中原，豪杰必有响应，闻之者以为殿下从天而降：此上策也。简阅忠义，移跸虔州，疏通江广，兼顾闽浙，丁魁楚等后勍于南雄，万元吉等前茅于建抚，急呼楚师为之连臂：此中策也。乘水兵之出并势出关，抚慰溃散，合为一路，与虏浪战，胜不虚生，败亦不徒死：此下策也；若往来延、建，观望经时，幸虏之不来，而虏必来，冀关门之可守，而关门必不守。轻骑叩城，避不暇走：为无策也。"[2]然隆武帝因受制于郑芝龙，采取了下下策，终落得身死国殇的悲运。吴天任先生云："使隆武早从其言，何至为郑氏所制，而有汀州之败？"[3]在著名的《时政八失疏》中，金堡向永历帝提出了"朝政不宜独专""勋封不宜无等""罪镇不宜久纵""中旨不宜频传""贪墨不宜自内廷始""调停之术不宜自言路终""义兵不宜概行摧折""奉使不宜滥及非人"[4]等八项主张，危言恳切，直指永历朝廷的诸种陋习弊端，李成栋闻之后惊叹云："朝中尚有此人乎。"（《永历实录·金堡列传》）尔后，金堡又连上疏策，甚至"一月章至六十上"，对永历朝的军政事务，大到朝野权利之制衡、军事力量的分布，小至考选官员的方式、文官的言路、奖忠惩奸的标准等，都提出了极为恳切的谏议。

金堡胸怀坦荡，为人耿直，敢于直指权奸们的政治野心。例如，他揭发陈邦傅、马吉翔、郝永忠等人结党营私，把持权柄之行径：

今日之大患，莫甚于阃外不知有朝廷，而朝廷复以匪人持政柄，贻阃外

[1] 金堡：《岭海焚余》卷上《中兴大计疏》，《台湾文献丛刊》第五辑，台北：台湾大通书局1968年版，第1页。

[2] 金堡：《岭海焚余》卷上《请决策出闽疏》，第21—22页。

[3] 吴天任：《澹归禅师年谱序》，第1页。

[4] 金堡：《岭海焚余》卷中《时政八失疏》，第29—33页。

轻。郝永忠残贼已复之土，杀掠空武、靖，宜削爵暴罪，檄楚都擒之正法，以张国威而为残黎救一线之命。陈邦傅无尺寸之功，爵上公，假敕自称世守，隶视抚、按，宜褫其爵，勿使与效死疆场之臣齿。马吉翔扈从之劳，在所当念，然爵列侯、官锦衣，酬之足矣，宜勿使与国政，挠乱是非，为附羶之薮。[1]

言语激切、峻烈，真如一把把匕首直插敌党心脏，无怪乎陈邦傅、马吉翔等人"皆大愠"，欲置其于死地。再如，他疏劾"大奸大诈之辅臣"——何吾驺，说他"性本贪邪，才兼凶狠，弃君卖国，人得诛之"，复力数其"挟制外廷""把握朝权""生杀在手""秉权逞技""说谎欺君，寒盟卖友"等十条罪状[2]，言之凿凿，义正词严。由于金堡敢言直谏，直声倾动南天，而其党敌则目之为"虎牙"，足见对其畏惧之深。

金堡虽殚心竭虑，辛劳理政，然于昏聩的永历朝中，其光复大明江山的伟策注定只是一纸空文。同时，金堡本人亦囿于狭隘的忠君观念，在战略上失误良多。例如，顺治六年（1649年），农民义军孙可望以封秦王为条件欲归顺永历政权，金堡却"本朝无所为异姓王"等缘由，上疏拒之，失去了一次壮大南明势力的机会[3]（亦见《永历实录·金堡列传》）。加上他与众廷臣结怨太深，打击面甚广，在朝中日益势孤，最终造成了"庚寅劫难"，"无路之人金堡"只能走上出家之路。

虽则如此，金堡的这些宏论伟策，凛然正气浩荡其间，是昏暗污浊的明季朝廷中不可多得的几点亮色。这些文章，大多叙事清晰，流利畅达，说理透彻，周密精严，故邵廷采《明遗民所知录》云："及读《行都奏议》，指画天下事如观火转圜。西南小朝廷有此大文，其才气固雄矣哉！"[4]民国孙德谦甚至谓："使当日擢用其言以为恢复计，明之存亡，或未可知。"[5]此言虽过，却也反映出金堡能挽狂澜于既倒的才略和胆识。

[1] 此段文字不见于《岭海焚余》，而见载于王夫之《永历实录·金堡列传》，盖节略于金堡其他奏疏。由此亦可证金堡前期的奏疏佚失不少。

[2] 金堡：《岭海焚余》卷中《劾何吾驺疏》，第54—57页。

[3] 金堡：《岭海焚余》卷中《论滇封疏》，第51—54页。

[4] 邵廷采著，祝杰鸿校点：《思复堂文集》卷三《明遗民所知录》，第215页。

[5] 孙德谦：《〈岭海焚余〉跋》，载《岭海焚余》卷末。

（二）《遍行堂集》及《遍行堂续集》中澹归之文

二集共录文部四十一卷，皆澹归为僧时所作之文。相对前期较为单一的奏议策疏，其后期之文，体式较为繁复，凡论说、疏记、尺牍、序跋、碑传、墓表、语录、偈颂等文体，他既能做到挥洒自如，同时又谨严法度。澹归论文颇讲究创新独造，不喜轨步前人。其曰："读古人书，见古人如此作，如彼作，便须自寻出路。若才拈笔，便思古人某作如此，当如此作；某作如彼，当如彼作，作作皆效古人，将自置何地？"以此而言，对于自己的文章，他有着足够的自信："……目曰《遍行堂集》。阅之自笑，登歌清庙，与街头市尾唱莲花落并行千古；若一派化主梆铃声喧天聒地，则昔贤集中所未有者，不妨澹归独擅也。"[1]这里，澹归所津津乐道的"独擅"，乃在于他能将"登歌清庙"的雅文学与"街头市尾唱莲花落"的俗文学并行而置，并将二者较为完满结合起来。这也正是他为僧之文最具特色之处。

姜伯勤先生曾多次指出，应充分注意澹归在白话文发展史上的地位，甚至将他比作"报春的燕子，深得时代的先声"。应该指出的是，运用白话写作，澹归并非始作俑者。但其文集中，白话文的确是一个非常醒目的特点。翻检《遍行堂集》，白话语体文，所占比例良多，除姜先生指出的"《前集》卷二至卷三数以十计的"[2]《上梁文》《募化文》等实用文体之外，那些本偏重典雅的诗序、题跋、颂赞、论说等文体，澹归也常以白话行之。例如以下一段文字云：

> 廿四年前，长安道上，走马看花，世界迁讹，惘然一梦。难道世界迁讹是梦，世界不迁讹便不是梦么？曩语曹秋岳云：譬如人做了一个梦，醒了时晓得是个梦，却说不得不曾有这个梦，难道做梦的是梦，说梦的便不是梦么？廿四年前，长安道上，长华与澹归同做了一个梦。正当廿四年，海幢寺里，濠畔街头，长华见了澹归，澹归见了长华，长华要说梦里没有澹归也说不得，澹归要说梦里没有长华也说不得。廿四年后，长华不见澹归，澹归不见长华，长华要讨梦里澹归也讨不得，澹归要讨梦里长华也讨不得。[3]

[1] 澹归和尚著，段晓华点校：《遍行堂集》卷首《遍行堂缘起》，第一册，第8—9页。

[2] 以上参见姜伯勤：《石濂大汕与澳门禅史》，第584—587页。

[3] 澹归和尚著，段晓华点校：《遍行堂集》卷二《长安梦说为卢长华少参赠别》，第一册，第36—37页。

此段文字，机锋峻烈，反说正说，无不透显出身历苦境的澹归对人生、世事的幻灭感。这种沉痛的情感，出之以通俗白话，似轻描淡写，但细味之，却更觉“宕远深诣”。这样的文风，在《雷峰师友游厍门诗卷》《书栖贤诗文汇集后》《四书义自叙》《天然和尚雪诗跋》等篇章中，均有很好的体现。

澹归何以一改前期偏于典重的语体风格，而如此频繁地运用白话呢？这其中，禅宗文化显然起到了至关重要的影响。自唐宋以来，禅僧语录、颂古等著作与同时代的各种文献相比，口语色彩最为浓厚，甚至被学者称为“口语化石”[1]。澹归创造性地将这种通俗本色的禅宗语用于各种散文体之中，明显受到了公案语录的影响。他在《颂古自题》中云：“古人引诗，与本义时不相蒙，辄有别味，然犹与句义相蒙也。至宗门颂古，不惟与句义不相蒙，与字义亦不相蒙，阅者茫然不知所谓，而明眼人见之，洞胸透髓，不留微朕。故有雅说，有俚说，有自说，有他说，正说忽反，反说忽正，完说忽碎，碎说忽完，断说忽连，连说忽断，生说忽死，死说忽生，于绝不相蒙处活脱浑沦。”[2]可见，他是深得宗门通俗本色语言的精髓，故能将其灵活地运用到各种文体之中。

澹归后期的文章，尺牍、书札共有九卷，占有相当的比重，这也是其文在文体上的一个特色。这些尺牍、书札记载了澹归出家后的交游活动，且这一文体“叙情最真而致用甚博”[3]，因而是研究其生平活动、思想情感的最为直接而珍贵的材料。例如，“书其忠孝之概”（《舵石翁传》）的《上定南王书》与《上平南王书》二则，可以侧见他干谒权贵的用心。顺治七年（1650年），永历督师瞿式耜与总督张同敞为定南王孔有德所杀，尸骨未收，时已归心净域的澹归为安葬忠烈遗骸，遂写了《上定南王书》。在此书中，澹归反复强调了自己是“罪人”“废人”“世外之人”，以消除孔有德的敌对心理。而对于孔氏杀死二公，澹归并没有表示丝毫的愤怨，反以为他成全了二公的忠名和功名。接着，他又提出虽为“势不并存”的“敌国之人”，“表扬忠义”实乃出于“天性”的观点，并举证了大量史实，言外之意就是，若孔有德不允其收二公遗骸，即违背天性，必遭谴责。这篇书札，层

[1] 于谷：《禅宗语言与文献》，南昌：江西人民出版社1995年版，第44—48页。
[2] 澹归和尚著，段晓华点校：《遍行堂集》卷首，第一册，第7—8页。
[3] 冯梦祯：《快雪堂集》卷一《叙七子尺牍》，万历四十四年刻本。

次清晰，既巧妙地“奉承”了孔有德，言语之中又正气凛然。因此，乾隆年间的龚炜云：“澹归禅师《上孔定南书》，……其立言最为得体，宜定南之乐从也。”[1]此书虽未能上达定南王，影响却很大，一时“海内高其义”[2]。钱澄之读后云：“词气慷慨，乃信其非惧死而逃于僧也。”[3]

澹归一些记体文也多有佳构。写山水游踪的，有《绕丹霞记》《片鳞岩记》等篇，尤为可读。如以下一段：

> 丹霞之水，一出于雪岩之乳泉，一出于浅碧池，一出于七如来峰，从枫树坳分流左绕，其余皆右绕，循左绕之水入两山之间，大石林立，名状不一；老树枝根瘁瘠蟠络，人行石中，水行石下，或伏或起，淙淙琤琤，如琴筑鸣。上鲇鱼坂，则雪岩之壁千尺杰峙，广三倍，横五六叠，如画水痕。伽蓝石立其右，宝塔峰涌其左，境最胜，留连不忍去。出坂，直塔峰而前，旁有小峰如礼塔者，为童子石。群山掩映峭倩，旧名“大坑冲”，望片鳞岩，取海螺吹之，岩畔有僧遥相呼，为之一笑。过冲即枫树坳，丹霞之来龙，跳躞雄俊，一跌一断，一起一矗，护龙之山肃然，如千骑疾行，不闻其声。有峰如火炬，予目之“焰慧”。右一峰如宝盖，过脊则腾骧直上，作摩空矫首之状。[4]

此段文字写山水、奇峰、峭壁、岩石、溪涧、树木，无不随步换形，笔随景迁，且妙喻缤纷，有声有色，使人目不暇接，但又层次分明，路线清晰，并无凌乱之感。澹归的记人散文，则极善于抓住人物的细节来刻画人物特征，例如《留须子传》中为突出留须子金公绚的才能，写金声桓向平南王请得留须子，然平南王未允，后来，金声桓兵败江东，平南王笑谓：“留须子，我从声桓请，汝败矣！”留须子则笑答：“王从声桓请，声桓不败也！”[5]谈笑之中，留须子能左右胜负的杰出军事才干与自信，被形象地刻画出来。此外，他在记叙人物时，常能倾注自己的情感，以沉痛笔致叙之，如《祭明故死节督师瞿公》《米忠烈公传》等章，皆饱蘸着浓厚的故明之思。

[1] 龚炜：《巢林笔谈》卷三，北京：中华书局1981年版，第76页。
[2] 邵廷采著，祝杰鸿校点：《思复堂文集》卷三，第215页。
[3] 钱澄之：《所知录》，上海：上海古籍出版社1987年版，第326页。
[4] 澹归和尚著，段晓华点校：《遍行堂集》卷十一《绕丹霞记》，第一册，第297—298页。
[5] 澹归和尚著，段晓华点校：《遍行堂集》卷十三，第一册，第341页。

总之，澹归的文，无论短章长篇，亦无论叙事、议论、抒情，多能得心应手、纵横捭阖，或是理致透彻，或以机趣见长。其法弟今辩曾说：“至发为文章，旨趣笔锋，纵横变幻，而法度紧峭，理致严正，于世出世法贯彻圆融，悉归于大公无我之域。”[1]当然，澹归的文章，缺点和优点一样突出，那就是为实用应酬而作者，实在太多。这多少会削弱其文学特质，读来时有味同嚼蜡之感。然这些文章，又实在不必像陈垣先生那样，一概弃之，因为这其实是其作为“人臣”、为“化主”所不得不为之的事情。

第三节　澹归的诗

澹归的诗，主要存留于《遍行堂集》与《遍行堂续集》中，共二十一卷，二千三百余首，均为出家后所作，而其出家前的诗集《临清来去集》《梧州诗》《梦蝶庵诗》等均已失传。因此，论澹归诗，实为《遍行堂》之诗，亦即其作为诗僧之诗。

澹归虽为方外僧人，但在诗歌观念上，基本未出传统儒家诗教“言志”的范畴。他尝说：“诗依人而重轻，人依志而大小，古之人以志为诗，今之人以诗为志矣。以志为诗，见志而遂见诗；以诗为志，见诗而不见志。夫见诗而不见志，君子耻之，况于借诗以为志，借志于诗以为诗乎？”[2]强调在诗歌中抒发一己之志，反对仅为作诗而作者。当然，澹归所言“志”的内涵，与传统儒家诗教重“美刺讽谏”“温柔敦厚”的特质又不尽相同，而是更偏重“郁于中而泄于外”的主体的真情实感。在《李潜夫诗序》《廖梦麒诗序》《剩人和尚〈秋呓八章〉》《陈彦达诗序》《施端臣诗序》《汗漫吟序》等诗序中，他多次申说诗歌应抒发诗人缘境而生的郁勃之气和胸中的块垒，以为无此则“诗不奇”，“不能工于诗”。在此基础上，他甚至还将诗歌的盛

[1] 澹归和尚著，段晓华点校：《遍行堂续集》卷首“今辩序”，第四册，第2页。
[2] 澹归和尚著，段晓华点校：《遍行堂集》卷八《张维隐诗序》，第一册，第173页。

衰与时代气运的升降直接关联起来，提出了“诗之盛，世之衰”的通变观：“唐诗四分，初盛中晚，盖论诗不论世也。唐治盛于贞观，诗为初运，诗盛于开元、大历，世已乱矣，终唐之世无盛治，则诗非工于穷，工于乱也。……而世之乱、诗之盛不期而会，不知其然而然。”[1]这样的诗歌观念，显然是其所历困厄、悲苦身世的反映。

对于自己的诗歌，澹归尝夫子自道：“予生遭多难，时复为诗，时得不祥之句，故爱诗而爱诗之不祥者，亦爱诗人，疑其为不祥之人也。”[2]又说：“余亦时为诗，性既粗直，诗亦愤悱抗激。”[3]“性既粗直”“愤悱抗激”，绝非方外高僧应有之人格和诗格，然而对于一个忧思感愤、吁徐嗟叹的失路逃禅者来说，则不足为奇。

今检《遍行堂》二千余首诗题，酬答次韵之作，竟占七成以上。一般而言，酬答次韵之作，因以应酬为目的，诗人的独创性以及自身的情感会受到一定的制约，甚至极易流于谀俗的境地。澹归的酬答次韵之作亦有此种倾向，像《代寿平南亲王》云：

> 手捧金轮问老臣，曾瞻紫气识真人。小侯代印知为善，大树忘言叹绝尘。名世独当五百载，戴民同享二千春。海波不为天风动，洲岛卿云日日新。[4]

对于跋扈岭南二十余年之久的武夫平南王，用“戴民同享二千春”来歌之，这的确与其在南明朝廷中不畏权贵、直言敢谏之诤臣风格相距甚远。又如《遍行堂集》卷三十八《制府过海幢》二题，卷三十九中的《寿白严公》《寿苏商卿副宪》《寿退庵》等十余首，均有不同程度的奉承媚俗之态。平心而议，对于一个逃禅遗民来说，作如此之诗作，实有损其人格，这无疑是《遍行堂》诗的败笔。

不过，酬答次韵之作的优劣性亦不能断然予以评定，那些经过时间淘洗而流传下来的经典，不就有很大一部分为此类之作吗？应该说，只要不是矫

[1] 澹归和尚著，段晓华点校：《遍行堂续集》卷三《沈宏略诗集序》，第四册，第69—70页。
[2] 澹归和尚著，段晓华点校：《遍行堂续集》卷三《沈宏略诗集序》，第四册，第70页。
[3] 澹归和尚著，段晓华点校：《遍行堂集》卷七《王说作诗集序》，第一册，第174页。
[4] 澹归和尚著，段晓华点校：《遍行堂集》卷三十八《代寿平南亲王》，第三册，第140页。

虚媚俗，酬答次韵者还是能结撰出佳作，尤其是那些志同道合者之间的唱和，更能出高妙之什。事实上，从澹归交游的对象来看，更多的还是那些有着鲜明遗民倾向的文士、僧人，如曹溶、钱谦益、张穆、沈融谷、陆孝山、李潜夫、方以智、王夫之、廖燕、袁彭年、函昰、今无等人。正是在与这些文士唱和酬答中，澹归的真实面目方展现在世人面前，而像《代寿平南亲王》之类的败笔并不能代表《遍行堂》诗的总体倾向。这里，我们首先要提到的是那首著名的《贻吴梅村》：

> 十郡名贤请自思，座中若个是男儿。鼎湖难挽龙髯日，鸳水争持牛耳时。哭尽冬青徒有泪，歌残凝碧竟无诗。故陵麦饭谁浇取，赢得空堂酒满卮。

此诗不见于任何现存的澹归诗文集中。苏曼殊《燕子龛随笔》中说他曾在澹归的手写诗稿中亲见此诗，《续甬上诗》亦载此诗为澹归所作。但陈垣先生又提出怀疑，以为此诗未必为其所作。廖肇亨先生经精密考证，谨慎得出结论：“（此诗）作者实难考辨，亦无确证曰必出自金堡之手。在没有进一步证据以前，笔者宁可暂持保留的态度。”[1]我们以为，此诗即便不为澹归所作，但世人将这样一首充满浓厚遗民情绪的诗歌附于其身，足见他在明遗民心中的地位。除此之外，《遍行堂集》中类似篇什还有很多，例如他酬赠钱谦益的二首：

> 苍江白浪梦初残，游戏同归法海澜。未谢闲名还热客，现成公案付秋官。双鱼远韵三年续，百感劳生一曲蟠。拨尽孤灯犹独立，数声宿鸟报更阑。[2]
>
> 楸枰局里画乾坤，万里遥看一老存。峻极儒宗凭岱岳，大观义海发朝暾。劫灰欲尽丹心出，硕果将留黄发尊。却许野人无事好，不教世谛落寒温。[3]

牧斋晚境虽“未谢闲名”，然亦游心释典，以舒纾“降清”之恨，从这一层面言，他与澹归实殊途同归，皆是“劫灰欲尽丹心出”，复明之志愈挫

[1] 廖肇亨：《金堡之节义观与历史评价探析》，载台北《中国文哲研究通讯》第九卷第4期。

[2] 澹归和尚著，段晓华点校：《遍行堂集》卷三十四《酬钱牧斋宗伯壬辰见寄原韵》，第二册，第454页。

[3] 澹归和尚著，段晓华点校：《遍行堂集》卷三十四《又赠牧斋》，第二册，第454页。

愈勇。这两首诗，感情沛然真挚，格调顿挫沉郁，结撰亦颇为精到，看不出些许违心背志的奉承颂扬，亦无次韵、应酬之拘束。《牧斋有学集》卷四有《寄岭外四君诗》，其一即为《怀金道隐使君》，从用韵情况看，当是与前首相对，其云："朔雪横吹铜柱残，五溪云物汨泛澜。法筵腊食仍周粟，坏色条衣亦汉官。毕落禅枝除鸽怖，多罗佛钵护龙蟠。菰芦一老香灯畔，遥祝金轮共夜阑。"[1]冼玉清先生读此诗云："观'周粟''汉官'一联，可以知其意矣。"此意即为"今释虽遁迹空门而怀反清复明之志"。[2]可见，不甘心明亡之事实，是澹归与牧斋相求相应之"支点"，也是那个时代遗民唱和共通的情感基础。

康熙十五年（1676年）冬，澹归因请藏经游于江南。是时，遗民的复明希望已若灰烬，鼎革裂变所造成的心灵创伤亦渐渐愈合。然澹归重游故地，再逢那些残留在山林丘壑间的故明遗老，除了偶有的劫后余生之庆幸外，更多的是时空的幻异所勾起的揪心裂痛："故山识我非生客，冷地逢君是昔人"[3]、"故国重来无异路，新诗一往落寒泉"[4]、"风送菱歌闻隔岸，不劳洗眼认杭州"[5]……这样的诗句在集中还能摘得很多，足以证明其所赠所答，还多是遗民间的同声相和，同气相求。

除大量的酬唱答赠之作外，《遍行堂集》中还有部分题为"遣兴""偶题""偶感"的诗作。此类诗作，诗人面对的只有自己，已无酬答投赠之作的"他性"，故而，对了解其"诗心"尤显重要。这其中，又以《遍行堂集》卷三十四的大型组诗《遣兴》，最值得注意。这组诗共七十六首，纯为七言律诗，结制庞大，仿佛一腔愤懑，骨鲠在喉，不吐不快。试择几首以"窥全豹"：

死生到此寻常极，胔骼惊心痛未苏。上帝何居仍板板，小民非分复吾吾。千峰寒色催猿狖，十里秋声吊蟪蛄。不是太平封禅日，那教双鹤稳林逋。（第五首）

---

［1］钱谦益：《牧斋有学集》卷四《寄岭外四君诗·怀金道隐使君》，第165页。

［2］冼玉清：《广东释道著述考》，第624页。

［3］澹归和尚著，段晓华点校：《遍行堂续集》卷十五《俞君山孝廉过访，颇述加税之累》，第四册，第375页。

［4］澹归和尚著，段晓华点校：《遍行堂续集》卷十五《次韵酬陆平仲》，第四册，第377—378页。

［5］澹归和尚著，段晓华点校：《遍行堂续集》卷十五《次韵酬曹秋岳侍郎》六首其一，第四册，第376页。

一怜晋帝问长安，亡望吴王索好冠。剧可须眉低马足，生憎口腹仰猪肝。顽童宾侧慵安首，壮士军前喜弄丸。旧谱簇新颠倒看，不知灯火暗蒲团。（第九首）

哭罢黄尘返碧山，莫邪不必斩痴顽。一铛天地无生气，四壁诗书有厚颜。土木何凭威赫赫，虚空哪得骨珊珊。几茎短发吾曾老，且看儿童斗赤幡。[1]（第十首）

天然和尚谓澹归是“贵天下之心者”[2]，浙西词人沈融谷也说：“当其为儒也，是以佛菩萨之心为心者也；当其为僧也，是以尧舜禹汤文武孔孟之心为心者也。”[3]从这几首诗颇合他们的评议，诗中或悲叹板荡现实中小民的疾苦，或反思明亡的过失，即便是写凄凉老境，也多是抒发有心杀敌、无力回天的哀伤，而一己所历的冤屈耻辱，则很少流于笔端。

这种“天下之心”在一些写实之作中，还可得到进一步体现。澹归曾自称：“弟自出家来，不复干预当途片事，只是为十方三宝劝助作福，盖守分也。”[4]然而，实际的情况似乎并非如此。康熙十一年（1672年）的冬月，他“溯出丹霞”，看到了现实中一幕幕惨境，愤然写下的组诗《南韶杂诗》四十首，尤具代表性。如第五首《有所见闻》，写官兵屠杀百姓如芟草一样惨无人道，致使整个村镇死寂萧败，令人窒息，末句“皇天倘有泪，一滴庶可转”则寄予了诗人对民生疾苦的深切同情，以及无力匡扶世道的悲憾。第十首《岸旁荒院》，写一个“昔年好村镇”，因连年战争的摧残，而变成“败屋半无门，历历蒙霜花……老树啼饥鸦”。第二十六首《莲花岭》，写战后莲花岭上“狐狸跳其前，鸱枭肃其旁”的凄厉景象，以及诗人的哀叹：“我无度世力，为汝摧中肠！”这样的心态岂是独守寂灭枯禅者所能有？

当然，作为高僧的澹归，佛教对其诗歌创作的影响亦不容忽略，尤其是对于自认为“舍此一着，别无解脱之方”[5]的金堡来说，佛教所倡言的

[1] 澹归和尚著，段晓华点校：《遍行堂集》卷三十四《遣兴》，第二册，第439—440页。

[2] 澹归和尚著，段晓华校点：《遍行堂集》卷首“函昰序”，第一册，第3页。

[3] 澹归和尚著，段晓华校点：《遍行堂续集》卷首“沈融谷序”，第四册，第3页。

[4] 澹归和尚著，段晓华点校：《遍行堂集》卷二十四《与侯筠庵文宗》四则其一，第二册，第174页。

[5] 澹归和尚著，段晓华点校：《遍行堂集》卷二十八《与陆丽京学博》十则其六，第二册，第274页。

虚无的人生观、世界观对弥合其精神的裂痕就显得至为重要。例如，他说：“回想旧日尘劳，殆如隔世，亦如梦事。”[1]又说：“近况颇寂寥，亦自世界气运如此。世界缺陷，将来尚有难过之处，惟一切以如梦如幻之观付之，即胸次渐向轻脱，徒然愁闷，无济于事，只落得无绳自缚耳。”[2]“世界气运”，若坐实理解，当指复明大业，澹归深知此实已无力回天，若“徒然愁闷”，只能“落得无绳自缚”耳，故而，干脆以“如梦如幻”观之，落得轻脱洒然。这种心态在诗歌亦多有体现。例如《南韶杂诗》之《郡城随寓》，写人世代谢，时新时故，就如同天上的浮云一样忽起忽灭，连太空都“无举措”，更何况微薄渺小的个人呢？想到“梦时路”，诗人不禁捧腹而笑，笑自己怎么会如此痴狂、糊涂。此诗的诗眼当是“处世若大梦，梦宁无复醒”一句，表现作者沉酣于梦幻而置身于世外的超然。写如“梦”“幻”“泡影”之世谛的诗句，还可摘得一些：

半生存泡影，一枕落尘埃。[3]
早知如幻意，随分得安名。[4]
浮生如梦里，出入渺难寻。[5]

联缀这些诗句，给人的印象是，由南明重臣而至岭南高僧的澹归似乎已跳出了三界苦海，对于自己坎坷的经历与人世的变迁，皆能以“梦”、以“幻”而超然观之。然而，从《遍行堂集》诗的基调看，澹归通脱洒然还只是表面的。这正如严迪昌先生所指出：“即使他常有勘破尘世的禅门话头，骨子里却绝不是四大皆空。”[6]

就诗体形式看，《遍行堂集》诗，绝句最少，古体次之，律诗最多。律诗之中，七律又最多。可见他是较擅长律体的。这大概与他对“律中之龙”

[1] 澹归和尚著，段晓华点校：《遍行堂集》卷二十四《与苏商卿宪副》，第二册，第170页。
[2] 澹归和尚著，段晓华点校：《遍行堂集》卷二十五《与汪汉翀水部》六则其一，第二册，第188页。
[3] 澹归和尚著，段晓华点校：《遍行堂集》卷三十三《移寓》，第二册，第429页。
[4] 澹归和尚著，段晓华点校：《遍行堂集》卷三十三《病》三首其二，第二册，第432页。
[5] 澹归和尚著，段晓华点校：《遍行堂集》卷三十三《龙护园坐雨》八首其一，第二册，第437页.
[6] 严迪昌：《清词史》，南京：江苏古籍出版社1990年版，第91页。

杜甫的推崇有关。他曾说：“史莫盛于司马迁，诗莫盛于杜甫。迁有奇祸，甫有奇穷。”[1]又说“推盛唐以老杜为冠”。所以，他的诗歌，尤其是律诗，也略近于杜诗苍凉悲慨、沉郁顿挫一路。但与杜诗相比，澹归的诗风又不如杜甫律诗那样写得内敛，而更倾向于恣肆，主观情感愈加愤激，而这也是他以“愤悱抗激”来概括自己诗风的原因所在。

第四节　澹归的词

《遍行堂集》有澹归词作三卷，《遍行堂续集》半卷60阕，共485阕。[2]这一数字虽远不及其诗，但在清初词坛，又是非常可观的。同时期的吴梅村存世词作仅105首，便获得了“清词冠冕”[3]之誉，而澹归词的命运则显得十分落寞。清代词学家鲜有论及，一些重要的清词选本也绝少编选其词作。[4]这其中固然有质量高下之别，非徒以数量所能定夺。但从澹归词实际的艺术水准看，又决不至于沦落到令清人如此漠视的境地。民国以还，澹归词始引起学者们的关注。龙榆生先生主编的《词学季刊》曾选刊了180余阕，[5]并在其名著《近三百年名家词选》中选析了五首；[6]赵尊岳先生的《明词汇刊》中辑录明季词僧二人，其一即为澹归；[7]民国另一重要词学刊物《同声

[1] 澹归和尚著，段晓华点校：《遍行堂续集》卷三《廖梦麒诗集序》，第四册，第54页。

[2] 此数据依南京大学中国语言文学系编《全清词》“顺康卷”第2册，中华书局1994年版。

[3] 徐珂《近词丛话》云：“明崇祯之季，诗余盛行，沿竟陵一派。入国朝，合肥龚鼎孳、真定梁清标皆负盛名，而太仓吴伟业尤为之冠。”程目衡《吴梅村先生诗余序》：“梅村词亦为艺林所称引，……本朝词家推为冠冕。”

[4] 聂先《百名家词钞》（刊于康熙二十五年）、蒋祈山《瑶华集》（刊于康熙十七年）、谭献《箧中集》（刊于光绪四年）、丁绍仪《清词补编》（约光绪二十年问世）、张德瀛《词征》等均未收澹归词。笔者所见似仅有嘉庆七年王昶《明词综》（上海中华书局据原刻本影印本）选其词两首。

[5] 龙榆生主编：《词学季刊》，1936年9月第3卷第3号。

[6] 龙榆生：《近三百年名家词选》，上海：上海古典文学出版社1956年版，第9—13页。

[7] 赵尊岳：《明词汇刊》，《传世藏书》总集第17册，海口：海南国际新闻出版中心1996年版，第1207—1220页。

月刊》1942年第二卷从第2号至第6号连续刊载其词。日本学者清水茂有《论金堡的词》，是第一篇专论澹归词的论文。[1]20世纪80年代后，严迪昌先生《清词史》亦有专节论析，指出澹归词苍劲悲凉、痛切激励等特征，是极中肯綮之论；南京大学中文系编撰的《全清词》收集并校点了《遍行堂集》中所有词作，为进一步研究澹归词提供了更为便利的条件。本节基于以上诸家的研究成果，力图揭示出澹归词所蕴含的情感特质及风格特征。

关于自己的填词经历，澹归尝自云："庚寅，梧州诏狱中作词数阕，方密之见而称之，后绝不作。至庚戌复作，孝山谓吾手笔乃与词相称，意殊欣然。时孝山、融谷方共填词，复有不期而合者，此后一切填词作诗遂少矣。"[2]可见，澹归出家之前即已填词，且深得方以智的激赏，惜这些词作未见留存；而其大量填词则在庚戌（康熙九年）前后，是在"浙西词人"陆世楷和沈皞日相互影响下而为的。

略微厘清澹归填词的时年，对我们理解其词心、词境尤为有益。康熙九年（1670年）时的澹归，无论在形式还是根底上都已完成了从诤臣至高僧的转变，故"遍行堂词"应是地道的僧词。不过，在这种底色下，其词表现出的又非单一的格调，而是在风格、内容等方面都有着不同层次的变化。这种变化的原因，大概可从三方面考虑。其一，出家后的澹归，内心实受两种力量的主导：一种力量是亡国和个人所历的屈辱的煎熬，另一种力量则是来自佛教安顿身心的"良方"。这两种精神表现在诗词中，时而悲愤激越，时而通脱洒然；时而豪宕阔大，时而又绵密细腻。其二，当时酷烈的政治环境使他难以骋笔抒怀，故他常以一种低回盘旋的姿态，引而不发，恍惚其情，或托自然景物，或借历史典故，或借禅语话头，十分曲晦地抒写内心的幽情别恨；然当悲愤浓至极点，他又能淋漓痛快，愤然而发，仿佛地壳中迸挤出来的瓮闷之音。其三，澹归填词能博采众长，转益多师。集中追步稼轩、竹山、易安等前贤之韵者，尤为引人注目；而这为拓展其词风、词境的丰富性，无疑是有裨益的。

赵尊岳《明词汇刊》评澹归词曰："正嵒（明季江南词僧）、今释，皆宗门尊宿，《遍行》《豁堂》（正嵒词集名），超仲殊之举媚。宗风棒喝，

[1] 清水茂著，蔡毅译：《清水茂汉学论集》，北京：中华书局2003年版，第113页。
[2] 澹归和尚著，段晓华点校：《遍行堂集》卷首《〈遍行堂集缘起〉》，第一册，第9页。

林壑清梵，音教所被，同轨缁素。”[1]作为僧人的澹归，其词出现如上特点是不难想象的，更何况像他那样道力遒深的高僧呢？与其诗相比，“遍行堂词”似乎更能体现澹归为僧之本色。这大半得益于词灵活多变的句式与禅宗通俗本色语之间的天然契合。另外，澹归的“笔致”亦极近词这一文学样式。他曾说：“宋时词稍盛，称寿亦多度曲，弟近效之，孝山谓弟笔致颇与填词相宜，便欣然欲步苏、辛后尘，数月来竟不作诗。惜已老病，无由穷其变态耳。”[2]这里所说的其“笔致”，当就是指口语化、通俗化的倾向。

正是因为词与禅、词与其“笔致”之间天然相通，澹归在词中阐扬宗风、写僧人洒然情怀时，便更显得心应手。类似于以下三阕的格调之作，在“遍行堂词”中较为常见：

独向须弥高枕，明月不知峰顶。环走到于今，只照井中斜领。微哂，微哂，世界从来没影。[3]

笑骂由他笑骂，天下藏于天下。竿木解逢场，偷眼得些闲暇。如画，如画，风月向谁酬价。[4]

头上一尊古佛，手里几番贝叶。遍界不曾藏，争肯受人埋没。如说，如说，更莫报赃叫屈。[5]

这些词频用禅宗公案语，曲意含包，机锋峻烈，僧之特色十分显豁。徐世昌每以“道力深厚”“超然本色沙门”[6]等语评其诗，我以为，以此移作评这些词，似更为恰确。

提倡宗风，激扬祖道，固然是佛门龙象澹归的大业，然出家后的他亦不仅仅局限于相对狭窄的宗教生活空间。在一首自寿词中，澹归曾自述云：

[1] 赵尊岳：《惜阴堂明词丛书叙录》，载《词学季刊》第3卷第4号。

[2] 澹归和尚著，段晓华点校：《遍行堂集》卷二十六《与史庸庵太守》六则其五，第二册，第229页。

[3] 澹归和尚著，段晓华点校：《遍行堂集》卷四十二《如梦令·遣兴》，第三册，第248页。

[4] 澹归和尚著，段晓华点校：《遍行堂集》卷四十二《如梦令·遣兴》，第三册，第250页。

[5] 澹归和尚著，段晓华点校：《遍行堂集》卷四十二《如梦令·题大士像》，第250页。

[6] 徐世昌：《晚晴簃诗汇》卷一九五。

"十载丹霞，没两载、偎松倚竹。全受用、穿州撞府，抗尘走俗。"[1]这是说，他虽身为空门中人，但绝非仅过着"偎松倚竹"的隐士生活，而是大部分时间仍"穿州撞府，抗尘走俗"，奔波于尘世之途。所以，《遍行堂集》中自然也少不了一些反映社会情状、揭示社会矛盾，而具有一定"词史"意义的作品。例如以下二首：

白马青袍，偏打算、穷乡下邑。时正是、秧针透绿，波文浮碧。呼犊田间空老牸，插禾砦上惟顽石。待回旗、榴火已炎炎，嗟何及。 种得许，抽芒急；收得许，吹稃密。听庄头报道，四方之一。旧谷已将填旧债，新租更苦无新入。叹过堂、板外事还多，眉毛结。[2]

载谷船回，结局了、数声长叹。谁承望、薄田三顷，抛荒一半。弃去投军元作贼，剩来非佃还思乱。问汝催、可得似官催，声声怨。 差使到，鸡豚断。兵马过，妻孥散。把生愁死乐，添修空观。县尹已开明岁卯，库司未打今年算。怕长沟大壑有人填，无人看。[3]

历来有"诗庄词媚"之说，以为词不过是浅斟低酌、雕红刻秀的"倚声小道"而已，所以，词中极少如杜甫"三吏""三别"类的客观写实之作。这两首词突破了词的此种局限，较为真实地反映了当时的社会情状，揭露出清朝统治者不顾人民死活而疯狂征敛的酷政。两词下阕的起首四句，均很好地利用了词灵活多变的句式，以简洁的语言反映深刻的社会现实，语调短促，仿佛催租声声正紧，令人惊悸。而"旧谷已将填旧债，新租更苦无新入""怕长沟大壑有人填，无人看"等句，尤为惊心触目，透发出澹归悲天悯人、忧生嗟世的情怀。

"遍行堂词"之所以为后世叹赏者，还多得力于那些悲慨国事、抒写胸中幽恨块垒之作。这里首先要提到的是那首著名的《满江红·大风泊黄巢矶下》：

[1] 澹归和尚著，段晓华点校：《遍行堂集》卷四十三《满江红·小除夕自寿六首》其三，第三册，第295页。

[2] 澹归和尚著，段晓华点校：《遍行堂续集》卷十六《满江红·早禾无收》，第四册，第447页。

[3] 澹归和尚著，段晓华点校：《遍行堂续集》卷十六《满江红·晚禾无半》，第四册，第449页。

激浪输风，偏绝分、乘风破浪。滩声战、冰霜竞冷，雷霆失壮。鹿角狼头休地险，龙蟠虎踞无天相。问何人、唤汝作黄巢，真还谤。　雨欲退，云不放。海欲进，江不让。早堆垝一笑，万机俱丧。老去已忘行止计，病来莫算安危帐。是铁衣、着尽着僧衣，堪相傍。[1]

叶恭绰《广箧中词》[2]、龙榆生《近三百年名家词选》、陈邦炎《词林观止》[3]均入选此词，堪称“遍行堂词”之代表。此词为咏史之作，却又处处关乎现实和词人的当下心境，寄托了心中耿耿难消之郁气以及“万机俱丧”“老去已忘行止计”的慨叹。上阕五、六两句中的鹿角、狼头，均为瞿塘峡附近的险要地段，“龙盘虎踞”本为帝王所居；然尽管有此“地利”，对黄巢来说，却仍是“无天相”，这实也暗讽了“无可为”的南明诸政权。下片以雨与云、海与江的相对抗，喻世间纷争，同时也暗示了南明朝廷中奸诈险恶之政局。接着，是写为僧后的词人终于跳出了风高浪迭的世间，由进退失据而归于超然彻悟。末两句，显然是将黄巢援为同调，喻志更明。夏承焘先生《瞿髯论词绝句·金堡》即以此词立意云：“丹霞山色是耶非，谁向西湖问澹归？叱起蛟龙听大嘪，黄巢矶下涤僧衣。”[4]点出了澹归词的基调：英雄虽失路，壮心仍不已的“大嘪”之音。再看《声声慢·赋得壮心不已，仍用易安韵》一阕：

譬如利剑，斩却刑天，至今犹舞干戚。童见长新，谁管甚时休息。流光未觉电驶，渐老来、渐看渐急。如意舞，唾壶歌，此意少年怎识？　白发无根自出，公道煞、忙里偷闲勤摘。变白难成，且喜此心成黑。乳瓶双擎海水，紫澜回、不消一滴。这骨石，便没个收拾也得。[5]

开篇劈空一句“譬如利剑”。何者“譬如利剑”？词人引而不发。若知

[1] 澹归和尚著，段晓华点校：《遍行堂集》卷四十三《满江红·大风泊黄巢矶下》，第三册，第295页。

[2] 叶恭绰：《广箧中词》卷一，叶恭绰1935年家刻本。

[3] 陈邦炎：《词林观止》，上海：上海古籍出版社1994年版，第977—984页。

[4] 夏承焘著，吴无闻注：《瞿髯论词绝句》，北京：中华书局1979年版，第53页。

[5] 澹归和尚著，段晓华点校：《遍行堂集》卷四十三《声声慢·赋得壮心不已，仍用易安韵》，第三册，第305页。

其在“庚寅诏狱”中曾被敌党拷折双腿之惨剧，则此喻实为明朗。接着，他又以永无休止地舞动着干戚的刑天自比，抒写流光、衰老都无法消泯的壮志。下阕以“白发无根自出”一句淡出，在看似轻快的语调中却蕴含更为深沉的悲凉。整首词抒写的是壮士的悲鸣、哀叹，更是控诉和反抗！这样的情绪蔓延于其词中，所呈现的自是苍凉悲慨的格调。像“古剑花生绣。忆当初、仰天长叹，风尖石透。几叠哀笳吹白露，化作清霜满袖”[1]、“有意回天，到此际、天难作主。凭天去、补天何用，射天还许”[2]等句，时若刀剑铿然夜鸣，时若哀笳呜咽悲激，讽颂之际，亦令人痛快淋漓，悚然自肃。

一如其诗文，澹归词中亦有一些如《沁园春·寿平南王》《水龙吟·寿尚总戎》等出于应酬的无聊之作。但与其诗文相比，所占比例显然更少，不足以代表遍行堂词的主调。而恰恰值得注意的是，澹归在词中，常恍惚其辞，隐晦地表示对清廷的反抗态度。例如《风流子·上元风雨》一阕，堪为代表：

> 东皇不解事，颠风雨、吹转海门潮。看烟火光微，心灰凤蜡；笙歌声咽，泪满鲛绡。吾无恙，一炉焚柏子，七碗覆松涛。明月寻人，已埋空谷；暗尘随马，更折星桥。　素馨田畔路，当年梦、应有金屋藏娇。不见漆灯续焰，蔗节生苗。尽翠绕珠围，寸阴难驻；钟鸣漏尽，抔土谁浇？问取门前流水，夜夜朝朝。[3]

叶恭绰评此阕仅下二字：“痛切！”然词中多用典，不深味其辞，实难会得此中真意。上阕“明月寻人，已埋空谷”二句，“明月”暗指“明朝”，是说倘若将来明朝要寻找遗民，恐怕均已没入空谷。明乎此，也就不难理解词人在元宵佳节为何竟会有如此凄凉落寞之心境。下阕，词情更为晦涩，王兴康、吴景丰二先生以为：“从所用典故素馨斜、金屋藏娇、漆灯续焰来看，均涉及帝王及其后妃之事，故可大致推定其主旨为凭吊南明的桂王政权。”后两句，用当年国清寺“门前水果向西流”的典故，暗示着“作者至死不降

[1] 澹归和尚著，段晓华点校：《遍行堂集》卷四十四《贺新郎·感旧次竹山兵后寓吴韵》，第三册，第332页。

[2] 澹归和尚著，段晓华点校：《遍行堂集》卷四十三《满江红·和沈石田诸公题宋高宗赐岳飞手敕》，第三册，第294页。

[3] 澹归和尚著，段晓华点校：《遍行堂集》卷四十四《风流子·上元风雨》，第三册，第324页。

于建立于东北方的清朝、效忠建立于西南方的桂王政权的坚定信念”[1]。再如《清平乐·云海》一首：

早来强起，双眼明于洗。金色莲开红日里，铺满白云作底。 白云如海茫茫，人间面目潜藏。莫爱天边清楚，也亏地上荒唐。[2]

词中的“双眼明于洗”的“明”字实暗喻明朝，而末两句中的“清楚”“荒唐”云云，是否暗示了对满清朝廷的嘲讽呢？明眼人恐不难默会。那么，澹归为什么要在词中恍惚其辞、颇费心机地玩转着文字呢？其原因显然是当时越发酷烈的文网，而有着多年从政经验的澹归不会不清楚此种政治环境。他曾说：“文字之祸比来颇酷，幸无使不知己者见之，徒以不赀之躯蹈不测之穽，无益也。”[3]告诫友人不要轻率地刊刻文集。他在刊行《遍行堂集》时还将一些“涉激愤，不宜广于示人”及“不和平”之文删去。尽管澹归如此“煞费苦心”，但终未能逃脱清廷严密的文网。

澹归填词，能转益多师，博采众长，“遍行堂词”步韵他人之者特多。除步时人之韵外，步前贤之韵者就达40余题。（见表6-1）

表 6-1 “遍行堂词”步前贤韵表

词人	辛弃疾	蒋捷	李清照	朱淑真	温庭筠	释觉范
数量	16首	7首	5首	1首	1首	2首
词人	柳永	周邦彦	毛滂	刘基	高启	苏轼
数量	1首	1首	1首	2首	1首	1首

可见，澹归比较偏爱豪放派词人，此亦标明了其词的主导风格——辛辣、豪放。而豪放词人中，澹归又特好步韵稼轩词。词史上轨步稼轩者较多，然因稼轩独特的胸襟、才力、情致以及经历，后人多难企及，故常流于“粗豪”，难入其

[1] 陈邦炎主编：《词林观止》，第983页。
[2] 澹归和尚著，段晓华点校：《遍行堂集》卷四十二《清平乐·云海》，第三册，第258页。
[3] 澹归和尚著，段晓华点校：《遍行堂集》卷二十九《与郑牧仲隐君》，第二册，第308—309页。

堂奥。[1]而澹归恰好具备了学稼轩所有的“素质”。具体体现在：（1）二人皆有匡政治国的才干与魄力。稼轩著有《美芹十论》《九议》等洋洋策论，澹归则有《中兴大计疏》《时政八失疏》等伟论。（2）同处异族入侵、山河裂碎的时代。（3）晚岁的稼轩曾过着田园生活，消磨斗志；而澹归则遁于空门，以求心灵的宽慰。然二人均未忘“国仇”，时时能发愤懑之音。正是基于此种相类似的心理结构与生活境遇，澹归在前辈词家中特推崇、步武稼轩，且神情气韵亦逼似稼轩。像“借汝觥筹，消吾块垒，快点胸中十万兵。还挥泪，忆晴天冰雹，帝子英灵”[2]、“死已足，休添老；病已足，休添恼。看空花空果，空中空讨。不见角端元是兽，安知杜宇终非鸟。却相逢、伏日问清明，争多少”[3]、“积得陈年零落梦，搬出胸中堆阜。要浇也、不须酒杯”[4]之类的词句，置于稼轩中，几可乱真。在表现手法上，澹归学稼轩之处主要是用典。辛弃疾是词史上第一个大量援典入词的词人[5]，而且“一经运用，便得风流”[6]。澹归填词亦多用典，而且亦常能得“风流”。从上举的《满江红·大风泊黄巢矶下》《风流子·上元风雨》等词，我们已有所认识，这里再举《点绛唇·椰子》一阕观之：

短发垂棕，越王头上模糊眼。不知远患，悔已知之晚。　此事须知，酒在车渠碗。人心险，一瓢可选，凶吉为君转。（志称，越王醉后，为林邑王刺客所杀，悬首于树所化。外有棕如挂发，核上仿佛两眼，肉生核内，洁白，有浆碗许，尚作酒气。核为瓢杓，盛一切饮，有毒即沸。）[7]

[1] 陈廷焯云：“大抵稼轩一体，后人不易学步。无稼轩才力，无稼轩胸襟，又不处稼轩境地，欲于粗莽中见沉郁，其可得乎？”（《白雨斋词话》卷一，北京：人民文学出版社1959年版，第26—27页）又，周济亦云：“后人以粗豪学稼轩，非徒无其才，并无其情。稼轩固是才大，然情至处，后人万不能及。”（《介存斋论词杂著》卷一，北京：人民文学出版社1959年版，第8页）

[2] 澹归和尚著，段晓华点校：《遍行堂续集》卷十六《大圣乐·寄贺竹君》，第四册，第455页。

[3] 澹归和尚著，段晓华点校：《遍行堂续集》卷十六《满江红·感旧》，第四册，第447页。

[4] 澹归和尚著，段晓华点校：《遍行堂集》卷四十四《贺新郎·感旧次竹山兵后寓吴韵》，第三册，第332页。

[5] 刘辰翁《须溪集》卷六《辛稼轩词序》云：“词至东坡，倾荡磊落，如诗如文，如天地奇观，岂与群儿雌声学语较工拙；然犹未至用经、用史，牵《雅》《颂》入郑卫也。自辛稼轩前，用一语如此者，必且掩口；及稼轩横竖烂漫，乃如禅宗棒喝，头头皆是，又如悲笳万鼓，平生不平事，并尽卮酒。”

[6] 刘熙载：《艺概》之《词曲概》，同治十三年刻本。

[7] 澹归和尚著，段晓华点校：《遍行堂集》卷四十二《点绛唇·椰子》，第三册，第251页。

此词通篇演绎椰子来历的故实，然又绝非单纯如此，“不知远患，悔已知之晚”句，显然寓含对永历桂王的委婉批评。

除稼轩、竹山等豪放词人外，澹归步韵婉约词人李清照、朱淑贞等人之作者，亦不在少数，这是否暗示着其词风的另一走向呢？事实上，遍行堂词中还有不少“惜春”“落花”“春愁”等婉约色彩很浓的词作，如以下两首：

> 点点泪珠难结冻。抛入春江，陡觉春潮动。泪与江分天不共，有心压得船俱重。　密密相随无一缝。落尽梧桐，影断归栖凤。独凭绣床寻昨梦，不穿针把红丝弄。[1]
>
> 乾坤落落，问何人、生得有心有眼。尽日逢春春欲尽，未识春深春浅。燕掠莺穿，花匀草惹，石也难陪点。东风恶发，残红昨夜都卷。　曾倩杜宇传言，揶揄两处，做一般消遣。听道不如归去好，把我舌头暗剪。新便生生，旧仍故故，长日昏昏短，可怜澹煞，日亲日近日远。[2]

第一首写“离情”，作者绵密细腻地经营，凄切惨淡，俨然为婉约一路。第二首，则将惜春之情与家国悲慨、自我悲叹等情感拼在一起，既有婉约词人之细腻，又有豪放词人之跌宕。正是得益于这两派词人共同的影响，澹归词才形成了豪放而不流于粗豪，淋漓痛快又决不直露的风格。所以，沈融谷评其词曰：“……则豪而为铜琵琶、铁绰板，细而为晓风残月，秦苏辛柳不多让焉。”“豪”而“细”适足品定其多样化的词风。

澹归词诸体皆备，小令、中调、长调、慢词皆能得心应手。虽亦多有不谐声律之处，但词发展至清代，实际已游离于“歌乐”，更多的是作为一种抒情载体而存在。所以，对于这些缺陷，原本也不必过于追究。在词的诸种体式中，尤堪注意的是，澹归极擅长调叠章。这一方面显示了他的才赡词富，同时也是其内心哽咽多时的幽情别恨的倾泻。例如，较著名的有《沁园春·题骷髅图》七首，严迪昌《清词史》全部予以引录，并评之曰：“词中或对人间沧桑的颠覆，或对生灵如蝼蚁的被摧残，或对人魅转化、鬼蜮伎俩的惑

[1] 澹归和尚著，段晓华点校：《遍行堂集》卷四十三《蝶恋花·和易安〈离情〉韵》，第三册，第281页。

[2] 澹归和尚著，段晓华点校：《遍行堂集》卷四十四《百字令·惜春》，第三册，第312页。

变，……极尽淋漓痛快而又恢奇幻化的描述，是词史上不可多得的作品。”其他又若《木兰花慢·和竹山赋冰》三首、《满江红·小除夕自寿》六首等，均是规制浩大之作。

澹归词在顺康两朝有着一定的影响。严迪昌先生说：“王夫之的《姜斋词》与今释澹归的《遍行堂词》堪称清初南明遗民词的‘双璧’。”[1]这是基于二家在词史上的地位而言的。其实，船山词和澹归词还可能存在某种渊源关系。考二人之交接，船山《南窗漫记》载：“金卫公诏狱后足折卧舟中，余往省之，书此（指金堡示船山之诗）见示。时余拜疏忤群小怒，亦将谢病告山矣。”[2]此后，船山返湘著书，而澹归则削发出家，二人是否再得会面，文献无征，不得详考。又，从前面引澹归自述《遍行堂集缘起》可知，澹归填词的第一次高潮正是在“庚寅诏狱”之时；而“船山在桂林和金堡相识后，就喜爱填词”[3]。从这一点看，船山极可能是在澹归的直接影响下填词的。康熙十九年（1680年）澹归示寂后，船山闻讯作《尉迟杯·闻丹霞谢世遥为一哭》一阕。他以词体这一形式哀悼澹归，恐怕亦有其独到用心。此外，澹归与浙西词人曹溶、朱彝尊、沈皡日、陆世楷等人的交接，则可能还喻示着他与前期浙西词派之间亦有某种渊源。浙派领袖朱彝尊集唐人诗句而成《临江仙·寄题澹公精舍》一阕云：“兰若去天三百尺，生涯一片青山。朝看飞鸟暮飞还。爱兹山水趣，还肯到人间。　风景苍苍多少恨，猿声南接荆蛮。树深藤老，竹回环。何时一茅屋，吾党共追攀。”[4]末句出自贾岛《石门陂留辞从叔谟》，实透露出浙人对澹归的景仰。然而，澹归词的影响并没有随文学自身规律而得到延展，经那场焚寺磨骸、销毁书版的旷古浩劫后，而日趋被淹埋；然两百余年后，澹归词又引起了学者的广泛关注，而且随着研究的深入，澹归词的价值及其在词史上的地位将会进一步提升。

[1] 严迪昌：《清词史》，第95页。

[2] 王夫之：《南窗漫记》二五，《船山全书》第15册，长沙：岳麓书社1996年版，第885页。

[3] 龙榆生：《龙榆生词学论文集》，上海：上海古籍出版社1997年版，第410页。

[4] 朱彝尊：《曝书亭集》卷三十《蕃锦集》，《文渊阁四库丛书》第1317册，第740页。

第五节　关于金堡澹归的历史评价[1]

澹归临终遗偈云：“入俗入僧，几番下火，如今两脚捎空，依旧一场懡㦬。莫把是非来辨我，刀刀只砍无花果。”[2]他遗告后人：“莫把是非来辨我”，可遗憾的是，对其复杂矛盾的一生，世人往往偏以是非判然评之。

乾隆年间，清廷编修《四库全书》，实行文化专制以巩固自己的统治基础，对明季逃禅遗民肆意诋毁。乾隆在《钦定〈四库全书〉·圣谕》中说：“金堡、屈大均则又遁迹缁流，均以不能死节，腼颜苟活，乃托名胜国，妄肆狂言，其人实不足齿，其书岂可复存？”[3]此“圣谕”实是清朝编修《四库全书》的总纲，金堡被作为逃禅遗民的典型肆意歪曲，足见其在清朝统治者心中的“分量”，其所著《遍行堂集》《岭海焚余》等17种著述皆因“语多悖谬”而悉被禁毁。乾隆四十年（1775年）闰十月十八日，乾隆在“上谕”中又说，他无意中阅及原韶州府知州高纲曾为《遍行堂集》作序，以为“高纲为八旗大臣子孙，其家藏有应毁之书，不可不示惩儆”，遂查抄高家，家属皆发配为奴。次日，乾隆再次上谕：“僧澹归《遍行堂集》语多悖谬，必应毁弃，即其余墨迹、墨刻亦不应存。着李侍尧等逐一查明缴进，并将所有澹归碑石，亦即派诚妥大员前往椎碎推扑，不使复留世间。又闻丹霞山寺系澹归始辟，而无识僧徒竟目为开山之祖，谬种流传，实为未便。”十一月，两广总督李侍尧秘密派遣广州知府李天培驰赴韶州府，会同南韶道李璜突袭别传寺，发现寺中除澹归诗文集外，尚有其墨迹、碑版、塔墓，遂一一椎碎刨毁，不留片纸只字，并将天然系禅僧赶出寺院，另派了一些“诚实”的戒僧住持。

应该说，清廷对金堡的诋毁乃在“情理之中”，因为他确实有着较为浓厚的遗民色彩。但当时的一些明遗民同样对其批评、指摘，则实在值得深究。黄宗羲《天岳禅师诗集序》中言：

[1]廖肇亨《金堡之节义观与历史评价探析》一文考述了澹归逃禅的历程，并对其晚节进行了深入辨析，这是迄今学界对澹归晚节所作的第一篇翻案文章；本节在此基础上略作申论。

[2]澹归和尚著，段晓华点校：《遍行堂续集》卷七《留别侍者》，第四册，第171页。

[3]永瑢：《四库全书总目》卷首《钦定〈四库全书〉·圣谕》，第3页。

余于近日释氏之诗，极喜澹归，及《遍行堂集》出，粉墨点杂矣。[1]

稍后的全祖望在过访肇庆永历故宫时，亦曾作诗讥之：

辛苦何来笑澹翁，《遍行堂集》玷宗风。丹霞精舍成《年谱》，又在平南珠履中。（自注云："丹霞精舍在南雄，予尝谓澹归在'五虎'中，本非端士，不待为平南作年谱，而始一败涂地也。"）[2]

此外，黄宗羲以及前面提到的今人陈垣等人对其都有近乎苛刻的非议。综观这些言论，批评指摘的焦点乃在《遍行堂集》中为数众多的颂圣诗、应酬诗，以及他为平南王编次的家谱《元功垂范》，而实质则又主要关涉如何理解"遗民"这一概念内涵的问题。

明清易代，是少数民族对汉民族的征服，在士人心目中，除一般鼎革之际固有的对故国旧主的情怀，还有更深层次的"华夷之防"。因而，士人常以自居的"遗民"观念，其内涵、标准实有较大差别。简略言之，"遗民"之内涵，有广义和狭义两种。狭义者，即以是否曾出仕新朝为衡量标准；广义者，则不拘泥于此标准，凡内心深处对旧有之政治、文化、道德仍眷怀不舍者，皆可视为"遗民"。相比而言，我们以为，广义的"遗民"观念似乎更能反映出明清之际士大夫的人格心态，因为，在当时酷烈的政治情势下，是否出仕新朝、交接新贵，往往并非个人主观意愿所能定夺。谢正光先生曾说："清初士人与大吏间、遗民与士人间、遗民与大吏间种种复杂的关系，特别是明朝遗民与清朝大吏的往还，如果依然墨守已定的'阐释框架'作一律等同的论观，是很难取得更合理和更有意义的解释的。"[3]这里所说的"已定的'阐释框架'"，当是指以狭义的遗民观去审定清初士人的行止。

澹归虽未曾出仕清廷，但他与清廷官员的频繁交接以及为平南王歌功颂德等行止，似乎同样关乎"遗民"节义，而这也是他招致诸多非议的"口实"。

[1] 黄宗羲：《南雷文约》卷四《天岳禅师诗集序》，《四库全书存目丛书》集部第207册，第484—485页。

[2] 全祖望：《鲒埼亭集》卷十《肇庆访故宫》，《四部丛刊初编》本。

[3] 谢正光：《清初诗文与士人交游考》，南京：南京大学出版社2001年版，第221页。

全祖望《鲒埼亭集》载天多老人杨秉纮云："近闻澹归晚节稍逶蛇，诸公可为我审之。如其果也，则其人可绝；如其不然，莫妄言。"[1]确实，对于澹归逃禅后所表现的逶蛇晚节，须细加辨审，而不应像陈垣先生那样，仅"睹其标题"便断然否定。

作为高僧的澹归，是尤其不能以狭义的遗民观来评定的，因为在他看来，所谓"遗民"并非仅仅是一种拒不与新朝合作的姿态，更重要的还在于心态。关于这一点，只需读一读他为钱牧斋所撰《〈列朝诗传〉序》便很明了：

> 《列朝诗集传》，虞山未竟之书，然而不欲竟，其不欲竟，盖有所待也。……虞山未忍视一线滇云为崖门残局，以此书留未竟之案，待诸后起者，其志固足悲也。《覆瓿》《犁眉》，分为二集，即以青田分为二人，其于佐命之勋，名与而实不与，以为其迹非其心耳。心至而迹不至，则其言长，迹至而心不至，则其言短。……析青田为二人，一以为元之遗民，一以为明之功臣，则凡为功臣者，皆不害为遗民。……呜呼！虞山一身之心迹，可以听诸天下而无言也。[2]

"青田"，即元末明初辅佐朱元璋立国的刘基，也有着非常浓厚的遗民心态。这里，澹归揭示出牧斋将青田"析为二人"之隐晦用心：佐清之牧斋与佐明之青田同样是"迹非其心"，都具有新朝功臣与故国遗民的双重人格。这一段话，其实亦可视为澹归本人既结交新贵又悲恋故明的矛盾心态的告白。廖肇亨先生以为，澹归"绝非一般传统定义下的遗民，其甚至颇以遗民枯槁山林为是非"[3]，可谓深得其心也。

那么，我们又该如何去理解那些使他招致非议的颂圣诗和《元功垂范》呢？浙西词人沈融谷曾这样概括澹归的一生之心迹："当其为儒也，是以佛菩萨之心为心者也；当其为僧也，是以尧舜禹汤文武孔孟之心为心者也。"所谓"佛菩萨之心"，即佛教的悲苦意识以及悲天悯人的情怀，强调世间万物皆为"有情众生"，无论贫富贵贱，姓"明"姓"清"，即便是孽缘深重

[1] 全祖望：《鲒埼亭集》卷十四《天多老人墓石志》。
[2] 澹归和尚著，段晓华点校：《遍行堂集》卷八《〈列朝诗传〉序》，第一册，第204页。
[3] 廖肇亨：《金堡之节义观与历史评价探析》，载台北《中国文哲研究通讯》第九卷第4期。

的“一阐提”亦是他们普度的对象，更何况像尚可喜那样佞佛之人？有一个事实值得注意，向来宗门护法者多是达官贵人。澹归是深知这种干系的，他曾说：“作丛林事最苦于不相照应，求痛痒相关者不可得，惟有自苦自咽而已。蔡人狡猾，难以情理结断，非仗护法宰官威德，岂能折伏？”[1]因此当他开始构建别丹霞传禅寺时，便呕心沥血，四方募化，不得不“穿州撞府，抗尘走俗”。尽管如此，别传寺还是入不敷出，债务累累。康熙十七年（1678年），澹归卸去住持一职，为此还写了《还债记》一文，其中有云：“某充别传寺主七年，所借支五百三十六金，日谋所以还者，其势不容不乞，然其法不许重乞，何也？”这些数量众多的祝寿文、颂德诗甚至为平南王编次的家谱，很大一部分就是他的“乞讨”之资。

其实，此类诗文在清初岭南高僧今无《光宣台集》、成鹫《咸陟堂诗集》《文集》、大汕《离六堂集》中亦不曾少见，并非澹归所独有。今无就曾说：“夫祝嘏之文，不夸诞则人不喜。……予说法海幢，日与人事相接，方苦作此等诗文，厌之如厌五色粪。然不能深相告语，亦只随手作去。作去后，耳热面赤，弥日而止。”[2]这种心态在清初岭南僧人中颇具代表意义。然唯澹归一人所受非议最深，个中原因，恐怕还在于人们“每以道隐求澹归，而不知澹归非道隐也。三十年内，澹归之为澹归，日进而月化”[3]。易言之，人们往往以“遗民之金堡”来衡定“高僧之澹归”，故得出一些有失偏颇的评议。事实上，对当时一些批评言论，澹归本人就曾予以解释，其云：“然世间法不可以律出世间法，出世间法亦不可以律世间法。兄（巢端明）以世间法见责，弟仅为世间受过；兄亦存此世间大议论，为世间作则，弟自任出世间法者，固无疚于心，无负于理也。”[4]在澹归看来，世间与出世间有着各自不同的道德准则与行为律令，不得互为混淆，非此即彼。而世人偏多以世间法而非出世间法来评价他。对于此种指责，澹归能超然观之，

[1] 澹归和尚著，段晓华点校：《遍行堂集》卷二十六《与南雄陆太守孝山》，第二册，第224页。

[2] 今无：《光宣台集》卷六《己虚师六十又一寿序》，第153页。

[3] 今无《遍行堂集序》载《遍行堂集》卷首。《遍行堂续集》卷首李修复序亦云：“澹归和尚，旧为武林金道隐先生，晚以弃官学道，节概文章著于海内。然世之求多于道隐先生者，过求多于澹归和尚，即有知敬慕为澹归和尚者，终不能置一道隐先生。由是有高其衡论，执道隐先生之文，以贬剥夫澹归和尚之文，为疑为信，终归障碍，俱未与读夫遍行堂之文者也。”

[4] 澹归和尚著，段晓华点校：《遍行堂集》卷十二《答巢端明孝廉》，第四册，第279—280页。

因为他认为自己出家后的行止是无愧于出世间法的。

通过以上简要分析，我们便不难理解从永历重臣到岭南高僧之金堡澹归，前后之思想与行止为什么会出现如此巨大的落差。这与其说是时代情势所造成的人格裂变，毋宁说是受佛禅思想之浸染使然。因为“几番下火”的金堡澹归决不会慑于清廷之压而变节求荣。他所谓的“逶蛇”行止皆非出于一己之私意，而是以佛菩萨之心行忠孝之道。这其中既有奉祖侍佛、普度众生之心，亦有遗民忠君之心。只不过，这个遗民是深得宗门“显权”“隐权”之法，而“无择时，无择地，无择事，无择人，随所至而有所济，虽死生有所不顾”[1]的通脱遗民僧而已。

澹归金堡的诗、文、词价值，向不被重视，这其中一方面固然是其诗文集长期被禁毁使然，另一方面也与其所受的不甚公正的评价有关。其实，他的诗文不仅反映了明末清初士人逃禅的心路历程，在艺术上也颇具价值。总的来说，其诗名不如文名，后人注意最少。冼玉清先生就曾说：“（其）诗多禅语，亦明畅，但不如其文之挥洒自如。”[2]诗、文、词中，澹归词的艺术价值最高。而在文学史上尤堪注意的是，澹归继承了禅宗通俗本色的语言特色，大量地将俚语、俗语融化于文言之中，甚至通篇都以白话行之，因而收到了机趣盎然、活泼通脱的艺术效果。虽然他并非第一个在文中使用白话语者，但在清初，能够如此频繁地使用白话者，金堡澹归无疑是较为突出的一人。

[1] 澹归和尚著，段晓华点校：《遍行堂集》卷一《隐权说为黄端四内史初度》，第一册，第19页。

[2] 冼玉清：《广东释道著述考》，第623页。

第七章

论石濂大汕

——清初岭南诗僧个案研究之二

石濂大汕是清初岭南诗僧中最值得重视的人物之一。他才情极富，禀赋奇高，“于世间法、出世间法莫不通晓，天文、地理、兵农、礼乐之事，以至术数、书画、琴棋、剑戟、百工之艺，莫不周知”[1]，在当时僧俗两界影响很大。他还是一个能充分引出论题的人物，诸如他在清初中外政治、经济、文化交通史上的影响，他在清初僧诤中所扮演的角色，他对岭南佛门的贡献和影响，……均是可以深入探讨。姜伯勤先生倾注八年心血结撰而成的长达四十余万字的大著——《石濂大汕与澳门禅史》，几乎钩索了所有相关史料，并以深刻的“同情心”去解读、研究大汕，故能将大汕的“本来面目”还诸世人面前。面对姜先生的大著，该以何种方式来论大汕？这个问题困扰了我很久，因为依据现有的材料，对于大汕研究中存在的问题，姜先生着实已解决得差不多了，甚至大汕研究也基本可以“尘埃落定”了。然而“诗无达诂”，更何况大汕本身就是一位饱受争议的“问题人物”，对他及其诗作的解读，自可有不同的方式与角度，呈现出的结论也未必相似。我们试图选择从人品与诗品的角度来论述大汕，其间所论，限于学识和篇幅，自不能像姜先生那样全面、精辟，唯尽力描述出笔者眼中的大汕和大汕诗歌。

---

[1] 高层云：《离六堂诗集序》，见大汕：《离六堂集》卷首，第487页。

第一节　毁誉参半的石濂大汕

大汕的生平，前辈学者如缪荃孙、邓之诚、冼玉清等先生均有过考证，姜伯勤先生更是抉幽阐微，对大汕生平中许多鲜为人知的细节考辨尤为精详。笔者在这些学者研究的基础上，又草撰了《长寿禅院石濂大汕禅师年谱》（见本书附录二）。应该说，大汕的履历基本明晰。为便于论述，现参综诸家研究成果，将其行履略述如下。

大汕（1633—1704），字石濂，又字石莲，号厂翁、石头翁、石翁、石公，著名高僧、诗僧、画僧。因文献无征，其家世不甚明朗，仅知为“徐氏子”，“出身甚微贱”。[1]盖幼即随家人流寓江南，居无定所，故人们很难弄清其籍贯，有说是“浙江嘉兴人”，有说是“江西南昌人”，有说是“江西九江人”，难以统一。据潘耒《救狂砭语》载，大汕“幼而警敏”，[2]曾以“画童”身份供奉于江南著名画家沈颢与诗人龚鼎孳门下，习绘画，尤擅仕女画。约十六岁“有故出家”，[3]礼洞宗高僧觉浪道盛为师，参禅证道，行脚云游。康熙三年（1664年）前后，大汕至广州，自称道盛的衣钵弟子，并得屈大均、梁佩兰等人护持，结识了平南府幕僚金公绚，进住长寿庵，又以清远飞来寺为下院。在岭南，因其多才多艺，当地贵人“益匿近之”，[4]声名极为煊赫。康熙三十四年（1695年），大汕应越南国王阮福周之请，至安南传法，度弟子上千，次年返粤。此次安南之行，大汕带回无数珍宝，并以此为资重构长寿寺，其建构之富丽、豪奢，为当时仅见。大汕还纳澳门普济禅院为其下院，后被该院奉为太祖师，大汕宗风在澳门广为普化。康熙三十八年（1699年），文士潘耒至广州，因故与大汕交恶，愤然刻《救狂砭语》一书攻之。康熙四十一年（1702年），粤东按察使许嗣兴，将其逐至江

[1] 王士禛：《分甘余话》卷四“妖僧大汕”条，北京：中华书局1997年版，第88页。
[2] 潘耒：《与梁药亭庶常书》，《救狂砭语》，第55页。
[3] 潘耒：《与梁药亭庶常书》，《救狂砭语》，第55页。
[4] 王士禛：《分甘余话》卷四“妖僧大汕”条，第88页。

西赣州，[1]旋又被江西巡抚李基和驱逐，遣还原籍，于康熙四十三年（1704年），客死常山道途。

大汕著述颇富，据冼玉清、姜伯勤二先生所考，关乎佛学的有《大佛寺上堂法语》《源流就正》《问五家宗旨》等，然多已散佚，故后人难以真正窥见其佛学修行；史地类有著名的《海外纪事》；诗歌类有《离六堂集》十二卷（见）、《离六堂二集》三卷（见）、《潮行草》三卷（见）、《燕游稿》六卷（未见），前三种均收录于《四库禁毁书丛刊》集部第186册。此外，据魏宪为其写的诗评，大汕尚有为学者失录的《岭南梦觉》《秋江树声》二集，惜亦不见传世。[2]

尽管大汕一生行状已基本明晰，但其复杂、卓异的个性，又远非传记资料所能描述清楚。事实上，时人对他的评价已有霄壤之别，赞誉者不吝“神奇”“超迈”“奇崛”等溢辞，极力歌颂之；而毁之者则以“妖僧”“狂僧”“花怪”等竞相诽谤，甚至欲置之死地而后快。

我们先来引述几则关于大汕的正面评议的文字。“易堂九子”之一的曾灿曰：

> 和上（同“和尚”，即大汕）为吾乡九江人，少事浮屠，足迹几遍天下。自藩王勋戚以及公卿百执事，无不争相折节，和上视之蔑如也。……余浪游三十年，欲阴求天下之奇士不可得，遂以为天地闭塞，举世真无其人，而乃不出吾乡千里之外、杖人一堂之中，而有奇士如和上者，神龙莫测矣！[3]

吴绮亦曰：

> 和上以白象之姿悟绀龙之旨，冥心济物，未忘有觉之弘恩，妙义超群，已证无生之密谛。[4]

---

[1] 乾隆《盛京通志》卷八十云：“有长寿寺妖僧石濂者，以邪术倾动一时，又交通安南国王得其馈赠，僭侈逾分。嗣兴恶起惑众，因事拘讯，重杖遣戍，士论快之。”

[2] 魏宪《离六堂诗评》云：“读石翁和尚《岭南梦觉》《秋江树声》诸集，字字俊逸，脱尽禅幻，……”

[3] 曾灿：《离六堂诗序》，见《离六堂集》卷首，第482页。

[4] 吴绮：《厂翁诗集序》，见《离六堂集》卷首，第489页。

又周在浚曰：

丁丑，拜厂翁和上于羊城之长寿，始知天下原有真善知识，以佛祖心行圣贤事，接人利物，无处不具仁慈，视今之竖拂卓锡者，不啻天渊矣！盖善知识非他，即吾儒之大英雄豪杰耳。[1]

他者如毛际可、梁佩兰、徐釚、陈维崧、熊一潇、方文、唐化鹏、樊泽逵等文士对他皆有很高的评价。从他们的言论，我们读到的大汕是一名能承洞宗正传、倡导宗风、堪为天下楷式的高僧大德，一位为人谦和、彬彬有君子礼的儒雅之士，一位才情极富、个性卓异的奇崛之士。

然而，诋毁他的材料亦复不少。屈大均《花怪》一文即活画出大汕的“丑态”：

长寿院有一禅者，性嗜种花。花有佛桑一树，开时花数百朵，色皆黄，独一花忽变为绛……禅者工绘事，每为当路士大夫作春图，举闺房秘戏之曲折，一一得其精微。徐陵所云“优游俯仰，极素女之经文；升降盈虚，尽轩皇之图势”，即至好色人不能拟诸形容者；而禅者乃能无微不显，无幽不出，尽其神而穷其变，岂其得于画师粉本，抑由前生宿慧耶？禅者亦尝以其童真入道，夸于人矣。而其好奢丽、尚粉饰之染习未能忘。其发鬒美而长，鬖髿至眉，面玉色，唇丹鲜，红襦彩履，芗泽竟体。岂其误入摩登伽之室，或婆须密女之房，或莲花色比丘尼之舍，戒体一亏，奇变顿解，遂能形于画图，千态万状，因其及为者即可推测其不及为者耶……吾想其含毫吮墨之时，兰若清虚，蒲团阒寂，二三小师而外，万象冥然，无人见其情状，惟花见之，忽然变黄而绛，花不能自为主也。禅者传人男女之神，花亦传禅者之神而已。[2]

屈翁山将大汕勾画成一个“好奢丽、尚粉饰”的“花和尚”，甚至连长寿院中的“花”也为之变态，由本色“黄”而变成了怪异之“绛”，因此他“将欲剪而去之，毋使世人为其所蛊”。翁山还有两封致大汕的书札，揭发了他盗窃他人诗作，“画春图以导人之淫，媚妖尼以营己之欲，夺人田

[1] 周在浚：《离六堂诗集序》，见《离六堂集》卷首，第493页。
[2] 屈大均：《花怪》，见《救狂砭语》，第201—204页。

以肥其囊橐，发阴事以置人刀砧，作奇技淫巧器物以谄谀显贵”等“种种贱行”[1]，言辞十分激烈。此外，王士禛《分甘余话》卷四同样描绘出大汕的诸种“妖状”：

广州有妖僧大汕者，字石濂，自言江南人。或云池州，或云苏州，亦不知其果籍何郡。其出身甚微贱，或云曾为府县门役，性狡黠，善丹青，叠山石，构精舍，皆有巧思。剪发为头陀，自称觉浪大师衣钵弟子，游方岭南，居城西长寿庵，而日伺候诸当事贵人之门。常画素女秘戏图状，以媚诸贵人，益昵近之，于是无所忌惮。官东粤者，落其圈缋，十人而九。余甲子奉使至粤，闻而心恶之。后闻其私贩往安南，致犀象、珠玉、珊瑚、珍宝之属，直且巨万，连舶以归，地方官亦无谁何之者。今河南布政使迁福建巡抚许中丞（嗣兴）为按察使，独恶之，辄逮治，诘其前后奸状，押发江南原籍，死于道路，粤人快之。余不识许中丞，即此一事，真颓波中砥柱也。闻其居官亦甚廉正，观此事，非饮贪泉而不易心者固不能也。[2]

此段文字与屈大均所议同出一辙，且对许嗣兴逮治大汕一事，表现出明显的快意。渔洋乃当时诗坛盟主，《分甘余话》亦流传甚广，故“妖僧大汕”这一名号影响很大。清初对大汕攻讦最激烈者，无疑当属潘耒。这位自称“喜与禅客往还”[3]的著名文士，专刻万余言的《救狂砭语》一书，以“卫道者”的姿态来攻讦“狂僧”大汕：

楚之南有狂泉，其泉在道旁，色碧而味甘。渴者易于饮，饮之使人狂酲不能自已。其不饮者，固不狂。然不狂者以狂者为狂，狂者亦以不狂者为狂。有智人过之，怪其如此。察其狂之故在泉，非惟一勺不饮，且大声疾呼，戒其土之人勿饮。未已也，立表于途，告外来之人勿误饮。未已也，亟求解狂之药，以饮狂者令其得苏，仍将疗狂之方，遍书广刻，以施于人。犹未已也。必思涤其泉之源，除其泉之毒，令化为不狂之泉，饮者皆无害，而后智人之慈愿始满。或告之曰：“彼饮者众矣，而子甚孤，设或共发其狂性，群骋其狂力，以

[1] 屈大均：《屈翁山复石濂书》，见《救狂砭语》，第196—197页。
[2] 王士禛：《分甘余话》卷四“妖僧大汕”条，第88—89页。
[3] 潘耒：《与长寿院主石濂书》，见《救狂砭语》，第11页。

与子角，且奈何？”曰：“狂性有时而歇，狂力有时而尽，醉者醉中与人搏，得吐而醒；梦者梦中与人争，失声而觉，是亦止狂之一机也，益彼未必损我，又何患焉？”余游岭南所见有类于是，不得已而有言，积成一编，命曰《救狂砭语》，辄梓行之，以正于天下之不狂者。[1]

潘耒将大汕视为毒害一方之土的“狂泉”，并以“智人”自居，极力正本清源。《救狂砭语》中，他还网罗了屈大均、罗止亭、李莱圃、王士禛等一批文士的言论，历数大汕僭妄犯上、蛊惑众人、玷污门风、伪撰灯录等十余条罪状，最后干脆上书当事，借助官方力量剪除大汕，直接导致了大汕晚年悲苦的流寓生涯。

从以上正反两方面的评价，我们完全可以归结出两个人格迥异的大汕形象：一是高僧、奇士之大汕；一是狂僧、妖僧之大汕。那么，大汕究竟是一个什么样的人呢？我们该如何客观评价他呢？笔者认为，对于这两方的评价，偏信则暗，兼信则明。因为像曾灿、吴绮、徐釚、陈维崧、熊一潇、方文等人的赞誉，固然不太可能如屈大均所说皆“口是而心非，玩弄兄（大汕）于股掌之上，以为笑具”[2]，但值得注意的是，这方面的评议文字多源自《离六堂集》卷首所录诸家序言，夸张、粉饰之意，自是难免；而屈大均、王士禛、潘耒等人的攻讦，亦属“褊狭”之论。关于后一点，我们只须略述一下他们对大汕前后态度的转变过程，便十分明了。[3]

屈大均本是大汕最为坚定的护法者。梁佩兰谓：“其（大汕）初至狮子林时，佩兰与敝友翁山为其护法之始。”[4]潘耒则谓：“石濂爱其（翁山）聪慧，谓英年可造就，不惜口业，力为证明翁山乃真亲见觉浪者。”[5]初至岭南的大汕，人生地不熟，当然乐于得到像翁山这样的名人的护持，二人遂成至交，彼此赠答唱和，互吐敬慕之情。例如，大汕作于康熙九年（1670年）的《赠屈翁山》一诗云：

[1] 潘耒：《〈救狂砭语〉序》，见《救狂砭语》，第3—7页。
[2] 屈大均：《屈翁山复石濂书》，见《救狂砭语》，第183页。
[3] 潘耒之褊狭，陈垣、邓之诚、姜伯勤等先生均有所揭示，此不赘述。
[4] 梁佩兰：《梁药亭复书》，见《救狂砭语》，第207页。
[5] 潘耒：《与梁药亭庶常书》，见《救狂砭语》，第56页。

丈夫何所事，磨剑与读书。睥睨四海小，天地宠狂疏。况君三闾后，文章出其右。两腋秋风生，秋风弹铗瘦。弹铗忽悲歌，歌中牢骚多。往事不复道，养母在干戈。移家东湖苑，花木欺偃蹇。强作故乡欢，哭笑学嵇阮。英雄心不灰，对月拟谁来。著作空盈车，襟怀何日开。人生无知己，生死皆堪耻。[1]

大汕将翁山比作屈原、阮籍、嵇康等人，揭示出其壮志难骋、极端苦闷的内心世界，可谓知翁山实深矣！翁山也表达了相类似的情感，如作于康熙三十一年（1692年）的《过长寿院》诗中云："……师向人天无可说，诸方尽让琉璃舌。丹青一一是无生，词采纷纷洞冰雪。自种花多灌美泉，头陀苦行在花田。不须天女频来散，终岁花开冬亦妍。……曾分宝镜虽无用，欲举青莲亦有期。"[2]翁山赞美了大汕善丹青、能词章的多面才能。值得一提的是，此诗中写及的长寿院之"花"，全然不似《花怪》中"怪异"之花。翁山为《离六堂集》所作之序，对大汕评价更高："和上童真见道，积学有年，博雅恢奇，襟怀磊落。其所言象数，仰观俯察，皆从神明默契而得；即其挥洒笔墨，亦皆尽唐宋名家之妙，一技一艺之微，莫不超越前人。"[3]可见，在此时的翁山眼中，大汕实在是一位道行精深、才情极富的高僧与诗僧。

然而，二人交恶后，翁山的态度发生了急剧变化。他不仅收回了《离六堂诗集序》，还揭发了《离六堂集》"在翁山集中已窃至数十处，他人之集，盖不知其几矣！……集中牛鬼蛇神、不成文理者，十而四五"，[4]似乎大汕又成了剿袭他人诗作的窃贼，根本不是一个能"挥洒笔墨""尽唐宋名家之妙"的优秀诗僧。此前此后的态度变化，真若天渊之别！

值得深究的是，翁山为何要扶持这位后来被其称为"花怪"的石濂大汕呢？他们交恶的原因又是什么呢？先谈第一个问题。翁山护持大汕的原因，一方面固然是大汕本人的丰富才情深得翁山喜好，而更主要的则如潘耒所言："（翁山）既以天然为师，转而师觉浪，欲与天然为雁行。天然诸法嗣不与，乃推奖石濂，认为同门，以压阿字、澹归，皆出私意，甚至代石濂作

[1] 大汕：《离六堂集》卷二，第519页。

[2] 屈大均：《过长寿院》，见陈永正主编《屈大均诗词编年笺校》（下），第1000页。

[3] 屈大均：《离六堂诗集序》，见大汕《离六堂集》卷首，第486页。

[4] 屈大均：《屈翁山复石濂书》，见《救狂砭语》，第182页。

书，以触犯本师，何倒行逆施至是？”[1]潘耒《救狂砭语》无疑多有褊狭之论，但就此段文字而言，倒可能颇合事实。考屈大均曾于顺治七年（1650年）礼天然和尚为师出家，复于顺治十四年（1657年）转投觉浪道盛为师。按宗门辈分，道盛与天然本为叔侄关系，故当翁山投道盛门下后，遂与天然同辈，这便是潘耒揭露了大均“欲与天然雁行”的本事。此种僭越宗门世系的做法往往为佛门所不齿。虽然我们目前很难见到天然门徒与翁山直接交恶的材料，但在他们现存的诗文集中，绝少有提及对方的文字。因此屈大均与天然师徒的僵化关系，应是不争的事实。在此种情况下，康熙八年（1669年）前后，当自称为道盛衣钵弟子的大汕初至广州，翁山便极力“推奖”之，以压制阿字、澹归，抬高本宗在岭南佛门中的地位。这或许便是翁山的“私意”。事实上，后人对屈大均在清初岭南佛门所扮演的角色亦多有微词，例如乾隆年间的檀萃云：

> 初，翁山入道称今种，与今释等，俱衍华首之派。未几厌之，求纵横长短之学，且饰宋儒之说，以自托于道学之徒，故其为书往往诋佛。夫始欲借人之藩篱以高自标许，旋复弃去，即反唇稽之，已为违心；况躬缁服以惊动当时，而其为言则辟云佛，如石门之所为，其违心更甚，皆得祸于身后，非不幸也。[2]

蔡鸿生先生认为，檀萃的评议实为“主观妄断，未能知人论世”，“显露出这名士气不足的进士在文字狱法网下诚惶诚恐的心态”。[3]此种论断恐不尽合事实。因为在《楚庭稗珠录》卷四的另一段文字中，檀萃极赏翁山之诗：“三家之诗均敌，唯道援堂（翁山）无体不备，陈（恭尹）、梁（佩兰）近体风格稍逊。蒲衣（王隼）叙次三家顾首庶常（梁佩兰），岂以官爵耶？后来之称道援堂者，尤尊五律《鲁仲连》一首，脍炙至今。”在檀萃看来，以翁山诗的艺术水准实应居“岭南三大家”之首。假如檀萃果真慑于文字狱，又焉能有此议论？因此我们以为，檀萃论翁山，基本仍属就事论事。事实上，屈

[1] 潘耒：《〈屈翁山复石濂书〉跋语》，见《救狂砭语》，第204—205页。

[2] 檀萃撰，杨伟群校点：《楚庭稗珠录》卷四“粤琲上”，广州：广东人民出版社1982年版，第128页。

[3] 蔡鸿生：《清初岭南佛门事略》，第75—76页。

大均在岭南佛门确实留下不少供人非议的口实，客观地揭示出这些事实，并不有损他作为遗民斗士的形象，反而可以真实地透显出当时文士、僧人矛盾而复杂的心态。

至若二人交恶的时间，据汪宗衍先生考证，约在壬申（1692年）至甲戌（1694年）这三年间。[1]具体原因不可确考。姜伯勤先生认为，其恶化的种子，最早可以追叙到康熙十三年（1674年）两人在对待吴三桂叛乱之事上的分歧。[2]这种推测有一定的道理。不过，我们以为最根本的原因，恐怕仍是翁山对佛门态度的变化以及大汕本人的诸多“劣行”。考屈大均“返初服”的时间约在康熙元年（1662年）前后，其后他发表了一系列排佛的言论，如云：“嗟夫，仆常（尝）为僧。僧之事最幽昧险谲、变诈不穷，所作多为阴恶，不可告人，而所号为善知识者尤甚，其中曲折崎岖，仆尽知之。嗟夫！天下之为僧亦众矣！方其服，圆其顶，彨其鬓须，谓皆佛之令子，毋乃谬乎？”[3]可见翁山是极为反感虚伪、狡诈之僧的。而大汕成名于岭南后，也确实做出了一些触犯僧规之事，如出卖风雨、绘秘戏图、聚众饮酒等事，必为翁山所不齿。久之，翁山与大汕的交往渐趋疏远，以至于彼此攻讦。翁山寄书揭露大汕《离六堂集》中抄袭诗作等丑行；而大汕则一怒之下，“欲首其《军中草》”，几置翁山于死地，二人之褊狭顿显。

再看王士禛与大汕之间的交往。渔洋屡次说自己于康熙二十四年（1685年）奉使南海时，闻大汕即“心恶之”，这是不实之言。实际的情况是，他曾与屈大均、陈恭尹等人游览了长寿寺，并有《咏长寿寺英石赠石公》一诗云：“爱此招提石，铿如哀玉弹。晴天起云雾，远势出峰峦。池上潮新长（池与江通潮汐），窗中薜故寒。悠然谢袍笏，一日百回看。”[4]此中情致与《妖僧大汕》一文决然不同。而大汕亦曾作《乙丑暮春，阮亭王公詹诸君约过小楼，以阴雨不果，怅然有作》，表达了不遇渔洋的惆怅之

[1] 汪宗衍《屈翁山先生年谱》“康熙三十一年壬申（1692年）”条：“潘耒《救狂砭语》谓，大汕与翁山交恶后，（大汕）曾欲首其《军中草》，陷之死地，未详年份，然翁山与汕往还酬唱，见于记载止于本年。《独漉堂集》十二有《乙亥元日石公泛海之交趾说法》诗，是两人交恶在壬申甲戌间。”见欧初、王贵忱主编《屈大均全集》，北京：人民文学出版社1996年版，第1948页。

[2] 参见姜伯勤：《石濂大汕与澳门禅史》，第184页。

[3] 屈大均：《屈翁山复石濂书》，见《救狂砭语》，第195—196页。

[4] 王士禛：《南海集》下卷，《四库全书存目丛书》本。

情。[1]可见当时二人还是颇敬慕对方的。那么，后来出于何种原因，渔洋对大汕有如此严厉之攻讦呢？有学者以为，这可能是因为渔洋怕被大汕连累而故意讪谤之，[2]惜未能提供可靠依据。我们以为，渔洋态度的变化极可能是受潘耒的蛊惑。《救狂砭语》中收录了渔洋致潘耒的一封书信，其中云："自奉良书，匆匆报谢，……惠寄大刻种种，如入悬圃，触目皆璆琳琅玕。岂惟贫儿暴富已也。……至《救狂》一书，尤关世道，在彼法中亦是热铁轮、金刚王宝剑。一再读之，深服论议之严正，而词锋尤雄快无比。此僧，弟乙丑岁祭告南海，亦曾识之，心厌薄其为人，以其托缁流而日惟交结贵游，胁肩谄笑，伺候当道之门，假其声势，鸱吓闾里，殆释氏所谓狮子虫也。"[3]由此推知，潘耒为攻讦大汕，曾致书渔洋以获取舆论上的支持；而渔洋对大汕态度的转变或许正是受到潘耒《救狂砭语》一书的影响。[4]

正因为处于"褊狭"的立场，翁山、渔洋、稼堂三人的评议自然难免失实，甚至肆意歪曲。这里举两点略证之。其一，从翁山举证的大汕袭其诗歌数例看，并无全然抄袭照搬者，更恰当地说应是"化用"。此种现象在诗歌史上是屡见不鲜的，邓之诚先生亦尝辨之曰："其（大汕）诗清丽，大均以为剽窃。借诗乞句，自昔有之；眼前景物，遣辞命意，暗与古合者，亦常有之。大汕固亦列举大均诗之同于太白者矣，如以偷论，则自非阿罗汉，谁能免于偷乎？"[5]其二，潘耒着力抨击的大汕《海外纪事》一书，里面虽有一些关于"神通""幻怪"之类的记载，但更多的是记载关于17世纪越南社会状况的珍贵材料，就连一向苛刻的四库馆臣对此亦有持平之论，[6]并没有像潘耒那样罗列出如此多的名目罪状。

但是，话又得说回来，尽管因翁山、渔洋、稼堂等人的"褊狭"而使大汕蒙受诸多非议，但作为僧人的大汕又的确存在不少"问题"。事实上，除

[1] 大汕：《离六堂集》卷七，第590页。诗云："明月临沧海，高怀照石床。余虽多懒癖，谁不爱清光？野雾横生树，春潮暗入塘。坐深人不至，风雨夜来狂。"

[2] 季子：《大汕与王渔洋》，载《艺林丛谈》第三编，香港：香港商务印书馆1975年版，第179页。

[3] 王士禛：《王阮亭司寇来书》，见《救狂砭语》，第223—224页。

[4] 王士禛《分甘余话》最早刊于康熙四十年，而潘耒《救狂砭语》刊于康熙三十八年。

[5] 邓之诚：《清诗纪事初编》，第342—343页。

[6] 永瑢《四库全书总目》卷七十九"《海外纪事》提要"云："康熙乙亥春，大越国王阮福周聘（汕）往说法，越岁而归。因记其国之风土以及大洋往来所见闻。"

这三人外，清初对大汕持异议者亦不在少数。对于大汕所存在的“问题”，我们以为，不必曲意回护。在这方面，饶宗颐先生有颇中肯綮之论。饶先生在读乾隆年间杭世骏游长寿寺所作《过离六堂伤石濂大汕》一诗后说：“君子盖悯其行之不检，而叹交友之凶终隙末，及翰林（按：指潘耒）之褊窄，而地域间之歧见，亦有以助成之（按：指大汕的悲剧结局）。”[1]饶先生于错综复杂之关系中，鞭辟入里，发公允、精当之言，可谓客观全面地揭示出大汕问题的症结所在，这也是我们解读大汕应持的立场。

第二节 《离六堂自叙》所蕴含的诗学思想

僧人大汕之“狂”，尤其体现在他自称为觉浪道盛的衣钵弟子，并删除了曹洞宗丹霞淳至天童净五代，自诩为该宗第二十九代法嗣。这也是潘耒攻讦最为得力和险恶之处。关于这个问题，姜伯勤先生辨之甚明：“我们确实没有足够证据说大汕是继承觉浪的记莂弟子或衣钵弟子，但大汕在太平皈依觉浪而‘剃度参方’则是不争的事实。”[2]这实为慎者之言。事实上，大汕的思想的确多源于觉浪道盛，这突出地体现在《离六堂自叙》中。

《离六堂自叙》首先存在作者辨伪的问题。屈大均在写给大汕的信中曾提及此叙系其代作，[3]但这仅是翁山的一面之词，不一定符合事实。我们注意到，大汕与翁山交恶后，在《离六堂集》后刻中特意铲除了翁山所题《离六堂诗集序》，假如《离六堂自叙》果为翁山代作，则大汕当亦会铲除之，但实际情况并非如此。这似乎表明大汕并不承认翁山之言。因此我们以为，此叙更可能是翁山与大汕合作的结晶，其间无疑融注了大汕的思想，而且所

[1] 饶宗颐：《〈石濂大汕与澳门禅史〉序》，见《石濂大汕与澳门禅史》，第2页。

[2] 姜伯勤《石濂大汕与澳门禅史》，第49页。

[3] 屈大均《屈翁山复石濂书》中谓：“仆为兄作序，妄相称赞，人几以仆为兄之匪人。今序已承见还，不胜庆喜，然何不以仆代兄所作《离六堂集自序》一并见还？”见《救狂砭语》，第198页。

蕴藏的诗学思想与大汕在别处的艺术主张也是贯通一致的。

《离六堂自叙》是大汕诗学的纲领，亦是大汕佛学宗趣的精髓，有必要照录如下：

吾洞山老祖，常以重离六爻、偏正回互为宗旨，又分正偏五位，五位兼中，犹《易》之有六爻也。六爻从五生，以一变而循环为用，故离六而不离五。然六爻变而能回互，而不落于正偏者，惟吾洞上一宗。言禅而不离五位，犹之言《易》而不离六爻也。然则，吾以离六名堂何居？亦将并夫五而离之耶？曰：否，否！夫离六者，以一归五也，位至五而止矣。“兼中到”一位，为五位中之最尊贵，非离六而不能变合。盖六为水，离水所以得火，离月所以得日，离心所以得性，故道贵乎离。先师浪杖人常著论“尊火为宗”。火在天为日，在人为性，在卦为离。离贵“重离”，吾洞上以“重离”表法，以火为用，烁破四天下，其亦《易》之明两作离之旨也。《易》之五为君，吾宗之五为君臣道合，君不偏于正，臣不正于偏，如银盘盛雪，明月藏鹭，混然而分明，斯为向上一路。知斯旨者，始可以言禅，并可以言诗。诗，诚事君事亲之资，方外人亦所不废。故言《易》不知君臣，言吾宗不知正偏，言诗不知忠孝之道，是皆失其本者。吾不识字，况复言诗，偶兴会所至，信口发声，侍者记录成帙，无容心于其间也。然以为禅则离诗，非也；以为诗则离禅，非也；以为诗禅互用而无分别，非也。然离非也，而合亦非也，知合之未始合，则离之亦未始离。五也、六也，犹之乎非五与六也。[1]

大汕以宗门宗旨论诗，充满着思辨玄旨。我们知道，曹洞宗的宗趣正在“五位正偏回互”说。所谓“正”，指体、理、君等；“偏”指用、事、臣；“回互”指“正”“偏”之关系；“五位”即指“正位”“偏位”“正中偏”“偏中正”“兼中到”。前两位，分别为“执空”和“执色”，处于较为低级阶段；中间两位，则开始破除“两执”，但仍是“背理就事”或“背事就理”，即仍执于两端；最高的“兼中到”位即涵融二端，非空非色，理与事、体与用、君与臣都达到圆融无碍的境界。大汕亦认为，“君臣道合”，“斯为向上一路”，表达的正是洞宗最高旨位——“兼中到”的境界。此外，大

[1] 大汕《离六堂自叙》，见《离六堂集》卷首，第497页。

汕还吸收了洞宗涵容儒释的宗风，将“正偏五位”说与《易经》“离”卦相互发明，充满着积极的入世精神。当然，在洞宗发展史上，即有这样的论述，并非大汕之首创。姜伯勤先生尝引《五家旨决》明言：

> 后世《五位旨诀》中，又以曹洞宗之五位配《周易》六十四卦中之五卦。“正中来”位配“大过”卦。“偏中至”位配“中孚”卦。“正中偏”位配“巽”卦。“偏中正”位配“兑”卦，“兼中到”位配“重离”卦。周易卦形中“重离”作䷝。“正”表示“理”，“偏”象征“事”，五位中的“兼中到”象征理事圆融的最佳境界。[1]

此种境界，大汕又以“银盘盛雪，明月藏鹭，混然而分明”形象说明之。“银盘盛雪，明月藏鹭”典出《宝镜三昧经》中：“银碗盛雪，明月藏鹭。类之弗齐，混则知之。”是说现象、本体二界混同合一，犹如银色的碗中盛着白雪，明月中深藏着白鹭，无迹无痕，晶莹剔透。这种境界即为最佳的禅境。因此，大汕以“离六”名其所居、诗集，基本意涵即在“离六”而“尊五”，进而以“兼中到”为“五位中之最尊贵”者。

大汕的“离”似乎还有另一层意思。《周易》“离”卦，象征着“附丽”，以火、日为基本意象，其彖辞云：“离，丽也；日月丽乎天，百谷草木丽乎土。重明以丽乎正，乃化成天下。”其《象》曰：“明两作，离；大人以继明照于四方。”[2]这是说“离”卦象征着“化成天下”“明照于四方”的大人之志。大汕以“离六”为其堂名，显然具有此种意涵。梁佩兰《离六堂诗序》中揭示：

> 和上以离六名堂，而因以名集。……离，火也，祝融之神，司之衡岳，朱鸟配之，为南方之卦。所谓元离之极，君子应以大稷也。和上续灯杖人，烁破天下，倡道于东南，离其丽乎！离其丽乎！[3]

梁佩兰指出了大汕以“离”名其堂，是取它所象征的“火”的意涵，以

[1] 姜伯勤：《石濂大汕与澳门禅史》，第125—126页。
[2] 黄寿祺、张善文：《周易译注》，上海：上海古籍出版社1997年版，第249—250页 。
[3] 梁佩兰：《离六堂诗序》，见大汕《离六堂集》卷首，第491页。

此表明了他倡道东南、烁破天下的志向；而这种思想渊源于乃师觉浪道盛。觉浪道盛的思想是以五行中的“火”为宗，火不但为存在的根源，而且“世间相虽然呈现出惨烈的地狱相，但若加以火的锤炼，便可能突然变成常住的真如实相”。[1] 显然，道盛将“火”作为推动历史进程的“原动力”，而这便是大汕所说“先师浪杖人常著论，尊火为宗……以火为用，烁破四天下”的精义所在。

“兼中到”所象征的境界，既是最佳的禅境，也是最佳的诗境。在《离六堂自叙》中，大汕虽没有直接描述诗歌境界，但其最终目的还是为“诗禅相通”张本：“知斯旨者，始可以言禅，并可以言诗。”由此，在诗禅关系上，大汕并不简单等同或决然判分二者的界限，而认为二者恰如“银盘盛雪，明月藏鹭”一样，融摄回互，若即若离。在他看来，那种离诗谈禅、离禅谈诗以及诗禅等合的观点都不甚恰当。有了此种理论基础，再加上道盛“火”的哲学的影响，因此大汕进一步认为，方外之人当不废儒家的“事君事亲之资”，“言忠孝之道”亦是出家人作诗的根本，否则，便反“失其本”。这层意思，在他为方以智所作挽诗的“引”中更有明言：

> 出家乃大丈夫事，非将相所能为。盖大丈夫深植忠孝，而能浑融血性，究竟成佛，此所以将相所不能为也。印公云：三世诸佛，尽是血性男子。苟护此血性，成圣贤，作佛祖，大忠大孝，自利利人，舍此血性，则亦何有哉？是知舍忠孝别无佛性，舍佛性必不能忠孝，虚生浪死，趋利背义，为人不足，尚得为佛祖、圣贤乎？[2]

大汕将血性与佛性、忠孝融通起来，以为欲成圣贤、佛祖，舍其中之一皆不可，这正是他继承道盛“火”的哲学，力图“烁破天下”志向的体现。

大汕的《海外纪事》记载了一段他与越南文士的论诗文字，也阐明了此种观念：

> ……但自古及今，所谓说禅者莫不临机敲唱，虽语有精粗工拙，或取成句

[1] 荒木见悟著，廖肇亨译：《觉浪道盛初探》，载台北《中国文哲研究通讯》第九卷第四期，第77—94页。

[2] 大汕：《离六堂集》卷二《挽药地和上》，第515—516页。

为击节，未有将经论明文，强立名相以为颟顸天下人之器具。非独佛法禅道中不可，即赋诗、作文、写字、图画，皆不可以忆见伪置。所贵不落勉强造作，得心应手，自然入妙。世出世间，从无两个道理，试就诗文字画与禅者说禅，其体段作用，无不相同者。[1]

在大汕看来，诗与禅，在“体”与“用”上，“无不相同”。禅家讲究随缘任运，触目皆道，勿论雅俗精粗。若以深奥的经论颟顸他人，反觉面目可憎。同样，“诗道性情，句体工拙，可以勿论”，唯不可以作“忆见伪置”。诗与禅的契合，就在于二者皆以“自然入妙”为最高旨趣。可见，大汕已抓住了诗禅相通的一些本质机制。接着，他又以禅论诗，将禅宗宗风与诗风相譬类，以进一步发明“诗禅相通”论：

合而较之：彼秦汉以上且勿具论，即六朝唐宋以来，诸明公约之，如临济兴化、赵州、普化一辈说禅，与陶靖节诗、柳子厚文、张颠字、米南宫画，其真朴闲旷，生趣流动，意兴胜而到者，为气势同也。洞山雪峰、德山、云门一辈说禅，与李青莲诗、苏眉山文、颜鲁公字、仇十洲画，其清标高致，酣畅堂皇，情理胜而到者，为神品同也。至大慧、圆悟、高峰一辈说禅，法式详明，准绳大备，则与杜少陵诗、韩昌黎文、王右军字、王摩诘画，其精微渊博，周匝传神，意兴情理具到者，为体用调度同也。[2]

禅宗发展至宋代，源流分派已基本完备，诸宗禅风也业已形成。约略同时，在诗歌领域也出现了“以禅喻诗”“以禅论诗”思想，甚至成为诗论家的“家常语”，例如叶梦得以“云门三句”描述杜诗的三种境界，[3]严羽以大乘禅、小乘禅、声闻辟支果禅来类比盛唐诗、大历诗、晚唐诗。[4]大汕在这里所列举的譬喻未必精确，如以临济宗机锋峻烈的禅风来喻陶渊明朴质闲远的诗风，就略显牵强；但这些譬喻却十分显豁地表明了诗僧大汕丰富多样的审美宗趣，所谓“真朴闲旷”“清标高峻”“精微渊博”皆为其所尊崇。

[1] 大汕撰，余思黎校点：《海外纪事》，第53—54页。
[2] 大汕撰，余思黎校点：《海外纪事》，第54页。
[3] 叶梦得：《石林诗话》，见《历代诗话》，北京：中华书局1997年版，第406页。
[4] 严羽：《沧浪诗话·诗辨》，见《历代诗话》，第686页。

这种多样化的审美情趣，也正源自他圆融遍照的哲思：

> 若夫峭拔处如波浪兼天涌，奔腾处如风云卷地来，幽暗处如兰谷竹溪，清香并至，惊人处如海立天崩，倾湫倒岳，霹雳火闪，电光交加而来，此皆不容一毫牵强捏撮。[1]

不论是峻烈峭拔，还是奔腾豪放之势，亦不论是幽暗低吟，还是耸天动地之声，只要能适情适性，自然而为，皆可产生动人的艺术魅力。

总之，《离六堂自叙》是一篇既关乎大汕禅学又能集中体现其诗学的文章，它以“兼中到”所象征的圆融回互之境为最高禅境，以“自然入妙”为最佳的诗境，当诗与禅皆处于这最高境界时，则互相融摄，互相发明。这样的诗学思想，在他的创作中也得到了较为全面的体现。

第三节　大汕的诗品

大汕流传下来的诗歌主要存于《离六堂集》、《离六堂二集》、《潮行草》、《燕游稿》（未见）诸集中。除去其中重复者，有近千首。此外，《海外纪事》中亦存有其至安南所作几十首，然无关宏旨。

清初岭南诗僧早年多受举业的熏陶，出家前已精于诗道，正统儒家观念对他们的思想影响甚深。大汕却“从幼多病，不及书香举业”[2]，但他似乎天生就有诗人的气质，禀赋奇高，才情极富，略经他人点拨便很快崛起于诗坛。大汕受“岭南三大家”特别是屈大均的影响最深。不过，大汕诗文化的构成主要还是建立在他兼通释、儒、道、术数、天文、地理等广博才学的基础上，因而诸如诗法、诗格之类的格套很难束缚他丰富的才情，其诗总体呈现出汪洋

[1] 大汕撰，余思黎校点：《海外纪事》，第54页。
[2] 大汕撰，余思黎校点：《海外纪事》卷六《示亦尔记室》，第122页。

恣肆、包容万象之状，凡“美人者、饮酒者、杀人者、嬉而笑者、怒而詈者、愁而怨者、悲而哭者、慨叹者、嘲谑者、骇者、愕者、叫者、嚎者、叱者、喔咿者、狎慝者、泰者、倨者、倔者”[1]等诸种人生情状，在大汕诗中几乎皆有反映。情感内容的丰富性决定了诗风的变化多端，无美不备。樊泽逵曰：“（其诗）卓然大家，无美不备。其磅礴如云蒸雾变，其莹洁如皎月澄潭，其幽折如游武夷九曲，其峭削如临太华三峰，其涵蓄如大海汪洋、万壑同趋，其奔放如洪河澎湃，一泻千里，而感时忧世、悲天悯人之心，每发露其言。和上岂僧耶？骚人耶？高士耶？抑贤而隐于禅者耶？”[2]这样的评价难免过溢之嫌，但读其诗，我们的确可从中见及前代诸家的影子，卓然有大家的风范。

（一）“悲愤乃同于儒生”

举业的初衷固然是培养具有兼济天下之志的儒生，但这并不意味着不受举业教育的人就缺乏此种志向。事实上，大汕诗中所表现的忧世忧民的情怀，纯然已是儒生面目。他很擅长以长篇歌行反映时代的情状，颇具吴梅村“歌行体”的特色。在表现此类主题时，大汕还善于选取一些典型的人事来揭示社会问题，反映生民的疾苦。例如《出郭行》写盗贼“纵火烧房屋，捉人妻妹姊”，使乡民“薄暮畏贼来”，“不敢归乡里”，而“攒伏”在荒草荆棘中。盗贼究竟为何如此猖獗呢？诗中借一名“善贼”之口道出原委：“中有善贼言，出之不得已。君气暂和平，为君说终始。年来苦力耕，不得养妻子。食缺衣不全，谁当饥寒死。地方科派钱，夫役日驱使。堂堂舆盖威，肉尽吸其髓。贫民除死休，富户死不止。要之同一死，不如作贼是。”而更令人愤慨的是，那些残害百姓的贪官竟还振振有辞：“钱少降我官，钱多我官升。贪吏固当为，盗贼亦当行。彼此既得利，痴哉作良民。”[3]贪官、盗贼各行其道，鱼肉百姓，惊扰乡民，似乎天经地义，而老老实实的良民反成被害者，这其中充满了对畸形社会的讽刺与不满。

据《清史稿》载：“（康熙十八年）七月初九日，京师地震，通州、三河、平谷、香河、武清、永清、宝坻、固安地大震，声响如奔车，如急雷，

[1] 唐化鹏：《离六堂诗序》，见《离六堂集》卷首，第487页。
[2] 樊泽逵：《离六堂诗集序》，见《离六堂集》卷首，第491—492页。
[3] 大汕：《离六堂集》卷二《出郭行》，第524页。

昼晦如夜，房舍屋倒，压毙男妇无算，地裂，涌黑水甚臭。”[1]时大汕正在岭南，听朋友述及此事，便写下了著名的《地震行》，形象地描写灾难过后的人间惨象：

……最是宛平县惨伤，皇天后土竟翻覆。一响摧塌五城门，城中裂碎万间屋。前街后巷断炊烟，帝子官民露地宿。露地宿，不足齿，万七千人屋下死。骨肉泥糊知是谁，收葬不尽暴无已。亲不顾，友不留，晨夕啾啾冤鬼愁。西门向北有劈面酸风乱滚之黄沙，东门至南有扑鼻羶水泛滥之黑沟。从彼沟上来，耳边如辗走般雷，道旁无端裂大罅，白毛几尺飞白灰。又有几人平地立陷如泥井，张口有声看无影。十里五里饥乌相争啄，认得一尸缺足及折胫。……

末篇，大汕愤然道：“如此天不成天，地不成地，世界翻覆等儿戏。不若搥碎补天石，踢翻星日月，为魅为人，无黑无白。此生但愿不见苍生之苦厄！”[2]这样的诗句与杜甫在茅屋被风雨吹打过后所写诗句——“安得广厦千万间，大庇天下寒士俱欢颜”，同样闪烁着现实主义的辉光，体现出大汕深沉的悲情。

邓之诚先生就曾说：“其诗清丽，……惟集中的《河决行》《地震行》诸篇，悲愤乃同于儒生，何也？”读罢此类诗作，的确不免使人颇生出疑惑：大汕的诗品与人品何以有如此之差异呢？然仔细思索，此亦不难理解。首先，大汕出生低微，早年生活在社会底层，对民生疾苦应有深切体会；其次，这亦是大汕继承道盛“火的哲学”在诗学上的体现。道盛“火的哲学”，倡导门人要有“烁破天下”之志，他曾云：“予上不能预出治之圣贤，下不能预食力之农商，深愧乎不能为士也，敢以士自勉，并勖同人，凡主世法、出世法者，各当竭力，尽忠辅治，始不负食此国王之水土也。”[3]作为僧人的道盛深愧自己“不能为士”，故与同人相勉，力求圆通世法与出世法，肩负起兼济天下、尽忠辅治的重任。事实上，道盛的门徒像方以智等人也多能承续此宗旨，以儒生姿态干预当途片事。曾灿即云：“杖人主持象教者四十余年，而听

[1] 赵尔巽等：《清史稿·灾异志》卷四十四，第1633页。
[2] 大汕：《离六堂集》卷十一《地震行》，第660页。
[3] 引自荒木见悟著，廖肇亨译：《觉浪道盛初探》，第92页。

其绪论，无一不归之忠孝，故其门下士半皆文章节义、魁奇磊落之人，或至有托而逃焉者。”[1]在道盛门人中，大汕尤兼此济世之才。王培曾将他与元代的刘秉忠、明代的姚广孝相提并论，以为当世“复有真儒在缁衣”，故他在读大汕诗后云：“余读其诗，知其文；知其文，而知其人。能揽山川之佳丽，必能洞天下之形势；能绘万类之情状，必能知兆民之疾苦。”[2]

此类诗作，是大汕诗歌中最有价值的部分。清初岭南其他诗僧的诗作中，同类题材之作亦复不少，但平心而议，唯大汕写得最好，揭示社会问题最为深广。

（二）大汕的遗民情结

大汕不仅忧民忧生，亦饱蘸着浓厚的遗民情结。《大南实录·大南列传前编·石濂传》云：“石濂和尚，号大汕、厂翁氏，清浙西人。博雅恢奇，凡星象、律历、衍射、理数、篆隶、丹青之属，无有不会，而尤长于诗。明季清人入帝中国，濂义不肯臣，乃拜辞老母，剃发投禅，杖锡云游，凡山川名胜足迹几遍。”[3]所谓“义不肯臣”，即透显出大汕的遗民情结。虽此则材料的真实性值得考究，因为关于大汕出家的因缘，当时即有歧说，况且这则材料为域外史书所记，可靠性更值得怀疑。不过，读大汕之诗，深沉的遗民情绪历然。例如以下二诗云：

> 白门久不是吴宫，无主花飞满地红。十庙饥乌啼战血，三山野草出长虹。人归夕照荒林外，马立春阴戍鼓中。未雪六朝亡国恨，至今风雨泣江东。
>
> 几过钟山不忍登，鼎湖龙去冷于冰。重城绿暗三春雨，八寺空明半夜灯。殿阙草肥欺故土，衣冠人老变闲僧。雨花台北今相望，惨淡云旗是孝陵。[4]

清初文士写金陵风物者，几无不寄予了故国之思、黍离之悲。这二诗亦未免此“格套”。笔者曾研习过的清初滇南诗僧苍雪亦有《金陵怀古》四

---

[1] 曾灿：《离六堂诗序》，见《离六堂集》卷首，第482页。
[2] 王培：《厂翁诗集序》，见《离六堂集》卷首，第483页。
[3] 引自余思黎校点、大汕著《海外纪事》之“附录”，第139页。
[4] 大汕：《离六堂集》卷八《金陵（二首）》，第605页。

首，吴梅村对其评价甚高，以为“不徒僧中第一，而且诗中第一”。[1]相比而言，大汕这两首“金陵”之作，情感更显悲伤，艺术水准更高。诗写暮春之景，然无一句不关涉兴亡之思。首联分写旧主已去，金陵城如落红般凋零，如髯龙去后鼎湖之冰寒；颔联与颈联，营构出苍凉萧瑟之境；尾联则直接点题，“亡国恨”“孝陵”卒见其志，故明之思毕现无遗。徐釚云：“聆其绪论，清言娓娓，而雄博恢奇之气，溢于眉宇，固谓其异人，殆有托而逃于禅者也。”[2]即曲晦地指出了大汕隐秘的内心世界。又如《秣陵寒食》云：

莫道钟山新火稀，六朝陵树已全非。无家鬼作江东客，有泪人披世外衣。雨暗台城千骑入，水寒牛渚一鸿飞。伤心碧草埋香骨，未省春魂何处归。[3]

“寒食”本来就令人感伤，加之山河失色，兵荒马乱，故诗境愈显凄凉。颔联“无家鬼作江东客，有泪人披世外衣”，对仗精妙，音调顿挫，情感沉郁，揭示出此时代“人难为人，鬼难成鬼”的峻烈现实。大汕的遗民情结在《过楳山》中表达的尤为明显：

俯仰当年事已非，楳山立马泪沾衣。归鸦独抱前朝恨，绕树哀鸣不住飞。[4]

亡国旧恨，若乌鸦的哀鸣一样久久缠绕心间，难于挥去。

大汕还十分重视与故明遗老的交往，像黄周星、杜于湟、余澹心、方以智、方文、陆圻、叶燮、魏礼、曾灿等人，他们经常一起唱和往还，砥砺志节。而在与这些遗民的交往之中，身处方外的大汕无疑会受到他们思想和情绪的影响，其深沉的遗民情结也得到彰显。例如，他为方以智写的挽歌：

乾坤终日变，变尽人心随。世路既奇险，斯道日沦夷。谁复顾大义，始终不渝志。丈夫见须眉，独立视天地。之死发活机，脱俗披缁衣。血性成佛性，

[1] 参见拙文《明季清初滇南诗僧苍雪论略》，载《云南师范大学学报》2000年第1期。
[2] 徐釚：《离六堂集序》，见《离六堂集》卷首，第488页。
[3] 大汕：《离六堂集》卷八《秣陵寒食》，第608页。
[4] 大汕：《离六堂集》卷十《过楳山》，第645页。

浑化到无依。无依归大寂，见闻皆哽咽。江海多风波，日月有盈缺。相看最尽情，还喜身后名。此名了无用，能令千古生。[1]

诗中高度赞赏了方以智于世路奇险、大道沦夷时，依然能独立天宇，将一腔热血奉皈于佛门的高尚节操。“相看最尽情”一句，是大汕与方以智同悲共戚的“知己”之情的最好注脚。又如《吴江访顾茂伦未值因寄》：

松陵寂寂草芊芊，云掩茅堂一径偏。隔岸桃花开野渡，到门春水缆鱼船。黄冠应避秦时客，白眼空怀晋代贤。久立还思问童子，笛声吹散五湖烟。[2]

顾茂伦，即顾有孝，国变，弃诸生，与金耿庵、朱鹤龄称为“浔阳三隐”。此诗赞颂了顾氏高迈超逸的风范，以及空怀故国之思的遗民品格。颔联写景自然，无雕琢之痕，写出了隐逸的闲适，颇有唐人风致，沈德潜评之曰：“读颔联，令人神往三高祠畔。”[3]然而，此诗的要旨，似乎更在颈联，尤其“空怀”二字，曲折地写出了清初如顾茂伦辈那种欲隐而难舍家国的矛盾心态。

大汕的遗民品格与澹归有几分相似，皆属广义“遗民”范畴。他交往的对象，除大批遗民文士外，亦有“藩王勋戚以及公卿百执事”。今存的《离六堂集》诸集中，我们尚未见到他为平南王歌功颂德文字，但这并不意味着大汕就不曾写过此类诗作。因为大汕的诗文集皆是在平藩失势后编定的，且他又极重其间的措辞。因此，我们推测，大汕或有意将此类诗作删去，以免授人以非议之柄。不过在诗中，他倒是十分明白地称“清朝”为“我朝”，称“清帝”为“我皇”。因此，若以严格“遗民”尺度衡之，则大汕实在也称不上真正的遗民。

表面上看，清初的“遗民”代表拒不事清的政治态度；但更深一层看，“遗民”之意义毋宁说是一种对故国旧主、传统文化的拳拳忠心。大汕和澹归代表的正是后一种遗民的意义。故而，对他们“不拘小节”的行止，实在

[1] 大汕：《离六堂集》卷二《挽药地和尚》，第516页。
[2] 大汕：《离六堂集》卷八《吴江访顾茂伦未值因寄》，第609页。
[3] 沈德潜：《国朝诗别裁集》卷三十二，北京：中华书局1975年版，第586页。

不必过于苛刻责之，而应从总体上把握他们思想的主导倾向。大汕表现出的通脱的遗民观，似乎又可与他所倡导的“兼中到”禅学旨趣联系起来，他既不执于拒不事清，又不废故明之思。易言之，事清与忠明，两相回互，并行不悖。

（三）“动其胸中之奇而布之山水之间”

大汕自称是“五岳行脚僧”，游历甚广。“叩其生平，纵观五岳，流览域中，蹑岱衡，历恒霍，穷少室，阅五台，溯山峡，望大峨、苍梧、云梦之区、八水三关之险，舟车靡宁；继而泛沧海，登岣嵝，息机于长寿，足迹所到，宁仅万里哉！”[1]奇山异水培育了大汕胸中奇崛、郁勃之气，久之，他又以如椽大笔对它们涵答歌咏——“动其胸中之奇而布之山水之间”[2]。梁佩兰也说他：“从章贡溯彭蠡达金陵有诗，下淮泗济黄河过汴梁有诗，著书荡阴、息影嵩少有诗，登临太行、游览关塞有诗。中间经历古殿幽宫、废园荒隧、军营井幕、城郭狐兔，及气数之升沉、阴阳之消长、人事之倚伏，一一于诗中寄之。”[3]检视《离六堂》诸集，写山川风物之什者，占相当分量，且佳制良多。

一般而言，禅者眼中的山水多呈幽寂、荒寒的格调，这与他们所追求的寂灭的禅定密切相关。不过，佛门中亦不乏一些奇崛磊落之僧，大汕便是如此。他眼中、诗中的山水，多是阔大、奇崛壮美之景。大汕认为“天地间有四大观：登州蜃楼、虞山拂水、匡庐云海、钱塘八月潮，是皆山水之奇化也”。此四者中，大汕又以钱塘八月潮最胜，因为钱塘潮那“水灌蛟门，江势奔涌，回溜相激，直逼长空”之势以及如“鳌山驾海，贝阙浮虚，乱马争程，群鹅鼓翼”之态，最能与胸中的奇崛之气相摩相荡：

> 八月十八潮头入，直矗空明千百尺。水怪横推白岳来，触着巨灵轻一劈。劈开蛟窟起神鳌，阴飙阳焰泼天高。忽作崩雷忽作雨，怒涛激射声号号。万马奔腾势莫抵，须臾错落冰崖里。奇形异状杳然无，大鹏复鼓秋风起。一鼓一歇

[1] 樊泽逵：《离六堂诗集序》，见《离六堂集》卷首，第492页。
[2] 王培：《厂翁诗集序》，见《离六堂集》卷首，第483页。
[3] 梁佩兰：《离六堂诗序》，见《离六堂集》卷首，第490页。

烟云浓，摩下层霄撼毒龙。杯视五湖沼四海，鸿濛浩瀚排心胸。倾湫倒岳旋飞练，金台银阁分明现。尽道鼍宫出禹门，上书昔日钱王殿。灵旗闪烁走狂澜，杀气氤氲宇宙寒。……[1]

钱塘潮高涌穿空，如白色之山岳排闼而来。当“触着巨灵”般的礁石，顿时又若神鳌飞舞，其声似崩雷惊裂，其势若万马奔腾，大鹏鼓翅，秋风飙起，又似金殿鼍宫，高矗云端，……这一连串想象奇伟的譬喻，将钱塘潮状写得有声有色，如诗如画，令人不觉神往。如果说钱塘八月潮重在写奔腾跃动的气势，那么当面对匡庐云海，大汕则在其诡谲变幻的相态上做文章：

峰头如画不能拟，一望江天几千里。凌霄缥缈吼松涛，忽见银河从地起。势如急峡驱风雷，万顷琉璃拥月来。树欲移兮山欲去，光浮八极青冥开。青霓腾腾贯虹白，九渊灵气涵诸色。紫烟璚雾出香炉，天锦周回绨网隔。怵心骇目疑梦中，珊瑚倒挂扶桑红。浩荡弥沦吞碧落，芙蓉万丈冲鸿濛。俯听下方响不绝，涧声传谷崖崩裂。倒垂玉练卷明珠，沧海蛟龙初出穴。……[2]

一望无际的匡庐云海，时而幻若缥缈之凌霄，时而又如腾越之青霓，时而又像剔透的珊瑚，时而又似倒垂的玉练，……使人仿佛置身于色彩斑驳、光怪陆离的“琉璃世界”。

倘若仅摹状山水之声、形、态，而缺少艺术家的主观情致，山水之作纵是妙喻横生、形容逼肖，多也仅能入“物境”，感染力并不很强。艺术山水较自然山水之所以更具持久的魅力，原因就在于此山水是经艺术家主观情致涵容之山水。那么，大汕的此类诗作是否具有此种艺术感染力呢？从前面所引的诗句中，我们已约略体会到流注其间的酣畅淋漓、一泻千里的气势，变幻万状、奇伟壮丽的景观亦无不蕴含诗人胸中的奇致。再看上举的《钱塘观潮歌》中后六句，意义尤为深远：

今古难消百战心，夕阳返照英雄血。画角苍茫何处鸣，回首钱塘满地雪。

[1] 大汕：《离六堂集》卷三《钱塘观潮歌》，第531—532页。
[2] 大汕：《离六堂集》卷三《云海谣》，第534—535页。

漠漠寒涛发夜光，伊人天外无消息。

诗歌意象由飞动一变为凝重，境界由高迈豪宕而至苍茫萧瑟，诗人的形象也由气吞万里的豪侠之士而变为壮志未酬的末路英雄。而末句“伊人”显有所指，究竟指谁呢？他没有明说，不妨看作是一位百折不悔的豪杰。大汕的友人、清初著名文士宋荦读其诗云：“至于匡庐云海、钱塘八月潮，万顷琉璃，弥沦山谷，惊涛骇浪，倾捣而来，其云海乎？其八月潮乎？回环披读，使近代风人骚客无措手处矣。”[1]的确，云海、八月潮，不仅是自然之景观，更是大汕胸中之“云海”和“八月潮”。不仅钱塘八月潮、匡庐云海如此，他者如“浓淡千万状，升腾不可穷。……奔流断壑争，石门鬼斧劈”[2]之登封石淙山，“长风乱卷翻成雪，岚光历落时明灭，崖崩霹雳击空鸣，万壑千林响不绝”[3]之天台山，“峰高疑路近，岚动见云生。怪石窥人立，遥天断壁横”[4]之泰山，以及“高飞千尺浪，到卷一重天。断练落危壁，孤虹舞急川”[5]之虞山拂水，又何尝不是其胸中丘壑的写照？

大汕此类诗作，固然缘于其广泛的游历和超迈豪情，但屈大均的影响同样不可忽略。翁山诗歌中，山水之作亦占大半，且同样以想象奇伟、气势飞动、托旨遥深而著称。在诗题上，翁山诗与大汕诗亦多有雷同之处，如大汕有写西岳华山的《太华山八忆》，翁山则有《华岳》《华山作》《历千尺峡诸险至岳顶》等；大汕有《钱塘观潮歌》，翁山则有《钱塘观潮》，等等。若将他们的诗歌并置一起，是不难看出某种渊源关系的。大汕诗在语言、结构乃至神理等方面皆酷似翁山，以至于翁山尝指摘大汕剿袭己作。这自是褊狭之言。因为有些诗人，若涵咏他人诗作日久，当诗情勃发时，便会冲口而出，顺手拈来。这种现象在古代诗人中是较为普遍的，不必以剿袭而论之。姜伯勤先生曾指出：“以上（翁山与大汕）的互相‘指摘’，其实道出了一个平常的事实：屈大均的诗深受李白的影响，而大汕的诗深受屈大均的影响，这种影

[1] 宋荦：《离六堂诗评》，见《离六堂集》卷首，第500页。
[2] 大汕：《离六堂集》卷二《石淙》，第517页。
[3] 大汕：《离六堂集》卷二《梦游天台》，第536页。
[4] 大汕：《离六堂集》卷六《望岱》，第574页。
[5] 大汕：《离六堂集》卷六《虞山房观拂水》，第571页。

响又都是深入骨髓的。”[1]可谓中的之论。

除此种气势雄浑、意象飞动的格调外，大汕的山水诗还有幽远、宁静的一面，这类诗作可与其画学互读，体现出“诗中有画”的特色。此待后再议。

（四）“诗禅兼善”

在清初岭南诗僧中，大汕的诗作最少涉及佛语、佛典，僧之特色似不明显。若非其诗中偶露“衲子”“野僧”之类的自道语，实可乱入文人集中。但是，禅的精义，又非在佛语、佛典。事实上，若咏之日久，流淌出的禅魂诗魄是不难体会到的。方文评其诗曰：“厂翁之诗，使诗不见禅，而禅无不备，以诗还诗，脱尽石屋、桷堂、弘觉范之陋，骎骎乎驾灵一、皎然而更上也，诗禅兼善矣。”[2]童枢亦评曰：“（其诗）尽浣缁流文字之习气，无始以来，生面一开矣。”[3]高层云亦评曰：“自佛法盛传于世，求其以禅宗而兼诗人者，盖不数数见也。……其为诗，包含庶物，澹远雄奇，不特无禅家余习，并无诗家窠臼。”[4]这些品评都指出了大汕诗歌的一个特色：不刻意以诗论禅或以禅入诗，反而能“诗禅兼善”，脱尽僧家的习气。

大汕曾云：“在诗言诗，便可即诗言禅；离诗言禅，不可以言诗，愈不可以言禅而言诗耶！”即是说，抛却诗歌而徒然谈禅议佛，非但不能得禅之精义，亦不能得诗之精义。所以，姜伯勤先生认为大汕在诗禅关系上首先“是一难得的诗本位论者”。[5]易言之，大汕首先是以诗人身份作诗，而非以禅者的身份作诗，因此，他的诗歌，多是通过形象来吐发禅魄慧心。例如，五绝《次竺庵和上壁间韵》云：

松间枕石眠，梦对白云坐。拟问云起居，松风忽吹破。[6]

---

[1] 姜伯勤：《石濂大汕与澳门禅史》，第182页。
[2] 方文：《离六堂诗评》，见《离六堂集》卷首，第498页。
[3] 童枢：《离六堂诗评》，见《离六堂集》卷首，第500页
[4] 高层云：《石濂和尚诗序》，见《离六堂二集》卷首，第682页
[5] 姜伯勤：《石濂大汕与澳门禅史》，第211页。
[6] 大汕：《离六堂集》卷十，第652页。

在幽静松林间，诗人枕石而眠，梦见白云悄然升起，而当其拟问白云何去何从时，突然一阵松风吹散了所有思绪，这颇有“此中有真意，欲辨已忘言”的妙处。此处的“眠”实可视为一种亦幻亦真的禅定状态，而“云”在佛经中常喻指如来的各种幻身以及缘起性空的理论。全诗通篇为自然意象，未著一佛语，然所蕴含的哲思却很深刻。又如《山中人》云：

伊人何处住，日出锄白云。日入长歌去，花流一涧分。[1]

写山中高人洒然飘逸的风致，本不属新题，但“日出锄白云”句又不能不引起我们的注意，“锄白云”或可以转译为在白云边锄草、锄地，但这样未必深得其旨。窃以为，此处的“白云”和上首中的“云”意涵类似，即象征着假相，与佛家“锄自家田地”意思相类，指勘证佛禅的精义。

大汕还善于营构清冷幽静的诗境，以彰显自己的禅心。这自是一般僧诗的格套，但其诗又不是如枯禅衲子那样堕入死灰寂灭之境，而是幽静中泛活态，冷僻中含暖意，像《溪山杂咏》之四云：

青山叠叠白云斜，傍壑枫林昼落霞。牧笛吹残寒谷口，断崖深处有人家。[2]

青山与白云，依带着火红的枫林与落霞；清寒山谷中，传来阵阵悠扬的牧笛声；残垣断崖深处，隐藏着人家烟火，境界清冷而决不幽僻。又如《山居》（其一）：

竹篱傍幽涧，迢递自泠泠。流入枯桐里，清香共一亭。[3]

虽有幽、枯之类的提示词，但末句的“清香”似乎又给人几许气息，活泛了不少。此类诗作还有很多，如《夏日山中》《湖山晚望》《江上晚行》

[1] 大汕：《离六堂集》卷十，第653页。
[2] 大汕：《离六堂集》卷十，第642页。
[3] 大汕：《离六堂集》卷十，第653页。

等等。平心而议，这类诗歌并不一定要当作禅诗来读，因为它们并非皆蕴含了佛教空无、静观的思想，境界也不见得圆融、澄明。在一些文人那里，这类诗歌亦屡见不鲜。

总之，通过以上的分析，大汕诗歌与一般僧诗相比，其特点首先是题材的丰富。他的笔触颇为宽泛，才情丰赡，诗思精妙，创作了不少优秀的作品。那么，大汕诗歌总体又呈现出什么样的风格呢？论者一般以为“清新”“雄浑”兼而有之，此实属行家之论，但不仔细斟酌，亦易流于肤廓之论。“风格即人”，“清新”“雄浑”风格的形成当然是由大汕奇崛、超逸的个性特征所决定的，但艺术形式、创作手法等同样也是凝聚和整合艺术风格的重要因素。大汕的诗歌，比较明显地运用了以下几方面的艺术手法。

（一）诗中有画

大汕不仅是著名的诗僧，亦是位杰出的画僧，他的山水、人物画的真迹流传至今。笔者无缘亲睹大汕遗珍，但从其诗中明显能感知他确是一位深谙画理的画家。此种印象不仅缘于诗集中的七十余首“题画诗”，更多的是因为他在描绘山水时所运用的一些独特技法。这种技法，在我看来，与其说是诗歌技法，毋宁说是绘画之法。

首先，大汕在写山水时，很喜欢用一个字——“隔”。例如，以下诗句云：

> 夕阳返照飞花落，山色平空隔岸浮。（《滹沱河》）
> 隔岸花田牵锦缆，沿堤杨柳拂銮旗。（《大宗伯杨尔茂奉祭南海》）
> 隔岸阴风吹野火，空天残月下钟声。（《江城夜泊》）
> 风吹隔岸孤灯影，雨过空江深夜闻。（《江上怀雪樵和上》）
> 石头烟树中流断，瓜步寒灯隔岸明。（《镇江》）
> 水明隔岸分遥翠，树影重楼架断虹。（《喜晴》）
> 隔岸诸山小，虚窗六月秋。（《合江楼》）
> 远浦客船初泊岸，隔林风雨谩敲门。（《犬吠》）

粗略统计，大汕诗中凡出现“隔江”“隔水”“隔林”“隔涧”一类语词者，多达八十余题。“隔”甚至为大汕诗中使用最为频繁的一个动词。大汕为何如此钟爱这个“隔”字呢？何以他观看景物时总喜欢隔着江、隔着水呢？这其中，有时确指他与景物之间实际的空间距离，但如此高频率地运用，无疑有特殊意义。

此“隔”的意涵显然不同于王国维《人间词话》中之“隔”，而是指物体间的空间距离，于画学中属重要的范畴，亦是作诗、作文重要之法。董其昌《画旨》载：“余尝与眉公论书画：‘画欲暗，不欲明，明者如觚棱钩角是也，暗者如云横雾塞是也。’”又谓：“摊烛作画，正如隔帘看月，隔水看花，意在远近之间，亦文章法也。”此中所云“隔簾”“隔水”，按伍蠡甫先生的解释，是指“笔墨遮遮掩掩，形象若隐若显，而幽邃恰在空蒙中，正是它大有助于艺术家活跃想象、尽情揣摩、百般暗示、欲擒故纵、左右观者”。[1]在构图艺术中，为了更好地表现中远景物的距离感，艺术家常在画面上勾画一些近景，以此收到“咫尺之图，写百千里之景”[2]的效果，这也是西方绘画透视法的重要窍门之一。大汕的这些诗句，本可以对山色、树色、花田、春烟、鸠鸟、芙蓉雨等景致做更详尽的描摹，但他似乎有意避开这一点，而将它们以“江”“水”“林”“岸”隔开，远远望之，因而诗歌就如画面一样，呈现出较强的层次感和立体感，境界更显幽深、清远。宋人郭熙即云：“真山水之风雨，远望可得，而近者玩习不能穷错纵起止之势；真山水之阴晴，远望可尽，而近者拘狭不能得明晦隐现之迹。”[3]试涵咏几联“隔”与“不隔”的诗句（见表7–1）：

表 7–1　“隔”与“不隔”诗句表

原句	除去隔及所属宾词后的诗句	出处
隔涧水从屋后去，出山云过槛前低。	水从屋后去，云过槛前低。	《离六堂集》卷八《赠白岩位中和上》
隔岸晚风传铁笛，满溪寒雾宿渔矶。	晚风传铁笛，寒雾宿渔矶。	《离六堂集》卷九《滕王阁晚眺》
隔岸灯残商妇曲，临江雁落断云声。	灯残商妇曲，雁落断云声。	《离六堂集》卷八《江上闻笛》

[1] 伍蠡甫：《历代名画家论》，上海：东方出版中心1996年版，第134页。

[2] 王维《画诀》，引自周辑寅编：《中国画论辑要》，南京：江苏美术出版社1998年版，第487页。

[3] 郭熙：《林泉高致·山水训》，引自《中国画论辑要》，第40—41页。

很明显，以上三联，除去“隔”及其所属宾词，当然亦能独立成诗，但景物的层次感却不甚鲜明。姜伯勤先生曾认为大汕某些图画有“透视处理” “明暗调子的处理”，颇有“西法影响的痕迹”。[1]虽然我们没有确切材料证实大汕曾受到西洋画的影响，但从这些诗句来看，姜先生的说法不是没有道理。

前代诗人在诗中运用“隔”字而起到特殊的艺术效果的，当属王维《终南山》末句“欲投人宿处，隔水问樵夫”。张海沙先生以为，这里的“隔水”象征着此岸和彼岸之意。[2]大汕诗歌中的“隔”，是否也具有如此的深意呢？这应是见仁见智的问题。

其次，除有意识间隔景物的距离外，大汕还极善于经营景物的位置，使景物错落有致，具有鲜明的图画美。例如，“空江断岸飞云出，远客归帆背雨来”[3]一联，先是一个长镜头，描写江天、断岸、飞云，接着以特写镜头聚焦于远客、归帆，画面的连接宛若一段微电影。又如，“窗含山月千村出，鹜带江云一路飞”[4]、“红楼蜃市波中起，白马灵旗天上来”[5]、“千山影入寒江里，一片帆飞秋雁边”[6]、“几处平田新水涨，苍茫一片白云天”[7]，等等，无不具有此种妙处。这种近、中、远景物的错落并置，极易营构出苍茫、雄浑的意境。

再次，大汕还是一位调色高手。他的诗，有较鲜明的色彩美。例如，《离六堂集》卷十的五绝《晓霁》：“日出江翻火，云归翠入屏。竹香僧瓦绿，山色佛头青。”[8]写清晨雨后初霁之景，点染出日红、翠屏、绿瓦、青山四种意象，构成了一幅色彩明丽、远近有致的水彩画。在色调的选用上，大汕特别善于以冷暖两种色调相对照，以突出画面的和谐感。例如，以下诗句云：

[1] 姜伯勤：《石濂大汕与澳门禅史》，第302页。
[2] 张海沙：《初盛唐佛教禅学与诗歌研究》，北京：中国社会科学出版社2000年版，第222页。
[3] 大汕：《离六堂集》卷九《怀潮州果庵林使君次原韵》，第626页。
[4] 大汕：《离六堂集》卷九《滕王阁晚眺（一）》，第627页。
[5] 大汕：《离六堂集》卷九《登五层楼望海》，第629页。
[6] 大汕：《离六堂集》卷九《送黄兰偶》，第630页。
[7] 大汕：《离六堂集》卷九《春霁野望》，第630页。
[8] 大汕：《离六堂集》卷十《晓霁》，第625页。

落花满地飞红雨，陡涧平空挂碧松。[1]
松涛作雨飞深翠，木叶经霜落乱红。[2]
城郭青浮诃子色，江村红带木棉香。[3]
双鸠隔树啼红雨，乱竹连云绕碧溪。[4]

这些诗句均以暖色调的“红”对偏于冷色调的“绿”“碧”“青”，映衬出生机盎然的暮春景象。不过，所有色彩中，大汕又似乎更偏好“青”“白”两种色彩。这从上面所举诗句，已见一斑，再举几例：

两峰青插天，谷口截巨石。（《太华山八忆》）
密树生青烟，曲窦通天光。（《黄山休夏》）
山色平分岚气碧，江声乱涌潮光白。（《碧山草堂》）

“青”“白”这两种色彩总体给人的感觉是偏冷的，它们大量地出现在大汕的诗歌中，无疑有助于其清新诗风的形成。

总之，大汕将一些绘画的技法运用于诗歌创作中，使其诗具有了一种清新、明快的绘画美，给人以很深的感染力。

（二）诗体与风格

从诗歌体式看，大汕之诗，诸体皆备。粗略统计，《离六堂集》中古体有160余题，律体有540余题，绝句有180余题。相比而言，古体诗所占比重并不多，然成就最高，次者为律体，绝句逊之。

诗歌体式是历代诗人长期探索的产物，也是一种较为稳定的“有意味的形式”。不同的体式，不仅体制、篇幅不尽相同，所显示出的审美意趣亦有很大差异。在古、近、绝三种体式中，古体诗相对自由一些，变化无方；而后二者则须讲究平仄押韵，有矩可循。因此，个性奔放、情感激越的诗人更擅古体。像李白，施补华《岘佣诗话》即谓：“太白七古，体兼乐府，变化

[1] 大汕：《离六堂集》卷九《出南华》，第630页。
[2] 大汕：《离六堂集》卷九《晚过赤山埠》，第631页。
[3] 大汕：《离六堂集》卷九《越台诗会分赋珠江春泛》，第625页。
[4] 大汕：《离六堂集》卷九《二月朔王孝杨将军同吴园次诸公过集离六堂分赋》，第625页。

无方。然古今学杜者多成就，学李者少成就；圣人有矩矱可循，仙人无踪可迹可蹑也。”[1]而大汕亦具奇伟禀质、超迈才情，因此他很善于选用古体特别是七古来表达自己的情感。他的此类诗作，古朴雄浑，纵横开阖，有鱼龙变幻之势。《离六堂集》以汪洋恣肆的《大鹏赋》开篇，似也为其诗定下了基调，而前引的《地震行》《钱塘观潮歌》《云海谣》诸诗，我们已初步领略了他的古体诗所展露出来的雄浑、俊逸之美，这里再抄录一首《飞来峰（有引）》进一步论析：

> 踏遍南粤岭，复踏湖上峰。群峰削拔几千座，飞来一座光玲珑。禹门划断天柱立，鲲鹏变化青溟中。一石一水源，穴穴自生风。风涛奔石浪，劈地起崆峒。或如奇鬼跨猛兽，或如仙掌擎蛟龙。倒插洞门碧玉笋，乱垂万朵青芙蓉。灵鹫小儿三山友，势若舞兮形若走。崚嶒低首直惊心，分明涧底吞牛斗。平白林中烟雨来，迷离曲磴入瑶台。岚光倒影玻璃镜，恍惚蜃楼八面开。滴乳泉，珍珠路，此中丘壑相回顾。呼猿洞里有真灵，环佩琅琅形不露。忽又闻、断崖风急虎号群，阴谷水声吼夜月，历乱丹枫拥白云……[2]

开首即落笔不凡，“踏遍”写游踪之广，亦可见诗人的豪情。跟着又以一连串的比喻、夸张句，如排山倒海之势，又如“大珠小珠落玉盘”，错落有致，极写飞来峰的险峻。全诗意象飞动，显示出诗人超迈的胸襟，读来令人气壮神完。但在蹈厉铺排时，诗人的情感又非任意泛滥，而是能充分运用古体诗灵活多变的句式，长短结合，曲张有度。

正因为大汕具有此种冲天干云的豪气，故当他在写近体诗时，又往往能突破严整划一的格律之束缚，出现了明显的“古风”化。虽凭其聪明禀质，大汕也写出了不少对仗极工的诗句，如被沈德潜称赏的“隔岸桃花开野渡，到门春水缆鱼船”，被姜伯勤先生激赏的“故友杯中酒，他乡乱后花”等句，但总体来看，大汕的近体诗并非皆严守格律，像最讲求平仄、对仗的颔联与颈联，他的诗中经常出现如下这样的诗句：

[1] 施补华：《岘佣诗话》，见丁福保编：《清诗话续编》，第984页。

[2] 大汕：《离六堂集》卷三《飞来峰（有引）》，第540页。

看到滕王遗阁在，战余茅屋几人归。（《南昌道中怀曾青藜于吴门》）
想到宝刀情不断，梦来金甲报平安。（《清远峡简答尚王》）
听来独雁飞寒雨，剔尽孤灯在异乡。（《与友人夜话》）
软水也曾通汉使，巨洋终不入秦灰。（《登五层楼望海》）

第一联中的“到”“在”，第三联的“来”“在”，给人的感觉更像是在凑字数，无炼字炼句之功。此类诗句是否就是屈大均所指责的“不成文理者”欤？

大汕的诗歌在清初岭南诗坛影响甚大，《离六堂集》卷首所录诸家序言、评语，是为明证。但这之后，特别是文集被禁毁后，诗名一直黯淡无痕。平心而议，大汕之诗虽不必像魏宪所评“轶高、岑，凌郊、岛，骎骎乎少陵、谪仙并驾”那样肆意拔高，然若将其置于古代僧诗别集中，应是有一片自家田地的。

第四节　石濂大汕所透显的文化意义

尽管屈大均、潘耒等人对大汕的攻讦有不少失实之处，但与一般的僧人相比，大汕的许多言论、行止的确逸出了佛门祖训和戒律。例如，他“常画素女秘戏图状，以媚诸贵人”[1]，又蓄养优伶，常于长寿禅院中搬演歌戏。[2]他又嗜好饮酒，尝与惠州太守王煐、陈恭尹等人在长寿禅院欢饮达旦，此有王煐之诗可证：“家酿万里来，哪复辞满数。酒酣喧四坐，解衣任磅礴。偶

[1] 王士禛：《分甘余话》卷四。
[2] 潘耒《致粤东当事书》谓：“彼（大汕）将良家子女买作优伶，节次售之。”《再与石濂书》又云：“公于壬申冬，集众演戏。席半，忽谓众曰：‘上将召我矣。’”徐釚《三度岭南诗》中亦有《长寿院观剧》诗，可见大汕的确尝蓄养优伶。

然对远公，失口遗糟粕。”[1]此种杯盘狼藉的景象，在通脱者看来，自可目为任性自适；但对于寺院僧徒而言，则无疑已犯大戒，因此潘耒就特拈出此事讥讽大汕是“手把猪头，口诵净戒”[2]。

大汕还不避口业，作诗喜涉绮语、艳语。《离六堂集》中的《岭南竹枝词（八首）》《十景塘酒垆》《子夜曲（二首）》，词作《字字双（无题）》《残柳词》等，就很细腻地描写出男女爱恋、怨憎、揣测的情感，风格柔靡、绮艳。例如《字字双（无题）》云：“枝头槿花红复红，枕畔啼痕重复重。虚床明月空复空，征帆破浪东复东。”[3]将空闺女子思念情人的复杂心情表达得十分含蓄，非深谙女性心理者不能道也。此类诗作，在文人笔下，司空见惯，不足为奇，但若是出自僧人之手，却委实有悖常理。我们知道，艳语、绮语在僧家乃属“口业”“妄言”。《长阿含十报法经》云：“恶行何等为十？一为杀；二为盗；三为犯色；四为两舌；五为妄语；六为粗语；七为绮语；八为痴；九为瞋；十为邪意。”[4]可见，在诗中不避“绮语”的大汕，显然已触犯了“十恶”。

综合诸方面的材料看，大汕悖离佛门的言行主要有四方面：其一，自称觉浪道盛的法嗣，混乱洞宗灯系；其二，剿袭他人诗歌，且不避绮语；其三，通海经商，结交权贵；其四，饮酒狎妓，玩弄邪术。这几方面，固然与石濂大汕本人的个性因素分不开，但更为深广的背景是中国化的大乘佛教所形成的一种颇为独特的修行观念——“在欲行禅”以及岭南本土的禅风。

佛教原本是一种戒律极精严的宗教，对僧人的日常言行、意念、情感皆约束严明。佛门的“五戒”“八戒”“十戒”乃至“三百四十八戒”，目的即令僧侣止恶从善，摒弃欲望，洁净身心。但另一方面，在很多经典中却宣传了一种似乎相反的观念，不仅捐弃了僧规戒律，甚至还鼓励僧人纵情恣欲。《维摩诘经·佛道品》云：“火中生莲花，是可谓希有。在欲而行禅，希有亦如是。”[5]《圆觉经》亦云：“一切障碍即究竟觉，得念、失念无非

[1] 王煐：《人日偶过长寿精舍，础尘与陈元孝不约而来，瑊儿亦携徵徽两孙继至，石公因设伊蒲于怀古楼，茶话至暮，复邀诸同人于邸舍饮宝坻酒》，见《忆雪楼诗集》卷下，《四库禁毁书丛刊》本。

[2] 潘耒：《与长寿院主石濂书》，见《救狂砭语》，第19页。

[3] 《离六堂集》卷十二，第667页。

[4] 《长阿含十报法经》卷二，《大藏经》第1册。

[5] 《大正新修大藏经》第十四卷，第542页。

解脱，成法、破法皆名涅槃，智慧、愚痴通为般若，菩萨、外道所成就法同是菩提，无明、真如无异境界，诸戒定慧及淫怒痴俱是梵行。”此种修行观念，在大乘佛教特别是南宗禅盛行的时代更得以充分发挥。唐代玄觉《永嘉证道歌》即云：“在欲行禅知见力，火中生莲终不坏。勇施犯重悟无生，早时成佛于今在。”宋代真净克文则说：“事事无碍，如意自在。手把猪头，口诵净戒。趁出淫坊，未还酒债。十字街头，解开布袋。”[1]在禅史上，还出现了不少“在欲行禅”的践履者。最为典型者，莫过于宋代的惠洪（1071—1128）。惠洪不仅饮酒狎妓，纳室同居，而且还广交官僚士夫，甚至亦因此而坐罪。[2]他还写了不少艳情诗词，甚至被讥为“浪子和尚”。晚明雪浪洪恩（1545—1607），亦“性佻达，不拘细行”，常与友人游狎邪，又蓄养侍者数人，皆“韶年丽质，被服纨绮，即衵衣亦必红紫，几同烟粉之饰”，江夏祭酒郭明龙即历数其“淫媟诸状”而驱逐之。[3]

佛禅史上这种“在欲行禅”的现象，是一个极为有趣也很复杂的论题。“在欲行禅”者在宣传和践履时，其宗趣似乎皆是“以欲止欲”，以此破除入世与出世、纵欲与禁欲、守戒与犯戒、心性与真如等“二执”，达到无缚无欲、等同一切、圆融无碍的境界，这类僧人虽貌似俗人，但实为道行邃深的高僧。例如，禅宗二祖慧可，在道行极高的晚年“或入诸酒肆，或过于屠门，或习街谈，或随厮役”，时人多有不解，或问之，慧可即云：“我自调心，何关汝事。”[4]殊不知，慧可此种行迹正是混俗和光，境界决非一般的野和尚所能比。不过，也有不少僧人利用佛门相对比较宽松的戒律而大行其欲，貌似修行，实则中饱私欲。这种僧人即禅门所说的野狐外道，有悖于大乘佛教的精神。

大汕是否也达到了“混俗和光”的境界呢？这恐怕很难断定，因为记载他谈禅论佛的文字并不多。不过，从他发表的一些言论看，大汕的确也是一位“在欲行禅”提倡者。他曾说：“古人茶坊酒肆为佛事，柳巷花街作道场，此是登地菩萨已得三昧自在事事无碍境界。”又引古德云：“酒楼上何妨不

---

[1] 以上对“在欲行禅”的论述参见了陈自力《释惠洪研究》部分成果，北京：中华书局2005年版，第2—3页。

[2] 参见陈自力：《释惠洪研究》，北京：中华书局2005年版，第186—187页。

[3] 沈德符：《万历野获编》卷二十七“雪浪被逐”，第692页。

[4] 参看南怀瑾：《禅话》，上海：复旦大学出版社1994年版，第73—75页。

去，肉案上那块不精，昔有僧于酒楼下过，闻楼上人唱云：‘你既无心我也休。’忽然大悟，因号‘楼子和尚’。又宝积禅师闻屠家答市肉人云：‘那块不是精者。’遂有省。”[1]又说：“人各有为适情之具，诗书六艺而外，以及品茶、饮酒、钓弋、声色、陆博，凡所以引人耳目口体之交者，不一而足。盖血肉之躯，顽然独守，使五官四肢绝不与物接，则气脉郁结不得流利，天机亦将沉滞于枯寂而不复发扬。是则适情之具，外可以运行气脉，内可以发越天机，而为人之助者不少。”[2]这是说，凡足使人适情适性者，即便僧律所戒的声色、饮酒、陆博之事，皆可发扬“天机”，使人“气脉流利”；反之，若顽然独守、沉滞于枯禅窠臼中，必致使天机泯灭。这表明大汕非但不以“苦行僧”自居，反而极力张扬“享乐”之欲。

大汕尝作自画像三十三幅，分别为：行脚、遣魔、放魔、供母、默契、遇异、演洛、观象、说法、吟哦、遨游、访道、作画、吹箫、推卜、钓鱼、梦游、雅集、看云、秣马、卖雨、浣花、法起、卧病、出岭、论道、领众、酌古、注书、乐琴、制器、北行、长啸。此三十三图艺术价值极高，邓之诚先生谓：“凡三十三图，一生行迹略备，皆出大汕手笔，椠刻精细。”[3]饶宗颐先生谓：“行布之雅，笔势之健，足使老莲俯首，曾鲸减色。”若仅从这三十三幅图画中的“吟哦”“遨游”“作画”“吹箫”“钓鱼”“乐琴”“长啸”等图看，我们所见到的大汕的确显得异常通脱和洒然。例如其中“看云”一图，“大汕披发，长须，赤足，坐于水中石板上，行云与流水相接”。大汕的友人黄摄之题此图云：“散发山间，群游叆叇，顾我之无心，比俗之变态。不堪赠人，唯独得于谷阴潭影之外。”[4]又如“长啸”图，“大汕披长发，喜悦，拍掌而长啸”。“山阴金周”题云：“最上一乘，和尚已造，彼岸茫茫，和尚已到。视一切之禅宗，尽可悲而可悼。即不屑振声一喝，令听者作三日耳聋，遂不禁披发佯狂，仰面向天，拍掌而长啸，是所谓歌以当哭，一片婆心者非欤？嗟乎！嗟乎！谁则知道，谁则知道。”[5]再如“遣魔”图，“绘一美女，顾盼状，长袖玉带。青年大汕，头上长发，坐禅

[1] 见《救狂砭语》，第177—179页。
[2] 大汕撰，余思黎点校：《海外纪事》，北京：中华书局2000年版，第130页。
[3] 邓之诚：《清诗纪事初编》，第342页。
[4] 参见姜伯勤：《石濂大汕与澳门禅史》，第332—335页。
[5] 参见姜伯勤：《石濂大汕与澳门禅史》，第355页。

于岩石蒲团上”。其友李芳广题曰：“生死关头第一关，毒恶魔中第一魔，唯此境与己莫然，能于此遣之，真极烈丈夫也。”[1]此真可谓“不入虎穴，焉得虎子”！对于乱人心志的情魔，石濂大汕不是远而避之，而是“坐断”之，这可与前所云的“适情之具”联系起来理解。遨游山林，长啸当歌，自与寂灭枯禅者不同，大汕的流风余韵实可以名士相接。

大汕的诸种“狂放”“怪诞”的行为，亦反映了岭南本土佛教的某些特色。覃召文先生曾指出岭南禅文化的四大特色：趋儒性、务实性、趋诗性和简易性。[2]这种概括是比较准确和全面的。岭南自古即有所谓的“火宅僧”[3]、“师郎”[4]之谓，反映了僧侣娶妻婚嫁的习俗。这种习俗一直沿至清代。清初国师木陈道忞（1596—1674），早年曾至庐山剃度，但不久就归家，“宗亲合劝，遂毕姻焉”，生有一子，后顺治帝赐其诗云：“洞房昨夜春风起，遥忆美人湘江水。枕上片时春梦中，行尽江南数千里。”这表明岭南佛教较为其他地域，戒律相对松弛。因此，大汕蓄养歌妓、饮酒食肉等行为，在岭南佛门中亦不足为奇。潘耒在揭发大汕的罪行时说：“观其行事，一如贾人方士之所为，全无本色衲僧气味。此在江浙必不能行，不知何以得行于贵乡三十余年，而无人检点也。”[5]这恰好反映了岭南佛教与江浙地区的差异；而潘耒不“入乡随俗”，反以地域歧见转而攻之，则实在显得褊狭。

康熙三十四年（1695年）大汕航海至安南传法之事，并撰有《海外纪事》一书，清晰地反映了清初广东海禁解除之后，海上交通发达的景观。姜伯勤先生根据各种史料，从大汕此次航海之事，揭示出存在于17世纪“南海及东海有广州—澳门—广南（越南）—潮州—南澳—台湾—长崎（日本）—南京等贸易航线，形成一个唐船贸易圈”。而这个“唐船贸易圈”，既是一个“以禅宗为代表的大乘佛教文化圈，同时也是一个妈祖信仰文化圈”，并由

[1] 参见姜伯勤：《石濂大汕与澳门禅史》，第305页。

[2] 参见覃召文：《岭南禅文化》，第157—182页。

[3] 宋人曾慥《类说》引《番禺杂志》曰：“僧之有室家者谓之火宅僧。”

[4] 《太平广记》引唐人房千里《投荒杂录》中谓：“南人率不信释氏，虽有一二佛寺，吏课其为僧，以督责释之土田及施财。间有一二僧，喜拥妇食肉，但居其家，不能少解佛事。土人以女配僧，呼之为师郎。”

[5] 潘耒：《与梁药亭庶常书》，见《救狂砭语》，第55页。

此而找寻与近世商人精神契合的那种“宗教伦理”的遗踪。[1]

总之，石濂大汕几经沉浮的人生历程以及诸种背离佛教伦常的言行，在禅学研究史上是一个值得研究的现象。他与慧可、仲殊、慧洪等僧人一样，也是中国佛禅文化中一位典型的“在欲行禅”的僧人，是佛教日渐世俗化的集中体现。同时，石濂大汕在文学史上也是一个颇具特征的人物。中国诗学中常有“诗品如人品”之说，意思是诗歌的主题、风格决定于诗人的人格、品行。但大汕似乎并非如此。读其诗，很难想象这是出于一位“画秘戏图”“贩优伶”的僧徒之手；而读其人，也很难想见他竟能作出如此充满忧民忧国情怀的诗歌。从这个意义上说，大汕则是“诗品不如人品”。这样的个案，在文学史研究中也是颇具意义的。

[1] 参见姜伯勤：《石濂大汕与澳门禅史》第十二章“大汕禅师的澳门南海航行与唐船贸易圈中的禅宗信仰及妈祖礼拜——兼论十七、十八世纪之交唐船海客的宗教伦理”，第443、459页。

结语

诗僧是古代独特的文化现象，是诗禅文化互相渗透的产物。作为一个独特的诗人阶层，诗僧自六朝尤其是中唐之后即成为诗坛一股不可忽视的创作力量。黄宗羲甚至谓："唐人之诗，大略多为僧咏。……故可与言诗者，多在僧也。"他们不仅以灵心慧笔创作出大量风格独特的诗作，丰富了华夏诗歌的表现力，而且在儒释汇合、诗禅遇合中发挥着极为重要的作用，影响着文人诗歌的创作和文化品格的形成。

全面而细致地描绘出古代诗僧的发展演变轨迹及各时代诗僧的人格和诗格，并非本文研讨的任务。然而，当我们关注清初岭南诗僧群时，却又不得不参照学界已有的研究成果，纵向地考察一下他们在僧诗史上的历史地位。

一般以为，古代诗僧的诗歌创作的活跃期是在唐宋两代；其后，随佛教义学的整体式微，诗僧现象亦成萎顿之势。[1]这种观点的形成固然自有依据，却不甚准确，因为此种认识并非建立在全面而成熟的研究基础之上。据吴言生先生编撰的《近百年禅诗研究论文要目》，直接关涉诗僧的论文有129篇，研究宋代以后的仅有22篇，而这22篇中苏曼殊占去16篇，八指头陀2篇，元明清三代实际只有寥寥4篇。[2]这反映出目前学界诗僧研究的状况：唐宋时期成绩最为显著，元明清则几为空白。因此我们以为，至少到目前为止，全面描绘出古代诗僧发展轨迹的时机尚未成熟，而断言宋代以后诗僧发展渐趋衰微，同样亦是不甚成熟的结论。根据我们对清初岭南诗僧群的考察，此说更有修正的必要。

首先，从规模看，清初岭南诗僧是中国有史以来人数最多的诗僧群体。这154位著名或长期被历史湮没的诗僧活跃于明末清初的时空中，与此前此后的任何一个诗僧群相比，毫无愧色。

其次，从诗歌表现的情感看，清初岭南诗僧之诗也较此前的诗僧更为丰富。当然，若仅专注于禅境、禅理的表现，唐宋诗僧确实达到了相当的高度，宋代以后的诗僧似乎都少有拓展和创新。这种情况，恰似后人再难以企及唐

[1] 仪平策《中国诗僧现象的文化解读》一文中谓："出家诗僧的真正鼎盛当推唐宋两代。……元明以降，佛教义学整体上看日渐衰微，佛禅在诗坛的影响不逮往昔，但仍然较为强劲。……不过，他们在创作上多以唐宋诗僧为标榜，缺乏美学上的创新意识和时代的独特内蕴，表现了中国诗僧现象的必然萎顿之势。"周裕锴《中国禅宗与诗歌》中也说："正如禅宗在宋代以后渐趋衰落一样，僧诗在宋代以后再没有什么新风格出现。"

[2] 吴言生：《禅宗诗歌境界》，第356—392页。

诗的辉煌一样。不过，元明之后的诗僧亦并非故步自封，而是力求新变，更多地将目光投注于此岸世界，着力描写世俗社会的情状。清初岭南诗僧尤为如此，在诗歌中，他们不但表现自己的佛道禅心，而且更多地表现对社会和人生的深切关怀，有着浓厚的现实色彩。

再次，从审美情趣和诗歌风貌看，清初岭南诗僧的诗歌也出现了新变。覃召文先生在谈到古代僧诗风格时说："在中国僧诗的发展史上，以他们（皎然、贯休、齐己）为主要代表的中、晚唐诗僧的诗歌虽说只是宏伟交响的一小段乐章，但是，它却奠定了中国僧诗的基调，自此之后，清雅诗僧这一派虽说不上是一枝独秀，但起码也称得上是占尽风流。接踵而来的，从北宋'九僧'到南宋'三僧'，从元代的'三隐'到明代'三僧'，还有唐代以后的著名诗僧如道潜、慧洪、仲殊、志南、清珙、来复、读彻、澹归、敬安、曼殊等，都基本上承继着这派诗风，在诗坛上奏响了一片清雅典丽之音。"[1]周裕锴先生曾将唐以后的僧诗分为以皎然等为代表的"清境派"和以王梵志、寒山为代表的"通俗派"，但他亦承认，"清境派""在中晚唐以后禅僧日益士大夫化的风气之下，逐渐成为僧诗的主流"。[2]所谓"清雅""清境"，虽措辞不一，但总体仍不出"清"的范畴。这种论断有一定道理，但同样也不全面，至少他们忽略了清初岭南诗僧的诗歌创作。根据我们的考察，清初岭南诗僧的诗歌固然也表现出"清幽""清丽""清雅"等"清"的韵致，但他们还有雄浑、质实的一面也值得我们重视。再从审美情趣看，清初岭南诗僧们并不以"清境派"诗僧相标榜，甚至对僧人特有的"蔬笋气""酸馅气"表示扬弃，而更崇尚像屈原、杜甫等人的创作精神。因此，与其说他们诗歌中所透显的"清"的韵致是对前代僧诗的继承，毋宁说是寺院的生活环境以及佛教信仰使然，来得更恰确一些。这种清幽空灵与雄浑质实兼容的、文人化倾向较著名的僧诗，差一点说，可谓徒具僧之躯壳、禅之形式；但从另一个角度看，这也是僧诗的另类风格，体现了佛教发展俗化的趋势。

最后，从人格看，清初岭南诗僧不但是诗人与僧人的结合体，而且还带有极为鲜明的遗民色彩。不管是"忍看国破先离俗"的僧中遗民，还是"英

[1] 覃召文：《禅月诗魂：中国诗僧纵横谈》，第67—68页。
[2] 周裕锴：《中国禅宗与诗歌》，第40—43页。

雄失路方逃禅”的遗民僧，他们对故君故国总怀着深情的眷念和悲怀，“忠孝心”与“菩提道”，并行不悖。因此，遗民人格恰是清初岭南诗僧区别于前代诗僧的最大特色之一。

总之，清初岭南诗僧是在特定时代和特定地域文化背景中崛起的一个颇富特色的诗群。这不是一个远离尘世、忘情于山水的诗群，也不是抗争于现实波峰上的诗群，他们在明季清初云谲波诡的时代情境中所透显出的高风亮节，以及在诗歌创作方面所取得的成就，理应为后人珍视。不幸的是，这群诗僧中的几位代表人物的诗文集，在乾隆年间编修《四库全书》时，遭到严厉的禁毁，致使长期以来，他们的文学成就以及人格风范并不为人们所熟知；而这恰好也反观出这群诗僧的不寻常之处。然潜德幽光，终将烁破天下。20世纪上半叶，当中华民族命运存亡攸关之际，这批诗僧的价值又为有识之士所发现，他们穿越历史时空与诗僧们相接，使诗僧们的精神在二百多年后重焕辉光。此正如王在民先生《南明诗僧函可考证》中所言：“自九一八后，我国国民的民族意识很是低沉，我深感函可这么一位爱国诗僧很有介绍给同人认识的价值。”其实不仅函可，函昰、成鹫、大汕、澹归、今无等人，同样具有此种意义。而今天我们研究这群诗僧，此种意义虽不再突出，但同样可以通过他们透视明清之际的社会现实，了解处此种情境中的人们的遭际和心态。

历时二载有余的研究，至此将告一段落，原本打算对函昰、函可、今无、成鹫等人也做更为精细的个案研究，但时间和精力都难以为继。因而，此时此刻的我非但没有轻松感，反而更觉沉重，因为随着研究的深入，更多的问题摆在我的面前，诸如清初岭南诗僧的佛学思想，他们与明清之际其他地域诗僧诗歌创作（特别是江南和滇黔）横向比较研究，这一诗群的源流情况等问题，现在而且将来很长一段时间内都将困扰着我。倘若日后条件允许，我下一个研究目标将是明清之际江南、滇黔诗僧，以更加全面地考察明清之际的诗僧现象。

更为重要的是，20世纪胡适先生与铃木大拙先生那场著名的论争留给禅学研究者们的困惑，同样也深深困扰着我。这样说的意思不是奢谈我的研究属禅学范畴，因为我确实感受到禅学研究的两难选择：究竟是走胡适先生所认为的历史的、科学的道路，还是取铃木先生主张的超越历史时空的感悟性研究呢？胡适先生的方法曾不止一次地受到非议，甚至有人断言他不懂禅。我也曾不止一次地求教于一些颇有禅心的僧人，当问及如何看待世俗学者的一些禅学研究著作，他们大多持委婉的否定。因为在他们看来，真正的禅是体验，而不是研究，禅的境界是体验而不是研究就可以获得的，而僧诗的境界同样如此。

前年暑假，我曾挂单于粤北名刹云门寺月余，一日，雨后黄昏，我独自沿着长满青苔的山路攀至位于半山腰的桂花潭，在潭边的亭中坐下，那跃动的瀑布、清澈的潭水、清脆的鸟鸣，隐隐飘来的桂花的清香……刹那间令我的脑海中浮现两联诗句：

> 山路元无雨，空翠湿人衣。（王维《山中》）
> 山光悦鸟性，潭影空人心。（常建《题破山寺后禅院》）

后来我想，为什么当时出现在脑海中的不是别的诗句，而恰恰是这两联呢？这或许就是体验中的禅诗境界与研究中的禅诗境界给我的不同的心灵感受！因为这两联诗适足表现了我当下所处之情境，是“直寻”而非“冥搜”所得。

从我的研究看，显然更接近胡适先生所倡导的方法，而非铃木先生的方法。这与其说是我的偏好，毋宁说我对于佛禅实在知之甚少的缘故。记得刚着手这一课题时，康保成师曾多次对我说：“你应该读两年的《大藏经》，再去读这些僧人的诗，境界肯定与现在不一样。”我深知康老师教诲之重要性和正确性，然而短短两年的时间是不允许我这样做的，所以在读了基本的佛教经典后，便匆匆楔入论文的材料收集和整理。以至今日回头来看，还真不知对那些僧诗领悟到几分，与那些鲜活的诗僧沟通了多少！

附　录

附录一　海幢阿字今无禅师年谱[1]

释今无，字阿字，番禺万氏子，师事岭南曹洞宗高僧天然函昰，为洞宗第三十五世博山下三世法嗣，清初著名高僧、诗僧。历主广州海幢寺丛席，尝至鹅湖、河源、广州诸处说法，凡六会，度缁白徒众千百余人。禅师辩才无碍，时人喻之“如孙吴之用兵，苏张之辩舌，无愧妙喜”。《广东通志》《广州府志》《番禺县志》《海云禅藻集》皆有小传，门人古云则撰有《海幢阿字无禅师行状》（以下简称《行状》）。

禅师状貌奇伟，性温和高渺。

古云《行状》谓：“（师）番禺万氏子，状貌过人，引舌覆鼻。”澹归《遍行堂集》卷四《海幢阿字无和尚寿序》云：“（师）朗如秋月，温如春风，高渺如华岳削成云表，而四应旁达如决万斛之泉，随地赋形，无不毕卺。”又，《遍行堂集》卷八《海幢寺大雄宝殿上梁文》云：“三寸舌长，既穿唇而过鼻。”

著有《光宣台集》二十五卷、《光宣台尺牍》三卷、《海幢阿字无禅师语录》二卷、《四分律大全》等，乾隆间多被禁毁。（冼玉清《广东释道著述考》）

《禁毁书目·补遗》云：“《光宣台集》五本，又《尺牍》三本，释今无撰。今无与金堡同时，中多唱酬之作，应请销毁。”按：金堡，即禅师法弟澹归今释，

[1] 明季清初岭南佛门中兴，尤以洞宗天然函昰一脉为盛，蔡鸿生先生所撰《明清之际岭南佛门系年要录》即以此系禅僧为线索。其他重要禅僧如函昰、函可、澹归，汪宗衍、吴天任等先生均为他们编有较精详年谱。王在民先生虽撰有《阿字无年谱》，然该谱实为疏阔。为补阙失，笔者撰成此谱，以考阿字无师之行实。

乾隆年，因诗文集《遍行堂集》“多悖诞语”，而遭禁毁。

《光宣台集》二十五卷，据《清人别集总目》，今尚存康熙刻本，嘉庆二十四年重刻本，道光二十二年修补本。是集卷首有澹归《序》，“栖贤老僧”函昰《像赞》，古云《行状》，卷一至卷五为“法语”，卷五至卷七“序文”，卷八、卷九“书”，卷十“跋、塔铭”，卷十一“赞”，卷十二“题、颂、偈、铭”，卷十四“佛事”，卷十五以下为各体诗。

《海幢阿字无禅师语录》二卷，今辩重编。卷首收像赞，卷上收上堂、普说、小参，卷下收小参、茶话、颂古、书问、像赞、佛事，卷末附行状。收入《明嘉兴大藏经》第三十八册。

《光宣台尺牍》（未见）。据冼玉清所考，此即为《光宣台集》卷八、卷九之“书”。

崇祯六年癸酉（1633年）一岁

二月十六日，禅师出世。

《行状》：“辛酉元旦示众……九月还山语侍者云：‘丛林一切事照旧，无可再说。’至二十二日丑时曰：‘我过三时去矣。’辰时即告寂。……世寿四十有九，僧腊三十。”辛酉为1681年，以此上推，可知师当生于本年。又《光宣台集》（以下称《本集》）卷四“壬子法语”载：“二月十六日，师因四十大诞。”同卷“癸丑法语”复载：“癸丑二月十六，师四十一大诞。”壬子为1672年，癸丑为1673年，以此亦可推定师必生于本年本月本日。

是年，与师交游甚密、年岁可考者：道独三十四岁，函昰二十六岁，函可二十三岁，澹归二十岁，石鉴十五岁，张穆三十六岁，程可则七岁，今湛二十一岁，王邦畿十六岁。

崇祯九年丙子（1636年）四岁

天然函昰至匡庐拜谒道独宗宝，发信参究。（汪宗衍《天然和尚年谱》）

函昰，字丽中，号天然，番禺人。俗姓曾，名起莘，宗宝道独第一法嗣，洞宗第三十四世传人，历主诃林、雷峰、海幢、栖贤、归宗、丹霞、芥庵、华首诸刹，著有《瞎堂诗集》《诸刹语录》等遗世。道独，字空隐，南海陆氏子，嗣法博山无异元来，为洞宗第三十三代法嗣，历住福建长庆、匡庐栖贤、广州海幢、东莞芥庵等寺，有《长庆语录》存世。

崇祯十二年己卯（1639年）七岁

函昰、函可礼道独落发出家。（汪宗衍《天然和尚年谱》《明末千山剩人年谱》）

函可，字祖心，号剩人，又号榼𣐕、罪秃，为道独第二法嗣。顺治四年，因事获罪被遣戍辽阳，广传洞宗家法，大关以外奉为“鼻祖”，有《千山诗集》《千山语录》传世。

崇祯十三年庚辰（1640年）八岁

是年，金堡成进士，中廷试二甲第四名。（吴天任《澹归禅师年谱》）

金堡（1614—1680），字道隐，本名浚，后更名为堡，自号唐捐、卫公。浙江仁和人。曾任崇祯临清知州，隆武、永历礼科给事中等职。顺治七年出家，后参天然函昰为师，法名今释，号澹归，又号舵石翁、甘蔗生。著有《遍行堂集》《续集》等存世。

崇祯十五年壬午（1642 年）十岁

禅师年幼家贫，遭乱失学。父因事系狱，师舍身救之。

澹归《海幢阿字无和尚寿序》云：“公家本儒族，尊人端悫谨厚，为诸生，尝不能自活。公十余龄，每出奇谲，以养其父母兄姊。值兵荒，避地无恒所，饿几死者数矣。一日，尊人以株连在缧绁，公提饭糗，扣圜门，为禁卒捶楚不顾，因其索赂，出百金券予之，约以期日。卒喜，为听出入。公得喂尊人，一再饱，解锻炼之苦。乃怀牒匿堂皇侧，俟令尹升舆，突出，握其袖，大哭且诉。令愕眙，见其稚小，徐问状判牒，命吏取释，公哭不止，袖牢不可解。曰：‘吾已释尔父，复何求？’公曰：‘吏取释必迟，吾父死矣！必立取，乃可生。’令立遣役同公往，立出之。狱卒拊膺曰：‘吾遂为孺子所卖！’……公初以贫学。”

《行状》云：“父诸生，贫不能自活。师自童年每出奇赡，薪水无缺。一日，父以株连坐系，为禁卒拒，弗使进饮食。师哈卒书百金券得再饱，俟尹出，遮道大哭。尹愕然，怜师稚小，乃问状判牒，命吏取释。师曰：‘迟则必毙。’尹喻意，乃立出之，禁卒叹曰：‘吾遂为孺子卖。’……师初以贫废学。”按，兹事诸文献均未详明年月，姑系于此年。

是年，岭南文士陈子壮率诸文士延请函昰开法诃林，一时缁白云集，声名由是远播。（汪宗衍《天然和尚年谱》）

顺治三年丙戌（1646年）十四岁

十月，桂王朱由榔称帝于肇庆，十一月，唐王朱聿锲在广州称监国，十二月，清将李成栋、佟养甲率清兵克广州，朱聿锲遇难。（王夫之《永历实录》、钱澄之《所知录》）

顺治四年丁亥（1647年） 十五岁

十月，函可从金陵返岭南途中，清兵从其经笥中搜得福王答阮大铖的书稿及私史《再变记》。当事疑有党徒，考折再三，然函可不屈，但曰：某一人自为。（《清史稿·洪承畴传》、顾与治《〈千山诗集〉序》、函昰《千山剩人可和尚塔铭》）

顺治五年戊子（1648年） 十六岁

四月，函可被械送京师，下刑部狱，缚律殊死，后奉旨宥送盛京焚修。（《明末千山剩人年谱》）

是年，番禺雷峰乡隆兴寺李廷辅延请天然函昰入山主持，次年，更名为海云寺。（《天然和尚年谱》）

李廷辅，三水人，世住雷峰，后礼天然为师，更名为今湛，号旋都。（《海云禅藻集》卷二）

顺治六年己丑 （1649年） 十七岁

禅师至雷峰依天然函昰，落发出家。受《坛经》，因闻猫声悟道。

《行状》："年十六，抵雷峰，依天老人得度，知有向上事。"此言不甚可信。澹归《光宣台集序》云："兄幼而遭乱失学，自十七岁，始侍老人。"《海云禅藻集》卷一"今无"小传亦记为"十七岁"。另《本集》卷七《琼州圆通院记》，师自云："己丑脱白迄今。"又《本集》卷十二《雷峰天老和尚七十示生颂》其一有句"谁向风幡酬妙义，飘零穷子未曾收"，下自注云："今无十七岁时，珠衣未系，傭倩为艰，老人方坐菩提树，举唱宗乘，因投座下问法风幡，庆睹法会之盛，此己丑事也。"由是可知，师出家当为本年，《行状》所记略误。

澹归《海幢阿字无和尚寿序》："当是时，公欲经纪家业，计久远无策，俄而有僧，导以出家之利，公与父诀曰：'请以出家而计吾家。'既出家，从其僧抵雷峰，即与其僧诀，事天然昰和尚。"

《行状》："十七受《坛经》，至参明上座因缘，闻猫声汗下，觉世界如壁，走见峰（函昰），峰曰：'夜半至此，何为？'（师）曰：'不思善，不思恶。'止道得一半。峰曰：'那一半聻。"师作猫声而出。嗣后当机脱颖无滞。"又《本集》卷十二《雷峰天老和尚七十示生颂》其二云："蒺藜栗棘恣钳锤，嚼碎昆仑事未奇。七日猫儿方大叫，雷峰松柏影参差。"颂中"猫儿方大叫"，盖用闻猫声而悟道之事。

顺治七年庚寅（1650年）十八岁

禅师随函昰入匡庐，途中几病死，忽梦神人授药粒，甦生后益觉通脱，究习祖道外学，皆能勇猛精进。尝注三祖僧璨《信心铭》，为尊宿所不及。

《本集》卷六《送顿修监寺栖贤序》："余与顿修同游雷峰之门，学性命之学，乃庚寅岁，又学为文，学诗，学书。（顿修）书以天资胜，诗以清逸胜，顾尝戏之云：'此四事与汝鸿沟为界。'顿修未之许。"按：顿修，即今渐，湖州归安人，鹿门茅坤嫡孙，年二十求见函昰，尝于雷峰山麓闭关二载，复与今辩赴长庆寺主法。

澹归《光宣台集序》云："执役之余，篝灯自力，大法既明，世出世典，一目洞然。"

《行状》："十九随峰入匡，中途寒疾垂死，梦神人勉师出世，师以钝辞。神授药粒，觉乃甦，从此思如泉涌，贯通三教，信笔注三祖《信心铭》，诸耆宿皆逊之。"

是年十一月初二日，尚可喜、耿继茂率清兵复克广州，大肆屠城，城中居民死者无算。（《番禺县志》《清史稿·尚可喜传》）

是年，屈大均皈依天然和尚，法名今种，号一灵。（汪宗衍《屈大均年谱》）

顺治八年辛卯（1651年）十九岁

是年，金堡（时名性因）行脚至雷峰礼天然为师，师识之。

《本集》卷七《遍行堂文集序》："忆岁辛卯，澹归行脚入雷峰，天然老人一见，令其涤碗厨下，衣百结衣，形仪戌削，静嘿堆堆，无所辨别。牧南泉之牛，养庄生之鸡，穆如也。予时髫龀，目未识丁，岂知其材烂江花，德温卫玉。"按，吴天任《澹归禅师年谱》谓金堡参函昰时在顺治九年，然据此则材料，则非矣。另据此亦可知禅师于本年已返回岭南。又，"髫龀"，指幼年，通常为七八岁，今无此处称“髫龀”，盖一时疏误。

顺治九年壬辰（1652年）二十岁

夏日，禅师与函昰等小坐山亭。（函昰《瞎堂诗集》卷十《夏日与刘见颙、王入闻、阿字无、方白庵、须识诸子小坐山亭》）

金堡礼函昰受具足戒，法名今释，字澹归。（吴天任《澹归禅师年谱》）

顺治十年癸巳（1653年）二十一岁

秋，函昰退隐匡庐，禅师执侍左右。

《本集》卷十《〈楞伽心印〉跋》：“雷峰老人……盖自癸巳退隐匡埠，睹世寒心，感时励志，所由来矣。”卷十《庐山栖贤寺诗文汇集跋》：“癸巳岁，余侍雷峰老人入匡埠。” 卷十二《雷峰天老和尚七十示生颂》其三云：“岭路梅花江右村，棹深湖月总无痕。金轮倒射归宗影，日午群峰正闭门。”下注云：“癸巳秋，岭海流氛孔亟，老人拂衣故山匡岳。……甲午秋，始移居栖贤，今无执侍。”

顺治十一年甲午（1654年）二十二岁

七月，禅师拟返广州，函昰有书札嘱托，期以成大器。

函昰《庐山天然师语录》卷十《与阿字侍者书》云：“此字且勿示人，非谓佛法有两般，正恐见未到实头处，不免以道理会，却成剩法耳。汝从来未曾做事，即做事亦在山僧左右，时有提诲。此翻远离，不可不索性说破，恐做事心胜，不觉不知堕在无事甲里，才憬觉早成两橛，如此则全亏大人行履，即做得事亦属有为也。仰观古之大人，不过行解相应而已，必使解处即行处，行处即解处，方无渗漏。若解过于行，谓之见地中人，日久岁深，空成话饼，所以善知识于学人虽爱之极，而终不敢两手分付者，正谓此也。……山僧一向期汝过厚，亦见禅客七青八黄，便自满足，甚且退失，故欲汝一脚踏到底。若根本不深厚，虽使枝叶茂盛，只益狂肆，于己无益，于人有损，且无以折高明之心，亦未易塞流俗之口。汝今在十字街头，正好作一翻试验，自知深浅也。秋凉珍啬。余无所嘱。”

函昰《瞎堂诗集》卷七《示阿字》：“大道无人识，微言为尔开。白云将眼去，明月照心来。坐落西风夜，行冥古径苔。嗒然天地外，相见一悠哉！”盖亦本年所作。

秋冬之际，禅师随函昰至庐山栖贤，充监寺。时寺内萧条，僧众贫病交加，禅师领众乞化于九江等地，备极艰辛。

《本集》卷二十《贺雷峰新监院见公》诗，末句“六衢赤脚同辛苦，梦到江城是几回”，下自注云：“予甲午岁，拜街于九江，见公为副。”卷二十一《寿见一》“小楼烟雨卑栖极”句，下自注云：“甲午，予为栖贤行化九江，日则拜街，见一作副，乞米以充，同寓一小楼，夜为风雨击去，仅为四五椽，下则吹爨，风雨湿衣，火烟熏眼，至极不可忍。予笑谓见一曰：‘此烟雨楼也。’”又“峻岭薯芋供难食”句，下自注云：“予与见一从九江归栖贤，途中乏食，大雷雨，走蜈蚣山，投草店乞薯芋食，予至饥仆地。”“见一”，即石鉴，天然第三法嗣，主庐山栖贤寺。又《本集》卷十《庐山栖贤寺诗文汇集跋》：“甲午受栖贤代监寺，仅十日，厨爨告乏，余职当为众乞，遂走江州，日叩头于马足车轮之下，玉渊金井之滭泓澎湃，七贤五老之翔云叠舞，襟期可托，而合欢不抽，萱草未植。”

《行状》：“住栖贤，命监院事。时百废未举。师拓钵诛茅，戮力艰难。”

函昰《瞎堂诗集》卷七《初住栖贤口占（甲午）》末句“茅居犹未缚，辛苦木铃摇”，所述盖是年极艰辛的生活。又卷十一有《用韵酬阿字，时阿字以结茅留江州》诗，次于《甲午四月八日再礼金轮峰舍利塔》后，盖亦为此时作也。

冬，博山无异元来八十寿辰，华首道独、觉浪道盛、天然函昰前往庆贺，禅师亦执侍左右。尔后随道独入高泉。

《本集》卷十二《雷峰天老和尚七十示生颂》其四有“玉线锦缝绵密处，吾宗调奏别宫商”句，下自注云：“甲午冬，为博山老祖八十庆，师翁自闽往，天界浪和尚自浙往，三宜盂和尚自吴往，吾老人自栖贤往，入高会之堂奥，见高会之规矩。老人经理博山，让浪和尚主席，随长庆师翁退住高泉。诸方闻吾家逊让之风，称为有礼。两山耆宿亦云，如再睹老祖之教绍云。”

无异元来，字无异，俗姓沙，舒城（今安徽舒城）人，慧经之首座。开法于信州（江西上饶）博山能仁寺，故又称“博山元来”，其门下有宗宝道独和道丘栖壑等枝系。本年为其八十寿诞。

顺治十二年乙未（1655年） 二十三岁

春，函昰侍道独入高泉，禅师随行。〔吴天任《澹归禅师年谱》、函昰《瞎堂诗集》卷七《诸衲侍长庆老人扫博山塔，诗以勉之（二首）》《送长庆老人先入岭南》〕

本年，禅师复大病。

函昰《瞎堂诗集》卷七《韶阳道中病起，适无侍者复病》中有“我病差能饭，君行复被风。心悬千里切，途苦两人穷”句。

顺治十三年丙申（1656年）二十四岁

夏秋之交，禅师持函昰书，携寓诸等人出塞访求剩人函可。取道京口、毗陵，复于苏州访得顿修；旋经山东、丰润、山海关，年底抵沈阳，后与函可同住千山。

《行状》：“二十二，奉师命出山海关，千山可和尚一见深器之。”《广东通志》亦沿此说，皆误也。按，关于师出关寻访函可之时日，王在民、汪宗衍二先生曾有过争议。汪宗衍《天然和尚年谱》中以为，师出关之年在丙申年；然王在民《南明诗僧函可事考》附《阿字和尚简谱》，据古云《行状》，以为阿字出关是在甲午年二十二岁，且指摘汪说为误。后汪氏《明末剩人和尚年谱》中予以辨证，出以下证据：其一，《本集》卷六《送顿修监寺序》曰：“丙申余出塞，一杖万余里。”卷九《与王子京书》曰：“丙申、丁酉间，寻剩和尚于塞外。”此为师明言出塞之年乃在丙申。其二，函可《千山诗集》卷十三《同雪公游千顶纪事》序曰：丙申八月廿三日，由沈出门，历经艰险，非独前游不及，即同木公游，亦一丘一壑之见耳，雪公分袂还沈，余移寓且过庵，适阿字侄从匡来，话及千顶，阿字游兴诗，情俱勃勃。以上三条材料笔者皆一一验过，确无误。《本集》卷六《送顿修监寺栖贤序》云：“又明年丙申，余出塞，一杖万里。忆与顿修有同学之欢，历艰难、共甘苦，恐行死沙漠而卒不一面过。京口枉道，入毗陵，抵姑孰，得之十日，不忍行。……从姑孰返京口，二日而别。”王在民虽系较早研究函可者，然疏谬之处颇多，所著《明末诗人函可和尚年谱》，甚至误记函可出关的年份。另，蔡鸿生《明清之际岭南佛门系年要录》亦主汪说。

寓诸，或为今无弟子。《本集》卷二十二有《寿寓诸》小引云：“寓诸从予出塞，当黄沙黑水，漫无栖泊，南游五指，锋刃危疑。笑木偶之梗泛，与鬼录而长沧，孤骞之味亦甚苦矣。”随禅师访函可者，或还有函可的门人真乘。《千山诗集》卷十二有《真乘先入匡山谒栖贤，后出塞访余，相见次，始知其父圆实信》。

函昰《瞎堂诗集》卷十一有《送阿字之沈阳讯剩人弟》《阿字临行口占示之》等诗，以志送别；卷八《闻雁怀阿字》有“塞雁几时发，羁人来未曾。归期看已过，计日尚相应”句，则是函昰盼禅师归来之诗。

《本集》卷十七《到辽阳呈剩师叔》有“尺书欣已达，稽首竟无辞”句，可见禅师是奉函昰之命出塞的。

函可《千山诗集》卷十二《喜阿字至》，中有“知子远来非有意，久拚吾骨掷龙沙”句。

千山，为辽阳名胜，函可曾多次云游此地，故其诗集名为《千山诗集》。

《本集》卷十七《泊山东界口》《中秋泊济宁》《晓发杨村》《同寓诸夜入蓝田》《过丰润县》《过山海关（五首）》《本师诞日（时宿三岔河下，白雪没腰，黄沙极目，不饭已二日夜矣）》《宿沙岭遣寓诸先入牛庄》《宿三岔河》《到辽阳呈剩师叔》诸诗，盖纪出塞之行程。卷二十《辽阳怀足两师》《除夕和本师辛卯韵（时在辽阳驻跸山）》，卷十七《岁晏（时寓千山）》《辽阳怀顿修（七首）》《雪（十首）》《且过庵（剩师叔所构，取得过且过意也）》《小除（丙申）》《赠郝侍御雪海》《塞下逢江东陈十一柱江》等诗，则是本年寓居辽阳所作。

顺治十四年丁酉（1657年） 二十五岁

正月七日，龚鼎孳持钱谦益书，过海幢寺访澹归，请刊刻《憨山德清梦游集》。二月，龚氏求得端州栖壑禅师所藏全集，与曹溶等捐资缮写，由海幢同人合力秉笔书写，数日而毕。（《憨山德清梦游集》卷一、吴天任《澹归禅师年谱》“顺治十四年条”、龚鼎孳《过岭集》之《人日同登子孝威兴公游海幢寺访澹归上人》）

二月，禅师宿沈阳南塔寺。〔《本集》卷十七《丁酉生日宿沈阳南塔寺（二首）》〕

暮春，禅师与函可游沈阳千山。〔函可《千山诗集》卷十三《忆暮春同阿字诸子游千山》，《本集》卷十五《清明（时寓沈阳南塔寺）》〕

九月，禅师与尸林、今育等自沈阳南还。

《本集》卷十七《丁酉九日南还别剩师叔》云：“雁碛寒沙白，云峰野烧红。风声皆向北，人意未离东。锡振边尘落，书缄血泪空。依依看寸晷，愁听暮天钟。”按：“九日”当为“九月”之误。又，尸林、今育皆为函可门人。

本年，禅师南归时，渡辽海，屡遇艰险，禅师云持观世音名号，皆转危为安。

《行状》：“三年归，渡辽海，舟胶，潮不至，估客大恐，师持观世音名号，忽涌潮丈余，乘风夜行；至狭港，复为冰凌夹舟，得疾风，一跃而出。”

《本集》卷十七《将渡辽海先题牛庄寺》《晓发牛庄》《辽海舟中（九首）》《过菊花岛》《达淮上》《无终山下作》《游盘山》诸诗，盖纪返程。函可《千山诗集》卷十三《步栖贤和阿字九日韵》《大雪用栖贤寄阿字九江韵》《和栖贤送阿字出塞诗》诸诗，是函可与禅师的唱和诗。

顺治十五年戊戌（1658年） 二十六岁

元日，禅师宿京师，与陈忝生、姚巨六、邓立人往还唱和，盘旋半载，秋日游燕山。约秋冬之际，达金陵又与顾与治、陈柱江等人唱和，约岁末返回匡山。

《本集》卷十七有《戊戌长安元日同陈中翰忝生诸公作》《初春送姚巨六邓立人归循州》《再游燕山》《燕台秋日》诸诗，卷二十有《赠顾与治》《陈柱江应策不第以诗慰之且言别》。又，卷十七《将出长安作》《邯郸道中》《临峄山湖》《雨花台逢冯大》《望五老峰残雪》，则纪禅师从京师，道经金陵，达匡山之行程。又，卷二十《登谪仙楼有怀千山》中有“分明掩泣凫归日，回首茫茫又两秋”句，可证禅师在本年秋天，已抵金陵。

金轮礼道独出家，后创建海幢放生社。

《本集》卷五《复海幢放生社序》：“江宁于子密，转名荫相，法名今轮，戊戌岁见吾先师翁空老和尚，皈依执弟子礼。……自戊戌后，云水辐辏，谈宗乘外，立放生社。”

本年，函昰返岭，为今辩、今稚、今儆等人受具。（《天然和尚年谱》）

《本集》卷十《楞伽心印跋》：“雷峰老人……盖自癸巳退隐匡埠……逮戊戌返岭。”卷十七《燕台秋日》其三自注云：“时得本师和尚归粤信。”

本年，今种（屈大均）北游访剩人和尚未果。隆兴寺更名为海云寺，随后成为岭南名寺。

顺治十六年己亥（1659年） 二十七岁

禅师仍在江南，与江南诸士游。

《本集》卷十《题王子久墨迹后》：“予己亥从扬州季因是问天阁上得阅王子久墨迹，复从白门顾与治更阅二幅。”

五月十一日，师抵雷峰，函昰有诗志喜。

函昰《瞎堂诗集》卷十一《喜阿字归自沈阳》诗，汪宗衍《天然和尚年谱》系于此年。又，汪宗衍《广东书画征献录》“释函昰今无唱和法偈卷”条阿字偈云：“手划高旻枉自痴，可怜积劫滞须眉。今年竟渡过三日，晚课随人瞌睡迟。”函昰有《喜阿字呈偈用韵示此》：“汪丑怜儿老更痴，归来还汝旧须眉。雷峰佛法无多子，踏到方知觉悟迟。”末题“已亥五月十一日”，据此可知师归雷峰，必在此年此月。《行状》云：“归广州，年二十八矣。”误也。

《本集》卷七《琼州圆通院记》中谓：“前岁丁亥，余自辽阳还……”丁亥乃顺治四年，师根本无由至辽东，“丁亥”显为“已亥”之误。又《本集》卷十《楞伽心印跋》：“雷峰老人……盖自癸巳退隐匡埠，……逮戊戌岁返岭。今无以明年自玉门趋归。”亦可证禅师归雷峰之时日。

十一月，函可坐化辽东，世寿四十九。（汪宗衍《明末剩人和尚年谱》）

顺治十七年庚子（1660年）二十八岁

函可之讣，传至广州，道独命函昰作《塔铭》，尸林复出关，料理千山塔事。（蔡鸿生《明清之际岭南佛门系年要录》条）

《本集》卷十八《赠尸林》序云：“予与尸林、育子从关东、从辽海，入幽蓟而归五岭，越岁闻剩师叔之讣，尸林复出关，千山塔事既竣，三年墓侧，万里凄凉，今十一年矣。复归相见，世外人朴讷无文，而此心依依，生死不变，岂世间之情所及其为感。”

本年，作有《平黎曲》。是诗序云：“顺治庚子太史丘公曙戒出判抚黎试诸生者也，客中无事，亦效颦作下里之音，用贻曙戒。”

本年，今覞落发受具于雷峰。（《遍行堂续集》卷八《栖贤石鉴覞禅师塔铭》）

今覞，自石鉴，新会仙洞人，原名杨大进，年十五，即食饩泮宫，讲阳明之学，有用世之志，后见天然，遂笃信宗乘，著有《直林堂诗集》《栖贤诗》等，皆佚。禅师与今覞的唱和之作尤多。

顺治十八年辛丑（1661年）二十九岁

三月二十六日，师航海入琼州，住长生庵，寻月晤魏礼。七月六日复移居白衣庵。

《本集》卷十八《白衣庵新居（有序）》云：“余辛丑三月二十六日航海入琼州，住长生庵，至七月六日移居白衣，诸善信于竹林空处为构茅一椽。盖住长生时，既畏刀兵之苦，为僧徒构难，几有负金之变，觉后始移茅下，漫赋共成五章。”同卷《初发琼州道中恭怀本师》《天堂驿》《阳春道中》《阳春县》《罗蛋》《电白县》《经化成庵见憨大师遗笔》《徐闻县》《游潭口放舟》《泊邕阳》诸诗，纪赴琼州之行程。

《本集》卷二十《赠魏和公》“小序”云：“和公，虔州佳士也。己亥游匡埠，从故人宋未有知余还自塞外，山屐相寻。余时已买舟归粤。及明年和公作仙城游，亦未谋面。乃今春余杖锡海外，未阅月，而和公亦琴剑至，止得握手城隈破寺，一见欢甚，因五十六字志之，即以贻和公。”按，魏礼，字和公，号季子，江西宁都人，有《魏季子文集》存世。顺治十六年至吴门，欲探海上事，再至粤，勾留甚久。（邓之诚《清诗纪事初编》卷二）

六月十五日至十八日，琼州守兵因缺粮累月，相率为乱，四乡流离枕藉，禅师有诗悯之。

《本集》卷二十《子夜诗》“小序”云：“子夜诗者，纪事也。琼州守土铁骑步军共二千人，缺粮十八，越月于顺治辛丑午日相率为乱，统帅莫禁，剽略四邻，流离枕藉，凡二十余日，给三月粮不弭也。”又《举稚鸡》“序”云：“琼城之变，自六月望至十八日乃定。二十二午后有稚鸡为鹰所挚，失口下予庭除，憧惶悲鸣，怜而举之，食以撮粟，感而作五十六字，且嘱诸同好和焉。”

七月二十六日，道独于东莞芥庵坐化，世寿六十二，函昰为撰行状，并继主华首台。（蔡鸿生《明清之际岭南佛门系年要录》）

八月，入朱崖，撰《浮沙》诗。

《本集》卷十六《浮沙》“序”云：“予泛琼海，入古朱崖，朱崖之西有沙洲，处巨浸中，横直极一目而止，随潮汐上下，名曰浮沙，实沧海壮观。朱崖友人招予游焉，赋诗以纪胜概，辛丑秋八月也。”

秋冬之际，师自琼州归广州。

《本集》卷二十《寄答足两》之“序”云：“辛丑初冬，予归自琼州，闻足两以九月请藏入嘉兴，复还栖贤，得留别诗札，喜恙新愈赋答。”又同卷《琼州留别己虚》有“两地秋风悲旅燕，百年身世付高台”句。己虚，亦为道独门徒。《本集》卷六《己虚师六十又一寿序》中谓：“此则予游琼时，所蒿目痛悼而莫可救拔者也。己虚与之偕住偕处，和其外而不流其内，又敛手贬损，容于黠悍，及其丑露行彰，而己虚之嘿嘿，皎洁如夜行之灯，烛不言而宣朗也。”

冬，澹归由丹霞返雷峰，经海幢。师与之盘旋逾月。

吴天任《澹归禅师年谱》“顺治十八年”条：“本年十月，李永茂、李克茂兄弟，鉴湖兄弟舍丹霞别业于澹归，辟建别传寺。澹归从东莞芥庵启程至丹霞。冬归。”

本年，函昰有诗怀禅师。

函昰《瞎堂诗集》卷十一《怀阿字掌孟厓州》有“绝塞驱驰经两夏，珠厓跋涉又当春”句。

康熙元年壬寅（1662年）三十岁

春，禅师至罗浮华首台，扫先师翁道独之塔。（《本集》卷二十《壬寅春扫先师翁塔》、卷十七《扫先师翁塔大雨赋此》）

文士谢柱波招游厓门。

《本集》卷二十有《谢柱波招游厓门》《厓门感赋二首》《宿厓门》《拜三忠祠》诸诗，均次于《壬寅春扫先师翁塔》之后，且《宿厓门》诗有句“五年尚忆长陵役”，下自注云：“戊戌夏，登天寿，一宿长陵，今又五年矣！”戊戌下推五年，为壬寅年，故将兹事系于此年。谢柱波，生平不可考。又，《瞎堂诗集》卷十一有《诸子邀游厓门，诗以谢之（壬寅）》。

三月，石鉴奉函昰之命至江南请钱谦益为道独作塔铭，禅师有诗赠之。

《本集》卷十五有《壬寅春三月，石鉴覞弟奉师命入阊门，为先师翁乞塔铭于钱牧斋先生，赋此为赠》；又函昰《瞎堂诗集》卷十二有《闻石鉴四月十九日度岭，计此应到栖贤》。

四月二十四日，复海幢放生社，禅师有序纪之。

《本集》卷五《复海幢放生社序》末署：“……因并诵之以告后之入社。壬寅四月二十四日。”

七月十二日，智母师太示寂，师为撰塔铭。（《本集》卷十《大日庵智母师太塔铭》）

九月八日，禅师寄书信澹归，叮咛爱惜。

《本集》卷九《复澹归大师》：“石鉴屡有信至，七月初四已抵阊门，钱牧老无恙。八月末可同藏经归。……九月廿八日某复上。”

是年，函昰付禅师以大法，竹蓖子授以戒，立为首座。师始主席海幢，匡徒引众，构建丛林。

《行状》：“壬寅住海幢，当省会百务鳞集，师智炳几先，方圆并用，接待毋倦容，一念甫形，衲子争为效力，与王公大人抗言高论，声出垣外，皆惬意酬机，赋词博弈，比物风生，恒夜语达旦。然丛林事无纤巨，咸亲至晓谕。……”《本集》卷九《复辽阳定原师及辽沈海盖四城诸师》云：“盖自壬寅便匡徒住刹，俨然有祖祢之累。”卷十八有《筑堤诗》序曰：“予以壬寅首众海幢，四事荒驰，岁增月补。”蔡鸿生《明清之际岭南佛门系年要录》亦系此事于本年，不过，却称师本年为“二十九岁”，误矣。

澹归《遍行堂集》卷三十七《阿字座元开法海幢》：“三春花雨动珠江，山上传钟集下方。此座久分多子塔，七年独竖妙音幢。紫云更覆香台外，白拂初交宝几旁。灌顶位中谁第一，喜逢作述赋重光。”盖纪一时之盛。又卷三十五有《阿字无公为雷峰第一座寄贺》。

本年，函昰付今覞大法，立为第二法嗣。（澹归《栖贤石鉴覞禅师塔铭》）澹归抵丹霞，始创别传寺。（吴天任《澹归禅师年谱》）屈大均南归，还居老家沙亭，蓄发归儒。（汪宗衍《屈大均年谱》“康熙元年”条）

康熙二年癸卯（1663年）三十一岁

元旦，禅师在海幢升座说法。（《本集》卷一“癸卯法语”）

四月初四日，程可则、梁佩兰、陈恭尹、王邦畿、王鸣雷、丘署戒等商定游海幢。八日浴佛日，师于海幢上堂说法。（《本集》卷一“癸卯法语”）程可则、梁佩兰、丘署戒、王鸣雷过访。

王邦畿《耳鸣集》“七言律二”有《浴佛前四夜与周量、芝五、震生、元孝订游海幢寺先柬阿首座分得城字》；程可则《海日堂集》卷二有《同丘署戒、王震生、梁药亭过海幢寺访阿字、丹霞二师》、卷三有《佛日海幢寺呈阿字首座》《佛日将游海幢柬阿字首座》等诗，均无具体编年，然于第一首诗之前有《寄酬先长祸舍人》小序云：“壬寅三月，从燕台奉先大夫丧归里”。姑将此三诗系于此年。另，《本集》卷十五《丘太史曙戒过访海幢，将归，风雨大作，留同王震生、程周量、梁兰友、梁芝五、澹归夜话分赋》、卷六《送丘太史曙戒还阙改除序》云：“癸卯，始相见五羊，于清泉白石间，聆其出尘之论……”盖记此事。

程可则，字周量，又字湟溱，号石臞，南海人，顺治辛卯举人，壬辰会试第一，后擢员外郎，出任桂林知府。与王士禛、宋琬、施闰章辈并称“海内八大家”，著有《海日堂集》名世。

梁佩兰，字芝伍，号药亭，南海人，与屈大均、陈恭尹并称为“岭南三大家”，有《六莹堂集》名世。

王邦畿，字诚龠，番禺人，曾任南明绍武御史，又事永历朝，后依天然函昰为僧，法名今吼，有《耳鸣集》遗世。

丘象升，字曙戒，江南山阴人。顺治十二年乙未进士，官至大理寺左署丞，有

《南斋诗集》遗世。

王鸣雷，字震生，号东村，番禺人。南明乙酉举人，官中秘，康熙间参修《广东通志》，著有《空雪楼集》等。

六月初一日，禅师在海幢升座说法。（《本集》卷一“癸卯法语”）

七月初一日，禅师在海幢升座说法。（《本集》卷一“癸卯法语”）

秋，梁佩兰赴京会试，禅师有诗送之。（《本集》卷十八《梁孝廉敦五公车北上辱书见辞，诗以送之》）

腊月八日，禅师在海幢升座说法。（《本集》卷一“癸卯法语”）

除夕，禅师在海幢升座说法。（《本集》卷一“癸卯法语”）

本年，禅师作有《剩人和尚像赞》。

《本集》卷十一《剩人和尚像赞》中有“充军十三年，入寂十四载”句。

本年，澹归寄信予禅师，赞禅师笔力曲折，可越唐而不落宋。

澹归《遍行堂集》卷二十一《与海幢阿字无和尚》其二：“曙戒过岭，得一再晤，殊快。因出送行大叙索题，得一再读，尤快。师笔力曲折，别有开济沉雄之气，可以越唐而不落宋，幸勉旃”

康熙三年甲辰（1664年） 三十二岁

元旦，在海幢升座说法。（《本集》卷一“甲辰法语”）

春，作诗寿雄州太守陆孝山。（《本集》卷二十《甲辰春日赠雄州太守孝山》）

陆孝山，即陆世楷，字英一，浙江平湖人，顺治五年进士，选为贡士，任平湖府通判，顺治九年任登州同知，顺治十五年迁南雄府太守，历任十九载，倾力助澹归构建别传寺。

四月初八，函昰付诃衍以大法。禅师有诗志喜。（《本集》卷二十《诃衍弟以甲辰浴佛日受老人付授志喜》）

《海云禅藻集》卷二：诃衍，即今摩，天然之子，颖悟超脱，晚居庐山修炼二十年，为天然第三法嗣，著有《雀鸣集》。

四月十六日，禅师领众结夏说法。（《本集》卷一“甲辰法语”）

五月初一日，禅师在海幢升座说法。（《本集》卷一“甲辰法语”）

六月初一，海幢净业堂建成，师升座说法。初四日，复升座说法。十七日，陶门萧氏在海幢设供请禅师升座说法。（《本集》卷一“甲辰法语”）

七月，禅师领众结夏升座说法。（《本集》卷一“甲辰法语”）

八月中秋前五日，天然撰成《楞伽心印》，禅师为述其《缘起》。

《本集》卷七《〈楞伽心印〉缘起》末署："时康熙甲辰中秋前五日嗣法门人今无稽首敬述。"

九月，师与今覞集前人游览栖贤所作诗文及函昰诗文若干，编成《栖贤寺诗文汇集》，并与程可则分别作跋。

《本集》卷十《庐山栖贤寺诗文汇集跋》云："雷峰老人二十年往返登顿，志存丹壑，目眷时贤，隐显之途不决，而梦寐之情日远也，计戊戌返岭，又七白于兹。"戊戌岁下推七年，乃为本年。程可则《海日堂文集》卷二《栖贤诗文汇集跋》云："栖贤汇集者，殆吾师天和尚门下首座阿字无公、东堂石鉴覞公，集前人游览记载与和尚山居时诗文之所为作也。栖贤处匡庐……余壬寅秋一至其地，时残阳在天，紫绿万状，造次还返，至今寤想，犹低回不能去。今读兹集，恍然若复置身于玉渊金井间。……"按，《栖贤寺诗文汇集》今已不存。

秋冬之际，彭孙遹典试粤东，至东莞芥庵访函昰。（汪宗衍《天然和尚年谱》）

彭孙遹，字骏孙，号羡门，浙江海盐人，顺治十六年进士，官内阁中书，举康熙十八年博学鸿词第一人，授编修，著有《松桂堂全集》等。（邓之诚《清诗纪事初编》卷七）《松桂堂全集》卷四有《宿芥庵呈昰和尚（二首）》《奉酬昰禅师见贻之作》等作。

冬至，结华严长期，禅师上堂说法。（《本集》卷一"甲辰法语"）

康熙四年乙巳（1665年）三十三岁

元旦，师在海幢升座说法。（《本集》卷二"乙巳法语"）

春，彭孙遹游海幢访禅师。禅师作有《彭羡门南游诗跋》。

彭孙遹《松桂堂全集》之《南洼集》二有《春日游海幢寺呈无公》。是集一之首有《癸卯岁除感事》，中复有《南安送程五舍人入都，兼寄王十一司理》。程五舍人即程可则，其于甲辰入都，故是卷乃集孙遹甲辰年所作之诗。《南洼集》三有《丙午元旦》，则当为其丙午间之作；是诗次《南洼集》之三，殆为乙巳之作，故列于本年。另，孙遹又有《杪秋坐澹归池上寮同陈元孝、梁芝伍》一诗，吕永光《梁佩兰年谱》亦次于此年。《本集》卷十《彭羡门南游跋》，但跋中称："羡门入岭，予未相见。"

春，作《瞿稼轩先生拘囚诗手迹跋》。

《本集》卷十《瞿稼轩先生拘囚诗手迹跋》此篇末题："读稼轩先生将绝之

诗，顾盼人主，涕泣河山，鬼哭神号，酸风楚雨，未免有情，则铁佛也须出汗。乙巳春日信山居士相访海幢，出以相示，敬为之书。”

三月，石鉴病愈，领众栖贤，禅师有诗送之。（《本集》卷二十《乙巳三月石弟病愈入栖贤诗再送之》、函昰《瞎堂诗集》卷十八《乙巳春送石西堂领众栖贤》）

四月初八浴佛日，禅师升座说法。（《本集》卷二“乙巳法语”）海幢大雄宝殿落成。

《本集》卷十八有《筑堤诗》序曰：“予以壬寅首众海幢，四事荒驰，岁增月补，阅四年而大雄殿成。时提督将军常公、参府吴公为觅寺后田三十七亩，又明年冬凿渠作堤，蜒蜿周遭，几及二百丈，欲堤上栽竹，渠下插柳，池沼波澜，亭台蔽辉，徐而治之。”

五月初一，禅师在海幢升座说法。（《本集》卷二“乙巳法语”）

七月十六日，禅师领众结夏升座说法。（《本集》卷二“乙巳法语”）

秋，有汰僧之议，禅师于海幢解众，后上丹霞。

《本集》卷十八《相江叹》序曰：“叹何叹也？康熙四年秋，有汰僧之议，予自海幢解众后上丹霞，江中孤桨，望九成之高峻，想南华之祖席，感而成声。”《本集》卷五《监院解虎六十又一寿序》：“又忆乙巳时，（师）方住海幢三载，百务未备，廷议汰僧。”《本集》卷九《上本师和尚》中谓：“时事如浮云苍狗，旦夕变更。悬仰慈座，不胜神驰。东官外县，可无喧扰？今无领众来时，以业重为门墙忝，中夜誓志，事未从心。今又遇此境，谨株守不动，倘大决裂，始退还雷峰，乃作良图。和尚勿过虑，已后不必遣僧，途次大艰，非所慰也。……如今日世事忽然变起，则不能如人之念，又不可知矣。”另，函昰《瞎堂诗集》卷十二有《乙巳冬闻沙汰之令》。蔡鸿生《明清之际岭南佛门系年要录》“康熙四年”条云：“秋，清廷有汰僧之议，盖受西洋天主教之影响。”

九月十四日，禅师返广州，与澹归别于胥江口。

澹归《遍行堂集》卷三十三有《乙巳九月十四日，阿字首座与予别于胥口。时法门多故，予复抱病还山，诸护法深加悯念，属师躬致曲折，乃拿扁舟追予于英州，不及，遂入丹霞，成两日夕登临晤语之乐。失便宜得便宜，非出家人亦易受用也。师垂示五言近体十首，顷在韶阳归舟，重忆此境，追酬雅什，不限韵数，各纪一时》诗。《本集》卷二十一《和澹归韵九首》“序”云：“乙巳九月十四，予送澹归还丹霞，至三水而别。澹归一路北行，得诗九首，予还海幢，迟二日，随以近事牵连，复上丹霞，途中亦得十章，相见时各出所作，彼此属和，路分上下，事同怀抱，归途次之，亦足以见埙篪之响也。”

腊八日，三水知县王默庵在海幢设供请普说，禅师升座说法。（《本集》卷二“乙巳法语”）

除日，禅师在海幢升座说法。（《本集》卷二“乙巳法语”）

康熙五年丙午（1666年）三十四岁

元旦，禅师在海幢升座说法。（《本集》卷二“丙午法语”）

正月十三日，海幢弥勒佛开光安座，居士王应爵设供，请禅师普说。（《本集》卷二“丙午法语”）

四月初八浴佛日，禅师在海幢升座说法。十五日，居士梁定兴设供请禅师普说。（《本集》卷二“丙午法语”）

五月初一，禅师上堂说法。（《本集》卷二“丙午法语”）

六月初一，禅师升座说法。（《本集》卷二“丙午法语”）

十月，门人方古木、古弘、古顒为其母祝寿，请禅师说法。（《本集》卷二“丙午法语”）

冬，筑二百丈长堤绕海幢寺。（见《本谱》“康熙四年”条）

腊月，澹归迎请函昰入丹霞别传寺，主法席。函昰有诗垂示，禅师依韵恭答二章。（《本集》卷二十《本师天老人入丹霞寄示一律依韵恭答二章》，又参见《澹归禅师年谱》“康熙五年”条）

函昰居丹霞，极赏山中景致，澹归请其作《丹霞诗》，成十二律，随行弟子皆相应合。禅师为之序。

《本集》卷六《丹霞诗序》：“雷峰老人深于入山之致，相随诸弟子亦皆骨具烟霞，鼍鸣鳖应，故其一唱百和，如天籁所触，别具幽响。非如词人韵客构雅什于文心，逸清言于云路，作区区绮丽观也。”

腊八日，禅师上堂说法。除日上堂说法。（《本集》卷二“丙午法语”）

康熙六年丁未（1667年）三十五岁

元日，禅师在海幢升座说法。（《本集》卷三“丁未法语”）

四月，游宝水访李定夫不遇，后遇之途中，有诗纪之。

《本集》卷二十《赠李定夫》序云：“予与定夫别三年所矣！丁未四月，

一游宝水访定夫不值，明日定夫觅我篁村亦不值，及暮而遇诸途。……”李定夫，待考。

四月初八浴佛日，禅师升座说法，十六日领众结夏，升座说法。（《本集》卷二“丁未法语”）

六月初一，在海幢说法。（《本集》卷二“丁未法语”）

七月十六日解夏，禅师升座说法。（《本集》卷二“丁未法语”）

秋，方子林、周右公等文士造访。

《本集》卷五《许母胡太孺人六十又一寿言》：“丁未秋九日，白社弟子方子大林、周子右公合掌造予曰：当有请于师也。”方大林、周右公，生平不详。

冬至日，禅师升座说法。（《本集》卷二“丁未法语”）

除日，禅师在海幢升座说法。（《本集》卷三“丁未法语”）

康熙七年戊申（1668年）三十六岁

元旦，禅师在海幢升座说法。（《本集》卷三“戊申法语”）函昰在丹霞付澹归今释、仞千今壁以大法，分第四、第五法嗣。（吴天任《澹归禅师年谱》）

二月十八日，函昰差枯吟、慈修两禅人至海幢命禅师重开法席。

《本集》卷二十有《枯吟、慈修两公从丹霞奉老人命至海幢，强予开法却赠》《天老人以予开法海幢，见命澹归随投贺章次韵答之（二首）》《答丹霞诸兄四章，时天老人以海幢主者之席见命，遣侍僧走辞作此却寄》等诗，盖皆记同一事。又，《天老人以予开法海幢，见命澹归随投贺章次韵答之》其二有“元朝佳耗到相江，有喜杨岐有大方”句，下注“澹归以元旦受法”，故将此事系于本年。又《本集》卷九《复本师和尚》中谓：“首座今无白：二月十八日承和尚慈命，差侍者捧手谕，着今无主持海幢方丈，郑重慈严，不胜汗下。……”

四月十六日，禅师领众结夏说法。（《本集》卷三“戊申法语”）

夏，张百庵过访。（《本集》卷二十一《戊申夏日喜张百庵中秘过访却赠即送还朝》）

夏，函昰又付今辩以大法，列为第六法嗣，分座丹霞。（汪宗衍《天然和尚年谱》）

今辩，麦氏子，字乐说，番禺人，邑诸生，早年参海法禅师，顺治十七年受具于天然，康熙七年付以大法，为天然第五法嗣，历主法别传、海云、海幢诸寺，继主福建长庆。（《海云禅藻集》卷一）

六月初一，禅师上堂说法。（《本集》卷三“戊申法语”）

七月十六日，禅师解夏说法。（《本集》卷三“戊申法语”）

八月，禅师尊函昰之嘱，撰《丹霞天老和尚古诗序》。

《本集》卷五《丹霞天老和尚古诗序》云：“戊申八月，天老人手书命今无曰：今日禅讲暇，偶为古诗，诸子请付梓，欲少待之不可，汝其序之。”

十月十四日，函昰六十一岁，禅师自广州至丹霞，升座说法，并撰文赋诗以贺寿。（《本集》卷三“戊申法语”）

《本集》卷六《丹霞本师天然老和尚六十又一寿序》云：“今岁十月，吾师天老和尚六十又一，览揆之辰，今无与诸山衲子忭舞雀跃，将趋座右，致人天祝，诸山衲子诚恳胥庆，舆情踽踽，且属今无为词以达。”

孟冬，禅师作《己虚师六十又一寿序》。

《本集》卷六《己虚师六十又一寿序》云：“己虚自公于戊申孟冬行年六十又一。”又函昰《瞎堂诗集》卷十二有《己虚庵主出先华首座下，住琼南二十余年，与余生同甲子，适当揽揆分奉舍利，以福遐龄》一诗，据此可知己虚当为今无的师叔、函昰的师弟。

除日，在海幢升座说法。（《本集》卷三“戊申法语”）姚梅长归海幢度岁，禅师有诗纪之。（《本集》卷二十一《姚梅长陵阳江左游三年，戊申除夕始还海幢度岁，后乃归丰湖，喜从望外，因赋诗五十六字》）

康熙八年己酉（1669年）三十七岁

元日，禅师在海幢升座说法。（《本集》卷三“己酉法语”）

四月八日浴佛日，在海幢升座说法。十八日，复领众结夏说法。（《本集》卷三“己酉法语”）

五月，澹归自丹霞至海幢，函昰有诗送之兼示禅师，禅师恭和之；适逢海幢并蒂兰开，禅师与澹归唱和志喜。

《本集》卷二十一《己酉夏五月本师天老人二诗送澹西堂下海幢兼寄示无，次韵恭和》《己酉夏五月海幢抽并头兰两枝，适澹归西堂至自丹霞有诗，亦引其意作二律，即以志喜》；函昰《瞎堂诗集》卷十三有《送澹西堂之海幢兼寄阿首座（二首）》《并头兰寄和阿字、澹归（二首）》。澹归《遍行堂集》卷三十七有《己酉奉和天老人送别兼寄首座元韵》，又有《海幢并头兰同诸子赋》二首之二云：“昨年迢递隔珠江，云影虽孤月影双。持赠却应思往事，联吟会不换虚窗。”下注云：

"丙午曾有此花，时知交同集，因归之退庵铨部，予与阿兄各有诗。"

七月十六日，解夏升座说法。（《本集》卷三"己酉法语"）

初秋，作偈示冯容庵居士。（《本集》卷十二《己酉初秋冯容庵归毗陵，频行，为命法名曰笛，字横吹，示此偈》）

九月五日，撰《示韩天生明府偈》。

《本集》卷十二《示韩天生明府偈》序曰："己酉重九前四日，天生大士以金刚录见示，乃其和道川禅师而作者，予捧阅间，喜其诠释超拔，作五十六字以赠。"

九月十七日，将托钵惠州。（《本集》卷二十一《己酉重阳后八日，予将托钵于惠，先寄黄端四》）

除夕，禅师在海幢升座说法。（《本集》卷三"己酉法语"）

本年，作书信寄予王子京，兼怀剩师叔。

《本集》卷九《与王子京》："某独以居士于吾法叔剩人和尚之故，感激古道，怀之十七八年，未尝一日去心。……丙申、丁酉间，寻剩和尚于塞外，一气所激，九死为轻，冰炉雪夜，共对寒庐，或长啸高歌，……今和尚死十一年矣。"

康熙九年庚戌（1670年）三十八岁

元日，禅师在海幢升座说法。（《本集》卷三"庚戌法语"）

夏，周文山过访海幢。（《本集》卷二十一《庚戌夏彝初司马周公下临海幢赋谢》）

作《赠尸林》。

《本集》卷十八《赠尸林》序云："予与尸林、育子从关东、从辽海，入幽蓟而归五岭，越岁闻剩师叔之讣，尸林复出关，千山塔事既竣，三年墓侧，万里凄凉，今十一年矣。"尸林出关时日在顺治十七年，下推十一年，是为本年。

某寒夜，师梦出关，忆及函可旧事，唏嘘不已，作诗怀之。（《本集》卷二十一《千山剩人和尚塔于大安十年矣，无哭章。庚戌寒夜梦出关门，醒而情思缱绻，追惟旧境，缀之以词》）

除日，在海幢升座说法。（《本集》卷三"庚戌法语"）

康熙十年辛亥（1671年）三十九岁

元日，在海幢升座说法。（《本集》卷三"辛亥法语"）

正月十三日，作尺牍寄辽阳定原禅师，兼怀剩人和尚。

《本集》卷九《复辽阳定原师及辽沈海盖四城诸师》末署“辛亥正月十三”。

四月八日浴佛日，在海幢升座说法。（《本集》卷三“辛亥法语”）

六月二十日，作《丹霞老和尚楷书后跋》，赞函昰之楷书。（《本集》卷十《丹霞老和尚楷书后跋》）

秋，程可则迁任兵部职方司朗中，禅师有诗记之。（《本集》卷二十一《程周量擢民部》）

十一月，罗浮宝积寺天竺瑞像复建成，禅师为撰记文。

《本集》卷七《罗浮宝积寺瑞像记》末署“康熙辛亥冬十一月朔日传曹洞宗三十五世海幢嗣祖沙门某盥手记”。

十二月，今壁卒。（澹归《遍行堂续集》卷八《仿千壁禅师塔铭》）天然抵匡山归宗寺。（《天然和尚年谱》）

腊八日，阖省绅衿、耆硕于海幢设千佛忏饭十方僧，供请禅师说法。（《本集》卷三“辛亥法语”）

康熙十一年壬子（1672年） 四十岁

元旦，禅师在海幢升座说法。（《本集》卷四“壬子法语”）

二月十六日，四十大诞，方大林居士到山设供，请师说法。（《本集》卷四“壬子法语”，函昰《瞎堂诗集》卷十三《海幢阿首座生日》）

三月，入雷峰。（《本集》卷二十二《赠黄恬庵》有序曰：壬子三月入雷峰，恬庵黄子适至，出〈吉祥草〉诸诗索赠，口占贻之。草花之句，盖及之也》。）

四月八日浴佛日，栖贤舍利入塔，石鉴寄书索颂。（《本集》卷十二《壬子浴佛日，栖贤舍利入塔，大小二颗同放宝光，石鉴覞公寄书索颂，比丘今无见闻随喜，敬载笔飏言颂曰》）

秋，函昰病中寄诗禅师。（《瞎堂诗集》卷十三《病中寄阿首座》）

冬日，入肄水访苏峨月明府。（《本集》卷二十二《壬子冬日买小舟入肄水访苏峨月明府，时署中产灵芝三本》）

本年，平南王捐巨资建天王殿，福晋舒氏捐资建大殿，总兵许二显建二殿，巡抚刘秉权建山门。

樊封《南海百咏续编》卷二：“海幢寺，在珠江南岸，……康熙十一年，展拓寺基，平藩自建天王殿，王福晋舒氏建大殿，总兵许尔显建二殿及后阁，巡抚刘秉权建山门，局式恢宏，溪山形势，甲乎岭南。”

本年，函昰在丹霞付今辯以大法，列为第七法嗣。（汪宗衍《天然和尚年谱》）

康熙十二年癸丑（1673年）四十一岁

正月二十八，鹅湖善女人姚门胡氏捐资塑大悲菩萨像，即日开光，礼大悲忏，请禅师拈香。

二月十六日，禅师四十一大诞，宰官缙绅纷来庆贺。师上堂说法。

《本集》卷四“癸丑法语”：“癸丑二月十六，师四十一大诞，承省会诸缙绅衿各山耆宿龙象到寺恭祝。”

三月，入罗浮华首台静养。四日后，尚之信遣使追及，相陪入山。

《本集》卷十九《十一游罗浮诗》小序云：“癸丑三月，予以海幢山门毕工，神气虚耗，厌极人事，思就养罗浮，且当寒食扫塔之日，遂乘兴入山。登眺之乐，悠然洒洒，才四日夕吟弄烟云，忽二天使一等侍卫顾公、二等侍卫米公至五羊，少保尚公、中丞刘公遣役追予还，相陪入山，未三鼓而肩舆戒路，冰车铁驷之声，已宛杂于谷风涧响间矣。始信闲福未易消受，仅得十四首，以纪兹游耳。”

九月，函昰病重，有诗寄师。（《瞎堂诗集》卷十三《病中寄阿首座》）三十日，师拟出岭，入匡山侍候。

《本集》卷四“癸丑法语”载：“九月三十晚，师因度岭入匡山省候老和尚……”按：蔡鸿生《明清之际岭南佛门系年要录》谓本年“八月初六日，澹归得归宗寺两札，以天然病甚，催澹归与今无速往料理，此时今无以请藏在北，过山东闻变，乃驻锡萧府”。其实，八月师尚在广州，九月方出岭，转道匡山拜函昰。又《本集》卷二十二有《予与陈梅臣别久矣，喜得相见，赠以诗，时癸丑中秋也》《癸丑秋八月喜文斗金吾从汉阳来相见，偕李潜石秀才分赋》，后一首有“粤云楚月两无穷，八载忻看此际同”句，亦可证师本年八月仍在广州。

十月，师北上请藏，取道虔州、万安、凤阳、峄山、东平而燕台。

《行状》：“癸丑请藏入北”。又，《本集》卷十《王淑莘五百罗汉记跋》：“癸丑岁杪，予从岭南万里入京师，将以举扬无义味语。……”《本集》卷二十二有《泊虔州》《十八滩》《万安道中》《出凤阳界》《过桃城》《峄山下作》《渡黄河》《出东平》《章桥遇雪》《高唐道中》《再过峄山》《东平遇雪》诸诗，盖纪一时之行程。

康熙十三年甲寅（1674年） 四十二岁

二月，从燕台南还，至济南，游趵突泉，复登临泰山。

《本集》卷二十二有《游趵突泉》诗“序”云：“甲寅二月从燕台闻乱南归，过历下，趵突泉在济南府城北，同艾石方伯往观焉。”又卷十九有《甲寅春二月，与蜜在慧均、四藏自显、超汉铁关、洞开瓶出、法敌不息、漪文始十、靖一挂云诸子从燕台南归，取道泰安，登岱岳，所经胜概，矢口咏歌，共得五言近体十二章，以志一时》。

八月，抵金陵，盘旋数月，游长干、高座诸寺，礼憨山德清薙发地西林。江南道俗闻师高名，听其序论，往往折服。

《本集》卷十九有《予二次入金陵礼塔，俱从燕台南归，心力折于风尘，行踪扰于鼎沸，不叹缘悭，乃讼福薄，偶为口占此，不觉难吞之声》《甲寅秋予以乞经从燕台南归，留滞白门，顿弟在吴门专侍，至之住数日，去陵阳，订其复至，白首天涯，易散难聚，不已之情，未欲遽远，且天老人住山无力，世乱难安，相与共依座下，此什送之，并似六康居士，念予亦一编户民也》。卷二十二复有《甲寅秋日予客金陵，景尚道兄出宰栗阳，正欲趋贺，忽有王师入镇，予随之归岭，欲乞路费于知己，用寄此什》《白海棠，予素未之见。甲寅八月寓金陵入高座寺一见之，复从徐公辅江城阁一见，偶作是诗》《甲寅中秋，予以乞经留滞长干，与诸公偕宿餐云炼师道院却赠》诸诗，皆为此时所作也。

《行状》：“甲寅还金陵，授方学士太夫人戒，江以南闻师名，应酬益广，妙阐徽猷，往往为缙绅折服，道风益播。”

《本集》卷七《募新西林序》：“金陵长干寺内有西林，为大师（德清）故所薙发地。……予甲寅乞藏经于金陵，频过西林，若密奉大师之音容，有不禁唏嘘哑然而中动者。”

晤姚叔采等遗民，得见剩人《秋吃》真迹，并为之跋。

《本集》卷十《姚叔采藏剩和尚秋吃真笔跋》：“和尚金陵之诗多，《秋吃》《秋梦》，其尤脍炙者也。姚叔采诸伯仲为和尚好友，忆某侍和尚于雪窖，作怀姚氏与柱江诗，情犹欣欣也。不意二十年，予复至金陵，得与诸君敦宿好而辱新交，固知莲花社中，相知之缘非偶然……叔采出《秋吃》真笔，使予跋数语因及之，亦和尚欢中事也。”按：姚叔采，为函可寓居金陵时的故交，《千山诗集》有《怀姚氏与柱江》诗。

九月，入句曲，寓居崇明寺。

《本集》卷十《〈北斗经〉后跋》："甲寅春，余从历下还金陵，印南藏经。冬十一月走句曲，乞合尖之缘于林僅人明府，挂搭县之崇明寺。"卷二十二又有《甲寅九月杪，予从江宁入句曲，晤林明府僅人因得接黍谷钱中丞之欢，同寓崇明寺，畅谈捧腹……》《甲寅杪秋，予客居句曲崇明寺，大席道兄频惠佳食，且促膝谈心，甚感知己，赋此用赠》等诗。

冬，函昰避乱入岭。

《本集》卷十二《雷峰天老和尚七十示生颂》其九云："高涵海月挹秋光，万顷鸿濛坐渺茫。只有太平丰盛事，不须野老叹维桑。"下注云："甲寅劫风震荡矣。古德云'国家兴盛，野老颦蹙'，老人从匡庐间道归雷峰。"

本年，三藩乱始，吴三桂改国号为周，自云贵率兵三十万攻湖广。七月耿精忠于福建响应，旋攻江西。

康熙十四年乙卯（1675年）四十三岁

人日，泊皖城，登近江寺。（《本集》卷二十二《乙卯人日泊皖城，同葵轩总戎、紫君文学登近江寺得"春"字》）

三月十四日，平南王尚可喜率文武宰官延请禅僧四十余众，奉颂藏经，以祝国庇民。师升座讲法。

《本集》卷四"法语"："康熙十四年三月十五日，师自金陵请藏经归寺。蒙平南王阖省文武宰官绅衿，延禅僧四十众奉诵全藏，长期祝国庇民。上堂法语，师升座，众礼毕……"

九月四日，奉陪吴采臣入雷峰拜谒函昰。

本年，禅师在海幢建持福堂祀，大护法刘持平中丞。

《行状》："乙卯回海幢，建持福堂，祀大护法刘中丞持平公……"又《本集》卷十四《祭大中丞持平刘公文》序云："今岁正月在皖城稍闻讣信，身冷毛竖，疑传者之妄，及抵洪都，其信益实，临流挥涕，中夜以兴。……"

康熙十五年丙辰（1676年）四十四岁

二月遭乱，山居，张穆过访。

《行状》："丙辰讲《圆觉经》，二月遭乱，杜门半载。"《本集》卷七《铁桥诗序》："丙辰仲春乱，予困于贼，伏草莽，日夕怦怦，未数时，铁桥道兄从宝水来，心气闲适，已有羡焉。"《本集》卷七《郦息影诗序》中："今岁丙辰，岭南潮与高凉兵连祸结，战苦云深，羽檄纷驰，殆无停晷……”

五月十二日，飓风，坏屋无数，禅师有诗纪之。

《本集》卷十六《飓风歌》下注：“丙辰五月十二日，坏屋庐者，不计其里数。”

仲秋，禅师在海幢光宣台为澹归《遍行堂集》作序。

澹归《遍行堂集》卷首载今无《遍行堂文集序》末署：“因其（澹归）寓书索序，为序之如此。丙辰秋仲，海幢同学今无序于光宣台上。”

冬杪，师为张穆《铁桥诗集》作序。

《本集》卷七《铁桥诗序》中谓：“丙辰仲春乱后，予困于贼伏草莽，日夕怦怦，未数时，铁桥道兄从宝水来，心气闲过，已有羡焉，复袖新诗一帙，声韵隽朗，抑扬合节，浮筋露骨，为之一洗，可读也。……丙辰冬杪既望。”按，张穆，字尔启，又字穆之，号铁桥，东莞人，倜傥任侠，好畜马，工诗善画，著有《铁桥集》行世。

小除日，与数衲子出行，闲话桑麻，龚升璐过访，为其《容安集》作序。

《本集》卷七《龚升璐容安诗序》：“丙辰至日，予与数衲子行田塍间，曝炙日色，闲话桑麻。有客剥啄入，坐禅室，余乘杖还，与之揖于宾阶，见其丰姿秀整，澄爽俊迈，意豁如也。客出袖中二帙，为其所自制《容安集》，睹史庸庵刺史与澹归弟二序，知为升璐龚子也。……丙辰小除日序于光宣台上。”

海幢都寺解虎坐化，禅师哭之。（《本集》卷十四《为都寺解虎封龛》、《海云禅藻集》三）

康熙十六年丁巳（1677年） 四十五岁

八月，都寺旋庵病笃，禅师还雷峰志别，旋逝，世寿六十五，僧腊三十，作《雷峰山寮口占》六首哭之。

《本集》卷十九《雷峰山寮口占》序：“丁巳秋八月，都寺旋庵湛公病笃，予自海幢还山与其永诀，不自觉其悲而成声也。”

十月，函昰七十寿辰，禅师至雷峰庆贺，作《雷峰天老和尚七十示生颂》。

《本集》卷十二《雷峰天老和尚七十示生颂》其十云：“苍生演劫见金仙，鹤语松涛集晓烟。一粒火齐焜耀处，道山钟鼓自年年。”

本年，函昰返匡庐归宗寺，师礼送。

《行状》：“丙辰讲《圆觉经》……明年雷峰天老人返匡庐，师尽礼，津遣无缺。”

康熙十七年戊午（1678）四十六岁

春，澹归出岭，至江南请藏经。（吴天任《澹归禅师年谱》）

三月，今覞呕血，示寂栖贤，年六十。〔澹归《栖贤石鉴覞禅师塔铭》、《瞎堂诗集》卷十四《哭石鉴覞》《读石鉴遗诗（戊午七月三十日）》〕

本年，发诸衲募建藏经阁，观察王仲锡为鼎诺。

《行状》：“戊午始发诸衲募藏阁，观察仲锡王公力为鼎诺。”

是年，刊行《光宣台集》。

按，《光宣台集》所载时日至于本年，故疑此集刊行于本年。

康熙十八年己未（1679年）四十七岁

康熙十九年庚申（1680年）四十八岁

八月九日，澹归示寂嘉兴，年六十七。（吴天任《澹归禅师年谱》）

本年，函昰付今摄以大法，列为第十法嗣。

今摄，番禺崔氏子，曾充雷峰监院诸职，丛林规制，多为其规划，越六年示寂。（《海云禅藻集》卷一）

是年，清廷赐死尚之信，平藩于岭南的统治宣告结束。

康熙二十年辛酉（1681年）四十九岁

元月示众，有“收拾丝纶返十洲”句并寄萧翰林介石、陈乡绅梅臣，隐隐有作别意。（《行状》）

七月，至栖贤寺省亲，至梅关，病作。

《行状》：“（辛酉）七月，以省亲栖贤，附王观察舟到梅关宿，痢并作。”

九月，还海幢，语侍者云“丛林一切事照旧”。二十二日辰时，示寂，世寿四十九，僧蜡三十三。

《行状》：“九月还山，语侍者云‘丛林一切事照旧，无可再说’。至二十二日丑时，曰：‘我过三时去矣。’辰时即告寂，全身柔暖如生，顶相红润。”

函昰有《哭阿字无子（二首）》其一云：“珠江绝袂几伤神，千里归山尚早春。离合分明今日事，行藏难定刹尘身。失群鸿雁高飞急，背水将军转战频。力尽势穷还法运，一条直路出风尘。”

康熙二十六年丁卯（1687年） 卒后六年

潘耒入粤，游海幢寺，作《海幢寺》诗，中有句云：“珠江阔浮天，城楼影摇漾。隔江人烟稀，花宫屹相向。碧瓦寒苍苍，金瓯高十丈。势拟长干雄，气压诃林壮。雷峰大导师，门下多英匠。阿公经济材，巨刹能独并。当年用物宏，颇倾王公藏。问法来中丞，布金资宿将。……”（《遂初堂诗集》之《江岭游草》）

康熙五十六年丁酉（1717年） 卒后三十六年

查慎行入粤，游海幢寺，作《海幢寺十二韵（阿字禅师道场）》：“洞宗衰复振，派衍自天公。半是逃名客，群称出世雄。云幢标郭外，香界涌南中。填海为平地，参天起梵宫。歘成疑鬼运，幻出佴神工。穗石浮佳气，朝台拜下风。五仙皆法护，十力尽神通。蹴踏诸方遍，跏趺片席崇。我来尘世隔，师去影堂空。法供瓶炉洁，斋厨菜豉丰。映阶筀竹翠，耀眼木棉红。缘境他生结，留诗记此翁。”（查慎行《敬业堂诗集》卷四十八《粤游集下》）

乾隆二十年乙亥（1755年） 卒后六十四年

阳湖作家恽敬游海幢寺，记云：“海幢寺者，长庆空隐和尚经行场也。在珠江南壖西，引花田北，东环万松岭，为粤东诸君子吟赏之地。……江月（当时寺内主持）下第九世也。空隐一传为雷峰昰，再传为海幢无。海幢无整齐如百丈，灵隽如赵州，汪洋如径山……海幢无者，盖佛氏上流，敬为儒家言数十年，惜乎未得生及其时，与之扫榻危坐，各尽其所至也。”（《大云山房文稿》二集卷三之《同游海幢寺记》）

附录二　长寿石濂大汕禅师年谱[1]

释大汕（1633—1704），字石濂，又字石莲，号厂翁、石头翁、石翁、石公，著名高僧、诗僧、画僧。因文献无征，其家世不甚明朗，仅知为“徐氏子”，“出身甚微贱”。盖幼即随家人流寓江南，居无定所，故人们很难弄清其籍贯，有说为“浙江嘉兴人”，有说是“江西南昌人”，有说是“江西九江人”，难以统一。据潘耒《救狂砭语》载，大汕“幼而警敏”，曾以“画童”身份供奉于江南著名画家沈颢与诗人龚鼎孳门下，习绘画，尤擅仕女画。约十六岁“有故出家”，[2]礼洞宗高僧觉浪道盛为师，参禅证道，行脚云游。康熙三年（1664年）前后，大汕至广州，自称道盛的衣钵弟子，并得屈大均、梁佩兰等人护持，结识了平南府幕僚金公绚，进住长寿庵，又以清远飞来寺为下院。在岭南，因其多才多艺，当地贵人“益匿近之”，声名极为煊赫。康熙三十四年（1695年），大汕应越南国王阮福周之请，至安南传法，度弟子上千，次年返粤。此次安南之行，大汕带回无数珍宝，并以此为资重构长寿寺，其建构之富丽、豪奢，为当时仅见。大汕还纳澳门普济禅院为其下院，后被该院奉为太祖师，大汕宗风在澳门广为普化。康熙三十八年（1699年），文士潘耒至广州，因故与大汕交恶，愤然刻《救狂砭语》一书攻之。康熙四十一年（1702年），粤东按察使许嗣兴，将其逐至江西赣州，旋又被江西巡抚李基和驱逐，遣还原籍，于康熙四十三年（1704年），客死常山道途。生平未见碑传。

著有《离六堂集》《离六堂二集》《潮行草》《燕游草》《海外纪事》《传灯正宗》等。

---

[1] 据姜伯勤《石濂大汕与澳门禅史》中透露，他曾撰有大汕年谱，然未刊布于世。笔者在研究大汕时，深感其行踪之“诡异”，人品之“怪诞”，因此排勘了一些文献史料，制成此谱，力图廓清大汕的行实。须说明的是，记载大汕事略的文献有限，抵牾之处亦复不少。本谱多据其诗以及与其交游文士的唱和诗，推考其活动，未确者无疑很多，恳请方家就正。

[2] 潘耒《与梁药亭庶常书》，《救狂砭语》，第55页。

《离六堂集》十二卷（见）

孙殿起、冼玉清诸家均已著录。是本主要有康熙三十年怀古楼刻本，《四库禁毁书丛刊》依此影印。据姜伯勤先生考述，《离六堂集》尚有不同的版本，大汕与屈大均交恶后之版本已无翁山所作《离六堂集序》；卷首自画像中，“北图本有《行脚图》，而中山图本则有《负薪图》，而一本则无《负薪图》”。大汕还有《离六堂二集》三卷、《潮行近草》三卷 、《海外纪事》六卷（见），诸家亦予以著录。此不赘述。

《燕游稿》六卷（未见）

冼玉清先生及见，姜伯勤先生则未能见到。据《清人别集总目》中著录“大汕《燕游稿》，康熙二十七年刻本”，或仍存世也。

《海外纪事》六卷（见）

是书乃大汕康熙三十四年乙亥（1695年）春，应安南阮福周之请，赴顺化等地讲经弘法，“因记其国之风土以及大洋往来所见闻”（《四库全书总目》卷七十八），并收录了当时在越南所写的诗文。《四库全书》收入“史部存目类”。

《岭南梦觉》《秋江树声》，诸家均失录。据《离六堂集》卷首之魏宪《离六堂诗评》中云：“读石翁和尚《岭南梦觉》《秋江树声》诸集，字字俊逸，脱尽禅幻……”惜此二集皆未能存世。

崇祯六年癸酉（1633年）一岁

夏，大汕生。

大汕的生年，邓之诚、冼玉清、姜伯勤均以为在此年。他们所据当为潘耒《与长寿院主石濂书》中引大汕自述“顺治元年，余年十二”语。顺治元年为1644年，上推十二年，则大汕生年为1633年（崇祯六年）无疑。又，康熙二十二年癸亥（1683年）夏，大汕至潮州途中，作有《途中五十》诗，则又可知大汕当生于夏季。癸亥，若以虚岁算，则实为51，大汕这里或指实岁。又，《离六堂集》卷四《过毗陵哭陈其年太史》中有“忆昔与君良会日，君年三九我廿七”句。陈其年，即阳羡词宗陈维崧，考其生年为1625年，长大汕十二岁，由此，大汕之生年似乎又为1636年。不过，此为诗句，未必准确。

关于其家世，因文献无征，所知甚少，乃至原名不复可考。潘耒《救狂砭语》录《李莱圃来书》中云：“石濂始入粤，……粤人颇敬重之，初不知其为徐氏子也。”邓之诚《清诗纪事初编》“释大汕”条谓：“本姓徐，或金、或龚，则托言也。”因此，大汕俗姓当为徐，原名、字号皆不详矣。王士禛《分甘余话》卷四谓其“出身甚微”；潘耒《与梁药亭庶常书》亦谓“其所出微，不欲尽言”，据此可知大汕盖出生于寒门。至若其籍贯，更是众说纷纭。王士禛《分甘余话》云：“（大汕）自言江南人，或云池州，或云苏州，亦不知果何郡？”曾灿《离六堂集序》说他为“九江人”；邓汉仪《诗观》谓其为“江西南昌人”；沈德潜《国朝诗别裁集》则说他为“浙西嘉兴人”，莫衷一是。冼玉清先生综各家之说，认为大汕“本籍江西，流寓江南”；姜伯勤先生则更进一步确证为“嘉兴籍，江西人”。大汕的籍贯之所以难以确定，盖由于他早年流寓四方，居无定所所致。其实，所谓“江西”当指其祖籍，而“浙西”则盖指其出生地。

这年，与大汕交游较频、年岁可考者：陈维崧九岁，屈大均三岁，陈恭尹四岁，梁佩兰五岁（史洪权《岭南三大家年谱》），觉浪道盛四十二岁（陈垣《释氏疑年录》），方以智二十三岁（任道斌《方以智年谱》），吴绮十四岁（陈维崧《湖海楼诗集》卷六“戊午”下有《寄赠园次》，并注云“是岁园次六十”，以此可知此年吴绮当为十四岁），杜茶村二十三岁（王士沦编、王葆心拾补《杜茶村年谱》），叶燮六岁（钱仲联主编《清诗纪事》），陆圻十二岁（全祖望《鲒埼亭文集》卷二十六《陆丽京先生事略》），龚鼎孳十一岁（《定山堂文集》之严正矩撰《大宗伯龚端毅公传》），曾灿八岁，黄周星二十三岁，沈颢四十八岁（以上据张惠剑《明清江苏人物年表》）。

崇祯十七年、顺治元年甲申（1644年）十二岁

三月，李自成攻陷北都，崇祯帝于煤山自杀殉国。五月，福王朱由崧即位南京，以明年为弘光元年。同月，清兵大举入关，十月，顺治帝即位，改元顺治。

顺治二年乙酉（1645年）十三岁

五月，弘光政权覆亡，清兵占领江南。

顺治三年丙戌（1646年） 十四岁

八月，唐王隆武帝崩于福建汀州。十月，桂王朱由榔于广东肇庆府即位，以明年为永历元年。

大汕贫病，未曾受过举业熏陶。本年在江南，以画童身份供奉于龚鼎孳府中。

《海外纪事》卷四其自述云："老朽自幼亦耽读书名，尚不知味，方要学书学剑，又因多病，二皆无成。"又卷六《示亦尔记室》中云："老僧从幼多病，不及书香举业，……书不曾读一句，字不能写一个，兼之缺陷多端，满拟从头造履。"

姜伯勤《石濂大汕与澳门禅史》：顺治三年前，龚鼎孳一直在京做官，1646—1651年五年间，因"丁父忧"归江南，大汕进入龚府供奉，大体在顺治三、四年间，即大汕十四岁至十五岁。另据潘耒《救狂砭语》录《李莱圃书》载，在此之前，大汕曾以画童身份供奉于江南著名画家沈颢府中，习绘画，尤工仕女画。大汕进入沈府的时日不可确考，或在顺治元年前后。龚鼎孳，字孝生，号芝麓，合肥人，崇祯进士，授兵科给事中，降清后，以原官复起，康熙间又官至礼部尚书，著有《定山堂集》等。沈颢，字朗倩，长洲人，补博士弟子员，著名画家，"画山水秀骨天发"（《无声诗史》）。

本年潘耒生。

潘耒，字次耕，号稼堂，吴江人，幼有"神童"之目。早年从徐枋、顾炎武游，康熙十八年以布衣举鸿博，授检讨纂修明史，以母忧告归，不复出，康熙四十七年卒。著有《遂初堂集》《续集》《救狂砭语》等。

顺治五年戊子（1648年） 十六岁

顺治六年己丑（1649年） 十七岁

顺治七年庚寅（1650年） 十八岁

二月，尚可喜率清兵攻克广州，永历政权西迁。

六月前后，永历礼科给事中金堡在桂林茅坪草庵削发为僧，法名性因。（吴天任《澹归禅师年谱》）

冬，屈大均礼粤东雷峰天然函昰出家为僧，法名今种，字一灵。（汪宗衍《屈大均年谱》）

顺治八年辛卯（1651年）十九岁

大汕在江宁太平府出家，礼洞宗三十三世寿昌下二世觉浪道盛为师，旋在江南一带开席讲法。

潘耒《与长寿院主石濂书》云："（大汕）又云，年十九于太平受嘱。考杖和尚（觉浪道盛）语录，岁戊子，住芜湖吉祥寺及太平无相寺，旋坐累系狱者一年，出狱即住栖霞，未尝再至太平。"潘耒的目的是欲揭发大汕自称为觉浪道盛的法嗣之"诈言"。关于此问题，《离六堂集》（下称《本集》）中高层云、唐化鹏、梁佩兰等人的序中均肯定了大汕为道盛的传法弟子，然潘耒《救狂砭语》之《觉浪禅师塔铭节略》所引证的觉浪道盛嗣法门人与记莂弟子中确无大汕的名号。今考大汕一生的行止，其与道盛交接甚少，关系似不密切，因此，潘耒的质疑，不无缘由，《本集》卷首所录诸家之序，或正如潘耒所说，系听信了大汕一己之言而已。不过，我们又不能否认大汕曾随道盛习法之事实，姜伯勤先生据澳门普济禅院及莲峰寺新发现的灯史材料，以及方以智主编《天界觉浪道盛禅师全录》的校对人中赫然有大汕的名字等材料，谨慎认为："我们确实没有足够证据说大汕是继承觉浪的记别弟子或衣钵弟子，但大汕在太平皈依觉浪道盛而'剃度参方'则是不争之事实。"至若其出家的因缘，或云"以讼命亡"而"剃发为头陀装"（王士禛《分甘余话》卷四），或云"明季清人入帝中国，濂义不肯臣，乃拜辞老母，剃发投禅"（《大南实录·大南列传前编·石濂传》）等，说法不一。

觉浪道盛，别号杖人，福建浦城张氏子，初受具于博山，后随寿昌东苑和尚，荷曹洞宗寿昌法嗣。（据潘耒《传洞上正宗三十三世摄山栖霞觉浪大禅师塔铭（节略）》）

太平府，据《嘉庆重修一统府》载：在安徽治东北，东至江苏江宁溧水，北至江宁府江宁县，西南至池州府铜陵县，东北至江宁县，清初属江南左布政使司，康熙间领当涂、芜湖、繁昌三县。

黄登《岭南五朝诗选》"释大汕"条云："未二十即踞座，先住江南百祖翠云竹堂，次住浙中广福水西开化。"梁佩兰为大汕《岭南录》所作序中亦云："亲觐在诸同门之先，嘱付更在同门之先，开法吴门广福，随堂常数百人者。"此语见于潘耒《救狂砭语》之《与梁药亭庶常书》，可见大汕很早就在江南等地开席讲法了。

本年，王煐生。

王煐《忆雪楼诗集》卷下《留别岭南同人》首句即云："予生在辛卯，迟晚感

岁秋。”王煐，字紫诠，宝坻人，康熙间曾任惠州刺史，著有《忆雪楼诗集》。（黄登《岭南五朝诗选》）

顺治九年壬辰（1652年）二十岁

秋，在杭州结识陈恭尹。

《本集》卷二《赠陈元孝》：“男儿皆有志，遂者为英杰。况君贵公子，早年具壮节。……我昔见英风，放歌颇激烈。湖海起烽烟，一时草草别。十年复入岭，逢君半头雪。”大汕于康熙三年（1663年）前后入岭，上推十年即大约于本年结识了陈恭尹。又，陈恭尹自述云：“壬辰春，自闽而之匡庐。及秋，泛彭蠡而下，止于杭之西湖。”（《独漉堂集》之《初游集》小序）盖本年大汕即在杭州结识了陈恭尹。陈恭尹，字元孝，号半峰，晚号独漉，广东顺德人，著有《独漉堂集》遗世。（温肃《陈独漉先生年谱》）

本年，金堡参雷峰天然函昰，受具足戒。法名今释，字澹归。（吴天任《澹归禅师年谱》）

顺治十年癸巳（1653年）二十一岁——顺治十四年丁酉（1657年）二十五岁

这五年，记载大汕行迹的材料甚少。仅从《本集》卷三《赠田中丞纶霞先生》“我昔行踪周五岳，踏碎莲华绝寥廓。十年饱卧粤山春，门掩松风沉寂寞”句，以及卷五《上明丞相一百韵》“我昔五岳游，曾经山水涯。朝暾出沧溟，秋月到峨嵋。鼓枻凌南海，浮湘辨九嶷。云生天界树，瓢挂岭头枝”句，可知大汕在入岭之前曾经有过一段“五岳游”的生涯。《本集》卷二《太华山八忆》、卷六《忆蜀道（三首）》诸诗，或皆纪此游的经历。又，《本集》卷首的诸家诗序中，亦多指出了大汕行万里路的事实。例如张摠云：“厂翁和上亦自越而吴而楚而粤而蜀而秦晋而燕豫，涉大江，渡黄河，泛沧海，登罗浮，经潇湘，入三峡，望峨嵋雪、匡庐云、钱塘潮，一枝一拂，遍名山大川。”

顺治十五年戊戌（1658年）二十六岁

六月，在清远峡山飞来古寺，与王昌侯唱和。

《本集》卷七《飞来寺唱和》“序”曰：“昌侯王使君志托名山，行携胜侣，诗筒茗碗，清兴洒然。时在戊戌六月既望，由岭南佥宪左迁浙西参藩，道经峡山荒寺，舣舟过从，陟巘快游，拈题索句，因忘固陋，趋步成吟，用梁素冶韵，得诗五章，以纪其事。”又卷四《和赠王础尘》中有“我昔五岳行，策杖过粤峤。闻君曾作岭南游，玉面虬髯好长啸。今日相逢越水湄，神气依然须有丝。廿年两度四千里，握手天涯慰所思”句，可证大汕在游南岳衡山时曾至岭南。王昌侯，或即王础尘，《本集》卷二又有《干将篇寿王昌侯兵宪》一诗，亦为大汕与王氏唱和之作。

顺治十六年己亥（1659年） 二十七岁

春，屈大均至江南，持书觉浪道盛，转而皈其门下，后翁山多以道盛法嗣自称。（参吕永光《梁佩兰年谱》、史洪权《岭南三大家年谱》）

《翁山诗外》卷十《赋为白下禅师寿》注云：“师与予同出浪杖人门下。”屈大均《屈翁山复石濂书》云：“仆（翁山）平生……弃拂子，舍传衣，推倒宝华王座，即善知识亦不屑为，洞上正宗三十四代祖师亦羞恶而不肯作。”翁山此种行为，后来招致了潘耒的批评：“可叹者翁山耳，既以天然为师，转而师觉浪，欲与天然为雁行。天然诸法嗣不与，乃推奖石濂，认为同门，以压阿字、澹归，皆出私意。”

秋，九月初七日，觉浪道盛卒。（《觉浪大禅师塔铭》）

顺治十七年庚子（1660年） 二十八岁

顺治十八年辛丑（1661年） 二十九岁

康熙元年壬寅（1662年） 三十岁

本年，屈大均从江南归岭南，不久便蓄发还儒。（汪宗衍《屈翁山年谱》）

康熙二年癸卯（1663年） 三十一岁

本年，在江南，与陈维崧定交。

《本集》卷四《过毗陵哭陈其年太史》中有句云：“忆昔与君良会日。君年三九我二七。”陈维崧三十九岁正在此年，故将此诗系于本年。

康熙三年甲辰（1664年） 三十二岁

大汕以讲僧的身份至广州。

大汕至广州的时间，可从《本集》中的诗句推出。卷三《赠田中丞纶霞先生》中有“十年饱卧粤山春”句，同卷《梦游天台》有“十年游岭外，九作吴越想”句，而大汕从岭南返回江南的时间约在康熙十二年（详见本谱“康熙十二年条”），上推十年，则大汕入岭时日当在此年。潘耒《与梁药亭庶常书》中称，大汕“初来广州，不过卖画观音，称讲师而已”。

康熙四年乙巳（1665年） 三十三岁

春，屈大均再赴金陵，开始第二次北游。

屈大均《翁山诗外》卷五《赠金陵李子（有序）》云：“乙巳春，归隐金陵，方治黄白之术。”（汪宗衍《屈翁山年谱》）

康熙五年丙午（1666年） 三十四岁

康熙六年丁未（1667年） 三十五岁

康熙七年戊申（1668年） 三十六岁

康熙八年己酉（1669年） 三十七岁

八月，屈大均回番禺故里。（汪宗衍《屈翁山年谱》）

本年，大汕与梁佩兰定交。

梁佩兰《梁药亭复书》有“佩兰虽与长寿（即大汕）交三十年。然六上公车，困于风尘者十二年，长寿往中州，又入京师，阅有四年，是则有久交之名，而无久交之实也”语。按，潘耒刻《救狂砭语》是在康熙三十八年，以此推知，大汕初识药亭当在此年。药亭于此纪年颇详，应无差错。吕永光先生《梁佩兰年谱简编》亦将此事系于此年。

陈子升有诗赠大汕。

陈子升《中洲草堂遗集》有《赠吴僧》一诗云：“时人一见讶多能，老宿争闻得未曾。千手眼堪悬笔写，万由旬只振衣升。移来天界千花满，推出湖头片月澄。话到同门吾世好，欲因亲近作钦承。”汪宗衍先生根据《中洲集》诗歌编年顺序，推定此诗作于此年，而诗中“吴僧”即为大汕。又，汪宗衍先生《广东书画征献录》“陈子升自书诗轴”录有二诗，其一即为此诗，且末题“一呈石莲和尚”。陈子升，字乔生，号中洲，南海人。明诸生，陈子壮之弟，曾永历政权吏科给事中、兵科给事中等职，入清不仕，著有《中洲草堂遗集》遗世。

康熙九年庚戌（1670年）三十八岁

正月，屈大均移家东莞，馆于尹源进东湖苑。（参汪宗衍《屈翁山年谱》）

春，大汕有诗赠屈大均。

大汕与屈大均定交的时间不可确考。大汕于康熙三年至广州后，屈大均从康熙四年春即北征，直至康熙八年八月方返粤。《本集》卷二《赠屈翁山》诗中有“往事不复道，养母在干戈。移家东湖苑，花木欺偃蹇”句。按，屈大均于此年正月移家东莞尹源进的东湖苑，故可知康熙九年正月之前，大汕已和翁山相识。

康熙十年辛亥（1671年）三十九岁

十月七日，方以智死，后其子迁灵骨还里浮山，大汕有诗挽之。

任道斌《方以智年谱》卷七“清康熙十年辛亥”条云：“冬，十月七日，密之（方以智）由庐陵押赴岭南途中，舟次万安惶恐滩。夜，风浪忽作，舟中颠簸不已，密之疽发背而死。”《本集》卷二《挽药地和上》小引云：“……惜乎辛亥秋入风波中，乘无争三昧，翛然脱去，令子田伯以灵骨迁葬浮山，爰作短章，以当执绋。”《本集》中还有一首《落花（同且拙、药地诸和尚分赋）》，可见大汕与方以智曾有交接，只是此诗系年难以确定。

康熙十一年壬子（1672年）四十岁

康熙十二年癸丑（1673年）四十一岁

二月，尚可喜以老请尚之信嗣封镇粤，清廷未允，令其撤藩归辽东。

四月，大汕接田雯书。

《本集》卷三《赠田中丞纶霞先生》：“……我昔行踪周五岳，踏碎莲华绝寥廓。十年饱卧粤山春，门掩松风沉寂寞。不愿声名动庙廊，褵褷铩羽自摧藏。庙廊先生不肯置，四月驰书下五羊。谓我修行世莫有，饥饭困眠匪则否。”此距大汕入岭约为十年，故将此事系于此年。田雯，字纶霞，一字紫纶，号山姜、漪亭，山东德州人，康熙三年进士，历任江宁、贵州巡抚、刑部右侍郎等职，著有《古欢堂集》（钱仲联《清诗纪事》）。

九月初，大汕出岭。八日，在韶州逢陆圻；在南昌有诗怀曾灿；复经九江，登庐山，旋抵钱塘。

《本集》卷九《九日前一夕泊韶州逢陆丽京》诗中有“十年重泛曲江舟，客路逢君感旧游”句，此距大汕康熙三年入岭过曲江恰为十年，故将此诗系于本年。陆圻，字丽京，钱塘贡生，乙酉之变后，隐居海滨，康熙九年庚戌礼天然函是为僧，法名今竟，后学道，不知所终。（《海云禅藻集》卷三）

《本集》卷九有《南昌道中怀曾青藜于吴门》诗，中有“十年吴地离乡老，九月章江候雁飞”句。大汕离开吴地恰好为十年，故云“吴地离乡老”，而“候雁飞”则是说正在还乡的路上，综之，此诗必作于此年。曾青藜，即曾灿（1622—1688），原名传灿，字青藜、止山，自号六松老人，江西省宁都人，与魏礼、魏禧、彭士望等并称为“易堂九子”，著有《六松草堂文集》《止山集》《西崦草堂集》《过日集》行世。另据张惠剑先生《明清江苏人物年表》，本年曾灿正寓居吴门，拟编定《过日集》。

《本集》卷二《云海谣》引曰：“癸丑秋九月，于梅花岭，旋舟抵九江，始策杖登临，过万寿寺，经东林、归宗，上五老峰。”又同卷《飞来峰》引曰：“癸丑秋，九月十二日，（出）岭，旋抵越。与湖上二三子由钱塘门过藕花村。”

冬，大汕由江南经淮河、黄河至中州，因三藩叛乱，阻于河南商丘，滞留半年有余。这期间，与陈维崧有唱和。

陈维崧《陈迦陵文集》之《迦陵词全集》卷二十二有《石濂和尚自粤东来梁园，为余画小像作天女三花词以谢之》一词。又，前引大汕《过毗陵哭陈其年太史》中“不期探古滞梁园，论文不让因相识”句，亦可相证之。《本集》卷六连续编次的《渡淮》《漂母祠》《登盱眙县望泗州河》《夜泊维扬》《泊临淮县》《黄河》诸诗，盖记途中旅况。

康熙十三年甲寅（1674年） 四十二岁

是年，三藩乱起，吴三桂改国号为周，闰五月，自云贵率兵三十余万攻湖广诸地，耿精忠在福建、王辅臣在陕西、广东高州总兵祖泽清叛。

秋，至嵩山少林寺扫塔礼祖，经登封县，寻登石淙山。

《本集》卷二《石淙》有引：“甲寅秋，礼祖少林寺，经登封县，寻石淙山。”

冬，屈大均至衡阳，辗徙于武陵、长沙、岳阳诸地，参加了吴三桂的反清活动。（汪宗衍《屈翁山年谱》）大汕有诗怀之。

大汕《秋水词寄怀屈翁山客楚》谓："秋水碧落兮雁南飞，烟波浩渺兮何所依，水色白兮月色黄，怀美人兮隔潇湘，惊涛起兮激空鸣，叹沧浪兮难为情，横龙吹兮悲风生，举世浊兮尔何清，深思不得兮临流望屈平。"词中有"潇湘""惊涛"等，可见正作于翁山从军时。《本集》卷六《寄屈翁山（二首）》又有"知君高隐处，将母在东湖"句，姜伯勤先生认为"此诗或系自广州寄东莞者"，即康熙九年前后。考此诗中有"美人隔岭表，梦去折芙蓉""还忆罗浮里，读书风满松"诸句，或为大汕北上所作，时间约为康熙十三年前后，屈大均入楚之前。

康熙十四年乙卯（1675年） 四十三岁

仲夏，方以智之徒当人拜谒大汕。

《本集》卷二《甲子仲夏，当人法侄为余出岭遍采诸方书集，临行赋送》中有"遥忆十年前，尔何知我意。梦寐想不来，忽携灯稿至"句，甲子上推十年，恰为本年。而大汕这几年正在中州一带编刻《传灯正宗》。

康熙十五年丙辰（1676年） 四十四岁

尚之信以广东应吴三桂，尚可喜卒于粤。

春，大汕于中州刻《传灯正宗》。夏，馆于五台山田天波雪苑，避暑休夏，旋游潼关、中原等地。

《本集》卷八《次赠田天波》小引云："雪苑中，五台田司李别馆也，兵燹之余，舍为梵刹，殿阁崔嵬，粥鱼饭鼓，俨然城市山林。丙辰岁，余刻《传灯正宗》，休夏其间，到槛荷香，荫溪柳色，天波持诗枉顾，快谈竟夕，喜陶令之风尚在，即次来韵二章。"关于《传灯正宗》的缘起以及编刻经过，可以参见姜伯勤《石濂大汕与澳门禅史》，此不赘述。

康熙十六年丁巳（1677年） 四十五岁

五月，尚之信降清。

夏，大汕挂搭在苏州西林寺，与曾灿、张愸、高念祖游。

《本集》卷首张愸《厂翁诗集序》，末题"丁巳季夏望前五日秣陵南村同学弟大纲张愸拜题于西林方丈"。又，卷六《曾青藜、高念祖枉顾西林夜话》中有"同为吴地客，独念故乡僧"，曾灿与大汕皆为江西人，且曾灿亦曾出家，故有"故乡僧”云云；而“吴地客”即谓他们时寓吴门。卷二复有《西林留别曾青藜》、卷六《对雪（同张南村赋）》《与张南村西林晚步》诸诗，综之，本年大部分时间大汕均寓居西林寺。顺治三年，曾灿因抗清失败，遂走江南，因方以智而参觉浪道盛为师，其所撰《离六堂诗序》末署“同参弟曾灿拜题于吴阊之邓尉山”，此亦可证大汕的确为道盛的门人。张揔（1619—1694），字僧持，号南村，金陵人，著有《南村觞政》。

夏，大汕持《传灯正宗》《灯录》一百卷，至嘉兴入藏。复与吴绮、余怀等江南文士雅集纪胜堂，分韵赋诗。

黄登《岭南五朝诗选》卷三“释大汕”小传云：“……出游中洲，四众留住嵩山，梓杖人《传灯正宗》，手集《灯待》一百卷，入嘉兴楞严藏。”《本集》卷二有《丁巳夏雅集纪胜堂与吴园次太守、香为明府、公采孝廉、余澹心、高澹游、徐松之诸公分赋得“今日良宴会”即用为韵（五首）》，纪胜堂，待考，或为吴绮在吴中的别业。吴绮，字园次，号听翁，江苏江都人，顺治十一年贡生，历苏州太守、湖州知府等，著有《林蕙堂全集》遗世。余怀，字澹心，号无怀，福建莆田人，明亡后以遗民终老，著有《板桥杂记》《味外轩稿》。（邓之诚《清初纪事初编》）

这年，大汕或访黄周星。

《本集》卷六《吴门送黄九烟并寄秣陵杜于皇、张僧持》、卷二《西溪访黄九烟》《赠黄九烟》，这几首诗分次于以上诸诗前后，故疑大汕与黄九烟的交往即在本年。黄周星，字景虞，号九烟，崇祯十三年进士，官户部主事，明亡不仕，康熙十九年自沉于南浔马家巷，著有《九烟诗集》存世。

康熙十七年戊午（1678年） 四十六岁

大汕在江南，闰三月二十四日，作《陈其年填词图》。

今存副本《陈其年填词图》右下角有大汕题为“看松”的印章，并有“岁在戊午年三月廿四日，为其翁维摩传神，释汕”的字样。（参见姜伯勤《石濂大汕与澳门禅史》）又，乾隆年间翁方纲《陈其年填词图》中有“戊午春交己未春，诸公日聚帝城堙”句。《本集》卷六有《虎丘与陈其年诸君分赋》等诗，亦当作于此年。

暮春，与曾灿别过。

曾灿《六松堂诗集》卷七有《赠别石濂上人》次于《戊午暮春徐长民招同周雨郊江中石姜奉世令弟羽宾夜饮先春堂得三字》之前，且诗中有“十年湖海一孤身，天界曾参柏子树。……与汝同游兼惜别，梨花寒食暮江春”句。

冬，大汕返粤。

今苏州灵岩寺藏大汕《维摩诘经相图》末题："戊午寓吴门，阅维摩诘经，兴会所至，拟议此图，凡经年寒暑而成。是冬入粤，携之笥策。"（参姜伯勤《石濂大汕与澳门禅史》）黄登《岭南五朝诗选》卷三"释大汕"条谓："出游中洲……入嘉兴楞严藏，复念粤中公案未了，不拒重请，法驾再来。"

本年，梁佩兰有诗寄怀。

梁佩兰《六莹堂集》卷六《寄怀石翁（六首）》中有"大法何时返？相违已六年"句，此据大汕康熙十二年出岭正好六年，故此诗当作于此年前后。其中又有"锡藏嵩岳影，钟载汴河烟""传说登临兴，春来不暂停"等句，表明大汕在岭外与药亭仍保持着紧密联系。

康熙十八年己未（1679年）四十七岁

春，大汕被迎住长寿寺。时长寿寺倾颓过半，大汕始建宝镜、离六、半帆、绘空、云半、招隐、怀古、淀心等楼榭，后皆为粤东文人吟咏参禅之佳所。

梁佩兰《六莹堂集》卷五《石翁入住长寿禅院赋赠》二首其一云："至德贤王请，年时记赤乌。寺开郊甸合，峰立海门孤。古镜当人照，新林任鸟鸣。天花飞几片，滟滟下平芜。"赤乌为三国时孙权的年号。姜伯勤先生以为："'至德贤王请，年时记赤乌'，用三国吴主的典故，用指割据一方的尚可喜、尚之信'平南王'父子于1664年请大汕住大佛寺，康熙十八年大汕返粤被请住长寿寺。"按，此诗所写景致为春景，故系于本年春。又，《维摩诘经相图》："戊午寓吴门，……是冬入粤，……主法羊城长寿禅院，时斋静日长，重加装卷成轴。"黄登《岭南五朝诗选》卷三"释大汕"小传云："时长寿倾颓过半，师至，首建宝镜堂、离六、半帆、绘空、云半、招隐、怀古楼、淀心亭榭一十二所……诸上台公暇每聆听绪论，日无虚座。"此十二所亭榭，后多为文士所题咏，如陈恭尹《独漉堂集》有《离六堂》等十二首，梁佩兰《六莹堂集》有《长寿寺十咏》，王煐《忆雪楼诗集》有《题长寿禅院十二观》，何绛《不去庐集》卷二《离六堂》等十二首。

修禊后十日，大汕招陈恭尹、梁佩兰等人雅集长寿院精舍。

陈恭尹《独漉堂集》有《修禊后十日石濂禅师招同诸公雅集长寿禅林，即事赋》，此诗列于《江村集》第三首，而《江村集》收独漉从丙辰（康熙十五年）至丙寅（康熙二十五年）之诗作。独漉此诗中有"悠然古招提，旷若新开辟"句，乃贺大汕新入住长寿之意。《本集》卷二《修禊后十日小集竹浪斋，与詹竹也、陈元孝、梁药亭、唐海门、尚散木诸公分赋》中有"念言足契阔，快此手重握"，可知此次雅集必在大汕返岭后不久。

八月，京师地震，死亡者不计其数，大汕闻知，作《地震行》以纪之。

《清史稿·志十九·灾异五》载："康熙十八年（己未）……七月初九日，京师地震，通州、三河、平谷、香河、武清、永清、宝坻、固安地大震，声响如奔车，如急雷，昼晦如夜，房舍倾倒，压毙男妇无算，地裂，涌黑水甚臭。"大汕《地震行》云："噫吁嘻嗟乎！戊申六月二十六，江南海立山崩曾经有，己未八月二十八，塞北天摇地震从来无。"

十月，大汕在竹浪斋完成《墨竹图》。（参姜伯勤《石濂大汕与澳门禅史》）

陈恭尹等集长寿禅林。

陈恭尹《独漉堂集·江村集》中有《集长寿禅林，咏西番莲花歌》一首，次于《登大士岩纪事》后二首，《纪事》诗有序云："己未孟冬二十有八日，己未赛神于大士岩。"故将此次宴集编于此年。

康熙十九年庚申（1680年） 四十八岁

六月十七日，至梁佩兰六莹堂观斗蟋蟀，并作诗赋之。

《本集》卷一《斗蟋蟀赋》"引"云："庚申六月十九日，过梁药亭孝廉六莹堂观斗蟋蟀，喜其物小义大，感而赋之。"

夏至日，大汕在广州，题写《维摩诘经相图》。

《维摩诘经相图》末题有"五岳行脚僧头陀大汕题于长寿禅院竹浪斋，时庚申长至日"。（参姜伯勤《石濂大汕与澳门禅史》）

八月九日，澹归圆寂于江南陆世楷嘉兴平湖别业。（吴天任《澹归禅师年谱》）

本年，尚之信被赐死，尚藩在岭南统治至此而终。

康熙二十年辛酉（1681年） 四十九岁

今无卒。（见《阿字今无禅师年谱》）

康熙二十一年壬戌（1682年） 五十岁

吴兴祚都粤，废除逆藩诸种弊政。

《嘉庆一统志》："吴兴祚，汉军正红旗人。康熙二十一年总督两粤，部署废藩，……逆藩尚之信遗孽擅盐重利，悉釐剔之。时钱法壅滞，设局鼓铸钱布流通。卒于官，粤人德之。”《潮州府志》卷四十载吴兴祚《重建广济桥碑》自云：“康熙二十一年，予以福建巡抚，奉命总督两广。”吴兴祚，字伯成，号留村，历无锡知县、福建巡抚、两广总督等职，著有《留村诗钞》。大汕与吴兴祚所交甚深，《本集》卷二《送留村吴大司马》、卷四《都门怀留村吴大司马》、卷五《赠吴大司马》、卷七《赠伯成吴大司马》诸诗，皆多称颂留村之德政。

此年作《自寿示诸子》（《本集》卷三），中云：“可奈虚生五十年，狂吟哭笑情痴颠。中原昔时经播迁，朱门劫火沉桑田。云水浮游东海边，破衲蓬头垂两肩。饥餐薇蕨卧云烟，立身倔强不受怜。屈指知心无十子，花朝月夕相流连。”遗民“薇蕨”心，透彻淋漓。

本年，陈维崧卒。（张慧剑《明清江苏文人年表》）

康熙二十二年癸亥（1683年） 五十一岁

五月，大汕往潮州，道经循州、博罗、惠阳、河源诸地。

吴绮《潮行近草序》云：“余之至广，始及一阳，而师之游潮已先五月矣。”大汕《潮行近草》中有《舟发循州，相对罗浮山，日暮不能登眺，以诗自遣》《抵博罗》《道经惠阳》《朝云墓》《东坡故居》《河源旧城》诸诗，盖纪途中见闻。

七月，抵潮州，晤林航学太守。见马三奇。作长诗《黄河行》。

林杭学《潮行近草序》云：“石濂大师，予素交也。自五羊挈其徒数人，持巾瓶、横楖栗，翛然而来。”末题“康熙癸亥七夕江东法弟林航学拜题于秋辉堂”。林杭学，字宇武，江苏江宁人，康熙十六年随征入潮州，旋任知府。《本集》卷八有《九日林果庵太守招同诸公雅集湖山分赋二首》。

《潮行近草》“杂言”卷《黄河行》引云：“癸亥秋七月，与马潮镇、蓝公漪诸公言及河决之患，工筑浩瀚，迄无成功，作《黄河行》自识。”按，马潮镇，即马三奇，辽东广宁卫人。康熙十三年入潮州。

秋，吴绮应吴兴祚之邀入粤。

吴绮《林蕙堂全集》卷三《韩公吉观察崧云集序》云：“余以癸亥秋杪，始至羊城；甲子月中，乃过羚峡。”黄登《岭南五朝诗选》卷八“吴绮”条云：“癸亥应留村吴大司马之约，策杖罗浮。”

十月，马三奇为大汕作《潮行草近序》。

马三奇《潮行近草序》末题“康熙癸亥十月三韩马三奇乾庵甫拜撰”。

约年底，大汕返广州。

康熙二十三年甲子（1684年）五十二岁

元夜，与吴绮、徐凤池诸君雅集长寿寺招隐堂。

《本集》卷九《甲子元夜，吴园次同观庄、宋眉庵、徐凤池、顾辛峰、钱目天、季伟公、彤本、武登诸公雅集招隐堂分得秋字》，吴绮《林蕙堂全集》卷十九有《元夜徐凤池、顾辛峰、郑愚公、黄位北、钱目天、季伟公偕家观庄、武登同集石濂上人招隐堂分赋得回字》。

二月花朝，吴绮集海内词人于广州西禅寺，结越台诗会唱和赋诗。

《本集》卷九《越台诗会分赋珠江春泛》，注：“词用七阳。”

月望，王孝杨、吴绮诸君过集离六堂分赋。

《本集》卷九有《二月朔王孝扬将军同吴园次诸公过集离六堂分赋》。

春，在广州晤徐釚。

徐釚《海外纪事序》云：“余于甲子春间，予假南还，往罗浮采药，憩迹五羊，始得晤石公和上于客座间。”

清明，与吴绮等人分赋。

《本集》卷九《清明旅怀与吴园次诸公分得西字》，中有“人世百年能几会，五羊新火又分题”句。吴绮于本年八月离粤，故此诗必作于本年清明。

四月八日，吴绮为《潮行近草》撰序。

吴绮《潮行近草序》末题有“康熙甲子清和浴佛日丰南弟吴绮拜题”。

仲夏，送法侄当人出岭，编采诸方书籍。

《本集》卷二有《甲子仲夏，当人法侄为余出岭遍采诸方书集，临行赋送》一诗。

八月十三日，在佛山别吴绮。

《本集》卷九《八月十三园次吴使君将还广陵约过佛山话别，舣舟赋送》。吴绮《林蕙堂全集》卷十六有《厂翁和尚同伟公兰及家武登送别佛山舟中望月分韵》《留别厂翁和尚即次见送原韵》。

十一月，王士禛奉命祭告南海神祠。

《渔洋先生自编年谱》卷二云：“康熙二十三年甲子……十一月，奉命祭告南海。”

康熙二十四年乙丑（1685年）五十三岁

二月初八，王士禛抵达广州。四月初一，即启程北归。（参蒋寅《王渔洋事迹征略》）

王渔洋游岭南所作诗歌后结集为《南海集》。《广州游览小志》载，他曾与屈翁山、陈恭尹等人游览长寿寺。《南海集》卷下有《咏长寿寺英石赠石公》云："爱此招提石，铿如哀玉弹。晴天起云雾，远势出峰峦。池上潮新长（池与江通潮汐），窗中藓故寒。悠然谢袍笏，一日百回看。"

春，叶燮至岭访梁佩兰。

叶燮《已畦集》卷八《桐初诗集序》云："乙丑游岭南，桐初又来，晤于尉陀台下。"

暮春，王渔洋与大汕约游长寿寺，因雨未值。

《本集》卷七有《乙丑暮春，阮亭王宫詹诸君约过小楼，以阴雨不果，怅然有作》。

夏，魏礼入粤，旋与王士禛同舟归，大汕有诗送行。

魏礼《魏昭士文集》卷三《赠北田五子序》云："乙丑夏，侍家君子入粤……"同卷又有《王阮亭詹事南行志序》云："乙丑孟夏，舟过英德……翌日，阮亭先生以祀南海事竣，次端州，游七星岩，乘舟同归。"大汕《离六堂近稿》中《季夏病中送魏和公还宁都》一诗盖作于此时。魏礼，字和公，号季子，江西宁都人，与兄际瑞、禧称"宁都三魏"，复与曾灿、彭士望等称为"易堂九子"。《本集》中还有《送魏和公归宁都翠微山》一诗，或亦作于本年。

八月，有诗寿林杭学。

《离六堂二集》有《乙丑八月林潮州会省，时值生日，赋诗为寿》。

秋，叶燮北归，大汕有诗送行。

《已畦诗集》卷四《旧与梁药亭订交吴下，药亭订余入粤时当主其家，及至则药亭公车北行矣，余在粤淹留三序，药亭下第不即归，竟相左不值，作长句贻药亭》中有"余来始春杪秋去"句。叶燮在岭南与大汕常有往来，《已畦诗集》卷四有《赠石涟上人》诗。《本集》卷七则有《送叶星期进士归吴江》云："不合时宜客，梅花岭外行。鹧鸪啼粤树，秋月转吴城。牧犊浮云白，横塘夕照明。知君怀宝剑，风雨听长鸣。"

康熙二十五年丙寅（1686年）五十四岁

秋杪，陈恭尹为大汕题《卖卜图》。

《离六堂集》卷首附图三十二幅，其中有《卖卜图》，陈恭尹题曰："既不疑，又何卜，一二三四五六。"下署"丙寅秋杪　恭尹"。

康熙二十六年丁卯（1687年）五十五岁

夏，潘耒入粤。

潘耒《遂初堂诗集》卷七《江岭游草》题记云"起丁卯夏至戊辰夏"，可知此年潘耒夏已至岭南。吕永光《梁佩兰年谱》谓潘耒入粤在此年冬，不甚准确。又潘耒作于康熙三十八年的《救狂砭语》中云："十年前，曾客羊城，闻座下（大汕）声望赫然，值驾北行，未获相见。"

秋，大汕在京师。

《本集》卷八《梁素冶，余至友也。壬戌入都，六年不通音问。丁卯秋，余为知交延过燕台，拟倾积绪，不谓缘悭，缺焉晤语，赋此寄意》，睹此诗题，可知本年秋天，大汕已在京师。此亦可与前面潘耒所云"值驾北行，未获相见"相参证。另，卷二《留别唐海门》中有"况我燕山去，未卜几时还"句，同卷《燕台四首》、卷八《燕台杂咏》《客燕怀药亭先生》等诗，亦当作于此时。

仲冬，李方广于吴门邸舍为大汕《燕游诗》作序，大汕达江南。

《本集》卷首李方广《厂翁燕游诗序》末题"丁卯仲冬，雪苑学人勺亭李方广信笔于吴门邸舍"。据此，则大汕本年冬天重游江南，颇疑《过毗陵哭陈其年太史》亦作于此时。

冬，梁佩兰北上赴京参加会试，大汕有诗送行。

按，药亭曾多次赴京会试，据吕永光先生《梁佩兰年谱简编》，分别于顺治十六年秋、康熙元年秋、康熙五年冬、康熙十一年冬、康熙二十年冬、康熙二十三年冬、康熙二十六冬，前后共有七次。大汕至少在最后一次为药亭送行。《本集》卷三《送药亭梁解元会试》中有句云："五十上达何为迟，六十临场正及时。"吕永光先生与史洪权先生均将此诗系于此年，当不误。又此诗中有"赵佗城上月浮白，西园置酒燕征客。一夜城中箫鼓声，平明送出五羊驿"，可知此送行之地当在广州，然此年仲冬大汕尚在吴门，明年春天又在越中（详见下条），难道大汕在短短二三个月的时间内，两次往返于江南、岭南两地？殊未可解也。

康熙二十七年戊辰（1688年）五十六岁

元旦，登杭州西湖湖心亭。

《本集》卷八有《戊辰元旦登湖心亭》。《嘉庆一统志·杭州府志》谓，湖心亭“在钱塘县西湖中”。又，此诗前二首有《雪霁湖上晚望》一诗：“朔风一夜六花腾，吹落西湖三尺冰。……行到断桥人境绝，哀猿啼处不能登。”亦可证大汕此年冬必在杭州。

春，于西湖晤毛际可。

《本集》卷首有毛际可题《厂翁燕游诗序》，中云：“康熙戊辰春晤石师于湖上……坐谈竟日，以《燕游草》相示。”按湖上当为西湖。又《本集》卷三有《忆昔行为会侯毛先生作》有“忆昔逢君湖上雪，西陵冰冻人烟绝。不觉别来已七年，还像今朝冷似铁”句，所忆之事当指此次湖上之晤。毛际可，字会侯，号鹤舫，浙江遂安人，顺治十五年进士，康熙十八年举博学鸿词科，寻告归，著有《松皋文集》。（钱仲联主编《清诗纪事》）

二月，梁佩兰应会试，榜发，中会试第十名（吕永光《梁佩兰年谱》），大汕有诗贺之。［《本集》卷二《喜药亭梁先生举进士（三首）》］

本年，曾灿卒。（张惠剑《明清江苏人物年表》）

康熙二十八年己巳（1689年） 五十七岁

仲春，大汕与陈恭尹、王础尘、陶璜、黄河徵等人同登镇海楼，约以长律纪其胜。

陈恭尹《登镇海楼赋序》：“己巳仲春，予偕诸同人登焉，相约为长律以纪其胜。”《本集》卷五有《登镇海楼一百韵同王础尘、季伟公、陶苦子、陈元孝、黄葵村诸公作》。

四月，王煐入粤。

《忆雪楼诗集》卷下《湖上再集》中“四十五年身易老，二千余日意谁知”句下自注云：“己巳四月至惠（州），迄今六更岁序。”

夏，潘耒离粤。

康熙二十九年庚午（1690年）五十八岁

仲夏，吴兴祚招同陈恭尹、屈翁山等人集离六堂赋诗。

陈恭尹有《大司马留村吴公招同茹琼山子苍、张惠来时公、刘将军季翼、新安王我占、山阴娄子恩、同里屈翁山奉陪京卿紫阁张公集石公离六堂，即席次张公韵，送之入都》四首。陈永正主编《屈大均诗词编年笺校》卷十有《庚午仲夏，承大司马吴公招同诸公奉陪京卿张公宴集城西禅院，次张公元韵四首，并以送行》。按，此"城西禅院"当指大汕之长寿禅院。

冬，吴兴祚离粤入都。

腊月，王煐惠州子日亭落成，与陈子升等人前往庆贺，旋归。屈大均、陈恭尹、梁佩兰等皆有诗。

《本集》卷四有《子日亭歌寿王惠州》，梁佩兰《六莹堂集》卷三有《惠州王紫诠太守筑罗浮子日亭落成作歌寄之》，陈永正《屈大均诗词编年笺校》卷十有《王太守作见日亭成诗以美之》，王煐《忆雪楼诗集》卷下有《庚午嘉平望后送石濂师、季南屏、黄位北、陈生洲返棹羊城用海琼子白云晚眺韵》。

康熙三十年辛未（1691年）五十九岁

二月，花朝后五日，梁佩兰、陈恭尹、屈修等人访大汕于离六堂。（吕永光《梁佩兰年谱》）

冬，屈大均访大汕长寿禅院。

屈大均有诗《奉和龚蘅圃驾部偕诸公游光孝寺，出城访长寿精舍之作次原韵》，陈永正《屈大均诗词编年笺校》卷十将此诗系于本年，又其中有句"梅早尽开催腊蕊，瓜寒尚缀隔年藤"，可知时令当在冬季。

初刊《离六堂集》。

《中国古籍善本书目》著录大汕《离六堂集》之版本为"康熙三十年怀古楼刻本"。

康熙三十一年壬申（1692年）六十岁

正月十七日，惠州太守王煐和韶州知府陈廷策招诸公雅集长寿寺。

屈大均有《上元后二夕，惠州、韶州两使君暨诸公同集长寿精蓝分得一先韵》诗与《洞仙歌·长寿禅室瓶花》词，陈永正《屈大均诗词编年笺校》将它们系于此年。又，陈恭尹《独漉堂集》有《上元后二夕，长寿精舍雅集，同王惠州、陈韶州两使君、梁药亭、廖南時、王础尘、沈上钱、方葆宇、陈生洲、黄葵村，分得来字》，王煐《忆雪楼诗集》卷下有《上元后二夕，集长寿精舍分赋，得一东》，梁佩兰《六莹堂集》卷七有《上元后二夕，长寿石公邀龚蘅圃、王紫诠、陈毅庵、方鹤洲、朱汉源、陈生洲、陈元孝、屈翁山、廖南晞、黄葵之、摄之社集离六堂分韵（二首）》。

冬，大汕在长寿禅院集众演戏。

潘耒《再与石濂书》云："公于壬申冬集众演戏。席半，忽谓众曰：'上将召我矣。'"

康熙三十二年癸酉（1693年） 六十一岁

正月七日，陈恭尹偕王础尘等人来访，遇王煐偕其子孙先至，茶话至暮，旋又至王煐邸舍饮酒。

陈恭尹《独漉堂集》中有《癸酉人日，偕王础尘、王新侯、王立安过石公精舍，惠州王使君紫诠挈其诸孙已先在，同登怀古楼》一诗，王煐《忆雪楼诗集》卷下有《人日偶过长寿精舍，础尘与陈元孝不约而来，瑮儿亦携徵徽两孙继至，石公因设伊蒲于怀古楼，茶话至暮，复邀诸同人于邸舍饮宝坻酒》。

四月十五日，毛际可在端州，大汕等人前去探访，际可为大汕撰《〈绘空词〉序》。

《本集》卷十二有毛际可题《〈绘空词〉序》，末有"康熙癸酉清和月望前武林法社末毛际可拜撰"。又前引《本集》卷三《忆昔行为会侯毛先生作》中云："昨日友人扇头见大作，知君近过端州开府幕。头陀乘月泛轻舟，入门一笑何等乐。"另，据王煐《忆雪楼诗集》卷首毛际可序："余与宝坻王南区先生闻声相慕有年矣。癸酉春晤于端州，遂同泛舟羚山寺。"

九月八日，王煐至长寿寺，与大汕赋诗唱和。

王煐《忆雪楼诗集》卷下有《重阳前一日五仙观看放风鸢，因过长寿精舍，同石师赋得"满城风雨近重阳"》。

本年，王础尘卒。（屈大均《翁山文外》卷五《王础尘衣冠冢铭》）

康熙三十三年甲戌（1694年） 六十二岁

春，有事北征，拟定二月初一日行，然因病缓行，闭门谢客，惟整理图籍，优游花木。

《海外纪事》卷一云："甲戌之春，余将有事北征，为上人召也。选徒御，戒行李，卜以二月初吉启行。已而脾患大作，……遂闭门谢客，日拥残编，丹黄甲乙，间或浇花种树，俯仰行吟，庶几优游晨夕，免事风尘矣。"

闰夏，屈大均、梁药亭、陈恭尹、王煐、薛熙同游长寿寺。

王煐为薛熙《秦楚之际游记》作序云："去月自惠之广州时，积雨稍霁，过屈君翁山所居，而陈元孝偕一客在座，曰：'吴门薛君孝穆也。'予往在京师，因尝读其文，慕其才，相揖而坐，纵谈甚适，因约为城西精舍之游。明日，薛君偕翁山、元孝先至，顷之，梁君药亭、陶君子师一时皆会于石公淀心亭上。……康熙甲戌闰夏宝坻王煐序。"按，薛熙，字孝慕，号半园，江苏吴县人，著有《依归集》。又，汪宗衍《屈大均年谱》"康熙三十一年壬申"条谓："翁山与汕往还唱和，见于记载，止于本年（1692年）……是两人交恶，当在壬申、甲戌间事。"其实至本年，屈大均与大汕仍有往来。

八月初四，安南国王遣使至粤，邀大汕往安南传法。

《海外纪事》卷一云："讵八月初四日，知客叩门，称大越国专使至……请曰：'大越国王驰慕老和上有年，今特焚香遥拜，奉尺书聘于狮子座前，伏乞道驾往化。'"

十二月前后，大汕拟往安南，与同社诸子赋诗话别。

《海外纪事》卷一云："腊底，告行于当路缙绅、白社知己。随即开春，贶者、饯者、馈盘餐供物玩者、序而送者、歌诗赠行者，从朝至暮。"梁佩兰《六莹堂集》卷三有《送石公之安南》，陈恭尹《独漉堂集》十二有《乙亥元日送石公泛海交趾说法》。

本年，吴绮卒。（张惠剑《明清江苏人物年表》）

康熙三十四年乙亥（1695年）六十三岁

上元灯夕，大汕率僧徒五十余众从广州黄埔启程往安南。

二月十七日，至安南顺化，安南国舅相迎，大汕作《初抵大越国诗》六首。旋及见安南国王阮福周。

二十八日，安南国王阮福周接见大汕。

二月初一，于王府中观赏歌舞；初三后，开道直说，并榜诸山门。

三月十五日，大汕为安南国祈风求雨，不日，果风雨大至。

四月，为安南国王以及上千子民授戒。廿五日，拟归，阮福周盛情相留。

六月初三，辞别阮福周，定于十五日下会安料理返程事宜，贶见者络绎不绝。

十八日，与阮福周别，阮解自佩金刀相赠。

二十八日，离安南顺化，登舟之顷，拜送者衣袂扬尘，挥涕成雨，至有呼天抢地者。

七月初，至安南全安，住安南名刹弥陀寺。

七月三十日，准备起锚归国，但海上“飓风怒号，摧山陨石”，加之大汕生病，遂又回转。

十月十三日，返至顺化。

十六日，重晤阮福周，上《重建长寿因缘疏》，募得五千金，重构长寿寺。

十一月，起航回国。（本年事迹，《海外纪事》中记载较详，这里仅择其要者。）

康熙三十五年丙子（1696年）六十四岁

春，刘曾主试粤东。

刘曾，字省庵，临潼人，康熙己未进士。……丙子主试粤东，著有《南游草》《鉴定粤东闱墨》诸书。（黄登《岭南五朝诗选》）

五月十六日，屈大均病卒。（汪宗衍《屈翁山年谱》）

初秋，大汕回到广州。

《海外纪事》卷六有诗《乙亥春赴大越国请，越岁归帆，已在初秋，计甲戌霪雨荔子少而味复不佳，不饱餐者三年矣。郑子元居士由闽入广，食荔枝每为品评，于其还也，书此送之》。

秋，熊一潇奉命祭告南海神祠。

熊一潇，字荐怀，一字若园，康熙甲辰进士，丙子初春奉命祭告中州太昊氏诸陵，秋复奉命祭告南海祠堂，著有《归田集》《西游诸集》。一潇在粤期间，尝访大汕，作有《过长寿寺访石濂长老》三首。（黄登《岭南五朝诗选》）

秋，释德翔有诗怀大汕。

黄登《岭南五朝诗选》“国朝高僧”卷三“释德翔”条有诗《丙子秋有怀长寿石老和尚》。德翔，字幻文，丰城人，童年出家，嗣义山磐石和尚，著有《宿云堂集》即刻。（黄登《岭南五朝诗选》）

十月，樊泽逵典试粤东，访大汕，并为《离六堂集》撰序。

樊泽逵《离六堂集诗序》云：“余奉使典试岭南，公余游览诸胜，过访厂翁和上于西郊长寿院。”末署：“康熙丙子冬十月既望宜宾樊泽逵拜撰。”樊泽逵，字昆来，四川宜宾人，康熙乙丑进士，丙子典试粤东，著有《使粤纪游》，不存。

（黄登《岭南五朝诗选》）

冬，王煐招同陈恭尹、梁佩兰、刘曾、樊泽逵等集长寿寺。

《海外纪事》卷六有《冬日紫诠王大参招樊太史、刘诠部暨白社诸公过集小院分赋得七阳》，刘曾有《王紫诠观察招同樊昆来、梁药亭太史、陈元孝、王蒲衣处士雅集长寿寺拈韵，石濂上人方丈得隅字》（黄登《岭南五朝诗选》），陈恭尹《独漉堂集》卷十三有《王川南招陪樊检讨昆来、刘铨部省庵集长寿石公精舍，分得二冬》。

冬，赵执信入粤。

王煐《忆雪楼诗集》卷首有赵执信序，末题“康熙丙子年十一月朔日青州同学赵执信撰”，可知，赵执信约在十一月前后已抵广州。赵执信入粤与大汕多有唱和，其《因园集》卷五有《长寿庵赠石濂上人（近始浮海归自安南）》《石公刻所著海外纪游集未竟，余因以观海诗属之，复有此赠》《酬石上人惠日南藤杖因以为别》诸诗。

本年《海外纪事》刻成，复以安南募化资金建藏经阁、大雄殿，飞甍画栋，甲于诸方。

黄登《岭南五朝诗选》卷三“释大汕”条：“今复鼎建藏经阁、大雄殿，飞甍画栋，甲于诸方，历费数万，皆大檀越乐为捐俸。”按《岭南五朝诗选》编定于本年，故将此事系于本年。又，《海外纪事》有阮福周之序末题“丙子蒲月”。

康熙三十六年丁丑（1697年） 六十五岁

春，周在浚入粤，访大汕于长寿寺，并礼大汕为师。（参校《离六堂集》）

《本集》卷首周在浚序云：“丁丑拜厂翁和上于羊城之长寿，始知天下原有真善知识。……余荷和尚不弃，以弟子蓄之，于和上诗有记室参校之职，刻成谨序于简端。庐山行脚弟子周在浚法名醒雪钝甫氏和南拜题。”又梁佩兰《六莹堂集》有《早春次答周梨庄枉顾仙湖见赠之作》。按，周在浚，字云客，又字龙客，河南人。国变，出家于庐山，著有《梨庄集》《遗谷集》。（黄登《岭南五朝诗选》）

冬，熊一潇离粤，大汕有诗赠行。

熊一潇作《丁丑季冬信笔述怀奉别石濂老和尚》以及《离六堂集序》，对大汕诗歌艺术推崇备至。《本集》卷三有《熊都宪奉命诰祭南海神祠，礼成还朝，赋此赠别》首句云“我皇御极三十有六载”语，故系于此年。

康熙三十七年戊寅（1698年）六十六岁

秋，徐釚再度入粤，访大汕于离六堂，十月即归。

徐釚《离六堂集序》中云："余于甲子春间……晤石公和上于客座间……忽忽十有五年，重至珠江……亟携筇步至而叩禅扉……"另，徐釚《海外纪事序》亦有相类似的文字。

康熙三十八年己卯（1699年）六十七岁

三月，陶煊至广州，访大汕，并有诗赠之。

《本集》卷首有陶煊序云："今年春，买舟过广城，旅次甫定，即过访之（大汕）。"末署"康熙己卯惊蛰后三日长沙学人陶煊拜撰"。陶煊《石溪诗抄》中又有《过长寿寺会石濂禅师》《答厂头陀》当亦作于此年。陶煊，字奉长，一字石溪，湖南宁乡人，著有《石溪诗抄》。

孟春，仇兆鳌为《海外纪事》撰序。

《海外纪事》仇序末署："时康熙己卯孟春甬江仇兆鳌拜题于端州旅次。"仇兆鳌（1638—1717），字沧柱，号知几子，浙江鄞县（今宁波）人，以《杜诗详注》鸣世。

初秋，潘耒重至广州。

潘耒《遂初堂别集》卷三《竹院清吟题辞》云："己卯新秋，余与詹山、损持、匏村诸君同客珠江，访古探幽，憩集于此……"

毛际可为《海外纪事》撰序。

毛端士《海外纪事序》末题"时康熙己卯八月晋陵毛端士拜题"。

闰七月二日，大汕招陈恭尹、毛端士、张尚瑗等雅集长寿寺。

陈恭尹《独漉堂集》卷八有《闰七月二日，长寿石公招同毛匏村司马、张损持吉士、吴晋涛少尹、杨勉庵孝廉、唐海门、黄兰偶、司红暹诸文学雅集离六堂，次毛韵二首》。

八月中秋后，潘耒寄书王士禛、梁佩兰等人，为攻讦大汕而蓄势。然药亭婉拒，而渔洋则加入潘氏的反汕阵容。（潘耒《救狂砭语》，蒋寅《王渔洋事迹征略》，吕永光《梁佩兰年谱》）

九月十二日，潘耒与大汕交恶，刻《救狂砭语》攻讦之。

潘耒《〈救狂砭语〉序》末署："康熙己卯重阳后三日东吴止止居士书于羊城寓舍。"

康熙三十九年庚辰（1700年） 六十八岁

四月，陈恭尹卒。（温肃《陈独漉年谱》）

夏，潘耒离粤。

潘耒《遂初堂诗集》之《楚越游草》下所收之诗为“起己卯夏，尽庚辰夏”，盖本年夏，潘耒已离粤。

本年，大汕有诗寄赠王士禛。

《离六堂近稿》之《寄贺司寇王阮亭》中有“近拜白衣官……屈指十七年”句，此距渔洋甲子1684年入粤恰为十七年。

康熙四十年辛巳（1701 年） 六十九岁

康熙四十一年壬午（1702 年） 七十岁

许嗣兴任广东布政司，大汕被逐出广东。

《盛京通志》卷八十载：“许嗣兴，开原人，隶镶蓝旗汉军。康熙十一年知山西蒲州，操守廉洁。葺庙学，复河中书院，严立课程，文风蔚起；征收钱粮，劝谕有法，豪猾为民害者，密加防缉，重法究惩，群匪敛迹，闾阎晏如。时有檄民运粮西安之役，嗣兴请宽民力，运至陕界而止。十三年逆藩吴三桂反，川陕煽乱，大军所过，居民震动，蒲尤冲衢。嗣兴弹压安辑，客兵过境者无敢肆，民赖以安。累擢湖广按察使，遇事执法不挠，有长寿寺妖僧石濂者，以邪术倾动一时，又交通安南国王得其馈赠，僭侈逾分。嗣兴恶其惑众，因事拘讯，重杖遣戍，士论快之。”

本年，大汕刻《离六堂近稿》。

据邓之诚《清诗纪事初编》云：“《离六堂近稿》一卷刻于壬午……”又云：“据此集《楼居漫兴》诗，有‘七十披缁老’语，没年当七十以上矣。”

康熙四十二年癸未（1703 年） 七十一岁

大汕在江西赣州，追随者颇众。

康熙四十三年甲申（1704 年）七十二岁

本年，李基和由湖北布政使迁江西巡抚，复将大汕逐出江西，卒于常州。

《嘉庆一统志》载：“李基和，奉天镶红旗人，康熙四十三年由湖北布政使升江西巡抚。”又，陈荆和先生《十七世纪广南之新史料》云：“大汕之被许嗣兴捕并放逐赣州山寺，应在四十一年间，其在赣州之逗留约莫一年，因‘又复兴起，皈依甚众’，故四十三年复为江西巡抚李基和所逐，押返途中客死常州。”

康熙四十八年己丑（1709 年） 卒后五年

王士禛刻《分甘余话》，录《妖僧大汕》一文诋毁大汕。

康熙五十六年丁酉（1717 年） 卒后十三年

查慎行入粤，过长寿院，有诗咏之。

查慎行《敬业堂诗集》卷四十七之《粤游集》中有《长寿庵坐湛庵禅师方丈听谈石公旧事》云：“津梁谁得限，传法到交南。涉海如航苇，还山遂筑庵。劫难逃宿业，风不动毗岚。贤嗣真龙象，千钧独力担。”

康熙五十七年戊戌（1718 年） 卒后十四年

粤台古迹八咏诗会榜发之日，于长寿院张宴雅会。

罗元焕《粤台征雅录》卷一云：“康熙戊戊（按当为戊戌之误），羊城沈奇玉琦开‘粤台故迹八咏诗会’于白燕堂，……既又张燕召梨园侑觞雅会于长寿僧院。”

本年前后，大汕法属清隐禅师入主长寿寺，为第二代住持。久荒之长寿精舍复得香火。

梁无技《南樵二集》卷十有《为长寿法属清隐公大师上堂启》：“恭惟隐公大师法座，浏阳支派。天竺源流，大衲禅宗，高峰长者，灵山会上早证摩尼，离六堂中亲承提命袈裟。二十八代至大鉴而无传，曹洞二十九宗迨杖人而再衍。（曹洞传二十九世至觉浪杖人，杖人传石公为三十世，石公传隐公三十一世云）……兹以师传未远，法席久虚，恭承南海令公神明茂宰谓本山继席向未得人，长寿禅林终虚一座，故特举吾师嗣法，还居方丈。”

乾隆二十五年庚辰（1760年） 卒后五十六年

沈德潜编成《国朝诗别裁集》，选入大汕诗三首。

乾隆四十五年庚子（1780 年） 卒后七十五年

乾隆编修《四库全书》，大汕《离六堂集》《离六堂二集》《潮行近草》《燕游稿》悉被禁毁，《海外纪事》则列入存目。

附录三　王夫之与金堡澹归关系考论

晚清罗正钧蒐集诸家文献撰成《船山师友记》，藉此船山平生交游之迹得见大概。是书卷三录船山供奉永历朝时所交师友中，有“金黄门堡”[1]，即金堡澹归。虽现存关乎船山与金堡交往的史料并不多，然金堡于船山心中实为重要。惜学界鲜有专文述及于此，本文不揣浅陋，拟对二人关系详加考论。

一、永历朝中的船山与金堡

顺治三年（1646年）十月，东南诸南明政权相继覆亡，桂王朱由榔称帝肇庆，史称永历政权。虽偏于一隅，然明祚赖以维系，遗民志士仍纷然附之。顺治五年（1648年）八月，栖迟沅湘数年、自称“无路之人”的金堡以瞿式耜疏荐，谒见永历帝，授礼科给事中诸职。[2]十月，因举义失败的船山与友人管嗣裘等亦奔赴肇庆，然此时永历朝中群臣交相诋毁，纲纪大坏，船山“所见尤为可忧”，故虽得制辅堵胤锡荐为翰林院庶吉士，却以丁忧未满辞归。返湘途中经桂林见瞿式耜，二人颇为符契，船山复“情终系主”。后瞿式耜极力疏荐之，预请阁试，船山仍以丧服未终而辞。至顺治七年（1650年）二月始服阕，起就行人司行人。[3]

是时，清兵已连克南雄、韶州等岭北要冲，直逼广州、肇庆。虏氛咫尺，永历帝却不顾群臣谏议，弃粤东而奔梧州；朝中则宦幸恣肆，蒸灼蜂酿，政局翻复。初涉政坛的船山即如临刀尖，卷陷于酷烈斗争的旋涡。据现存诸多南明史料，永历朝中诸朋党经消长分化后大致形成两大派系，即所谓“吴党”与“楚党”。“主持吴局者，阁臣朱天麟、吏部侍郎吴贞毓、给事张孝起、李用楫，外则制辅胤锡也；而江右之王化澄、万翱、雷德复，蜀中之程源，粤东之郭之奇实为魁。主持楚局者，丁时魁、蒙正发、袁彭年。彭年楚人，

[1] 罗正钧：《船山师友记》卷三，周骏富辑《清代传记丛刊》“学林类”，台北：台湾明文书局1986年版，第54页。

[2] 王夫之：《永历实录》卷二十一《金堡列传》，上海：上海古籍出版社1987年版，第180页。

[3] 王夫之：《姜斋文集》卷八《章灵赋》，《船山全书》第十五册，第186页。

然私粤而不私楚。陕西刘湘客、杭州金堡既与丁时魁等合，桂林留守瞿式耜，亦每事关问，居然一体矣。”[1]起初，楚党丁时魁、蒙正发、袁彭年、刘湘客、金堡等人依附握有重兵的李成栋之子李元允，劾功罪，裁恩幸，振刷纲纪，气势煊赫，时人以“五虎”目之。而“虎牙”金堡尤为峻烈，初至朝中，即向永历帝呈《时政八失疏》，针砭朝中痼疾，指摘陈邦傅、马吉翔等权奸，致举朝皆愕；后依楚党之势，复屡上疏劾，故尤为“吴党”所忌恨。

梧州地处广西中部，为“吴党”陈邦傅所辖。当永历帝驻跸于此后，吴贞毓、张孝起辈即乘机疏攻“五虎”“把持朝政，罔上行私”，后王化澄得旨遣缇骑逮金堡等人，并下锦衣卫，拟治死罪。[2]狱中，马吉翔等唆使党徒对“五虎”施以酷刑，“而堡刑尤独酷，豌血冲肋背，几死者数四”。[3]危急之中，船山与中书舍人管嗣裘力劝少傅严起桓曰：“诸君（指金堡等人）弃坟墓，捐妻子，从王于刀剑之中，而党人杀之，则志士解体，虽欲效赵氏之亡，明白慷慨，谁与共之者？”[4]严起桓虽亦曾为金堡等人疏劾，然为船山之言所动，力请于廷，惜昏庸之永历帝未能采纳。后瞿式耜等亦“抗疏申救”，仍未果。

四月，王化澄、雷得复等又参劾严起桓，竟“胁上为杀”之，起桓无奈“称病请去”。[5]船山与行人董云骧交疏抗言，直指雷得复等人“备极污蔑，众心揣摩，仅构危章”，其用心乃在排除异己，致使“君臣两受其伤”，并恳请永历帝“激励风轨”，“裁鉴实行”。[6]此疏一上，吴党又将矛头指向船山，甚至上疏请逮治船山，幸得握有重兵的高必正、党守素入朝疏救，形势方得缓和。最终金堡得减死论，远戍清浪卫；严起桓虽复职，但“日为群小所摇，志沮不行”；[7]船山则因越级疏言而被记过：“王夫之职非言官，似讦似嘲，偏激辅臣以去，是何肺肠！奉内事姑不深究，该衙门知

[1] 钱澄之：《所知录》卷下《永历纪年》下，上海：上海古籍出版社1987年版，第309页。

[2] 钱澄之：《所知录》卷下《永历纪年》下，上海：上海古籍出版社1987年版，第309页。“五虎”中之袁彭年因“反正有功，不议”，故下狱者实为金、丁、蒙、刘四人。

[3] 王夫之：《永历实录》卷二十一《金堡列传》，第185页。

[4] 潘宗洛：《船山先生传》，载《船山全书》第十六册，第87—88页。

[5] 王夫之：《永历实录》卷二《瞿严列传》，第27页。

[6] 王夫之：《龙源夜话·陈言疏》，《船山全书》第十二册，第657—659页。

[7] 王夫之：《永历实录》卷二《瞿严列传》，第28页。

道。”[1]

次月，船山又三次疏劾王化澄结奸误国，然此时群小气焰正盛，故反得排挤。“会攸县一狂人，作百梅恶诗一帙”，冒船山之名为序，王化澄“执为爨端，将构大狱”，置船山于死地。[2]船山“愤激咳血，因求解职”。[3]时金堡诏狱后折足卧于舟中，船山往省之。金堡以诗示曰：

挑灯说鬼亦无聊，饱食长眠未易消。云压江心天浑噩，虱居豕背地宽饶。祸来只有胶投漆，病在生憎蝶与鯈。劣得狂朋争一笑，虚舟虚谷尽逍遥。[4]

虱官作恶，云压江心，世局莫测，忠贞之士若金堡、船山唯有挑灯说鬼，嬉笑怒骂味尽人世之悲凉。不久，船山盘桓于梧州，至桂林依瞿式耜，次年返衡湘；而金堡于戍途中逢清兵南下，道阻不通，押解官乘乱逃走，遂流入桂林附瞿式耜，旋削发出家。

金堡供奉永历朝廷前后不及二年，船山更不过五月。据现存文献看，他们过从似并不密切，却皆有挽狂澜于既倒之忠心、虽九死而不悔之铁骨以及敢言直谏的诤臣品格，故互以“狂朋”相称。此种“狂”，适足反衬出“不可为”之永历朝廷的黑暗和昏聩。平心而议，金堡与船山本身亦存有明显的局限，在战略上失误良多。特别是金堡，顺治六年（1649年）农民义军孙可望以封王为由欲归顺永历政权，他却宥于狭隘的忠君观念，以“异姓王无”为由，屡上疏拒之，失去了一次壮大南明势力的机会。且他与众廷臣结怨亦深，甚至不辨忠奸，打击面甚广，故而最终酿成“庚寅之劫”。“无路之人”金堡只能逃禅避世，而船山则谢病归山，著书以老。

二、退隐之后船山与澹归的诗词唱和

船山僻居穷乡后，除偶涉江右诸地外，迹不出衡湘。金堡则于顺治九年

[1] 王夫之：《龙源夜话·陈言疏》，第657—659页。
[2] 王夫之：《姜斋诗集·和梅花百咏诗序》，《船山全书》第十五册，第609页。
[3] 王敔：《大行府君行状》，《船山全书》第十六册，第80页。
[4] 王夫之：《南窗漫记》二五，《船山全书》第十五册，第885页。

（1652年）至广州礼岭南高僧函昰为师，更名为今释，号澹归。据吴天任《澹归禅师年谱》，澹归除短暂漂游江南外，大半寓滞岭南，其迹未涉湖湘，故船山与金堡梧州别后或未能相会。然船山“又时藉浮屠往来”[1]，与澹归相为唱和者尤夥。

康熙二年（1663年）六月，船山作有多达七十六首的组诗《遣兴诗（读甘蔗生〈遣兴诗〉次韵而和之）》。其自序言：“……今春有杜鹃花，不觉到铁墙拗，王君延我入新斋，为他和石灰泥壁，忽拈一帙诗，没其所自得，教认取谁家笔仗。卒读久之，乃知是者跛汉。王君笑指石灰桶，说寻常谓道人认得行货，今乃充此物经纪，眯着眼看秤斛耶？者是十三年前借山在灵溪所作，逢彼场中，作彼杂剧。”[2]所言“甘蔗生”“借山”“跛汉”，皆为金堡之号。从此序可推知，澹归的《遣兴》诗当作于顺治八年（1651年）其出家后不久，可谓“髑髅惊心痛未苏”[3]，在这些诗中，他将个人身世之悲与黍离兴亡之叹打并于一起，情感激愤，似骨鲠在喉，不吐不快。如第十首：

哭罢黄尘返碧山，莫邪不必斩痴顽。一铛天地无生气，四壁诗书有厚颜。土大何凭威赫赫，虚空哪得骨珊珊。几茎短发吾曾老，且看儿童斗赤幡。

诗中尽抒有心杀敌、无力回天之哀伤，字字血泪，满纸悲凉，见得出澹归虽依傍佛龛仍系故国的心境。船山偶读到澹归这组诗，颇感“凄绝”，故次韵和之，格调亦类于澹归。如第三十二首云：

一瓠被嗔五鹿角，卫公（甘蔗生故字）吃打大臣袍（实事）。新寒改样酸垂足，宿痞生根病在膏。六鹢退飞争熠耀，孤禽重过酷啁嘲。藕丝大展修罗殿，款款蜻蜓傍叶逃。

此诗兴寄渊深，频用故实，叙写了从永历诤臣至岭南高僧之金堡澹归迭宕坎坷的人生历程。

---

[1] 王敔：《大行府君行状》，第73页。

[2] 王夫之：《姜斋诗集·遣兴诗》自序，第587页。

[3] 澹归和尚著，段晓华点校：《遍行堂集》卷三十四《遣兴》，第二册，第439—440页。

严迪昌《清词史》中谓："王夫之的《姜斋词》与今释澹归的《遍行堂词》堪称清初南明遗民词的'双璧'。"[1]这是基于二家在词史上的地位而言的。其实，船山词和澹归词或有某种渊源关系。关于自己的填词经历，澹归尝自云："庚寅，梧州诏狱中作词数阕，方密之见而称之，后绝不作。至庚戌复作，孝山谓吾手笔乃与词相称，意殊欣然。时孝山、融谷方共填词，复有不期而合者，此后一切填词作诗遂少矣。"[2]可见，澹归填词的第一次高潮正是在"庚寅诏狱"之时。而据龙沐勋云："船山在桂林和金堡相识后，就喜爱填词。"[3]从这一点看，船山或在金堡的影响下而填词的。事实上，康熙十九年（1680年）澹归示寂后，船山闻讯作《尉迟杯·闻丹霞谢世遥为一哭》一阕，以词体这一形式哀悼澹归，或亦有其独到用心。其词云：

> 离愁远，恨漓水不逐湘流转。萧萧寒雨天涯，南雁一声惊断。闲悰无数，都付与、似水并刀剪。忍今生、死死生生，总难片语分判。　追忆云暗苍梧，也则是、风光本色消遣。裸戏谷泉，雷电里莫，更有爷娘生面。今且向、垂杨暮雨。鹃啼处，咒残春一线。想依然、还我伤心，归舟天际相见。[4]

船山还有《沁园春》四阕，因"梅花道人题《骷髅图》，澹归嗤其鄙陋，为别作七首，乃词异而所见亦不相远，反其意"而正之。[5]检金堡《遍行堂词》中，有七首《沁园春·骷髅图》，且自注云："《题骷髅图》，梅花道人曾有此作，见其浅陋，乃为别之，得七首。"[6]梅花道人，为元代画家吴镇之号，曾作有《沁园春·题画骷髅图》词。"骷髅"出自《庄子·至乐》，庄子借骷髅之口寓生者之悲与死者之乐；而澹归则借以抒写"历经凶险、颠沛人生所积累的深沉感受"，反映"人难为人，鬼不成鬼的动荡昏沉的现实"[7]。此七首词作，痛彻淋漓，目空千古，堪称清词中的奇警之作。

---

[1] 严迪昌：《清词史》，南京：江苏古籍出版社1999年版，第103页。

[2] 澹归和尚著，段晓华点校：《遍行堂集》卷首《遍行堂集缘起》，第一册，第9页。

[3] 龙榆生：《龙榆生词学论文集》，上海：上海古籍出版社1997年版，第410页。

[4] 王夫之：《姜斋词集·鼓棹初集》，第728页。

[5] 王夫之：《姜斋词集·鼓棹初集》，《沁园春》其四，第741页。

[6] 澹归和尚著，段晓华点校：《遍行堂集》卷四十四《沁园春（十七首）》"小序"，第三册，第325页。

[7] 严迪昌：《清词史》，第103页。

试分择澹归与船山一首观之：

几个骷髅，被人敲磕，着甚干忙？见绮罗软美，生来结构；鞭棰怨毒，死去思量。蝼蚁为亲，乌鸢作客，朝露何由吊夕阳。谁家事，却自行自说，还自承当。　无端熟境难忘，有一点灰生万点霜。任劈波鱼痛，明年昨日；穿空鸟痒，此土他方。旧恨非存，新欢莫续，地老难扶天又荒。好听取，唱尸林一曲，寸断柔肠。[1]

为问蒙庄，卮言枉吊，笑尔何知？既使我其然，焉能免此；如君之说，抑又奚为？幸未凋零，先为飘荡，究竟鱼还死水湄。早辜负，却桃花春水，杨柳秋堤。　欲抛抛付伊谁，真避影、银灯只浪吹。便一枕蜨轻，还粘粉翅；三眠蚕稳，仍惹缫丝。去则难留，留原难却，一线纹生玩月犀。唯片晌，耐板桥霜迹，茅店荒鸡。[2]

澹归词满纸作奇妙语、荒唐语，弥漫着世事无常、人生如梦的宿命色彩，这是历大悲苦境后得佛教空观之净化的澹归对世事人生的感悟。而船山所谓“反其意”，正是此种宿命色彩。虽说船山入湘后的诗文词中悲凉、怨愤之情不减澹归，却尚不至于落入如此颓丧绝望之境，其内心似仍存自信、乐观，像“冬已至，闭关津，冻鱼水底自芳辰。东风打破寒冰面，始识通身未损鳞”[3]之语，绝非澹归所能道出。这是二人诗词之异处，亦是二人不同人生抉择的体现。

船山的学术、文学成就，前人已有成论；而金堡的文学成就，因其著作遭严厉禁毁，长期不显。事实上，金堡的艺术才能颇高，船山亦极推重之：“堡文笔宕远深诣，诗铦刻高举，独立今古间，成一家言。”[4]又说：“亭亭独立，分作者一席。”[5]若读规制浩大的《遍行堂集》，可知此论确为中肯，而非揄扬之词。

---

[1] 澹归和尚著，段晓华点校：《遍行堂集》卷四十四《沁园春·题骷髅图》其二，第三册，第326页。

[2] 王夫之：《姜斋词集·鼓棹初集》，《船山全书》第十五册，第733页。

[3]《前愚鼓乐·鹧鸪天》其六。

[4]《永历实录·金堡列传》。

[5] 王夫之：《夕堂永日绪论外编》，《船山全书》第十五册，第851页。

三、近世对二人关系评骘之辨析

船山与金堡的交往，前人多置贬词。李慈铭《受礼庐日记》云，船山《永历实录》“极称金堡，尤是明季门户习气，失是非之公”。柳亚子《南明史料书目提要》：“（船山）惟与金堡、蒙正发、刘湘客友善，不免门户之见。”而刘毓崧之评尤为激烈：“所惜者，己丑、庚寅在肇庆、梧州时，疑五虎为正人，引为同志，过信其言。……故纂辑此书，未免以先入之言为主，凡堡等所深怒积怨者，……传中率加贬词；与堡稍有嫌隙者，……亦多不满；虽忠烈如何腾蛟，而与堡不和，则词有抑扬，甚至反复如陈友龙，而为堡所私，则语多回护。……既知此类为堡等舞文，置之不论，其全编仍足以传信而于史学有功。”[1]括言之，诸公所评船山与金堡之交实乃明季党派门户习气使然，而此又直接关涉船山撰《永历实录》的倾向性，故有必要做番辨析。

首先应承认，金堡与丁时魁、刘湘客等人的交接，确属门户习气。顺治五年（1648年）十月，金堡初至永历朝中上《时政八失疏》后，即为陈邦傅、马吉翔等人所嫉恨，日益势孤，后因丁、刘等人所知，渐以合流，以至屡义气用事，不辨忠奸。这一点，船山《永历实录》亦未讳言。但云船山与金堡之交亦为“明季门户习气”，则有失公允。如前所述，船山于永历朝中前后未过五月，且其供奉朝廷之时，楚党已失势，金堡等更被下狱，若船山欲倚重门户，焉能依附楚党、冒死疏救金堡呢？诚然，船山于“庚寅之变”中，其政治态度确处“楚党”一端，然这是他于酷烈政治斗争中的正确选择。须知，是时永历政权内外交困，势如覆卵，而吴贞毓、王化澄辈却为逞一己之愤全然不顾，肆意攻讦金堡等人。船山于“众人聩聩之际”，为维护正义，戳穿群小之用心，挺身死谏，此种用心岂能为近世诸公所掩覆耶？事实上，船山亦曾自言：“时值倾覆，……唯余一意事主，不随众狂，而孤立无援，如彼何也。”（《章灵赋》）所谓“不随众狂”“孤立无援”，正表明其政治立场之独立，其言行亦皆个人深思熟虑之所得，而非门户义气用事也。

其次，刘毓崧言《永历实录》中诸多偏词，皆由堡起，此亦非实情。刘氏乃文史大家，他历举《永历实录》之失实处，多言之凿凿。而此中缘由，

[1] 上引李慈铭、柳亚子、刘毓崧之言皆出自《船山全书》本《永历实录·附录》，第570页，第573页，第564—567页。

正如刘氏所云：船山“筮仕”永历朝，“首尾仅逾一载”，“其后高蹈远引，罕接时流，耳目见闻，限于方域”，[1]故《永历实录》中缺陷良多，自是不难理解。唯刘氏所称船山“为金堡舞文”，则殊难乎众。

当然，《永历实录》中，船山于“五虎”中独列“金堡列传”，其偏重金堡确为事实。然其中的缘由是船山于“五虎”中独服膺金堡之才略与骨气，而非诸公所言的“门户习气”。读金堡《岭海焚余》中诸策论奏议，可以清楚地察见出他确是一位能总揽全局、精于审度的政治家、谋略家。如《中兴大计疏》《时政八失疏》《中兴四议疏》等章，皆危词切论，振人耳目，实为昏暗污浊的明季朝廷中不可多得之亮色。清初邵廷采曾评曰：“及读《行都奏议》，指画天下事如观火转圜。西南小朝廷有此大文，其才气固雄矣哉！”[2]民国孙德谦甚至谓：“使当日擢用其言，以为恢复计，明之存亡或未可知。”[3]而金堡之铮铮铁骨，浩然正气，则更为船山所重。梧州一狱，“五虎”中独金堡坚贞不屈，甚至敌党亦为之折服。钱秉镫《所知录》记金堡等人被逮治后，“上忽问廷臣曰：‘金堡毕竟是君子，是小人？’再问，无有对者，遂罢朝出。次日，词臣钱秉镫上疏言：‘昨侍班次，闻皇上再问金堡为君子，为小人。恶堡者皆在班列，无有对者，则良心难昧，天理难欺，堡之不为小人可知。’”[4]正因为澹归有如此之凛然浩气，故船山方能引其为同调。他有诗句赞金堡曰“千古英雄无死处，酒徒高唱感夷门”[5]，便显见出金堡于其心中的地位。

再次，刘毓崧《永历实录跋》中复引船山《家世节录》“先君之训，如日在天，使夫之能率若不忘，当不致与匪人力争，……人也非天只矣”一段，以为：“其上文述尊人武夷先生之训，谓以身殉他人之道，何似以身殉己之道。盖先生亦自悔其偏信五虎。”如刘氏所考，《家世节录》撰于永历

[1] 刘毓崧：《永历实录跋》，第561页。按，船山供职于永历朝不过五月，刘氏此处实误，王之春《船山公年谱》已辨正之。

[2] 邵廷采著，祝杰鸿校点：《思复堂文集》卷三《明遗民所知录》，杭州：浙江古籍出版社1987年版，第215页。

[3] 孙德谦：《岭海焚余跋》，载《岭海焚余》卷首，《台湾文献丛刊》第五辑，台北：台湾大通书局1968年版。

[4] 钱秉镫：《所知录》卷下《永历纪年》下，第311页。

[5] 王夫之：《姜斋诗集》，《五十自定稿·答姚梦峡秀才见柬之作兼呈金道隐黄门李广生彭然石二小司马》，第297页。

十二年（顺治十五年）；而《永历实录》成书“当在癸丑之后，戊午以前”[1]，亦即康熙十二年至十七年间。若船山既悔，又焉能为金堡诸人“舞文”呢？况细味船山所言“不致与匪人力争”以及武夷先生所训，其中之“匪人”指代不明，未必定是“悔其偏信五虎”，抑或言悔与“吴党”诸人之竞诋？事实上，船山栖迟衡湘，非但未能全然遗世，反而感怀“楚党”诸人之诗文词颇多，若《章灵赋》《感哀诗》十九首中之大部分。故刘氏所云，实难取信于人。

澹归临终遗偈云：“入俗入僧，几番下火，如今两脚捎空，依旧一场懡㦬。莫把是非来辨我，刀刀只砍无花果。”他遗告后人“莫把是非来辨我”，可遗憾的是，对其复杂矛盾的一生，世人往往偏以是非判然评之。若船山《尉迟杯》中所云“忍今生、死死生生，总难片语分判”，则是历经险恶诡谲现实后的知者之言，从此意义上说，船山知金堡深矣！

总之，船山与金堡之交往非如近世诸公所言乃“门户习气”，而是他们的政治态度与人格节义相似使然。船山于《永历实录》中特重金堡，一方面是因为金堡确为永历朝中一重臣，更因为他服膺金堡之人格与才气，而非所谓“与其舞文”也。

[1] 刘毓崧：《永历实录跋》，第561页。

附录四　冼玉清先生未见两种清初岭南诗僧诗集叙录

清初岭南诗僧著有多种诗文集。据不完全统计，凡曾面世的刊刻本或未曾刊行的稿本，至少有90种。20世纪70年代，冼玉清、汪宗衍、何耀光等先生对这些文献均做过深入的考订，特别是冼氏的《广东释道著述考》（以下简称《著述考》），更是学人研究岭南文化的津梁。三十余年之后，冼先生等人经眼的一些文献已难觅其踪；而有些他们未能及见者，因躬逢文化昌明之世，我们有幸目睹遗珍。因而，有必要对目前所存的清初岭南诗僧诗文集进行整理。我们查考了一些书志，所知清初岭南诗僧存世者的诗文集约有15种。其中有两种诗集——愿光《兰湖诗选》和古奘《虚堂诗集》是冼先生未经眼者。故略仿《著述考》的体例，辑轶补缺，拟对这两种做简要叙录。

一、愿光《兰湖诗选》

《兰湖诗选》十四卷，释愿光撰，康熙三十三年借瓮堂刊本。

愿光，生平未见碑传。温汝能《粤东诗海》卷九十八："愿光，字心月，远布和尚法嗣，住法性禅院。尝与梁佩兰、陈恭尹、周大樽诸词人结社于兰湖。吴江潘耒、归安沈彨、武进毛端士、江阴司旭、吴江张尚瑗等人入粤，亦与往还唱酬。辑有《兰湖唱和集》，自著有《兰湖稿》。"《兰湖稿》或即为《兰湖诗选》。

孙殿起《贩书偶记》云："《兰湖诗选》八卷。释愿光撰，康熙甲戌簷卜楼刊。"又云："《兰湖诗选》六卷，释愿光撰，康熙间借瓮堂堂刊，起卷十至卷十五。"冼玉清据此而云："知此书凡十五卷。殆先次刊刻。甲戌为康熙三十三年（1694年）。惜未见也。"

今检《中国古籍善本书目》《清人别集总目》，知国图尚存此本。此本扉页右一行为"太史梁药亭先生评定"，中行为书名"兰湖诗选"，左下方为"簷卜楼藏版"，版式为23.5厘米×17.6厘米，七栏，正文为五栏，行草，尺寸与扉页等，此集存十四卷，一至八卷，十至十五卷，与孙殿起著录相仿，《清人别集总目》以为佚失第九卷，误也。实际情况更可能是如冼玉清先生所说“殆先后刊刻也”。一至八卷刊刻于康熙甲戌，十至十五卷后刊，具体年份不详。

此集卷一为五言古（10首）、七古（4首），卷二五言律（38首），卷三五言律（39首），卷四五言律（21首），卷五五言律（16首），卷六七言律（16首），卷七七言律（10首），卷八七言绝（9首），卷十言古（11首），卷十一七言古（9首），卷十二五言律（23首），卷十三五言律（29首），卷之又十三五言律（50首），卷十四七言律（20首），卷十五七言绝（23首）、五言绝（11首）。

卷首有梁佩兰序云：

> 天地万物杂陈于前，人以其耳目摄之，犹外也。人心原自有天地万物也，心能载天地万物之有，又能造天地万物之无。当其寂然冰瀞雪消，当其勃然草芽木茁，无所往而不见其心也。其所以使之然者其谁耶？神明变化焉已尔。诗者，神明变化之事也。今体论律，古体论格，而又声以和之，气以畅之，情以留之，神以化之。至心之所得，口不能言，而人默会其旨，诗之能事毕矣！
>
> 客冬，诸子集予六莹堂唱酬，予每以此语相质，兰湖心公在焉。公，禅者也，诗通于禅，故不河汉予言，而以禅说诗。公为人孤介绝俗，所居西郊，屡月不轻一出，而于风雅之会，虽风雨亦频往来。诗精锐入冥，天骨自张，姿态呈露，殆山林诗之雄杰也。昔有唐高僧诗，推杼山、禅月、白莲。予阅其全集，惟杼山诗清澈宕远，类有道者所为，能自成一家言耳。禅月自选家所录，而外俱粗俗不堪；白莲咄咄能新，而间以用意太过，以伤气骨，俱不能与公比量。假使□在今日，正不知珠檠玉敦，谁当拱手而让也。公谬以予为知诗，属予评次其集，以付剞劂，因缀数语于简端。甲戌秋日郁州梁佩兰拜题于仙湖斋阁。

药亭耽于禅悦，喜结方外人士，与愿光之关系尤切，唱和之作频见于《六莹堂集》《兰湖诗选》中。康熙二十六年（1687年）前后，二人曾共同主持兰湖白莲诗社，先后入社者有屈大均、陈恭尹、陶璜、周大樽、陈阿平、潘耒、何绛、梁无技等士僧一百三十余，为清初岭南风雅之盛事。在这篇序言里，药亭高度评价了愿光的诗艺。而于集中之诗，梁佩兰所次点评，亦很精到，这对我们了解药亭之诗学亦颇有裨益。

卷七之后复有周大樽（乳峰）之序云：

……唐齐己，僧诗之尤也，所与诗人唱和成编，号为《白莲集》，一时士大夫喜称之，然不独以其诗□，其行高，其行洁，绝去攀缘请谒之事，而独以吟咏陶写其性情，故论者谓己公，其殆墨名而儒行者耶！……

兰湖心公闲居西郊之外，淡然若清晰之水，岸然若高岭之松，香一炉，琴一张，书数卷。予与之往来数十年，未尝见其挟一册以干于世，所交自诗人之外，一无所及。而独不知心公之于予，其择而及之耶？其相遇于不可知之间，而偶有合者耶？予天下之疏率人也，倏然而来，忽然而去，寒温送迎之节并未尝习于其心，有书见及或不答，以物见遗亦不致谢，或相对竟口不一言，而且拙懒相仍，迄于困穷而不知变，当世贤豪还有无福之目。然世之所谓有福者，予见之矣！兹非所急而独惭于性命之微发，且种种顾未有所窥，而乃与心公为友，而欲论著其所作。然则予于兰湖之诗，其尚为见，其所可见而不能见，其所不可见者耶！然天下之人不尽如予之浅且味也。兰湖之诗又较白莲有过之无不及，其一片真气流露于字句之间，不炼而炼，诚足可以感动乎人，殆不离文字而不仅当以文字目者也。然则欲与心公为友者，求无所为，山静水流，琴飞钟浃之间，其于此耶？不于此耶？乳峰周大樽序。

周大樽（1652—1720），名匏，一字冷泉，康熙壬午举人，顺德人，一作南海人，著有《乳峰堂集》。《兰湖诗选》中，愿光和他的唱和诗极夥。

二、古奘《虚堂诗集》十卷

冼玉清先生《著述考》据《番禺县（李）志·艺文略·集部·别集》著录。但云：“未见。”

古奘之诗，《粤东诗海》选录五律《山行》一首，《广东诗会》选3首，《海云禅藻集》选16首，《岭海诗钞》选1首，凌杨藻评其诗云：“神明于襄阳、杜陵得意之句，遂成伟观，酿花成蜜手也。”评价甚高。然其诗集至为罕见。

今据《清人别集总目》知上海图书馆尚存此本，笔者又检查了若干书目，均未见著录此集，盖为遗珍矣！此本为清康熙五十六年（1717年）刻本，版式为23.7厘米×15.6厘米，行草。此集分上下两册，共十卷，缺四至六卷。上册含序、目录及卷一、二、三，下册则收七至十卷，分别为：卷一五古（共15题19首），卷二五古（23题23首），卷三七古（14题15首）、五排（1首）、四言（1题2首），卷四五律（70题75首），卷五五律（73题91首）；卷六五律（65题85首），卷七七律（5首），卷八七律（37题43首），卷九（60题102首），卷十七绝（47题82首）。

此集卷首有曾隆志叙与古奘自叙。古奘自叙中云："……予稿三十年前尽已失散，今之存者，同学（古）电与侍者□舟所录，然而仅存五六耳。盖予平生疏懒，随手应酬，则已故所存者亡。此因同学之好故授之梓。……康熙岁次己亥二月花朝日古冈释古奘题于丹霞长老峰下。"由此，古奘此前还有别集存世。

参考文献

一、诗僧诗文集类

[明]释德清：《憨山德清梦游集》，《四库未收书辑刊》本。

[明]释德清：《憨山老人梦游集》，福建莆田广化寺佛经流通处印本。

[清]释函可：《千山诗集》，《四库禁毁书丛刊》本。

[清]释函可：《千山诗集》，何耀光至乐楼影印本。

[清]释澹归：《元功垂范》，《北京图书馆藏珍本年谱丛刊》本。

[清]释澹归：《岭海焚余》，《适园丛书》本。

[清]释澹归：《岭海焚余》，《台湾文献丛刊》本。

[清]释澹归：《遍行堂正续集》，《四库禁毁书丛刊》本。

[清]释澹归：《遍行堂续集》，国学扶轮社1911年铅印本。

[清]释澹归撰，段晓华校点：《遍行堂集》，广州：广东旅游出版社2008年版。

[清]释函昰：《瞎堂诗集》，《四库禁毁书丛刊》本。

[清]释函昰：《瞎堂诗集》，何耀光至乐楼1976年影印本。

[清]释函昰：《梅花诗》，清刻本。

[清]释函昰：《丹霞天老人雪诗四卷》，《四库禁毁书丛刊》本。

[清]释大汕：《离六堂集》，《四库禁毁书丛刊》本。

[清]释大汕：《离六堂二集》，《四库禁毁书丛刊》本。

[清]释大汕：《潮行近草》，《四库禁毁书丛刊》本。

[清]大汕撰，余思黎点校：《海外纪事》，北京：中华书局2000年版。

[清]释今无：《光宣台集》，《四库禁毁书丛刊》本。

[清]释成鹫：《咸陟堂诗集》，《四库禁毁书丛刊》本。

[清]释成鹫：《咸陟堂文集》《四库禁毁书丛刊》本。

[清]释成鹫：《纪梦编年》，《北京图书馆藏珍本年谱丛刊》本。

[清]释愿光：《兰湖诗选》，康熙三十三年簷卜楼刊本。

[清]释古奘：《虚堂诗集》，康熙五十六年刻本。

[清]道忞：《山翁禅师百城集》，康熙二十四年刊本。

[清]释宝筏：《莲西诗存》，光绪十九年刻本。
[清]释苍雪：《南来堂诗集》，民国二十九年王培孙辑注本。
[唐]释皎然：《杼山集》，《文渊阁四库全书》本。
[唐]释贯休：《禅月集》，《文渊阁四库全书》本。
[唐]释齐己：《白莲集》，《文渊阁四库全书》本。
[宋]契嵩：《镡津文集》，《文渊阁四库全书》本。
[宋]释慧洪：《石门文字禅》，《文渊阁四库全书》本。
[元]释圆至：《牧潜集》，《文渊阁四库全书》本。
[宋]道潜：《参寥子集》，《文渊阁四库全书》本。
[唐]寒山撰，项楚校注：《寒山诗注》，《北京：中华书局2002年版》本。

二、文人诗文集类

[唐] 柳宗元：《柳河东集》，上海：上海书店1998年版。
[唐]刘禹锡：《刘梦得集》，《文渊阁四库全书》本。
[明]袁崇焕：《袁督师遗集》，民国二十一年东莞张氏《沧海丛书》本。
[清]王邦畿：《耳鸣集》，《四库禁毁书丛刊》本。
[清]钱谦益：《牧斋初学集》《牧斋有学集》，《四库禁毁书丛刊》本。
[清]黄宗羲：《南雷文约》《南雷文定》，《四库全书存目丛书》本。
[清]王夫之撰，《船山全书》辑委会校：《船山全书》，长沙：岳麓书社2011年版。
[清]潘耒：《遂初堂集》《别集》，《四库全书存目丛书》本。
[清] 潘耒：《救狂砭语》，《瓜蒂庵明清掌故丛书》本，上海：上海古籍出版社1983年版。
[清] 梁佩兰撰，吕永光校点：《六莹堂集》，广州：中山大学出版社1992年版。
[清] 屈大均：《翁山文钞》，《四库禁毁书丛刊》本。
[清] 屈大均：《翁山文外》，《四库禁毁书丛刊》本。
[清] 屈大均撰，陈永正主编：《屈大均诗词编年笺校》，广州：中山大学出版社2000年版。
[清] 龚鼎孳：《过岭集》，《四库禁毁书丛刊》本。
[清] 龚鼎孳：《定山堂集》，《四库禁毁书丛刊》本。

[清] 邢昉：《石臼前集》《石臼后集》，《四库禁毁书丛刊》本。
[清] 陈恭尹撰，郭培忠校点：《独漉堂集》，广州：中山大学出版社1988年版。
[清] 顾与治：《顾与治诗》，《四库禁毁书丛刊》本。
[清] 吴绮：《林蕙堂全集》，《文渊阁四库全书》本。
[清] 杜濬：《变雅堂文集》，《文渊阁四库全书》本。
[清] 陈维崧：《陈维崧集》，《四部丛刊》本。
[清] 梁无技：《南樵二集》，康熙五十七年芸绣堂刻本。
[清] 方殿元：《九谷集》，《粤十三家集》本。
[清] 周大樽：《乳峰堂集》，康熙六十一年刊本。
[清] 程可则：《海日堂集》，道光五年一经书室刻本。
[清] 吴梅村：《梅村家藏稿》，《四部丛刊》本。
[清] 曾灿：《六松堂集》，《豫章丛书》本
[清] 郝浴：《中山诗钞》，清刻本。
[清] 李呈祥：《东村集》，《四库全书存目丛书》本。
[清] 黎遂球：《莲须阁集》，《四库禁毁书丛刊》本。
[清] 查慎行：《敬业堂诗集》，《文渊阁四库全书》本。
[清] 恽敬：《大云山房文稿》，《四库备要》本。
[清] 王士禛：《南海集》，《四库全书存目丛书》本。
[清] 钮琇：《临野堂文集》，《四库全书存目丛书》本。
[清] 黄周星：《九烟先生遗集》，道光二十九年扬州偶馆雕版。
[清] 陈子升：《中洲草堂遗集》，道光二十年伍元薇刻本。
[清] 邵廷采：《思复堂文集》，广州：浙江古籍出版社1987年版。
[清] 全祖望：《鲒埼亭集》，《文渊阁四库全书》本。
[清]朱彝尊：《曝书亭集》，《文渊阁四库全书》本。
[清]王煐：《忆雪楼诗集》，康熙三十五年王氏贞久堂刻本。
[清]叶燮：《己畦集》《己畦诗集》，《文渊阁四库全书》本。
[清]陶煊：《石溪诗钞》，《四库禁毁书丛刊》本。
[清]曹溶：《静惕堂集》，《四库全书存目丛书》本。
[清]薛始亨：《南枝堂稿》，何耀光至乐楼刻重刊本。
[清]彭孙遹：《松桂堂集》，《文渊阁四库全书》本。

[清]何绛：《不去庐集》，清抄本。

三、诗话、笔记类

[宋]计有功：《唐诗纪事》，上海：上海古籍出版社1987年版。

[清]黄芝：《粤小记》，道光壬辰刻本。

[清]檀萃：《楚庭稗珠录》，香港中文大学1975年据徐信孚南州书楼藏乾隆癸酉刊本影印本。

[清]樊封：《南海百咏续编》，道光己酉刻本。

[清]屈大均：《安龙逸史》，《四库禁毁书丛刊》本。

[清]仇巨川：《羊城古钞》，广州：广东人民出版社1993年版。

[清]龚炜：《巢林笔谈》，北京：中华书局1981年点校本。

[清]王士禛：《广州游览小志》，《丛书集成初编》本。

[清]王士禛：《分甘余话》，北京：中华书局1997年点校本。

[清]王士禛辑：《五代诗话》，《文渊阁四库全书》本。

[清]张渠：《广东闻见录》，广州：广东高等教育出版社1990年版。

[清]屈大均：《广东新语》，北京：中华书局1997年点校本。

[清]钮琇：《觚剩》，《四库全书存目丛书》本。

[清]陈伯陶：《胜朝粤东遗民录》，《清代人物传记丛刊》本。

[清]屈向邦：《粤东诗话》，道光刊本。

[清]缪荃孙：《艺风堂文续集》，宣统二年排印本。

[清]何文焕辑：《历代诗话》，北京：中华书局1997年版。

[清]罗元焕著，劳潼润注：《粤台征雅录》，道光三十年南海伍氏刊本。

黄佛颐编纂，仇江等点注：《广州城坊志》，广州：广东人民出版社1994年版。

丁福保辑：《清诗话》，上海：上海古籍出版社1978年版。

陈融：《颙园诗话》，民国刊本。

邓之诚：《清诗纪事初编》，上海：上海古籍出版社1965年版。

郭绍虞编选，富寿荪校点：《清诗话续编》，上海：上海古籍出版社1983年版。

钱仲联主编：《清诗纪事》（顺康、释道卷），南京：江苏古籍出版社1987年版。

吴文治主编：《宋诗话全编》，南京：江苏古籍出版社1998年版。

程毅中主编：《宋人诗话外编》，北京：国际文化出版公司1996年版。

陈伯海主编：《唐诗汇评》，杭州：浙江教育出版社1995年版。

四、诗歌选集、总集类

[宋] 李龏辑：《唐僧弘秀集》，《文渊阁四库全书》本。

[明]正勉、性涵编：《古今禅藻集》，《文渊阁四库全书》本。

[清]彭定求等编：《全唐诗》，中华书局1997年版。

[清]沈季友：《槜李诗系》，《文渊阁四库全书》本。

[清]沈德潜：《国朝诗别裁集》，中华书局1975年版。

[清] 梁善长：《广东诗粹》，乾隆十二年刻本。

[清]吴炳南：《岭表诗传》，道光二十三年紫藤馆刻本。

[清]徐作霖、黄蠡：《海云禅藻集》，民国二十四年逸社排印本。

[清]黄登：《岭南五朝诗选》，《四库全书存目丛书》本。

[清]卓尔堪：《遗民诗》，《四库禁毁书丛刊》本。

[清]顾嗣立：《元诗选》，《文渊阁四库全书》本。

[清]邓汉仪：《诗观》，《四库禁毁书丛刊》本。

[清]温汝能编，吕永光点校：《粤东诗海》，广州：中山大学出版社1999年版。

徐世昌：《晚晴簃诗汇》，民国十八年得耕堂刻本。

何藻翔：《岭南诗存》，民国十四年商务印书馆铅印本。

陈融：《越秀集》，民国二十五年南华社刊本。

龙榆生：《近三百年名家词选》，上海：上海古典文学出版社1956年版。

张玉兴：《清代东北流人诗选注》，沈阳：辽沈书社1988年版。

陈永正：《岭南诗歌选注》，广州：广东高等教育出版社1992年版。

陈邦炎主编：《词林观止》，上海：上海古籍出版社1994年版。

南京大学中国语言文学系编：《全清词》（顺康卷），北京：中华书局1994年版。

艾若、林凡、郁贤浩主编：《中国历代诗僧总集》（晋唐五代卷），北京：当代中国出版社1997年版。

五、书志题跋类

[清]永瑢：《四库全书总目》，北京：中华书局1995年版。

朱希祖：《明季史料题跋》，沈阳：辽宁教育出版社1998版。

孙殿起：《贩书偶记》，北京：中华书局1959年版。

何耀光：《至乐楼书画题跋》（明遗民部），何氏至乐楼1973年。

汪宗衍：《广东书画征献录》，何氏至乐楼1988年印本。

王重民：《中国善本书提要》，上海：上海古籍出版社1983年。

冼玉清：《广东释道著述考》，载《冼玉清文集》，广州：中山大学出版社1995年版。

陈玉堂：《中国文学史书目提要》，合肥：黄山书社1986年版。

林玫仪主编：《词学论著总目》，台北：台湾“中央研究院”中国文哲研究所1995版。

骆伟主编：《广东文献综录》，广州：中山大学出版社2000年版。

李灵年、杨忠主编：《清人别集总目》，合肥：安徽教育出版社2000年版。

《中国古籍善本书目》，上海：上海古籍出版社1998年版。

六、传记、年谱、年表类

[元]辛文房撰，傅璇琮主编：《唐才子传校笺》，北京：中华书局 1995年版。

[清]孙静庵编著，赵一生标点：《明遗民录》，杭州：浙江古籍出版社1985年版。

[清]王士禛：《渔洋山人自编年谱》，《北京图书馆藏珍本年谱丛刊》本。

[清]汪士濬编、王葆心拾补：《杜茶村先生年谱》，《北京图书馆藏珍本年谱丛刊》本。

张其淦：《明代千遗民诗咏》，《清代人物传记丛刊》本。

王在民：《明末诗人函可和尚年谱》，载上海《宇宙风》乙刊民国三十年第三十六期。

麦默：《澹归大师史迹》，广东孙中山文献馆藏1962年稿本。

陈寅恪：《柳如是别传》，上海：上海古籍出版社1980年版。

汪宗衍：《明末剩人和尚年谱》，《新编中国名人年谱集成》本。

汪宗衍：《天然和尚年谱》，《北京图书馆藏珍本年谱丛刊》本。

汪宗衍：《屈大均年谱》，附《屈大均全集》，北京：人民文学出版社1996年版。

陈垣：《释氏疑年录》，《民国丛书》本。

温肃：《陈独漉先生年谱》，附《独漉堂集》，广州：中山大学出版社1988年版。

吴天任：《澹归禅师年谱》，香港：香港佛教志莲图书馆1991年版。

张惠剑：《明清江苏文人年表》，上海：上海古籍出版社1982年版。

来新夏：《近三百年人物年谱知见录》，上海：上海人民出版社1983版。

任道斌：《方以智年谱》，合肥：安徽教育出版社1983年版。

何龄修主编：《清代人物传稿》，北京：中华书局1984年版。

吕永光：《梁佩兰年谱简编》，附《六莹堂集》，广州：中山大学出版社1992年版。

冯乃康：《清代人物传记史料研究》，北京：商务印书馆2000年版。

蒋寅：《王渔洋事迹征略》，北京：中华书局2001年版。

史洪权：《岭南三大家年谱》，稿本复印件。

吕永光：《梁佩兰年谱》，稿本复印件。

七、佛藏类

[晋]瞿昙僧伽婆提：《增一阿含经》，《大正新修大藏经》本。

[刘宋]求那跋驼罗译：《楞伽经》，《大正新修大藏经》本。

[梁]真谛译，高振农校释：《大乘起信论校释》，北京：中华书局2000年版。

[梁]释慧皎撰，汤用彤校：《高僧传》，北京：中华书局1992年版。

[梁]释僧祐：《弘明集》，《大正新修大藏经》本。

[唐]释道宣：《广弘明集》，《大正新修大藏经》本。

[唐]释惠能撰，郭朋校释：《坛经校释》，北京：中华书局1997年版。

[宋]释法要：《翻译名义集》，《大正新修大藏经》本。

[宋]释宗晓：《乐邦文类》，《大正新修大藏经》本。

[宋]陈舜俞：《庐山记》，《大正新修大藏经》本。

[宋]释普济著，苏渊雷点校：《五灯会元》，北京：中华书局1984年版。

[宋]释赞宁：《大宋僧史略》，《大正新修大藏经》本。

[宋]释道诚：《释氏要览》，《大正新修大藏经》本。
[清]释函昰：《庐山天然和尚语录》，明嘉兴大藏经本。
[清]释今无：《海幢阿字和尚语录》，康熙刻本。
[清]释函可：《千山剩人和尚语录》，《四库禁毁书丛刊》本。
丁福保：《佛学大辞典》，上海：上海佛学书局1999年版。

八、史乘、方志类

[清]王夫之：《永历实录》，上海：上海古籍出版社1987年版。
[清]钱澄之：《所知录》，上海：上海古籍出版社1987年版。
[清]成鹫等编：《鼎湖山志》，康熙四十九年刻本。
[清]张廷玉等撰：《明史》，北京：中华书局1974年版。
[清]邵廷采：《西南纪事》，《中国野史集成》本，成都：巴蜀书社1993年版。
[清]何厚宣等修：《光孝寺志》，民国二十四年广东编印室排印本。
[清]李福泰修，邓光礼等点注：《同治番禺县治》，广州：广东人民出版社1998年版。
[清]阮元等修：《广东通志》，上海：上海古籍出版社1988年影印本。
[清]唐宗尧等修：《韶州府志》，康熙二十六刻本。
[清]马元等修：《曹溪通志》，道光十六年怀善堂重刻本。
[清]戴肇辰、史澄等修：《广州府志》，光绪五年刻本。
[清]陈世英：《丹霞山志》，《四库禁毁书丛刊》本。
[清]佚名：《罗浮山志汇编》，海幢寺刻本。
[清]田明曜修，陈澧撰：《香山县志》，光绪五年刊本。
[清]佚名：《潮州府志》，乾隆二十七年重刻本。
[清]佚名：《番禺县志》，光绪辛巳年重刊本。
《清实录》（世祖、高祖），北京：中华书局1985影印本。
赵尔巽等编：《清史稿》，中华书局1976年版。

九、诗歌、文化史论著类

闻一多：《唐诗杂论》，上海：上海古籍出版社1998年版。
张长弓：《中国僧伽之诗生活》，著者书店1935年版。

嵇文甫：《晚明思想史论》，北京：东方出版社1996年版。
谢为何：《广东佛教概况》，广州：广东佛教居士林1941年印本。
陈垣：《明季滇黔佛教考》（外宗教史论十种），石家庄：河北人民出版社2000年版。
黄天骥：《纳兰性德和他的词》，广州：广东人民出版社1983年版。
黄海章：《明末广东抗清诗人》，广州：广东人民出版社1987年版。
夏承焘著，吴无闻注：《瞿髯论词绝句》，北京：中华书局 1979年版。
任继愈主编：《中国佛教史》，北京：中国社会科学出版社1981年版。
谢国桢：《明末清初的学风》，北京：人民出版社1982年版。
谢国桢：《明清之际党社运动考》，北京：中华书局1982年版。
郭朋：《中国佛教史》（宋元明清卷），福州：福建人民出版社1985年版。
孙昌武：《佛教与中国文学》，上海：上海人民出版社1988年版。
周裕锴：《中国禅宗与诗歌》，上海：上海人民出版社1992年版。
南炳文：《南明史》，天津：南开大学出版社1992年版。
陈永正主编：《岭南文学史》，广州：广东高等教育出版社1993年版。
刘世南：《清诗流派史》，台北：台湾文津出版社1991年版。
覃召文：《禅月诗魂——中国诗僧纵横谈》，北京：三联书店1994年版。
严迪昌：《清词史》，南京：江苏古籍出版社1994年版。
陈良运：《中国诗学批评史》，南昌：百花洲出版社1995年版。
覃召文：《岭南禅文化》，广州：广东人民出版社1995年版。
蒋寅：《大历诗人研究》，北京：中华书局1995年版。
张宏生：《江湖诗派研究》，北京：中华书局1995年版。
欧阳光：《宋元诗社研究丛稿》，广州：广东高等教育出版社1996年版。
蔡鸿生：《清初岭南佛门事略》，广州：广东人民出版社1997年版。
吴承学：《晚明小品研究》，南京：江苏古籍出版社1999年版。
张节末：《禅宗美学》，杭州：浙江人民出版社1999年版。
赖永海：《中国佛教文化论》，北京：中国青年出版社1999年版。
张海沙：《初盛唐佛教禅学与诗歌研究》，北京：中国社会科学出版社2000年版。
何孝荣：《明代南京寺院研究》，北京：中国社会科学出版社2000年版。
方勇：《南宋遗民诗人群体研究》，北京：人民出版社2000年版。

赵园：《明清之际士大夫研究》，北京：北京大学出版社2000年版。
印顺：《中国禅宗史》，南昌：江西人民出版社2000年版。
姜伯勤：《石濂大汕与澳门禅史》，北京：学林出版社2000年版。
吴言生：《禅宗诗歌境界》，北京：中华书局2001年版。
谢正光：《清初诗歌与士人交游考》，南京：南京大学出版社2001年版。
朱万章：《岭南金石书法论丛》，北京：文化艺术出版社2001年版。
严迪昌：《清诗史》，南京：江苏古籍出版社2002年版。
何宗美：《明末清初文人结社研究》，天津：南开大学出版社2003年版。

十、学术论文类

容肇祖：《遍行堂残本跋》，《语言历史学研究所周刊》第6集第12期。
梁守中等：《“纪念丹霞山别传寺开山340周年”研讨会论文集》，未刊稿。
卞地诗：《诗僧函可的愤懑情思》，《社会科学辑刊》1992年第2期。
白坚：《龚贤和剩和尚——兼谈清朝最早的文字狱》，《中华文史论丛》1985年第2期。
杨积庆：《剩和尚之狱及其它》，《中华文史论丛》1985年第4期。
曹汛：《剩和尚和〈金塔铃〉诗集》，《中华文史论丛》1986年第1期。
杨鹤书：《明清之际广州佛教管窥》，《岭南文史》1988年第3期。
覃召文：《光鹫的诗文理论》，《岭南文史》1995年第3期。
曾枣庄：《论宋僧词》，《中华文史论丛》1992年第2期。
暴鸿昌：《明季清初遗民逃禅现象论析》，《江汉论坛》1992年第2期。
冯尔康：《清初广东人和江苏》，罗炳锦、刘健明主编：《明末清初华南地区历史人物功业研讨会论文集》，香港：香港中文大学出版社1993年版。
仪平策：《中国诗僧现象的文化解读》，《山东大学学报》1994年第2期。
张福勋：《宋代的诗僧与僧诗》，《陕西师大学报》1996年第4期。
王英志：《论屈大均的山水诗》，《文学遗产》1996年第6期。
周齐：《天然和尚与明季广东佛教》，载《丛林》1998年第2期。
蒋寅：《古典诗学中“清”的概念》，《中国社会科学》2000年第1期。
王雁秋：《金堡其人及其〈岭海焚余〉》，《泰安师专学报》2001年第3期。
曹虹：《慧远及其庐山教团文学论》，《文学遗产》2001年第6期。

廖肇亨：《金堡之节义观与历史评价探析》，《中国文哲研究通讯》第9卷第4期。

周齐：《明代前期诸儒之儒释观及其政治文化意义》，《觉群·学术论文集》第一辑，北京：商务印书馆2001年版。

易闻晓：《晚明士夫禅学的典型个案——论袁宏道的禅学思想》，《社会科学战线》2000年第1期。

易闻晓：《袁宏道：从性情到文学的自适》，《齐鲁学刊》2000年第1期。

罗筠筠：《禅悦士风与晚明小品》，《文学评论》2001年第1期。

[日]荒木见悟撰，廖肇亨译：《觉浪道盛初探》，《中国文哲研究通讯》第9卷第4期。

何广棪：《明季词僧释正嵒及其〈豁堂老人诗余〉研究》，《大陆杂志》第102卷第2期。

后　记

我生长在江右穷乡——永丰，是文宗欧阳修的故乡。但十分惭愧，我丝毫没有接续到欧公的文脉。父亲和母亲皆隶籍吉安，高小毕业，20世纪50年代，响应“上山下乡”的号召而至永丰。他们能训教我的只是“老实做人，勤奋做事”的道理，无暇亦无力设计我的未来。稍长，常随家人至山中砍柴，田间拾穗，河边捉鱼，虽筋骨疲惫，但晨露沾衣、误入泥淖的情景，至今仍魂牵梦绕。

人生有时就是随波逐流，很难预料下一个站点。我糊里糊涂地上了小学、中学、大学，走着人生的一程又一程。小时候的我，县城、省城、京城的繁华简直就遥不可及，又何尝想过今日竟能执教于大学讲坛！不过，人生总会有“柳暗花明”之时，特别是一二贵人的相助和引导，会使你从浊流中奋起。我的硕士导师陈良运教授和博士导师黄天骥教授，为招收和培养我这个不才弟子，都费尽周折。这本小书，是在我的博士学位论文的基础上修订而成的，其间浸润着他们太多的心血和智慧。答辩前夕，我在学位论文后记中写道：

> 岭南文学，原本不识其大概，今得以成就是文，全赖天时、地利、人和也。天时者，上苍赐予我壮年时有此求学的机缘；地利者，则岭南英华淑气，余俯仰吐纳之，岭南乡邦文献，余拾掇展读之。而最为关键者乃在人和也。
>
> 业师黄天骥教授每以“平实”二字教我，虽平常之至理，然于我最为受益。于极精极微处，若文章的选题、构架乃至词语、句读，天骥师亦不烦一一为我指正。然余生性愚钝，论文竟做成这样，深知与天骥师的期许相距甚远。念及此，于心愧焉。
>
> 康保成教授开设的中国戏曲史系列课程，余亦忝列末座，虽未识得究竟，然保成师考证求索的方法与精神，亦使我获益匪浅。论文的初创阶段，吴承学教授、欧阳光教授亦提出了诸多宝贵的建议。而壬午秋杪参加别传寺开山340周年纪念研讨会时，更幸得蔡鸿生教授、陈永正教授、仇江教授、冯焕珍教授、钟东教授的赐教，虽片光吉羽，犹有醍醐灌顶之效。
>
> 业师陈良运教授三年前的教诲至今犹未忘却，若无其引导，是无论如何也

不可能成就今日的。

王馗博士工作繁忙，犹挤出时间在北图为我手抄愿光《兰湖诗选》；沪上友人吴昌南博士，本习财经，然亦笔录古奘《虚堂诗集》于我；史洪权兄将尚未发表的《岭南三大家年谱》无私惠赠于我；周松芳、姚蓉、尹蓉、李福标、李斌等同学的启发和帮助，又岂能不一一谢过？

中山大学“博学、审问、慎思、明辨、笃行”的学术传统，康乐园中的如茵绿草、参天古树以及怀士堂、惺亭、进士门诸胜景，又岂能忘怀欤？今将返归江右，犹叹急景难驻，韶光不复。

已至而立，方得此文，算是对人生的一个交代，对含辛茹苦养育我的父母和家人的回报。

李舜臣

识于癸未初夏康乐园

如今距博士毕业，倏忽已逾一纪矣！余已二毛丛生，双目茫茫，可学问、境界无有寸进。母亲、陈师良运和岳父相继归隐道山，更使我深味到人世的无常，我愿这本小书化作一瓣心香，奉祭于他们的灵前，以报答他们对我的培育之恩。内子欧阳江琳为我带来了可爱的女儿，真希望当我们老了之时，她能捧着这本小书，问起我们在中大挑灯苦读的情景。2005年，我又进入武汉大学博士后流动站，师从陈文新教授，领略到了不一样的学术气象。

博士论文十二年后方且出版，依现在的学术氛围来看，不可不谓晚矣。其中的缘由主要有两方面：其一，论文在答辩和盲审时，虽获得了评审专家较高的评价，但我深知其中的浅薄和缺陷，总觉得“丑媳妇难见公婆”；其二，我生性慵懒，又不善经营，很多朋友都劝我：花些钱，联系一个好点的出版社，赶快出版，但我始终未放在心上。这次，承蒙南方日报出版社邀约，并申报成为广东省原创精品出版资金扶持项目。若无这样的机缘，恐怕“敝帚”还得自珍多年。

这十二年间，学术界又涌现出很多相关的成果，特别是中山大学古文献所组织专家学者编撰《清初岭南佛门文献丛刊》陆续出版，更推进了此一课题的研究。这次修订出版，主要是核对了原文献，里面的观点和内容，今天看来实在并不稳妥，但也无意做更多的修改，就让她忠实地记录我蹒跚的问学之旅吧！

南方日报出版社谭庭浩先生、阮清钰先生，为拙著的出版付出了很大的努力，并仔细校对书稿，减去了很多不必要的错误。我的研究生柯柏琴、陈晗、金佳敏、曹裕玲、魏亚丽帮我做了一些校对工作。谨此深表由衷的谢意！

李舜臣

乙未初秋识于艾溪湖畔